A. E. Johann
Südwest

A. E. Johann

# Südwest

*Ein afrikanischer Traum*

Roman

Herbig

*Für*
*Hildegard Wittlinger*
*zum 28. Juni 1984*

1.– 6. Tausend August 1984
7.–10. Tausend Oktober 1984
11.–15. Tausend Dezember 1984
16.–19. Tausend Januar 1989

© 1984 by F. A. Herbig Verlagsbuchhandlung
München · Berlin
Alle Rechte vorbehalten
Umschlaggestaltung: Werner Rebhuhn, Hamburg, unter Verwendung
eines südafrikanischen Motivs (Foto: ZEFA, Düsseldorf)
Satz: Uhl + Massopust GmbH, Aalen
Gesetzt aus der 10/12° Palatino, System 2/3
Druck und Binden: May + Co., Darmstadt
Printed in Germany
ISBN 3-7766-1323-8

# Inhalt

I Fremde Erde  7

II Landnahme  20

III Aufruhr und Untergang  141

IV Beinahe Glück  187

V Ein anderer Krieg  314

VI Lange in der Schwebe  394

VII Noch viel länger in der Schwebe
und das Ende  465

VIII Der Ring, der sich nicht schließt  498

Nachwort, das nicht unbedingt
gelesen zu werden braucht  525

# I

## Fremde Erde

Sollte das wahr sein?...
War man deshalb so weit und so lange gefahren, um schließlich nichts weiter zu erreichen als dies jämmerliche Ziel? So sah es also aus, dies Südwestafrika, das die einundzwanzig Mannschaften und Unteroffiziere unter dem Hauptmann Kurt von François »beschützen« sollten, das heißt, es war eigentlich nicht viel zu sehen, was sich zu sehen oder zu beschützen lohnte.
Tagelang war das englische Frachtschiff, halb unter Dampf, halb unter Segeln, wie es das Wetter erforderte, an der Südwester Küste südwärts geschippert, nicht eben schnell; mehr als acht, höchstens zehn Seemeilen in der Stunde waren nicht zu erwarten. Die deutschen Soldaten auf dem englischen Schiff, als »Forschungsreisende« getarnt, hatten an der schwankenden Reling gestanden und nach Osten geblickt, wo irgendwo im Dunst und kalten Nebel das Land liegen mußte, für das sie sich in einem Anfall von Wagemut – oder war es Übermut gewesen? – gemeldet hatten. Ganz selten nur war Land in der Ferne erkennbar geworden als ein schmaler, blasser Streif am Horizont – es konnte genau so gut für eine ferne Wolkenbank gehalten werden.

In dem kleinen Speisesaal des Schiffes war eine simple Seekarte der Westküste Afrikas an die Wand geheftet gewesen, damit die Passagiere, an die fünfzig Männer, nur wenige Frauen, etwa verfolgen konnten, welche Fortschritte auf der langwierigen Reise von London nach Kapstadt am »Kap der Guten Hoffnung« man Tag für Tag zuwege brachte!
Wilhelm Korthinrichs, einer der verkappten deutschen Kavalleristen, war es, der bei eingehendem Studium der Seekarte entdeckte, daß der langgestreckte Nordabschnitt der südwestafrikanischen Küste den Namen »Skeleton-Küste« führte, also »Gerippe« oder »Knochenküste«. Weiß der liebe Himmel, das klang nicht sehr einladend!
Manch einer der Kameraden des Reiters Korthinrichs, der bis dahin den Mund ziemlich voll genommen hatte – für Korthinrichs selbst galt das jedoch nicht –, wurde danach recht still. Der Bootsmann des Schiffes stammte von der Waterkant, fuhr aber schon so lange auf englischen Schiffen, daß er sein Plattdeutsch beinahe verlernt hatte. Immerhin vermochte er dem deutschen »Forschungsreisenden« Korthinrichs zu erklären, daß die Küste so hieße, weil manch ein Schiff an ihr gestrandet war und viele Schiffbrüchige in der wasserlosen Wüstenei dahinter verdurstet wären. Dort würden also immer wieder menschliche Gerippe aus dem Sand gewaschen oder vom ewigen Westwind aus den wandernden Dünen geweht. Die Namib – so hieße die langgestreckte Wüste hinter dem Streifen der schweren, unpassierbaren Brandung – die Namib stellte eine gnadenlose Landschaft dar; sie legte eine schwer überwindliche Barrikade zwischen das Ufer des Meeres und das Hochland im Innern. Und Häfen, die diesen Namen verdienten – so der Bootsmann zu Korthinrichs –, die gäbe es an der ganzen langen Küste nicht, von der Kunene-Mündung im Norden, wo das portugiesische Angola aufhörte, bis zur Oranje-Mündung im Süden, wo das britische Kapland anfinge – abgesehen natürlich von Walvis-Bay, wo schon seit längerer Zeit die britische Flagge

wehte, wo die deutschen »Forschungsreisenden« mit all ihren Kisten und Kasten an Land gehen wollten.
Die beiden hatten Geschmack aneinander gefunden, der alte »Seebär« Pete Pettersson von der Unterelbe und der junge, ewig wißbegierige Passagier Wilhelm Korthinrichs, der dem Bootsmann das altvertraute Plattdeutsch wieder ins Gedächtnis zurückgerufen hatte.
So erkundigte sich denn der Bootsmann nach dem Gespräch über die Knochenküste:
»Stimmt denn das, Mister Korthinrichs, was man so hört, daß die Deutschen vor ein paar Jahren in der Angra Pequeña, der ›Kleinen Bucht‹ weiter im Süden, einem verdammt schwierigen Landeplatz – und die Inseln davor sind obendrein britisch –, eine Faktorei, einen Kaufmannsladen für die Eingeborenen, eingerichtet haben, daß die deutsche Flagge darüber gehißt wurde und nun dieser ganze riesige Brocken Südwestafrika deutsche Kolonie werden soll? Bisher wollte ja dies dürre Land mit der trostlosen, an die fünfzig Meilen oder mehr breiten Namib-Wüste im Vorfeld niemand haben. Viel ist da bestimmt nicht zu holen. Die Deutschen kommen ein bißchen zu spät, scheint mir.«
»Ja, Bootsmann, wirklich Genaues weiß ich auch nicht. Aber es steht fest, daß schon seit Jahrzehnten in der Mitte des Landes deutsche Missionare unter den Eingeborenen arbeiten, daß deutsche Händler auf dem Hochland unterwegs sind und daß ein angesehener Bremer Kaufmann mit Afrika-Erfahrung in der Angra Pequeña eine Handelsniederlassung eingerichtet und mit den Häuptlingen im Innern Verträge abgeschlossen hat. Von all dem kann ja wohl das Deutsche Reich nicht ganz unbetroffen bleiben. Die Eingeborenen im Innern, wie die Missionare nach Berlin berichtet haben, liegen sich ständig in der Wolle, schlagen sich eifrig tot und treiben sich das Vieh ab, wo sie nur können. Da muß schließlich etwas unterommen werden, damit nicht die Weißen – das sind ja nicht nur Deutsche – in die blutigen

Stammeskriege hineingerissen werden und womöglich Leben und Besitz verlieren.«
Dem weit umhergekommenen Bootsmann gefiel das Sprüchlein nicht besonders, das der junge Korthinrichs in leicht belehrendem Ton aufgesagt hatte – die einundzwanzig Mann der »staatlichen Truppe« waren vor der Abreise aus Deutschland nach preußischer Manier gründlich instruiert worden, wie sie als Zivilisten ihren Auftrag unterwegs auf dem englischen Schiff darzustellen hätten; und dieser Wilhelm Korthinrichs war noch nie schwer von Begriff gewesen. Der Bootsmann schob die wollene Kappe aus der Stirn, die er trug, und kratzte sich den Haarschopf mit gebogenem Mittelfinger:
»Wissen Sie, Mister Korthinrichs, ich habe fast mein ganzes Leben bei den Engländern in Heuer gestanden, die längste Zeit bei dieser Castle-Linie, und habe einiges erlebt. Walvis-Bay, wo wir anlegen werden, damit Sie und Ihre Kollegen an Land gehen können – wir haben auch einige Fracht für Walvis-Bay –, das ist schon englisch. Die Engländer glauben, daß alle Länder, die noch keinem gehören, vom lieben Gott für die Königin von England bestimmt sind. Und das Land hinter Walvis-Bay, das große Südwestafrika, das haben sie nur deshalb noch nicht vereinnahmt, weil mit der Wüste, dem dürren Dornbuschland im Innern und den wilden Niggern nichts anzufangen ist, wovon man sich Gewinn versprechen könnte. Aber wenn jetzt ein anderer kommt und will sich festsetzen, werden sie böse werden, die Engländer – das kenne ich schon! No, no, Mister Korthinrichs, was die Briten anbetrifft, da macht mir keiner was vor. Ich bin immer ganz gut mit ihnen ausgekommen und hab's bis zum Bootsmann gebracht. Weiter wird aus mir nichts! Aber was soll unsereins auch weiter wollen!« ...
Der Bootsmann hatte sich seine Wollmütze wieder in die Stirn gezogen und sich seiner Spleißarbeit an einem durchgescheuerten Tau zugewandt.

Der junge Korthinrichs war nachdenklich geworden nach dieser Unterhaltung. So klar und vaterländisch brav, wie man es dem kleinen Kommando von jungen Männern vor der Ausreise eingeschärft hatte – und man hatte gefälligst zu glauben, was die Vorgesetzten in der Instruktionsstunde lehrten! –, nein, ganz so einfach schienen die Verhältnisse in dem Land, dem man entgegenfuhr, doch nicht zu liegen. Aber es empfahl sich wahrscheinlich, solche Bedenken mit den Kameraden nicht zu erörtern. Viel herumzureden – dazu neigte Korthinrichs ohnehin nicht...
Das Schiff hatte Kurs aufs Land genommen. Die für Walvis-Bay bestimmten Passagiere machten sich für die Ausschiffung bereit. Korthinrichs war froh, daß sich die Wochen der ewigen Schaukelei – die manchem schlecht bekommen war – endlich ihrem Ende näherten, daß man bald wieder darstellen würde, was man in Wahrheit war und sein wollte: Soldat und Reiter unter dem guten Hauptmann von François, der sich, wie sie alle an Bord des Schiffes, in albernes Zivil hatte kleiden müssen.
Das Schiff tastete sich um eine langgestreckte, sandig flache Halbinsel in den Hafen. Die deutschen Männer standen an der Reling und blickten dem Ziel entgegen, von dem unterwegs so viel die Rede gewesen war. Walfischbucht – der einzige, brauchbare Hafen an der gut dreizehnhundert Kilometer langen Küste Südwestafrikas. Den Männern verschlug es die Sprache. Walvis-Bay – wo war es überhaupt? Diese magere, dürftige Ansammlung von wenigen Dutzend niedriger Holzhäuser und Schuppen, mehr oder weniger regellos auf gelben Sand gesetzt? Kein Baum, kein Strauch! Sand, nichts als Sand, der aus dem Innern in gelben Dünen heranzubranden schien – und eine hölzerne Landungsbrücke, der sich das Schiff nur mit äußerster Vorsicht näherte. Die in den Sand gerammten Bohlen machten keinen sehr standhaften Eindruck, krachten, ächzten und schwankten, als der Leib des Schiffes sich gegen sie legte.

War man so weit und so lange gefahren, um diesen höchst kümmerlichen Ort zu erreichen –? Und er war nicht einmal deutsch, sondern britisch. Der Union Jack flatterte, zerfleddert schon an den Kanten, an einer hohen Stange neben dem völlig reiz- und schmucklosen Zollschuppen.
Aber wenn die Männer sich auch wunderten, ja, wie Korthinrichs, aufs tiefste bestürzt waren, für Gefühle der Enttäuschung oder der Furcht blieb jetzt keine Zeit. Die Kisten und Ballen, welche die Ausrüstung der »staatlichen Truppe« enthielten, mußten unversehrt an Land und weiter landein geschafft werden. Es gab einige Debatten mit dem britischen Zoll. Aber das hatte der Vorgesetzte auszubaden, und die Papiere der »Forschungs-Expedition« waren in Ordnung. Allen brannte der Boden unter den Füßen. Nur endlich fort aus diesem Gebiet unter englischer Hoheit! Man war ja hergereist, um für den Schutz deutscher Leute in einem Land zu sorgen, das sich, wie es hieß, dem Deutschen Reich anvertraut hatte, das also drauf und dran war, deutsches Land zu werden, wenn auch der Hafen Walfisch-Bay als englischer Pfahl im deutschen Fleisch verbleiben würde – bis auf weiteres.
Die Mannschaft und ihr Führer atmeten auf, als sich bald nach der Ankunft herausstellte, daß der lange vorher bestellte Agent für den Weitermarsch der kleinen Truppe ins Innere des Landes gewissenhaft vorgesorgt hatte. Zwei ungemein starke, mit zehn Joch gesunder und starker Ochsen bespannte Wagen unter hoch aufschwingenden Planen standen bereit, das Gepäck der Männer, die Kisten mit ihren Waffen, Sätteln, Geschirren, Uniformen und der Munition für ihre Karabiner aufzunehmen. Und auch für Pferde, junge, saubere Tiere, die gut im Futter waren, allesamt an Sattel und Zaumzeug längst gewöhnt, war gesorgt. Das hob die Stimmung unter den jungen Männern ungemein, denn Reiter waren sie alle, als gute Reiter waren sie ausgesucht und angeworben worden. Ohne Pferd war man nur ein

halber Mensch – das stand für jeden der Männer als allererste Wahrheit fest.
Keine Schiffsplanken mehr, keine Schaukelei und Übelkeit! Pferde statt dessen, gute Pferde! Es ging also los! Jetzt erst ging es richtig los! Drei Kreuze hinter diesem Sandloch Walfisch-Bay und auch hinter der hohen See!

---

Der breite Gürtel von riesigen Wanderdünen, der sich zwischen der Küste um die Walfischbucht und dem langsamen Anstieg zum Südwester Hochland unabsehbar nach Norden und Süden entlangdehnt, war für die Ochsen vor den Planwagen und die Pferde der Reiter überaus mühsam zu durchqueren gewesen. Von See her stand wie beinahe stets ein steifer Wind, Sturm beinahe, ins Land hinein, riß und wirbelte den feinen Sand von den Dünenkämmen in schleiernden Wolken, brannte auf Gesicht und Händen, machte die Augen tränen, die Zähne knirschen, verstopfte die Ohren. Manchmal waren Spuren von winzigen Tieren im Sand zu erkennen. Aber dazu mußte man sehr genau hinsehen. Ganz ohne Leben war also auch diese trostlos gelbe Wüste nicht.
Die Männer steckten schon in ihren fahlen Uniformen und saßen im Sattel; es ging landein, weg von der vermaledeiten Küste. Auch diese infernalische Namib würde irgendwann überwunden werden, folgte man doch einem Karrenweg, der sich deutlich genug abzeichnete, wo ihn der ewig treibende Sand nicht verweht hatte. Aber die Hottentotten-Treiber der Ochsengespanne vor den schwerfällig wankenden Planwagen waren sich offenbar ihres Weges vollkommen sicher. Der breite Wüstenriegel vor dem Anstieg zum Hochland mußte eben durchstoßen werden, ob es einem paßte oder nicht.
Die Reiter zogen den Ochsenwagen weit voraus, um nicht zu

dem treibenden Sand auch noch den Staub der schwerfällig trottenden Gespanne in der Nase zu spüren. Sie merkten es alle, Reiten in diesem Land mit der grellen, harten Sonne, den kalten Nächten und der Glut der Mittage, das würde kein Zuckerlecken sein! Korthinrichs sagte sich: zurückzublicken hat keinen Sinn; schlimmer als hier kann's nicht kommen, also vorwärts! Noch zweihundert Kilometer bis Otjimbingwe, wo die Rheinische Mission ihr Hauptquartier hat, und wo auch wir vorerst unseren Standort finden sollen. Daß sich die Missionare, die schon seit den vierziger Jahren im Lande wirken, eine Wüstenei als Siedelplatz für ihre Hauptstation ausgesucht haben – das ist wohl kaum zu erwarten...
Nach einigen Dutzend ermüdender sandiger Meilen trat die »Pad«, der Karren-»Pfad«, in ein breites, aus dem Innern herziehendes flaches Tal ein, in dem sich, wie leicht zu erkennen war, vor nicht allzu langer Zeit ein Fluß oder Strom aus dem Innern zum Meer gewälzt haben mußte, wenn sich auch jetzt, gegen Ende des europäischen Sommers (der hier auf der Südhalbkugel der Erde die Zeit des Winters, der trockenen, kalten Zeit, bedeutete), in dem weiten Strombett kein Tropfen Wasser entdecken ließ. Sand, Sand auch hier, aber blasserer, festerer als in den ewig wandernden, wehenden Dünen der gottverlassenen Namib. Dem Flußtal folgend ging es langsam und gleichmäßig bergauf, landein. Schon zeigten sich Felsen, bedrängten steinerne Wände das Flußbett. Und Leben kündigte sich an, niedriges Kraut zuerst; ein paar schnelle Insekten schwirrten; auf dem Steilufer der Schattenriß eines kleinen mageren Hundes gegen den Himmel gezeichnet, von der »Pad« her im Stromtal deutlich über der Kante der Böschung auszumachen! Ein Hund –? Nein, kein Hund! Ein Schakal, wie die Männer von dem alten Buren belehrt wurden, der die Planwagen, die Ochsengespanne und ihre schwarzen Treiber kommandierte! Ein Schakal also, das erste afrikanische Tier, das mir begegnet, stellte

Korthinrichs bei sich fest. Leben gibt es auch hier und nicht nur tote Dünen-Ödnis!

Am dritten Tag endlich änderte sich das Bild, wie es keiner der aus dem grünen Mitteleuropa ins südwestliche Afrika geworfenen Reiter für möglich gehalten hatte. Was sich ihnen wie der Zug eines Gebirges entgegengebaut hatte, erwies sich als die vielfach gebrochene Kante eines strahlend weiträumigen Hochlands, das, wie der Führer der kleinen Truppe seinen Leuten erläuterte, sich etwa eintausenddreihundert Meter hoch über den Meeresspiegel erhob; allerdings würde es von Gebirgen unterbrochen, die bis zu zweitausend Metern darüber aufstiegen.

Die zunächst nur locker über die ansteigenden Ebenen verteilten Büsche, fast alle mit Dornen vieler Arten bewehrt, wie der wißbergierige Korthinrichs bald erkannte, sie rückten allmählich enger zusammen, vereinten sich schließlich zu unabsehbaren, dichteren Hainen, über die vereinzelt höhere Bäume, Kameldorne zumeist, mit vertrackt verwinkeltem Astwerk, hinausragten. Von den Kämmen des weithin wallenden Geländes her – es schwang dahin wie ein erstarrtes Meer – öffneten sich schier unermeßliche Fernblicke. So klare, so helle, ungemein durchsichtige Luft meinte der Reiter Korthinrichs noch nie erlebt zu haben – womit er keineswegs unrecht hatte!

Nichts war zu merken von der »Schwüle der Tropen«. Leicht ging die Luft; immer wehte ein bald sanfter, bald starker Wind über den Weiten, die sich olivgrün, goldbraun, auch silbrig, wo Grasflächen sich dehnten, ins schier Grenzenlose erstreckten. Rudel von nie gesehenem Wild tauchten manchmal am Wege auf, gar nicht besonders scheu, Springbock-Herden, Oryx mit langen Spießhörnern, herrlich grau, weiß und schwarz gezeichnet. Und auch schon die stolzeste aller Antilopen des Landes, die Schraubenantilope, der Kudu mit dem wie gedrechselten, gewundenen Gehörn, wurde gesichtet, wenn auch nur für Augenblicke. Das Tier äugte

bewegungslos aus der Deckung der hohen Gebüsche zu dem vorbeiziehenden Reitertrupp herüber, wie aus Erz gegossen mit erhobenem, schwer bewehrtem Haupt, ein herrliches Standbild! Und setzte dann, plötzlich mißtrauisch geworden, aus dem Stand in hohem Satz davon und war im Dornbusch verschwunden, als hätte es nicht soeben noch das Herz der Reiter auf der staubigen »Pad« um ein paar Schläge schneller schlagen lassen.
Wilhelm Korthinrichs saß aufrecht und doch locker im Sattel. Seine Glieder und Muskeln – guter Reiter, der er war! – paßten sich jeder Bewegung des schnell schreitenden oder auch trabenden Pferdes an: er brauchte sich keine Mühe zu geben, konnte die Augen schweifen lassen, ließ sich keine Einzelheit der neuen strahlenden Welt entgehen, die sich vor ihm und an den Flanken des Weges auftat. Ungeheuer fremd kam ihm dies überhelle Dornbuschland in den ersten Tagen vor. Da ritten sie und ritten und immer rollte langsam die gleiche, dicht, aber nicht allzu dicht bewachsene Baum- und Busch-Steppe an den Seiten ab, tauchte vor ihnen aus dem leichten Dunst des fernen Horizonts und versank hinter ihnen, als hätte sie keinen Anfang und kein Ende. Wer sie so, aus einem eng- und altbesiedelten und seit tausend Jahren pfleglich genutzten Land stammend wie der junge Reiter Korthinrichs, zum ersten Mal erlebte, der mochte kaum glauben, daß es dergleichen überhaupt gäbe: so viel unabsehbare, unberührte Einsamkeit, soviel seltsam großartige, überwältigende Eintönigkeit, die doch nirgendwo sich wiederholte, sondern in ewig neuen Abwandlungen bewies, daß sie lebte, seit abertausend Jahren in sich selber schwingend in unerschütterlichem Gleichmut.
Und noch etwas anderes kam ihm zu Bewußtsein, dem Stunde für Stunde unter heißer Sonne in lang auseinander gezogener Kavalkade vor sich hinzockelnden Reiter: die Luft über diesen von abertausend Gebüschen übergrünten Wei-

ten – diese trockene, unendlich leichte Luft, die jeden Schweißtropfen schnell trocknen ließ, die rein und warm in die Lungen strömte und das Atmen zu einer Lust machte, solch herrliche, mit zarten und zugleich herben Gerüchen beladene Luft hatte es für ihn noch nie gegeben, sie war ein Wunder!
Ja, ein Wunder war es ihm, dem Reiter aus einer ganz anderen Welt, daß es ein Land wie dieses überhaupt gab. Doch so war es! Da erstreckte es sich weit um ihn her ganz und gar wirklich, nie geahnt und nun doch alle Sinne bedrängend, in seiner Andersartigkeit beinahe heimliche Furcht erregend.
Aber dieser Korthinrichs neigte nicht zu Angst oder ungewissen Gefühlen. Er hatte sich zu Afrika entschlossen. Nun galt es, damit fertig zu werden und nicht zurückzublicken. Schon auf diesem ersten langen Wanderritt von der toten Küste ins duftende Hochland Südwestafrikas hinauf erlebte er in sich die Wende, die Hinwendung zu diesem Sonnenland, die vor ihm und nach ihm so viele Menschen aus der gemäßigten Zone, aus dem alten Europa, erlebt haben. Das geschah, als er als erster des Kudu-Bullen ansichtig wurde zwischen den Gebüschen am Wegrand, des herrlichen Tieres der Wildnis mit dem mächtig gewundenen Gehörn, groß wie ein Pferd oder größer, mit schwerer Wamme am stark gebogenen Hals. Ein Urbild der Freiheit, in unbewußter, kühner Schönheit und Kraft, so hatte sich der Kudu den Augen des Reiters dargeboten, ganz überraschend, eine plötzliche Erscheinung zwischen zwei hohen, runden Weißdorn-Büschen.
Der unvermutete Anblick war dem Reiter wie ein Blitz in den Sinn gefahren, verging schon nach ein paar Sekunden. Die Brust des Mannes hob sich in einem tiefen Atemzug. Er wußte plötzlich, es kam ihm wie eine Erleuchtung: welch ein Land! Welch ein ungeheuer herrliches, freies, wildes Land! Es wartet auf mich. Hier will ich sein. Hier will ich mir

Lebens- und Heimatrecht erringen! Ich habe mich nicht geirrt. Hier bleibe ich!

---

Otjimbingwe dann endlich, die große Missions-Station, schon weit im Inneren, eine Ansammlung von niedrigen, weit verstreuten Häusern mit weißgekalkten Wänden. Hottentotten, Herero, Bergdamara – Korthinrichs wußte sie bald zu unterscheiden. Eine viel kleinere Anzahl von weißen Männern tauchte auf, mit Vollbärten zumeist: ernsthafte Missionare, Händler, Abenteurer, nur wenige weiße Frauen, ausnahmslos solche, die zur Mission gehörten. Lärm und Unruhe, Geschrei und Gewimmel, Staub von Ochsenwagen, Peitschengeknall der Treiber, Berittene auf schweißnassen Pferden, Ziegenherden und kläffende Hunde, die Glocke der Missionskapelle. Nach der Stille der Steppe der schrille Spektakel der Menschenwelt...
Die Truppe unter dem Hauptmann von François war sehnsüchtig erwartet worden. Ein britischer Händler war unterwegs, weiter im Osten des Landes, in die blutigen Fehden zwischen Hottentotten und Herero geraten, war von einer Hottentotten-Schar überfallen, beraubt und als Geisel genommen worden, die von der Mission ausgelöst werden sollte. Stattdessen würde man nun den Burschen die frisch von der Küste eingetroffenen Schutztruppen-Reiter auf den Hals schicken! Drei Tage nach ihrer Ankunft saß die Truppe bereits wieder im Sattel. Diesmal waren die Karabiner am Sattel scharf geladen, und den Pferden wurde das Äußerste abverlangt, denn Zeit war nicht zu verlieren. Es brauchte kein Schuß abgegeben zu werden. Die Räuberbande machte sich schleunigst aus dem Staub, als statt des erhofften Lösegelds in Form von Schnaps, Kattun und Tabak die bewaffneten Reiter auftauchten. Das war etwas Neues!

Damit hatte man nicht gerechnet. Die Verhältnisse begannen sich offenbar zu ändern.
Und Korthinrichs war von Anfang an mit dafür verantwortlich, daß sie sich änderten in Südwestafrika. Ein paar Jahre würde er im Sattel sitzen und reiten müssen, reiten! Dann hatte er – mit all den anderen – von dem Land Besitz ergriffen.
Und das Land von ihm!
Er ahnte nicht, wie hart und von Gefahr umwittert er würde reiten müssen, landauf und landab, ehe er endlich aus dem Sattel steigen und versuchen konnte, für sich und die Seinen im weiten, leeren Busch eine Heimstatt zu gründen.

---

# II

## Landnahme

Der Schwarze hob seine Rechte und schwenkte sie in einem weiten Halbkreis, als wollte er das Land vorstellen:
»Dies ist der Platz, Herr!«
Der Reiter zog den breitrandigen Filzhut vom Schädel und wischte sich mit dem Handrücken den Schweiß von der Stirn. Dann richtete er sich im Sattel ein wenig auf, vereinte seine Hände mit den Zügeln und der Krempe des Hutes auf dem Sattelknauf und blickte sich um:
»Wie heißt dieser Ort in der Sprache deines Volkes, Amos?«
»Auf Herero trägt er den Namen Otjikarare, Herr.«
»Und was bedeutet das?«
»Das ist gar nicht so leicht zu sagen, Herr. Es ist eben nur ein Name. Aber so ungefähr benennen wir Herero eine Stelle in bergigem Land, von der man weit sehen kann.«
Der Reiter ließ das Wort aus der Herero-Sprache ein paarmal, als wollte er es ausprobieren, über seine Zunge gleiten:
»Otjikarare, Otjikarare – ein Ort, von dem man einen weiten Blick hat. Ganz gewiß, der Name stimmt –!«
Die beiden Männer am sanft geneigten Hang der hinter ihnen von Südwesten locker heranwogenden Berge und Hügel ließen ihre Pferde für eine Weile verschnaufen. Sie verhielten

sich still für geraume Zeit, tranken das Bild ein, das ihren Augen wohltat; sie waren verzaubert, rührten sich nicht.
Ja, Verzauberung wehte aus den unabsehbaren Steppen heran, die sich nach Nordosten ins Grenzenlose zu dehnen schienen, ein leiser Zauber in der Tat, der den Mann im Sattel zu einer Statue erstarren ließ.
Ein blaßblauer, seidenzarter Dunst schwebte über der fernhin wallenden Steppe, die Ahnung unermeßlicher Einsamkeit. Die Sonne hatte sich im Nordwesten bereits ins letzte Viertel ihrer gleißenden Bahn geneigt. Ihre Glut, die um die Mittagszeit wie jeden Tag flammend gesengt hatte, war fühlbar abgeklungen. Der Luftzug – einen Wind konnte man ihn kaum nennen –, der aus den unendlichen Weiten hügelan geweht kam, war knochentrocken; er ließ deshalb den Schweiß auf der Stirn des Reiters schnell vergehen, schenkte sogar ein Gefühl der Kühlung, obgleich er immer noch wie aus dem Feuerloch eines Ofens zu stammen schien. Dies war ein Land, in dem über allem die Sonne regierte, herrlich, strahlendes Licht spendend in überreicher Fülle – und gnadenlos!
Kein Zeichen menschlichen Lebens, soweit das Auge reichte und so forschend die Blicke auch suchen mochten nach allen Richtungen. Nichts weiter bot sich dar als der unabsehbare Busch, dornig, sperrig, hoch genug, daß ein Reiter nicht darin zu entdecken war, wenn er es darauf anlegte, aber doch nur locker geordnet; Mann und Roß konnten ihn ungehindert durchschweifen – und auch das Vieh! Denn überall unter den Dornbüschen, den hier und da ihr verknorrtes, verqueres Gezweig in den Himmel reckenden Kameldorn-Bäumen, stand kräftiges Gras in fußhohen Bülten, goldgelb jetzt bis grausilbern gegen Ende der trockenen, der »kalten« Jahreszeit – »Heu auf dem Halm«, ging es dem Reiter durch den Kopf. Hier würde er sich nicht zu sorgen brauchen; viele Rinder würden sich hier in der schier grenzenlosen Steppe reichlich nähren – aber:

»Wie ist es, Amos, gibt es Wasser in dieser Gegend?«
Der schwarze hochgewachsene Mann mit den sonderbar schlenkrig wirkenden Armen und Beinen, die doch in ihren lang gestreckten Muskeln viel zähe und gewandte Kraft beherbergten, war vom Pferd gestiegen, hatte sich ein paar Schritte abseits auf einem an der Oberkante wie künstlich geglätteten weißlichen Felsblock niedergelassen, als wollte er den reglos in die Weite starrenden Reiter in seinen stummen Betrachtungen nicht stören. Nun schreckte ihn die plötzlich auf ihn abgeschossene Frage – eine Frage von schicksalhafter Bedeutung, wie er als Herero wohl wußte – aus der Lässigkeit auf, in die er nach dem heißen, rastlos durchrittenen Tag schnell verfallen war. Er sammelte sich und trat neben den Reiter an den Kopf des Pferdes, das sich nicht regte, nur die Ohren spielen ließ – auch an seinem Hals und an seinen Flanken trockneten bereits die breiten Flecken des Schweißes, der das Fell dunkel genäßt hatte –:
»Weiter hinten im Gebirge gibt es zwei versteckte Felsenlöcher, wo sich gutes Wasser die ganze Trockenzeit über hält. Aber sehr viel ist das nicht – kaum genug, daß dort das Wild seinen Durst stillt, manchmal auch ein Leopard. In der Regenzeit führen die beiden Omurambas, die du da unten gut erkennen kannst, regelmäßig für einige Tage oder auch Wochen Wasser, wenn die Regen reichlich fallen. Das versiegt aber bald, wenn die Regen nachlassen. Hier und da mag es noch im Sand zu finden sein, wenn man tief genug hinunter gräbt. Aber für die Viehtränke reicht das nicht aus. Deshalb hat dir ja auch mein Vater dies Land hier zugebilligt.« ...
Der Reiter überhörte den leichten Unterton von Spott, den zu verbergen sich der Schwarze gar keine Mühe gegeben hatte. Der hagere Mann im Sattel war nun schon seit fast fünf Jahren in diesem Sonnenlande unterwegs, war weit umher gekommen und hatte gelernt, daß man als Weißer den schwierigen, stolzen und oft genug arroganten Herero ge-

genüber nie seinen Gleichmut verlieren durfte, wenn man von ihnen als ein vollwertiger oder gar überlegener Gesprächs- oder Handelspartner anerkannt werden wollte. Deshalb ging er nur auf eine der Angaben seines Führers an diesem Oktobertage ein:
»Die Omurambas da unten, Amos, an den Schlängellinien aus dichter gestellten Baum- und Buschgalerien gut erkennbar, führen regelmäßig Wasser in der Regenzeit, sagst du? Regelmäßig? Kann man sich darauf verlassen?«
»Ich glaube schon, Herr. Mein Vater und unsere alten Leute, die kennen das Land.«
Der Reiter erwog in Gedanken, was er gehört hatte, wollte noch wissen:
»Und wo fließen sie hin, die beiden Omurambas, wenn sie fließen, Amos?«
Die Antwort kam ohne Verzug:
»Oh, sie fließen nirgendwohin, die du da siehst weiter unten, Herr. Wenn es einmal sehr stark regnet, dann mögen sie bis zum großen Omuramba Omatako vordringen. Aber das kommt nur ganz selten vor. Meistens vergehen sie alle in der Omaheke, der wasserlosen, in der niemand von uns leben kann oder will. Blicke nur nach Nordosten, Herr! Ganz, ganz hinten da, wo der Himmel und die Erde zusammenfließen, dort beginnt sie, die wasserlose Omaheke. Dort kann man nicht leben.«
»Soweit man von hier aus sehen kann, Amos, ist der Busch noch dicht, üppig beinahe; es gibt gutes Gras, und die vereinzelten Kameldorn-Bäume spenden Schatten. Und die Berge hinter uns sorgen dafür, daß die Lüfte sich austauschen zwischen oben und unten – ein schönes Stück Land, Amos!«
»Ja, so weit das Wasser von den Bergen vordringt, ehe es versickert oder verdunstet, täuscht der gute Eindruck nicht. Mein Vater sagt, du hättest ihn gut bezahlt, und er wolle dir das Land geben von den zwei kleinen Wasserlöchern

im Gebirge bis dahin, wo die Dürftigkeit der Omaheke anfängt, mit den Tälern der beiden Omurambas da unten und dem was zwischen ihnen liegt. Das wäre ein deutlich umgrenztes Gebiet, man könnte ein paar hundert Rinder darauf weiden und fett machen, wenn es nur Wasser gäbe. Aber die Weißen zaubern ja allerlei, vielleicht zaubern sie auch Wasser heran, wo es sonst nur in der Regenzeit für wenige Tage oder Wochen Wasser gibt.«
Wieder war ein versteckter Hohn in den Worten des Herero nicht zu überhören – und der Reiter hatte scharfe Ohren. Er ging nicht darauf ein, dachte auch nicht daran, sich gekränkt zu fühlen. Dazu war jetzt keine Zeit. War er nicht tagelang von Otjimbingwe nordwärts geritten, hinter sich den knarrenden Planwagen mit zwölf Joch Ochsen davor, der, in Tauschwaren verwandelt, sein ganzes Vermögen enthielt –?
Dieses Land hier an der Nordost-Abdachung des Hügellandes, aus welchem der Waterberg aufragte, hatte ihm im Sinn gelegen, seit er es fünf Jahre und fünf Regenzeiten zuvor zum ersten Mal erlebt hatte, dies wunderbare Stück Erde im Hochlandbusch Südwestafrikas. Damals war er mit einer Patrouille unter Führung des Hauptmanns von François wochenlang unterwegs gewesen. Der ebenso kluge wie furchtlose von François sollte mit den Nord-Herero unter ihrem Häutpling Kambazembi Fühlung aufnehmen, sich im Lande umsehen und einen Eindruck von seiner Natur und seinem Wert zu gewinnen suchen.
Auf den Patrouillenritten hatte Korthinrichs häufig Gelegenheit gehabt, die Herero zu beobachten. Sie weideten im Busch ihre großen Herden, die ihren Stolz und ihren Reichtum verkörperten, die ihnen Nahrung und Kleidung lieferten und den Mittelpunkt ihres Daseins bildeten. Doch es war ja in dem himmelweiten Land so viel Platz vorhanden, daß die Herden neben der Fülle des Wildes kaum ins Gewicht fielen. Korthinrichs erkannte mit dem Blick des niedersächsischen Bauernsohns, der er ja war – und geblieben wäre,

hätte er auf dem alten Familienhof nicht dem älteren ungeliebten Bruder weichen müssen –, daß das Vieh der Herero wenig wertvoll war. Von überlegter Züchtung, von Auslese beim Aufbau einer einheitlichen Herde hatten die Schwarzen offenbar nicht viel Ahnung; ihnen kam es nur auf die Zahl der Tiere an, die sie ihr eigen nennen konnten.

Korthinrichs hatte sich gesagt, daß in einem Land mit so reichlichem und nahrhaftem Gras und Kraut, in dem so prachtvolles und kerngesundes Wild gedieh, überlegte Rinderzucht erfolgreich sein müßte. Und über den Absatz würde man sich wohl kaum Sorgen zu machen brauchen. In diesem Land der weiten Entfernungen würde der Ochsenwagen – mit den zehn bis zwanzig Zugochsen davor an langer Kette – noch für vorläufig nicht absehbare Zeit seine Bedeutung behalten, wenn auch schon davon geredet wurde, die Küste von der Mündung des Swakop her, wo deutsche Seeleute einen Ankerplatz ausfindig gemacht hatten, um mit ihren Anlandungen vom britischen Walvis-Bay weiter im Süden unabhängig zu werden, durch eine Eisenbahn mit der Mitte des Landes, mit dem erstaunlich schnell wachsenden Windhuk, zu verbinden.

Auch ließen sich in der Regenzeit, wenn die Wasserlöcher voll waren, Herden fetter Rinder entweder an die Küste oder in langen, langsamen Trecks südwärts nach Südafrika treiben, wo sie einen aufnahmewilligen Markt vorfanden. Es gab ja schon eine Anzahl von englischen und deutschen Händlern im Lande, die ihre aus Europa eingebrachten Waren – Kattun, billigen Schmuck, Waffen, Werkzeuge und natürlich Branntwein – gewöhnlich äußerst vorteilhaft gegen die Rinder der Eingeborenen eintauschten. Die Eingeborenen, die Herero, erst recht die Hottentotten oder Nama, diese aus der Kapkolonie im Süden gegen die Herero anbrandenden kampfeslustigen, viehräuberischen Stämme insbesondere, hatten auch bereits gelernt, was Geld bedeutete und was damit bei den Weißen anzufangen war;

das sollte den Handel mit ihnen in Zukunft weiter erleichtern.
Solche und andere Überlegungen waren dem jungen Schutztruppenreiter auf den langen Patrouillen-Ritten durchs Herero-Land unablässig durch den Kopf gegangen; er hatte Augen und Sinn offengehalten und hatte sich schließlich gesagt: Wenn erst einmal Frieden herrscht in diesem Land, die Herero und die Nama sich nicht mehr ewig in der Wolle liegen, einander das Vieh abtreiben, die Hirten erschlagen, die jämmerlichen Hütten und Dörfer verbrennen, dann muß man hier land-, besser viehwirtschaftliche Betriebe aufbauen können, die bei einigem Glück und natürlich viel Fleiß auch für eine europäische Familie eine sichere Existenzgrundlage darstellen sollten.
Der hagere, sehnige, nur wenig über mittelgroße Reiter vom Stamm der Niedersachsen hatte sachliche Überlegungen solcher Art in seinem klugen, wenn auch etwas langsamen Hirn Monat für Monat und schließlich für Jahre hin und her gewälzt und allmählich reifen lassen. Er war schließlich zu dem Beschluß gelangt: In diesem Land läßt sich leben, hier bleibe ich, hier kann ich mir aufbauen, was mir in der Heimat verwehrt worden ist: einen eigenen Besitz, Haus und Hof und bewegliche Habe, Vieh und Pferde, dazu Land, weites Land, so viel davon, wie ich an einem Tag umreiten kann, und wenn ich will, noch viel mehr. Und besser kann ich das Land und seine Launen gar nicht kennenlernen, als wenn ich nicht nur meine drei vertraglichen Jahre abdiene, sondern noch so lange bei der Truppe bleibe und mit ihr bis in fernste Winkel des Herero-Landes vordringe, oder hinauf ins Ambo-Land jenseits der wildreichen Niemandsgebiete um die Etoscha-Pfanne und hinunter in die so viel dürftiger sich bietenden Weiten des Nama-Landes, bis mir das große Südwest keine Geheimnisse – oder Überraschungen – mehr verbirgt. Irgendwann werde ich dann den Absprung wagen, werde mir Land zuweisen lassen, mich mit dem Häuptling in

Güte einigen und mir meine eigene große Farm aus der Dornbusch-Wildnis schneiden – mit dem allerbesten Gewissen von der Welt, habe ich doch dann zur Befriedigung dieser wunderbaren Steppen das meinige beigetragen.

Der im Laufe der Zeit unter der afrikanischen Sonne wahrhaft lederzäh gegerbte Steppenreiter Wilhelm Korthinrichs glaubte zwar in all der Einfalt und Nüchternheit seines bäuerlichen Gemüts, daß es nur Erwägungen der Vernunft gewesen waren, die ihm den Entschluß nahegelegt hatten, im Land der Trockenflüsse wie dem Swakop oder dem Omatako, der Kameldornbäume und der fernen blauen, leeren Gebirge, in denen die Paviane ihr albern anmutendes Wesen trieben, in diesem ungemein weiträumigen Land mit der herbe duftenden Luft Fuß zu fassen. Tatsächlich aber war er, wie es so vielen anderen Kindern Europas auch erging, von dem starken Zauber der Gefilde Afrikas eingefangen, war eben auch verzaubert worden.

Verzaubert von den kalten Nächten auf dem Hochland des Innern, wenn im samtenen, tief veilchenblauen Himmel abertausend Sterne ihre Funkeltänze aufführen in Bildern, die den Menschen der Nordhalbkugel der Erde fremd sind und unter denen man doch das strahlende »Kreuz des Südens« bald zu erkennen lernt, Nächte, in denen der eisige Wind nur ganz sachte durch die dornigen Dickichte schweift, ohne ihnen mehr als ein allerfeinstes, beinahe unwirkliches Wispern zu entlocken. Im Schlafsack unter dem Sternenhimmel, warm und trocken aufgehoben, wenn auch nicht besonders weich gebettet – und die kühle, duftende Luft streift über die Stirn wie ein Elfenkuß –, wo und wie ließe sich ein Schlafgemach denken, großartiger, stiller und heimlicher als dieses!

Und im Frühling, also hier auf der Südhälfte der Erde im November oder Dezember, wenn die ersten Regen mit Donnergepolter über dem verdorrrten Land heraufgezogen und herniedergestürzt sind, wie da das gestern noch graubraune staubige Land in wenigen Tagen zum himmlischen Wunder eines Blumenflors erwacht, so reich und herrlich und tausendfach, daß man glaubt, den eigenen Augen und Sinnen nicht trauen zu dürfen. Die »Lilien auf dem Felde«, hier blühen sie dann, jede ein Wunderwerk an zarter Form und kunstvoller Zeichnung, zu Millionen dicht an dicht unter den jeden Tag vergnügter und üppiger in graugrünem Blattgefieder sich bauschenden Dornbüschen. Und die Sternblumen, die Narzissen und mannigfache Kräuter breiten sich aus zu dicht gewebten, leuchtenden Teppichen. Die Antilopen und Gazellen, die federleichten, hoch aufschnellenden Familien der Springböcke, die Rinder und Schafe senken die feuchte, schwarz glänzende Muffel ins taufrisch aufsprießende junge Gras; und bald wird dann ihr Fell wieder blank und dicht, das doch in den letzten Wochen und Monaten der trockenen, der kalten Zeit struppig geworden war und seinen Glanz verloren hatte.

Die Trockenflüsse, von den Buren ursprünglich und längst von jedem Mann mit weißer Hautfarbe »Riviere« genannt, die »Omuramba« der Herero, die viele Monate nichts weiter in ihren breiten Betten zwischen den Galerien der hohen Uferbäume aufwiesen als hellen Mahlsand, schier grundlosen, durch den die schweren Planwagen sich nur höchst widerwillig wühlten, was den Ochsen davor unter den langen Peitschen der Treiber große Qual bereitete, ja, dann »kamen die Riviere ab« – wie man in Südwest sagte –, füllten sich mit jagender, gelbbrauner, schäumender Flut, entwurzelten ganze Bäume am Ufer und spülten sie davon, überschwemmten flaches Gelände weithin und gruben vielleicht dem Fluß ein neues Bett. In Zeiten starker Regen erreichten die ihrem Namen nun durchaus nicht mehr entsprechenden Trockenflüsse quer durch die Namibwüste sogar das Meer, in stärksten Regenzeiten manchmal für Wochen, ohne wieder zu versiegen. In der warmen, der Regenzeit mochte es auch im hohen Innern des Landes für ein paar Tage hintereinander schwül und drückend werden, doch nie für lange; ein neues Gewitter fegte unter hallendem Donner und mit ganzen Bündeln von Blitzen den Himmel wieder klar und rein und schenkte dem in abertausend Tau- und Regentropfen blinkenden Land von neuem die wunderbare Frische und Leichtigkeit der Luft, die manchen Menschen aus dem überdrängten Europa zum eigentlichen Wahrzeichen des Südwester-Landes wurde. – Wenn dann gegen Ende des Südsommers die Regen seltener wurden und schließlich versiegten (zur Zeit also, wenn sich in Europa der Sommer gerade erst ankündigte), schwand die Blumen- und Blütenpracht der Steppe dahin, als hätte es sie nie gegeben, und das Psalmwort wurde wahr, in dem es heißt: »Ihre Stätte kennet sie nicht mehr«.

Aber jener Wilhelm Korthinrichs vermochte sich niemals darüber klar zu werden, ob er nun der Regenzeit mit ihren Blumen und ihren in schlechten Jahren allzu seltenen Gewittergüssen den Vorzug geben sollte oder den ewig klaren, tiefblauen Himmeln der kühlen, der trockenen Monate von April bis Oktober. Jeden Morgen hebt sich dann der Feuerball der Sonne aus einem stillen Meer von roter, schließlich goldener Glut in einen, wenn überhaupt, dann nur am Nachmittag, von blendend weißen Wolkenschiffen durchsegelten Himmel hinauf und vertreibt in ein, zwei Stunden die Kühle, ja Kälte der bald silbern vom wechselnden Mond erhellten – so hell, daß bei Vollmond ein Buch lesen kann, wer scharfe Augen hat –, bald nur von zartem Sternenlicht durchrieselten Nächte. Hart und gewaltsam brennt am hohen Mittag über dem von heißem, trockenem Wind durchpulsten Land die Sonne, seine unumschränkte Herrscherin. Die Mopane-Büsche in den nördlichen Gegenden des Landes schwitzen dann ihren herben duftenden Saft aus, dessen fremdartiges Aroma von keiner europäischen Nase je zu vergessen ist. Das Wild hat sich im Schatten der hohen und oftmals hinderlichen Dornbüsche, die von den Buren »wacht een beetje« (wart' ein

bißchen) genannt werden, niedergetan oder auch unter einer Sykomore, einer Art von wildem Feigenbaum, der eßbare, walnußgroße Früchte hervorbringt.
Und auch ein Reiter tut dann gut daran, abzusteigen, dem Pferd den Sattel zu lüften, ihm Zaum und Gebiß abzustreifen, damit es sich am trockenen, aber nahrhaften Gras und Kraut stärken kann. Ist gar am Rande eines Riviers ein Anabaum in der Nähe, König aller Bäume in Südwest (wenn man von den riesigen Baobab, den Affenbrotbäumen, im Norden des Landes absieht), dann braucht man den weidenden Pferden nicht einmal Fußfesseln anzulegen, damit sie sich nicht allzu weit verlaufen. Die gut fingerlangen Schoten des Anabaums bedecken dicht den Boden unter der mächtig ausladenden Krone um den gewaltigen Stamm, den zwei Männer kaum umspannen; sie schmecken süß, die Früchte des Anabaumes, und werden vom Vieh und von Pferden hoch geschätzt; die Pferde lassen einen so angenehm für sie gedeckten Tisch nie im Stich, bis die Reiter, wenn die Sonne den hohen Mittag hinter sich gelassen hat, wieder aufsatteln. Die trockene, harte Hitze, die vor kurzem noch wie aus einem Ofenloch hervorzuprallen schien, läßt dann nach, merkwürdig schnell, als hätte sich die Kraft des Sonnenballs in der Mittagszeit verbraucht. Der Reiter erlebt die Stunden, wenn das Gestirn des Tages sich unverkennbar tiefer in den Westen senkt, als eine zweite Frische und fühlt sich aufgefordert, noch längst nicht Rast zu machen, sondern weit in den Abend hineinzureiten. Ist die Sonne schließlich in einem glühend goldenen, dann purpurnen Feuersturm hinter den westlichen Horizont getaucht, dem Auge unerträglich bis zum allerletzten Blitz, so sickert Kühle aus dem allmählich zu zartem Rosa verglimmenden Himmel hernieder. Der Schweiß auf den Stirnen der Reiter und am Hals und den Flanken der Pferde ist getrocknet. Sollte es nötig sein, werden Mann und Roß bis spät in die Nacht hinein weiterziehen, um die Kühle, die auf der Höhe der trockenen Zeit zur

Kälte werden kann, zu nutzen. Denn die Nächte sind ja niemals dunkel wie in unseren wolkenreichen Breiten, sondern ständig klar und durchwebt vom bleichen Licht des zu- und abnehmenden Mondes oder auch nur vom lautlosen Geflimmer, alle Farben des Regenbogens durchzitternd, der abertausend fernen Welten des Alls.

Trockenes Holz ist überall zur Hand oder das dürre Gezweig eines abgestorbenen Kameldorns oder gar eines jener stolzesten Bäume des Damara-Landes, die von den Herero mit dem umständlichen Namen Omumborombonga ausgezeichnet worden sind, eichenähnliche Gewächse, die ihre dichten Kronen bis zu fünfzehn Metern Höhe aufrecken. In ihrem dicht verschlungenen Geäst, so meinen die Herero, wenn die Missionare sie noch nicht bekehrt haben, leben die Ahnen des Stammes fort. Aber die Omumborombongas sind nicht so häufig in der Damara-Hochsteppe zu finden wie etwa der allgegenwärtige Weißdorn oder der Hakjesdorn. Und wenn man Herero unter seinen Leuten hatte, so empfahl es sich, die schöne Würde der Bäume mit dem langen Namen nicht zu stören, indem man mit ihren trockenen Zweigen das abendliche Kochfeuer speiste.

Die flackernden Feuer des Nachts, die man gern bis zum Morgengrauen in Gang hielt, um die wilden Tiere abzuschrecken, sie schufen eine warme helle Kammer, eine bergende, freundliche Behausung in der weltenhohen Stille und Einsamkeit der Sternennacht. Der vergangene Tag wurde besprochen rings um die leise prasselnden Flammen, und was der nächste bringen würde. Die Forderungen, die den Reitern gestellt waren, rückten dann oft genug in die Hintergründe der Steppennacht; Geschichten tauchten auf, tanzten um die Feuer, ließen die ferne Heimat wieder auferstehen, vergangene Abenteuer und Träume von einer Zukunft, die für alle noch ungewiß war – denn ewig würde man nicht reiten. Man würde entweder, wenn die Dienstzeit, zu der man sich verpflichtet hatte, abgelaufen war,

wieder in die Heimat nach Norden zurückkehren oder sich hier in diesem seltsam betörenden Sonnenland mit den lohenden Mittagen und den manchmal eisig kühlen Nächten festsetzen – aber wie und wo?
Wilhelm Korthinrichs war mit der Unschlüssigkeit, von der so viele seiner Kameraden beunruhigt wurden, schon in seinem zweiten Südwester Jahr fertig geworden. Gewiß, es wäre herrlich gewesen, wenn er auf dem alten, angestammten Hof in Lungbüttel hätte bleiben können. Aber da saß der ältere Bruder und brauchte nach Sitte und Herkommen nicht zu weichen, hatte auch, was sich Wilhelm nie recht erklären konnte, die Eltern auf seiner Seite. Stets der zweite im Kommando zu bleiben, dazu eignete sich der jüngere Bruder nicht – und alle waren ganz einverstanden damit gewesen, daß er sich freiwillig ins ferne Südwest-Afrika gemeldet hatte, ein Gebiet auf dem Erdenrund, von dem man sich in dem grünen Land am Elm eine nur ganz blasse und ungewisse Vorstellung machen konnte. Wilhelm würde dort weit vom Schuß sein und nicht mehr länger mit seiner querköpfigen Aufsässigkeit den Frieden und gleichmäßigen Ablauf der Arbeit auf dem großen Lungbütteler Hof in Frage stellen.
Hier hab' ich Platz, hier wird mir keiner dazwischen reden, hier wärmt mich die Sonne im duftenden Busch, hier kühlt mich dich Nacht und schenkt tiefen, erholsamen Schlaf – und Gott sorgt dafür, daß in der heißen Zeit rechtzeitig die Regen fallen und das weite Land wieder grünt und blüht in großer Pracht – hier bleibe ich!
Und hier – und das ist wohl die Hauptsache – wird mir niemand mehr verbieten wollen oder auch nur können, daß ich mir meine Friedel ins Land hole und sie – mehr noch mich selber vor mir selber! – ehrlich mache und mich ihr auch äußerlich und ehelich verbinde, wie ich ihr innerlich längst und für alle Zeit verbunden bin. Sie wird nicht zögern, wenn ich komme und ihr sage: Komm Friedel, es ist so weit; wir werden uns halb zu Tode schuften müssen in Südwest, aber

auf unserem Hof im Dornbusch auf dem Anstieg zum Waterberg mit dem weiten, weiten Blick in die Ferne bis ins Unabsehbare der Omaheke wirst nur du, Friedel, und ich etwas zu sagen haben – und unser Marthchen wird endlich erleben und begreifen, daß sie nicht nur eine Mutter, sondern auch einen Vater hat – und dann soll sie nicht mehr nur den Mutternamen Kröning tragen, sondern ein Korthinrichs-Kind sein und fortan auch so heißen, Martha Korthinrichs, Tochter des Wilhelm Korthinrichs aus Lungbüttel bei Königslutter und seiner Frau Friederike, geborene Kröning, gebürtig aus Preußisch-Wartenburg in Westpreußen.
Wilhelm wußte, daß seine Friedel auf ihn gewartet hatte die fünf langen Jahre hindurch, die er in Südwest unter von François und dann unter Leutwein verritten hatte. Ja, er hatte den drei Jahren, zu denen er sich anfangs gebunden hatte, noch zwei weitere hinzugefügt. Er war ein bedachtsamer und geduldiger Mann und wollte sich mit allen Kanten und Konturen der erst langsam Form annehmenden deutschen Kolonie Südwest-Afrika vertraut machen, ehe er sich für einen bestimmten Platz entschied, ehe er genau begriffen hatte, welche Risiken er übernahm, wenn er sich und Frau und Kind diesem ungezähmten Land mit seinem wankelmütigen Klima, den wilden Tieren und den schwer berechenbaren Eingeborenen, ohne die als seine Arbeiter, Hirten und Helfer er aber nicht auskommen würde, anvertrauen wollte.
Je weiter nach Norden er sich umsah auf den Hochflächen des Südwester Innern, wo die Herero mit ihren Rinderherden von Wasserstelle zu Wasserstelle wanderten, desto reichlicher bewachsen zeigte sich das Land, desto zuverlässiger war in der heißen Zeit mit den Regen zu rechnen. Dort hatte Wilhelm auf einem der am weitesten nach Norden ausgreifenden Erkundungsritte von Windhuk her – er war schon Unteroffizier und hatte die Patrouille angeführt –, in den Bezirken der Nordherero, denen der angesehene Häuptling Kambazembi vorstand, die Stelle gefunden, die ihm in

jeder Hinsicht dem zu entsprechen schien, was er sich erdacht und errechnet – ganz im geheimen auch erträumt – hatte. Denn wenn dieser Wilhelm Korthinrichs auch wesentlich ein sachlich nüchtern handelnder Mann war, so war er doch in seinem innersten Kern – was bislang nur seine Friederike, die »Friedel«, begriffen hatte – ein sehnsüchtiger Träumer, der sich mit dem Alltag und der Nützlichkeit allein nicht abfinden mochte und sich stets, allerdings nur im Verborgenen, vom Ungewöhnlichen und Fremdartigen gern verlocken ließ. Aber ganz deutlich wußte das nur die Friedel, nicht einmal er selber.

Friederike Kröning hatte als eines von vielen Geschwistern auf dem kleinen Hof der Eltern bei Preußisch-Wartenburg, nachdem sie dem Kindesalter entwachsen war, keinen Platz mehr gehabt. Über einen Vermittler in Schneidemühl hatte sie sich als Magd auf ein großes Bauerngut nach Lungbüttel am Elm im Braunschweigischen Land verdingt, denn zu Haus hatte es keine Arbeit mehr für sie gegeben. Bei einer Tanzerei zur Feier von Kaisers Geburtstag hatte sie den jüngeren Sohn vom großen Nachbarhof der Korthinrichs kennengelernt, und beide hatten sich auf den ersten Blick zueinander hingezogen gefühlt. Beide erkannten auch bald eine gewisse Verwandtschaft ihrer Schicksale. Das Mädchen hatte den allzu zahlreichen Geschwistern im Westpreußischen Raum geben müssen, und der junge Mann konnte und wollte nicht des älteren Bruders Knecht werden auf dem väterlichen Hof. Die beiden waren ineinandergestürzt wie zwei streunende Himmelskörper, denen vorbestimmt ist, sich auf ihrer Bahn zu treffen.

Natürlich blieb ihr heimliches Verhältnis im Dorfe nicht verborgen, wo wie in allen Dörfern die menschlichen Beziehungen, freundliche wie feindselige, auf die Dauer ans Tageslicht kommen. Der alte Korthinrichs, grimmig unterstützt vom Hoferben, Wilhelms älterem Bruder, hatte geschäumt vor Zorn, als ihm hinterbracht wurde, daß Wilhelm sich an eine arme Magd aus dem Osten des Reiches gehängt hatte. Das Ansehen der Familie hätte gefordert, daß Wilhelm anderswo in der Gegend in einen ansehnlichen Hof, auf dem nur eine Tochter als Erbe vorhanden war, einheiratete. Es gab mehr als eine Gelegenheit dieser Art in den Nachbardörfern, und der alte Korthinrichs hatte sogar bei den Tochtervätern vorgefühlt und war auf große Gegenliebe gestoßen, hatte doch der alte Name Korthinrichs in der Gegend einen vorzüglichen Klang; dazu war Wilhelm ein schmucker und tüchtiger junger Kerl, dem auch die Mädchen von den ältesten und reichsten Höfen gern und verlangend hinterherblickten. Der Vater hatte zwar nach Vätersitte in diesen altsächsischen Bezirken den Hof dem Ältesten zu übertragen. Aber das bedeutete nicht, daß der zweite Sohn nach Möglichkeit nicht ebenso großzügig auszustatten war. Und als schon alles im besten Zuge war, »verplemperte« sich der allerdings von jeher eigenwillige Wilhelm mit einer Magd vom Nachbarhof, die nicht einmal aus der Gegend stammte, sondern – Gott weiß woher – aus dem Osten hereingeschneit war und dazu bettelarm.

Aber mit Wilhelm war nicht zu reden gewesen; er beharrte standhaft auf der einmal getroffenen Wahl. Die Liebenden verschworen sich, nicht voneinander zu lassen, was immer auch kommen möge, wie lange sie auch aufeinander warten müßten. Und als der alte Korthinrichs bei dem Nachbarn durchsetzte, daß die Magd Friederike Kröning entlassen und des Dorfes verwiesen wurde, entfremdete er sich den jüngeren Sohn endgültig; seinen Anteil am Erbe allerdings würde weder er noch der Hoferbe dem Nachgeborenen verweigern können.

Wilhelm war, nachdem seiner Friederike der Verbleib im Dorf auf »hinterrücksche« Weise unmöglich gemacht worden war, erst recht mit Vater und Mutter und Bruder zerfallen. Aber noch war er nicht »großjährig« und hatte den Weisungen des Vaters, der genauso starrköpfig war wie der

Sohn, zu gehorchen; es gab nur einen Ausweg: sich freiwillig zu den Soldaten zu melden, zu »kapitulieren«, wie man sagte, das heißt, die Absicht zu bekunden, das Soldatsein zum Beruf zu machen. Wilhelm meldete sich also – gegen den Willen des Vaters, der aber in dieser Hinsicht nicht durchzusetzen war – zu einem Kavallerie-Regiment in Hannover, war er doch von Jugend an mit Pferden wohl vertraut, verstand sich auf sie und mit ihnen – wie er manchmal betrübt meinte – besser als mit Menschen.

Bei der Auswahl des Reiterregiments war für den jungen Soldaten Korthinrichs von ausschlaggebender Bedeutung gewesen, daß seine Friederike bei einem Offizier eben jenes Regiments als »Mädchen für alles« eine verhältnismäßig nicht schlecht bezahlte Anstellung gefunden hatte, nachdem sie Lungbüttel hatte verlassen müssen. Ein glücklicher Zufall hatte es gefügt, daß Friederike Kröning im Kontor der Stellenvermittlerin für häusliches Personal einer Frau von Crohna-Perditen aufgefallen war, die nach einer Reihe von Enttäuschungen mit Hausmädchen aus dem hannoverschen Gebiet darauf aus war, eine verläßliche und intelligente Person aus ihrer Heimat und der ihres Mannes zu finden, die also »dieselbe Sprache sprach« wie die Freifrau von Crohna-Perditen. Die Crohna-P.s waren eine in Ostpreußen alteingesessene begüterte »Junker«-Familie und fühlten sich in dem reichlich steifleinenen und auch versteckt arroganten Hannover nicht sehr wohl. Die Freifrau hatte wenigstens in ihrem eigenen Haus (in dem es bei den beschränkten Mitteln hinter der vom Range des Hausherrn bestimmten vornehmen Fassade sehr bescheiden und sparsam zuging) einen Menschen zur Hilfe haben wollen, der in der freundlichen und geräumigen Welt der altpreußischen Lande aufgewachsen war, wo jedermann den Platz kannte, der ihm gebührte, aber darin auch anerkannt war.

Friederike und ihre neue Dienstherrschaft verstanden sich bald recht gut und lernten einander in den verschiedenen

Rollen, die sie zu spielen hatten, mit ehrlicher Sympathie schätzen. So war es denn Friederike, die ihrem treuen Wilhelm das Regiment empfehlen konnte, in welchem ihr Dienstherr, der Freiherr Udo von Crohna-Perditen, als Rittmeister diente. Das Mädchen wurde schon nach wenigen Monaten zu einem sowohl von den drei Kindern wie von den Eltern gern anerkannten Glied der Familie – in zweiter Ordnung natürlich, aber in dieser wohlgelitten und auch respektiert, wie es sich gehörte.

Wilhelm und Friederike sahen sich nicht häufig. Beider Dienst forderte sie, wenn man genau hinsah, an die sechzehn Stunden am Tag – und beide verrichteten ihn gern, da er ihnen und ihren Wünschen entsprach. Immerhin hatten sich beide in neuen, unvertrauten Umwelten zurechtzufinden und empfanden menschliche Nähe und Wärme und das Gefühl von gleich zu gleich nur, wenn ihnen die seltenen Stunden des Alleinseins geschenkt waren. Es kam also, was beinahe naturgesetzlich kommen mußte: irgendwann, als die Umstände sich willig oder gar verführerisch zeigten, vergaßen sie sich doch und stürzten ineinander, da die Sehnsucht, die Liebe, die Einsamkeit sonst nicht mehr auszuhalten gewesen wäre. Die Liebenden »sahen sich vor«, so gut sie konnten. Aber die Leidenschaft ging allzu oft mit ihnen durch. Allzulang waren die Zwischenzeiten, in denen sie sich nicht sahen, sondern nur voneinander träumen konnten.

Die Freifrau hatte den Verehrer ihrer guten und ihr bald unentbehrlich gewordenen ›Rike‹ mit der Zeit kennengelernt und fand, daß ihre fleißige und geschickte Helferin im Haushalt und in der Kinderstube sich kaum einen besseren »Bräutigam« hätte aussuchen können, als den ehrlichen, sauberen Reiter Wilhelm Korthinrichs aus dem Regiment ihres Mannes. Es erschütterte die Freifrau geradezu, daß an einem Sonntagabend in der Küche ihres Hauses nicht Rike es war, sondern der angehende junge Berufssoldat, der mit

dem Geständnis herauskam, daß sein Mädchen ein Kind bekäme. All die guten Instinkte der feudalen »Junker«-Welt im östlichen Preußen – es gab auch viele, die weniger erfreulich waren – gaben nun der Freifrau auf, den Abhängigen zu helfen, wenn sie sich allein nicht mehr helfen konnten. Wilhelm hatte »kapituliert« und war ans Militär mit seinen starren Vorschriften gebunden, durfte frühestens heiraten, wenn er als »Aktiver« zum Unteroffizier oder Feldwebel aufgerückt war – und damit hatte es noch gute Weile.
Aber die Freifrau – unter Beistand des Freiherrn – fand Rat für das junge Paar, das nun erst recht entschlossen war, sich fürs ganze Leben aneinander zu binden – und sich doch nicht binden durfte. Friederike rief ihre nächstjüngere Schwester aus Preußisch-Wartenburg in Westpreußen, die auf dem kleinen elterlichen Hof nun ebenso entbehrlich geworden war, wie wenige Jahre zuvor Friederike, nach Hannover in den Dienst der freiherrlichen Familie an Rikes Stelle. Friederike selbst aber wurde rechtzeitig, ehe noch ihr Zustand sichtbar war, auf das große Rittergut der freifraulichen Eltern bei Preußisch-Holland in Ostpreußen verfrachtet, um dort im Haus des Leutevogts ihr Kind zur Welt zu bringen und sich danach unter die Dienstleute des Gutes einzureihen, wobei vorgesehen war, daß sie bald in den häuslichen Dienst der Besitzer-Familie übernommen werden sollte. In ihrer heimatlichen östlichen Welt würde Friederikes Ruf kaum gekränkt sein; dort nahm man Allzumenschliches menschlich und vertraute darauf, daß sich die Verhältnisse schon »irgendwann und irgendwie rangieren« würden, da ja der noch nicht ganz fertige Vater sich ehrlich und standhaft zu dem Kind bekannte, das er seinem Mädchen »gemacht« hatte.
Die Liebenden wurden also weit voneinander getrennt – bis auf die wenigen Urlaubstage, die dem jungen Reitersmann zustanden. Aber die beiden waren so geartet, daß Widerstände oder Mißgeschicke sie eher stärker und hartnäckiger

machten, als daß sie davon geschwächt wurden. Es war ihnen beiden gewiß, daß sie früher oder später auch vor der Welt ein Paar sein würden – vor Gott waren sie es längst. Sie brauchten nur zu warten und die Augen offen zu halten, ob und wo sich vielleicht eine Gelegenheit bot, ihrem Schicksal eine günstigere Seite abzugewinnen.

Wilhelm meinte, ein solches Sprungbrett gefunden zu haben, als der Rittmeister von Crohna-Perditen eines Tages den Gefreiten Korthinrichs in der Kaserne zu sich befahl und ihn unter vier Augen darauf aufmerksam machte, daß er sich zu einer neu aufgestellten kleinen »Schutztruppe« melden könnte – unter besonders günstigen Bedingungen bei Verpflichtung auf zunächst nur drei Jahre und mit der Aussicht, in der da unten südwärts vom Äquator neu entstehenden Kolonie vielleicht Besitz zu erwerben und unter heißerer Sonne am Aufbau eines afrikanischen Deutschland mitzuwirken. Der Freiherr und die Freifrau hatten nämlich inzwischen mit Friederikes Schwester allerbeste Erfahrungen gemacht, waren aus allem Dienstboten-Ärger heraus und zeigten sich der jungen Frau und dem Mann, die ihnen zu diesem angenehmen Zustand verholfen hatten, dankbar.

Wilhelm schrieb ausführlich an seine »Friedel« – wie er sie gern, wenn auch einigermaßen unpreußisch, zu nennen liebte, nachdem ihm eine höchst seltene poetische Anwandlung diesen Namen eingegeben hatte, schon ganz am Anfang, als sie sich, noch in Lungbüttel, zögernd zueinander tasteten. Ein einziges Mal konnte er noch im gleichen Sommer den großen Plan mit ihr in stundenlangen Gesprächen erörtern, als sich die beiden in Preußisch-Holland bei Wilhelms letztem Urlaub trafen. Sie faßten den Entschluß gemeinsam, sahen sie doch in Deutschland, wie die Verhältnisse lagen, keine besonders großartige Zukunft vor sich, während das ferne afrikanische Land mit Möglichkeiten lockte, die über das im alten Land zu erwartende Maß weit, wenn auch noch sehr unbestimmt, hinauszugehen schienen.

Südwest hatte den jungen Reiter Korthinrichs nicht enttäuscht, wenn ihn auch die lebensfeindlichen Gefilde der Namib-Wüste längs der Küste und die dürren, kahlen Steppen im Nama-Land, das heißt im Süden der Kolonie, zunächst bestürzt, ja erschreckt hatten. Er war dabei gewesen, als von François mit seiner damals schon 250 Mann umfassenden Truppe im April 1893 die Feste Hoornkrans erstürmte, in die sich der Hottentottenführer Hendrik Witbooi mit dem Rest seiner Streitmacht, etwa 500 Mann, zurückgezogen hatte, nachdem er gegen Maherero unterlegen war. Und unter Leutwein hatte er zu der Streitmacht gehört, die den immer noch aufsässigen Hottentottenführer in der Naukluft eingeriegelt und zur Übergabe gezwungen hatte. Damals hatte Hendrik Witbooi die deutsche Schutzherrschaft für sich und seinen heruntergekommenen und verarmten Stamm »unbedingt« angenommen und sich sogar bereit erklärt, den Deutschen als Bundesgenosse militärischen Beistand zu leisten, wenn dies von ihm verlangt wurde. Das war am 15. September 1894 geschehen, und in der Tat, wie sich herausstellen sollte, hat dann Hendrik Witbooi mit den anderen Nama-Stämmen den Frieden zehn Jahre lang eingehalten.

Der von der starken afrikanischen Sonne, den ewig zwischen den dichten Büschen des Landes lauernden Gefahren und Ungewißheiten, den endlosen Ritten durch wegelose Weiten zu lederner Zähigkeit und ständiger Wachheit aller Sinne erzogene Reiter Korthinrichs hatte sich nicht so sehr von dem kargen Nama-Land im Süden als vielmehr von dem viel dichter und schattiger begrünten Damara-Land weiter in der Mitte und gegen Norden von Südwest angezogen gefühlt. Je weiter nach Norden im Land, desto üppiger und enger schlossen sich die dornigen Büsche aneinander, beinahe schon lichte Wälder bildend – wie noch weiter nordwärts gegen den viele Dutzende von Kilometern breiten Streifen des Niemandslandes hin, der die Weidegebiete der Hereros von den Ackerbau und Viehzucht treibenden, in großen befestigten Dörfern wohnenden Ambo-Stämmen trennte.

---

Während der ganzen langen fünf Jahre, die Wilhelm Korthinrichs unter der heißen Sonne und den kalten Sternen des Südwester Hochlandes verritt, war ihm nur ein einziger Urlaub in Deutschland gestattet gewesen und dies, als die ersten drei Jahre seiner ursprünglichen Verpflichtung abgelaufen waren und Wilhelm sich für zunächst zwei weitere gebunden hatte.
Der Entschluß, sich, seiner Frau – für ihn war sie es längst! – und seinem Kind, dem kleinen Marthchen, im Land der duftenden Dornbüsche eine neue Heimat zu schaffen, in der man weder seine Friedel noch die Tochter je über die Achsel ansehen würde (denn dergleichen würde ihnen im alten Land wohl nicht erspart geblieben sein), diese Entscheidung war langsam in ihm gereift. Er neigte nicht zu vorschnellen Urteilen. Er wollte sich auch vergewissern, ob der Mensch, den er sich zur Gefährtin seines Daseins ausgewählt hatte, den Mut aufbrachte, ihm aus zwar bescheidenen, aber vertrauten Umständen in ein ganz und gar unbekanntes Gefilde zu folgen, wo große, aber höchst unverbürgte Hoffnungen auf Gewinn und Aufstieg in den grenzenlos zur Omaheke und der ungeheuren Kalahari verschwimmenden Steppen warten mochten – Hoffnungen, nichts weiter als Hoffnungen!
Er war zuerst nach Preußisch-Holland gefahren, ohne sich eine Viertelstunde länger als nötig in Bremen, wohin ihn der Woermann-Dampfer getragen hatte, oder in Berlin aufzuhalten. Friederike hatte ihn auf dem kleinen Bahnhof erwartet; ihre Gutsherrschaft, die das tüchtige Mädchen, seinen klugen Verstand und seine angeborene Heiterkeit schätzen gelernt und sie zur Unterstützung der Wirtschafterin für den

Dienst im Gutshaus und seiner mächtigen Küche herangezogen hatte, war nicht kleinlich gewesen und hatte der »Rike« freigestellt, die Tage mit ihrem jungen Mann aus Afrika ohne Rücksicht auf die Pflichten ihrer Stellung im Haushalt zu nutzen. Ja, man hatte sogar auf seiten der Herrschaft Interesse bekundet, Rikes so treuen Verehrer und Bräutigam kennenzulernen.
Friederike hatte es fast den Atem verschlagen, als sie in dem Mann in bräunlicher Uniform mit breitem Filzhut, dessen rechte Krempe hochgeschlagen und durch eine schwarz-weiß-rote Kokorde gehalten wurde, ihren Wilhelm erkannte. Mit einem Satz war er aus dem Waggon gesprungen und, ohne rechts oder links zu blicken, schnurstracks auf sie zugeschritten. Wieviel härter, magerer, männlicher war sein Gesicht umrissen als vor seiner Ausreise in den fernen Erdteil, wieviel schöner, fester, blühender und fraulicher trat sie ihm nun entgegen, seine Friedel, die Mutter seiner Tochter! Und Unteroffizier war er auch bereits geworden, wie die silbernen Tressen am Rande seines Rockkragens und am Ärmel bezeugten. Die junge Frau wußte im gleichen Augenblick, daß sie diesem Manne folgen würde bis ans Ende der Welt. Er nahm sie einfach in die Arme da auf dem Bahnsteig coram publico – wer wollte es ihm verwehren! – und preßte sie an sich, daß ihr die Luft ausging, flüsterte ihr ins Ohr: »Friedel, meine Friedel!«...
Und beide wußten, daß eigentlich nichts mehr zu entscheiden war. Es war bereits alles entschieden! Wenn er es für richtig befand, in Südwest Land aufzunehmen und eine Viehfarm zu begründen, so brauchte darüber nicht weiter debattiert zu werden. Und Friederike war weder besonders erstaunt noch beglückt, daß ihr Wilhelm auch bei ihrer Herrschaft – besonders die Frau des Hauses hatte sich milde neugierig gezeigt – einen denkbar besten Eindruck machte, daß sie von der »Gnädigen Frau« gegen Ende des Besuchs von Wilhelm Korthinrichs eines Abends beiseite genommen

wurde und zu hören bekam, daß auch der »Gnädige Herr« Rikes Schutztruppen-Reiter sehr »goutiere« und ihr nur raten könne, sich ihren Wilhelm »warmzuhalten« – das würde sie tun, so wahr ihr Gott helfe!
»Zwei Jahre muß ich noch dabeibleiben, Friedel! Hoffentlich gibt es nicht zu viel Schießerei in dieser Zeit. Die Witboois spielen immer noch verrückt – und den Hereros traue ich auch nicht über den Weg. In zwei Jahren werde ich wissen, wo wir uns ansetzen wollen. Dann erwarte ich dich und das Kind in Swakopmund. Hoffentlich habt ihr gutes Wetter beim Ausschiffen auf der offenen Reede. Aber man wird höchstens ein bißchen naß. Ansonsten ist es nicht gefährlich. Und dann fangen wir beide an im weiten ›Veld‹, wie die Buren sagen, und es müßte mit dem Teufel zugehen, wenn wir nicht zu was kommen sollten, zu mehr, als wovon wir hier nicht einmal träumen könnten. Und nun hilf mir beten, Friedel, daß mir mein Vater und mein Bruder Hinrich, wenn ich jetzt noch für fünf Tage nach Lungbüttel fahre, die Herausgabe meines Erbteils nicht mehr verweigern. Wir werden es brauchen für den Anfang in Südwest! Leb' wohl und auf Wiedersehen, Friedel! Es dauert nicht mehr so lange, wie es schon gedauert hat, und wir sind für immer beisammen!«
Und er hatte seine Friedel und das kleine Marthchen, das sie auf dem Arm zum Abschied mit auf den Bahnhof genommen hatte, in die Arme geschlossen und gedrückt und geküßt, wiederum ganz coram publico, und hatte sich erst im letzten Augenblick, als die Lokomotive mit lautem Zischen, Geschnauf und schwarzem Rauch aus dem Schornstein den Zug schon anruckte, aufs Trittbrett des Waggons geschwungen und hatte mit dem großen Hut, dem »Südwester«, zurückgewinkt, sehr zum Mißfallen des Herrn Bahnhofsvorstehers, der solche Ordnungswidrigkeiten durchaus nicht dulden durfte.
Wie sich dann herausstellte, mußte Friederike offenbar sehr

energisch zum lieben Gott gebetet haben, denn auf dem väterlichen Hof in Lungbüttel und im ganzen Dorf machte der als abenteuer-umwitterter Afrikakrieger, als gestählter Schutztruppenreiter wiederkehrende jüngere Korthinrichs einen solchen Eindruck, daß der im Grund auf ihn stolze Vater und weniger willig auch der Bruder sich bereit zeigten, dem Zweitgeborenen die ihm zustehenden zwölfhundert Taler, sein Erbteil, in spätestens zwei Jahren bei der deutschen Administration in Windhuk zur Verfügung zu stellen. Wilhelm Korthinrichs schied in Frieden von der Heimat seines Geschlechts, auch mit einem Gefühl des Sieges im Herzen. Tief in seinem Innern vernahm er eine leise Stimme, die ihm zuraunte, daß er den Ort, an dem er aufgewachsen war, nicht wiedersehen würde – nicht wiedersehen wollte. Sein Blick war nur noch nach vorn gewandt. Mit all seinen Wünschen, seiner schon erprobten Kraft und Beharrlichkeit, war sein Sinn auf das leuchtende Land Südwest gerichtet, Südwest im Südwesten Afrikas.

―――――

Und dann hatte er in jähem Entschluß seinen Aufenthalt in Lungbüttel um zwei Tage verkürzt und war noch einmal nach Preußisch-Holland zurückgereist.
»Wir heiraten, Rikchen! Wir heiraten gleich jetzt. Es ist alles entschieden! Der Pfarrer muß sich beeilen, sonst reicht mein Urlaub nicht!«
Und der Herr Pastor beeilte sich dank der freundlichen Nachhilfe von Rikes »Gnädiger Frau«. Rikes unmittelbare Vorgesetzte im Herrenhaus, die »Mamsell« und die Gutsfrau selbst waren die Trauzeugen. –
So, jetzt war alles richtig und in Ordnung! Wilhelm Korthinrichs konnte sich wieder nach Südwestafrika einschiffen. Rike hatte ihren Mann, verbrieft und versiegelt, und das kleine Marthchen seinen Vater!

Otjikarare also,
ein »Ort, von dem aus man weit sehen kann«. Wilhelm Korthinrichs hatte es sich nicht zweimal sagen lassen. Der Name war sofort in ihn eingesunken und hatte Wurzel geschlagen.
Das Herero-Wort würde seiner Friedel gefallen; auch für eine deutsche Zunge war es leicht auszusprechen. Und mehr noch würde es seiner Friedel gefallen, daß man von diesem Platz aus ebenso weit ins Land hinaussehen konnte wie von Lungbüttel an den Osthängen des Elm nach Helmstedt hinüber – oder noch viel weiter: über die wahrhaft grenzenlosen, fern verdämmernden Weiten der Steppe bis hin in die wasserlose Omaheke, die schon zur menschenleeren Kalahari gehörte.
Im Norden des Herero- oder Damara-Landes, wie es auch genannt wurde, gab es bereits seit einigen Jahren verschiedene, allerdings recht kümmerliche Farmen von Buren; diese Buren hatten ursprünglich jenseits des Ambolandes im portugiesischen Angola gesiedelt, sich aber mit der dortigen Administration nicht vertragen und waren des Landes verwiesen worden. Die Buren hatten sich im verhältnismäßig gut beregneten Norden des Damara-Landes erneut ansässig gemacht, ohne viel danach zu fragen, ob sie den Herero in die Quere kamen, die hier bereits seit annähernd dreihundert Jahren ihre großen Rinderherden weideten, locker über das Land verstreut. Auch die Herero waren ungebeten von Norden ins Land gedrungen, hatten den Vorbewohnern, den primitiven Damara, Land und Weiderecht abgestritten und hatten sie zu Sklaven gemacht; die stolzen Herero hielten es für unter ihrer Würde, körperlich schwer zu arbeiten. Ein echter Herero kümmerte sich um sein Vieh; das Vieh war sein ein und alles, und er konnte sich kein besseres Abenteuer und größeres Vergnügen denken, als mißliebigen Nachbarn, mit Vorliebe aber den umherwandernden Hottentotten, gewaltsam ihr Vieh abzutreiben und seinen Herden

einzuverleiben. Die Hottentotten huldigten jedoch umgekehrt der gleichen Leidenschaft, was zu endlosen Fehden der Stämme untereinander, zu blutigen Metzeleien und gräßlichen Grausamkeiten Anlaß gab, wenn man der wahren oder vermeintlichen »Viehräuber« habhaft werden konnte. Die völlig auf sich allein gestellten Buren wußten sich zwar gegenüber den Schwarzen ihrer Haut zu wehren, ließen sich nieder, wo es ihnen paßte, kannten keine Gnade gegenüber dem Wild und anderen Großtieren der Steppe – Elefantenzähne, Löwen-, Leoparden- und Schakalfelle bildeten so ziemlich das einzige, was diese Buren in bares Geld verwandeln konnten –, lebten schlecht und recht in und von der afrikanischen Wildnis und sicherlich nicht viel »zivilisierter« und »komfortabler« als die Eingeborenen, waren aber letzten Endes sehr einverstanden und dankbar, als sich allmählich bis in den hintersten Winkel des Landes herumsprach, daß die Regierung des deutschen Kaiserreiches die »Schutzherrschaft« über die südwestafrikanischen Gebiete übernommen oder sich – anfangs wenigstens sah es so aus – angemaßt hatte.

Wilhelm Korthinrichs hatte einige dieser weltverloren in der Dornbuschsteppe schwimmenden kleinen Burenfarmen auf seinen Patrouillenritten durch den Norden des Hererolandes kennengelernt. Die armseligen Leute mit zahlreichen Kindern, die er auf den Farmen im Busch angetroffen hatte, waren ihm ein Beweis gewesen, daß weiße Menschen in diesen Gebieten fern jeder Zivilisation zum mindesten existieren konnten und sogar mit ihrem Dasein ganz zufrieden zu sein schienen, einem Dasein, das der Reiter Korthinrichs sich allerdings kaum für die eigene Person vorstellen oder gar wünschenswert finden konnte, das er erst recht nicht seiner Friedel, dem ordentlichen, fleißigen Mädchen aus den fruchtbaren Gefilden des preußischen Ostens, zumuten würde. Wurde er doch, wenn er im Staub und der Hitze glutheißer Steppentage an die ferne Liebste zurückdachte,

von dem Eindruck heimlich angewandelt, daß sein Mädchen stets von beinahe strahlender Sauberkeit, einer frisch gewaschenen Kühle eingehüllt gewesen war, einem hellen Reiz, der ihm die Sehnsucht nach ihr nie ganz zur Ruhe kommen ließ.
Wilhelm Korthinrichs hatte sich gesagt: Wenn ich in dieser Landschaft in gehörigem Abstand von den Buren mit ein wenig Anfangskapital und mit dem, was ich von Zuhause an Kenntnissen mitgebracht und hier am Beispiel anderer besonders im Swakop-Tal und am Nossob und am Erongo-Gebirge hinzugelernt habe, vor allem aber mit meiner tüchtigen Friedel erst einmal angefangen habe, so daß die Sache von vornherein den richtigen Schick bekommt, dann müssen wir hier, wo die Regen reichlicher und zuverlässiger fallen als im Süden, Büsche und Kraut und Gras prächtig gedeihen, wahrlich, mit ein bißchen Glück müssen wir in dieser Gegend zu Besitz und vielleicht sogar zu Wohlstand gelangen.
Natürlich hatte er die Zeit nicht abwarten können und seine Friedel mit dem Kinde eigentlich zu früh aus Deutschland in die Hochsteppen zwischen Kunene und Oranje abreisen lassen. In dem wilden Ringen mit der Streitmacht des Hendrik Witbooi bei Hoornkrans und bei der Naukluft hatte er manch einen Kameraden tot oder verwundet auf den harten Steppenboden sinken sehen und war von dem wilden Wunsch überwältigt worden, die Uniform auszuziehen, die Tressen loszuwerden und nichts mehr mit Schweiß und Blut und Tod zu tun zu haben. In diesem schönen Land war Besseres zu verrichten als nur die gelbhäutigen Nama in ihre Schranken zu verweisen. Wie lange war es denn erst her, daß auch die Nama, die verschiedenen Hottentotten-Stämme, über den Oranje her ins Land gefallen waren und sich, ohne nach Recht oder Unrecht dabei zu fragen, der Steppen bemächtigt hatten, ihre Herden darauf zu weiden – und die Herden anderer Völker, wenn es sich irgendwie erreichen ließ, gewaltsam zu stehlen und den eigenen zuzutreiben –!

Wilhelm Korthinrichs war mit Ehren aus der Truppe entlassen, zum Schluß obendrein zum Feldwebel befördert worden. Der gefährlichste Gegner im Lande, eben Hendrik Witbooi, war besiegt und sogar – wenigstens auf geduldigem Papier – zu einem Bundesgenossen der Deutschen umgewandelt worden. Wilhelm Korthinrichs hatte das seinige dazu getan und mehr als das. Jetzt durfte und mußte er daran denken, daß ein Land nicht gewonnen ist, wenn man es erstritten und mit Blut gedüngt hat, sondern erst dann, wenn man mit Frau und Kind darin siedelt, das heißt, es zur Heimat gemacht hat.
Aber der aus dem Dienst mit der Waffe entlassene Reiter Korthinrichs aus Niedersachsen war viel zu sehr ein Deutscher bis auf die Knochen, als daß er wie die Buren aus Angola irgendwo in der Steppe einen zusagenden Platz mit Beschlag belegte, ohne danach zu fragen, ob er ihn auch rechtens sich aneignen durfte. Also hatte sich Korthinrichs von der Administration in Windhuk bestätigen lassen, daß er in der Gegend im Nordosten des Höhenlandes um den Waterberg, dort wo es zur Omaheke und zum Owangowa-Veld abdachte, Land aufzunehmen und eine Viehfarm anzulegen berechtigt war.
Doch damit nicht genug: der Reiter in seine eigene Zukunft wollte von vornherein mit allen Menschen, die seine späteren Nachbarn werden sollten und vielleicht ältere Rechte geltend machen konnten, in Frieden leben. Tief saß in ihm das in der alten Heimat ererbte Bewußtsein, daß Land, das heißt Äcker, Wiesen, Weiden, Felder und Wälder das eigentlich Wesentliche, das allein auf die Dauer Beständige darstellen, daß man sich das Eigentum an dieser Wurzelerde aller menschlichen Existenz über jeden Zweifel erhaben sichern mußte, wenn man für sich und die Nachfahren festen Boden unter den Füßen gewinnen wollte.
Das schöne Land aber, in dem Korthinrichs zu siedeln beabsichtigte, gehörte es nicht eigentlich den Herero, ge-

nauer den Nord-Herero unter ihrem Häuptling Kambazembi? Dieser stand bei den Deutschen in dem Ruf, ein verständiger Mann zu sein, der sich aus den üblen, oftmals blutig ablaufenden Fehden der Stämme weiter in der Mitte und im Süden des Landes nach Möglichkeit heraushielt, auch keine Kriegszüge unternahm, um anderer Leute Vieh zu rauben, nachdem er die Hirten hatte erschlagen lassen.
Korthinrichs war dem Kambazembi einige Male begegnet und hatte den Obersten der Nord-Herero schätzen gelernt. Nachdem er sich mit der Behörde in Windhuk geeinigt hatte, war er zu Kambazembi aufgebrochen, hatte sich auch eigens einen sprachkundigen Missionar aus dem aufstrebenden Städtchen Omaruru (am Omaruru-Rivier) nach Norden mitgenommen, der die Gelegenheit benutzen wollte, auszuforschen, ob sich bei den Nord-Herero noch Reste des Einflusses früherer evangelischer Missionsarbeit erhalten hatten.
Kambazembi hatte die beiden weißen Männer in seinem großen, befestigten Dorf bei Omaongombe freundlich aufgenommen: Ja, es gäbe noch genug Christen unter seinen Leuten, und es wäre schade, daß sich seit längerer Zeit kein Missionar mehr um sie gekümmert hätte, und das dürfte doch wohl nicht so bleiben – und was des Reiters Korthinrichs Wünsche anbeträfe:
Nun, er hätte ja die Bekanntschaft mit ihm schon früher hergestellt und Platz genug gäbe es ja im Lande; aber die zuverlässigen Wasserstellen, die brauchte er allesamt, um sein und seiner Leute Vieh zu tränken. Aber wenn Korthinrichs sich niederlassen wollte, wo kein Wasser zu haben war, das auch in der Trockenzeit nicht versiegte, wo also die Herden der Herero sowieso nicht weiden könnten, dann hätte er nichts dagegenn, wüßte er doch, daß die Deutschen nicht wie die Buren schonungslos unter dem Wild der Steppen wüteten, daß sie die schwarzen Arbeiter, die sie anwürben, richtig und pünktlich bezahlten, daß sie die bösen, räuberischen Hottentotten in ihre Schranken verwie-

sen hätten und ihm auch Schutz gegen die Ambo-Stämme gewähren würden, wenn die sich einfallen ließen, von Norden her ins Hereroland vorzudringen. Ihm, dem Kambazembi, würde es nur recht sein, wenn sich ein erfahrener und bewährter Kämpfer und Feind der Hottentotten, der bei Hoornkrans und der Naukluft dabeigewesen wäre, in seinen Bezirken ansässig machte.
Der Häuptling hatte dem landsuchenden Korthinrichs sogar seinen Sohn Amos mitgegeben, damit er ihn durch die Landschaft im Nordosten des Waterbergs geleitete.
So geführt hatte Korthinrichs schließlich den Platz kennengelernt, »von dem man weit sehen konnte« – und wie ein leiser elektrischer Schlag war es ihm durch den Kopf gefahren:
Otjikarare, so soll sie heißen, meine Farm, unsere Farm, auf der unser Marthchen groß werden soll! Und Friedel wird sie genau so lieben lernen, wie ich sie schon liebe, obgleich sie noch gar nicht da ist.
Und gleich boten sich ihm ein halbes Dutzend weiterer Erkenntnisse an, die er aber seinem schwarzen Führer Amos nicht bekanntgab. Für die Herero mag diese Gegend wertlos sein; sie verstehen nichts davon, daß man die natürlichen Gegebenheiten verwandeln und verbessern kann, wenn man mit ein paar Einfällen und dann mit Fleiß und Arbeit nachhilft. Fleiß und Arbeit – das ist nicht Herero-Sache. Die beiden kleinen Wasserstellen in den Felsen oben im Gebirge, die sind zwar für das Vieh nicht erreichbar; ich aber kann sie mit Röhren oder hölzernen Wasserrinnen anzapfen und habe dann über vielleicht eine Meile Entfernung gutes, klares Wasser für die Küche, die Wäsche und ein Brausebad. – Die beiden Omurambas, die Trockenflüsse, weiter hügelab, die nur nach starken Regen in der nassen Zeit für einige Tage oder Wochen Wasser führen, die werde ich an zwei geeigneten Stellen durch Erddämme verbauen und mir zwei längliche Stauseen schaffen. Und wenn ich das geschickt genug

und mit Vorbedacht anfange, dann sollten die bis zum Felsboden hinunter ins harte Erdreich gewühlten künstlichen Dämme so viel Wasser vorrätig halten, daß mein Vieh niemals zu dursten braucht.
Wir werden es schon schaffen, Friedel und ich!
»Ich danke dir, Amos, daß du mich hierher geführt hast. Du kannst deinem Vater, dem Häuptling, bestellen, daß ich mich für diesen Platz entschieden habe. Mir ist also aus euren Weidegebieten von den beiden Wasserlöchern im felsigen Gebirge oben, einschließlich der beiden Omuramben vor uns unten, die zum großen Omuramba Omatako hinziehen, bis zu einer Grenzlinie im Osten dazwischen, die dort zu suchen ist, wo deutlich die feuchtere Hochsteppe ins dürre Sandveld übergeht – dies ganze große, von euren Herden nicht beanspruchte Gebiet ohne ausreichendes Wasser ist mir also überantwortet. Sage deinem Vater, daß ich mich auf sein zustimmendes Wort als das eines großen Häuptlings mit Dankbarkeit im Herzen verlasse. Er möge mir bald eine Nachricht zukommen lassen, welche Gegenleistung ich ihm für dies Land bereitstellen soll. Ich kann ihm aber auch eine Anweisung über hundert deutsche Reichsmark – und das sind gute Goldmark – auf den Kaufmann in Omaruru, C. A. Eriksson, ausstellen, die dein Vater dort, wo auch ich meinen Bedarf eindecken werde, wenn ich hier erst ansässig geworden bin, nach seinem Belieben gegen Waren oder Pulver und Blei oder Tabak und Branntwein einlösen kann. Dann ist zwischen mir und deinem Stamm alles in Ordnung und wir können gute Nachbarschaft halten!«
Amos, der auf der Missionsschule in Okahandja ein leidliches Deutsch gelernt hatte und auch verstand, sich darin auszudrücken, schien trotzdem den Sinn dieser kleinen Ansprache nicht recht erfaßt zu haben. Er hatte die Augenbrauen zusammengezogen, blickte an dem Mann, dem er das Land gezeigt hatte, vorbei in eine unbestimmte Ferne, war unschlüssig, ob und was er erwidern sollte. Korthinrichs

wunderte sich – hatte er etwas falsch gemacht? Bei den Eingeborenen wußte man nie, wann oder wie man sie verletzte oder verwirrte; sie dachten auf andere Weise als abendländische Gehirne. Das hatte Korthinrichs in den fünf Jahren, in denen er im Gebiet der Nama wie in dem der Herero Patrouille geritten hatte, allmählich begriffen. Doch beleidigt schien Amos nicht zu sein, kam schließlich zögernd mit einer Antwort heraus, in kurzen Brocken von Sätzen: »Ja, Herr, das soll schon gut sein. Von den Wasserlöchern im Gebirge bis an den Rand der Omaheke. Klare Sache! Aber warum kommt es dir so sehr darauf an? Bei uns ist das Land allen Herero zugehörig, nicht nur dem Häuptling, meinem Vater. Dies Land hier ist sowieso Unland. Keiner legt Wert darauf. Kein Wasser gibt es hier, das für das ganze Jahr aushält. Aber wenn du es haben willst –! Mein Vater sagt: ein Deutscher in unserer Nähe, das ist gut. Die Deutschen werden ihn schützen und damit uns. Und die Deutschen sind nun allmächtig im Lande, haben sogar den schlimmen Hendrik Witbooi zum Nachgeben gezwungen, sind gute Krieger, die Deutschen! Aber wenn du meinem Vater ein Gegengeschenk machen willst, Herr, um der guten Nachbarschaft willen, so wird mein Vater sich geehrt fühlen. Am besten ist, du gibst mir die Anweisung gleich mit – auf den Kaufmann Eriksson in Omaruru. Den kenne ich auch. Damit du es dir vielleicht nicht noch anders überlegst. Denn in diesem großen Dreieck vom Gebirge bis zum Sandveld gibt es kein beständiges Wasser. Ich habe es dir gesagt, Herr. Du wirst es immer zugeben müssen, ich habe es dir gesagt!«
Zuletzt hatte sich wieder jener versteckte Hohn in die Stimme des Schwarzen geschlichen, der von dem Weißen zuvor schon erkannt worden war, ohne daß er Notiz davon genommen hatte. Korthinrichs nahm auch jetzt keine Notiz davon. Er kramte aus einer seiner Satteltaschen einen kleinen Schreibblock und einen Schreibstift hervor, fand einen Felsblock mit einigermaßen glatter Oberfläche, lehnte sich

breit darüber und schrieb langsam und deutlich, als müßte er sich in der Dorfschule daheim im Schönschreiben üben:

»An Hochwohlgeboren den Herrn Kaufmann
C. A. Eriksson in Omaruru, am 5. Mai 1896
Gegen dieses Papier sind dem Häuptling Kambazembi von den Waterberg-Herero oder seinem Beauftragten, der sich als solcher ausweist, zu Lasten meines Kontos in Ihren Büchern Waren nach des Häuptlings Wahl im Gesamtwert von
Dtsch. Reichsmark einhundert
auszuliefern, worüber ich mir zu gegebener Zeit Abrechnung zu erteilen bitte.
Wilhelm Korthinrichs,
demnächst auf Farm Otjikarare, an die sieben preußische Meilen Ost von der Station Komukanti am Karrenweg nach Otavi und Grootfontein.«

Und da Wilhelm Korthinrichs ein Deutscher und Europäer war, ein vorsichtiger niedersächsischer Bauer dazu, setzte er, einer plötzlichen Eingebung folgend, gleich noch ein zweites vertraglich bindendes Papier auf:

»Kaufvertrag.
Es wird hierdurch bestätigt, daß heute, am 5. Mai 1896, Wilhelm Korthinrichs, Feldwebel der Schutztruppen-Reserve, von dem Häuptling Kambazembi der Nord-Herero, vertreten durch seinen Sohn und Bevollmächtigten Amos, ein von uns beiden umrittenes und damit gemeinsam anerkanntes, etwa dreieckiges Gelände zwischen den zwei Felslöchern mit Wasser im Gebirge, den zwei Omuramben unterhalb und bis zum Rande des Sandveldes für einen Gegenwert von Reichsmark einhundert ohne Einschränkung und rechtens erworben hat und nutzen kann, wie es ihm beliebt. Den Gegenwert hat Amos Kambazembi in Gestalt einer Anweisung auf Fa. Eriksson, Omaruru, in

Höhe von Reichsmark einhundert erhalten, was alles durch die nachfolgenden Unterschriften für alle Zukunft festgehalten wird.
Gegeben unterhalb der zwei wasserhaltenden Felslöcher im Nordosten des Waterbergs an dem Ort, der von den Herero Otjikarare genannt wird.

Wilhelm Korthinrichs.«

Der Weiße gab dem Schwarzen die beiden Scheine, damit er sie lese, las sie ihm aber dann noch einmal laut vor und zeigte ihm, wo er seinen Namen zu dem eigenen zu setzen hatte. Amos war sich des Ernstes der Stunde bewußt geworden. Beschriebenes oder bedrucktes Papier, das waren die Zaubermittel des weißen Mannes, die er in der Schule der Mission zu Okahandja zwar kennen und auch meistern gelernt hatte, ohne aber die Scheu davor völlig zu überwinden. Amos nahm den Schreibstift zur Hand, leckte geistesabwesend die graphitene Spitze an und malte dann sorgsam und hölzern sein »Amos, Kambazembis Sohn« an den unteren linken Rand des weißen Bogens. Mit einem Seufzer der Erleichterung richtete er sich auf, vergaß dabei, das Papier festzuhalten. Ein leichter Windstoß wehte es vom Felsen. Amos schien wie aus einem Traum plötzlich zu erwachen, sprang dem Papier nach und erwischte es gerade noch, ehe es über den Absturz des Hanges davonflatterte. Korthinrichs hatte geistesabwesend in die Ferne gesehen, hatte den kurzen Zwischenfall kaum zur Kenntnis genommen. Es war geschehen und verbrieft. Dies war sein Land – und Friedels und des Kindes Land:
Otjikarare, der Ort, von dem man weit sehen kann!
Er raffte sich auf:
»Die Anweisung auf Eriksson nimm an dich, Amos, und verwahre sie gut für deinen Vater. Ich behalte das Papier, das du eben unterschrieben hast; es macht mich zum Eigentümer dieses Stückes der Steppe hier umher, wie wir es

jetzt noch umreiten wollen, damit es später keine Zweifel gibt.«

»Ja, Herr! Wir kommen aber heute gerade noch bis hinauf zu den Wasserstellen im Gebirge und zurück hierher; dann wird es schon Nacht sein. Morgen wird die meiste Zeit des Tages damit vergehen, in die Niederung bis an den Rand des Sandveldes zu reiten und dort die Grenze dieses Bezirks abzustecken. Dein Land, sagst du, Herr. Das Land gehört allen Herero, aber nur dort ist Herero-Land, wo die Rinder weiden können. Wenn du sagst ›dein Land‹, dann bist du also jetzt ein Herero geworden, ein Gast-Herero. Und wir haben die Gastgeschenke ausgetauscht. Du gabst meinem Vater die Anweisung für den Kaufmann Eriksson, und er gab dir das Weiderecht und Wohnrecht auf Otjikarare – wo es aber keine Viehtränke gibt; ich habe es dir nicht verschwiegen, Herr!«

»Stimmt, Amos, stimmt! Zerbrich dir nicht weiter den Kopf! Laß uns jetzt reiten, damit wir nicht zu tief in die Nacht hineinkommen. Heute reiten wir bergauf und morgen bergab, werden wohl den ganzen Tag zu tun haben, müssen ja auch an den Eckpunkten des Geländes, das nun mir gehört, als wäre ich ein Herero, kleine Steinhaufen aufrichten, damit man später weiß, wie die Grenzen der Farm Otjikarare verlaufen.«

Amos gab weiter keine Antwort, schüttelte aber sein schwarzbraunes Haupt, während er seinem Pferd den Sattelgurt nachspannte. Er hatte keineswegs begriffen, warum dieser Deutsche, auf den sein Vater Wert legte, so viel Geld ausgab für wasserloses, also wertloses Gelände, das ohnehin nicht gekauft oder verkauft werden konnte, denn Land, Steppe, Sandveld – das gibt es überall im Überfluß, daran ist kein Mangel, genauso wenig Mangel, wie an Luft oder Dorngebüsch oder Himmel Mangel ist. Wer versteht die Weißen überhaupt...

Korthinrichs aber – während die Pferde durchs Gefels vor-

sichtig ihren Weg bergauf suchten – überlegte: Daß man Land zu Eigentum besitzen kann wie den Hut, den ich auf dem Kopf trage, sie begreifen gar nicht, was für uns so selbstverständlich ist und schon gar nicht, daß man dafür bezahlt. Hundert gute Reichsmark, eine Menge Geld! Ich meine es ehrlich mit ihnen; sie werden es schon merken, angesichts von all den guten Sachen, die sie bei Eriksson dafür einhandeln werden. Wo ihr Vieh weiden kann, solch Land allein ist wertvoll für sie. Nun gut, sie werden noch einiges lernen müssen. Was ich aus ihrem Unland mache, das bleibt meine Sache. Ich bin ehrlich mit ihnen umgegangen. Dabei hätte ich so viel Mühe und Geld gar nicht aufzuwenden brauchen – hat mir doch die Administration in Windhuk ausdrücklich mit einem halben Dutzend von Stempeln erlaubt, hier in diesem Gebiet, südlich der Burenfarmen bei Grootfontein, soviel Land aufzunehmen, wie mir notwendig erscheint, und will mir sogar amtliche Zuschüsse gewähren. – Keiner wird mehr etwas daran ändern: Dies ist mein Land,
Otjikarare!

---

Friederike Korthinrichs hatte einen langen Seufzer ungläubigen Erstaunens aus ihrer Brust entlassen, als der vor dem rumpelnden Ochsenwagen herreitende Mann nach vielen Tagen staubiger und quälend langsamer Fahrt auf der Höhe endlich Halt geboten und der Frau und dem Kind bedeutet hatte, daß sie »angekommen« wären. Mühsam und mit steifen Gliedern war Friederike unter der großen Plane des Ochsenwagens zum Vorschein gekommen und mit der Hilfe ihres Mannes über das hohe Vorderrad zu Boden geklettert. Das Kind, das zierliche Marthchen, sprang geschickt wie eine Katze gleich hinterher ins Freie, benötigte niemand, der ihm dabei half.

Friederike strich sich das Haar unter das Tuch zurück. Sie hatte es um den Kopf geschlungen, um sich vor dem Staub zu schützen, den die Hufe von sechs Paar Zugochsen unablässig aufgewirbelt hatten.

»Dies wird unser Platz sein, Friedel. Hier bei den beiden alten Sykomoren werden wir unser Haus bauen, später, wenn wir erst das Wasser vom Berg heruntergeleitet haben. Deshalb hab' ich uns die vielen Röhren bestellt in Windhuk über Omaruru. Sowie wir hier Wasser haben für uns und die Pferde und einige Stück Vieh, fangen wir mit dem Hausbau an, bauen das Haus aus Lehmziegeln und decken es mit Gras. Später sehen wir weiter. Für den ersten Anfang bleiben wir oben im Gebirge am Wasser, wohnen im Zelt. Das geht nicht anders. Der zweite Wagen mit den fünf Schwarzen, die uns Kambazembi vermietet hat, wird bald da sein. Dann packen wir unseren Leuten und den Ochsen das wichtigste Gepäck auf und ziehen bergauf. Aber sieh dich erst einmal um, Friedel. Hier wollen wir uns unsere neue Heimat einrichten und, so Gott will, kommen wir hier auch zu Besitz und Vermögen.«

Aber die Frau hatte nur mit halbem Ohr zugehört.

»Ach, Wilhelm –!« war alles, was sie zu sagen vermochte. Sie stand wie verzaubert und schaute, ließ die Augen schweifen über die nordostwärts verdämmernden Steppen, braungrün oder oliv in der Nähe an den abgleitenden Hängen, blaugrün und immer blauer, schließlich violenfarben verschwimmend in unabsehbarer Ferne, wo der Horizont als haarfeine, aber wie ziseliert gestochene Linie Himmel und Erde voneinander trennte. Auch das Kind verhielt sich ganz still am Rock der Mutter, überwältigt von dem ungeheuren Ausblick, beinahe furchtsam.

Die Frau fand endlich ein paar Worte, das überwältigende Gefühl auszudrücken, von dem sie angewandelt wurde:

»Das ist wie ein Königreich, Wilhelm. Arbeit wird es kosten, schwere Arbeit. Wird es uns niemand streitig machen? Das

ist mehr Land als ein Dutzend Rittergüter daheim. Ist es wirklich unser?«
»Es ist wirklich unser, Friedel, ist unser Eigentum vor den Herero und vor den Weißen. Ich habe es schwarz auf weiß, so und so.«
»Benimmt mir noch ein bißchen den Atem, was da alles auf mich eingedrungen ist, seit wir in Swakopmund an Land gegangen sind. Aber wenn du mir sagst, daß alles seine Ordnung hat, dann wird es wahr sein.«
»Es ist wahr, Friedel!«

———

Wenn anderthalb Jahre später Friederike Korthinrichs – oder auch ihr Mann Wilhelm – an die wilden, oftmals wüsten Wochen und Monate zurückdachte, in denen die kleine Familie mit einem halben Dutzend schwarzer Helfer (zwei Herero von Kambazembis Stamm, zwei Bergdamara, die dem Kambazembi versklavt und von ihm an Korthinrichs ausgeliehen waren, und einem aus dem Norden verlaufenen Ovambo vom Stamme der Ukuanjama) mehr schlecht als recht in den Bergen gehaust hatte bei einem der kleinen Wasserlöcher – das andere reichte gerade aus, die Pferde und die Zugochsen zu tränken, schien auch aus einer unterirdischen Quelle immer wieder vollzulaufen –, bis sie dann schließlich ihren Aufenthalt wieder bergab an den Platz mit den zwei alten Sykomoren verlegen konnten, weil das Wasser vom Berg schon zuverlässig den großen gedeckten Zuber füllte, den der Mann hoch auf Stelzen gestellt hatte, damit man im Haus und am Kraal für die Pferde, Ochsen und die zwei Milchkühe daraus zapfen konnte – bis dann endlich das Haus, aus Lehm gebacken, zwei Räume erst einmal und eine Küche, Gestalt angenommen und bezogen werden konnte – ja, weiß der liebe Himmel, wenn Friderike an die fürchterlich ungebärdige, an meist üblen Überraschungen überreiche

Zeit des Anfangs zurückdachte, dann meinte sie, einen schweißtreibenden Traum durchlebt zu haben, der sich mehr als einmal zu einem Alptraum ausgewachsen hatte.

Wie sie da eines Nachts im Zelt erwacht war auf der harten Pritsche, die ihr und ihrem Mann als Nachtlager diente, und ein offenbar großes Tier von außen um die Zeltleinwand schnüffeln hörte – und das an der Ecke, in die das kleine Bett gezwängt war, das Wilhelm für sein Marthchen gezimmert hatte! Sie hatte nach der Schulter ihres Mannes gegriffen, der nach der halsbrecherischen Arbeit des vergangenen Tages wie ein Toter schlief. Denn die Wasserleitung über Rohre und Rinnen talwärts zu führen, stets ein gleichbleibendes Gefälle dabei innezuhalten, die kleine Schleuse einzubauen, mit welcher der Ausfluß des Wassers aus dem Felsenbecken unterbrochen oder je nach der gewünschten Menge reguliert werden konnte, dies alles war in der wilden Wirklichkeit viel schwerer zu bewerkstelligen gewesen, als nach des Mannes Plan ursprünglich zu vermuten gewesen war.

Die leise Berührung durch die Hand der Gefährtin hatte den Mann sofort geweckt. Er war es nach mehr als fünf Jahren im Veld längst gewohnt, auf die leiseste Warnung hin zu erwachen.

»Ein Tier, Wilhelm, ein großes Tier am Zelt, dort, wo Marthchen schläft! Hörst du es auch!«

Er vernahm es sofort, das leichte Schnuffeln und Scharren an dem bretthartan Segeltuch der Zeltwand, dann ein dumpfer Schlag wie mit einer weichen Keule an die Zeltwand, daß das Gewebe bebte.

Mit einem Satz war Wilhelm hoch, fuhr in die Hosen und die Stiefel, griff nach dem Gewehr, das stets geladen und gesichert außer Reichweite des Kindes am Zeltpfosten hing, schrie mit lauter, hetzender Stimme:

»Tell, Tilla, faßt, faßt an! Leopard!«

und nochmals, heftiger:

»Tell, Tilla, wo seid ihr? Faßt ihn, faßt!«

Die beiden Hunde, zwei deutsche Doggen, hatten sonst ihr Lager neben dem Gerätezelt, fünf Schritte abseits neben dem Wohnzelt. Sie hätten sich längst melden müssen, wenn sich ein fremdes Tier im Lager umtrieb; sie hatten nichts von sich hören lassen und antworteten auch jetzt nicht auf den lauten Ruf ihres Herrn. Wilhelm hatte die beiden großen Hunde schon längere Zeit zuvor in Windhuk von einem burischen Züchter gekauft, der die mächtigen, mutigen Tiere als Wächter für einsam gelegene Farmen feilhielt. Wilhelm hatte die schönen Vierbeiner schnell an sich gewöhnt, war von ihnen schließlich mit Inbrunst anerkannt worden. Ihre Wachsamkeit war sonst nie abzulenken gewesen. Die Schwarzen fürchteten die Hunde, und die Hunde hatten längst begriffen, daß die Schwarzen ihnen nichts zu befehlen hatten.
In dieser Nacht gaben sie nicht Laut, regten sich auch auf Wilhelms Anruf nicht. Wilhelm wußte plötzlich Bescheid: Leoparden hegen einen wilden Haß auf alles, was Hundsgestalt und Hundsgeruch aufweist, wahrscheinlich, weil jeder Hund auch noch Menschengeruch an sich hat. Leoparden wissen schlafende Hunde, selbst auf den Veranden vor den Häusern, selbst an den Hintertüren, wo sie vor der Küche ihr Lager haben mögen, so blitzschnell anzufallen und mit einem Prankenhieb oder einem Biß ins Kreuz ins Jenseits zu befördern, daß die Opfer nicht einmal mehr Zeit finden, einen einzigen Laut von sich zu geben.
Waren die Hunde schon hinüber? Der Mann entsicherte das Gewehr, nestelte an dem Verschluß des Zelteingangs, löste ihn, ließ sich aufs Knie nieder und lugte in die milchig helle Mondnacht. Da stand das schlanke Raubtier auf dem glatt getretenen Platz zwischen den Zelten, von dem lauten Ruf des Mannes nach den Hunden verschreckt und von dem süßen Kindsgeruch hinter der Zeltwand abgelenkt. Korthinrichs riß die Büchse an die Backe. Aber ehe er im unsicheren Licht das Ziel noch richtig ansprechen konte, war die große gefleckte Katze mit einem einzigen, weit gestreckten Satz aus

dem Stand über das niedrige Vorratszelt hinweg in der Nacht verschwunden, ohne einen einzigen Laut von sich gegeben zu haben, ein Gespenst nur, eine Sinnestäuschung. Der Mann jagte dem Raubtier den ungezielten Schuß hinterher; es sollte gewarnt sein!
Und entdeckte gleich darauf seine beiden großen Hunde – wie tot hingestreckt neben dem Vorratszelt. Friedel, die Frau, war schon neben ihn getreten:
»Marthchen ist nicht einmal richtig wach geworden, Wilhelm. Nach deinem Schuß hat sie gestöhnt und nach mir gerufen, ist aber gleich wieder eingeschlafen, als ich sie beruhigte. Mein Gott, da liegen die beiden Hunde. Sind sie tot, alle beide?«...
Tilla, die Hündin, war durch einen einzigen Biß hinter den Kopf ins Genick getötet worden. Aber Till, der Hund, trug offenbar keine Verletzung am Leibe. Doch, als Wilhelm ihn auf die andere Seite drehte, kam eine böse Wunde – bis auf den Knochen – an der Schulter zum Vorschein, die von einem Tatzenhieb stammen mußte. Ein zweiter Hieb mußte das Tier bewußtlos geschlagen haben, ehe es noch Widerstand leisten konnte. Vielleicht war der Angriff des Raubtiers auch in umgekehrter Reihenfolge abgelaufen.
Friederike kniete neben dem verletzten Tier, das in tiefer Ohnmacht befangen lag; nur seine Läufe zuckten zuweilen und verrieten, daß noch Leben in ihm war.
Die Frau herrschte die Neger an, die verschlafen und verwirrt sich einige Schritte abseits drängten und das Ereignis aufgeregt, wenn auch mit Flüsterstimmen, beschnatterten:
»Bringt ein großes Feuer in Gang, daß man etwas deutlicher sehen kann. Und dann heißes Wasser! Ich muß die Wunde waschen und fest verbinden, sonst verblutet uns der Hund!«
Nun ihnen gesagt war, was getan werden mußte, wurden die Schwarzen auf der Stelle eifrig: ein Feuer entzünden, warmes Wasser bereiten, das war zu verstehen, das brauchte ihnen nicht zweimal gesagt zu werden.

Wilhelm hatte den Verbandskasten hervorgekramt; der war ihm seinerzeit auf seine Bitte noch vom Militär mitgegeben worden. In den Ödnissen der Südwester Hochlandssteppen kam es – anders als in den Garnisonen daheim – auf einen Verbandskasten mehr oder weniger nicht an, wenn man einem Wildnissiedler damit aushelfen konnte, besonders, wenn er zuvor mit der Truppe geritten war.
Der Hund erwachte erst, als die Frau ihm mit ätzendem Jodwasser die große Bißwunde auswusch, wehrte sich aber nicht, als er seine Herrin über sich gebeugt sah. Der Knochen in seinem Schultergelenk lag bloß; aber gebrochen schien nichts zu sein; auch die Sehnen waren offenbar unversehrt geblieben; lediglich ein großer Fetzen Haut und ein Stück Muskelfleisch war von der Tatze des Raubtiers dem »Wächter des Lagers« aus dem Leib gerissen worden. Die Wunde wurde fest und dick verbunden, um den ganzen Bug der Dogge herum, Wilhelm stellte fest:
»Vielleicht übersteht der Hund die Verwundung. Du hast das großartig gemacht, Friedel! Aber von jetzt ab unterhalten wir jede Nacht bis zum Morgengrauen ein großes Feuer zwischen unseren Zelten. Daß Leoparden hinter Marthchens Bett herumschnüffeln, das soll mir nicht zum zweiten Mal vorkommen!« . . .
Die Dogge Tilla mußte am nächsten Vormittag begraben werden. Marthchen, die von den Aufregungen der vergangenen Nacht so gut wie nichts mitbekommen hatte, weinte bittere Tränen, als die Hündin mit der fürchterlichen Wunde im Nacken in die steinige Erde versenkt wurde. Sie schwor, daß sie später – »wenn ich erst schießen kann, Mutter!« – alle Leoparden ins Jenseits befördern würde, die ihr über den Weg liefen. Und sie machte dem Vater, dem gegenüber das Kind noch immer eine leise Scheu zur Schau trug (er war als ständiger Beschützer und Begleiter und als engster Gefährte der Mutter erst spät in ihrem kleinen Leben aufgetaucht, war ihr, dem Marthchen, erst ganz bewußt geworden, als er sie

in Swakopmund nach dem Ausbooten in Empfang und erstmals auf den Arm genommen hatte; Marthchen hatte dem Mann mit dem braunen Gesicht und den harten Händen, der eben zuvor, als müßte es so sein, die Mutter in die Arme geschlossen und geküßt hatte, aus nächster Nähe in die Augen gesehen, sehr ernst, keineswegs besonders erfreut. Gerade in solcher Scheu und sogar Abwehr hatte Korthinrichs sein Kind, seine Tochter, erkannt, und eine warme Welle der Zärtlichkeit hatte sein Herz umbrandet. Friedels Kind auf meinem Arm, es ist auch mein Kind!) Marthchen also machte dem Vater, als ein kleiner Hügel aus Sand und Geröll über dem frischen Hundegrab aufgerichtet war, ein Angebot, das den Mann erfreute, zeigte es ihm doch, daß sein Kind schon mancherlei vom Wesen afrikanischer Wildnis begriffen hatte:
»Vater, aber Till darf nun nicht mehr im Freien schlafen, sonst schlägt auch ihn der Leopard. Till muß jetzt jede Nacht unter meinem Bett im Zelt liegen, damit ich auf ihn aufpassen kann. Und wann zeigst du mir, wie man mit dem Gewehr schießt? Wenn es bloß nicht so schwer wäre, das Gewehr!«...
Korthinrichs hatte dem Kinde danach die Hand auf die Schulter gelegt. Wie winzig und schmal dies Schulterchen war in der großen harten Männerhand; wie er dies elfenhafte kleine Menschenwesen liebte, Friedels Kind; doch äußerlich ihr gar nicht ähnlich. Sein Kind also: kaum zu glauben! Korthinrichs hatte ernsthaft mit der Tochter geredet wie mit einem Erwachsenen:
»Schießen lernt man erst, Marthchen, wenn einem das Gewehr nicht mehr zu schwer ist. Zuvor muß man das kleine Einmaleins lernen, bis es geht wie am Schnürchen – und Lesen und Schreiben. Die Mutter bringt dir das schon bei, und ich passe auch mit auf, daß die Schule weitergeht. Aber mit dem Reitenlernen, da wollen wir nicht länger warten. Das wirst du bald besser können als deine Mutter. Ihr müßt

es beide lernen. Ich bin ja auch ein Reiter. Wer im Bsuch nicht reiten kann, der ist überhaupt nur ein halber Mensch!«
Die Tochter strahlte den Vater an:
»Ja, Vater! Ich will kein halber Mensch sein. Aber Till schläft von heute abend an unter meinem Bett!«
Es fuhr dem ehemaligen Schutztruppen-Reiter durch den Kopf: Sollte mir Friedel nicht noch einen Sohn schenken, diese Tochter ist so gut wie ein Sohn...

———

Friederike Korthinrichs, geborene Kröning, war nach dem Verlassen des deutschen Schiffes, auf dem sie über den Äquator hinweg gemächlich und sicher an die Südwester Küste gebracht worden war, gleich in den Schutz und Schirm ihres Ehemannes Wilhelm übergegangen. Er hatte ihr all das Ungewohnte und Ungewöhnliche, dem sie sich in Südwest-Afrika dann gegenübersah, als etwas Selbstverständliches, einfach als einen neuen, aber ohne weiteres zu bewältigenden Alltag erklärt. Und auch die duftenden Weiten des Südwester Dornbusches hatten Friederikes Vertrauen in das Land, das ihr nach dem Willen ihres Mannes zur zweiten Heimat werden sollte, nur noch vertieft; sie kannte so einsame, weithin überbuschte Einöden, über denen trotz aller Sprödigkeit ein verhaltener Zauber waltet, aus der Heimat in Westpreußen, aus der Tucheler Heide, und im Hannoverschen aus der Lüneburger Heide.
Der Leopard aber und der jählings getötete große Hund, sie hatten der Frau zum ersten Mal mit harter Gewalt bewußt gemacht, daß die Hochland-Steppen zwischen dem Kaokoveld im Westen und der im Osten zum Okavango-Becken abdachenden Omaheke mit der Lüneburger Heide nicht allzuviel gemein hatten. Hier hatte man, anders als dort, ständig auf der Hut zu sein. Hinter jedem schönen Weißdorn-Busch mit den langen, wie aus Porzellan geformten

Stacheln mochten Gefahren lauern, die unter Umständen Leib und Leben in Frage stellten. Nicht nur dies! Ein anderes Erlebnis in jenen ersten Monaten, die Friederike in der felsigen Ödnis oben bei den Wasserlöchern verbringen mußte, ehe noch das Wohnhaus an dem Ort namens Otjikarare fertig wurde, hatte Wilhelms Frau schonungslos klargemacht, daß der Dornbusch nicht nur gefährliche, sondern auch widerlich häßliche Züge enthüllen konnte...

Für die wenigen Pferde und Zugochsen, die Korthinrichs für den Anfang in die Einöde bei den Wasserlöchern am Berg mitgenommen hatte, mochte das geringe Futter und die bescheidene Tränke da oben genügen. Einer oder gar mehreren Milchkühen mochte Korthinrichs die kärgliche Nahrung am felsigen Berg nicht zumuten. Aber Milch war auf die Dauer nicht zu entbehren. Die kleine Tochter kam dem Manne überzierlich vor, federleicht, manchmal wie durchsichtig bei all ihrer Springlebendigkeit und nie erlahmenden Lust an der neuen, fremden Welt, in die sie sich versetzt sah, die sie sich mit einer Neugier sondergleichen unermüdlich anzueignen bemühte. Die Mutter hatte viele unbewußte Vorbehalte, auch Vorurteile nach Afrika mitgebracht; das Kind, ein noch unbeschriebenes Blatt, indessen nicht.

Korthinrichs hatte sich also von Kambazembi, dem Herero-Kapitän am Waterberg, gegen einige Pakete Tabak eine Ziege ausgeborgt, die ein munteres Zicklein führte. Das gehörnte Tier mit grauweiß gescheckten, seidig glänzendem Fell war, wenn es regelmäßig gemolken wurde, so reich an fetter, süßer Milch, daß nicht nur das Zicklein und Marthchen davon zur Genüge trinken konnten, sondern auch noch der Kaffee für Marthchens Eltern reichlich zu weißen war.

Der Ziege und dem Zicklein behagten die felsigen Hänge in der Höhe, sie fanden auch überall Nahrhaftes zu knabbern. Die plumpen Milchkühe hätten sich in dem scharfkantigen, steinigen Gelände nur allzu leicht die Beine gebrochen. Die beiden Ziegen kletterten mit Vergnügen weiter bergauf. Je

steiler und unwegsamer die Hügelflanken sich anließen, desto mehr an meckerndem Vergnügen schienen sie den Ziegen zu bereiten; abends aber kehrten sie regelmäßig zum Wasser zurück, auch, weil sie sich schnell an die bescheidenen Leckerbissen gewöhnt hatten, die Marthchen stets für sie bereit hatte, ein Stück alten Brotes etwa, Kartoffelschalen oder sogar einen Apfel aus dem Kapland, der schon angegangen war.
Weiter oben im Gebirge hatte, wahrscheinlich schon seit alter Zeit, eine Horde von Pavianen ihr Jagd- und Sammelgebiet. Die etwa dreißig Tiere umfassende Großfamilie wurde von einem mächtigen »Alten Mann-Pavian« angeführt, der sicherlich doppelt so schwer war wie seine schlankeren Weiber. Eine wolkige grauschwarze Mähne hüllte den Oberaffen vom Kopf bis zu den Hüften ein, verlieh ihm ein königliches Aussehen, das allerdings schnell verging, wenn er seine Kehrseite zeigte mit den riesigen blauroten Sitzschwielen am Hinterviertel. Der Alte schien strenge Ordnung in seiner Sippe zu halten. Ein einziger Warnruf aus seiner weit vorgebauten Schnauze genügte, um seine ganze Gesellschaft, die schwächeren Männchen, alte und junge Weiber und die zahlreiche Schar von Halbwüchsigen und kleinen Kindern über die Felsen davonzuscheuchen und verschwinden zu machen, als gäbe es keinen einzigen Pavian weit und breit. Am Anfang hatte sich die Pavianshorde mit zornigem Gebell und Gekeife über die menschlichen Eindringlinge sehr erbost gezeigt. Der »Große Alte« hatte auf einem hohen Felsen oberhalb des Wasserlochs, in Drohgebärden auf- und niederwippend, seinen Unwillen bekundet und die Menschen aufgefordert, sich zu scheren, woher sie gekommen wären. Stattdessen hatte Korthinrichs, des ewigen bellenden Lärms in der Nachbarschaft müde, eine Kugel über seinen Kopf sausen lassen, und als der Alte sich erschrocken duckte, der ersten noch eine zweite hinterhergeschickt. Das hatte genügt. Der Alte hatte einsehen müssen, wer hier am

Wasserloch neuerdings der Stärkere war, hatte dementsprechend nachgegeben und sich mit seiner Kumpanei in das schroffere Gelände jenseits des zweiten, höher gelegenen Wasserlochs zurückgezogen. Ab und zu allerdings erschienen der Alte oder auch zwei seiner jüngeren männlichen Untertanen am Rande des Gesichtskreises um das Lager der Menschen, um sich davon zu überzeugen, daß die gefährlichen Zweibeiner noch immer das Feld nicht räumen wollten. Korthinrichs und die Seinen hatten die Affen mit der Zeit so gut wie vergessen; die schwarzen Helfer hatten ohnehin von den Tieren kaum Notiz genommen. Es war so viel Wichtigeres zu verrichten. Auch wollte den Tieren niemand etwas Böses antun, wenn sie sich nur abseits hielten – und das taten sie ja.

Eines Abends im Südwinter (der Monat Juli hatte schon begonnen, und Friederike rüstete sich bereits, in das im Rohbau eben fertige und schon mit Elefantengras aus ferner Niederung gedeckte Haus bei Otjikarare umzuziehen) kehrte die Ziege und das kräftig gewachsene Zicklein nicht zum Lager zurück, um ans Wasser zu gehen und sich ein wenig mit Marthchen und der Dogge Till zu balgen, auch ein paar wohlschmeckende Kosthappen aus der Hand des Menschenkindes wie stets zum Tagesschluß in Empfang zu nehmen. Als bei Anbruch der Nacht die Ziege noch immer nicht aufgetaucht war, um ihre überschüssige Milch loszuwerden, stieg die Sorge bei den drei Korthinrichs, daß den guten Tieren, die inzwischen wie der Hund zur Familie gerechnet wurden, etwas passiert sein könnte. Marthchen war es, die als erste den Leoparden verdächtigte; sie drängte den Vater, daß man nach der Ziege und dem geliebten Zicklein fahndete, mußte sich aber vom Vater darüber belehren lassen, daß bei Nacht in unwegsamem Gelände an eine gründliche Nachsuche nicht zu denken wäre.

»Aber morgen früh, Kind, bei erstem Büchsenlicht brechen wir auf. Die Mutter und du, ihr könnt mitkommen. Wir nehmen von den Leuten Kahitjene und Hakane mit. Die kennen sich im Busch gut aus. Fünf Augenpaare sehen mehr als nur eins oder zwei.«...

Der Himmel färbte sich gerade erst rot, als die kleine Kolonne sich in Bewegung setzte. Marthchen hatte die Richtung zu bezeichnen gewußt, aus der die Ziege mit dem Zicklein gewöhnlich zum Lager zurückzukehren pflegte, hatte sie doch manchmal die beiden Tiere, die sie liebgewonnen hatte, sehnlich erwartet und war ihnen entgegengelaufen.

Der Vater machte die Vorhut mit schußbereitem Gewehr im Arm. Dem Kinde hatte er befohlen, sich dicht an seiner Seite zu halten. Rechts außen stolperte die Mutter, gedeckt durch den ebenfalls mit einer alten Schrotflinte bewaffneten Herero Hakane, den Sohn einer der vielen Nebenfrauen des Kambazembi, die steinigen Hänge bergan. Friederike Korthinrichs hatte den hochgewachsenen schwarzen Mann angewiesen, sich schräg hinter ihr zu halten; sie wollte sich die Sicht nach vorn hügelauf nicht durch Hakane beschränken lassen. Links außen sprang der zweite Herero, Kahitjene, im äußerst unwegsamen Gelände von Fels zu Fels bergan; er trug als einzige Waffe nur den Speer der Schwarzen, einen scharf geschliffenen Assagai, eine gefährliche Waffe – für den Fall, daß ihm auf seiner Seite in der langgestreckten flachen Bergfurche ein feindliches Lebewesen über den Weg laufen sollte.

Als die Sonne längst hoch war und die lähmende Kälte der vergangenen Nacht zu weichen begann, ließ plötzlich ein entsetzter Schrei der Frau die andern alle innehalten, zog die Blicke aller zu ihr hinüber an die äußerste rechte Flanke. Der Mann zögerte nur einen Augenblick. Dann setzte er sich nach rechts hinüber mit langen Sätzen über den felsigen Grund in eilige Bewegung. Das Kind folgte ihm ebenso schnell in federleichten Sprüngen. Zwar erkannten weder Mann noch Kind, was drüben auf der rechten Seite sich ereignet haben mochte, aber im Schrei der Frau hatte so viel

an Furcht und Grauen geklirrt, daß den beiden für einen Augenblick der Herzschlag ausgesetzt hatte. Warum hatte sie geschrien? Was hatte die Mutter gesehen? War ihr etwas passiert?
Korthinrichs kam nach einem Sprung über eine Mulde im Grund so jähe zum Stillstand, daß das Kind, das dicht hinter ihm her geflogen war, auf ihn aufprallte. Um nicht zu stürzen, hielt es sich an ihm fest, hatte auch im gleichen Augenblick erkannt, was sich an die zwei gute Steinwürfe weit in einem ihnen bis dahin verborgen gebliebenen leicht versenkten Winkel des Geländes abspielte:
Die Mutter hatte die Arme vor der Brust verschränkt, die Schultern hochgezogen in der Gebärde fassungslosen Entsetzens und schrie zum zweiten Mal, gedehnter noch und schriller. Der Herero Hakane hatte sich drei Schritte neben der Frau aufs Knie niedergelassen, die Flinte mit dem dicken Schrotlauf an die Backe gehoben und schoß. Der Knall weckte ein hallendes Echo von der anderen Talseite her.
Bis dahin hatten Korthinrichs und Marthchen überhaupt noch nicht begriffen, was der Mutter so panischen Schrecken aufzwang. Jetzt aber war ein wenig höher am Berg ein dröhnendes Gebrüll aufgebrochen und zwang ihre Augen in die neue Richtung. Mit langen Sätzen tobte dort ein mannshohes Wesen zu der Frau hinunter, auf zwei Beinen springend, sich manchmal auf die langen Arme stützend, eine mächtige Mähne flatterte hinterher. Und nochmals dieser urböse, brüllende Laut aus der Kehle des angreifenden Tieres – und plötzlich schienen auf allen Felsen am Hang Paviane zu hocken oder zu tanzen, begleiteten die Attacke ihres riesigen Anführers mit wütendem Keifen.
Korthinrichs herrschte die kleine Tochter an, die sich immer noch an ihn klammerte:
»Laß' mich los, Kind! Stoß' mich nicht! Ich muß treffen!«
Marthchen erstarrte. Korthinrichs verhielt den Atem, folgte über Kimme und Korn dem herniederhetzenden riesigen

Hundskopf-Affen, bekam ihn fest in den Blick und bewegte den Abzug um die letzte Haaresbreite bis zum Anschlag.
Hart prallte der Schuß hinaus und schlug dem vor Wut rasenden, durch den Schrotschuß Hakanes erst recht erbosten Tier mitten in die Brust. Als wäre er an ein unsichtbares, aber steinhartes Hindernis gerannt, wurde der Pavian von dem schweren Geschoß aus der Büchse des Mannes aus der Bahn geworfen und prallte zu Boden, überrollte sich zweimal und lag dann still – vom Tode so jäh übermannt, als hätte ihn eine Axt gefällt.
Die Paviansherde im Hintergrund an den Hängen verstummte und erstarrte unmittelbar danach, war gar nicht mehr zu erkennen, da sie sich nicht mehr regte, so sehr verschwammen die Farben und Formen der Tiere im grau und braunen Gestein zwischen den graugrünen Büschen und den blassen Bülten des Grases. Dann waren die Tiere mit einmal nicht mehr da, waren lautlos und fließend schnell über die Höhe des Hügels zur Rechten abhanden geraten, als wären drei Dutzend grauer Gespenster plötzlich hinweggezaubert.
Korthinrichs hatte es kaum beachtet. Ihn bewegte anderes. Er hatte schon mehr als einmal erlebt, wie zähe das Leben ist, das in den Tieren der Wildnis pulst. Er ließ die Patronenhülse aus dem Gewehr springen und hebelte ein neues Geschoß in den Lauf, hatte immer noch keinen Blick für die Frau, die so entsetzt geschrien hatte, sondern stelzte zwischen den Brocken grauen Gesteins zu dem mitten im Sprung gefällten Tier hinüber. Marthchen folgte dichtauf, so leicht und leise, daß es dem Vater gar nicht bewußt wurde; sie erreichte den Ort, an dem das Tier gestürzt war, fast zur gleichen Zeit wie der Vater.
Mit verdrehten Gliedmaßen – die Arme erschienen überlang und die Beine zu kurz – lag das Tier auf dem Rücken. Das Geschoß mit bleierner Spitze aus der schweren Büchse des Mannes hatte dem großen Affen ein Loch in die rechte

Brusthälfte gerissen und wahrscheinlich das Herz zerfetzt. Der mächtige Führer der Pavianshorde über Otjikarare war schnell gestorben. Gegen den Menschen ist kein Kraut gewachsen. Korthinrichs brauchte keinen zweiten Schuß an den »Großen Alten« der Paviane zu verschwenden. Korthinrichs fühlte sich plötzlich sterbensmüde. Mechanisch sicherte er sein Gewehr und nahm erst jetzt wahr, daß Marthchen ihn drängte:
»Vater, Vater, wir müssen uns um Mutter kümmern, komm!«
Ja, das Kind ist besser bei der Sache als ich selber. Er schwang das Gewehr am Riemen über die linke Schulter und blickte zurück.
Die Frau hatte sich auf einem Felsen niedergelassen; ihre Beine hatten sie nicht länger tragen wollen. Sie standen alle drei beieinander, Vater, Mutter und Tochter. Die beiden Schwarzen hatten sich bei dem toten Pavian eingefunden und beredeten aufgeregt, was sich vor ihren Augen abgespielt hatte. Das Herero ist eine sehr wohllautende Sprache mit vielen klaren Vokalen. Das laute Gespräch der beiden Herero-Männer klang zu den drei weißen Menschen hinüber wie das tiefe Gesumm eines über ein Steinwehr fallenden Baches.
Noch war das Blut nicht in Friederikes Antlitz zurückgekehrt; selbst ihre Lippen schienen viel blasser als sonst zu sein. Sie blickte zu ihrem Mann auf, der vor ihr stehen geblieben war. Ein zaghaftes Lächeln huschte um ihre Lippen, nur eben zu ahnen. Sie flüsterte:
»Du hast den großen Affen totgeschossen, Wilhelm! Er wollte mich umbringen!«
»Vielleicht, Friedel, vielleicht auch nicht! Es könnte nur ein Scheinangriff gewesen sein. Aber ich konnte nichts riskieren. Ich mußte ihn aufhalten!«
»Es war schrecklich, wie er sich mit einmal aufrichtete und den Hang herunter auf uns eindrang, auf Hakane und mich.

Hakane behielt sogar die Nerven und hat geschossen. Aber das schien den Affen nur noch zorniger zu machen; vielleicht hat er ein paar Schrotkugeln abbekommen.«
Es war, als würde die Frau von einem plötzlichen Anfall wilder Wut gepackt; sie richtete sich auf und schlug sich mit der geballten Faust aufs Knie:
»Recht ist ihm geschehen, dem Untier, recht! Es war richtig, daß du das widerliche Vieh erschossen hast, Wilhelm! Das war es, was ihm zustand!«
Friederike schien außer sich geraten zu sein. Dem Manne verschlug es zunächst die Sprache. Das Kind kämpfte tapfer mit den Tränen vor Schreck; so hatte es die Mutter noch nie gesehen.
Wilhelm Korthinrichs bekam sich wieder in den Griff nach einigen zögernd vertropften Sekunden:
»Was war denn, Friedel? Was hat dich so aus der Fassung gebracht? Sprich dich doch aus, Friedel!«
Der Zuspruch des Mannes verfehlte seine Wirkung nicht. Friederike atmete ein paar Mal tief ein und aus. Röte überflog ihr Gesicht und verging von neuem:
»Es war so scheußlich, Wilhelm! Ich erkannte, was sich da abspielte, als Hakane und ich nur noch dreißig oder vierzig Schritt entfernt waren. Diese Affen sind so schwer zu unterscheiden im Gelände und Gestein. Wilhelm, der große Affe muß unsere Ziege gefangen haben und hat sie totgebissen, und das Zicklein auch; das war ihm dann nur noch ein Kinderspiel. Und dann müssen die Affen oder wohl nur der Große Alte der Ziege den Bauch aufgerissen haben; sie haben die Därme herausgeholt, und der Alte stopfte sich das Geschlinge in die Schnauze, als schmeckten ihm die Därme besonders gut. Und weiter oben hatten sich ein paar Affenweiber über das tote Zicklein hergemacht und rissen es buchstäblich in Fetzen. Ich sah das alles ganz genau. Und es war so schaurig scheußlich, daß ich schreien mußte. Da hat dann der Große Alte sich die Därme von der Schnauze

gezerrt, hat sich hoch aufgerichtet wie ein Urmensch, hat gebrüllt und ist auf uns losgestürzt, auf mich und Hakane. Aber Hakanes Flinte hätte das Untier wohl nicht aufgehalten, wenn du nicht dazwischen gekommen wärst. Ach, Wilhelm, so etwas hätte ich in der Heimat nicht erlebt!«

Korthinrichs hatte sich wieder in der Gewalt. Er verstand sehr wohl, was seine Friedel erlebt hatte: Zum ersten Mal war sie der gnadenlosen afrikanischen Wildnis von Angesicht zu Angesicht begegnet. Irgendwann muß ein jeder, der sich der Wildnis anvertraut, Gleiches oder Ähnliches erleben. Wenigstens hatte er sie vor leiblichem Schaden bewahren können. Den Schrecken konnte er ihr nicht abnehmen; er konnte nur begütigen:

»Die Hauptsache ist, Friedel, daß dir nichts passiert ist. Es ist merkwürdig, auch die Raubtiere, die Löwen oder Leoparden, fressen mit Vorliebe und zuerst die Eingeweide ihrer Beute; sie scheinen für sie ein Leckerbissen zu sein. In der Heimat hättest du so etwas nicht erlebt, sagst du. Gewiß, Paviane gibt es da nicht. Aber die Katze fängt die Maus und spielt mit ihr, bis das arme Mäuslein verendet, und der Bussard stößt auf das Entchen und trägt es in den Krallen davon, und der Fuchs greift sich ein Karnickel. Das läuft auf das gleiche hinaus. Ich bin nicht sicher übrigens, ob es wirklich die Paviane gewesen sind, die uns unsere beiden Ziegen geraubt haben. Ich bin eher der Meinung, daß die zwei Ziegen schon tot waren, als die Paviane sie entdeckten. Die Affen machen sich gern über frisches Aas her, bereichern so ihren Speisezettel. Wir müssen Nachschau halten. Vielleicht läßt sich dort, wo du den Großen Alten bei der Mahlzeit überrascht hast, Genaueres feststellen.«

So auf ruhige und sachliche Weise von ihrem Manne aufgeklärt zu werden, hatte auf die Frau seinen Eindruck nicht verfehlt. Friederike war kein Schwächling. Ihr Platz war an der Seite ihres Wilhelm. Er hatte sie in dies fremdartige, so

überwältigend weiträumige Land gebracht. Ihr Mann liebte dieses Sonnenland. Daß es hart zugeht auf dieser Welt, überall auf der Welt, wenn auch überall auf verschiedene Manier, das hatte die Frau längst, auch am eigenen Schicksal, begriffen. Wenn mein Wilhelm meint, daß dies Land liebenswert ist, dann ist es liebenswert, und ich werde mich darin einrichten. Der Mann nahm wohl wahr, wie sie sich Mühe gab, des ausgestandenen Schreckens Herr zu werden. Seine Friedel – er konnte sich auf sie verlassen.
Die Frau erhob sich:
»An dem, was geschehen ist, läßt sich nichts mehr ändern. Wenn du dich überzeugen willst, wie die Ziegen zu Tode gekommen sind, so sollst du es tun. Mir genügt es zu wissen, daß wir vorläufig auf die Milch verzichten müssen. Ich gehe jetzt zum Lager zurück und will zusehen, uns ein kräftiges Frühstück zu bereiten; es ist längst Zeit dazu. Außerdem ist mir klar geworden, daß du recht hast, wenn du sagst, auch ich müßte lernen, mit dem Gewehr umzugehen. Und reiten lernen will ich endlich auch. Ohne Gewehr und ohne Pferd kann man sich in diesem Lande auf die Dauer nicht behaupten. Hoffentlich schaffe ich das!«
»Gut, daß du es selber einsiehst, Friedel! Wenn wir erst unten in Otjikarare unser Quartier aufgeschlagen haben, dann fangen wir gleich damit an. Es ist mit das Wichtigste, was mir aufgegeben ist. Hakane wird dich bergab begleiten, er hat sich bewährt, hat vor dem angreifenden Affen und seiner Wut nicht gekniffen.«
Korthinrichs wandte sich den beiden Schwarzen zu, die inzwischen herbeigekommen waren; er fiel ins Herero dabei; er hatte sich während der sechs schon im Land verbrachten Jahre ein leidlich brauchbares Herero angeeignet (hatte sich gesagt, wenn die Missionare es schaffen, die Herero-Sprache zu beherrschen und sogar darin predigen, dann werde ich das wohl auch fertigbringen; er hatte es fertiggebracht).
»Hakane, du bringst Frau und Kind ins Lager zurück. Sieh

zu, daß deine Flinte schußbereit ist. Gewöhnlich passiert an einem solchen Tag wie diesem gleich mehr als einmal allerlei Aufregendes. Kahitjene, wir beiden sehen nach den Kadavern. Vielleicht sind wenigstens die Felle zu retten.« –
Das Kind in seinem bis zu den halben Waden reichenden Kleidchen aus blauem Kattun hatte sich ein wenig abseits gehalten, offenbar eindringlich damit beschäftigt, sich kein Wort und keine Gebärde der vier Erwachsenen entgehen zu lassen. Jetzt meldete es sich:
»Bitte, Vater, laß mich lieber mit dir und Kahitjene mitkommen. Ich möchte gern ganz genau wissen, was mit unseren Ziegen geschehen ist, und auch, was ihr mit dem großen Pavian machen wollt. Soll denn der da einfach liegen bleiben, wo du ihn geschossen hast, Vater?«
Der Vater spürte, wie ihm das Herz warm wurde. Dies schmale Geschöpf, leichtfüßig und zierlich wie ein Springböckchen der Steppe, war sein Kind, fürchtete sich vor nichts, wollte alles wissen. Er beugte sich zu dem Kinde hernieder, hob es in seine Arme, herzte es – was die Tochter mit einem scheuen Lächeln über sich ergehen ließ; ganz selbstverständlich gewohnt war sie diesen Vater noch immer nicht, wenn auch längst bereit, ihn zu bewundern und zu verehren und sich – wenn vorläufig auch nur mit einiger Zurückhaltung – von ihm lieben zu lassen.
»Gewiß, Marthchen, wenn Mutter nichts dagegen hat, kannst du mit mir kommen. Aber du darfst nicht erschrekken. Es wird viel Blut und rohes Fleisch zu sehen sein.«
»Nein, Vater, wenn du es ansehen mußt, dann will ich es auch ansehen. Und ich will auch schießen lernen und reiten, gleich mit der Mutter!«
»Gut, gut, Marthchen! Alles zu seiner Zeit! Also komm!«
Er setzte das Kind wieder zu Boden. Marthchen sprang ein paar Schritte voraus und blickte sich um: Worauf wartet ihr noch?...
Von den Ziegen, wie sich dann herausstellte, war nichts

weiter mehr zu retten als die Felle. Den gefällten großen Pavian wollte der Mann den Hyänen und Schakalen oder den Geiern überlassen, von denen schon zwei in großer Höhe, winzig klein, aber in der reinen Luft glasklar zu erkennen, auf weit gebreiteten Schwingen kreisten. Aber Kahitjene, der Herero, bestand darauf, daß dem toten Pavian noch am gleichen Tage die mächtige grauschwarze Mähne abgeledert werden müßte; sie wäre zu schade, von den Geiern und Schakalen zerpflückt und besudelt zu werden. Korthinrichs wußte, wann es sich empfahl, den Wünschen der Eingeborenen nachzugeben.
Zum zweiten Mal an diesem Vormittag hatte der Vater Anlaß, seine zierliche Tochter zu bewundern und mit ihr einverstanden zu sein, als sie auf dem Rückmarsch zum Lager noch einmal anfing:
»Wie der große Pavian mit der Mähne auf Mutter losstürmte und so brüllte – er sah gar nicht richtig aus wie ein Tier, sondern wie ein wilder Mensch. Ach, ich bekam solche Angst. Menschen sind doch wohl schlimmer als Tiere. Aber dann haben wir geschossen, und er konnte Mutter nichts mehr tun!«...
»Ja, mein liebes, kleines Marthchen, so ist es nun mal im Busch: Man muß schießen, und gleich zuerst, ehe es zu spät ist. Aber das ist nicht einmal die Hauptsache. Zu treffen dann auch, das ist die Hauptsache! Das mußt du auch der Mutter immer wieder sagen, Kind. Die Mutter weiß das vielleicht nicht so genau. Die Mutter hätte sich auch die toten Tiere ansehen sollen, weißt du!«
Ganz entschieden, als wäre es längst erwachsen und redete von gleich zu gleich, stellte das Kind fest, sehr nüchtern:
»Nein, Vater, das wäre nichts für Mutter gewesen. Sie kann sich dann so ekeln. Solche Sachen müssen wir allein abmachen.«
Der Mann antwortete nichts auf die altklugen Worte. »Wir« hatte die Tochter gesagt und vorhin »Wir haben geschos-

sen«. Sie will mein Kind sein – und ich will ihr Vater sein, das weiß Gott!

---

Es stand viel auf dem Spiel in dieser ersten »Kalten Zeit«, die Friederike Korthinrichs und Marthchen in Südwest erlebten. Die beiden waren ohne Umwege mit dem Vater von Swakopmund an der Küste ins nördliche Hereroland hinaufgetreckt. Ähnlichkeit mit einer Stadt oder auch nur einem Dorf hatte auf der langen, holprigen Reise im Ochsenwagen außer dem Hafenort an der Meeresküste nur noch das Städtchen Omaruru gezeigt, wo Korthinrichs noch mancherlei zu besorgen gehabt hatte.
Dann aber waren Mutter und Tochter und Mann noch weit vor Otavi bei einem höchst unansehnlichen Platz namens Komukanti vom großen, viel befahrenen Hauptweg nach Norden ostwärts abgebogen mit all ihrem Kram und Hausrat auf knarrendem Ochsenwagen. Der unendliche Busch nahm die drei Menschen endgültig in seine weiten, warmen Arme.
Und nun, drei Monte erst, nachdem sie und das Kind den Boden dieses Landes mit der leichten und zugleich wie gläsernen Luft betreten hatten, kam es Friederike so vor, als hätte nie in ihrem Leben etwas anderes um sie her gewogt, geflüstert und geschwiegen als die unermeßlichen Gefilde des Dornbuschs. Vom ersten Tage an war keine Zeit geblieben, nachzudenken oder sich an die alte Heimat zu erinnern. Allzu viel war zu tun gewesen, einen Tag nach dem anderen – und noch mehr war, was noch zu tun sein würde.
Endlich hatten sie mit ihren schwarzen Helfern – es war Friederike viel schwerer gefallen als Marthchen, sich an ihre Lässigkeit, ihre Verspieltheit (so mußte man es nennen, obgleich dies auf die hochgewachsenen schwarzen, mit Muskeln bepackten Männer gar nicht passen wollte), ihre Schwatzlust und empfindliche Eitelkeit zu gewöhnen –

endlich, ja, hatten sie das Lager bei dem Wasserloch im Gebirge aufgeben können und waren hinuntergezogen an den Platz, der ihrer zukünftigen Farm den Namen leihen sollte: Otjikarare.

Sehr dürftig noch und eng war das aus breiten, luftgetrockneten Lehmziegeln geformte Haus mit seinem weit über die Wände hinausragenden, fast einen halben Meter dick und fest zusammengepreßten Strohdach oder richtiger Grasdach aus den mannslangen harten Halmen des Elefantengrases, wie es weiter unten in der Steppe an manchen Stellen in kaum durchdringlichen Beständen vorkam. Das Dach mußte rund ums Haus sehr weit vorspringen, um die Lehmwände in der Regenzeit vor den manchmal sehr heftigen Gewittergüssen zu schützen; die Wände mochten sich sonst nur allzuleicht in braunen Schlamm auflösen und fortgespült werden. Viel Staat war mit dem Haus nicht zu machen, obgleich es sich aus der Ferne sehr heimelig und freundlich ausnahm. Aber es war ein richtiges Haus mit dicken Wänden und kein flüchtiges Zelt mehr; es war kühl darin an den glutheißen Mittagen und angenehm warm in den manchmal bitter kalten Nächten der Trockenzeit.

Die Wasserleitung leitete – teils offen, teils verdeckt –, wenn am Berg die Schleuse aufgezogen wurde, klares, wohlschmeckendes Naß in den großen, hoch aufgebockten Behälter beim Farmhaus, lieferte ausreichend Feuchtigkeit für die Menschen, das Haus, einige Ochsen und Pferde, für das Federvieh und nun doch auch schon eine Milchkuh. Die Versorgung mit Feuchte erwies sich sogar in der ersten Hälfte der Trockenzeit als reichlich genug, einen kleinen Gemüsegarten zu bewässern, den Friederike abseits des Hauses auf einem ebenen Platz hatte einrichten lassen. Rundum war der Garten durch einen dicht zusammengeschobenen hohen Wall aus Dorngesträuch geschützt. Das war eine Aufgabe für die Herero gewesen; sie verstanden sich darauf, mit den sehr unhandlichen großen Büschen umzugehen.

Korthinrichs war von ständig steigender Ungeduld, das Lager am Berg aufzugeben und in das Haus auf Otjikarare umzuziehen, erfüllt gewesen, ganz gleich, ob man dort schon sehr wohnlich hausen würde oder nicht. Man brauchte zunächst nur ein Dach über dem Kopf zu haben. Das war jetzt geschafft und mußte genügen.

Sehr viel wichtiger, ja, entscheidend wichtig war es, daß noch vor den ersten Regen im November oder Dezember ein standhafter, hoher Damm wenigstens einen der beiden Trockenflüsse, der Omuramben weiter unten, wo die Hänge in die felslose Steppe ausflachten, als ein breiter Querriegel verbaute. Seine Aufgabe sollte es sein, dem vom Berg nutzlos ablaufenden Regenwasser den Weg abzuschneiden und einen langgestreckten See aufzustauen. Dieser Wasservorrat blieb dann, wenn alles gutging und man sich nicht verrechnet hatte, bis zur nächsten Regenzeit erhalten, so daß eine große Herde von Rindern, Eseln, Ziegen, vielleicht auch Schafen ihren Durst löschen konnte. Von den Überschüssen dieser Herde wollten die Farmersleute nicht nur leben, sondern, wenn vielleicht auch nur auf bescheidene Weise, reich werden.

Es kam darauf an, den Damm nicht einfach auf dem trockenen Sand des Flußbettes aufzutürmen, sondern unter ihm eine auf dem Felsgrund fußende Mauer aufzurichten, aus Gesteinsbrocken und Mörtel fest gefügt; sehr stark brauchte die Quermauer nicht zu sein; sie sollte nur, von Talwand zu Talwand reichend, dazu dienen, das auch in der trockenen Zeit unterirdisch im Bett des Omuramba bergab sickernde Wasser aufzufangen, am Abfließen zu hindern und den Vorrat im Stausee von der Tiefe her zu ergänzen.

Korthinrichs war froh, daß er sich nur etwa drei Meter tief ins Flußbett einzugraben hatte, um den gewachsenen Fels darunter zu erreichen. Er freute sich, daß er richtig kalkuliert hatte. Schon wenige Fuß unter der Oberfläche des Flußbettes zeigte sich der Sand feuchter – und wurde immer feuchter, je näher sich die Grabenden zur Sohle des Bettes hinunterschaufelten: Unterirdisch rann also auch während der Trokkenzeit Wasser zu Tal.

Bis weit in den September hinein dauerte es, ehe die Mauer, etwa zwanzig Meter lang, an ihrer höchsten Stelle in der Mitte beinahe drei hoch, von der einen Seitenwand der Talfurche bis zur anderen eine starre Barriere quer über den Omuramba Hakane spannte. Dann wurde sie von beiden Seiten wieder zugeschüttet, so daß ihre Oberkante mit der Höhe des ursprünglichen Flußbettes in etwa gleiche Ebene zu liegen kam. Darüber erst wurde der eigentliche Damm aufgeschüttet, zwei Meter hoch. Das nötige Erdreich dazu, vermischt mit Geröll und Gestein, scharrten die Ochsen, vor ein paar stählerne Schaufeln gespannt, von den seitlichen Hängen ins Tal hinunter. Diese Schaufeln, äußerst wichtige Instrumente, hatte Korthinrichs schon mit den ersten Ochsenwagen von Komukanti am Hauptweg nach Norden mit herausgebracht.

Der Damm würde halten; er streckte sich sehr breit und wuchtig quer über das Tal des Omuramba Hakane. Der Name war von Marthchen erfunden worden. Das Kind hatte mit dem starken schwarzen Mann – er war gar nicht schwarz, wie Marthchen stets betonte, sondern braun, hellbraun sogar – Freundschaft geschlossen; sie vergaß nicht, daß er die Mutter nicht im Stich gelassen hatte, als der fürchterliche Pavian vom Abhang herunter anstürmte. Hakane war allmählich zu einer Art Vormann unter den eingeborenen Helfern auf Otjikarare aufgerückt. Auch Kahitjene, der als einziger unter den Leuten mit Pferden umzugehen verstand – er war beim Kambazembi Pferdehüter gewesen –, hatte eine bevorzugte Stellung errungen. Vater und Mutter schlossen sich Marthchens Vorschlag gerne an. Bald wußte jeder auf Otjikarare, daß der Omuramba, der zuerst verbaut worden war, den Namen Hakane tragen sollte; der zweite, der noch nicht verbaut war, würde dann nach Kahitjene benannt werden.

Wie hoch würde sich das Wasser hinter dem Damm aufstauen? Manchmal sind die Regen stark und ergiebig; in anderen Jahren lassen sie viel zu wünschen übrig. Vorauszuschätzen war das nicht. Erlaubte man den Fluten, über den Kamm des Dammes hinwegzuspülen, so war es um das Erdwerk bald geschehen; es würde fortgerissen werden. Korthinrichs hatte also für einen stabilen Überlauf zu sorgen, einen ausgemauerten Einschnitt in die Dammkrone, dessen Ablauf an der flach ansteigenden Außenseite des Dammes ebenfalls aus festem Mauerwerk bestehen mußte, damit das überfließende Wasser aus dem Stausee das aufgeschüttete Erdreich nicht zerweichen, unterspülen und fortschwemmen konnte, bis schließlich der ganze Damm durchbrochen und vernichtet war.

Zur Arbeit mit den Ochsen und den Bodenschrapern waren die Schwarzen gut zu gebrauchen; auch mit der Erdhacke und Schaufel wußten sie leidlich umzugehen; aber von Mörtel und Mauern verstanden sie nichts. Korthinrichs erkannte jedoch schon bald, daß insbesondere der Herero Kahitjene mit beinahe gierig zu nennender Neugier dem weißen Mann auf die Finger sah, um sich anzueignen oder wenigstens nachzumachen, was der »Baas« an merkwürdigen Kunstfertigkeiten vorführte: Wie Kalkgestein (an dem kein Mangel herrschte) in einem aus Klippen simpel, aber mit gutem Zug gefügten Ofen bei starker Hitze zu »gebranntem« Kalk gewandelt, dieser dann »gelöscht« wurde, wobei er sich von innen her erhitzte. Wie der »gelöschte« Kalk mit Sand und Wasser zu teigigem Mörtel zu mischen war, mit dem passenden Felsbrocken zu Mauern gefügt werden konnte; erstarrte doch der anfangs formbare Mörtel zu steinharter Bindung zwischen den einzelnen Steinstücken.

Korthinrichs sagte sich, daß er sich den langbeinigen, schnell begreifenden Kahitjene zu seinem ständigen Helfer in Haus

und Hof heranziehen sollte. Diesem reinblütigen Bantu mit fast europäischem Gesichtsschnitt würde er Verantwortung übertragen können. Hakane, der mit Kahitjene irgendwie verwandt war – wie, das hatte Korthinrichs noch nicht durchschaut, es war auch kaum zu durchschauen für einen Europäer –, war offenbar nicht so intelligent wie sein Vetter (mütterlicherseits, dritten oder vierten Grades). Hakane aber war als Mensch wärmer, freundlicher, umsichtiger; er würde wahrscheinlich, wenn er sich entschließen könnte, auf Otjikarare zu bleiben, der Frau ein treuer Helfer in der Küche und im Garten werden und sicherlich ein verläßlicher Wächter und Beschützer für das Kind. Denn Marthchen war dem breitschultrigen, stets zu einem Scherz oder einer Neckerei bereiten Mann mit den »guten Augen« schon von der ersten Stunde her ans Herz gewachsen, als sich die farbigen Arbeiter auf dem Rastplatz Komukanti eingefunden hatten, um bei ihrem neuen »Baas« Korthinrichs ihren Dienst anzutreten, wie ihnen von ihrem Häuptling Kambazembi befohlen war. Das zierliche Marthchen vergalt es dem mehr als doppelt so großen, sehr dunkelhäutigen Mann mit einer Vertraulichkeit, mit der sie nur ihn auszeichnete. Die Mutter war zunächst mit der seltsam schnell aufgeblühten Freundschaft zwischen ihrer Tochter und dem schwarzen Riesen gar nicht einverstanden gewesen. Aber Marthchen verfügte über kindhaft sichere Instinkte, ließ sich von dem Mißtrauen der Mutter und ihrer Furcht nicht beirren, nahm den dunkelhäutigen Mann in Anspruch, schenkte ihm ihren Vorzug, ihre kindliche Freundschaft und sonnte sich in seiner Sympathie – ein rechtes kleines Weiblein, das sie war. Die Mutter mußte schließlich zugeben, daß sie sich ein angenehmeres Kindermädchen als den stierstarken Herero Hakane gar nicht wünschen konnte.
Beinahe noch erstaunlicher war es, wie schnell das Kind sich von »ihrem« Hakane die Sprache seines Volkes, das Herero, beibringen ließ. Nach den ersten vier Wochen schon konnte

Marthchen sich den Schwarzen verständlich machen – und nach acht und erst recht nach zwölf wurde sie der Mutter als Dolmetscherin bereits unentbehrlich. Der Mutter fiel es schwer, mit der schön klingenden Sprache der Herero Bekanntschaft zu schließen. Friederike Korthinrichs war der Meinung, ohne darüber lange nachzudenken, daß die Neger deutsch zu lernen hätten, daß nicht von ihr verlangt werden könnte, sich das Kauderwelsch der Herero anzueignen. Korthinrichs hatte sich einige Mühe gegeben, seine Friedel zu bekehren!

»Es ist besser, wir lernen Herero, als daß die Herero deutsch lernen. Marthchen ist gar nicht dumm. Gestern erst hat sie mir erklärt: Wenn die Neger deutsch verstehen, dann können wir unter uns gar nichts besprechen, das nur uns angeht und was sie gar nicht zu wissen brauchen. Wenn aber wir Herero sprechen können, dann verstehen wir immer, was sie sagen, und das wäre schon gut, wo wir bloß drei Weiße sind auf Otjikarare und sonst alles Schwarze. Unser Marthchen ist ein kluges Kind, scheint mir, Friedel!«

»Das ist sie, Wilhelm, das ist Marthchen wirklich. Dafür können wir Gott danken.«

Die Frau war nachdenklich geworden. Sie blickte ins Land hinaus, in die unbestimmt am Himmelsrand verdämmernde Steppe. Es war an einem Sonntag-Nachmittag, an dem dies vertrauliche Gespräch zwischen den Eheleuten stattfand, ein bedeutsames Gespräch, das weder dem Mann noch der Frau aus dem Gedächtnis weichen sollte für viele Jahre, obgleich sie, als es sich abspielte, noch nicht ahnten, wie wesentlich es war.

Noch am Vormittag dieses Sonntags hatte Korthinrichs die letzten schweren Steine in das untere Ende der Überlaufrinne eingefügt. Der Damm war damit fertig, das Bett des Omuramba Hakane – um mit Marthchen zu sprechen – war verbaut. Alle Voraussetzungen für den erhofften Stausee waren erfüllt. Kahitjene und die anderen hatten nur noch

wenig aufzuräumen, das Arbeitsgerät einzusammeln und an seinen Platz zu schaffen, die Oberfläche des Dammes zu glätten, wo sie versehentlich zertreten worden war, dann aber vor allem von den Gräsern draußen in der Steppe die trocknen Samen abzustreifen mit den Händen, bis man einen Beutel voll beisammen hatte, den Samen schließlich auf dem Damm auszustreuen, damit er sich begrüne, sobald die ersten Schauer den Boden feuchteten.
Mit dem Damm war das Wichtigste vollendet, das geschaffen sein mußte, um die werdende Farm in Betrieb nehmen zu können, das heißt, Vieh einzustellen – nachdem der in der Regenzeit sich füllende Stausee den Tieren erlauben würde, ihren Durst zu stillen.
Wilhelm Korthinrichs atmete auf. Alles, was er sich für die erste Trockenzeit auf Otjikarare vorgenommen hatte, war geleistet. Der zweite Damm, der den anderen Omuramba verbauen sollte, der hatte Zeit bis zur nächsten »Kalten Zeit« im kommenden Jahr. Jetzt durfte er sich eine kleine Ruhepause gönnen – an diesem Sonntag-Nachmittag – mit seiner Friedel, die sich so selbstverständlich in der Wildnis bewährte, wie er es kaum zu hoffen gewagt hatte.
Wo ließen sich die beiden Menschen, die dem Duft und der Einsamkeit der Dornbusch-Steppe schon viel tiefer verfallen waren, als sie wahrhaben wollten, für eine solche seltene Ruhepause am passendsten nieder? Auf der Bank natürlich vor der Längsseite des Hauses aus Lehmziegeln, wo der Platz seinem Namen Ehre machte: unendlich weit konnte man von ihm ins Land hinausblicken, Otjikarare –!
Die Worte ihres Mannes hatten Friederike Korthinrichs nachdenklich werden lassen. Ihr Wilhelm hatte – nicht zum ersten Mal – das helle Köpfchen der Tochter zur Sprache gebracht. Die Frau fuhr nach einer Weile langsam fort:
»Marthchen ist schon wieder unterwegs irgendwo im Busch, mit Hakane und dem Hund, ihren zwei Freunden. Sie will

alles wissen und erklärt haben, was im Busch zu sehen ist und vorgeht. Hakane hat mir erst neulich lachend gestanden: es wird mir noch ein Loch in den Bauch fragen, das Marthchen, und wird bald alles wissen vom Busch, was die Herero wissen, und dazu alles, was die weißen Leute wissen; das erfragt sie vom ›Baas‹. Wilhelm, ich habe Hakane bestimmt richtig verstanden. Auch bei mir in der Schulstunde ist Marthchen unersättlich und kann gar nicht schnell genug vorankommen. Ich fürchte, ich werde ihr bald nichts mehr beizubringen haben; du wirst an meiner Stelle den Lehrer machen müssen, Wilhelm.«
»Wenn ich nur Zeit dazu finde, Friedel. Es bleibt noch so viel zu tun; auch dann, wenn alles nach Wunsch geht, was Gott geben möge. Wir werden uns irgendwann entschließen müssen, Marthchen nach Windhuk auf die Schule zu schicken.«
»Das bräche ihr das Herz. Sie ist so sehr damit beschäftigt, von Otjikarare, vom Busch und den Bergen mit allem, was darin fleucht und kreucht, Besitz zu ergreifen. Weißt du, Wilhelm, hier erst ist das Kind ganz zu sich gekommen, im großen Dornbusch, allein mit Vater und Mutter und mit Hakane als einzigem Gefährten, einem großen, starken Mann, der alles weiß und beherrscht, was man hier braucht und mit dem sie verständig reden kann. Weißt du, was sie mir vorgestern gesagt hat, als sie schon im Bett lag? Sie hat gesagt: Mutter, hier ist es viel schöner als in Perditen; da war es so eng und gab es so viele Menschen im Haus und im Dorf; hier ist es nicht so, hier kann ich überallhin laufen, und alles ist unser Land; ich will in Afrika bleiben, immerzu; ich will eine Afrikanerin werden.«
Der Mann hatte genau zugehört, knüpfte den Faden weiter: »Sie wird, wenn es so ist, wie du sagst, eine bessere Afrikanerin werden, als es uns jemals möglich sein wird. Sie hat zwanzig Jahre eher damit angefangen und wächst von klein auf hinein. Ist ja auch nur gut so. Denn sollten wir keine

Kinder mehr bekommen, wird sie alles erben, was uns gehört.«
Die Frau erwiderte leise und zögernd:
»Ja, Wilhelm, da kommst du auf was zu sprechen, was mir Sorgen macht. Ein zweites Kind zur Welt bringen, hier, weit draußen, ohne verläßliche Hilfe bei der Geburt, nur dich. Ich fürchte mich davor. Wir sollten noch etwas warten, bis wir ein bißchen weiter über den Berg sind. Unser Land ist so groß und wild und weiter als eine Tagereise von irgendwo. Es will mir noch gar nicht in den Kopf, daß dies alles uns gehören soll, so viel Land, viel mehr, als das Rittergut groß war, das von den Crohna-Perditen. Manchmal denk' ich, das kann gar nicht mit rechten Dingen zugegangen sein, und Hakane sagt immer noch ›unser‹ Hereroland, wenn er von seinem Stamm am Waterberg spricht.«
»Glaube nicht, Friedel, daß ich mir dergleichen nicht habe durch den Kopf gehen lassen. Manchmal hat auch Kambazembi, der Häuptling, so sonderbar dahergeredet, als wüßte er gar nicht, was Eigentum am Boden überhaupt bedeutet. Aber die Schwarzen werden auch das lernen; sie haben schon so manches andere von uns gelernt, Gutes und Schlechtes. Die Administration in Windhuk hat mir diesen Besitz bestätigt. Die Herero haben sich unter unseren Schutz und unsere Oberhoheit gestellt, freiwillig; es ist kein einziger Schuß dabei gefallen. Wir haben sie von den ewigen Raub- und Beutezügen der Nama aus dem Süden befreit; sie sind reich geworden, seit ihre Herden nicht mehr von den Hottentotten abgetrieben werden und womöglich unterwegs verdursten. Wir sind es, die hier in Südwest den Frieden hergestellt haben und ihn wenigstens einigermaßen sichern. Es hat manchen guten Reiter das Leben gekostet; viele sind verwundet worden. Ich weiß es; ich war dabei. Also muß fortab unser Recht im Lande gelten, was denn sonst? Die Herero werden sich daran ebenso gewöhnen müssen wie die Nama und schließlich wohl auch die

Ovambo. Otjikarare gehört uns, uns ganz allein. Daran ist nicht mehr zu drehen und zu deuteln!«
Von der Frau kam leise das Echo:
»Wenn du es sagst, Wilhelm, wird es wohl so sein. Manchmal mache ich mir Gedanken. In der Heimat wußte man ja ziemlich gut Bescheid. Aber hier –? Es wird wahrscheinlich stimmen: Unser Recht muß gelten. Anders geht es nicht. Sieh, da hinten kommt Hakane, wenn ich mich nicht täusche. Er hat Marthchen auf die Schultern genommen. Sie wird müde geworden sein. Du muß ihm einschärfen, Wilhelm, daß er sich nicht so lange und weit mit dem Kind im Busch umhertreiben darf; sie hat nicht so ausdauernde Beine wie er.«
Wilhelm Korthinrichs versprach, den wackeren Hakane entsprechend zu ermahnen, obgleich er im stillen überzeugt war, daß nicht der Schwarze das Mädchen, sondern das Mädchen ihren Freund, Verehrer und Beschützer Hakane zu solchen allzu ausgedehnten Streifzügen verführte.

---

Der ehemalige Reiter und Feldwebel der Südwester »Schutztruppe«, Wilhelm Korthinrichs, hatte die Gunst des Geschicks auf seiner Seite in seinen ersten Jahren auf Otjikarare, den letzten des neunzehnten Jahrhunderts. Das Wasser für Küche und Haus vom Berg her lief reichlich und beständig; es brauchte in dem Auffang-Bottich nur durch eine halbmeterstarke Sandschicht hindurch gefiltert zu werden und konnte jederzeit als kristallen klares Naß angezapft werden.
Genau eine Woche, nachdem der Damm über den Omuramba namens Hakane fertig geworden war, also Zeit gehabt hatte, sich noch ein wenig zu setzen, zogen nach einer ganz ungewohnt schwülen Nacht am Sonntagmorgen von Osten her in schwarzen Ballungen Wolken herauf, hingen für eine

lastende Stunde drohend still im gelblich grau verhangenen Himmel und barsten gegen Mittag zu einem Gewitter von dämonischer Gewalt. Es war, als sollten die Menschen einen Vorgeschmack bekommen vom Untergang der Welt.
Dabei fiel zunächst kein Tropfen Regen. Aber ein Sturm kam auf, urplötzlich, mit rasend über die Erde einfallender Gewalt, wirbelte vom trockenen Steppenboden, aus den Betten der Riviere den Sand auf zu erstickenden prasselnden Schwaden, vermischt mit Kieseln, Blättern, Scheiten abgestorbenen Holzes, entwurzeltem Kraut und Gesträuch.
Das Dach des Hauses hielt stand, wenn es auch an den Rändern zerzaust wurde. Aber der lockere Pontok der Herero flog einfach davon, und Korthinrichs mußte den Schwarzen im Wohnhaus Obdach gewähren; es wurde sehr eng in dem einzigen Wohnraum, und die Luft war bald zum Schneiden.
Die Blitze schienen in ganzen Bündeln zur Erde zu zucken; das Gebrüll des Donners war ein einziges, wahrhaft ohrenbetäubendes Getöse, in dem es keine Pausen gab, kaum, daß das furchtbare Rollen, Knattern und Dröhnen von Zeit zu Zeit stärker noch an- und dann wieder abschwoll.
Die weißen und schwarzen Menschen in der drangvollen Enge des Wohnraums – keiner von ihnen vermochte sich der Furcht vor den Urgewalten der Natur zu erwehren. Ein einziger Blitz in das Grasdach des Hauses, und sie alle wären des Todes gewesen.
Sie blieben verschont. Und als die Gewitterfront weiterzog und der Donner anfing, gelegentlich Atem zu holen, sich auch zu entfernen schien, merkwürdig schnell sogar, hörten sie es alle: Draußen rauschte der Regen, plätscherte in Fluten vom Grasdach hernieder, bildete schon große Lachen auf dem Vorplatz. Damit war der Bann gebrochen:
Der kleine Ovambo namens Kassima riß die Tür auf und sprang in den strömenden Regen hinaus. Die beiden Damara taten es ihm nach; ihre grob gehauenen schwarzen Gesichter

lachten und strahlten. Schließlich schlossen sich auch Kahitjene und Hakane an. Die ganze Gesellschaft tanzte und sprang im Regen umher: »Es regnet, es regnet! Wir werden nicht hungern. Das Gras wird wachsen. Milch wird es geben, viel Milch und Feldkost reichlich!«
So sangen sie und tanzten, naß bis auf die Haut mit triefenden Häuptern und schlammigen Füßen, außer sich vor Freude, denn der Regen hatte rechtzeitig eingesetzt – und bis zur nächsten Regenzeit würde niemand zu hungern brauchen, weder Mensch noch Tier! Das wußten sie alle, die Herero, Damara, Nama, Ovambo und dankten dafür auf ihre Weise – mit Gesang und Geschrei.
Mit einmal war auch Marthchen unter den Tanzenden; sie konnte ihren Freund Hakane nicht allein draußen umherspringen lassen. Vergnügt stampfte sie mit durchs Wasser und war bald von oben bis unten wie die andern mit braunem Schlamm bespritzt. Die Mutter wollte das Kind ins Haus zurückrufen, aber der Mann widersprach:
»Laß sie doch, Friedel! Wir sind in Afrika, in Südwest. Da ist Regen das A und O. Laß sie nur tanzen. Der Regen bedeutet auch unser Glück!«

---

Noch nicht eine Stunde war seit dem Beginn des großen Gewitters vergangen. Die Donner waren verhallt und murrten nur noch in der Ferne. Man hatte die Ohren aufzuspannen, um die dunklen Laute überhaupt noch wahrzunehmen. Doch der Regen rauschte weiter aus dem tief verhangenen Himmel. Und schon flossen die Lachen über- und ineinander, vereinigten sich zu kleineren Rinnsalen, zu größeren Bächen und suchten sich einen Weg bergab; sie fanden sich alle nach kürzeren oder längeren Umwegen im Tal des Omuramba zusammen wie schon seit Hunderten von Regenzeiten zuvor. Nun war es kein »Trocken«-Fluß mehr, der vom Hang in die Steppen hinauszog. Sie kam daher, die Flut, ein niedriger, rollender Wall von schmutzigem gelben Wasser, anfangs beinahe nur ein dünnflüssiger Schlamm, in dem alles davongewirbelt wurde, was die vergangenen Monate der Trockenzeit an Abfällen zurückgelassen hatten, zerfleddertes Gezweig der Büsche, entwurzeltes Kraut, vertrocknetes Ast- und Blattwerk, ganze Büschel des Steppengrases mit den Wurzeln.

Es dauerte nicht allzu lange, so wurde das Wasser des Omuramba klar, verlor jedoch seine graugelbe Farbe nicht. Die steigende Flut hatte jetzt sogar den Stamm eines Baumes aufgenommen, einer Akazie, einer zweiten, die in der vorigen Regenzeit unterwaschen, abgestorben und nun in der jetzigen aus ihrem Standort gerissen und talab geschwemmt wurde, wobei sie schnell einen nach dem andern ihrer Äste verlor, so daß vor den Augen der Leute von Otjikarare nur noch der leere Stamm vorbeitrieb.

Die drei Korthinrichs standen im Schutz des weit ausladenden Daches ihres Hauses und blickten dem Lauf des mächtig »abkommenden« Omuramba Hakane nach. Daß die Trockenflüsse, die Riviere, »abkommen« in der nassen Zeit, diesen Südwester, ursprünglich wohl burischen Ausdruck hatten nach dem Vorbild des Ehemanns und Vaters auch Friederike und das immer wache Marthchen bereitwillig übernommen.

»Jetzt kommen sie ab, die Omuramben alle«, stellte das Kind ein wenig altklug fest. »Jetzt kann man sehen, warum das so heißt, nicht wahr, Vater?«

Korthinrichs legte dem Kinde die Hand auf die Schulter, umspannte sie ganz, empfand auch in diesem Augenblick unter dem Vordach hinter dem Glasperlen-Vorhang der vom Rand des Daches hernieder tropfenden Wasserschnüre: wie zierlich das Kind ist, mein Kind, dies kleine Wesen mit so viel Leben und Neugier in sich, unser Marthchen:

»Sicherlich, Kind – und sieh da weiter unten! Zwischen den

beiden hohen Weißdornbüschen kann man es schon erkennen: Der Stausee hinter unserem neuen Damm läuft schon auf. Nun muß sich bald herausstellen, ob wir gute Arbeit geleistet haben und der Damm dem Druck des Wassers standhält, das sich vor ihm sammelt – oder ob er nachgibt, weil er sich vielleicht noch nicht genügend gesetzt hat, und der ganze aufgestaute Wasservorrat läuft uns weg, hinaus in die Steppe auf Nimmerwiedersehen. Und dann, Marthchen, können wir nicht damit anfangen, auf Otjikarare Vieh einzustellen, weil es in der nächsten Trockenzeit verdursten müßte. Wir wären um ein ganzes Jahr zurückgeworfen, könnten nichts verdienen, unser Geld wäre verbraucht. Sehr viel war es sowieso nicht! Wir müßten Schulden machen, um über ein weiteres Jahr hinwegzukommen. Aber, Kind, merk' dir das: Schulden zu machen ist leicht. Aber Schulden wieder loszuwerden, das ist manchmal sehr schwer.«
Die Kleine faßte mit beiden Händen nach der Hand des Vaters auf ihrer Schulter, als wollte sie ihn trösten oder ermutigen, und erwiderte langsam in sehr bestimmtem Tonfall – beiden Eltern wurde warm ums Herz dabei:
»Der Damm wird halten, Vater! Wir haben alle gut gearbeitet. Und nächstes Jahr kommt da schon unser Vieh zur Tränke. Wir verbauen dann den anderen Omuramba und können noch viel mehr Vieh einstellen. Das weiß ich ganz bestimmt, Vater!«...
Das Kind hatte richtig prophezeit. Der neue Stausee lief bis zum Rande voll, ohne daß der Damm nachgab; er lief schließlich über, denn die Regen zogen in diesem Jahr in ausnehmend enger Folge von Osten über das blache Veld heran und tränkten das dürre Land wie selten zuvor. Auch der gemauerte Überlauf in der Dammkrone bewährte sich, so daß der Wasser-Überfluß aus den Hängen und Bergen abfließen konnte, ohne Schaden anzurichten.
Und die Steppe grünte, wie sie – erklärte Hakane seiner kleinen Freundin – noch nie gegrünt hatte, so weit er

zurückdenken konnte. Die Lilien, die Narzissen blühten, die Sternblumen in dichten Schwärmen, sie waren wie ein Wunder dem bräunlichen, nur scheinbar toten und dürren Steppenboden entsprungen. Schmetterlinge gaukelten. Unzählige Vögel nisteten in den dornigen Büschen – und die abertausend, vielleicht millionen Dornbüsche der grenzenlosen Steppe verwandelten das Olivgrün, Graugrün ihres flittrigen Blattwerks in ein Kleid aus strahlend frischem Hellgrün.
Und das Gras schoß auf in üppigen Bülten. Man meinte, es wachsen zu sehen nach den ersten Regen. Die großen Kudu-Antilopen in der Steppe füllten sich die Mägen mit der überreichen Nahrung; das Fell an ihren Flanken, das in der kargen Zeit struppig und glanzlos geworden war, glättete sich von neuem und begann zu schimmern, so daß die Sonne Lichter daraus hervorlockte; und die Schenkel unter dem Fell füllten sich wieder auf mit Muskeln und Fett. Das Kind konnte die Muskeln unter dem Fell spielen sehen, wenn es – geduckt mit Hakane unter einem mächtigen Hakjesdorn – das königliche Tier der Steppe mit den wunderbar gleichmäßig gedrehten Hörnern auf dem wie gemeißelten Schädel aus der Ferne beobachtete, mit angehaltenem Atem. –
Wie ein Rausch verging der Frühling. Die Regen wurden seltener und schwächer und blieben schließlich aus. Die Schwüle der Lüfte hob sich sachte davon. Die gläserne Klarheit, die herbe, duftende Leichtigkeit der Luft der trockenen Zeit setzte sich sachte wieder durch. Otjikarare wurde wieder, was sein Name besagte: ein Platz, von dem aus man weit, weit sehen konnte. Die Blumen alle waren verschwunden, als hätte die braune Erde sie eingesogen, als hätte sie ihre zarten Schätze nur für eine kurze Zeit zur Schau stellen wollen und nähme sie abermals unter strengen Verschluß. Aber die Gräser und Kräuter zwischen den langsam wieder ins Grau- und Olivgrün zurückspielenden Dornbüschen, sie blieben erhalten. Sie vergilbten zwar nach einigen Wochen,

aber die Nährstoffe, die sie in der feuchten Zeit in ihren Hälmchen oder Blättern angesammelt hatten, zogen sich nicht wieder in die Erde zurück, sondern blieben oberirdisch bereit, anderen Wesen den Hunger zu stillen – nicht nur den Kudus und den Springböcken, den Oryx und den Gnus, sondern zum Beispiel auch braven Rindern. –
Es war Korthinrichs – für den Anfang! – nicht allzu schwer gefallen, dem Häuptling der Waterberg-Herero, Kambazembi, eine Schar von etwa hundert Kühen und Färsen abzukaufen, wobei der Weiße großen Wert darauf gelegt hatte, in dem Schwarzen den Eindruck entstehen zu lassen, daß er, der Häuptling, ein gutes Geschäft gemacht hätte.
Dann aber hatte Korthinrichs sich sagen lassen, daß die Administration in Windhuk eine Anzahl von erstklassigen Zuchtbullen aus Deutschland eingeführt hätte, um die Qualität der Rinderherden in Südwest zu verbessern. Dabei hatte die Verwaltung des Schutzgebietes in erster Linie nicht so sehr an die weißen Herdenhalter gedacht, sondern an die farbigen, hatten doch sowohl die Herero, mehr noch die Nama in den vorangegangenen Raub- und Kriegszügen gegeneinander große Teile ihrer Herden verloren.
Aber die Eingeborenen besaßen keine rechte Vorstellung davon, was die Zucht von Nutztieren, in diesem Falle von Rindern, bedeutet. Für sie kam es allein auf die Menge des Viehs an. Vieh war ihnen das, was in der weißhäutigen Welt das Geld ist: Auch ein schmutziger und zerknitterter Geldschein ist Geld und ist genau so viel wert wie ein neuer und glatter. Viele Rinder mußten es sein, viele, wenn man als reicher Mann oder großer Häuptling gelten wollte. Ob sie auch fett und stark waren, das war durchaus erst in zweiter Linie wichtig...
Also bekamen auch deutsche Farmer in Windhuk Gelegenheit, sich einen guten Zuchtbullen für ihre Herden zuzulegen und die Qualität des Eingeborenen-Viehs, mit dem sie

den langsamen Aufbau ihres Viehbestandes hatten beginnen müssen, allmählich zu verbessern.

Korthinrichs auf seinem entlegenen Platz Otjikarare hörte erst spät von der vielversprechenden Möglichkeit, seiner Anfangsherde sozusagen ein züchterisches Rückgrat zu verschaffen. Ein wandernder Händler aus Omaruru, auch ein Deutscher namens Gabriel Olpp, brachte die Nachricht nach Otjikarare. Olpp stand im Dienst des Kaufmanns Eriksson in Omaruru und fuhr mit seinem Ochsenwagen und drei schwarzen Helfern die wenigen »weißen« Farmen, vor allem aber die weit im Lande verstreuten »Werften« der eingeborenen Herero ab, um seine aus Europa stammenden Waren gegen das Vieh der Eingeborenen einzutauschen. Das so erworbene Vieh nahm der Händler nicht sofort mit – solches hätte ihn auf seinem Handelszug viel zu sehr behindert. Das dem Kaufmann Eriksson übereignete, von seinem Wanderagenten Olpp erhandelte Vieh wurde erst später in einem weiteren Rundzug abgeholt, zu einer Herde vereinigt und nach Omaruru getrieben. Dort erst wurde es dann zu Geld gemacht, indem es als Schlachtvieh verkauft wurde – oder als Zugvieh. Der Bedarf an Zugochsen im Lande wuchs ständig. Jahr für Jahr stieg die Zahl der Zuwanderer aus Deutschland, nachdem insbesondere die Nama eingesehen hatten, daß die mit den Deutschen geschlossenen Verträge auch wirklich eingehalten werden mußten.

Korthinrichs ließ alles stehn und liegen und machte sich auf den Weg nach Süden. Zum ersten Mal sollten Friederike und Marthchen auf Otjikarare allein bleiben. War das zu verantworten? Die Frau ermunterte ihren Mann:

»Du mußt reisen, Wilhelm! Was wir von Kambazembi an Vieh haben kaufen können, ist nicht viel wert. Aber mit einem guten Bullen werden wir eine bessere Nachzucht aufbauen. Und das ist das Wichtigste für die Zukunft von Otjikarare. Reite du nur, Wilhelm. Ich werde hier schon zurechtkommen. Die Arbeit am zweiten Damm wird

weitergehen. Dafür werde ich sorgen. Darauf kannst du dich verlassen! Du nimmst dir Kahitjene mit. Der wird mit den schwierigsten Rindern fertig.«
Korthinrichs war also geritten. Kahitjene war Feuer und Flamme gewesen, den Baas zu begleiten, war stolz darauf, daß ihm Vertrauen geschenkt wurde, und war bereit zu jedem Abenteuer.
Bevor er sich auf den Weg machte, nahm sich Korthinrichs Hakane beiseite, den Freund, Verehrer und Beschützer Marthchens:
»Hakane, hör' zu! Frühestens in drei oder vier Wochen bin ich wieder hier, wenn uns der neue Stier – vielleicht kriege ich sogar zwei; ich meine, gleich noch einen für die spätere Herde am zweiten Stausee – ja, wenn uns die Tiere unterwgs keinen Ärger machen. Hakane, du paßt mir inzwischen auf das Kind auf und auch auf die Frau, daß den beiden nichts passiert. Und sorge dafür, daß die Arbeit am zweiten Staudamm im Omuramba-Kahitjene ohne Aufenthalt weiterläuft. Du darfst keine Bummelei dulden, Hakane. Und ich verspreche dir, Hakane, wenn du dich jetzt bewährst, dann sollst du später, wenn Otjikarare erst voll im Gange ist, Hofmeister werden. Ich brauche jemand, der mich am Platz ständig vertritt, und die Frau muß einen Helfer haben. Kahitjene kann dann Veldmeister werden für das Vieh. Aber du sollst Hofmeister sein. Marthchen versteht sich ja gut mit dir!«
Hakane strahlte über sein ganzes ehrliches Gesicht – und Korthinrichs nahm es mit Freuden wahr; er hatte sich mit der Zeit in das Gesicht dieses guten Helfers so ganz und gar hineingesehen, daß ihm die schwarze Hautfarbe überhaupt nicht mehr bewußt wurde. Korthinrichs brauchte nicht mehr darüber nachzudenken: dieser Herero war ein guter Mensch, war durchaus treu und verfügte im Rahmen der Welt, in die er hineingeboren war, über eine Intelligenz, die sich sehen lassen konnte.

Hakane hatte sich mit der rechten Hand, zur Faust geballt, in die linke geschlagen und, ohne zu überlegen, versichert: »Das wird alles laufen, Baas, wie wenn du selber aufpaßt. Und Marthchen und die Frau, denen geschieht gar nichts, wenn du weg bist. Dafür bin ich ja da, ich, Hakane, Hofmeister! Und wenn einer Marthchen zu nahe tritt oder der Frau nicht pariert, Baas, der soll mich mal kennenlernen, Baas. Zum zweiten Mal probiert er es nicht mehr!«
Das war ihm wohl zu glauben, dem mit harten Muskeln unter der samtbraunen Haut bepackten schlanken Hünen. Die schwarzen Augen glühten geradezu aus dem wie aus dunklem, festem Holz geschnittenen Gesicht mit den starken Backenknochen, den kräftigen, aber keineswegs wulstigen Lippen, der stark geflügelten und zugleich geraden und betonten Nase und den eng am Kopf liegenden, wohlgeformten kleinen Ohren...
Gut, das war also entschieden! Korthinrichs spürte eine drängende Ungeduld; sie war auch auf Friederike übergesprungen. Beide waren sich darüber im klaren: wenn es nicht gelang, das von den Eingeborenen ziemlich wahllos zusammengekaufte Vieh um- und aufzuzüchten, dann würde auf die Dauer die Rinderhaltung nicht den wirtschaftlichen Erfolg bringen, den sie sich erhofften. Mit Kleinvieh wie Ziegen oder Schafen war zunächst kein Geld zu verdienen, und für Schweine fehlte auf der werdenden Farm das Futter; solch Futter konnte nur in Gärten und auf Feldern erzeugt werden. Doch Gärten in größerem Umfang anzulegen, daran war erst zu denken, wenn mit Sicherheit feststand, daß die beiden Stauseen genügend Wasser speicherten, um nicht nur die zwei Rinderherden von je etwa zweihundertfünfzig Stück Vieh, die Korthinrichs plante, über die Trockenzeiten hinweg zu tränken, sondern daß darüber hinaus noch genügend Bewässerungs-Wasser erübrigt werden konnte, Garten und Felder zu nähren.
Im Grunde handelte es sich um sehr einfache Berechnungen;

aber jede war von der nächsten abhängig oder wurde rückwirkend von ihr bedingt. Korthinrichs hatte Grund genug, dem Herrgott dafür zu danken, daß ihm eine Frau wie Friederike beschert war. Seine Friedel dachte nicht nur mit, sie dachte voraus, manchmal weiter und schärfer als er selber. Das neue Land mit der heißen Sonne und der unendlichen Weite, in dem Mann und Frau und Kind auf sich selbst ganz allein gestellt waren, hatte auch in der Frau vorher ungeahnte Kräfte entfaltet, hatte Sinne und Verstand zu einer hellen Wachheit aufgerufen, die ihr in den beruhigten Gefilden der alten Heimat, ihren ausgefahrenen Geleisen niemals abverlangt worden wäre. Der Mann hatte dies erst langsam begriffen, erlebte an der geliebten Frau die gleiche Verwandlung, die er selbst in den fünf Jahren an sich erfahren hatte, in denen er als Soldat im Verband kleiner Abteilungen durch den Busch geritten war und jederzeit darauf gefaßt zu sein hatte, dem ganz und gar und gefährlich Unerwarteten zu begegnen. Korthinrichs war nicht begabt dafür, Gefühle oder Einsichten in Worten auszudrücken. Aber eines Abends nach einem harten Arbeitstag, an dem es obendrein Ärger mit den beiden Bergdamara gegeben hatte, Marthchen zum ersten Mal vom Pferd gefallen war (die Tochter wollte immer schon ein wenig mehr, als sie leisten konnte) und die Wasserleitung vom Berg kurz vor dem Haus geplatzt war, Friederike aber alle diese Zwischenfälle mit leichter Hand gemeistert und schließlich sogar lachend gemeint hatte, daß ein Unheil selten allein käme, da hatte der Mann, als das Kind schon in seinem harten Bettchen lag und schlief – mit einem Verband um die Stirn, die sich glücklicherweise als bruchfest erwiesen hatte – ja, da hatte Korthinrichs sich plötzlich bewogen gefühlt, sozusagen aus heiterem Himmel festzustellen:
»Weißt du, Friedel, mit dir könnte man wirklich Pferde stehlen gehen!«
Die Frau hatte erstaunt aufgesehen von ihrer Näharbeit –

natürlich mußte auch nach Feierabend noch etwas getan werden, wozu man tagsüber nicht gekommen war:
»Pferde stehlen, Wilhelm? Hab' ich gar kein Verlangen nach. Eher noch mehr Vieh! Ich denke immer, hundert Stück sind zu wenig.«
»Kommt alles, Friedel! Kommt alles! Ist ja erst der Anfang. Wenn unser Werk hier glatt vorangeht wie bisher, wird auch unser Geld reichen.«
»Ach, Wilhelm, das ist das Gute in diesem Lande: das Geld reicht viel weiter als zu Hause! Hundert Stück Vieh –! Für hier zu wenig, aber zu Hause hätten wir nicht einmal davon träumen können. Wenn auch jeden Tag dies oder das schief geht! Was macht das schon! Dabei bleibt man dann wenigstens ordentlich im Gange!«
Sie war eine großartige Frau! Seine Friedel! Solange sie aushielt und durchhielt, brauchte ihm vor der Zukunft nicht bange zu sein.
Seine Brust hob sich zu einem tiefen Atemzug: Er würde es schaffen – mit dieser Frau – für dieses Kind! Otjikarare; er hatte, nein sie alle drei hatten schon Wurzel geschlagen an dem »Platz, von dem aus man weit sehen konnte« – weit ins Land hinaus, in die golden beglänzte Steppe – und noch weiter in die Zukunft! Wir sind auf dem richtigen Wege, müssen nur die Ohren steif und die Augen offen halten. Wie hatte der Major von François damals gesagt, als sie, zwei Dutzend Mann stark, durch ein fremdes, wegeloses, sehr gefährliches Land geritten waren, um »für Ruhe und Ordnung zu sorgen« – ein Witz war das gewesen damals, ein schlechter Scherz, angesichts der grenzenlosen Weite der Dornbuschsteppe und der nach Zehntausenden zählenden, feindselig unberechenbaren Nama-Stämme bis hinunter zum Oranje und hinüber zum Nossob-Rivier! Der Mut war den Reitern damals manchmal sehr mager geworden und v. François hatte seinen verstaubten und verzagten Kriegern zusprechen müssen:

»Laßt man, Jungens! Wir schaffen das schon! Gott verläßt keinen braven Preußen!«
Und in der Tat, er hatte sie nicht verlassen, obgleich natürlich damit nicht erwiesen war, daß es stimmte mit den Preußen und der Bravheit; vielleicht hatte der liebe Gott nur ein wenig Mitleid gehabt mit den halb verdurstet und mutterseelenallein durch den Busch stolpernden Reitern.

---

In Omaruru kam Korthinrichs gerade noch zurecht, sich zwei Bullen einer guten Fleischvieh-Rasse, der schwarzen Aberdeen-Angus, zu sichern, die von der Administration im Kapland eingekauft worden waren. Die Herero, für deren Herden die Bullen eigentlich bestimmt gewesen waren, hatten sich trotz guten Zuredens nicht bewegen lassen, die Stiere zu übernehmen. Die mächtigen Tiere waren ihnen zu wild, zu gefährlich, zu fremd vorgekommen. Darüber hinaus aber hatten die Eingeborenen das Mißtrauen nicht überwunden, daß die Geschenke der Weißen in böser Absicht und mit versteckten, schlimmen Hintergedanken gewährt wurden. Wie dem auch gewesen sein mochte, Korthinrichs erstand seine zwei Zuchtbullen zu mäßigen Preisen, die ihm, ohne daß er darum gebeten hätte, sogar noch auf drei Jahre gestundet wurden. Er hätte die Tiere voll bezahlen können – aber wenn eine Behörde sich unverhofft großzügig zeigt, so soll man so widernatürliche Beglückung ja nicht ablehnen ...
Der Rückmarsch nach Otjikarare wuchs sich für Korthinrichs und Kahitjene zu einer Geduldsprobe aus. Die beiden von der langen und noch nicht verwundenen Seereise ohnehin aus ihrem sonstigen Gleichmut aufgestörten Stiere konnten nur mit einer festen Binde vor den Augen und mit einem festen Strick durch den Nasenring vorangebracht werden. Auch waren sie das Marschieren nicht wie die Pferde gewöhnt, konnten sich im übrigen gegenseitig buchstäblich

»nicht riechen« und mußten getrennt gehalten werden. Nur allmählich paßten sie sich den langen Märschen an. Korthinrichs hielt es für richtig, den Stieren von Anfang an viel zuzumuten; sehr bald hatten sie dann weder Lust noch Kraft, ihrem schnell erregten Zorn die Zügel schießen zu lassen. Aber andererseits durfte man die wertvollen Tiere, die den Marsch als ein langdauerndes Blinde-Kuh-Spiel zu absolvieren hatten, nicht überanstrengen, mußte vor allem dafür sorgen, sie hinter den zwei Packpferden, an deren Geruch sie sich schnell gewöhnten, nur über glatten, sandigen Pfad zu führen, damit sie, halbblind, wie der Lappen vor den Augen sie machte, nicht allzu oft strauchelten. Korthinrichs mußte unterwegs anerkennen, daß der Herero Kahitjene mit den beiden verwirrten Rindern und den Pferden ausgezeichnet umzugehen wußte, wobei er stets seinen Willen durchzusetzen verstand, ohne die Tiere zu verschrecken oder gewaltsam zu zwingen: »Den muß ich mir halten, den Kahitjene! Mit dem Vieh kommt der großartig zurande!«
Für die rund vierzig Meilen zurück nach Otjikarare brauchte die kleine Karawane immerhin zehn Tage. Korthinrichs rechnete noch, wie er's daheim gelernt hatte, nach preußischen Meilen. Mehr als vier Meilen waren am Tage nicht zu schaffen.
Korthinrichs vermied auf dem Rückmarsch alle Siedlungen, alle Farmen, alle Läger und »Werften« der Eingeborenen. Er wanderte lieber auf der Ostseite des Höhenzuges, der an seinem Nordende im Waterberg gipfelte, ohne Weg und Steg nach dem Kompaß durch den ja überall passierbaren Busch – saß ihm doch die Furcht im Nacken und trieb ihn an, sein Otjikarare unmittelbar zu erreichen, ohne vorher mit anderen Menschen oder anderem Vieh in Berührung gekommen zu sein.
Die Furcht saß ihm im Nacken. Denn er hatte in Omaruru aus amtlicher, sicherlich glaubwürdiger Quelle vernommen, daß im Südwester Land die Rinderpest ausgebrochen war und

hemmungslos vorankroch mit unheimlicher Geschwindigkeit. Schon – so hatte es geheißen – mordete die fürchterliche Seuche das Vieh der Eingeborenen zu Hunderten und Tausenden, während sich auf den wenigen Viehfarmen der Weißen, die ihr Vieh von den Herden der Eingeborenen nicht nur getrennt gehalten, sondern auch noch geimpft hatten, die Verluste in engen Grenzen hielten.

Korthinrichs war fest entschlossen, seine Farm und sein Vieh vor der Rinderpest zu bewahren. Die schreckliche Krankheit würde irgendwann von selbst erlöschen, wenn sie sich ausgetobt hatte oder kein Vieh mehr zu vernichten vorfand. So hatte es sich stets in der Vergangenheit im ganzen südlichen Afrika abgespielt, und auch in diesen Jahren 1897 und 1898 würde es nicht anders ablaufen. Bis es so weit war, sollte kein fremdes Vieh, möglichst auch kein Wild von außerhalb, sollten so wenig weiße Besucher wie möglich – und noch weniger schwarze – die Grenzen von Otjikarare überschreiten.

Unterwegs schon hatte Korthinrichs einen genauen Plan entworfen. Jeden Tag waren die Grenzen von Otjikarare dem ganzen Umfang nach abzureiten, um das Wild von außerhalb zu vergrämen, notfalls abzuschießen. Doch hatte sich das Wild an die neuen Wasserstellen, die aufgestauten Omuramben, noch nicht gewöhnt, hielt sich nur weiter draußen in der Steppe, trat auch ohnehin mit den Rindern am Wasser nicht gern in Konkurrenz. Ganz wichtig aber war es, das Vieh der Herero abzuweisen, unter allen Umständen fernzuhalten. Zwar hatten die Administration und auch die Missionen versucht, den Eingeborenen klarzumachen, was Ansteckung bedeutet, aber viel Erfolg hatten sie nicht erzielt. So lange man denken konnte, hatte es stets von Zeit zu Zeit Katastrophen gegeben, die Herden waren vernichtet, die Stämme grausig zur Hälfte oder mehr hingerafft worden. Dagegen war kein Kraut gewachsen; man hatte die Opfer vernachlässigt, hatte das heilige Feuer ausgehen lassen; den

Zorn der Ahnen, der dann unvermeidlich hereinbrach, hatte man hinzunehmen. Was wußten schon die neunmalklugen Weißen von all diesen unausweichlichen Zusammenhängen! Ein paar Tröpfchen, die sie den Rindern mit feiner Nadel in den Hals spritzten – was konnten die groß bewirken! Unheil kommt und Unheil geht; es ist sinnlos, sich dagegen zu wehren, ja, es ist sogar Sünde!...

Als Korthinrichs mit den abgetriebenen Bullen auf mageren Pferden endlich eine Woche später als vorgesehen Otjikarare erreichte, konnten ihm Friedel und Marthchen als erstes berichten, daß inzwischen auch der zweite Staudamm fertiggestellt war, daß sich nach einem ganz ungewöhnlich frühen und schweren Gewitter schon Wasser darin gesammelt hätte und daß der erste, der Hakane-Damm, beinahe schon wieder vollgelaufen wäre.

Das waren gute Nachrichten. Jetzt konnte Korthinrichs sofort die vorhandene Herde aufteilen und jeder Hälfte einen der neuen Bullen zuordnen (die Stiere waren sehr sanft geworden, seit sie wieder in einer Herde von Kühen aufgehen konnten; ihr Vorgänger war geschlachtet worden, sein Fleisch, zu langen Streifen geschnitten, trocknete in Sonne und Wind am Dachrand des neuerrichteten Schuppens). Es kostete einige Mühe, die zweite Hälfte der Herde an das Kahitjene-Wasser zu gewöhnen; es gab dabei viel Hin- und Herjagerei zu Pferde, viel Geschrei und Peitschenknallen. Aber es gelang; die Herden vermischten sich nicht mehr, hatten sich an ihre neuen Paschas gewöhnt, die mehr als doppelt so schwer, so schön und stark waren wie die windigen Herero-Kühe.

Bei solcher Hirtenarbeit hatte sich das nun zehnjährige Marthchen erstaunlich bewährt. Das Kind saß fest und geschickt im Sattel, hielt mit seiner falben Stute gute, beinahe zärtliche Freundschaft und schien überhaupt nicht zu ermüden. Korthinrichs sagte sich: sie ist zum Reiten geboren; Friedel wird es nie so gut lernen wie sie, hat zu spät damit angefangen. Und mit dem Schießen wird Marthchen schließlich genau so zurechtkommen wie mit dem Reiten. Sie will es, und was sie will, das setzt sie durch, bei sich selbst und bei andern auch.

Marthchen hatte sich schon mit der Schußwaffe versucht, konnte aber das gewichtige Gewehr nur halten und richten, wenn sie es auflegte. Außerdem hatte sie trotz der Mahnung des Vaters das Gewehr nicht fest genug in die Schulter gezogen, die noch allzu schmale und zierliche. Der Rückstoß ihres ersten scharfen Schusses war so hart gegen die kleine Schulter geprallt, daß der große blaue Fleck, der sich danach bildete, noch nach Wochen nicht ganz verschwunden war. Marthchens Entschlossenheit, es dem Vater auch im Schießstand gleichzutun, war dann eine Zeitlang wie geknickt. Gebrochen allerdings war sie keineswegs. Das Kind stellte ganz sachlich fest:

»Ich kann das Gewehr einfach noch nicht halten, Vater. Es ist wohl nur für große Männer gemacht. Aber gibt es nicht auch kleinere für Kinder? Aber richtig schießen muß man damit können, sonst will ich keines haben. Dann warte ich lieber, bis ich groß bin.«

Der Vater hatte erwidert:

»Ich muß mal zusehen, Kind, ob eine leichte Waffe für dich aufzutreiben ist, vielleicht nur zum Üben. Mutter wird sich nie damit anfreunden, aber du mußt es lernen, je früher, je besser!«

Vater und Tochter waren sich wieder einmal vollkommen einig. Das verstand sich für beide schon beinahe von selbst. – Es war keine Zeit zu verlieren: Nachdem die beiden Herden sich einigermaßen an ihre Tränkstätten und damit an ihre Reviere im weiten Gebiet von Otjikarare gewöhnt hatten, mußte damit begonnen werden, Patrouille zu reiten, um die Farm abzuschirmen. Fremdes Vieh und fremdes Wild mußten mit aller Entschiedenheit, notfalls mit Gewalt, den Gefilden von Otjikarare ferngehalten werden. Vier Leute

standen zur Verfügung, rechnete Korthinrichs: er selbst, Friedel, Hakane und Kahitjene. Die beiden Damara und der kleine Ovambo Kassima waren nicht zu gebrauchen; sie fürchteten sich vor Pferden. Aber Marthchen erhob mit fester Stimme Einspruch, als nach einem Abendessen darüber beraten wurde:
»Vater, das kann ich auch, Kontrolle reiten! Den ganzen Tag allein unterwegs zu sein, das macht mir gar nichts aus. Der Falbe geht unter mir wie ein Lamm. Wenn ich in die Koppel komme, folgt er mir auf dem Fuß wie ein braver Hund und stößt mich von hinten sachte an mit dem Maul: komm, wir wollen reiten! Und ich werde aufpassen! Bei mir rutscht nichts und niemand durch. Hakane hat mir alle Wild- und Viehspuren beigebracht, und ich erkenne sogar schon, wie alt die Spuren sind.«
Korthinrichs schaute zu seiner Tochter hinüber mit zweifelnd verengten Augen, ließ den Blick zu seiner Frau weitergleiten; Friederike nickte kaum merklich mit dem Kopf. Der Mann gab der Tochter zögernd Bescheid:
»Daß du dich nur nicht übernimmst, Kind! Den ganzen Tag lang im Sattel zu sitzen, das ist keine Kleinigkeit. Du mußt mir versprechen, vernünftig zu sein, und nur Schritt oder Trab zu reiten!«
»Das kann ich ganz bestimmt versprechen, Vater. Geht ja auch gar nicht anders. Im Galopp könnte ich nicht erkennen, was für Spuren am Boden zu sehen sind; also muß ich sowieso Schritt reiten. Das hält der Falbe auch gut durch den ganzen Tag. Nur, wenn mir etwas Besonderes aufstößt, dann komme ich mit Karacho hierher zurück und hole Hilfe.«
›Mit Karacho‹, das war sein Marthchen ganz und gar. Er hatte den Ausdruck ein paarmal gebraucht; er stammte aus seinen Reiterjahren; das Kind hatte sich das prächtige Wort sofort angeeignet. Er lachte:
»Mit Karacho ist gar nicht nötig, Marthchen! Denke an dein Versprechen, vernünftig zu reiten. Also gut, du reitest mit

Kontrolle. Es ist dein Land und dein Vieh ebenso wie unseres!«

Marthchen strahlte, rannte um den Tisch, umhalste den Vater und küßte ihn. Lange hatte es gedauert, und es kam immer noch sehr selten vor, daß sie ihrer Zuneigung zum Vater so kurzerhand die Zügel schießen ließ. In ihren ganz jungen Jahren hatte sie den Vater kaum gekannt, trug ja auch noch nicht seinen Namen, war ihm nur selten begegnet. Hier in Südwest erst waren die beiden aufeinander zugewachsen, hatten den Gleichklang ihres Wesens erfühlt und gelernt, sich zu lieben, gern sich zu lieben.

Wie schon so manches Mal hatte die Mutter daneben gesessen, hatte gespürt, was sich in und hinter den Worten regte, die Tochter und Mann miteinander wechselten, und hatte wohl gedacht: Daß alles so gut ausgegangen ist, das haben wir Afrika zu verdanken; hier lebt's sich schwerer als zu Hause; aber wir sind frei und haben so viel Platz wie die Vögel in der Luft.

Der Augenblick war günstig; Friedel lenkte das Gespräch in eine andere Richtung. Sie hatte ein paar Nächte lang vor Nachdenken nicht schlafen können. Jetzt sprach sie die Gedanken aus:

»Wenn Marthchen nun mit Kontrolle reitet, Wilhelm, dann könntest du und Kahitjene vielleicht noch einmal für vierzehn Tage oder drei Wochen unterwegs sein. Ich habe mir so Verschiedenes überlegt, seit du mit den beiden Stieren von Omaruru zurückgekommen bist: Wenn jetzt die Eingeborenen all ihr Vieh verlieren durch die Pest oder einen großen Teil davon, dann wird hinterher der Preis für Fleisch-Ochsen und für Zug-Ochsen mächtig ansteigen. Du sagst, daß wir alles tun müssen, die Seuche von Otjikarare fernzuhalten. Dafür werden wir schon sorgen, und du hast ja Impfstoff mitgebracht, daß wir unsere Rinder rechtzeitig schützen – das sollte uns auch gelingen. Aber müßten wir nicht daran denken, nachdem wir jetzt reichlich Wasser erschlossen haben mit unseren zwei Dämmen, daß wir zu denen gehören, die viele gute, gesunde Rinder anzubieten haben, wenn anderswo die Pest das Land leer gefegt hat von Rindern? Es wird noch einige Zeit dauern, bis die Seuche auf ihrem Marsch bis in die Waterberg-Gegend vorgedrungen ist. Bis dahin sollten wir soviel Vieh bei uns eingestellt haben, wie unsere zwei Wasserstellen und unsere Weiden gerade eben tragen können. Ich bin nicht dafür, daß wir dem Kambazembi noch mehr von seinem dürftigen Eingeborenen-Vieh abkaufen. Aber weiter im Norden die Buren bei Grootfontein, die sind erstens immer in Geldnot, und zweitens ist ihr Vieh besser, weil sie wenigstens eine Ahnung davon haben, daß man züchten muß und wie. Wenn du den Buren einen besonders guten Preis anbietest, Wilhelm, werden sie dir soviel Vieh verkaufen, daß wir Otjikarare voll besetzen können. Du kannst ihnen Überpreise zugestehen, Wilhelm, und du kannst all dein restliches Geld einsetzen, das du von deinem Erbteil noch über hast. Wir holen das im nächsten oder übernächsten Jahr doppelt und dreifach wieder heraus. Reite nur unbesorgt, Wilhelm! In die Gegend von Grootfontein sind es nur zwei, drei Tage Ritt. Und in vierzehn Tagen bist du mit Kahitjene wieder da, mußt dir vielleicht bei den Buren noch ein paar Leute anheuern für den Rückmarsch mit der Herde – und wir haben all das Vieh, das wir aus unseren zwei Stauseen tränken können!«

Wilhelm Korthinrichs hatte seiner Friedel zugehört, ohne sie zu unterbrechen, hatte sich kaum geregt dabei. Er hatte seine Frau unverwandt im Auge behalten. Eine neue Friedel entschleierte sich ihm. War es möglich –? Hatte sie gelernt, weit voraus zu denken? Im alten Lande hätte sie kaum so unabhängig und klug zu planen gewagt. Er hatte sie und sein Kind nach Otjikarare verpflanzt, den »Platz, von dem man weit sehen konnte«. Und nun erlebte er – zum ersten Mal mit so großer Deutlichkeit –, daß sie dem Namen der neuen Heimat bereits entsprach: sie sah weit!

Wilhelm Korthinrichs hatte den Blick von der Frau fortgleiten lassen, starrte auf den abgegessenen Teller vor seinem Platz hinunter, als wären dort Geheimnisse abzulesen. Keiner rührte sich am Tische. Ein Engel ging durchs Zimmer. Die kleine Familie wuchs in dieser stillen Minute enger zusammen, als es jemals zuvor geschehen war. Was war im Allergeheimsten vorgegangen? Die Frau war an die Seite ihres Mannes getreten; wollte in den Entscheidungen, die getroffen werden mußten, nicht mehr zurückstehen. Jetzt erst wurde die Ehe vollkommen. Aber zugleich wußte er: um unsertwillen hat sie solchen Mut. Ich muß neben ihr sein! Korthinrichs raffte sich endlich zusammen, richtete sich auf. Ein unbewußtes Lächeln spielte um seinen Mund. Er schob den Teller ein Stückchen auf den Tisch hinaus, erhob sich sonderbar steif und verkündete unnötig laut und ein wenig heiser:
»Gut, Friedel, ich reite morgen! Und ich will gleich noch mit Kahitjene sprechen, damit wir uns noch heute abend auf den Abmarsch morgen früh vorbereiten.«
Die Tochter sprang auf, umfing den Vater – er war doppelt so groß wie sie – mit den mageren Kinderarmen, blickte strahlend zu ihm auf, rief:
»Du kannst ruhig reiten, Vater! Wir werden schon aufpassen, daß kein Mensch und kein Vieh in unser Land eindringt. Und dann kommst du wieder mit viel neuem Vieh von den Buren. Und später, dann werden wir reich. Die Mutter hat es gesagt. Mutter weiß es!«
Korthinrichs strich dem Kind über das kastanienfarbene Haar, das im Nacken zu einem ausgiebigen Zopf geflochten war, sagte gar nichts, nahm sein Marthchen bei der Hand und verließ mit ihr das Haus.

---

1899. Die Rechnung der Friederike Korthinrichs war aufgegangen, großartiger noch als erhofft – jene Rechnung, die sie an dem stillen Sonntagabend vorgetragen hatte, nachdem das Vieh zum ersten Mal in zwei Herden aufgeteilt worden war. Zwei prächtige neue Zuchtbullen gab es nun auf Otjikarare, dazu zwei schon sich füllende, langgestreckt in die Hänge reichende Stauseen, die, wie sich in der nächsten Trockenzeit herausstellte, niemals völlig leerliefen, da sie vor ihren bis zum gewachsenen Fels hinunter getriebenen Staumauern auch den unterirdischen Abfluß aus den Bergen auffingen, der nie ganz versiegte – die also auch zwei große Herden tränken konnten.

Korthinrichs hatte sich von dem Wagemut seiner Friedel mitreißen lassen, hatte all sein restliches Kapital aufgewandt, den Buren weiter im Norden zu weit überhöhtem Preis so viel Vieh abzuringen, daß er seine beiden Herden zu je etwa zweihundertfünfzig Kühen auffüllen konnte. Eine ausgiebige Regenzeit ließ in diesem Jahr zwar so viel Futter auf Otjikarare wachsen, daß auch zwei doppelt so große Herden sich reichlich daran hätten sattfressen können. Aber damit durfte man fest nicht rechnen. Ob in der heißen Zeit von November bis April starke oder nur geringe Regen fielen – ob sie gar gänzlich ausblieben –, das war ein krasses Lotteriespiel und trotz aller Wünsche und Hoffnungen nicht zu beeinflussen.

Die Rinderpest hatte die großen Herden der Herero bis auf geringe Reste vernichtet. Auch der reiche Kambazembi am Waterberg, der große Häuptling der Nord-Herero, war arm geworden. Die weißen Viehhalter im Lande, die ständig zunehmenden Deutschen, aber auch die englischen und burischen (die meisten von ihnen aus der britischen Kapkolonie) erlitten aufs Ganze gesehen längst nicht so schwere Verluste wie die Nama und die Herero – soweit sie ihr Vieh rechtzeitig geimpft und darauf geachtet hatten, daß es nicht mit dem Vieh der Eingeborenen in Berührung kam.

Auf Otjikarare war überhaupt kein Schaden zu verzeichnen gewesen. Korthinrichs hatte in Grootfontein zwei junge

Buren anwerben konnte, denn mit Kahitjene allein hätte er die große Herde, die er zusammengekauft hatte, nicht nach Otjikarare treiben können. Die beiden Burschen, Piet Struys und Andries Cluitt, konnten zwar nicht lesen und schreiben, aber mit Vieh wußten sie vorzüglich umzugehen, und als todsichere Schützen und furchtlose Jäger waren sie draußen im »Veld« – wie die Wildnis der Dornbusch-Steppen von ihnen genannt wurde – kaum zu übertreffen.

Piet und Andries fühlten sich vom ersten Tage an so wohl in Korthinrichs' Haus, daß sie keine Lust verspürten, wieder in die mageren und einigermaßen primitiven Verhältnisse der Wanderburen zu ihren Familien zurückzukehren. Dort wimmelten ohnehin allzu viele Kinder umher, und wenn das jagdbare Wild sich verzog, dann gab es oft genug nicht einmal ausreichend zu essen. Friederike behandelte die beiden Jungburen mit Güte sowohl wie mit Strenge, hielt auf Pünktlichkeit und Reinlichkeit, sorgte aber auch für gute Kost und eine saubere Unterkunft. Piet und Andries brauchten nicht erst überredet zu werden, in Korthinrichs' Dienst zu treten. So gut wie auf Otjikarare war es ihnen noch nie bis dahin ergangen; sie hatten ohnehin schon von ihrem vierzehnten oder fünfzehnten Jahre an für sich selbst aufkommen müssen. Auf Otjikarare mit einem strengen, aber gerechten Baas und einer noch strengeren, aber dann auch wieder sehr freundlichen und hilfsbereiten Frau, da ließ sich leben. Sie sagten schließlich, ohne daß es beschlossen worden war, ›Ma‹ zu Friederike, obgleich die Frau noch zu jung war, um den beiden Mutter sein zu können. Aber Piet und Andries waren übereingekommen, daß dies so wäre; und die Frau sah ein, daß sie keinen Einspruch erheben durfte.

Auch Korthinrichs war damit einverstanden, daß die beiden gelehrigen Burschen, achtzehn und neunzehn Jahre alt, sich gewissermaßen, vom Menschlichen her gesehen, am Rande seiner kleinen Familie ansiedelten. Sie waren weiß und stammten von weißen Eltern; sie reagierten auf »weiße«

Weise. Auch seine beiden Herero waren sicherlich gute Leute; aber in mancher Hinsicht waren sie einfach nicht anzusprechen, blieben urfremd, zeigten sich zuweilen unbegreiflich gekränkt, wenn anscheinend kein ernster Anlaß oder Grund vorhanden war, schienen ein andermal geradezu albern erheitert, wenn viel eher ihr Zorn oder ihr Kummer zu erwarten gewesen wären. Sie dachten in anderen Bahnen.
»Die beiden Herden sind nun zu groß«, erklärte Korthinrichs seiner Frau – und dem Kinde, das sich nie entgehen ließ, was und warum der Vater dies oder jenes anordnete, damit Otjikarare stets lief wie am Schnürchen –, »sind schlechterdings zu groß, als daß Kahitjene allein sie regieren könnte; eine davon ist mehr als genug für ihn. Und ich muß ihm obendrein den Ovambo als Helfer beigeben, den Kassima; den kann er sich heranziehen. Die beiden Berg-Damara sind zu dumm, sind allzu lange Sklaven der Herero gewesen. – Die andere Herde aber möchte ich Piet und Andries anvertrauen, mit Andries als Vormann. Mit Schwarzen kann man sie nicht zusammenspannen. Buren und Schwarze an der gleichen Aufgabe, das geht niemals gut. Andries und Piet sind noch jung. Aber wenn man ihnen Verantwortung überträgt, werden sie sich große Mühe geben, uns nicht zu enttäuschen. Was meinst du dazu, Friedel?«
Zweifel spielten um Friederikes Brauen:
»Es käme auf den Versuch an, Wilhelm. Du wirst ein Auge auf sie haben müssen, ehe wir sicher sein können, daß sie keine Dummheiten machen. Hast du mir nicht schon mehr als einmal gesagt, daß die Buren nicht zuverlässig sind?«
»Das habe ich, Friedel. Aber zur Zeit haben wir keine andere Wahl. Ich glaube, wir müssen es mit den beiden versuchen.«
Dabei war es geblieben – und die beiden jungen Kerle hatten sich einigermaßen bewährt, wenn auch Korthinrichs anfangs nicht ohne einige fürchterliche Donnerwetter ausgekommen war – nach bester Manier seiner preußisch-soldatischen Vergangenheit. Damit hatte er auf die beiden Burschen einen

überwältigenden Eindruck gemacht. Auf Otjikarare mußte pariert werden und das genau und ohne Umschweife. Den beiden fuhr ein heilsamer Schrecken in die Glieder; sie lernten schnell...

Es stellte sich heraus, daß sich Friederikes Prophezeiung, die Rinderpreise würden auf das Doppelte steigen, da die Rinderpest einen großen Mangel an Vieh im Lande zur Folge haben müßte, vor der Wirklichkeit als verkehrt erwies. Die Preise stiegen nicht auf das Doppelte; sie stiegen vielmehr allmählich auf das Dreifache, ja Vierfache dessen, was vor dem Ausbruch der Seuche für Eingeborenen-Vieh bezahlt worden war.

Zwar waren einige der Häuptlinge in den verschiedenen Stämmen der Herero, der Nama, der Bastards, der Orlam im Lande wach geworden, wenn auch verspätet, und hatten die geringen Reste ihrer einst nach Tausenden zählenden Herden, die nach der Seuche übriggeblieben waren, so geschickt auf entlegene, unverdorbene Weidegebiete verteilt, daß sie sich gegenseitig nicht mehr anstecken, langsam erholen und auch wieder vermehren konnten. Doch das ging nur schleppend vonstatten. Auf Jahre hinaus würden nicht genug Zugochsen im Lande aufzutreiben sein.

Das aber bedeutete, daß der gesamte Wirtschaftsaustausch im Lande selbst zu den drei Häfen an der Küste Swakopmund, Walfischbai und Lüderitzbucht (das frühere Angra Pequeña), hinüber nach Transvaal und dem Oranje-Freistaat, hinunter in die Kapkolonie zum Erliegen zu kommen drohte, bildete doch nach wie vor der von zehn bis zwanzig Ochsen gezogene schwerfällige, aber sehr standhafte große Planwagen das einzige zuverlässige Transportmittel im Südwester Land über lange Strecken.

Die wandernden Buren hatten diese mürrisch vor sich hinknarrenden Wägen mit den hohen Hinterrädern entwickelt, um der Bevormundung durch die Briten an der Südspitze Afrikas zu entgehen und in die grenzenlose Freiheit, die

Vogelfreiheit des südafrikanischen Innern auszuweichen. Das südafrikanische Innere war weit hinauf bis zum Limpopo praktisch leer – von wenigen schweifenden Buschmännern abgesehen. Doch gerade um die Zeit, als die Buren aus dem Einflußbereich nach Norden trekkten, wälzten sich in riesigen Massen die Heersäulen erobernder schwarzer Männer, der Zulu vor allem, unter ihrem »schwarzen Napoleon« nach Süden vor. Sie stießen mit den Buren zusammen. In blutigen Schlachten wurden die Schwarzen zur Küste abgedrängt. Die Buren behielten die Oberhand und gründeten im Innern des südafrikanischen Nordens kleine Bauern-Republiken: Transvaal – »jenseits des Vaal-Flusses« mit dem Hauptort Pretoria –, so genannt nach einem ihrer Anführer, dem großen »Voortrekker« Pretorius, »dem Vorauszieher«, und den anderen »Staat« nördlich des oberen Oranje, den Oranje-Freistaat. In der Weite der innerafrikanischen Hochsteppen wollten die Buren ihr bescheidenes Dasein als Bauern (»Buren«) und Jäger fortsetzen und wären dort am Ende der Welt noch lange unbehelligt geblieben, wenn nicht in den Ödnissen des Innern, die noch niemandem gehörten, und gerade auf dem Gebiet der simpel-altväterlichen Gemeinwesen der Buren, die nichts weiter wollten, als in Ruhe gelassen zu werden – in Ruhe von England insbesondere – ungemein reiche Vorkommen an Diamanten und Gold entdeckt worden wären. (Bis heute wurden bei Kimberley an der Westgrenze des Oranje-Freistaats aus dem »größten Loch der Erde« Diamanten gegraben. In und um Johannesburg in Transvaal entwickelte sich der bedeutendste Gold-Bergbau der Erde.) Vor gut acht Jahrzehnten kostete dann der unerwartete Reichtum, von dem die »Vortrekker« nichts geahnt hatten, den kleinen Buren-Republiken die politische Unabhängigkeit und vielen Buren, Männern, Frauen und Kindern, auf den Schlachtfeldern und in den englischen Konzentrationslagern im und nach dem Burenkrieg (1899–1902) Existenz und Leben...

Korthinrichs hatte sie anzubieten nach den bösen Jahren der großen »Rindersterbe« in Südwest, kräftige, gesunde Zugochsen und auch – woran ebenso Mangel herrschte – einwandfreies Schlachtvieh. Die Geduld, die Korthinrichs hatte aufbringen müssen – sein Vieh durfte, solange die Seuche wütete, mit anderem Vieh nicht in Berührung kommen und auch seine Leute und er selber mußten sich möglichst von allen Menschen und Tieren fernhalten, die mit krankem Vieh Kontakt gehabt haben konnten oder aus verseuchten Gegenden kamen –, sie hatte sich gelohnt. Jetzt kam es ihm sehr zustatten, daß seine Helfer, die zwei »Burenbengels«, die zwei Herero, die beiden schwerfüßigen Bergdamara und der sich allmählich zu einem brauchbaren Schlaukopf entwikkelnde und an Kräften bei gutem Essen erstaunlich zunehmende Ovambo Kassima, daß sie alle sich mit Otjikarare und »der Familie« eng und enger verbunden fühlten – wäre es doch Friederikes eingeborenem bäuerischen Instinkt und den aus der alten Heimat mitgebrachten guten Gewohnheiten zuwidergelaufen, die »Leute vom Hof« nicht gut zu behandeln und zu versorgen. Sie zeigten sich schließlich stolzer noch als die Korthinrichs selbst, daß auf »ihrer« Farm kein einziger Krankheitsfall unter dem Vieh zu verzeichnen gewesen war.

Als nach zwei Jahren die Seuche offiziell für erloschen erklärt wurde und man sich wieder frei im ganzen Lande bewegen konnte, als dann Korthinrichs sich keineswegs danach drängte, sein vorzügliches Vieh anders als zum jeweils höchst erzielbaren Preis zu verkaufen, brauchte der Eigentümer von Otjikarare nicht mehr daran zu zweifeln, daß die Rinderpest zwar viele andere im Lande, vor allem die ehemals auf ihre Herden so maßlos stolzen Herero, zu armen Leuten gemacht hatte, ihn aber zu einem reichen Mann, der innerhalb von nur fünf Jahren sein eingesetztes Kapital vervielfacht hatte. Die kühne Spekulation – von der Frau war sie angeregt worden! – hatte sich großartig bezahlt gemacht.

Das neue Land hatte sich den von weither eingedrungenen Fremdlingen als überaus gnädig und großherzig erwiesen, hatte ihnen einen Wohlstand und eine Unabhängigkeit beschert, von der sie in der alten Heimat nicht einmal hätten träumen können.
Dankbarkeit und Liebe zu Südwest erfüllten die Herzen beider Korthinrichs. Bauern waren sie nicht mehr – obwohl ihnen dies kaum bewußt wurde. Farmer waren sie geworden, die zu rechnen verstanden. Und Otjikarare war die herrliche, einsam schöne Farm im unendlichen flüsternden Dornbusch, die neue, längst an ihr Herz gewachsene Heimat, von der »man weit sehen konnte« – aus bescheidener Vergangenheit in eine nicht einmal den Umrissen nach erkennbare, viel, so wunderbar viel versprechende Zukunft.

---

Man schrieb bereits das Jahr 1903.
Den Engländern war es letzlich – obgleich sie es gern veranstaltet hätten – nicht gelungen, zu verhindern, daß auch die Deutschen sich einige Fetzen der Erde, soweit die Kontinente auf den politischen Weltkarten noch nicht mit dem England vorbehaltenen Rot angestrichen waren, zur Entwicklung und Nutzung gesichert hatten. So war also auf dem großen Erdteil im Süden Europas der Südwesten unter dem Namen »Deutsch-Südwestafrika« als Kolonie des deutschen Kaiserreichs (mit den drei anderen deutschen Kolonien auf afrikanischem Boden, Togo, Kamerun und Deutsch-Ostafrika) in die Weltgeschichte eingetreten, und kein Deutscher und kein vernünftiger anderer Europäer bestritt den Deutschen, daß es ihr gutes Recht wäre, »herrenloses« Land, das noch von keiner anderen europäischen Nation mit Beschlag belegt war, in Besitz zu nehmen.
Die Zahl der deutschen Land- und Viehwirte in Südwest, der Bergwerker, Handwerker, Gewerbetreibenden, auch Beam-

ten und Soldaten, war schon auf viele Tausende gewachsen und schwoll gleichmäßig von Jahr zu Jahr weiter an. Der Reichstag in Berlin hatte schließlich eingesehen – spät und zögernd genug! –, daß es sich lohnen würde, die kostspieligen, langsamen und unpünktlichen Ochsenwagen als die einzigen privaten und staatlichen Mittel des Warenverkehrs durch Eisenbahnen zu ersetzen – zum mindesten für die wichtigsten Haupt- und Fernstraßen im Lande...
Als Martha Korthinrichs – immer noch »Marthchen« für alle ihre Freunde und Kameraden – zu Ostern von der Realschule in Windhuk Abschied nahm, nach vorzüglich bestandener Abschlußprüfung, konnte sie sich für die Heimreise nach Norden bereits der Bahn von der Hauptstadt der Kolonie zur Küste nach Swakopmund bis Karibib anvertrauen; dort stieg sie dann in die eben fertig gewordene Minenbahn der Otavi-Gesellschaft um und gondelte sehr gemächlich bis zur Station Komukanti hinauf, wo sie vom Vater und Hakane empfangen und im Triumph in einem guten Tagesritt nach Otjikarare geleitet wurde.
Marthchen war nun fünfzehn Jahre alt, hatte schon einiges in ihrer weiteren Heimat Südwest außer den Bezirken um Otjikarare an der Nordost-Abdachung des Waterbergs kennengelernt, wußte auch vom Schulunterricht her, was die größere Heimat Deutschland hoch im Norden des Äquators, was Europa, Afrika, Australien, die Amerikas bedeuteten, und hatte sogar gelernt, sich in der verwirrenden Völker-Vielfalt Asiens zurechtzufinden. Alles, was ihr an Fertigkeiten und Kenntnissen in der aufstrebenden Stadt Windhuk geboten worden war, hatte ihr heller, rascher Verstand aufgesogen, so gierig wie ein Schwamm das Wasser.
Aber um wieviel herrlicher als alle Überraschungen und Einsichten, die ihr die Stadt und der Unterricht vermittelt hatten, war es nun, endlich wieder zu Hause zu sein bei den Eltern im längst sehr geräumig ausgebauten und stets wohnlicher eingerichteten Haus, von dessen Terrasse man »so

weit blicken konnte«! Welche Freude war es, wieder den Sattel der geliebten falben Stute zu besteigen und quer buschein zu fegen, nur so, ohne Ziel und Absicht, nur um den warmen Wind auf der Haut zu spüren und den herben Duft der unabsehbar überbuschten Steppe in die Lungen zu saugen. Sie war wie verwachsen mit ihrem sehnigen schlanken Pferd, selber sehnig und schlank, jungmädchenhaft mager und staksig noch, aber eine kommende schöne Blüte ahnen lassend. Sie ritt wie eine Amazone, und wenn sie mit ihrem schmalen Kopf, mit hintennachwehendem Haar vom Berg herniedergesprengt kam in voller Karriere und vor dem Vater im Wirtschaftshof die falbe Stute mit leichter Hand parierte, dann lachte dem alten Schutztruppenreiter das Herz, wie nichts sonst auf der Welt es lachen machen konnte – es sei denn ein leises, zärtliches Wort seiner Frau des Nachts, wenn längst der Friede und die Stille der dunkel ruhenden Einöden über Bergen, Hügeln und fernen Ebenen waltete.

In Windhuk hatte Marthchen auch – darauf hatte sie mit ungewohnter, beinahe Eigensinn zu nennender Hartnäckigkeit bestanden – zuerst mit Luft- und Kleinkaliber-, dann immer schwereren Gewehren bis zu solchen für die Großwild-Jagd umzugehen gelernt, hatte ihren anfänglichen, ein wenig fahrigen Übereifer zu einer schon traumhaft zu nennenden Zielsicherheit reifen lassen. Als der Vater am zweiten Tag nach ihrer Heimkehr nebenbei hören ließ, daß es höchste Zeit wäre, für die farbigen Helfer auf Otjikarare frisches »Fleisch zu schießen« – Wild aller Art gab es reichlich in der Steppe zum großen Omuramba Omatako hinunter, sogar Elefanten wanderten zuweilen quer durch; und auch Löwen machten sich gelegentlich bemerkbar; willkommen waren sie nicht! –, da war am gleichen Nachmittag Marthchen ohne Abschied oder Erklärung verschwunden; Hakane wußte lediglich anzugeben, daß er ihr beim Aufzäumen des Falben zur Hand gegangen sei.

Aber noch vor dem Abendbrot und ehe die Mutter ernsthaft besorgt werden konnte, ritt Marthchen wieder auf den Hof und verkündete kühl und alltäglich, der von ihr geschossene Kudubulle könnte mit der Ochsenkarre am Omuramba Kahitjene etwa eine Viertelmeile unterhalb des Staudamms abgeholt werden. Der Vater schloß daraus, daß die Tochter fest entschlossen war, sich eine Stellung als sein erster Assistent zu erobern und sie sich durch nichts und niemand streitig machen zu lassen. Es stellte sich noch in der gleichen Nacht heraus, daß die Tochter den kapitalen Kudu mit einem einzigen, genau aufs Blatt gesetzten Herzschuß zur Strecke gebracht hatte. Korthinrichs merkte lediglich an:
»Das hast du gut gelernt, Marthchen!«
Was einem Ritterschlag gleichkam.
Vor allem aber hatte Marthchen vom Vater wissen wollen, was im verflossenen Jahr auf Otjikarare Neues geschaffen worden war. Ja, der dritte Staudamm war nun fertig und wartete darauf, in der nächsten Regenzeit vollzulaufen. Korthinrichs hatte die Grenzen seines Besitzes weit nach Norden und Osten hinausschieben können und hatte damit das Einzugsgebiet eines weiteren, bisher ungenutzten Trokkenflusses gewonnen, der sich ebenfalls zum großen Omuramba Omatako hinunterwand und bei auch nur durchschnittlichen Regen jedes Jahr mit starker, wenn auch sehr kurzlebiger Wasserflut »abkam«. Es war Korthinrichs nicht schwergefallen, sich das Landrecht auch an diesem dritten Rivier von den Waterberg-Herero abtreten zu lassen. Auch den Nordherero hatte die Rinderpest den größten Teil ihres Reichtums, ihrer Herden, vernichtet. Mit ihrem vorläufig nicht zu verwendenden Überfluß an leerer, zudem wasserloser Steppe wußten sie nichts anzufangen. Die vergleichsweise recht gute Bezahlung, die Korthinrichs ihnen geboten hatte, kam den Schwarzen sehr gelegen.
Marthchen ruhte nicht eher, als bis sie mit dem Vater die neuen Grenzen des wesentlich gewachsenen Gebiets von

Otjikarare in tagelangen Ritten kennengelernt und sich eingeprägt hatte. Der Vater erfaßte nicht ohne Erstaunen auf diesen weiten und staubigen Ausflügen, wieviel die Tochter inzwischen gelernt und an praktischer Erfahrung und Einsicht zugenommen hatte. Marthchen nämlich war es, die ihn fragte, ob er den ausgedehnten Trakt neuen Landes, den der Herero-Häuptling ihm überlassen hatte, auch im Landregister der deutschen Administration (die schon seit längerer Ziet in Grootfontein eine Zweigstelle eingerichtet hatte) zu Urkund hätte verzeichnen lassen. Nein, das hätte er noch nicht getan, sagte er, versprach aber der Tochter mit nicht ganz zu verhehlender leiser Betretenheit, daß er das Versäumte schleunigst nachholen würde. Marthchen dachte also schon wie ein Erwachsener; es schien sich zu empfehlen, sie allmählich für voll zu nehmen und nicht mehr nur für ein kluges Kind. Ein wenig traurig, zugleich auch gerührt und stolz ergab sich der Vater dieser Erkenntnis.

Marthchen war es auch, die auf diesem Ritt vorschlug, die Ecken des aus den Berg- und Hügelhängen weit in die Steppe ausflachenden Areals von Otjikarare, schmaler oben gegen das Gebirge hin, sehr viel breiter in den Niederungen, durch hohe, spitze Steinhaufen zu bezeichnen, die mit Kalkbrühe geweißt werden müßten. Auch die Grenzlinien von Ecke zu Ecke müßten durch Steinpyramiden deutlich gemacht werden, die vielleicht nur halb so hoch zu sein brauchten wie die an den Ecken.

»In der Mitte des Landes, Vater, und auch im Süden werden viele neue Farmen aus dem Busch herausgeschnitten. Sicherlich werden auch wir hier bald Nachbarn bekommen. Da wäre es dann gut, wenn man genau wüßte, wo Otjikarare anfängt und wo es aufhört. Keiner kann uns dann unsere drei Omuramben und das Gelände um unsere zwei kleinen Wasserlöcher am Berg bis dorthin weit draußen, wo man in der Ferne schon den Galeriewald am Omuramba Omatako erkennen kann, keiner würde uns dann unser Land noch streitig machen können!«

Das wäre wohl zu überlegen! Sie hatte ja recht, die eifrige Tochter, der die braunen Augen fast übergroß aus dem schmalen Gesicht brannten. Der Vater war in den Jahren des Reitens und während der Jahre danach, in denen er den Aufbau seiner Herden hatte betreiben müssen, schon mehr oder weniger zum Afrikaner geworden, dem der ungeheure Überfluß an leerem Land bereits selbstverständlich erschien, ja als Urtatsache des Daseins einfach vorausgesetzt werden konnte. Die Tochter aber hatte auf der deutschen, der europäischen Schule und in der betriebsam wachsenden Stadt zu begreifen gelernt, daß gerade auch Grund und Boden zu Eigentum gewonnen werden muß, wenn man irgendwo im neuen Land auf die Weise des alten Wurzel schlagen wollte. Schien nicht die Tochter Wesen und Sinn von Otjikarare eindringlicher erfaßt zu haben als er selber, der Begründer der großen Farm? Aber sei dem, wie es sei! Für dieses Kind hatten er und seine Friedel sich abgerackert Tag für Tag und Jahr für Jahr. Er wußte es: Auf einen Sohn durfte er nicht mehr rechnen, wollte es auch längst nicht mehr. Sie war der Sohn; sie würde ihn früher oder später ablösen müssen – und je früher sie sich in ihre Aufgabe hineinfand, desto besser! Sie mußten dem Schöpfer für diese Tochter dankbar sein, er und seine Friedel – und sie waren es...

Der fast aufs Doppelte vergrößerte Umfang der Korthinrichsschen Farm Otjikarare wurde also in die Grundbücher der Kolonie eingetragen. Draußen im Busch zeigten weiß übertünchte, aus den Felsbrocken des Veldes zusammengetragene Steinhaufen in regelmäßigen, wenn auch weiten Abständen unverkennbar an, wie und wo die Grenzen des Besitztums der Korthinrichs verliefen.

Seltsam hatte sich das Verhältnis zwischen Marthchen und ihrem alten Freund und Mentor Hakane verwandelt, von dem sie in vergangenen Jahren in die Geheimnisse und Gefahren der Steppe, die Gewohnheiten der Antilopen und Gazellen, die Listen der Raubtiere eingeweiht worden war. Hakane wie Kahitjene hatten im Laufe der Jahre gelernt, sich mit dem »Baas« und »der Frau«, mit Otjikarare und seinen blinkenden Stauteichen einig zu fühlen; sie hatten Frau und Kind auf die Farm nachgezogen. Hakanes Frau wurde Paula gerufen; ihr Herero-Name war für den Alltag zu lang und zu schwer auszusprechen gewesen; mit ihrem neuen Namen war sie sehr einverstanden, hatte sie doch auf der Farm, wo sie von »der Frau« für die Küche angelernt wurde, ein ganz neues Leben begonnen, was durch einen neuen Namen zu bestätigen war – und dazu noch einen deutschen! Paula hatte nichts dagegen, daß Hakane sich, so weit ihm irgend erlaubt war, der Tochter des Hauses widmete; sie war vielmehr stolz darauf, daß ihr Mann als einziger Schwarzer auf der Farm ein freundschaftliches Verhältnis mit einem Mitglied der weißen Familie unterhalten durfte.

Marthchens Vorliebe für den treuen und wildnisklugen Hakane war trotz ihrer langen Abwesenheit von Otjikarare nicht schwächer geworden, hatte aber eine andere Färbung angenommen, was der Schwarze deutlicher empfand als das weiße Mädchen. Marthchen hatte nun soviel Neues, ebenso Unverständliches wie Erstaunliches in ihren Kopf aufgenommen, redete so bestimmt daher, scheute sich durchaus nicht, selbst Befehle zu erteilen, nicht nur die ihres Vaters weiterzugeben, war »ihrem« Hakane zwar ebenso herzlich wie als Kind gegenübergetreten, aber zugleich mit einer leisen Überlegenheit, die in Frage zu stellen offenbar nicht geraten war. Hakane besaß für solche Unwägbarkeiten wie viele der allerbesten Schwarzen ein sehr feines Empfinden und gab ihm sofort nach. Marthchen war kein Kind mehr; sie war nach ihrer Heimkehr von Woche zu Woche deutlicher des

Baas rechte Hand – und würde irgendwann seinen Platz einnehmen; Hakane brauchte und konnte nicht daran zweifeln.

Hakane war dann der erste auf Otjikarare, der begriff, daß der Name »Marthchen« nicht mehr paßte. Ohne sich zu erklären – wahrscheinlich konnte er es gar nicht erklären –, sagte er eines schönen Tages nicht mehr »Marthchen« zu der Tochter des Hauses, sondern »Martha«. Sofort stand auch für alle anderen Leute auf Otjikarare, auch für die beiden jungen Buren Andries und Piet, von heut' auf morgen fest, daß aus Marthchen Martha geworden war – wenn auch noch nicht »Fräulein«, das hätte Martha selbst als übertrieben empfunden. Nur für die Eltern blieb sie »Marthchen«...

---

Die Herden der Herero nahmen langsam wieder zu. Es war bereits abzusehen, daß die durch die Rinderpest verursachten schweren Verluste sich einigermaßen wieder ausgleichen würden. Die bittere Erfahrung hatte die Herero gelehrt, daß man gut daran tat, die Ratschläge der Kolonial-Verwaltung für die Aufzucht und verständigere Versorgung des Viehs zu befolgen. Auch die von der Administration von weither eingeführten Zuchtstiere kräftigerer und gesünderer Rinder-, Schaf- und Ziegenrassen hatten sich die Eingeborenen gerne schenken lassen. Aber gerieten die Schwarzen nicht gerade dadurch in eine unaufhaltsam wachsende Abhängigkeit von den Weißen? Benutzten die Weißen nicht die Hilfe, die sie den Eingeborenen gewährten, als Vorwand, um in langsam, aber anscheinend ständig steigender Zahl ins Land zu kommen, sich gutes Land als Eigentum zu sichern – was es nie zuvor gegeben hatte –, die Wasserstellen zu beanspruchen, oder, wo es kein Wasser gab, auf früher ganz unerhörte Weise Wasser künstlich zu erschließen?...

Es hatte alles so harmlos angefangen: mit ein paar Missiona-

ren, die sich selbstlos und mit guten Worten und Taten der Eingeborenen, ihrer Kranken und Hilflosen vor allem, angenommen hatten. Sie brachten den Kindern die Künste aus der weißen Welt, Lesen, Schreiben und Rechnen, bei, stifteten auch unter den sich blutig und grausam befehdenden Stämmen für Jahre durch kluges Zureden Frieden.
Dann waren die Händler ins Land gekommen und hatten die Eingeborenen mit den Gütern und Werkzeugen des Weißen Mannes vertraut gemacht. Schnell hatten sich die Schwarzen an die aus Eigenem nicht zu übertreffenden Waren der Weißen gewöhnt. Schließlich waren Abgesandte ferner, aber sicherlich sehr reicher und kraftvoller Mächte aufgetaucht, um den Eingeborenen »Schutz« anzubieten, was zunächst und selbstverständlich so begriffen wurde, als handelte es sich um Schutz vor den Feinden von nebenan oder auch von weiter weg; den konnte man stets gebrauchen bei der allgemeinen Unsicherheit im Lande, den nicht endenden Räubereien und gegenseitigen Überfällen, die viele Tote, Verwundete und Versklavte kosteten und – was als noch schlimmer empfunden wurde – große Verluste an Vieh.
Aus dem »Schutz« war Herrschaft geworden, und als die Eingeborenen ihn wieder loswerden wollten, hatten die Weißen bereits Wurzel geschlagen und sich im Lande mit der gleichen Selbstverständlichkeit festgesetzt wie die erobernden Herero wenige Jahrhunderte, die Hottentotten einige Jahrzehnte vor den Weißen. Unendlich viel Platz, wahrhaft unermeßlich viel, schien im Lande vorhanden zu sein, aber doch nicht genug, als daß man ihn dem andern nicht neidete. Auch wanderten die Weißen nicht umher und zogen mit ihren Herden dem Gras und dem Wasser nach; sie schnitten sich stattdessen günstige Bezirke aus der grau-grünen Unendlichkeit heraus, belegten diese Ausschnitte mit neuen Namen, teils deutschen, die für die Schwarzen nichts aussagten, teils solchen, die sich auf frühere Bezeichnungen der

Nama, der Herero, der Ovambo, ja selbst der Buschmänner bezogen. Die neuen Namen aber bedeuteten, daß in ihrem Umkreis kein Fremder sein Vieh weiden, ein Stück Wild erlegen, die Wasserlöcher benutzen durfte. Damit waren Verhältnisse geschaffen, die den Schwarzen nicht nur fremd, sondern sogar widernatürlich vorkamen. Die Farmen der Weißen waren zu verbotenem Land geworden und lagen wie riesige Stolperblöcke in den früher völlig unzergrenzten Weidegebieten.

Eine solche Farm, dazu eine besonders große, war das Otjikarare der Korthinrichs; sie war von dem ehemaligen Schutztruppen-Reiter in bestem Glauben erworben, von ihm und seiner Frau mit unermüdlichem Fleiß und klugem Geschick aus dem leeren und wertlosen Nichts zu einem blühenden und gewinnträchtigen Unternehmen entwickelt worden.

Korthinrichs hatte erfahren, daß sich einige Häuptlinge der Süd-Herero zusammengetan und einen Brief an den Gouverneur Theodor Leutwein nach Windhuk geschrieben hatten. In der Tat, die Künste des Lesens und Schreibens waren durch die guten Sendboten der Rheinischen Mission weit verbreitet worden. Auch konnten sich Wilhelm oder Friederike Korthinrichs viel müheloser als früher in Otavi oder Omaruru versorgen und umhören (auch das Städtchen Otjiwarongo war bereits im Entstehen), fuhr doch die Eisenbahn nun regelmäßig nach Norden und Süden und brachte verbürgte – und unverbürgte – Nachrichten aus Windhuk, der Hauptstadt, ins weite Land hinaus. Von den Eisenbahn-Stationen sickerten die Neuigkeiten weiter und erreichten schließlich auch das fernste Hinterland. Ein in Omaruru tätiger Oberamtmann, gleich Wilhelm Korthinrichs ehemaliger Schutztruppenreiter, hatte seinem alten Kameraden den Text des Beschwerdebriefes der Herero-Hauptleute an die Administration zugänglich gemacht, und Korthinrichs hatte ihn für Frau und Tochter abgeschrieben. In dem Brief an

Leutwein hatte es geheißen, und die Korthinrichs nahmen es nicht ohne Bewegung zur Kenntnis:

». . . Aber nun, geehrter Herr Gouverneur, wo sollen wir bleiben, wenn unser ganzer Fluß und alles Land uns abgenommen wird? Anbei legen wir ein Verzeichnis aller Herero-Werften bei, welche im Gebiet von Otjituepa bis Omitavi liegen. Diese alle tränken ihr Vieh im Weißen Nossob. Und so fragen wir nochmals, wo sollen alle diese Leute hin? Wir sehen mit Entsetzen, wie ein Platz nach dem andern in die Hände der Weißen übergeht, und bitten daher unsern Herrn Gouverneur untertänigst, doch keinen weiteren Verkauf hier im Gebiet des Weißen Nossob zu genehmigen und alles Land, welches noch nicht verkauft ist, zu einem großen, den Hereros vorbehaltenen Gebiet zu erklären.«

Friederike wandte sich ratlos an ihren Mann:
»Ist es wirklich schon so schlimm da unten, daß die Herero zum Herrn Gouverneur um Hilfe schreien? Wenn ihre Herden erst einmal wieder so groß sind wie früher, was dann? Der Weiße Nossob, der fließt östlich von Windhuk. Omitavi, das liegt nur hundert Kilometer von Windhuk entfernt. Natürlich setzen sich da die deutschen oder englischen Farmer lieber an als so weit im Hinterland wie bei uns hier hoch im Norden an der Grenze zur leeren Omaheke. Wenn die Häuptlinge in der Bittschrift nicht übertrieben haben, dann steht es nicht gut um den Frieden im Land.«
Marthchen aber erklärte in jugendlichem Trotz:
»Uns geht das alles nichts an, Vater! Wir haben den Herero nichts weggenommen, was ihnen von Wert gewesen ist. Wir sind es gewesen und nicht die Schwarzen, die das Wasser vom Berg herangeleitet, die drei Riviere verbaut und damit drei Tränken geschaffen haben, die für unsere tausend Rinder oder wieviel es sind, dazu die Schafe und Ziegen, die ganze Trockenzeit über Wasser bereithalten. Otjikarare war

nichts weiter als ein einsamer Platz, von dem man weit sehen konnte, was den Herero nichts bedeutete. Otjikarare, das, was es heute darstellt, das ist ganz allein dein und Mutters Werk – und kein Schwarzer und kein Gouverneur kann uns nachsagen, wir hätten irgend jemand benachteiligt. Nein, auf Otjikarare hat niemand ein Anrecht als wir ganz allein; und wenn das einer nicht glauben will, so soll er nur kommen. Wir werden ihm schon heimleuchten!«...
Sie hatte sich in Zorn geredet. Mit diesem Stück afrikanischer Erde war sie längst verwachsen, enger noch als die Eltern. Der Vater begütigte:
»Wir werden uns die Butter nicht vom Brot nehmen lassen, ganz gewiß nicht, Marthchen. Aber es ist nicht gut, von vornherein die Stacheln herauszukehren. Man muß miteinander reden. Die Häuptlinge vom Weißen Nossob haben wahrscheinlich recht. Dies Land ist groß genug, nicht nur den Schwarzen, sondern auch noch vielen Weißen Lohn und Unterhalt zu gewähren. Es muß nur auf beiden Seiten der gute Wille da sein, sich schiedlich, friedlich zu einigen. Gouverneur Leutwein ist ein verständiger Mann; er wird schon für einen vernünftigen Ausgleich sorgen. Wir hier brauchen uns auf keinen Fall den Kopf zu zerbrechen. Wir liegen weit ab. Wir haben keinen Streit mit den Herero!«...
Korthinrichs hatte keinen Streit mit den Herero. Er war besten Glaubens, daß dies stimmte. Friedel hatte sich beruhigen lassen und auch Marthchen gab sich zufrieden.
Aber: Hatten auch die Herero keinen Streit mit Korthinrichs? Darüber hatten die Leute von Otjikarare noch nicht nachgedacht. Gegen Ende der kalten Zeit des Jahres 1903 sollten sie sich veranlaßt sehen, einige Gedanken darauf zu verschwenden...
Kahitjene war einen Sonntag über bei seinem Stamm auf Besuch gewesen. Korthinirchs erlaubte seinen beiden Herero solche gelegentliche Abwesenheit gern, wenn nicht

allzu dringende Arbeiten vorlagen. Blieb er so doch wenigstens von ferne unterrichtet, was sich bei den Leuten vom Waterberg abspielte, von denen er sich sein Otjikarare hatte abtreten lassen; Kahitjene ebenso wie Hakane redeten mit Vergnügen davon, was sich im Stamm unter Freunden und Verwandten ereignete. Korthinrichs hatte sich sogar erbitten lassen, den Herero für ihre Besuche beim Stamm ein Pferd zu leihen, damit sie schneller und bequemer den weiten Weg bewältigten.

Gleich nach seiner Rückkehr an jenem Montagmorgen war Kahitjene vor der Veranda des Wohnhauses erschienen, auf der Wilhelm, Friederike und Marthchen noch beim Frühstück saßen, und hatte den Baas um ein kurzes Wort gebeten.

»Komm nur herauf an den Tisch und sage, was du willst, Kahitjene, wenn du nicht bis nachher warten kannst.«

Der magere schwarze Mann stieg die wenigen Stufen zur Veranda herauf, blieb neben den Pfosten stehen und drehte den abgewetzten Filzhut, den er Jahre zuvor von Korthinrichs geerbt hatte, in seinen Händen. Auf seinem grob und ehrlich wie aus dunklem Holz geschnitzten, keineswegs häßlichen Gesicht lag eine bedrückte Feierlichkeit, die zu dem sonst gleichmütigen und nüchternen Mann nicht passen wollte. Kahitjene räusperte sich umständlich, brachte schließlich heraus:

»Baas, mein entfernter Vetter, der jetzt dicht hinter unserem Häuptling steht und ihm hilft, den Stamm zu lenken, denn der Häuptling ist schon sehr alt, der hat mir aufgetragen, dich zu fragen, ob er dich wohl in nächster Zeit einmal aufsuchen könnte; er hätte Wichtiges mit dir zu bereden, und es wäre auch eilig. Deshalb soll ich auch bald Bescheid geben, wann er herkommen kann, Amos meine ich.«

Die drei weißen Leute am Frühstückstisch waren aufmerksam geworden. Amos war derselbe Amos, der vor vielen Jahren Korthinrichs nach Otjikarare geleitet hatte; inzwischen war er in seinem Stamm zu Amt und Würden aufgestiegen, war des Häuptlings rechte Hand geworden. Amos war sonst ohne Vorankündigung bei Korthinrichs, zwei- oder dreimal im Jahr, auf Otjikarare erschienen, hatte sich umgesehen, hatte freundschaftliche Grüße des Häuptlings bestellt, war reichlich gespeist und getränkt worden (reichlich gewiß, aber hinter dem Haus vor der Küchentür) und war wieder abgezogen, allem Anschein nach stets sehr befriedigt – was Korthinrichs auch hatte bewirken wollen; denn mit den Waterberg-Herero gute Nachbarschaft zu halten, das hatte sich der Besitzer von Otjikarare stets angelegen sein lassen. Deshalb hatte auch Wilhelm Korthinrichs nie zur Kenntnis nehmen wollen, daß Amos stets jene nicht recht faßbare, aber doch spürbar bleibende versteckte Arroganz beibehielt, so als ließe er den weißen Mann zwar gewähren, hielte ihn aber eigentlich für dumm. Nun, so sind sie eben, die Schwarzen, hatte sich Korthinrichs gesagt; man weiß nie genau, was in ihren Köpfen vorgeht; so lange Amos den Anstand wahrt, will ich in Gottes Namen von seinem Hochmut keine Notiz nehmen.

Nun ersuchte also eben dieser Amos, der sich auf Otjikarare weder bei der Herrschaft noch bei den Dienstleuten besonderer Sympathie erfreute, um einen Besuch, sozusagen einen Staatsbesuch.

»Wenn Amos mit mir reden will, Kahitjene, so habe ich nichts dagegen einzuwenden. Aber wie teilen wir ihm das mit, Kahitjene? Gerade in der bevorstehenden Woche kann ich dich schlecht entbehren.«

Kahitjene zog die Augenbrauen zusammen und packte den Verandapfosten, an dem er sich gehalten hatte, fester. In seine Stimme schlich sich ein Hauch von geheimer Widerborstigkeit. Korthinrichs fühlte sich für eine Sekunde an Amos erinnert.

»Ich soll sofort Bescheid geben, Baas, hat Amos mir anbefohlen – und das kam bestimmt nicht allein von ihm, sondern vom Häuptling. Ich muß gleich wieder reiten, Baas!«

Die drei Weißen am Tisch saßen stumm und still. Auch Kahitjene rührte sich nicht, nachdem er gesprochen hatte. Marthchens Augen brannten auf dem Gesicht des Vaters: wollte er sich bieten lassen, daß man ihn kommandierte? Korthinrichs merkte nicht, daß die Tochter ihn anstarrte. Der sonst so furchtlose Mann wurde plötzlich von der unbestimmten Ahnung angewandelt, irgendwie in Gefahr zu schweben. Es kam darauf an, das Gesicht der Gefahr zu erkennen; beleidigt zu sein, dafür mochte später Zeit bleiben:
»Also gut, Kahitjene, reite! Aber sage Amos und dem Häuptling, daß ich sehr ungehalten sein werde, wenn es nichts wirklich Wichtiges sein sollte, was er mit mir zu besprechen wünscht!«
»Ich werde es ihm sagen, Baas! Ich reite.«
Kahitjene war offenbar sehr erleichtert, daß der Baas zugestimmt hatte, und machte sich hastig die Treppe hinunter und ums Haus herum davon, als fürchtete er, daß sein Herr die Erlaubnis widerrufen könnte.

———

Korthinrichs hatte den Besucher nicht ins Haus eingeladen. Er wollte keine Zeugen haben. Die Sorge, die von Friederikes Zügen nicht hatte weichen wollen, der flammende Unwillen auf dem Antlitz der Tochter – die immer wieder die Augen des Vaters gesucht hatte, ohne sie zu finden – und seine im Hintergrund leise bohrende eigene Unsicherheit, ob er sich richtig verhalten hätte, dies alles hatte den Mann bewogen, den Abgesandten des Herero-Häuptlings unter freiem Himmel zu empfangen.
Sie saßen jeder auf einem Felsblock, einander gegenüber. Ob Amos noch wußte, daß er fast genau von dieser Stelle vor vielen Jahren dem landsuchenden Schutztruppenreiter den Ort am Hang vorgestellt hatte, »von dem aus man weit sehen konnte« – eine wertlose, armselige Gegend, die der unkluge

Weiße gern übernehmen mochte, wenn er nicht merkte, daß nichts mit ihr anzufangen war. Vielleicht erinnerte sich Amos an jene ferne Stunde; Korthinrichs brauchte nicht daran erinnert zu werden.
»So, hier können wir in Ruhe reden, Amos. Was hat mir also der Häuptling so Dringliches mitzuteilen?«
Amos schlug die Beine übereinander, als wolle er zeigen, daß er Zeit hatte und nicht gedrängt werden wollte; er trug lange Hosen, sie waren ausgebeutelt und auch nicht sauber, aber es waren Hosen! Sein Anzug wurde vervollständigt durch ein formloses Jackett, ebenfalls europäischen Zuschnitts. Amos trug es auf der bloßen kaffeebraunen Haut. Amos legte Wert darauf, als vornehmer Mann aufzutreten.
»Herr Korthinrichs«, er sagte tatsächlich »Herr« Korthinrichs, hatte ja die Missionsschule in Okahandja besucht und sogar Deutsch gelernt –, »der Häuptling läßt ausrichten, er wäre gern selber gekommen. Aber er ist krank und kann nicht mehr reisen. Aber vielleicht käme Herr Korthinrichs einmal zu ihm. Das hätte Herr Korthinrichs zwar noch nie getan; aber nun würde er, der Häuptling, wohl nicht mehr sehr lange leben, und da wäre es vielleicht angebracht, wenn Herr Korthinrichs noch einmal den Weg zu ihm fände.«
Korthinrichs war darauf gefaßt, daß der Schwarze erst auf Umwegen zur Sache kommen würde. Er erwiderte scheinbar gleichmütig:
»Vielleicht, Amos, vielleicht! Warum nicht? Ich will es nicht ausschließen.«
Amos kramte in seiner Jackentasche und brachte einen verwitterten Tabaksbeutel und eine Pfeife mit abgeknabbertem Stiel zum Vorschein; er begann, sie umständlich zu stopfen. Wenn der Herr keine Eile oder Neugier zeigte, so hatte er, der hochmögende Herero, erst recht alle Zeit der Welt! Schließlich war die Pfeife zur Zufriedenheit vorbereitet und konnte entzündet werden, was in einer noch viel würdevolleren Zeremonie zu geschehen hatte als der des

Stopfens. Aus einer anderen Tasche kam eine Schachtel Zündhölzer zum Vorschein, ein Stäbchen wurde hervorgeklaubt, angerissen, das Flämmchen über den Pfeifenkopf gehoben. Kräftig hörbar sog Amos an der Pfeife, wobei das kleine Feuerchen jedesmal eine Verbeugung in den Kopf der Pfeife hinein machte. Ein paar Puffs bläulichen Tabakrauchs, die Amos genüßlich von sich gab, bezeugten, daß die Pfeife brannte.

Korthinrichs hatte daneben gesessen ohne ein Wort. Wollte der Bursche ihn provozieren? Korthinrichs war nicht leicht zu reizen. Jetzt spürte er beinahe körperlich, wie Zorn in ihm aufstieg. Doch hielt er sich gewaltsam ruhig. Wer einem Schwarzen gegenüber aufbrauste, setzte sich ins Unrecht und hatte den kürzeren schon gezogen, ehe der Streit überhaupt noch richtig angefangen hatte. Sich aber von diesem Neger herausfordernd behandeln zu lassen, dazu war sich der Weiße zu gut; er wußte auch, daß er an Achtung verlieren würde, ließ er es geschehen, daß man schäbig mit ihm umging.

Als also Amos keine Anstalten machte, sich zu äußern, nachdem die Pfeife endlich in Gang gebracht war, erhob sich Korthinrichs, wandte sich zum Gehen, während er mit nüchterner Stimme ohne jede schärfere Betonung feststellte: »Ich habe heute leider noch Verschiedenes zu erledigen, Amos, kann nicht länger auf deine Botschaft warten. Wenn du mir noch etwas zu sagen hast, so findest du mich am ehesten im Geräteschuppen, aber auch dort nicht mehr lange. Melde deinem Häuptling, daß du den Mund nur für deine Pfeife aufbekommen hast. Das nächste Mal möge er selber kommen, wenn er mir etwas mitzuteilen hat, oder wenigstens einen Boten schicken, der genau weiß, was er zu reden hat, und der nicht damit hinter dem Berg hält.«

Der Hochmut des Schwarzen sank auf der Stelle in sich zusammen, als wäre er ein Luftballon und plötzlich angestochen. Amos rief:

»Ich bin ja schon so weit, Herr! Ohne Pfeife fällt mir das Sprechen schwer; da bringe ich nichts heraus. Aber jetzt, Herr, der Häuptling meint, man müßte noch einmal darüber verhandeln, wem Otjikarare eigentlich gehört«...
Korthinrichs drehte sich zurück:
»Seid ihr verrückt geworden, Amos? Was soll das heißen? Otjikarare ist mein und meiner Familie Eigentum, verbrieft und versiegelt, und der Häuptling hat die Geschenke angenommen, die ich ihm seinerzeit als Gegenleistung offeriert habe. Die Grenzen sind abgesteckt, bezeichnet und eingetragen. Darüber gibt es nichts zu verhandeln.«
Amos setzte ein listiges Lächeln auf. Jetzt hatte er den Weißen doch so weit gebracht, zornig zu werden. Aber mit gedehnter Wortfaulheit durfte er es nicht noch einmal versuchen. Und reden konnte er, das war ja auch das Geheimnis seines Erfolges im Bereich seines Stammes. Auch er erhob sich nun und nahm die Haltung und den Tonfall eines Volksredners an:
»Der Häuptling meint aber – und darin weiß er sich gleichen Sinnes mit so gut wie sämtlichen Hauptleuten der Herero, auch dem großen Samuel Mahero in Okahandja –, der Häuptling meint, abgetreten hätte er dir damals ein Stück Steppe ohne Wasser, das für unsere Herden zu entlegen war, als daß wir sie dort hätten auf die Weide schicken können. Was ist denn Steppe, Herr, wenn kein offenes Wasser darin erhalten bleibt über die ganze Trockenzeit hinweg? Gar nichts! Das ist dann nicht Steppe, das ist Wüste. Selbst die Strauße oder das Warzenschwein wollen dort nicht leben. Ihr wolltet dort leben, und wir dachten, die Weißen wissen alles besser, und wenn sie sich in der Wüste niederlassen wollen, wo es höchstens einmal für fünf oder zehn Tage im Jahr Wasser gibt, wenn den Weißen dies wertlose Stück Land gefällt, das wir Otjikarare nennen, wenn sie sogar schöne Geschenke dafür bewilligen, dann sollen sie es haben! Vielleicht sind sie sehr reich, so dachten wir, und zaubern sich

ein gutes Leben in die Wüste, in der wir nicht leben könnten. – Aber was mußten wir dann mit ansehen: Wir haben unseren Augen anfangs nicht trauen wollen! Unser Zauberer hat es uns klargemacht: die Weißen haben uns betrogen. Auch du, Herr Korthinrichs, hast kein ehrliches Spiel mit uns gespielt. Unser Oberhäuptling in Okahandja, Samuel Mahero, denkt auch nicht viel anders; er ist zwar ein Christ, aber in allen Herero-Sachen glaubt er lieber den alten Zauberern und nicht den fremden Missionaren, denn die Zaubermänner sind Herero und wissen, was wir den Ahnen schuldig sind. – Es ist ganz einfach, Herr, und dies soll ich dir vom Häuptling ausrichten: wir sind von dir hinters Licht geführt worden. Und das stimmt! Ich brauche mich ja nur von hier aus umzusehen. Trockene Steppe haben wir dir abgetreten – und jetzt kann man von hier aus gleich drei große, lange Wasserlöcher weiter unten in der Sonne blinken sehen. Da unten liegen sie, wo früher bloß leerer Sand gewesen ist und höchstens nach starken Regen eine Schlammflut. Und wo wir Herero, die schon so lange im Land sind, daß selbst die ältesten Leute vergessen haben, wann wir gekommen sind, wo wir Herero kein Vieh weiden konnten, obwohl doch Vieh, viel Vieh, unser ein und alles ist, da hältst du nun Herden, Herr, die zusammen wohl an die tausend Stück umfassen. Wir haben dir Land abgetreten, Herr, das für uns gar keinen Nutzen hatte. Aber jetzt hat es dich reich gemacht. Auch während der großen Seuche hast du kein Vieh verloren, kein einziges Stück. Warum hast du uns nicht das Geheimnis verraten, wie du das angestellt hast? Wir haben damals kaum genug Vieh übrig behalten, eine neue Herde aufzuziehen. Warum willst du uns nicht verstehen, Herr? Du hast doch nur für wertloses Land gezahlt. Jetzt aber gibt es hier gutes Wasser in Hülle und Fülle. So gutes Weideland und Wasser darf kein Herero aufgeben. Sonst zürnen die Ahnen und senden schwere Strafen. Du mußt uns Wasser und Weide zurückgeben, Herr!

Denn wo Weide ist und Wasser, da ist Herero-Land – und das kann gar nicht weggegeben werden! Das ist es, was der Häuptling dir sagen läßt, Herr Korthinrichs!«
Korthinrichs hatte mit steigender Erregung zugehört, hatte sich kein Wort der umständlich, aber in brauchbarem Deutsch vorgetragenen Ansprache entgehen lassen. Bleibe ruhig, war ihm durch den Kopf geschossen, nur nicht zornig werden jetzt! Das Deutsch des Amos hatte wie eingeübt geklungen. Wahrscheinlich war es eingeübt –! Ich habe jetzt auf Herero zu antworten, sagte sich Korthinrichs. Damit habe ich ihn wieder auf der Ebene, auf der dies Gespräch geführt werden muß.
Also sagte Korthinrichs auf herero, äußerlich ganz ruhig: »Das sind ja in der Tat wichtige Überlegungen, und es ist gut, daß der Häuptling dich zu mir geschickt hat, mir Kenntnis davon zu geben. Das muß man im Geiste der guten Nachbarschaft, die wir ja immer eingehalten haben, freundlich erörtern. Setzen wir uns wieder, Amos. Für so ernsthafte Angelegenheiten muß man immer Zeit haben – und ich habe sie.«
Offenbar hatte der Schwarze eine völlig andere Reaktion erwartet. Amos zeigte sich deutlich verdutzt, zögerte ein paar Sekunden. Aber da der Weiße dies Zögern gar nicht zu bemerken schien, was blieb ihm übrig, als ebenfalls wieder auf dem großen Stein Platz zu nehmen, auf dem er zuvor gesessen hatte. Er begann noch einmal, diesmal ein wenig unsicher und störrisch zugleich:
»Und der Häuptling hat mir aufgetragen, dich aufzuklären« – auch Amos war ins Herero gefallen, anscheinend ohne es zu merken –, »daß er dir nicht erlaubt hat, Herr, in der Steppe bis ins Gebirge hinauf Grenzsteine zu setzen – und keiner darf die Grenze überschreiten, wenn du es nicht willst, keine Kuh, keine Ziege, kein Schaf und wohl auch keiner von uns, wenn du es nicht willst! Aber der Himmel gehört allen im Hereroland, allen Herero, und der Wind auch und die Luft! Und so ist es mit dem Land, es gehört allen

Herero – und die Herero können es gar nicht weggeben, und die Weißen können es gar nicht annehmen. Weide war hier zu finden auf Otjikarare, aber kein Wasser. Weide ohne Wasser ist Wüste, so sagte ich schon, wie draußen in der Omaheke. Deshalb, wenn du dir hier ein Haus bauen wolltest, wo kein Mensch und kein Vieh auf die Dauer leben konnte – das war dein Wunsch, nicht der unsere. Warum sollten wir unhöflich sein und deinem Wunsch nicht zustimmen? Aber jetzt gibt es hier Wasser, reichlich Wasser, und die Weide ist gut. Also ist es Hereroland! Du hast Frau und Kind und gehst mit deinen Leuten freundlich um, gibst ihnen auch ihren Lohn, und sie haben immer genug zu essen. Der Häuptling weiß, daß du deinen Leuten ein guter Hauptmann bist, und du sollst Weide und Wasser behalten, als wäre dies eine Hererowerft. Aber da du nun ein weißer Herero-Hauptmann geworden bist, mußt du, sagt mein Häuptling, jedes Jahr so viel Stück Vieh als Tribut entrichten, wie wir selbst hier groß gezogen hätten, wenn du keine weißen Grenzsteine aufgestellt hättest. Oder du mußt wieder herausgeben, was allein uns Herero zusteht, und mußt weggehen, nach Omaruru oder Windhuk oder in dein eigenes Land. Er dürfte deine Grenzsteine gar nicht dulden, Herr, läßt dir der Häuptling in allem Ernst und mit großer Hochachtung durch mich sagen. Er darf es nicht, denn sonst versündigte er sich an den Ahnen, und das heilige Feuer, von dem alles Feuer kommt, mit dem wir unsere Nahrung kochen, das heilige Feuer würde dann verlöschen!«...
Die Stimme des Schwarzen hatte jeden Anflug von Anmaßung oder Hochmut verloren. Korthinrichs meinte zu spüren, daß es dem Häuptling wirklich um das Leben und das Wohl des Stammes der Nordherero gegangen war und ging, daß er den Amos nicht deshalb abgesandt hatte, weil ihn der Neid auf das Vieh und das Wasser des Weißen antrieb. In seiner »schwarzen« Welt war die Vorstellung, daß aus freier

Steppe Eigentum eines einzelnen, dazu eines Fremden, werden könnte, einfach nicht vollziehbar.
Das mochte so sein. Korthinrichs meinte sogar, es zu begreifen, wenn auch nur unvollkommen. Gesetz und Glaube stand hier gegen Gesetz und Glauben aus einer anderen Welt, die er, Korthinrichs, nur für eine mindere halten konnte – und die es vielleicht auch war. Wo gäbe es einen Richter, der solches gerecht entscheiden könnte? Er hatte an Frau und Kind zu denken und allein daran, daß er sich mit äußerster Mühe auf das Wagnis eingelassen hatte, in herrenlosem Niemandsland eine neue »weiße« Heimat zu begründen.
Auch Amos schien von dem Ernst der Stunde eingefangen zu sein. Er blickte mit großen Augen zu Korthinrichs hinüber, furchtsam beinahe, als erwarte er einen Urteilsspruch. Korthinrichs ließ sich Zeit, hatte einen Stecken in die Hand genommen und zeichnete damit Linien und krumme Kreise in den Sand vor seinen Füßen. Schließlich kam er mit sich ins reine und begann so leise, daß Amos sich Mühe geben mußte, die Worte des Weißen zu verstehen:
»Die Botschaft deines Häuptlings in allen Ehren, Amos! Ich habe sie vernommen und das mit allem Respekt, den ich einem Häuptling schuldig bin. Ich beauftrage dich jetzt, dem Häuptling meine Antwort auszurichten: Wenn ich mit den Meinen hier Wasser erschlossen habe, nachdem ihr mir Otjikarare abgetreten habt, ohne daß ich einen Zwang ausgeübt habe oder auch nur ausüben konnte, dann ist dies Wasser nunmehr mein eigenes. Die Herero haben hundert Jahre oder viele hundert Jahre Zeit gehabt, hier Wasser zu sammeln wie ich und damit Weide zu schaffen für ihr Vieh. Sie haben es aber nicht getan. Ich habe es getan, ich, mit meiner Hände Arbeit und der meiner Helfer, die ich gut entlohnt habe. Wenn bei den Herero eine Frau einen Korb flicht oder ein Mann eine Keule schnitzt, so wird solches Werk seiner Hände sein Eigentum. Also ist auch das Wasser hier mein

eigen geworden und die Weide, die ich erst zur Weide gemacht habe, und ganz Otjikarare, wo niemals zuvor ein Herero hat leben und seinen Pontok hat bauen können, ganz Otjikarare mit seinen drei Omuramben und den beiden kleinen Wasserlöchern am Berg, die auch von deinen Leuten, Amos, hätten angezapft werden können – sie haben sie aber eben nicht genutzt, Amos! Ganz Otjikarare innerhalb der Grenzen, die ich durch Steinhaufen abgesteckt habe, ist mein Eigentum. Und dabei bleibt es, weil ich hier nun genauso heimisch geworden bin wie dein Stamm vor zwei- oder dreihundert Jahren. Nach unserem Gesetz bin ich im Recht. Ich habe auch um Erlaubnis gefragt, und ihr habt sie gegeben. Das weißt gerade du ganz genau, Amos! Die Herero haben sich unter den Schutz der Deutschen begeben, freiwillig, haben Verträge abgeschlossen. Damit haben sie anerkannt, daß fortab unsere Gesetze gelten, zum mindesten den Vorrang haben vor den ihren, soweit sie nicht übereinstimmen. Sage deinem Häuptling, Amos, daß es bei den Tatbeständen bleibt, die ich geschaffen habe, und daß Verträge eingehalten werden müssen, wenn sie ohne Zwang auf beiden Seiten geschlossen worden sind. Was Otjikarare heute darstellt, ist ganz allein mein Werk – und bleibt mein!«
Amos hockte stumm und starr auf seinem Stein, blickte hinaus in die unendliche Weite der fernhin blauenden Steppe, ohne etwas wahrzunehmen. Die Sekunden dehnten sich zu Minuten lastenden Schweigens. Schließlich wandte der Schwarze dem Weißen ein Antlitz zu, auf dem Korthinrichs Angst abzulesen meinte. Mit rauher Stimme brachte Amos hervor:
»Wenn ich mit deiner Botschaft zu meinem Häuptling komme, Herr, so wird er mich bestrafen, weil er meinen wird, ich hätte die seine nicht richtig ausgerichtet. Herr, es ist gefährlich, wenn ich meinem Häuptling überbringe, was du mir aufgetragen hast. Herr, dies ist Hereroland! Herr, hast du deine Antwort wirklich bedacht?«

»Es war Hereroland, Amos. Jetzt ist es deutsches Land. Die Grenzen sind bezeichnet. Es ist soviel Platz weit umher. Warum mißgönnt ihr mir meinen kleinen Ausschnitt? Hier bin ich, und hier bleibe ich mit dem gleichen oder besseren Recht als ihr. Und wenn der Häuptling dir an den Kragen will, weil du ihm eine schlechte Antwort bringst, so kannst du zu mir kommen. Auf Otjikarare fändest zu Schutz!«
Amos blickte den weißen Mann ungläubig an: Gab es das überhaupt, daß sich einer stark genug fühlte, dem Häuptling der Nordherero auf Hereroland Widerstand anzukündigen? Amos erhob sich, murrte ungewiß:
»Du willst mich schützen, Herr? Der Häuptling wird sehr böse sein. Vielleicht komme ich, Herr –!«
Er wandte sich zum Gehen, drehte sich noch einmal um:
»Vielleicht siehst du mich bald wieder, Herr, ja, vielleicht, so oder so!« . . .
Schwang nicht die alte Hoffärtigkeit von neuem in seiner Stimme? Korthinrichs kümmerte sich nicht darum, wie der Besucher von Otjikarare davonkam. Er gestand sich nur widerwillig ein, daß er tief beunruhigt war, machte daraus auch seiner Friedel gegenüber kein Hehl. Die Frau fühlte sich noch betroffener als der Mann. In der Nacht nach dem Gespräch, als beide schon zu Bett gegangen waren und die Lampe gelöscht hatten, gab Friederike Korthinrichs zu bedenken:
»Ob es sich nicht lohnte, Wilhelm, sich herbeizulassen, mit dem Häuptling persönlich zu reden? Wir sitzen mitten im alten Hereroland, das ist doch so, Wilhelm. Wir sind ja nicht mehr arm, Wilhelm, könnten dem Häuptling einmal etwas nachzahlen, um in Zukunft Ruhe zu haben.«
Aber der Mann wehrte ab:
»Wenn ich einmal nachgebe und damit ihre Ansicht bestätige, daß wir in ihrer Schuld sind, dann werden sie nicht aufhören, weitere Forderungen zu stellen. Wir sind ihnen nichts schuldig, weder innerlich noch äußerlich. Unser

Recht ist genauso gut wie das ihre. Es ist sogar besser! Daran ist nicht zu rütteln.«
Einige Tage später, nachdem das Abendessen abgeräumt war und sich kein Schwarzer mehr im Haus oder in seiner Nähe aufhielt, hatte die Tochter auf der umdunkelten Terrasse über der schon der Nacht entgegensinkenden Weite ein Erlebnis zu erzählen, das die Eltern ebenso aufhorchen ließ, wie auch Marthchen davon aufgestört worden war:
»Ich bin doch heute mit Hakane zum Wasserloch am Berg hinaufgeritten, um das Schütz zu kontrollieren, das nämlich nicht mehr dicht gehalten hat. Wir haben uns Zeit gelassen, weil ich bei der Gelegenheit gleich auch die Wasserleitung überprüfen wollte, ob sie irgendwo leckt. Es war übrigens alles in Ordnung. Hakane hatte ich mitgenommen für den Fall, daß das Schütz nochmals herausgehoben werden mußte; für mich allein ist es zu schwer. Hakane zeigte sich überaus erfreut, daß er mich begleiten durfte. Darüber wunderte ich mich gleich. Er mag mich ja sehr gern, schon von Kind auf – ich ihn übrigens auch. Aber seit längerer Zeit ist er nicht mehr so vertraut mit mir wie früher. Dabei habe ich nie so getan, ganz bestimmt nicht, als wenn ich etwas Besseres wäre als er, auch wenn ich ihm etwas zu sagen hatte. Unterwegs fing er dann an, allerlei dunkle Andeutungen zu machen, hinten herum, wie die Schwarzen das so tun: Da oben könnte man sich gut verstecken bei den Wasserlöchern, besonders bei dem zweiten, hinten, ganz oben, aus dem wir kein Wasser abzapfen. Das zweite Wasserloch am Berg, das hörte ich von ihm zum ersten Mal, das wäre ihm und seinen Leuten verboten. Ein alter Fluch aus frühester Hererozeit läge auf dem Platz und seiner Umgebung, und wer von dem Wasser tränke, der würde krank und käme bald zu Tode. Er glaube nicht mehr daran, denn er wäre ja getauft. Aber auch er ginge da nicht gern hinauf. Warum soll man es erst darauf ankommen lassen, ob die alten Leute nicht doch recht behalten. Aber den Weißen würde da oben

nichts geschehen, für die gälten die Herero-Verbote nicht. Wenn die Weißen sich am oberen Wasserloch versteckten, könnte ihnen kein Herero etwas tun. Hier unten unser Haus und Hof, sie lägen offen da, und wir hätten nicht einmal Balken hinter den Türen, sie zu verrammeln. – Ich ließ ihn eine ganze Weile reden, meinen guten, alten Hakane, und habe ihn dann kurzerhand gefragt, was dies Gewäsch eigentlich zu bedeuten hätte: Verstecke und nicht abgesicherte Türen und Orte am Berg, die für die Neger tabu wären. Da hat er herumgedruckst und gemeint – ach, nur so; es wäre ihm gerade eingefallen, und er wolle auch gar nichts gesagt haben, aber das wolle er nicht, daß mir etwas passierte. Und es wäre nun schon an die zehn Jahre Frieden im Land. Das hätten die Deutschen gemacht. Vorher hätte es ewig Krieg gegeben mit den verschiedenen Nama-Stämmen aus dem Süden. Das würde wohl nicht immer so bleiben. – Und am Schluß, als wir schon wieder auf dem Heimweg waren, fing er noch einmal an, war vielleicht mutig geworden, weil ich mir sein Hin- und Hergerede geduldig angehört hatte; er holte weit aus: zuerst wären die Deutschen nur als Missionare und als Händler ins Land gekommen und dann als Soldaten und hätten die Nama im Süden zur Raison gebracht, was sehr gut gewesen wäre, gerade auch für die Herero. Dann hätten sie nach Erzen gesucht und bauten Kupfer ab in Tsumeb und Otavi; dagegen wäre auch nichts einzuwenden. Dann hätten die Herero den größten Teil ihres Viehs verloren, die Deutschen nicht. Aber die Herden der Herero würden wieder so groß werden wie früher. Doch dann wären die guten Weiden und Wasserstellen inzwischen von den Deutschen und ihren immer größeren Herden besetzt. Und wo sollten sie dann bleiben, die Herero? Ich sagte, die deutschen Farmer hätten überall neues Wasser erschlossen wie auch wir hier auf Otjikarare. Wenn das die Herero ebenfalls täten – und er hätte ja bei dir gelernt, Vater, wie man das macht –, dann könnten noch hunderttausend

Rinder mehr als jetzt im Land weiden und fett werden. Darauf hielt er sein Pferd an, hob buchstäblich die Hände zum Himmel und rief: ›Die Herero schuften nicht wie die Weißen und wühlen die Riviere um. Das schickt sich nicht für sie. Die alte Zeit muß wiederkommen, sagen die Häuptlinge und die Zauberer auch. Oben am Berg, da seid ihr sicher. Da bist du ganz sicher, meine liebe Martha.‹ Das waren Hakanes letzte Worte. Dann versank er in Schweigen – und redete kein Wort weiter bis wir wieder am Stall waren. Er knurrte nur noch: ›Sprich nur mit deinem Vater über das, was der dumme Hakane dir erzählt hat, sonst mit niemand!‹ . . . Was er eigentlich im Sinn gehabt hat, der Hakane, ich kann mir kein Bild davon machen. Ich habe ihn so noch nie erlebt. Er war irgendwie in großer Sorge.«

Korthinrichs und Friederike schwiegen lange. Drei Schatten hockten in der Dunkelheit auf der Terrasse von Otjikarare. Vor den Hütten der eingeborenen Helfer waren die mageren Kochfeuer bereits erloschen. Auch das Fensterchen des kleinen Nebenhauses, in dem Piet und Andries ihr Quartier hatten, war schon dunkel. Hoch über dem unabsehbaren Steppenland flimmerte die südliche Sommernacht mit abertausend Sternen. Frieden, unendlicher Frieden, abgrundtiefe Stille über aller Welt – oder war das nur eine Täuschung, lauerte gerade in dieser Stille Gefahr? Welche?

Korthinrichs mußte sich ausführlich räuspern, ehe er sprechen konnte. Trotzdem blieb seine Stimme rauh:

»Hakane hat dich von jeher lieb gehabt, Marthchen. Ich könnte mir denken, daß er sein Leben riskiert mit dem, was er dir gesagt hat. Wir werden seinen Rat befolgen und hinter dem obersten Wasserloch ein Versteck einrichten und mit Proviant versehen. Nur Piet und Andries sollen dabei helfen außer uns, keiner von den Schwarzen. Hier müssen wir so weitermachen, als ob sich nichts verändert hätte. Jetzt wollen wir schlafen gehen. Es ist schon spät.«

# III

## Aufruhr und Untergang

Korthinrichs hatte seiner Frau und der Tochter nicht alles gesagt, was er wußte. Die sonderbar unsinnige Botschaft, die Amos ihm von dem Häuptling der Waterberg-Herero überbrachte, die dunklen Andeutungen, die Hakane der Tochter gemacht hatte, waren nur der letzte Anstoß gewesen, den Korthinrichs noch gebraucht hatte, ihm ein sicheres Versteck für die Frauen nicht nur ratsam, sondern schließlich auch vordringlich erscheinen zu lassen. Er hatte die beiden weiblichen Wesen, die ihm anvertraut waren, die mit ihm jede Arbeit teilten, ihm die Einsamkeit auf Otjikarare in der ewig flüsternden Ödnis der Dornbuschsteppen mit Sinn und Leben erfüllten, er hatte sie nicht unnötig oder vorzeitig beunruhigen wollen.

Hatte er doch bei seinem letzten Besuch in Grootfontein, wo ein guter Hengst zum Verkauf stand, den er sich für seiner Pferde Nachzucht sichern wollte, von dem Führer der kleinen Abteilung der Schutztruppe, die dort stationiert war, zuverlässig berichtet bekommen, daß sich im äußersten Süden des Landes die Bondelzwarts-Hottentotten aufgelehnt und das Städtchen Warmbad belagert hätten. In den Karas-Bergen südlich von Windhuk hätten sich andere

Hottentotten ebenfalls ungebärdig gezeigt. Der Gouverneur Leutwein hätte nichts riskieren wollen und sofort zwei Feldkompanien und die Gebirgsbatterie in Marsch gesetzt, um da unten fern im Süden die Ordnung wiederherzustellen. Das wäre auch in wenigen Wochen gelungen; die aufständischen Hottentotten seien völlig geschlagen, ihre Reste in alle Winde zerstreut worden. Immerhin hätte der Gouverneur seine Streitmacht im Süden belassen, hätte sich auch selbst nach Süden, nach Keetmanshoop, begeben, um dem Schauplatz der Ereignisse nahe zu bleiben.
Da es im Norden des Landes bei den Herero völlig ruhig geblieben war, hätte Leutwein dort nur eine Feldkompanie und eben die kleine Truppe in Grootfontein zurückgelassen.
Ich werde meinen beiden Mädchen nicht das Weihnachtsfest verderben, hatte Korthinrichs beschlossen. Warmbad, Keetmanshoop – die liegen tausend Kilometer weiter im Süden oder mehr. Was dort passiert, berührt uns hier im Norden nicht. Ich halte den Mund.
Marthchen war außer sich vor Freude gewesen über den schönen Hengst aus Trakehner Zucht, den der Vater mit Kahitjene aus Grootfontein in langem Marsch nach Otjikarare überführt hatte. Ein schöneres Weihnachtsgeschenk hätte sich Marthchen gar nicht denken können. Sie probierte ihn sofort und war hingerissen von seinen weichen, ausgreifenden Gängen und zudem von der erstaunlichen Sanftmut des Tieres. Ja, den würde sie mit Vergnügen reiten; sie hatte sich sogleich mit dem feinfühligen Pferd angefreundet, und sicherlich würde es ihr nicht schwerfallen, sein Zutrauen für immer zu gewinnen.
Für seine Friedel hatte Korthinrichs viel weihnachtliche Heimatpost von Komukanti, der Otjikarare nächstgelegenen Station der Otavi-Bahn, mitgebracht. Die Frau hatte wie stets, wenn die seltenen Briefe der Verwandten aus der Heimat eintrafen, einige Tränen vergossen, war aber dann

doch glücklich gewesen, daß die Nachrichten und Grüße noch rechtzeitig zum Fest in ihre Hände gelangt waren.
Zudem hatte es am ersten Weihnachtsfeiertag das erste große Gewitter der warmen Zeit gegeben mit zwei Stunden lang ohne Unterlaß rollendem Donner, ganzen Bündeln von Blitzen und rauschenden Fluten von Regen, als sollte die Welt ertränkt werden. Schon dieser Weihnachtsregen, ausgiebig, wie es die Leute auf Otjikarare noch kaum erlebt hatten, würde genügen, die drei Stauseen in der Steppe unten bis zu den Dammkronen zu füllen. Die wichtigste Voraussetzung für das kommende Jahr, in dem die Herden weiter wachsen sollten, war damit erfüllt.
Am Neujahrstag schon, mit dem das Jahr 1904 seinen Anfang nahm, sprossen aus dem dürren, kahlen, aber nur scheinbar toten Steppenboden frisches Gras und Kraut und ein Blumenflor von schier unglaublicher Fülle. Einen Fuß hoch Wasser hatten die ersten schweren Regen auf die Erde geschüttet. Ein großer Teil davon war abgeflossen, da die Erde die Feuchte zunächst nicht aufnahm; dann aber hatte sie sich langsam geöffnet und bis in die Tiefe satt gesogen. All die Samen, die im Boden verborgen die lange, harte Trockenzeit verschlafen hatten, waren erwacht und gingen auf, alle auf einmal und in kürzester Zeit, um sich in Millionen von Blumen und farbigen Hüten in Vollkommenheit zu entfalten.
Die drei weißen Menschen empfanden es, wußten es in ihren Herzen: dies Land ist unbeschreiblich liebenswert; man muß es lieben, und wir lieben es.
Beinahe war es ein Spiel, das ernst zu nehmen schwer fiel, als Korthinrichs gleich zu Beginn des neuen Jahres mit Piet und Andries, den beiden Jungburen, und mit der Tochter Martha in die Berge hinauf ritt, um jenseits und oberhalb des letzten Wasserlochs einen Schlupfwinkel zu finden, wo man die Schlafdecken und den Proviant abladen und verstecken konnte, den die drei Packpferde hangauf befördert hatten.

Korthinrichs hatte wohlweislich die Schwarzen alle an diesem schwülwarmen Tag weit in den Busch hinuntergeschickt, um die Herden Stück für Stück durchprüfen zu lassen, ob das eine oder andere Tier sich vielleicht verletzt, einen Huf vertreten, einen Dorn in die Haut gejagt hätte, der die Ursache zu einem Geschwür geworden wäre. Solche Kontrollen mußten von Zeit zu Zeit vorgenommen werden. Daran waren die schwarzen Farmhelfer gewöhnt. Ehe sie zum Feierabend wieder auf dem Farmhof erschienen, wollten sich die vier berittenen Weißen längst wieder eingefunden haben. Die Schwarzen sollten nicht gewahr werden, daß die weißen Leute etwas vor ihnen zu verheimlichen hatten. Martha war es, die zweihundert Kletterschritte oberhalb des höchsten Wasserlochs am Berg in einer engen Seitenschlucht unter weit überhängendem Fels eine kleine Höhle ausmachte, die vollkommen trocken und sauber zu sein schien. Nicht einmal Fledermäuse hatten sich darin heimisch gemacht. Korthinrichs entdeckte an einer der flachen Innenwände verblaßte Linien, dünne schwärzliche Striche, die von menschlicher Hand zu stammen schienen. Er entzündete die heraufgebrachte, mit Petroleum gespeiste kleine Stall-Lampe, um besser sehen zu können. In der Tat, in dieser niedrigen, kurzen Höhle war ein Zeichner oder Maler am Werk gewesen. Diese Linien schienen einen Elefanten, jene eine Oryx-Antilope andeuten zu wollen; es war nicht mehr allzuviel zu erkennen, und viel Phantasie war aufzuwenden, wenn man überhaupt eine Bedeutung aus den kaum noch kenntlichen Stricheleien herauslesen wollte.

»Vor hundert oder tausend Jahren haben hier Menschen gehaust, sicherlich keine Herero, denn die zeichnen nicht. Andere Menschen, Buschmänner vielleicht, die in solchen Bildern das Wild beschworen. Sie wurden von den Herero oder vorher schon von den Damara verdrängt oder totgeschlagen. Wer will das wissen! Aber ihre Geister gehen noch um an diesem Platz, und den Herero graut davor. Das soll uns recht sein. Die Geister der Buschleute oder wer immer hier einmal seine Farben gemischt hat, sie werden uns die Herero vom Leibe halten, wenn wir die Höhle einmal als Versteck benutzen müßten.«

Andries Cluitt, der junge Bur, wollte wissen:

»Wo mögen sie geblieben sein, die Buschmänner, Baas? Leoparden könnte es hier oben geben und Paviane, aber keine Buschmänner.«

»Das ist wahr, Andries, Leoparden und Paviane tun den Menschen nichts, sind froh, wenn man sie in Ruhe läßt. Und die Buschmänner – das sind die einzigen, die selbst noch in der wasserlosen Omaheke und in der Kalahari zu überleben fähig und sogar auf ihre Weise glücklich sind. Hier oben können auch wir es für eine Weile aushalten, wenn es einmal nötig werden sollte, was der Himmel verhüten möge. Es ist warm am Tage hier oben und kühl oder kalt des Nachts. Gegen die Hitze gibt es kein Mittel, aber gegen die Kälte kann man sich bekanntlich schützen.«

Marthchen fügte hinzu:

»Ich bin ein bißchen ärgerlich, daß wir diesen abgelegenen Ort nicht schon längst gefunden haben. Hier hätten wir in der heißen Zeit ein hübsches Picknick veranstalten können. Hier kann man meinen, man wär' auf ein großes Abenteuer aus!«

Aber der Vater war nicht einverstanden:

»Ach, Tochter, Abenteuer sind bei Licht besehen immer nur Betriebsunfälle. Wer sich vorsieht und wer vor allen Dingen voraussieht, der erlebt keine Abenteuer. In der Wildnis wie der unseren empfiehlt sich das sehr, sonst beißt man vor der Zeit ins Gras.«

Er zog dabei ein so sorgenvolles Gesicht, daß die andern drei lachten – und er lachte schließlich mit. Der Ausflug in die Berge war schließlich ein sehr harmloses Abenteuer gewesen, von dem sie alle vier am späteren Nachmittag vergnügt heimkehrten. Der Tag leuchtete, die Steppe grünte und

blühte in wahrhaft verschwenderischer Üppigkeit und Pracht. Die fünf Weißen auf der Farm hatten nichts Böses im Sinn, hatten niemand gekränkt oder geschädigt. Wer also sollte ihnen feindlich gesonnen sein –! Ärger mochte es geben hier und da, dann und wann, mit den Helfern, den Nachbarn (soweit vorhanden), mit den Eingeborenen. Der ging auch wieder vorüber bei einigem guten Willen und Geschick, bildete nichts weiter als das Salz auf dem täglichen Brot, ohne das es leicht fade schmeckte.
Als sich an diesem Abend die kleine Familie noch für eine stille halbe Stunde – wie es ihr zu einer angenehmen Gewohnheit geworden war – auf der Terrasse versammelte, wollte es allen ein wenig albern, ja kindisch erscheinen, daß man sich am Berg ein Versteck eingerichtet hatte. Räuber und Gendarm brauchte man auf Otjikarare gewiß nicht mehr zu spielen.

---

Am 13. Januar 1904 hatte Friederike Korthinrichs nach dem Frühstück gerade das Blatt vom Tag zuvor von dem Abreißkalender gerissen, den Wilhelms alte Tante Karoline aus Lungbüttel dem Weihnachtspaket beigefügt hatte, dem einzigen in jedem Jahr, das den in ferner Fremde weilenden, mehr oder weniger »verlorenen Sohn« aus der alten Heimat erreichte. Über die Veranda an der Hintertür des Hauses hörte sie die Schritte ihres Mannes herannahen, sonderbar eilig. Warum kam er zurück? Er hatte doch mit Kahitjene –?
Er war schon im Wohnzimmer:
»Friedel, verstehst du das? Kahitjene ist weg. Er hat den flachen Bastkorb mit dem Boden nach außen vor den Eingang zu seinem Pontok gestellt. Das bedeutet: ich bin nicht zu Haus. Er ist tatsächlich fort ohne jede Erklärung. Das hat's noch nie gegeben.«
Nein, Friedel verstand es erst recht nicht.

Marthchen kam über die Veranda ins Haus gelaufen, aufgeregt und böse – sie wurde leicht böse –:
»Hakane, der verrückte Kerl, ich wollte heute mit ihm unsere Grenze abreiten. Ich glaube, es treibt sich Volk in der Gegend um, das nicht hierher gehört, schon seit einiger Zeit. Ich hatte ihm gesagt, er solle mich spätestens ab sieben beim Sattelplatz erwarten. Aber er ist nicht erschienen; sein Pontok ist leer; ich habe nachgesehen. Und sein Pferd, der Braune mit der langen weißen Blesse, ist auch weg.«
Die drei blickten sich entgeistert an. Friederike stotterte hervor:
»Ja, es fällt mir erst jetzt auf: Hakanes Frau, die Paula, ist noch nicht in der Küche erschienen, um abzuwaschen und dann mit dem Saubermachen anzufangen. Sie kommt manchmal ein bißchen später. Aber wenn sich Hakane aus dem Staub gemacht hat, dann ist Paula natürlich mit verschwunden.«
»Die drei Herero mitten in der Woche auf einen Schlag verschwunden, ohne Abschied, ohne Erlaubnis? Das gefällt mir gar nicht, gefällt mir ganz und gar nicht. Vielleicht wissen die Damara Bescheid.«
»Ich habe sie im Gemüsegarten angestellt«, ergänzte die Frau...
Der Vater und die Tochter standen vor den beiden schwarzen Männern, die ihre Spaten hatten stecken lassen, als sich der Baas ihnen eilig näherte; man konnte meinen, sie hätten auf Korthinrichs gewartet. Daß ihnen nicht wohl war, ließ sich von ihren Gesichtern ablesen.
Korthinrichs herrschte sie an, nicht eben freundlich:
»Wo sind Kahitjene und Hakane? Paula ist auch nicht da. Wißt ihr etwas?«
Die groben Gesichter der beiden Damara hatten unter dem Schwarz der Haut jene ins Graue spielende Tönung angenommen, die anzeigte, daß sie auf ihre Weise blaß geworden waren. Der eine von ihnen, dem Korthinrichs den Namen

»Fritz« angehängt hatte – der andere wurde »Franz« genannt, da beider Namen ebenso umständlich wie unaussprechlich schienen –, Fritz stotterte: »Wir nicht wissen, Baas. Haben nicht gemerkt, daß Herero weglaufen über Nacht. Bloß Franz hat gesehen, daß gestern früh Kahitjene geredet hat mit fremde Herero, draußen hinter Pferdekoppel, wo von Haus nicht zu sehen. Sie uns nicht sagen. Bloß heute früh weg. Auch Kassima weiß nicht. Hat viel Angst wie wir. Herero böse Leute, wenn wild werden. Wir Damara das wissen, Baas!«
Korthinrichs drehte sich auf dem Absatz um und kehrte hastig mit der Tochter ins Haus zurück. Allerdings, die Damara mußten wissen, wie böse ihre alten Herren, die Herero, werden konnten; sie waren lange genug von ihnen versklavt worden; erst die Missionare und dann die deutsche Administration hatten ihnen Erleichterung verschafft...
Korthinrichs hatte sich mit einem Schlag in den Soldaten zurückverwandelt, als der er dies Land fünf Jahre lang durchstreift und nicht nur in seiner grandiosen, atemberaubenden Schönheit der Landschaft, sondern auch in der Wildheit, ja, der erbarmungslosen Grausamkeit seiner eingeborenen Menschen untereinander und auch Fremden gegenüber kennengelernt hatte – von unten her hatte er Südwest kennengelernt auf fürchterlich anstrengenden, endlosen Ritten – Staub, Hitze, Schweiß und Gefahr hinter jedem stachelbewehrten Busch – vom Sattel aus auf müde stolperndem Pferd – nicht vom Schreibtisch aus in irgendeiner Amtsstube.
Ehe noch der Mann mit der Tochter das Haus erreichte, verfügte er, was zu geschehen hätte:
»Ihr macht euch sofort fertig, Marthchen, Mutter und du, und reitet ab auf den Berg. In zwei Stunden könnt ihr oben sein. Ihr verlaßt den Umkreis des oberen Wasserlochs auf keinen Fall, ehe ich es nicht selber oder durch einen Boten

erlaubt habe. Zwei Gewehre nehmt ihr mit und reichlich Munition. Für Essen und Schlafen ist schon gesorgt. Die Pferde behaltet ihr oben, laßt sie aber an langer Leine angepflockt; sie dürfen nur in der Schlucht grasen, in der eure Unterkunft gelegen ist. Wir werden es einrichten, daß ihr abreitet, ohne daß einer der Damara oder Kassima es mitbekommen, daß und wohin ihr abgeritten seid. Hast du mich verstanden, hast du noch Fragen, Martha?«
Es war selten oder nie vorgekommen, daß der Vater mit der Tochter so kurz angebunden und im Ton des Befehls gesprochen hatte, und es war nur natürlich, daß Martha sich dagegen wehrte:
»Wir sollen allein da oben sitzen und wissen nicht, was hier passiert? Wenn ich hier bleibe, hast du ein Gewehr mehr. Ich schieße besser als Piet und Andries zusammen. Könnte nicht Kassima mit Mutter nach oben reiten? Dann ist sie...«
Korthinrichs schnitt der Tochter das Wort ab, barsch beinahe:
»Unsinn! Du wirst genau das tun, was ich gesagt habe. Du bist mir für Mutters Sicherheit verantwortlich. Sie muß jemand bei sich haben, auf den sie sich unbedingt verlassen kann. Ich erwarte, daß dies auf dich zutrifft!«
Widerspruch wäre undenkbar gewesen. Marthchen wagte kein weiteres Wort. Der harte Klang in des Vaters Stimme hatte dem Mädchen zum ersten Mal zu Bewußtsein gebracht, daß der Ältere und Erfahrenere eine echte Gefahr für möglich, nein, für wahrscheinlich hielt – eine Gefahr auf Leben und Tod? – Vielleicht sogar das!
Die Mutter jammerte ein wenig, beugte sich aber dem Willen des Mannes. Sie kannte ihren Wilhelm.
Eine halbe Stunde später bestiegen die beiden Frauen ihre Pferde, die Frau ihre schwarzbraune Stute, die durch nichts aus der Ruhe zu bringen war, Martha ihre falbe Stute, die zwar schon in die Jahre kam, aber immer noch Feuer genug in den Knochen hatte, des Mädchens Lust an schnellem Ritt zu genügen und selber Spaß daran zu haben.

Die Neger hatte Korthinrichs zum dritten Staudamm geschickt, die Abrinne des Überlaufs mit schweren Steinen zu verbreitern. Piet und Andries hielten sich im Hintergrund. Die beiden waren im »Veld« groß geworden, wo es immerfort kleine und große Aufregungen und Gefahren zu bestehen gab; darüber brauchte man sich nicht besonders aufzuregen – und mit den Schwarzen würde man immer irgendwie fertig, wenn nicht anders, dann mit Gewalt. Daß die beiden Frauen vom Baas in die Berge geschickt wurden, kam den zwei jungen Burschen übertrieben vor; es war ja alles ruhig. Wozu das ganze Theater? Außerdem schießen manche Frauen ebenso gut wie die Männer – und die Martha, die schoß sogar besser als die meisten ...
Weder den Frauen noch dem Mann stand der Sinn nach bewegten Szenen des Abschieds. Bildete man sich die Gefahr nur ein? Die beiden jungen Buren an der Hausecke schienen den besorgten Aufwand der Familie ein wenig lächerlich zu finden. Korthinrichs nahm es aus den Augenwinkeln wahr; es irritierte ihn und machte ihn ärgerlich. Seine letzten Worte fielen mager aus:
»Also seid vorsichtig! Keine waghalsigen Sachen, Martha! Wenn sich hier die Lage geklärt hat, gebe ich Bescheid. So lange bleibt ihr oben! Nun reitet! Leb' wohl, Friedel, leb' wohl, Marthchen! Und passe mir gut auf Mutter auf!«
»Ja, Vater, mache ich!«
»Leb' wohl, Wilhelm! Laß bald von dir hören. Ach, Wilhelm, daß wir dich allein lassen müssen –! Sollten wir nicht lieber beisammen bleiben?« ...
»Friedel, nein! Ich weiß schon, was ich tue! Und nun keinen weiteren Aufenthalt! Wir sehen uns bald wieder. Reitet!«
Sie ritten. Als Friederike sich nach einer Weile umdrehte im Sattel, um noch einmal zurückzuschauen, stand ihr Wilhelm immer noch am gleichen Platz, an dem er gestanden hatte, als er »seine beiden Mädchen« – so nannte er Frau und Tochter gern – verabschiedet hatte. Er blickte ihnen nach,

den zwei Reiterinnen. Friederike winkte noch einmal zurück. Und auch Korthinrichs hob die Hand zu einem letzten Gruß.
Durch des Mannes Hirn flog der gleiche Gedanke wie durch das der Frau: Es kann ja nicht wahr sein. Wir machen uns unnötige Sorgen. Was soll schon groß geschehen?...

---

Es war sehr still oben in der Felsenschlucht, von der aus sich die flache Höhle – eine Höhlung nur – in die rechte Seitenwand öffnete, sehr still und einsam. Einsam? Das war nicht das richtige Wort – von Verlassenheit mußte man sprechen, wenn der entlegene Ort angemessen gekennzeichnet werden sollte – oder von Verwunschenheit.
Das Wasserloch, das den Eingang zur Schlucht nur etwa zur Hälfte abriegelte, mochte zwar sehr tief in den Felsengrund hinunterreichen, aber sehr breit war es nicht. Zwei, drei kräftige Schwimmstöße genügten, es von einem zum anderen Ufer zu überqueren. Martha probierte es gleich am ersten Abend, sie wunderte sich, wie kalt das Wasser war. Sie setzte sich später, im tiefen Schatten der Felswand, mit dem schußbereiten Gewehr über den Knien – nicht um ein Tier zu erlegen, nur um gewappnet zu sein.
Aber es regte sich nichts. Auch alle größeren Tiere schienen den wie verzauberten Ort zu meiden. Kein Pavian schlenkerte herbei. Kein Leopard glitt mit ein paar lautlos weichen Sprüngen zum Wasser hinunter, um den breiten Katzenkopf über die Feuchte zu senken. Nur wilde Tauben fielen in großen Schwärmen ein, jedoch stets nur ein Schwarm zur gleichen Zeit. Die zierlichen blaugrauen Vögel trippelten am Ufer ein Weilchen hin und her, die Köpfchen nickten bei jedem Trippelschritt; sie waren wie unschlüssig, überwanden schließlich ihre gezierte Scheu und tauchten, mit den Zehen schon im Wasser, die Schnäbel in die reglose Flut,

reckten nach jedem Schnabelvoll die winzigen Häupter zum abendroten Himmel und ließen den Tropfen durch die Kehle rinnen.
Ehe es noch ganz dunkel war, fühlte Martha Kälte aus dem Felsen, auf dem sie saß, in ihre Kehrseite dringen. Für die Nacht am Berg war sie zu leicht angezogen. Was hatte die Mutter inzwischen verrichtet? Hatte sie, die Tochter, dem Vater nicht versprochen, sich getreu um die Mutter zu kümmern? Sie erhob sich, schüttelte sich ein wenig und wanderte die fünfzig Schritte, die sie von der versteckten Unterkunft in der Felswand trennten, langsam bergauf in die Schlucht. Zwischen den steilen Wänden war es viel dunkler als weiter unten am Wasser; sie mußte vorsichtig treten, um nicht zu stolpern.
Wo war die Mutter? Zu erkennen war so gut wie nichts in der tiefen Beschattung.
»Mutter?...« rief sie leise. »Wo bist du?«
»Hier bin ich«, scholl es ebenso verhalten zurück. »Ich sah dich kommen, ein wenig Bewegung in der Dunkelheit. Ich habe das Kochfeuer ausgehen lassen, obwohl man es wohl nur sehen kann, wenn man am Wasser vorbei die Schlucht schon betreten hat. Es ist kalt hier, viel kälter als unten bei uns am Haus. Wenn wir nicht gleich in den Schlafsack kriechen wollen, müßten wir das Feuer wieder anzünden. Die Pferde haben sich gelegt; weiter oben. Das ist ein gutes Zeichen. Wenn irgendwas Lebendiges sich in der Nähe regte, würden sie nicht so vertraut tun.«
»Ach, Mutter, wir machen uns noch einmal ein Feuerchen an und kochen uns ein Glas Tee. Ich habe noch gar keine Lust, schlafen zu gehen. Dann sprechen wir uns mal wieder gründlich aus. Das haben wir schon viel zu lange nicht mehr getan. Dann haben wir wenigstens etwas von unserer Versteckspielerei. Ich finde sie sowieso ziemlich dumm. Vater hatte richtig Angst um uns beide. Sonst ist es gar nicht seine Art, Angst zu haben. Aber diesmal war es ihm ganz ernst

damit. Bei den Sätteln liegt das trockene Holz, das ich am Nachmittag gesammelt habe«...
Das Feuerchen prasselte bald munter vor sich hin, und der Teekessel darüber begann sein Säusellied...
Der Tee dampfte aus den beiden irdenen Henkeltöpfchen; man konnte sich die Finger an ihnen wärmen. Aber aus dem »Sich-aussprechen« wurde nicht viel. Es gelang weder dem jungen noch dem älteren Frauenwesen, die Gedanken von den Umständen zu lösen, von denen sie in diese dunkle Schlucht verschlagen worden waren. Der Vater allein da unten auf der Farm mit den zwei langsamen Burenjungen; langsam? Langsam bestimmt, wenn nicht träge! Und nicht sehr intelligent. Man mußte ständig hinter ihnen her sein, sonst bummelten sie! Und sie, die schnell reitende, genau schießende Martha – kein Marthchen mehr! – allein hier im leeren, gottverlassenen Felsental – alles lauter blödes Zeug!
»Ach, Mutter, wir hätten eigentlich Vater nicht gehorchen sollen! Jetzt ist er unten allein, und wir hier oben! Gegen uns beide wäre er nicht angekommen. Jetzt wissen wir überhaupt nicht, was unten oder sonst im Land vorgeht.«
»Bis jetzt, Kind, hat Vater immer gewußt, was für uns das Richtige ist. So wird es auch diesmal sein. Er hat die Nama und die Herero kennengelernt, damals, als noch erst ganz wenige Weiße im Land waren. Er weiß besser als wir, was in den schwarzen Köpfen vorgeht. Sie denken anders als wir. Und wenn Vater gemeint hat, daß uns Gefahr droht, so böse Gefahr, daß er als erstes uns in Sicherheit gebracht hat, dann hat er auch Grund dazu. Wir müssen hier warten, wie er es angeordnet hat. Bis er uns Bescheid gibt. Wir kommen heute nicht weiter, Kind; laß uns schlafen gehen.«...
Die drückende Sorge, von der die Mutter erfüllt war, floß langsam auch auf die Tochter über, mochte sie auch widerstreben.
Im letzten blassen Schein des zusammensinkenden Feuers breitete Martha die dicken Wolldecken in vierfacher Lage auf

den glatten Felsboden der Höhle und rollte darauf ihre zwei Schlafsäcke aus. Hart würden sie schlafen, Mutter und Tochter, dicht aneinander gelehnt, hart wohl, aber wenigstens warm.
Doch floh die beiden Frauen der Schlaf bis weit nach Mitternacht. Die Gedanken kreisten, ohne einhalten zu können, um den Vater, um Otjikarare – was ist auf Otjikarare? Aber sie redeten sich nicht mehr an in der Nacht, Mutter und Tochter, aus Furcht, der anderen den vielleicht gerade sich senkenden Schlaf zu zerstören.

---

Sie erwachten beide auf einen Schlag. Ein leises Geräusch in der Ferne hatte sie geweckt, eine Art Knattern, eine schnelle Abfolge von hundert kleinen Knallen, nicht laut zwar, doch glashart abgesetzt gegen die Totenstille der Nacht, die bis dahin nicht ein einziges Mal gestört worden war.
Sie richteten beide den Kopf auf aus der warmen Hülle des Schlafsacks und sahen zueinander hinüber: ja, die Tochter war ebenso aufgeweckt worden wie die Mutter. In der kühlen, trockenen Höhle war es noch dämmer-dunkel; aber vor der breiten Öffnung des Eingangs glimmte schon der erwachende Tag.
»Hast du's auch gehört? Was war das?« fragte die Mutter.
Martha hatte mit geübtem Ohr die Laute sofort erkannt als das, was sie waren:
»Unten am Wasserloch ist ein Schwarm Wildtauben eingefallen, um zu trinken. Irgendetwas hat die Tiere erschreckt. Sie sind alle wie auf ein Kommando aufgeflogen. Die Flügel knattern dabei so scharf. Das ist weit zu hören. Bleibe ruhig liegen, Mutter. Ich sehe nach, was da ist.«
Im Nu war das Mädchen hoch, zog die hohen Stiefel an die schlanken Beine, streifte das Nachtgewand über den Kopf – sie ist fest und schmal gebaut wie ein Knabe, dachte die

Mutter, und sie weiß es noch gar nicht, wie schön sie ist –, schon war Martha in ihr schmuckloses Baumwollkleid geschlüpft, knöpfte es zu über den schon apfelgroßen Brüstchen, für die Unterwäsche war jetzt keine Zeit; sie griff nach ihrem Gewehr, riß die Kammer auf, überzeugte sich, daß die Patrone im Lauf steckte, schloß die Kammer mit metallischem Laut, sicherte: »Ich bin gleich wieder da, Mutter!«
»Du mußt dir noch etwas Warmes überziehen, Kind. Es ist kalt im Freien!« rief die Mutter.
Aber Martha war schon nicht mehr in Hörweite.
Dicht unter der Felswand schlich sie entlang, bemühte sich, nur auf Gras zu treten, um kein Geräusch hörbar werden zu lassen, verhielt hinter einer Kante, um welche die Schlucht in flachem Knick sich ins Freie zum Wasserloch hin öffnete – und lugte vorsichtig um die steinerne Ecke.
Da! Zwanzig Schritte vor ihr! Ein kleiner schwarzer Mann, nackt bis auf einen kärglichen Hüftschurz! Er hatte sich auf die Knie sinken lassen, stützte sich mit beiden Händen am Rande des Wassers, hatte den Kopf tief zu dem glatten Spiegel hinuntergebeugt und trank mit leisem Schlürfen wie ein Tier der Wildnis.
Ohne nachzudenken ließ das Mädchen den Sicherungshebel ihres Gewehrs zurückschnellen. Der leise Klick genügte, den Mann am Wasser zu warnen; er fuhr auf und winkte beschwörend: nicht schießen, nicht schießen! Er wies neben sich auf den Boden; dort hatte er seinen Bogen und den Köcher mit Pfeilen abgelegt – wahrscheinlich vergifteten. Martha schob den kleinen Hebel an ihrem Gewehr wieder in die Stellung ›S‹ – gesichert.
»Wer bist du? Was hast du hier zu suchen?«
Unwillkürlich hatte sie auf deutsch gefragt. Der kleine schwarze Mann mit den knolligen Muskeln, dem wie zerdrückt erscheinenden, sehr grob geschnittenen Gesicht und dem Pfefferkorn-Haar blickte sie aus tiefliegenden schwarzen, aber unverkennbar klugen Augen fragend an.

Ach, er versteht mich nicht. Ein Buschmann aus der Kalahari – vielleicht muß ich Herero mit ihm reden. Sie wiederholte ihre Frage, nun schon wesentlich ruhiger. Der morgendliche Eindringling führte offenbar nichts Böses im Schilde. Das dunkle Antlitz hellte sich auf; in gebrochenem Herero gab er Bescheid:

»Du mich wohl kennen, Fräulein. Hier kannst du sehen, ich Keitsa. Dein Vater sehr gut zu mir.«

Das dürre Männlein mit den vielen Falten über dem flachen Bauch drehte sich um und zeigte mit dem Finger auf eine riesige, weißlich von der schwarzen Haut abgehobene Narbe, die sich von der linken Hüfte über das Gesäß bis weit den Oberschenkel hinunter erstreckte, fast bis in die Kniekehle.

Martha wußte sofort Bescheid: Vor einem oder vor anderthalb Jahren hatte der Vater einen vor Blutverlust bewußtlosen Buschmann weit draußen im Busch gefunden, hatte sich den nackten Mann quer vor den Sattel gepackt, da noch Leben in ihm zu spüren war, und ihn in langem Ritt auf die Farm gebracht, um ihn draußen nicht verkommen zu lassen. Der Vater war – mitten in der Regenzeit – auf der Suche nach einer kleiner Schafherde gewesen, die abhanden geraten schien. In der Regenzeit stand auch in sonst völlig trockenem Gebiet hier und da Wasser an, hielten sich kleinere oder größere Lachen tage-, ja wochenlang. Gerade die Schafe, die keine festen Gewohnheiten annehmen wie das Vieh, wanderten dann weit dem grünenden Kraut und Gras hinterher und hielten sich nicht mehr an die großen Tränken oberhalb der drei Staudämme.

Offenbar im Schlaf war der Buschmann nachts von einer streunenden Hyäne angefallen worden, hatte sich blitzschnell aufgebäumt und mit der griffbereit liegenden Keule zugeschlagen – und getroffen. Aufheulend hatte das Raubtier abgelassen, hatte aber die linke Seite des Angefallenen von der Hüfte bis zum Knie hinunter mit seinem furchtbaren

Gebiß und einem Tatzenhieb bis auf den Schenkelknochen aufgerissen.
Die Hyäne war zu dem verblutenden Manne sonderbarerweise nicht zurückgekehrt. Wohl aber hatten die Geier den schnell ermattenden Menschen entdeckt, kreisten über der erhofften Beute, ließen sich auch auf den Kameldorn-Bäumen nieder, die unweit von dem Überfallenen ihr vertracktes, verwinkeltes Gezweig in den stahlblauen Himmel reckten. Die Geier waren es gewesen, die den einsamen Reiter im Busch aufmerksam gemacht und ihn zu dem lebensgefährlich verletzten Buschmann geführt hatten.
Keitsa, der Buschmann, war dann von Friederike Korthinrichs, nebenbei auch von Martha, in vielen Wochen gesund gepflegt worden. Die Herero auf Otjikarare und auch Kassima, der Ovambo, hatten mehrfach ganz ohne Umschweife gemeint: soviel Mühe um einen nackten Buschmann? Das ist doch Ungeziefer und würde am besten totgeschlagen, es sei denn, die Männer wären kräftig genug, um als Sklaven zu dienen – die Weiber gelegentlich auch, nun ja, die jungen Mädchen wären manchmal recht hübsch, mit denen ließe sich etwas anfangen.
Die Korthinrichs jedoch hatten solch Geschwätz nicht beachtet, hatten sogar den kleinen tapferen Mann aus jener Rasse, die vor den Negern (den Bantu) und vor den Hottentotten (den Nama) die Weiten Südafrikas schweifend bewohnt hatte, in der Tat erst bewundert – ertrug er doch die übelsten Schmerzen und Eingriffe standhaft und ohne einen Seufzer – und ihn schließlich liebgewonnen. Der kleine Mann, der sich unverhofft schnell unter der sorgsamen Pflege Friederikes erholte, dessen riesige Wunde sich ohne Entzündung zu einer zwar breiten und wulstigen, aber beinahe beinharten Narbe schloß, konnte keine Worte machen; aber aus seinen großen tiefdunklen Augen leuchtete der Frau eine so echte Dankbarkeit entgegen, daß Friederike sich stets, wenn sie ihn wieder versah und ver-

pflegte, auf ganz wunderbare und einzigartige Weise bedankt gefühlt hatte.
Zum Abschied hatte Keitsa dem Baas in stockendem Herero etwas hinterlassen, was keiner von den Korthinrichs recht verstanden oder auch nur ernst genommen hatte:
»Ohne euch hier: Keitsa nicht mehr am Leben! Ich holen meine Frau und Kinder aus Omaheke. Ich wohnen ganz unten nach Omuramba Omatako, wo kein Vieh kann leben und keine Herero. Ich immer aufpassen auf Otjikarare. Herero böse. Herero gierig auf Wasser und Vieh. Ich kommen jeden Vollmond zu Platz, wo Baas mich finden halbtot. Baas dort legen drei weiße Steine, ich kommen gleich nach Farm. Ich dort legen drei schwarze Steine: ich sagen zu Baas, große Gefahr! Herero böse!«
Korthinrichs hatte solches Gestammel lächelnd zur Kenntnis genommen, hatte Keitsas Schwur auch den Frauen weitergegeben; er nahm es nicht wichtig. Aber Friederike hatte gemeint:
»Ich bin eigentlich ganz froh, Wilhelm. Wir haben einen ersten richtigen Freund gewonnen in diesem Land, einen von den Leuten, die sich auf dies Land verstehen wie niemand sonst. Keitsa wird immer auf unserer Seite sein. Wer weiß, wozu das noch einmal gut ist.«
Korthinrichs war nicht weiter auf die Bemerkung der Frau eingegangen.
Dieser Buschmann, namens Keitsa, war nun plötzlich bei den beiden Frauen an dem verwunschenen Wasserloch im Gebirge aufgetaucht – in aller Herrgottsfrüe, noch vor Sonnenaufgang.
Martha wurde von einem sonderbaren Gefühl der Erleichterung überspült wie von einer warmen Welle. Sie waren nicht mehr allein in dem wilden, neuen Land südlich des Äquators, das ihnen schon zur Heimat geworden war, sich aber nun wie eine Falle um sie geschlossen zu haben schien. Einer, der in dieses unabsehbare, wegelose Steppenland hineingehörte

wie niemand sonst, hatte sich wie aus dem Nichts bei ihnen eingefunden – ganz ohne Zweifel, um ihnen beizustehen.
Keitsa machte den Frauen im Laufe des Vormittags klar:
»Ich weiß alles. Buschmann weiß immer alles. Sonst er bald am Ende. Hereros von Otjikarare weggelaufen. Baas sehr klug; er auch wissen alles, beinahe! Herero werden bald kommen, sind sehr zornig, brauchen Vieh vom weißen Mann – und neues, gutes Wasser. Baas sehr vorsichtig, schicken Frauen auf Berg, wo nicht zu finden. Keine Angst! Ich passen auf und sehen alles. Ich bald nicht mehr hier sein. Nachts weg. Aber keine Angst! Ich immer kommen und sagen Bescheid. Immer rechtzeitig!«
Er scheute sich nicht, der kleine, lederzähe Mann, mit den Frauen das Mittagsmahl einzunehmen – vor der Höhle im Fels am Kochfeuer. Dann sammelte er ein paar Armvoll trockenen Holzes zusammen – von den Tamarisken in den Schluchten und den Kameldornen weiter draußen. Er führte die Pferde zur Wasserstelle, damit sie ihren Durst stillten, pflockte sie dann weiter oben in der Schlucht auf frischem Grase an.
»Ja auf Pferde aufpassen!« bedeutete er den Frauen. »Buschmann kann laufen durch die Steppe, Stunden und Tage. Aber weiße Frauen nicht. Pferde sollen sich ausruhen, aber ja nicht weglaufen!«
Es kam ihm offenbar sehr viel darauf an, die Pferde bereit zu halten. Friederike meinte mit leichtem Unwillen, auch ein wenig unsicher:
»Ja, ja, Keitsa, wir passen schon auf. Obendrein kämen wir auch zu Fuß nach Otjikarare hinunter; es dauerte höchstens eine Stunde länger als zu Pferd.«
Der Buschmann gab keine Antwort, verkündete lediglich nach einer Weile:
»Ich jetzt fortgehen. Aber keine Angst! Morgen ich wieder da, wie heute, ganz früh. Ihr schlafen, ich wachen.«
Er hängte sich den Köcher am ledernen Riemen über die

Schulter. Die Pfeile darin waren nach Buschmannart vergiftet; er hatte Martha davor gewarnt. Er griff nach dem schlanken Bogen und der wie poliert schimmernden Knopkerry, dem Knüppel mit schwerem Knauf, einer gefährlichen Waffe, und machte sich ohne weiteren Abschied im schnell fördernden Zuckeltrab der Buschmänner davon, war nach einer Minute schon um den flachen Knick des Felsentals verschwunden.
Die Frauen blieben eine Zeitlang neben dem langsam verflackernden Feuer hocken, hingen ihren Gedanken nach, sprachen nicht viel und nichts Wesentliches. –
Als schon die ersten Sterne angesteckt waren und die Kühle der Nacht vom Ausgang der Schlucht her sich sachte einschlich, schauerte Friederike plötzlich. Ihr drängte sich auf die Lippen, was ihr das Herz beinahe bersten ließ:
»Wenn Vater bloß nichts passiert da unten! Er riskiert manchmal zu viel. Wir hätten bei ihm bleiben sollen!«
Erst nach ein paar Minuten fing auch Martha zu sprechen an:
»Am liebsten würde ich mich aufs Pferd setzen und sehen, was unten los ist.«
Die Mutter erhob sofort Einspruch:
»Du bleibst hier, Martha! Vater hat uns anbefohlen, hier zu warten, bis er uns Bescheid gibt. Das wird er schon tun, wenn er es für richtig hält. Auf ihn ist Verlaß. Wir haben zu warten. Vielleicht erfahren wir etwas von Keitsa – morgen früh!«
»Warten kann ich schlecht, Mutter!«
»Ja, ich weiß, Kind. Aber hier und heute gibt es keine andere Wahl. Ich glaube, ich lege mich jetzt hin. Mir wird kalt.«
»Leg' dich nur Mutter! Ich bleibe noch ein bißchen auf. Will mich ans Wasserloch setzen. Vielleicht kommt dort doch ein Wild zur Tränke. Es ist noch lange Büchsenlicht. Wir hätten dann Fleisch für viele Tage.«
»Wozu Fleisch für viele Tage? Ich will wieder hinunter zu deinem Vater – bald!«

Martha erwiderte nichts. Was hätte sie erwidern sollen? Die ganze Welt, so wollte es scheinen, bestand nur noch aus diesem einzigen Verlangen: den Vater bald wiederzusehen, an seiner Seite zu sein – und auf der Farm, auf Otjikarare!
Martha hatte sich eine dicke Joppe übergezogen, die ihr zu groß war. Sie gehörte eigentlich dem Vater; er hatte sie seinen »beiden Mädchen« in die Berge mitgegeben; sie hielt gut warm, gerade weil sie für das Mädchen zu groß geraten war. Martha suchte sich im Halbdunkel einen windgeschützten Platz zwischen zwei klobigen Felsen, nur wenig oberhalb der Wasserstelle. Dort saß sie in tiefem Schatten, konnte vom Wasser her nicht erkannt werden, aber selber alles beobachten, was dort vorging.
Als sie sich auf ihrem Ausguck eingerichtet hatte, warm umhegt von ihrem weichen Futteral, das Gewehr quer über den Knien bereit lag – so nah an der Tränke würde sie die ganze Nacht einen gezielten Schuß abgeben können, selbst nur bei Sternenlicht –, fiel ihr nach einiger Zeit unvermittelt ein: ich blicke von hier aus über das Wasser hinweg genau in die Richtung, in welcher die Farm liegen muß, Otjikarare. Natürlich ist keine Spur davon zu erkennen; Otjikarare versteckt sich von hier aus tief unter dem Horizont.
Otjikarare – Marthchens Gedanken begannen zu wandern. Es war so still ringsum, sterneneinsam in der ungewiß verdämmernden Ödnis der Steppennacht. Sterneneinsam – das Wort stimmt eigentlich gar nicht, dachte sie. Irgendwo habe ich das Wort gelesen: so einsam wie die Sterne. Aber sie sind nicht einsam, die Sterne! Ich brauche bloß in die Höhe zu blicken, und ich sehe es: Da funkeln sie alle, gar nicht zu zählen, haben tausend Gefährten, helle wie kleine bunte Laternen und solche, die sind nur wie Glitzerstaub – und stehen alle über mir und wandern doch, ganz sachte nur; auch über Otjikarare. Ich, ich bin einsam hier unten, nicht die Sterne da oben. Der Vater hockt jetzt vielleicht unten beim Haus oder beim ersten Damm, von wo man unser Haus gut

sehen kann – und ist da genauso allein wie ich – und paßt auf. Worauf? Das ist es ja gerade: Wir warten hier und er da unten und wissen gar nicht, worauf wir warten. Könnten denn die Herero wirklich gefährlich werden – mein guter Hakane oder die Paula? Kann man sich gar nicht vorstellen. Aber der Vater hat bestimmt keine Furcht, wenn er nicht guten Grund dazu hat. Und jetzt ist auch noch Keitsa hier aufgetaucht, der kleine, graubraune, schrumplige Mann. Wir sind also nicht ganz allein und verloren im großen Afrika, in Südwest. Ein Buschmann ist unser Freund, einer aus der Zeit, als es hier noch nicht einmal Neger gab. Und Hakane –? Ich kann es nicht glauben, daß er nicht ehrlich mein Freund sein will. Er war mir von klein auf zugetan, und er ist es noch heute. Wir können uns wohl nur nicht vorstellen, unter was für einem Zwang er steht. Alle sind sie befangen in ihren verrückten Vorstellungen und ihrem Zauberkram. Sie begreifen gar nicht, wie groß und weit und frei ihr Afrika ist; wir Weißen wissen es, und deshalb lieben wir dies Sonnenland. Nie gehe ich hier weg. Dies ist mein Land. Mein Vater hat es zu dem gemacht, was es ist, und meine Mutter und ein bißchen auch ich selber. Uns gehört Otjikarare und keiner soll es uns nehmen, keiner, ob schwarz oder weiß. Hier will ich bleiben –!
Ob auch Mutter das will –? Ich weiß es nicht. Sie ist ja nicht so jung hierher gekommen wie ich. Ich habe alles vergessen, was in Deutschland war, will es auch gar nicht wissen; hier allein will ich bleiben, hier will ich zu Haus sein, nicht in Deutschland. Dies ist ja auch Deutschland, sagt Vater immer und sagt, daß schon mancher gute Deutsche dafür gestorben ist. Er muß es wissen. Er war dabei, wie sie ganz allein standen, eine Handvoll Soldaten gegen Scharen und Scharen von Nama-Kriegern.
Ich müßte wieder ins Lager zurückkehren zu Mutter. Sie wird Angst bekommen, wo ich so lange bleibe. So ist es: Sie hat Angst, ich habe keine – hier ganz allein über der Steppe

am Wasserloch. Aber es hat kaum noch Zweck, hier weiter dazusitzen. Es kommt nichts Lebendiges mehr zum Wasser, kein Buschbock, kein kleiner oder großer Räuber, nicht einmal ein Vogel. Die Schwarzen haben recht: Dies ist ein verzauberter Platz. Aber für mich ist es auch ein schöner und sicherer Platz, und das schönste daran ist, daß er zu Otjikarare gehört.

Ach, es ist wirklich Zeit, ins Lager zu Mutter zurückzukehren. Ja, aber ein kleines Weilchen bleibe ich noch, kann mich anlehnen; warm ist mir auch. Ich komme schon bald, Mutter! Hab' doch nicht immer Angst! Afrika ist unser Freund. Eine kleine Weile noch, Mutter, dann bin ich wieder bei dir! – Martha lehnte sich zurück. Die Felsennische bot sich an wie ein Sessel. Auch für den Kopf bot sich ein Halt. Vaters große Joppe konnte man noch ein wenig fester um die Glieder schlingen.

Mit weit offenen Augen blickte das junge Mädchen über das reglos schlafende Land hinweg; wie schwarzer, schwerer Samt ruhte die Einöde in der Tiefe unter dem abgrundhohen Himmel. Mit weit offenen Augen – sie merkte es nicht: die Lider sanken sachte hernieder, die weit offenen Augen wurden schmal; sie fielen zu. –

Martha war eingeschlafen, schlief nach dem langen, gespannten Tag, der vorausgegangen war, den tiefen Schlaf der Jugend.

---

Martha erwachte so plötzlich, als hätte sie ein lauter Ruf aufgeschreckt. Sie sprang auf. Das Gewehr, das ihr über den Knie gelegen hatte, rasselte zu Boden. Das brachte sie völlig wieder zu sich: Wie konnte ich nur mein Gewehr vergessen! Sie hob die Waffe auf; es wird ihr nichts passiert sein; sie fiel nicht tief, dazu auf meine Füße. Wie spät mag es sein. Ich war eingeschlafen. Das hätte mir nicht passieren dürfen. Vater

würde jetzt böse sein! Es ist sicherlich schon nach Mitternacht. Die Kälte hat mich geweckt. Am Abend war mir noch warm. Ich muß in den Schlafsack kriechen. Ach, und Mutter. Hoffentlich ist sie auch eingeschlafen! Mindestens noch vier Stunden bis zum Hellwerden. Brrr – mir ist richtig kalt! O Gott, was ist denn das!...
Sie war erstarrt – mitten in der Bewegung, mit der sie sich das Gewehr hatte über die linke Schulter schwingen wollen.
Was war denn das?... Ach, lieber Gott im Himmel, was bedeutete die sonderbare Röte am Rand des Himmels – genau in der Richtung, wie Martha festgestellt hatte, in welcher die Farm, in welcher Otjikarare zu denken sein mußte?
Martha stand und wollte es nicht glauben, konnte es nicht glauben: die halbrunde Röte über dem Horizont, manchmal schwächer werdend und dann wieder von der Mitte her in hellerer Farbe aufflackernd. Nein, die Steppe brannte dort nicht hinter dem Horizont. Dazu war sie jetzt auf der Höhe der warmen Zeit viel zu feucht und grün!
Wie ein Pfeil drang die Wahrheit dem Mädchen ins Herz: Otjikarare brennt!
Sie haben unser Haus angezündet. Das Grasdach brennt. Vater war immer so vorsichtig damit. Er hat das Feuer gewiß nicht zu verantworten. Aber wer sonst –? Die Herero! Warum haben sie das getan? Was haben sie Vater angetan? Zur Mutter!...
Jetzt war Martha nur noch ein Kind, das den Schutz der Mutter suchte, da unbegreiflich Schreckliches sich ereignete – sich ereignet haben mußte weit jenseits des Horizonts. Totenstill blieb die Nacht wie zuvor.
Martha raste die Felsenschlucht hinauf, stolperte zweimal im Halbdunkel, fing sich, erreichte die Höhle, schrie hinein, beinahe kreischend:
»Mutter, Mutter, steh auf! Otjikarare brennt, komm und sieh, Otjikarare brennt!«

Die Mutter hatte lange wach gelegen und auf die Tochter gewartet, war aber schließlich eingeschlafen, dann um so tiefer. Nur schwer fand sie in die Gegenwart zurück, richtete sich zwar auf, war aber noch schlaftrunken, stammelte:
»Was schreist du so laut, Kind, mitten in der Nacht? Was hast du gesagt? Ich habe dich nicht verstanden.«
»Oh, Mutter, vielleicht irre ich mich. Hoffentlich irre ich mich! Ich glaube, unsere Farm brennt. Der Himmel ist ganz rot im Nordosten. Da ist ja nichts anderes, das brennen könnte, nur unser Haus und die anderen Häuser!«
Friederike wurde von so heftigem Zittern befallen, daß es ihr kaum gelingen wollte, sich die Kleider überzuziehen. Aber sie schaffte es schließlich halbwegs. Die beiden Frauen hasteten zum Wasserloch hinunter.
»Langsam, Mutter, langsam. Ich bin vorhin zweimal beinahe hingeschlagen!«
Sie hatten sich die Arme um die Schultern gelegt, als müßten sie sich stützen, um nicht zu fallen.
Es kam Martha so vor, als sei die Röte am Himmelsrand etwas blasser geworden. Auch zuckte nicht mehr so häufig wie zuvor ein ins Goldene spielender Lichtblitz darin auf. In merkwürdiger Nüchternheit stellte Martha bei sich fest: Grasdächer brennen schnell lichterloh, aber das Feuer stirbt auch ebenso schnell.
Die Mutter flüsterte:
»Und wo ist unser Vater? Was ist aus ihm geworden?«
Martha wußte keine Antwort, richtete sich nach einer Weile auf, plötzlich entschlossen:
»Ich sattle den Falben, Mutter, und reite hinunter. Ich binde das Pferd an bei dem doppelstämmigen alten Kameldorn, schleiche mich im Schatten der Gebüsche näher, bis ich sehen kann, was auf dem Hof vorgeht. Vielleicht finde ich Vater und bringe ihn mit!«
»Oh, Kind, wenn sie dich fangen!«

»Sie fangen mich nicht. Ich bin vor Sonnenaufgang wieder hier. Wir müssen wissen, was sich ereignet hat.«

---

Sie wußte es hinterher ebenso wenig wie vorher. Sie hatte sich vorsichtig von oben her der flachen, breiten Kanzel genähert, auf welcher sich das Farmhaus und die Nebengebäude locker geordnet erhoben. Das Haus besaß kein Dach mehr. Der Dachstuhl war bereits ins Innere gestürzt. Aus dem Innern schlugen noch immer Flammen hoch; dort mußten die Möbel verlodern. Auch die Schuppen qualmten noch. Eine Horde von schwarzen Gestalten tanzte und sprang zwischen den rauchenden Ruinen umher. Geschrei brandete zuweilen auf. Auf dem unsicher beleuchteten Hof lagen unkenntlich Packen, zerbrochene Möbel – was sonst konnte es sein? – Bündel von Decken – Martha vermochte nicht auszumachen, was es war –, ein toter Hund, der reglose Leib ließ sich erkennen – Till, der nicht mehr junge Hund von Otjikarare. Martha knirschte mit den Zähnen: sie haben auch den Hund umgebracht! Aber so sehr sie auch die Augen anstrengte, sie entdeckte aus der Ferne nichts, was vielleicht einem menschlichen Körper ähnlich gesehen hätte. Martha verharrte im tiefen Schatten der Büsche. Ohne daß sie es wußte oder wollte, prägte sich das wüste, flammenüberzuckte Bild der sinnlosen Zerstörung in ihr Hirn. Sie begriff schließlich: Wenn auch nur die Hälfte der dunklen Gestalten, die auf dem Hof zwischen den verqualmenden Gebäuden umherwimmelten, die Farm alle zur gleichen Zeit angegriffen haben, dann kann der Vater mit Piet und Andries keine Chance gehabt haben. Selbst wenn sie einige der Angreifer am Anfang erledigt haben, so sind sie schließlich doch von der Menge überwältigt worden.
Aber wo waren sie jetzt? Menschliche Körper lagen auf dem Hof nicht umher. Waren die drei, der Vater und die bei-

den jungen Buren, rechtzeitig entkommen, als sie erkannten, daß sie der vielfachen Übermacht nicht standhalten konnten?...
Die auf dem Hof durcheinander wirbelnden Gestalten schienen sich zu ordnen, als wäre ein Kommando gerufen worden. Vor den Haufen trat einer hin und schien Anordnungen zu geben. Zwei Figuren lösten sich aus der Gruppe und trabten entlang der Anfahrtsstraße zur Farm davon, zwei weitere in Richtung des ersten Stausees.
Martha begriff, was sich dort abspielte, hundert oder zweihundert Schritte vor ihrem Ausguckposten: Sie stellten Wachen aus; sie waren sich also ihres Sieges und ihrer Überlegenheit nicht vollkommen sicher.
Ich muß mich beeilen! Ich muß fort! Sicherlich stellen sie auch eine Wache an den Pfad zum Berg.
Sie wandte sich und rannte zwischen den Büschen davon, hangauf. Fand nach wenigen Minuten angestrengten Laufs ihr Pferd; es scheute zunächst, als sie hastig aus den Dickichten hervortauchte. Sie rief das Tier an: »Ruhig, Falber, ich bin es!«
Das Pferd stellte die Ohren auf und wandte sich ihr zu mit erhobenem Haupt. Martha klopfte ihm ein paar Mal beruhigend auf den Hals. Der Falbe schnob leise durch die Nüstern, hielt ehern still, um das Mädchen aufsteigen zu lassen. Kaum saß Martha im Sattel, so stob das Tier davon, bergauf, als brauchte ihm nicht erst bedeutet zu werden, daß die Farm verbotenes Gebiet geworden war. Das Pferd schien Augen zu haben wie eine Katze; es zögerte weder, noch strauchelte es ein einziges Mal, erreichte das obere Wasserloch und den Eingang zur Felsenschlucht. Vor der Höhle blieb es stehen, brauchte nicht gezügelt zu werden.
Martha glitt aus dem Sattel. Die Mutter stand vor ihr. Was hast du zu berichten? Die Mutter brauchte die Frage nicht auszusprechen. Im ersten Frühlicht erkannte Martha: ihr Gesicht ist ganz verzerrt vor Angst; für Mutter ist das Warten

hier oben viel schrecklicher gewesen als für mich unten das Sehen:
»Alles ist in Flammen aufgegangen. Von den Gebäuden blieben gerade noch die Lehmmauern stehen. All unser Zeug, soweit ich's erkennen konnte, lag über den Hof verstreut, verdreckt und zerbrochen. Aber von Vater und den beiden Buren, auch von unseren anderen Leuten, den Damara und von Kassima, habe ich nichts entdecken können, gar nichts, kein einziges Zeichen!«
War das ein Grund zur Hoffnung? Wer hätte das sagen dürfen!
Doch es gewährte ein wenig Beruhigung. Die beiden Frauen klammerten sich an die Vorstellung, daß der kriegserfahrene Vater irgendwie dem Untergang zuvorgekommen sein mußte.
Die Mutter war verwirrt. Angst und Sorge schienen ihr die Fähigkeit zu klaren Entschlüssen geraubt zu haben. Martha begriff, daß ihr die Führung zugefallen war, ob sie es nun wollte oder nicht. Sie ordnete mit sanfter Stimme an:
»Mutter, wir haben nur wenig geschlafen. Wir müssen jetzt etwas essen. Wir können nicht damit rechnen, daß Vater kommen wird, um uns Bescheid zu sagen, was zu tun ist. Bis er wieder da ist, müssen wir allein überlegen, wie wir uns jetzt in Sicherheit bringen. Denn auf die Farm können wir nicht zurück. Unser Vieh werden sie abgetrieben haben oder treiben es jetzt ab. Darauf waren sie aus. Sie machen es uns zum Vorwurf, daß die Rinderpest sie verarmt hat, uns aber nicht. Aber dies weiß ich schon jetzt, Mutter: Wir werden wiederkommen, hierher auf unser Land, und Otjikarare wird wieder aufgebaut werden, größer und besser als zuvor!«
Die Mutter schwieg für einige Sekunden, als ließe sie die Worte der Tochter erst einmal in ihr Bewußtsein dringen. Tränen kamen ihr, rannen über ihr Antlitz; sie schien es nicht zu merken. Sie flüsterte:

»Ach, Kind, dies Land ist nicht unser Land. Es ist ein fremdes Land. Am liebsten ginge ich zurück nach Deutschland. Da gehören wir hin!«
Aber Martha widersprach mit merkwürdig harter Stimme, aus der auch die geringste Spur von Kindlichkeit gewichen war:
»Ich kehre nicht nach Deutschland zurück, Mutter, ich niemals! Vater hat dies Land erworben, hat Otjikarare überhaupt erst gemacht, was die Schwarzen nie getan haben und auch nie zustande bringen würden. Anderswo will ich nicht leben, nur hier!«
Die Frau spürte in der Tiefe: dem Mann bin ich gefolgt, hierher ans Ende der Welt. Jetzt folge ich seiner Tochter, meiner Tochter. Ihr Wille ist ebenso stark wie der ihres Vaters. Ich werde Tee bereiten und das Frühstück; sie hat recht; wir müssen essen und einen Plan entwerfen.
Sie brauchten keinen Beschluß zu fassen. Ehe sie sich zum Essen niederließen – die Sonne ging gerade auf und warf ihre ersten Strahlen in die Felsenschlucht –, stand mit einemmal Keitsa, der Buschmann, neben ihrem kleinen Feuer. Die Frauen hatten ihn nicht kommen sehen, hatten ihn auch nicht gehört. Die Leute des Buschs bewegen sich ebenso leise wie die wilden Tiere.
Einen Gruß hatte Keitsa nicht; er saß schon neben dem Feuer und kaute mit sichtlichem Behagen an dem großen Stück Brot, das die Frau ihm gereicht hatte, riß zwischendurch mit blendend weißen Zähnen – sie schienen aus dem schwarzen Gesicht zu blitzen – ausgiebige Fetzen von dem Runken Rindsbraten, den Martha ihm abgeschnitten hatte. Der Buschmann schien völlig einig mit sich selbst zu sein, schien auch keine Eile zu haben. Das gute Essen – für ihn ging es allem anderen voran. Erst als er sich gesättigt hatte, nahm er das Wort, berichtete mit alltäglicher Stimme:
»Herero sind gekommen bei erster Dunkelheit. Zehn und dann viele, viele mal zehn, viele! Haben zuerst Tor von

Pferdekoppel aufgemacht, ganz leise, Pferde weg! Baas nicht merken. Die Damara gleich weg und Kassima weg. Baas schießen. Piet und Andries schießen. Aber dann viele, viele zehn Krieger. Herero tot, zwei oder fünf, weiß nicht. Baas und Buren rennen fort, zu viele Herero! Keine Pferde! Baas und Buren müssen laufen. Herero schneller. Baas und Buren gefangen und werden weggebracht. Weiß nicht, wohin. Wohl nach Waterberg zu Häuptling. Alles Vieh weg. Getrieben nach Waterberg. Herero werden euch finden hier, bald. Ihr Frauen müßt weg, nach Norden, nach Grootfontein. In Grootfontein deutsche Soldaten. Bei Grootfontein Burenfarmen. Buren werden nicht umgebracht von Herero, Engländer auch nicht, nur Deutsche, weiß nicht warum. Gleich fertig machen, Frau. Ich euch beide führen nach Grootfontein. Kein Herero uns finden. Im Busch: keiner so schlau wie Buschmann. Aber jetzt, gleich abmarschieren!«

---

Auf gewundenen Umwegen führte der Buschmann Keitsa seine beiden Schützlinge stracks nach Norden. Obgleich er häufig die Richtung wechselte, erkannte Martha doch, daß er im ganzen die Nordrichtung zuverlässig hielt. Der kleine schwärzliche Mann, nackt bis auf seinen kümmerlichen Hüftschurz, war vor den Frauen hergezogen, manchmal im Schritt, ebenso oft in einem nur scheinbar trägen Trab, der auch die Pferde der Frauen zum Traben zwang. In die schnellere Gangart verfiel er stets, wenn er sich des Weges und der Richtung ganz gewiß zu sein schien.
Dann aber mochte er wieder nur sehr zögernd durch das nach Norden dichter zusammenrückende Buschwerk schleichen, bedeutete den Frauen mit einer Handbewegung weiter zurückzubleiben oder auch, an einer gedeckten Stelle auf ihn zu warten. Er selbst verharrte zuweilen, wo sich ein unbehinderter Ausblick anbot, erkletterte wohl auch mit erstaun-

licher Gewandtheit einen hohen Baum. An seiner knolligen Nase zwischen den grob betonten Backenknochen blähten sich dann die breiten Nüstern, als wittere er voraus. Die dunklen Augen, zu schmalen Schlitzen zusammengekniffen zum Schutz gegen die starke Sonne, rollten von rechts nach links, von links nach rechts; sicherlich entging ihnen nichts. Stets, wenn Keitsa zögerte, wurde die Frau unruhig und flüsterte der Tochter zu:
»Wie macht er das nur? Wie will er wissen, wo es weitergeht! Der Busch ist überall gleich. Martha, wir sind hier ganz allein, bloß auf den kleinen Buschmann angewiesen. Wenn er uns nun im Stich läßt –! Wir haben nur noch für zwei, höchstens drei Tage Proviant und Wasser –«
Des Mädchens Martha hatte sich, seit sie Otjikarare hatte brennen sehen, eine merkwürdige Ruhe bemächtigt. Auf mich kommt es jetzt an. Ich darf nicht den Kopf verlieren. Sie beruhigte die Mutter, beinahe streng:
»Nein, Mutter, Keitsa weiß genau, wohin er uns führt. Du muß dich nicht ängstigen. Er will nicht, daß wir irgendjemand begegnen, schwarz oder weiß. Er ist im Busch zu Hause wie wir in unserer Wohnstube.«
Damit mußte sich die Mutter zufriedengeben. Martha ist ihrer Sache ganz sicher, dachte sie dann. Martha würde uns auch ohne den Buschmann nach Grootfontein führen; sie braucht nie zu zweifeln wie ich, wo Norden ist und Süden, Osten oder Westen...
Am vierten Tage der Flucht stießen Keitsa und die beiden Reiterinnen plötzlich quer zu ihrer Route auf einen tief ausgefahrenen Karrenweg. Keitsa schien es erwartet zu haben. Als wäre er weiterhin überflüssig und hätte nichts mehr zu verrichten, wies er die Wagenspur entlang nach Osten:
»Da Grootfontein! Bißchen Galopp! Nicht weit! Ich zurück nach Otjikarare. Ihr auch wieder zurück nach Otjikarare. Nächste Regenzeit. Weiße Leute nicht viele, aber stärker als

Herero. Ich werde sein, wo Omuramba Kahitjene kommt zu Omuramba Omatako.«

Wandte sich fort, der kleine, verstaubte schwarze Mann, nahm den Stecken, an dem sein Bündelchen hing, auf die andere knochige Schulter und war ohne weiteren Gruß nach einer Minute im Busch verschwunden.

Eine halbe Stunde später schon ritten die beiden müden Frauen über die wenig bemerkenswerte »Hauptstraße« in Grootfontein ein. Irgendwo hier mußte es eine Kommandantur der Schutztruppe geben, von der eine kleine Abteilung in der sogenannten Stadt stationiert war. Wen konnte man fragen? Die beiden Freuen waren noch nie in Grootfontein gewesen, wußten nicht, wer in den einigen Dutzend Häusern wohnte.

Ein Mann lief plötzlich von einem Laden her über die sandige, zerfahrene Straße auf die beiden unschlüssigen Reiterinnen zu, fiel dem Pferd der Mutter so stürmisch in die Zügel, daß es scheute und die Frau Mühe hatte, sich im Sattel zu behaupten. Aber der Mann ließ den Zügel des Pferdes nicht wieder aus der Hand. Das Pferd hatte nachzugeben.

»Frau!« rief er, »Frau, wo kommt ihr her? Ihr seid gerettet? Oh, das ist gut! Das ist gut!«

Es war Piet Struys, der die Frauen in der ersten Minute nach ihrer Ankunft im Städtchen aufhielt, der junge Bur, der auf Otjikarare gearbeitet hatte und mit dem Baas abhanden geraten war.

»Piet, oh mein Gott, du bist am Leben! Wo ist Andries? Wo ist mein Vater?«

Der Bursch, der das sich nur allmählich beruhigende Pferd der Frau fest am Zügel hielt, schien plötzlich seine anfänglich so freudige Überraschung vergessen zu haben. Er entgegnete wie verlegen und kleinlaut:

»Andries ist noch auf der Kommandantur. Wir sind auch erst vor einer Stunde hier angekommen. Andries muß auf der Kommandantur alles zu Protokoll geben, was wir erlebt

haben. Sie nehmen sich dort der Leute an, die hierher geflüchtet sind. Es sind nicht sehr viele. Aber auf den Farmen von Andries' Eltern und meinen Eltern ist gar nichts passiert. Das hab' ich schon gehört. Nur die deutschen Farmen haben sie zerstört. Ich bringe euch gleich auf die Kommandantur!«
Sie platzten mitten in die Befragung – fast ein Verhör! – hinein, der Andries auf der Dienststelle der Schutztruppe unterzogen wurde. Der junge Offizier, der mit der Einvernahme der Flüchtlinge betraut war, erhob sich hinter dem simplen Tisch, als Piet nach kurzem Anklopfen die beiden Frauen ins Zimmer führte. Andries war sofort aufgesprungen. Auch er rief, wie Piet zuvor, bestürzt, erstaunt, erleichtert:
»Frau, Martha! Ihr habt euch auch hier angefunden! Ach, lieber Himmel, das ist gut, das ist gut!«
Und zu dem vernehmenden Offizier gewandt:
»Dies ist Frau Korthinrichs von Otjikarare, Herr Leutnant! Und dies ist die Tochter, Martha Korthinrichs!«
Der Offizier, etwas steif und mit leichter Verlegenheit, deutete eine Verbeugung an und stellte sich vor:
»Von Horsberg, zweite Feldkompanie, Schutztruppe. Wir haben seit heute Mittag wieder Telegrafen-Verbindung mit dem Süden. Bei uns hier im äußersten Norden des Herero-Gebiets ist nicht allzu viel passiert. Aber weiter im Süden sieht es böse aus. Nehmen Sie Platz, meine Damen! Sie können wahrscheinlich den Bericht ergänzen, den mir ihr Angestellter, Andries Cluitt, bereits abgegeben hat.«
Friederike Korthinrichs vermochte nicht länger an sich zu halten. Sie stieß die einzige Frage hervor, auf die es wirklich ankam:
»Wo ist mein Mann, Herr Offizier? Ist irgendetwas über ihn zu erfahren?«
Keiner hatte sich bisher gesetzt. Auch die Frauen waren der Einladung, Platz zu nehmen, nicht gefolgt. Der junge Soldat stützte sich mit beiden Fäusten auf den Tisch und blickte auf

das zur Hälfte beschriebene weiße Blatt hinunter, auf welchem er die Aussagen des jungen Buren notiert hatte; man konnte ihm anmerken, wie schwer ihm die Antwort fiel:
»Ihr Mann, Frau Korthinrichs, und seine Assistenten, diese beiden Buren hier, sind schon nach kurzer Flucht von einem Haufen der Aufständischen eingeholt, gestellt und nach kurzer Gegenwehr überwältigt worden. Sie hätten wahrscheinlich fliehen können, wenn die Angreifer nicht zuvor das Gatter der Pferdekoppel geöffnet und die Pferde ausgetrieben hätten. Die Herero haben ihre drei Gefangenen noch in der gleichen Nacht gefesselt abgeführt, in Richtung Waterberg, wie Andries hier berichtet. Als es Morgen wurde, sind dann die beiden Jungburen fortgejagt worden. Die Waffen hatte man ihnen längst abgenommen. Sie sollten sich scheren, woher sie gekommen wären; mit den wenigen Buren bei Grootfontein hätten die Herero keinen Streit, nur mit den Deutschen. Ihren Mann, Frau Korthinrichs, haben die Schwarzen mitgenommen. Was aus ihm geworden ist, dafür haben wir bisher keinen Hinweis. Es tut mir sehr leid, Frau Korthinrichs. Auch Ihnen mein aufrichtiges Beileid, mein Fräulein!«
Martha rief in seltsam wildem Trotz:
»Das nehme ich Ihnen nicht ab, Herr Leutnant! Es ist noch nicht bewiesen, daß mein Vater tot ist. Er weiß mit Schwarzen umzugehen. Außerdem war er Soldat wie Sie!«
Der Offizier beugte sein Haupt:
»Das ist mir bekannt, mein Fräulein. Und natürlich haben sie recht: eindeutig bewiesen ist noch nichts.«
Keiner blickte den anderen an. Jeder der fünf Menschen im Raum sah vor sich hin ins Leere – in eine gähnende, umfinsterte Leere, aus der in die Herzen Unheil wölkte, unbestimmte, verzagte Ahnung. Keiner wollte sich äußern – bis aus dem Hintergrund, in dem die Frau zu stehen gekommen war, ein leiser Laut aufklang, den die andern auf der Stelle als das erkannten, was er war: ein kleiner Schluchzer,

den die verängstigte, übermüdete Frau nicht hatte unterdrücken können. Das winzige Geräusch fuhr der Tochter und auch den Männern ins Herz wie ein spitzer, nadeldünner Dolch.
Der Offizier fühlte sich aufgerufen, Mut zu machen. Er richtete sich auf:
»Der Aufstand wird natürlich niedergeschlagen. Das ist nur eine Frage der Zeit. Die Telegrafen-Linie funktioniert seit heute vormittag wieder. Hauptmann Franke ist mit seiner Kompanie auf dem Anmarsch auf Okahandja. Ihre Farm ist, so weit wir bis jetzt wissen, die nördlichste, die angegriffen worden ist. Im übrigen haben wir hier die Lage bereits unter Kontrolle. Sie können sich in dem Kaufladen neben dem Postamt zunächst mit allem versehen, was Sie brauchen. Ich kann Sie dann entweder auf die außenliegenden Farmen der Eltern ihrer beiden Angestellten Cluitt oder Struys einweisen. Jeder nimmt jetzt jeden auf, der seine Unterkunft bis auf weiteres verloren hat. Wir haben aber auch im hiesigen Gasthaus alle freien Zimmer für Flüchtlinge freigehalten. Dort könnte ich Sie ebenfalls unterbringen, falls Ihnen das lieber ist.«
Die Frau schien die Worte des Offiziers gar nicht aufgenommen zu haben; sie gab keine Antwort. Martha sah sich kurz nach der Mutter um. Die Mutter war mit ihren Gedanken weit, weit weg. Martha entschied mit klarer Stimme.
»Wir bleiben lieber in der Stadt, Herr Leutnant. Ich bitte daher, uns in das Hotel einzuweisen. Den Kaufmann werden wir wohl um Kredit bitten müssen. Wir besitzen nur das, was wir zu Pferde mitnehmen konnten.«
»Alles klar! Danke! Ich geben Ihnen zwei Papiere mit.«

---

In den nächsten Tagen und Wochen enthüllte sich die ganze entsetzliche Wahrheit und belehrte manch einen Weißen im

Lande, daß auch die Schwarzen – was im Ernst kaum jemand für möglich gehalten hatte – weit gespannte Pläne nicht nur zu fassen, sondern sie auch, obgleich Tausende von ihnen Bescheid gewußt haben mußten, geheimzuhalten und dann mit jäher, wilder Stoßkraft auszuführen verstanden.
Wenn Hottentotten und Herero ihre alte, haßerfüllte Feindschaft hätten überwinden, sich zu vereintem Angriff hätten entschließen können, wären die wenigen Kompanien der deutschen Schutztruppe im Lande schwerlich imstande gewesen, den Untergang der, aufs Ganze gesehen, noch sehr unsicheren Vorherrschaft der Deutschen in Südwest-Afrika aufzuhalten. Aber die Hottentotten hatten sich nicht bezähmen können und schon im Oktober 1903 losgeschlagen. Der ebenso kluge wie tatkräftige Gouverneur Leutwein hatte den Brand sich nicht ausbreiten lassen und das Feuer – trotz seiner zahlenmäßig weit unterlegenen Kräfte – in wenigen Wochen erstickt.
Die Herero in der Mitte des Landes und weiter im Norden unter dem listenreichen Häuptling Maherero hatten sich besser vorbereitet. Am 12. Januar 1904 bemächtigten sich die Herero der wichtigen Stadt Okahandja, in deren unmittelbarer Nähe der große Anführer seinen Sitz hatte. Wie ein Buschfeuer so schnell breitete sich der sorgfältig im stillen seit langer Zeit vorbereitete Aufruhr im ganzen Hererolande aus, vom Komas-Hochland bei Windhuk im Süden bis hinauf über das Waterberg-Gebiet an den Rand der Omaheke und des Kaoko-Veldes.
Die Deutschen waren zunächst völlig überrascht. Niemand hatte nach der so drastisch bewiesenen Überlegenheit auch nur schwacher deutscher Verbände im Süden des Landes mit einem so viel besser vorbereiteten und bewaffneten Aufstand der Herero-Nation gerechnet.
Erbarmungslos griffen die Herero gegen die Mitte des Januar die einsam im weiten Busch verstreuten Farmen an, jeweils mit erdrückender Übermacht und vorzüglich bewaffnet. Alle

größeren Siedlungen und befestigten Plätze wurden umzingelt. Die jeweils wenigen Weißen auf den schutzlos ausgelieferten Farmen, wenn sie nicht auch wie auf Otjikarare durch treue eingeborene Farmhelfer gewarnt und in den Busch geflohen waren, erlagen dem urplötzlich hereinbrechenden Unheil und fielen den Angreifern verwundet oder tot in die Hände. Die Farmen alle im Herero-Land (von wenigen englischen und burischen, auch den Missionars-Siedlungen abgesehen) wurden geplündert, verheert, verbrannt. Einhundertdreiundzwanzig Weiße, Deutsche zu allermeist, wurden schon in den ersten Tagen des Aufstands umgebracht. Viele fanden den Tod erst, nachdem sie zuvor auf gräßlich grausame Weise gemartert worden waren. Das Vieh wurde abgetrieben und mit den Herden der Herero vereinigt. Genau so hatten sich Herero und Hottentotten in vielen vorausgegangenen Jahrzehnten – ehe die Deutschen kamen – gegenseitig mitleidlos geschädigt und bekämpft, mit vielfach wechselndem Kriegsglück.

Gleich in den ersten Tagen hatten die Herero die Eisenbahnstrecken von der Küste in die Mitte des Landes unterbrochen. Auch was die Telegrafendrähte zu bedeuten hatten, war ihnen längst vertraut; sie hatten an vielen Stellen die Masten gestürzt und die Drähte zerschnitten.

Es schien nur noch eine Frage der Zeit zu sein, wann die Deutschen von der hundertfachen Übermacht der Herero erdrückt werden würden. Doch fehlte den Schwarzen nach den schnell errungenen Anfangserfolgen die Beharrlichkeit zum Ausbau ihres Sieges. Andererseits aber fühlten sich die Deutschen, wenn sie sich nicht alle auf grausige Weise vom Leben zu Tode bringen lassen wollten, zu äußerster Anstrengung, zu bedingungsloser Selbstbehauptung aufgerufen.

Die von den Aufständischen eingekreisten, in aller Eile notdürftig befestigten Plätze, in denen jedermann, der eine Waffe tragen konnte, sich an der Verteidigung beteiligte, sie hielten allesamt stand. Gouverneur Leutwein hatte das mili-

tärische Kommando dem Hauptmann Franke übertragen, dem zunächst nur eine Feldkompanie Schutztruppe zur Verfügung stand. Franke machte mit dem alten taktischen Grundsatz Ernst, daß in verzweifelter Lage der Angriff die beste Verteidigung ist, besonders dann, wenn der Gegner den Sieg schon in der Tasche zu haben scheint.
Die Truppe zögerte keinen Augenblick. Die bereits von den Schwarzen verübten Greuel, die sich rasend schnell herumgesprochen hatten, ließen den Soldaten unter Franke gar keine andere Wahl, als ohne jeden Aufenthalt und mit schonungsloser Kühnheit vorzugehen. Damit hatten die Herero nicht mehr gerechnet. Die Deutschen dachten einfach nicht daran, den doch schon von den Herero überall im Lande erfochtenen Sieg anzuerkennen, wie es vormals den schwarzafrikanischen Spielregeln entsprochen hätte. Es gelang den Aufständischen nicht, eine einzige der eingeschlossenen, meist nur von wenigen Zivilisten, auch Frauen und Kindern, verteidigten Ortschaften einzunehmen und darin das Blutbad anzurichten, das ihnen vorgeschwebt hatte. Als dann noch wie aus dem Nichts die Soldaten auftauchten, um die Siedlungen eine nach der anderen zu entsetzen, suchten sie ihr Heil in der Flucht, obwohl sie überall weit in der Überzahl und auch reichlich mit Gewehren versehen waren, die treffsicher zu gebrauchen sie längst in den endlosen Kriegen mit den verschiedenen Nama-Stämmen gelernt hatten. Die Bahnstrecken wurden freigekämpft und die Telegrafenleitungen schleunigst wiederhergestellt.
Im Zentrum des Aufstandes, bei Okahandja, dem Sitz des Samuel Maherero, erstürmte die Truppe den sogenannten »Kaiser-Wilhelm-Berg«, den die Aufständischen für uneinnehmbar gehalten hatten. Das Kriegsglück begann, sich den Deutschen zuzuneigen.
Doch war der Krieg noch weit davon entfernt, von den Deutschen gewonnen zu sein. Leutwein hatte vielmehr der Reichsregierung in Berlin mit Energie und unverbrämter

Deutlichkeit klarmachen müssen, daß der gefährliche Krieg ohne schleunige Verstärkung der viel zu schwachen Truppe nicht zu gewinnen sein würde, daß nach wie vor die gesamte weiße Bevölkerung der Kolonie in der Gefahr schwebte, auf grausige Weise hingemordet zu werden, gelänge es nicht, Sicherheit und Ordnung im Lande wiederherzustellen.

In Berlin wurde der Ernst der Lage erkannt. Verschiedene Truppen-Kontingente wurden nach Südwest in Marsch gesetzt, das heißt auf Schiffe verladen und nach wochenlanger Fahrt schließlich in Swakopmund und Lüderitzbucht gelandet. Ehe jedoch die ersten Verstärkungen in die Kämpfe eingreifen konnten, vergingen viele Wochen, denn Schiffe bilden kein besonders schnelles Transportmittel; in der Kolonie selbst war die Schmalspurbahn bald überlastet. Im weiten Hinterland sah sich der Nachschub für die kämpfende Truppe nach wie vor auf die qualvoll trägen Ochsenwagen angewiesen, so daß von den fünfzehntausend Mann, die im Laufe der Monate schließlich nach Südwest verfrachtet wurden, nur dreitausendfünfhundert als aktive Kämpfer eingesetzt werden konnten. Die übrige Truppe hatte alle Hände voll damit zu tun, den ungemein schwierigen und umständlichen Nachschub an Proviant und Ausrüstung zu sichern und aufrechtzuerhalten.

Die wenigen Kompanien Schutztruppe, die zu Beginn des Aufstandes das riesige Land Südwest zu verteidigen hatten, waren bei Licht besehen weit überfordert. Der Feind verstand es, trotz seiner schweren Niederlage bei Okahandja in weit überlegener Zahl mit gut bewaffneten und vielfach bis zur Tollkühnheit kampfeslustigen Kriegern an beinahe beliebig vielen Stellen gleichzeitig anzugreifen, erzielte auch oft genug kleinere und auch größere Erfolge und fügte den deutschen Abteilungen blutige Verluste zu. Wehe dem Schutztruppen-Reiter, der verwundet den Herero in die Hände fiel! Er wurde nicht einfach erschossen oder erschla-

gen, sondern langsam und genießerisch von den Schwarzen zu Tode gequält.
Die deutsche Truppenführung vermied die Gefahr, ihre schwachen Kräfte zu verzetteln. Erst als die aus Deutschland herangeführten Verstärkungen die in nicht abreißenden, oftmals verlustreichen Kämpfen spürbar gelichteten Reihen der Schutztruppe wieder auffüllten und eine weiter gespannte Kriegsführung möglich machten, gelang es allmählich, die Masse der kämpfenden Herero nach Norden zu drängen. Die Herero waren ohnehin daran gewöhnt, mit Weib und Kind und vor allem ihren Herden (die nun durch das viele auf den »weißen« Farmen erbeutete Vieh mächtig zugenommen hatten) ständig von Weidegrund zu Weidegrund unterwegs zu sein.
Auf die Herden der weißen Farmer an Rindern, Ziegen, Schafen und Pferden war es den Herero vor allen Dingen angekommen. Die eigenen Herden zu vergrößern, das war der Sinn aller kriegerischen Auseinandersetzungen gewesen, die in den vergangenen Jahrzehnten die Stämme der Herero ebenso wie die der Nama in Atem gehalten hatten. Der Aufstand gegen die Deutschen hatte wesentlich dem gleichen Ziel gedient. Doch die Deutschen wollten sich nicht damit abfinden, ihre Herden verloren zu haben, ihre Farmen verwüstet zu sehen und überhaupt – so erschien es den Herero – hoffnungslos unterlegen zu sein. Die Weißen gaben nicht nach, wie es die Schwarzen wahrscheinlich nach so harten Schlägen getan hätten, sondern verstärkten allmählich ihren Druck von Süden her in immer breiter werdender Front.
Das ganze, ohnehin mit ewiger Wanderung vertraute Volk der Herero geriet also nach Norden in Bewegung, wurde, ohne es anfangs gewahr zu werden, immer dichter zusammengedrängt. Der Terror, den die Schwarzen anfangs angewandt, nachdem ihnen die Überrumpelung der Weißen geglückt war, die Greuel, die sie verübt hatten, waren nicht

imstande gewesen, den Willen der Weißen, sich zu behaupten, zu brechen. Im Gegenteil gewannen nun auf der Seite der Deutschen die Kräfte die Oberhand, die, anders als etwa der landeskundige Gouverneur Leutwein, darauf drängten, die Herero militärisch zu vernichten, ihnen die Lust zu weiterem Aufruhr ein für alle Male zu vergällen.

Der Oberbefehl über die in Südwest operierende deutsche Streitmacht war von dem maßvollen und auch jetzt noch verständigungswilligen Leutwein auf den Generalleutnant von Trotha übergegangen, der nur militärisch dachte, der also nur ein einziges Ziel anerkannte: den Feind entscheidend zu schlagen, wenn möglich seine Kampfkraft vollständig zu vernichten.

Die Herero merkten allmählich, daß sie sich zu viel vorgenommen hatten. Der überlegenen Kriegsführung der Deutschen waren sie auf die Dauer nicht gewachsen; sie verloren die Gefechte bei Okanjira und Oviumbo –

und sahen sich schließlich im August 1904 unter dem gewaltigen Sandstein-Massiv des Waterbergs im Gebiet der Nordherero von einem Schleier deutscher Truppen so gut wie eingeschlossen. Die ganze Hereronation, an die siebzigtausend Menschen, war auf einen Raum von etwa vierzig Kilometern im Umkreis zusammengedrängt. Es war soweit: das deutsche Oberkommando suchte die Entscheidung. Die Herero, die geglaubt hatten, mit brutaler Gewalt die Kontrolle durch die Deutschen abschütteln zu können, sollten mit ebenso brutaler Gewalt »zur Raison gebracht«, notfalls, wenn sie nicht die Waffen streckten, vernichtet werden. Die Herero streckten die Waffen nicht; sie glaubten nicht daran, daß man glimpflich mit ihnen verfahren würde.

Es kam zur Schlacht. Unter den Hängen des Waterbergs rangen die Weißen und die Schwarzen miteinander, zwei Tage lang. Auf beiden Seiten wurde mit äußerster Erbitterung, ja mörderisch gekämpft. Die Schlacht wogte hin und her; die schweren Verluste an Toten und Verwundeten wurden nicht beachtet. Die Deutschen behielten schließlich die Oberhand. Aber noch immer gaben die Herero nicht auf. Die Deutschen hatten den Ring um das Herero-Volk mit seinen Herden und seinen vielköpfigen Familien nicht vollständig schließen können. Dazu waren die deutschen Einheiten viel zu gering an Zahl; sie hatten sich auf den Kampf gegen die Kriegerscharen der Herero beschränken müssen.

Nur noch nach Osten blieb dem Herero-Volk, das einen großen Teil seiner besten Kämpfer bereits verloren hatte, ein Ausweg aus der Einkreisung offen. Auch jetzt noch dachten die Herero nicht daran, sich auf Gedeih und Verderb den Deutschen zu ergeben. Das ganze Volk samt seinen Herden wanderte in großer Hast ostwärts davon, unvollkommen gedeckt durch eine Nachhut von Bewaffneten, soweit sie nach der blutigen Schlacht, dem Schlachten am Waterberg, noch kampfbereit, noch kampffähig waren.

Nach Osten aber, unterhalb der Berge, jenseits des Omuramba Omatako, dehnten sich die pfadlosen, so gut wie unerforschten und menschenleeren Weiten der wasserlosen Omaheke.

Das Volk der Herero wurde von einer Massen-Panik ergriffen. Die Führer hätten wissen müssen, daß die Omaheke, dazu noch auf der Höhe und in der zweiten Hälfte der trockenen, der kalten Zeit, unmöglich ein ganzes wanderndes Volk mit großen Herden, Frauen, Kindern und alten Leuten zu nähren und zu tränken auch nur im entferntesten geeignet war...

In der wasserlosen Omaheke ist die Herero-Nation untergegangen. Männer, Frauen und Kinder verhungerten und verdursteten ebenso wie die großen Herden. Die deutschen Patrouillen brauchten nicht hinter den kopflos Fliehenden her zu drücken, teils um letzten Widerstand zu brechen, teils um noch an Menschen zu retten, was noch zu retten war. Die deutschen Reiter hatten sich selbst bis zum letzten Rest

ihrer Kräfte – und dem ihrer Pferde – einzusetzen, um ihren militärischen Auftrag zu erfüllen; auch manch einer von ihnen war daran gescheitert und in ein bald verwehtes Grab im endlosen Sandfeld gesunken...
Ruhe war den deutschen Streitkräften auch jetzt noch nicht vergönnt. Dem gefährlichen und um ein Haar auch erfolgreichen Aufstand der Herero im Norden folgte ein neuerlicher Aufstand der Hottentotten im Süden von Südwest. Etwa zwei Monate nach der Entscheidungsschlacht am Waterberg erklärte Hendrik Witbooi den Deutschen den Krieg. Im Süden des Landes erwiesen sich die Hottentotten-Stämme noch viel hartnäckiger im Kampf gegen die Deutschen als zuvor die Herero. Nachdem Hendrik Witbooi bei einem Angriff auf einen deutschen Nachschubtransport am 29. Oktober 1905 zu Tode gekommen war, übernahmen andere Hottentotten-Führer das Kommando gegen die Deutschen, Morenga zunächst, der den deutschen Streitkräften mehrfach empfindliche Verluste zufügte, aber schließlich von vereinten Deutschen und aus dem Kapland eingreifenden englischen Truppen geschlagen und getötet wurde – auf englischem Boden übrigens, bei Upington am 20. September 1907. Auch noch Morenga fand einen Nachfolger, den Khauas-Hottentotten Simon Copper, der erst nach schwierigen Kämpfen in der Kalahari gestellt und geschlagen werden konnte. Der Führer der kleinen deutschen Truppen-Einheit, Hauptmann Friedrich von Erckert, fand dabei den Tod. Damit fiel – im Jahre 1908 – der Vorhang über dem letzten Akt der Südwester Unruhen...
Das Land der Herero im Norden war längst beruhigt, als sich im Süden die Schutztruppe – die Reiter mit den großen Filzhüten, deren rechter Rand durch eine schwarz-weiß-rote Kokarde aufrecht gehalten wurde – in lästigen, verlustreichen Scharmützeln immer noch mit den verschiedenen Nama-Stämmen herumzuschlagen hatte. Von der einstmals stolzen Eroberer-Nation der Herero war nur noch etwa ein

Viertel übriggeblieben. Manch ein Herero war im Kampf gefallen, an seinen Verwundungen unterwegs gestorben oder auch gefangengenommen worden. Die allermeisten indessen waren in der gnadenlosen Omaheke verhungert oder verdurstet.

Der neue Gouverneur, von Lindequist, der seit 1905 der Kolonie Deutsch-Südwestafrika vorstand, machte im Verein mit der Rheinischen Mission, die sich seit vielen Jahrzehnten uneigennützig und wahrhaft aufopfernd um die Herero bemüht hatte, den Versuch, die Reste des Herero-Volkes zu sammeln und wieder in das Gebiet ihrer früheren Heimat zurückzuführen. In einem Aufruf ließ er allen Herero Freiheit und Leben zusichern, soweit sie nicht im einzelnen Fall friedliche Farmer ermordet oder sich an den bestialischen Grausamkeiten an gefangenen deutschen Soldaten nachweislich beteiligt hatten. In den von der Mission errichteten Lagern fanden sich nach und nach rund vierzehntausend Herero ein, Männer, Frauen und Kinder. Sie brachten alles in allem drei Pferde mit! Mehr war von den einstmals nach Tausenden zählenden Herden der Herero, die sie durch das den Weißen geraubte Vieh aufgefüllt hatten, nicht übrig geblieben. Unzählige, in der großen Hitze und Dürre schnell eintrocknende Kadaver, tierische und menschliche, hatten den Fluchtweg des Herero-Volkes gesäumt.

Drei Viertel des Herero-Volkes waren umgekommen, mit ihnen das Vieh, auch das der Weißen, die im Herero-Land gesiedelt hatten. Unter den Nama hatte der Stamm der Witbooi-Hottentotten am stärksten gelitten, war kaum noch vorhanden. Die Deutschen zählten – abgesehen von den Opfern unter der zivilen Bevölkerung – rund achthundert im Kampf gefallene, etwa siebenhundert an Typhus, Malaria und anderen Krankheiten gestorbene Soldaten; die Verwundeten zählten nach Tausenden. Wie viele davon den Rest ihres Daseins als Invaliden beschlossen, wird nicht berichtet. Die gesamten Kosten des Krieges um Südwestafrika beliefen sich für das deutsche Kaiserreich auf gut eine halbe Milliarde Mark – Goldmark! Für die damalige Zeit des ersten Jahrzehnts unseres Jahrhunderts war das eine schier unvorstellbare Menge Geld!

Aber Südwest war – spätestens von 1908 an – endgültig »beruhigt«. Auf allen Straßen und Bahnen, selbst noch auf den entlegensten Buschwegen, die nur mit dem Ochsenkarren zu bewältigen waren, konnte der schwarze wie der weiße Mann gefahrlos unterwegs sein. Die weißen Farmer brauchten des Nachts keine Posten mehr aufzustellen. Die Schwarzen fanden überall beim weißen Mann Arbeit, so weit sie es nicht vorzogen, in den ihnen vorbehaltenen, großzügig von der deutschen Administration bemessenen, auch von Natur günstig ausgestatteten Gebieten zu verbleiben und ein Leben nach der Weise der Väter zu führen. Die Administration mit dem wohlwollenden und einfallsreichen von Lindequist an der Spitze half den Herero, wieder zu Vieh zu kommen. Ohne Vieh war den Herero das Leben nichts wert.

Die durch den Aufstand und die nachfolgenden Kämpfe und Wirren geschädigten weißen Farmer erhielten vom Reich finanziellen Ausgleich für die erlittenen Verluste – soweit diese durch Geld aus der Welt geschafft werden konnten. Es gab ja nun so viel mehr Platz als früher im Lande, besonders in den früheren Weidegebieten der Herero. Die Farmer vermochten jetzt erst, sich beinahe ungehindert auszubreiten. Viele der früher von den Herero beanspruchten Wasserstellen waren herrenlos geworden.

Zudem hatte von Lindequist auf zum Teil abenteuerlichen Umwegen das ursprünglich im russischen Turkestan heimische Karakul-Schaf in Südwest eingeführt. Der weitgereiste und umsichtige Mann hatte sich gesagt, daß Karakul-Schafe (deren Lämmer den kostbaren Persianer-Pelz liefern) auf den Südwester-Hochsteppen in Afrika ebenso gedeihen würden wie auf denen des asiatischen Südwestens, ähnelten sich doch Klima und Pflanzenwuchs der so weit voneinander entfernt liegenden Landschaften auf erstaunliche Weise. Die Rechnung des Gouverneurs ging großartig auf. Die Karakul-Zucht erschloß den Südwester Farmern eine neue Quelle wirtschaftlichen Erfolges, die bald ergiebiger floß als die der Viehzucht.

Die Schwarzen nahmen am Aufstieg des Landes teil. Sie fanden Arbeit und Verdienst überall auf den Farmen und in der Stadt, wenn ihnen der Sinn danach stand, sich die Mittel und Werkzeuge des weißen Mannes anzueignen, seine Kleidung zu tragen und sich dem »weißen« Lebensstil anzupassen. Ihre Kinder konnten in die Schule gehen. Den Begabteren standen bald Fachschulen offen; sie konnten sogar Soldaten und Beamte werden, wenn auch nur in unteren Rängen. Eine strenge Rassenschranke bestand durchaus nicht. Manch ein im Land verbliebener Soldat heiratete eine hübsche Herero oder eine Bastard aus Rehoboth. Es gab sogar Offiziere, die den Dienst quittierten und zu »Pontok-Weißen« wurden, das heißt mit ihren schwarzen Frauen das Leben nach Eingeborenen-Art fortsetzten – und offenbar sogar glücklich dabei wurden...

Was aber war inzwischen aus Otjikarare am Waterberg geworden?

# IV

## Beinahe Glück

Wilhelm Korthinrichs aus Lungbüttel bei Königslutter im Niedersächsischen – nie wieder ist eine Spur von ihm aufgetaucht. Er war und blieb verschwunden, als hätte ihn die Erde verschluckt. Die Herero hatten ihn in der Nacht des Überfalls auf die Farm entführt, zusammen mit den beiden jungen Buren Piet und Andries, die aber auf dem Marsch durch den nächtlichen Busch von den schwarzen Bewachern freigegeben und kurzerhand davongejagt worden waren – ohne Waffen, ohne Proviant, ohne Wasser. Die beiden jungen Burschen mochten auf den ersten Blick schwerfällig, ja träge wirken; maulfaul waren sie gewiß. Aber sie waren im Busch geboren, waren sowohl mit seinen Tücken als auch mit seinen Möglichkeiten von Jugend an vertraut; der Busch war ihre Heimat. Sie hatten sich quer buschein nordwärts nach Guchab durchgeschlagen und hatten dann mit letzter Kraft nach zweitägigem Gewaltmarsch das rettende Grootfontein erreicht. Über Korthinrichs wußten sie nichts weiter zu berichten, als daß die Schwarzen mit ihm in etwa südwestlicher Richtung weitergezogen wären, offenbar in Richtung Waterberg.
Die beiden Frauen Korthinrichs, Mutter und Tochter, hock-

ten in ihrem Notquartier und hofften von Tag zu Tag, daß ein Zeichen des verlorenen Mannes und Vaters Auskunft darüber geben würde, ob er noch am Leben wäre oder wo man nach ihm suchen könnte. Aber es vergingen die leeren Tage, die Wochen und schließlich Monate – der grenzenlose Busch um die kleine Stadt, die weiten, duftenden Steppen hüteten ihre Geheimnisse in abweisender Schweigsamkeit.
Der junge Offizier namens Kurt v. Horsberg, der die beiden Frauen nach ihrer gelungenen Flucht auf der Kommandantur in Empfang genommen hatte, kümmerte sich in den ersten Wochen nach ihrer Ankunft um die Verlassenen. Aber dann war auch er von heut' auf morgen nicht mehr vorhanden, als sich der militärische Widerstand der Deutschen gegen den Herero-Aufruhr erstaunlich schnell formierte; er war abkommandiert worden, mit einem Trupp ausgesuchter Leute einige von den Herero belagerte Siedlungen weiter im Süden zu entsetzen. Die Frauen waren wieder sich selbst überlassen, bis auf die gelegentlichen Besuche von Piet und Andries oder von beiden zugleich. Auf ihre ungelenke Art waren die beiden langstieligen Burschen den Frauen treu, saßen für eine halbe oder ganze Stunde bei ihnen umher, redeten nicht viel, tranken ein halbes Dutzend Tassen süßen Kaffees und verabschiedeten sich wieder auf ihre linkische, aber treuherzige Art. Jedesmal wiederholten sie am Schluß die Einladung ihrer Eltern: Frau und Tochter Korthinrichs wären den Struys' oder den Cluitts draußen auf der Farm jederzeit und beliebig lange willkommen.
Schließlich gab Friederike Korthinrichs nach: »Gut, Piet, vielen Dank! Wir reiten zum Wochenende zu euch hinaus und bleiben vielleicht ein paar Tage, wenn wir euch nicht lästig fallen.«
Piet zeigte sich ehrlich beglückt und ritt schließlich mit den beiden Frauen – sozusagen im Triumph – auf der Struys'schen Farm unweit Grootfontein ein. Mit schier überströ-

mender Freundlichkeit wurden Friederike und Martha Korthinrichs von den alten Struys' empfangen. Annähernd ein Dutzend Kinder, alles Struysscher Nachwuchs vom einjährigen bis zum fünfzehnjährigen Sprößling – Piet, wie sich herausstellte, war der Älteste, der sich bei Korthinrichs schon sein erstes eigenes Brot verdient hatte –, wimmelte nur so um die beiden Besucher herum, neugierig starrende, zuweilen auch gierig »haben wollende« Struyssens in allen Größen. Die Eltern waren ebenso neugierig, wenn auch nicht ebenso offensichtlich.

Als sich dann herausstellte, daß die beiden ältesten Kinder ihr gemeinsames Bett hatten räumen müssen, damit die beiden Gäste sich darin zur Ruhe legen konnten – und das mit vier anderen Kindern in zwei Betten im gleichen Zimmer –, als sich weiter herausstellte, daß es eine abgeschlossene Waschgelegenheit im Hause nicht gab und erst recht keinen Ort, zu dem, wie man hört, selbst die Kaiser und die Könige zu Fuß hingehen – ach, wie unendlich weit und verschwiegen breitete sich die Dornbuschsteppe nach allen Himmelsrichtungen! –, als sich schließlich noch herausstellte, daß nicht viel mehr im Haus zu haben war an Essen und Trinken als Dickmilch, trocken Brot und Kaffee – Vater Struys war schon zweimal auf denselben Kudu-Bullen ausgewesen, der sich aufdringlich in der Nähe der Farm umhertrieb, hatte ihn zweimal verfehlt, also war nichts Fleischernes für die Bratpfanne oder den Kochtopf vorhanden –, kamen Mutter und Tochter Korthinrichs bald, wenn auch nur vertraulich überein, daß ihr ödes Zimmer im Gasthaus zu Grootfontein wohnlicher gewesen war als die kleine Burenfarm, die offenbar nicht recht leben und auch nicht sterben konnte.

Friederike und Martha machten sich nach einer Woche, die ihnen recht schwer gefallen war, wieder auf den Rückweg nach Grootfontein – unter lautem Bedauern, ja Wehklagen der Familie Struys. Es konnte nicht bezweifelt werden, daß die Wirtsleute ihre Gäste wesentlich eindringlicher und dankbarer genossen hatten als umgekehrt.

Als die beiden Frauen nach bewegtem Abschied zu Pferde die Farm verließen und der sandige Karrenweg sie in den Busch entführt hatte, beugte sich Martha ein wenig auf den Sattelknopf hinunter und warf zur Mutter in der anderen Radfurche die Worte hinüber:

»Lieber drei Monate im Zelt als noch einmal drei Tage auf solch einer Farm von Angola-Buren, Mutter! Ich bin froh, daß wir so einigermaßen leichten Kaufs davongekommen sind!«

Die Mutter vermochte – vielleicht zum ersten Mal, seit ihr Wilhelm von Afrika verschlungen worden war – ein Lächeln nicht zu unterdrücken, so aus tiefster Seele hatte die Tochter ihren Abscheu vor den eben ausgestandenen Tagen zu Wort kommen lassen:

»Kind, wer auf diesem Erdteil die Lebensart der alten Heimat vergißt und nur noch nach afrikanischer Weise fortbesteht, der kommt unter die Räder, der wird zum weißen Afrikaner, und die weiße Hautfarbe nutzt ihm gar nichts. Die Buren sind seit Generationen in Afrika zu Hause, haben keine zweite, keine alte Heimat mehr. Und das gilt für Treck-Buren wie diese hier, die aus Angola abgeschoben wurden, ganz besonders. Es macht ihnen nichts aus, nach afrikanischer Art von der Hand in den Mund zu leben und darauf zu vertrauen, daß sich morgen wieder ein Kudu oder ein Springbock schießen läßt. Unsere Art ist das ganz und gar nicht! Wie schön hatten wir es schon auf Otjikarare! Wie mag es da jetzt aussehen!« ...

Ja, das fragten sich beide oft genug und lagen halbe Nächte darüber wach. Aber Martha empfand bei sich im stillen – und es machte sie froh wie seit langem nicht: Es hat der Mutter gutgetan, daß wir bei den Struys waren, trotz all der Schlampigkeit und Kärglichkeit, die wir dort erlebten! –, die Mutter ist abgelenkt worden, hatte sich zu wehren und ihren

Rang zu behaupten; sie konnte sich nicht hängen lassen und bloß an Vater denken. Wenn sie doch nur erst wüßte und anerkennen müßte, daß Vater verlorengegangen ist. Ich weiß es. Ich fühle, daß es so ist. Wir müssen ohne ihn fertig werden. Auch Mutter darf ihm nicht ewig nachtrauern. Mutter ist ja noch gar nicht alt. – Wir müssen wieder etwas zu tun bekommen. Das wird Mutter am ehesten wieder auf die Beine helfen!

Als die Frauen nach langem, staubigem Ritt wieder ihr altes Quartier in Grootfontein erreichten und in den Hof des Gasthauses einlenkten, um ihre Pferde in die Hut des Stalljungen zu geben, kam plötzlich aus der Hintertür des Hotels der junge Leutnant von Horsberg zum Vorschein und schritt den Frauen eilig entgegen:

»Wie schön, daß ich Sie doch noch treffe, meine Damen! Ich hatte dienstlich hier einen Tag zu tun und war sehr enttäuscht, daß ich Sie nicht mehr vorfand. Ich hoffe, Sie hatten ein paar angenehme Tage. Ich habe inzwischen mehr gesehen und erlebt, als mir lieb ist. Auch meine Abteilung hatte Verluste. Die Schwarzen sind besser bewaffnet, werden auch manchmal besser geführt, als unsere Leute oben das erwartet hatten. Aber wir setzen uns überall durch, obgleich wir beim Gegner regelmäßig mit der vielfachen Zahl an Gewehren rechnen müssen.«

Er hatte das einigermaßen forsch hervorgebracht, wie es sich für einen Offizier »Seiner Majestät, des Kaisers« schickte. Doch in Marthas Sinn entfaltete sich bei dieser unerwarteten Begegnung urplötzlich, wenn auch ihr selbst unbewußt, das Ahnungsvermögen eines zur Frau erwachenden Mädchens. Sie empfand, daß der braungebrannte schlanke, beinahe hagere Mann viel ernster geworden war, als sie von früher her im Sinne behalten hatte. Die Augen schienen ihm tiefer in den Höhlen zu liegen, und um den Mund hatte sich ein härterer Zug angesiedelt – oder war es ein schmerzlicher? Martha wußte mit einmal so genau, als hätte es ihr jemand

zugeflüstert, der sich über Menschen und Dinge niemals täuschte:
Er hat den Tod gesehen, Blut und verrenkte Leiber; er ist so forsch nur, weil das zur Uniform gehört; dahinter ist er im Innersten getroffen – und im Innersten ist er weich, ist eigentlich ein sanfter Mensch; man muß ihm beistehen. Vater war auch im Innersten immer freundlich, niemals böse oder hart. Dieser ist es auch...
In Sekundenschnelle war Martha eine andere geworden, ahnte es nicht einmal. Der warme Unterton in ihrer Stimme war nicht zu überhören, als sie antwortete. Der junge Mann nahm ihn wahr – ohne sich darüber Rechenschaft abzulegen –, als klänge ihm von weither der Gesang einer schön gestimmten Glocke in den Ohren.
»Es ist schrecklich, Herr von Horsberg! Die dummen Herero! Erst haben sie uns meinen Vater entführt, und jetzt müssen wir sie bekriegen, damit sie uns nicht mehr bedrohen können. Dabei ist so viel Platz im Lande, genug für sie und genug für uns. Wir hätten so viel voneinander lernen können, wir von ihnen und sie von uns. Ich hatte auf der Farm einen guten Freund, Hakane hieß er. Seine ganze Busch-Weisheit hat er mir beigebracht. Er hat uns zu warnen versucht. Dann war er weg. Vielleicht ist er jetzt schon genauso tot wie mein Vater!«
Was hatte sie da gesagt? Sie erschrak über sich selbst. Die Mutter stand ja daneben. Wie hatte sie die Mutter vergessen können!
Der Mutter war das unbedachte Wort des Kindes ins Herz gefahren wie ein Messerstoß. Die Frau konnte es noch nicht wahrhaben; sie wollte es nicht. Sie lehnte sich auf, tadelte; mochte der junge Mann, der nicht zu ihnen gehörte, es nur ebenfalls zur Kenntnis nehmen:
»Martha, was redest du da! Bist du von Sinnen? Vater lebt vielleicht und kann schon morgen wieder bei uns sein. Wir dürfen nicht denken, daß er nicht mehr lebt!«

Der Frau Antlitz glühte plötzlich vor Trauer und Zorn. Es war, als könnte sie sich kaum bezähmen, die Tochter zu züchtigen.
Der junge Mann in keineswegs mehr sehr adretter Uniform, dort auf dem kahlen, kiesig staubigen Ausspannplatz des kümmerlichen Hotels unter der noch immer Glut verströmenden, schon in den Abend sinkenden Sonne – der tiefe Kummer der beiden Frauen brannte ihm in der Seele, als wäre es sei eigener. Die Mutter klammerte sich an eine Hoffnung, die von Tag zu Tag mehr diesen Namen nicht verdiente. Die Tochter dagegen verfügte über einen nüchternen Mut, der sich auf die Dauer von keiner Wahrheit schrecken ließ, mochte sie noch so bitter sein. Welch ein Mädchen – dies Mädchen aus den Dornbusch-Steppen von Südwest! Solch ein Mädchen hatte er noch nirgendwo erlebt. Halb ohne es zu wollen, bekannte auch er sich zu der kaum noch abzustreitenden traurigen Wahrheit; er mußte dem Mädchen beispringen:
»Liebe Frau Korthinrichs, nach allem, was mir in den letzten Wochen unter die Augen gekommen ist: wer den Herero einmal in die Hände gefallen ist, der...«
Er vollendete den Satz nicht, verstummte und blickte beiseite. Er wollte nicht grausam sein, hatte nur das Mädchen bestätigen wollen. Die Frau schluchzte plötzlich auf, vermochte es nicht zu unterdrücken, wandte sich ohne Abschied und eilte ins Haus. Martha zögerte nur wenige Sekunden, senkte ihre Augen in die des jungen Mannes. Trauer, Schmerz und Mitleid einte die beiden jungen Menschen für einen ewigen Augenblick. Sie stieß hervor:
»Ich muß mich um meine Mutter kümmern. Entschuldigen Sie mich!«
Er hätte sie gern festgehalten:
»Ich hätte das nicht sagen dürfen. Aber ich konnte es auch nicht leugnen. Sehen wir uns noch, Fräulein Korthinrichs? Ich werde nur noch wenige Stunden hier sein.«

Martha war schon im Gehen. Über die Schulter gab sie zurück:
»Vielleicht, Leutnant, hoffentlich! Es wär' mir lieb.«
Und war im Haus verschwunden.
Aber die Mutter hielt das Mädchen den Abend über im Haus fest. Sie ahnte, daß die beiden sich wiedersehen wollten, war aber dem Manne gram, der nicht mehr daran glauben wollte, daß ihr Wilhelm noch lebte – und war der Tochter gram, die auch nicht mehr daran glaubte. Und im übrigen war Martha mit ihren nicht einmal siebzehn Jahren noch viel zu jung, als daß sie . . .
Aber wie es von jeher auf der Welt gegangen ist, so ging es auch diesmal wieder im fernen staubigen Grootfontein auf der Höhe der kalten, der trockenen Zeit – im August des Jahres 1904:
Sie hatten sich nicht verabredet, aber sie hätten sich gar nicht zuverlässiger treffen können. Sie wartete zwischen den dunklen Büschen im Vorgarten des Gasthauses. Er kam nicht geritten, sondern leiser und heimlicher, führte sein Pferd am Zügel. Er hatte die kleine Kolonne, die er nach Süden zu führen hatte, sechzehn Reiter und ebenso viele Packpferde, beladen mit Munition, am Rande der Ortschaft für eine halbe Stunde rasten lassen, ehe der Marsch in die Mondnacht im Ernst begann. Seine Leute hatten dagegen durchaus nichts einzuwenden gehabt, denn der Tag war lang und heiß gewesen und hatte die Soldaten, die schon den größten Teil der vergangenen Nacht im Sattel verhockt hatten, manchen Tropfen Schweiß gekostet. Der Leutnant wurde nur von einem einzigen Gedanken beherrscht: vielleicht sehe ich sie noch einmal; ich muß blind gewesen sein damals, habe nicht begriffen, daß sich hinter dem scheuen Mädchen eine kühne junge Frau verbarg. Kühn ist das richtige Wort. Aber sie ist auch schön, wird noch schöner werden.
Sie standen sich gegenüber im schattendunklen Schutz der Gebüsche.

»Fräulein Martha, Sie haben auf mich gewartet! Sie können sich kaum vorstellen, welch ein wunderbares Abschiedsgeschenk das für mich bedeutet!«
»Ach, Leutnant Horsberg, ich habe nicht gewartet. Ich wußte, daß Sie bei voller Dunkelheit noch einmal kommen würden, habe also meiner Mutter nicht gehorcht. Sie reiten jetzt nach Süden, Richtung Waterberg. Richtung Waterberg ist auch mein Vater verschwunden – und nicht wieder aufgetaucht. Sie ziehen ja auch für uns dorthin, wo geschossen wird, wo getötet wird. Damit mein Vater gerächt wird, damit wir irgendwann Otjikarare wieder in Besitz nehmen können. Viel Sinn kann ich in all dem nicht entdecken. Die Mörder zur Strecke bringen, das macht den Ermordeten nicht wieder lebendig. Mein guter Lehrer und treuer Beschützer Hakane war auch ein Herero. Vielleicht ist auch er schon tot oder stirbt an einer Kugel aus Ihrem Gewehr, Leutnant Horsberg. Es ist so irrsinnig, das Ganze, Leutnant!«
Der junge Soldat stand vor dem Mädchen wie ein Angeklagter vor dem Richter, schlug die Augen nieder; sie erkannte es, obgleich der Mützenrand seine Augen gegen das blasse Mondlicht verschattete. Eine sonderbar warme Welle überflutete ihr Herz. Er flüsterte, kaum verständlich:
»So darf ich nicht denken, Fräulein Martha. Ich bin Soldat des Kaisers und Offizier dazu. Ich habe nur zu gehorchen, weil andere mir gehorchen müssen, selbst wo es ums Leben geht. Aber ihre Worte rücken mir manches ins rechte Licht, und ich werde noch viel darüber nachdenken müssen. Fräulein Martha, meine Zeit ist knapp bemessen. Ich bin so froh, daß ich Sie noch einmal habe sprechen können. Ich möchte Sie aber noch etwas fragen...«
Er zögerte. Sie nicht:
»Fragen Sie unbesorgt, Leutnant Horsberg!«
»Die Herero sind, soweit ich weiß, am Waterberg zusammengedrängt, alles, was sie an Kämpfern haben, dazu Frauen, alte Leute, Kinder und ihre Herden. Wir haben sie

mehr oder weniger umzingelt, mit großen Lücken natürlich; wir haben nicht annähernd genug Soldaten. Es wird sicherlich in den nächsten Tagen zur Schlacht kommen, zur Entscheidungsschlacht, meine ich. Es wird erbittert gekämpft werden. Die Herero sind tapfer. Ich glaube nicht, daß wir den ganzen Stamm gefangennehmen können, wir mögen siegen, so viel wir wollen. Wir werden die Geschlagenen – wenn wir sie schlagen – endlos verfolgen müssen. Das Land ist so riesengroß und leer. Ich werde, sollte ich heil bleiben, dabei sein müssen. Fräulein Martha, ich habe in Deutschland kaum Familie, zum mindesten niemand, an den ich gerne schriebe. Meine Eltern leben beide nicht mehr. Kein Mensch vermag zu sagen, wann hier wieder die Post in Gang kommt. Aber wie dem auch sei, ich wollte Sie fragen, darf ich Ihnen ab und zu schreiben? Und – falls meine Briefe Sie erreichen – würden Sie mir antworten?«
Jetzt war es an ihr, die Augen zu senken. Dann, stockend: »Ich habe in meinem Leben noch nicht viele Briefe geschrieben und auch diese wenigen ungern. Aber Ihre Briefe werde ich ganz gewiß beantworten. Ganz gewiß, und so gut ich kann!«
Ihre Stimme zitterte ein wenig bei diesen Worten, fast unmerklich, aber dem jungen Manne entging es nicht. Der Atem wurde ihm eng, auch ihm!
Im Dunkeln haschte er nach ihrer Hand und zog sie an seine Lippen. Im ersten Augenblick hatte sie zurückzucken wollen, war ihr doch im Busch auf Otjikarare dergleichen noch nie passiert. Doch beherrschte sie sich und überließ ihm ihre Hand willig. – Er richtete sich auf:
»Jetzt muß ich fort. Darf meine Leute nicht warten lassen. Leben Sie wohl, Fräulein Martha!«
»Leben Sie wohl, Leutnant Horsberg! Und kommen Sie wieder! Wir werden irgendwann wieder auf Otjikarare zu finden sein. Ich gebe es nicht auf, nie und nimmer! Dort werden Sie uns immer willkommen sein!«

So klar und deutlich sprach sie dies aus, als wäre sie bereits Herrin auf Otjikarare.
Er hatte den linken Fuß schon im Steigbügel und schwang sich mit einer einzigen kraftvollen Bewegung in den Sattel. Das Pferd hatte still wie eine Statue im Schatten eines großen Busches gewartet. Noch einmal:
»Alles Gute, Fräulein Martha! Und grüßen Sie Ihre Mutter!«
Das Pferd warf sich ohne Aufforderung auf der Hinterhand herum. Die Hufschläge im Dreiertakt des Galopps verklangen in der Ferne schon nach wenigen Sekunden.
Die Mutter sagte nichts und fragte nichts, als Martha wieder in dem gemeinsam von beiden bewohnten Zimmer erschien. Auch für sie hatte dieser Tag eine Wende bedeutet. Sie gestand es sich zwar noch nicht mit dürren Worten ein. Aber im Hintergrund ihres Bewußtseins hatte die Einsicht Gestalt angenommen: mein Wilhelm wird nie wieder bei mir sein. Ich habe ihn verloren für immer. Ich bin eine Witwe.

---

Die Tage waren erfüllt von bangen Erwartungen. In dem winzigen Städtchen Grootfontein gab es kaum noch Männer im wehrfähigen Alter. Die Reservisten waren seit Beginn des großen Aufstands der Herero – mit denen man doch, so hieß es allgemein, ordentliche Kauf-, Friedens- und sogar Freundschafts-Verträge abgeschlossen hatte und die nun endlich »zur Vernunft gebracht« werden mußten – ja, die Männer, die noch laufen, reiten und schießen konnten, waren allesamt einberufen worden, um die – angesichts der nach vielen Tausenden zählenden Kriegerschar der Herero viel zu schwache – Schutztruppe zu verstärken. Auch von den Buren um Grootfontein hatten sich die Männer freiwillig zum Dienst mit der Waffe gemeldet und waren eingereiht worden, waren sie doch als »wildnisweise« Späher und

Kundschafter in der pfadlosen Steppe vorzüglich zu gebrauchen.

Auch Piet und Andries hatten sich melden wollen. Nach ihren Erlebnissen bei und nach dem Überfall auf Otjikarare genügte selbst ihre sonst nicht sehr bewegliche Phantasie, sich auszumalen, wie es allen Weißen im Hereroland ergehen würde, wenn die Schwarzen die Oberhand behielten. Gewiß, Deutsche waren sie nicht, diese im grenzenlosen Inneren Südafrikas auf der Suche nach einer festen Heimat umherziehenden (und sie nicht findenden) Treckburen – oder »Angola-Buren«, wie man sie in Südwest nannte, da sie von Norden über den Kunene ins Land gekommen waren. Engländer waren sie erst recht nicht – wenn sie überhaupt irgendeine Staatszugehörigkeit beanspruchen konnten. Den früheren Burenrepubliken, dem Oranje-Freistaat und Transvaal, mochten sie sich zugehörig gefühlt haben. Aber die Burenrepubliken gab es nicht mehr, seit England ihre weiten, mühsam genug erwanderten und erkämpften Gebiete nach langem, äußerst blutigem Krieg seinem Weltreich einverleibt hatte.

Piet und Andries waren auch als freiwillige Helfer bei der Schutztruppe nicht willkommen; sie wären noch zu jung, hieß es. Außerdem wäre es nun ihre Aufgabe als angehende Männer, sich um die schutzlosen Frauen und Kinder zu kümmern, die ihre Farmen hatten verlassen müssen und sich zu einigen verwirrten und besorgten Dutzend in Grootfontein zusammengefunden hatten. Für Piet und Andries bedeutete dieser Auftrag, sich ganz speziell und so gut wie ausschließlich den Wünschen und Nöten der beiden Frauen Korthinrichs zu widmen. Sie versorgten die Pferde, hielten sich für alle Dienste und Laufereien bereit und sorgten vor allem dafür, daß keines der in der Stadt und Gegend umlaufenden Gerüchte den Frauen verborgen blieb. Die beiden jungen Burschen hatten sich den bewunderten Leuten von Otjikarare nicht nur äußerlich, sondern auch innerlich angeschlossen, nachdem in der drangvollen Enge und Ärmlichkeit der väterlichen Farmen ihres Bleibens nicht länger gewesen war. Daß Korthinrichs sie nach Otjikarare mitgenommen und angestellt hatte, war ihnen wie ein Geschenk des Himmels vorgekommen. Sie mochten auch jetzt nach dem Untergang der Farm Otjikarare nicht weichen, betrachteten sich sozusagen als die treuen Vasallen der Korthinrichs und taten ihr Bestes, dies den beiden Frauen tagtäglich zu beweisen. Das bedeutete nicht allzu viel, aber die beiden Frauen in dem kümmerlichen Gasthof-Zimmer brauchten sich nicht völlig verlassen zu fühlen. Denn der Leutnant von Horsberg – das war nicht viel mehr als ein ferner Traum. Piet und Andries aber klopften jeden Morgen an die Tür. Friederike konnte mit ihnen im niedersächsischen Plattdeutsch reden, das ihrem burischen Dialekt, den sie mit einem gewissen Stolz ›afrikaans‹ nannten, sehr nahe kam. Friederike und Martha Korthinrichs gewöhnten sich im Laufe der tatenlos und auch angstvoll in Grootfontein verhockten Zeit an die beiden unerschütterlich im Hintergrund bereitstehenden ungelenken, aber stets gutwilligen Gesellen; halb und halb gehörten sie bereits mit zur Familie.

Piet brachte die Kunde ins Hotel: am Waterberg war eine große Schlacht zwischen Deutschen und Herero entbrannt, zwei Tagesritte weiter im Süden; die Kämpfe mußten sich gar nicht weit von dem Ort abspielen, an welchem die Korthinrichs gesessen hatten. Auf Otjikarare lebte ohnehin keine Menschenseele mehr; Haus und Hof waren verwüstet und verbrannt, aber ganz gewiß galt für Otjikarare nach wie vor, daß es »der Platz war, von dem man weit sehen konnte«.

»Wenn dort gekämpft wird, dann bleibt wohl gar nichts mehr übrig von unserer Farm. Nur gut, daß Vater das nicht mehr erlebt! Es hätte ihm das Herz gebrochen. Es war ja alles sein Werk. Ach, unser schönes Haus und das gute Vieh –!« klagte die Frau.

Martha mochte solche Verzagtheit nicht anerkennen:

»Leutnant Horsberg hat davon gesprochen, Mutter, daß am Waterberg die Entscheidung fallen wird. Ich fürchte mich überhaupt nicht. Wir werden die Schlacht nicht verlieren. Wenn wir solche Soldaten einsetzen können wie Horsberg – und Vater war auch bei der Schutztruppe, ganz von Anfang an! –, dann wird letzten Endes alles zu unseren Gunsten ausgehen. Das glaube ich ganz bestimmt. Dann ziehen wir wieder auf Otjikarare ein und fangen noch einmal von vorn an. So würde auch Vater es machen. Du darfst die Hoffnung nicht sinken lassen, Mutter. Du mußt mir helfen, Otjikarare wieder aufzubauen, größer und schöner, als es gewesen ist. Ohne dich kann ich das nicht!«
Piet hatte daneben gestanden und diese trotzigen Worte mit angehört. Er hatte die Augen weit aufgerissen, und der Mund hatte ihm ein wenig offengestanden dabei. Schnell von Begriff war Piet nicht. Aber was sich eben vor seinen Augen und Ohren abgespielt hatte, das hatte er erfaßt: den alten »Baas« mochten die Herero vom Leben zum Tode gebracht haben – mochte der Himmel wissen wie; aber viel genutzt hatte ihnen das nicht, denn schon hatte Otjikarare einen neuen Baas bekommen; der hieß diesmal Martha Korthinrichs. Und es empfahl sich ohne Zweifel gleich von Anbeginn, sich gut mit ihm zu stellen. Piet brummte im Hintergrund:
»Das soll wohl sein, Fräulein! Da gibt's gar nichts anderes! Und ich mache mit. Meinetwegen ohne Lohn. Die verdammten Kaffern werden uns nicht aus dem Sattel heben. Und Andries macht auch mit. Den brauch' ich gar nicht erst zu fragen!«
Martha sah sich nach ihm um, lächelte:
»Vielen Dank, Piet, Wenn ihr beiden mit von der Partie seid, was soll da schiefgehen! Allein würde ich's wohl nicht schaffen. Aber mit euch zweien, die ihr so gut im Busch Bescheid wißt: Otjikarare wird wieder werden, was es war – und noch mehr!«

Es rührte das Mädchen sonderbar, daß es wahrnehmen mußte, wie Piets simples Antlitz aufstrahlte bei seinen Worten. Da waren also zwei junge Kerle, die ihr helfen wollten, ja, die sich in der Luft für sie zerreißen lassen würden, wenn es nötig werden sollte. Martha konnte nicht verhindern, daß ein Gefühl von Genugtuung – und Macht! – ihr Herz beschlich. Horsberg vor ein paar Tagen – und nun dies! Nein, allein war sie nicht. Jetzt brauchte nur noch die Schlacht am Waterberg gewonnen zu werden.

Sie wurde gewonnen. Zuerst war auch das nur ein Gerücht. Aber schon nach wenigen Tagen wurde »amtlich« mitgeteilt, daß der Aufstand der Herero endgültig niedergeschlagen wäre. Das gesamte Herero-Volk, oder was von ihm noch übrig wäre, befände sich auf kopfloser Flucht nach Osten in die um diese Jahreszeit so gut wie wasserlose Omaheke. Die besten Verbände der Schutztruppe wären eingesetzt, die Fliehenden zu verfolgen, sie nicht zur Ruhe kommen zu lassen, jeden Widerstand, der sich vielleicht noch regen wollte, rücksichtslos schon im Keime zu ersticken.

Als Andries dies den beiden Frauen in ihrem Gasthaus-Zimmer berichtete, krampfte Mutter Friederike die Hände im Schoß zusammen:

»Mein Gott, Frauen und Kinder und die Alten und das viele Vieh und jeden Tag womöglich gehetzt von einem schon verschlammten Wasserloch zum nächsten! Warum ergeben sie sich nicht? Sie werden alle sterben, verhungern und verdursten im Sandveld auf der anderen Seite vom Omuramba Omatako! Mein Gott, können wir das auf unser Gewissen nehmen?«

Andries blickte die Frau verständnislos an; er war in der Steppe geboren; dort wurde ewig gestorben, damit andere lebten. Gnade gab es wenig oder keine. Das war so, und man brauchte darüber nicht nachzudenken.

Martha erwiderte mit einer Bitterkeit, die der Mutter jedes weitere Wort des Mitleids im Halse stocken ließ:

»Sie haben es so gewollt, die Herero. Sie hätten es anders haben können. Unser Vater wird auch nie wiederkehren.«
Die Mutter wehrte sich nicht mehr gegen solche mitleidlose Wahrheit.
Zwei Tage später war das Gerücht zur Gewißheit geworden: die Streitmacht der Herero war am Waterberg nach zweitägigen, für beide Seiten verlustreichen Kämpfen bis auf einen kläglichen Rest vernichtet worden. Das ganze übrige Volk war durch eine breite Lücke in der Einzingelung nach Osten entwichen in die Leere, die um diese Jahreszeit tödliche Einöde.
Der Krieg gegen die Herero, der mit dem landesweiten, erbarmungslosen Überfall der Herero auf die ungeschützten Farmen und Siedlungen der Deutschen begonnen hatte, war beendet.
Bei den Frauen, den Kindern, den Alten – die waffenfähigen Männer standen, wer weiß wo, im Felde – wollte keine Siegesstimmung aufkommen. Das Leben, das nackte, war nun wohl gesichert, aber war es auch die Existenz, die man sich mühselig und unter Entbehrungen erarbeitet hatte? Hatte sie der Krieg vielleicht endgültig vernichtet?
Martha drängte darauf, nach Otjikarare zurückzukehren. Aber noch hatte die Administration das offene Land nicht wieder für Frauen und Kinder als gesichert freigegeben. Wieder vergingen Tage und Wochen qualvollen Wartens. Dann endlich war es so weit: Der Gouverneur ließ verkünden – der Erlaß war an der Tür zur Kommandantur angeschlagen –, daß alle Geschädigten, die Farmer insbesondere, von Regierungs wegen auf Ersatz ihrer materiellen Verluste rechnen könnten. Von seiten der Herero bestände keine Gefahr mehr, auch nicht auf den einsam im Busch gelegenen Farmen. Die Besitzer sollten ihre Anwesen, so weit möglich, wieder in Betrieb setzen, wobei die Administration zum Wiederaufstocken der Herden nach Kräften helfen würde. Ungeklärt wäre noch die Frage der in der Zukunft benötigten

Arbeitskräfte. Der Regierung wäre nicht daran gelegen, die Herero-Nation auszulöschen. Doch wäre noch nicht abzusehen, ob und wieviele Herero nach Beendigung der Kämpfe als Arbeitskräfte zur Verfügung stehen würden. Vor der Hand sollte man sich mit Bergdamara, den früheren Sklaven der Herero, behelfen; auch würde man versuchen, unter den Ovambo jenseits der Etoscha-Pfanne Arbeiter für die städtischen und die Farmbetriebe anzuwerben. Zuallererst aber wäre festzustellen, wie hoch der Bedarf an Farm- und sonstigen Helfern tatsächlich anzusetzen wäre.
Martha hatte aus dem etwas langatmigen Erlaß nur eines herausgehört. Sie bestürmte ihre Mutter:
»Wir können wieder nach Otjikarare zurückkehren. Wann reisen wir, Mutter? Morgen, spätestens übermorgen! Ich mache mich sofort auf den Weg, Packpferde zu kaufen, oder besser noch einen Ochsenkarren; sechs leidliche Zugtiere sollten dafür irgendwo aufzutreiben sein. Für den Anfang müssen wir wieder kampieren. Für Piet und Andries brauchen wir Pferde; die schwatze ich ihren Eltern ab. Die haben nichts verloren, allerdings auch vorher wenig besessen. Wenn ich bloß noch jemand auftreiben könnte, der sich aufs Handwerkliche versteht, auf zimmern, tischlern, schmieden und dergleichen. Was man über das Vieh wissen muß, das habe ich alles von Vater gelernt. Piet und Andries verstehen sich auch ein bißchen darauf. Aber handwerkern – da brauchen wir jemand. Mutter, liebe Mutter, mache alles zu unserer Abreise fertig, sieh nach unseren zwei Pferden und dem Sattelzeug. Ich will sofort versuchen, eins nach dem andern vom Nötigsten anzuschaffen, du kümmerst dich vielleicht noch um die notwendige Verpflegung für zwei oder drei Wochen. Wir werden Fleisch schießen können. Das Farmgebiet ist ja monatelang nicht begangen worden...«
Sie hatte schon die Klinke zur Tür in der Hand. Die Mutter rief ihr hinterher:
»Kind, du brauchst nichts zu überstürzen! Auf ein paar Tage

mehr kommt es jetzt nicht an, die wir hier noch verbringen müssen. Wie willst du all das bezahlen, was du vorhast? Wir haben kein Geld mehr!«
Martha drehte sich noch einmal ins Zimmer zurück und erwiderte sehr bestimmt; ihr Gesicht schien zu leuchten:
»Mutter, Vater hat dafür gesorgt, daß der Name Korthinrichs so gut ist wie bares Geld. Wenn ich sage, daß wir alles bezahlen werden, sobald Südwest wieder in Ordnung ist, dann wird das jeder glauben. Da mach' dir nur keine Sorgen! Dafür stehe ich gerade!«
Und zog mit festem Schlag die Tür hinter sich ins Schloß. Die Mutter flüsterte im Selbstgespräch:
»Sie steht dafür gerade, sie, das Kind von siebzehn Jahren. Mein Wilhelm würde lachen, wenn er dies hörte. Und würde wahrscheinlich sagen: stimmt, Friedel, sie wird dafür geradestehen, ist ja unsere Tochter, deine und meine!«
Getröstet war sie ein wenig, die einsame Frau. Sie machte sich an die Arbeit, die ihr die Tochter aufgetragen hatte.

---

Die kleine Kavalkade zog auf den vom Busch befreiten Platz hinaus, auf dem Haus und Hof von Otjikarare gestanden hatten. Nur, daß man von dieser Stelle am Hang weit, weit ins fern verblauende Land hinausblicken konnte – dies allein war erhalten geblieben. All die Zeugnisse, die der Arbeit und Erfolge, der Pläne und Sorgen, die mit dem Namen Korthinrichs verknüpft gewesen waren, sie waren zerstört, beschmutzt, verbrannt, aufs übelste gekränkt und gebrochen. Friederike Korthinrichs glitt müde und ungeschickt aus dem Sattel. Ihre Glieder schmerzten nach dem langen, heißen Ritt von Komukanti herüber. War nicht ihr Wilhelm manchmal traurig darüber gewesen, daß sie am Reiten Freude zu haben niemals gelernt hatte und deshalb auch niemals in seinem Sinne eine gute Reiterin geworden war. Ach, mein Wilhelm

– es hätte ihn wie immer mißgestimmt, mich so schwerfällig vom Pferd rutschen zu sehen. Ach, mein Wilhelm, dir bleibt es erspart, mitanzusehen, wie sie dein Werk verludert haben. Das ist ein bißchen Glück im Unglück; ein Trost ist es nicht. An deinem geliebten Otjikarare bist du gestorben und kommst nie wieder. Was soll ich eigentlich noch hier –? Wenn Marthchen nicht wär'...
Sie vollendete den Satz nicht, auch nicht in Gedanken. Solches zu denken, wäre ihr wie Verrat vorgekommen, Verrat an dem geliebten Mann und an allem, was ihm den Sinn seines Daseins bedeutet hatte. Die Tochter hatte er ihr als einziges Vermächtnis hinterlassen, hatte sie gerade noch rechtzeitig mit ihr in Sicherheit geschickt, ehe er nach seiner Weise den letzten Kampf um sein Werk aufnahm. Von ihm war er verschlungen worden.
Aber die Tochter? Brauchte die Tochter die Mutter überhaupt noch? Den Vater, dem sie so ähnlich geartet war, den hätte die Tochter sicherlich gebraucht, hätte viel von ihm lernen können, denn ihr Wilhelm, der hatte sich auf Afrika verstanden wie kein anderer: auf die grenzenlosen Steppen und die wilden Tiere, auf die Schwarzen und ihre sonderbaren, vielfach abgeschmackten, ja, abscheulichen Gebräuche. Sie, die Mutter, sie würde wohl niemals damit fertig werden – und schon gar nicht, seit die Eingeborenen in wüstem Aufstand ihr das Liebste genommen hatten, was es auf dem Erdenrund für sie gab.
Und wurde ihr nicht auch die Tochter schon abspenstig gemacht, geraubt von diesem rätselhaften, übermächtigen Afrika?...
Sie sah sich um: wo war sie denn, wo war Martha? Die Mutter lehnte am Pferd, steif noch in allen Gliedern nach dem weiten staubigen Ritt. Sie sah sich um und erkannte den Platz, der vor Monaten noch der ordentlich aufgeräumte Hof der Farm Otjikarare gewesen war, kaum wieder; er war von verdreckten, nicht mehr kenntlichen Lumpen übersät,

Bruchstücken von Möbeln, Scherben von Geschirr. Vom Wohnhaus standen nur noch die Reste zerwaschener Mauern; die Lehmziegel hatten den Regen der vergangenen Zeit nicht standgehalten, seit das schützende Dach verkohlt und in sich zusammengestürzt war. Wo die Schuppen und Remisen gestanden hatten, das zeigte sich nur noch an einigen flachen Haufen schwarzgrauer Asche, aus denen hier und da ein Stück verrostenden Eisens und die schwarzen Stümpfe verbrannter Balken hervorragten. Die auf hohe Pfosten gestellte große Tonne für das Wasser vom Berg war gestürzt; weit verstreut lagen die Bretter, aus denen sie gefügt gewesen war, abseits am Boden, zersplittert und zerhackt. Aus dem Rohr weiter oberhalb, das den Wasserbehälter gespeist hatte, rann ein dünner Wasserstrahl, suchte sich einen Weg bergab am steinigen Hang und versickerte irgendwo.
So sah sie also jetzt aus, die Farm, in die ihr Wilhelm und sie selber so große Hoffnungen gesetzt hatten, die ihnen als ein Versprechen auf eine freundliche, reiche Zukunft gegolten hatte. Sie war vernichtet.
Der Frau brannte das Herz. Aber schwach und wehleidig war sie nicht. Sie hatte kaum etwas anderes erwartet als das wüste Bild, daß sich ihren Blicken bot, wenn auch die jammervolle Wirklichkeit ihre traurigen Ahnungen an Häßlichkeit weit übertraf. Wie und ob überhaupt diesen Ruinen ein neuer Anfang abzuringen war? Es gab ihren Wilhelm nicht mehr, der sich in der Vergangenheit als Herr und Meister dieses harten, heißen Landes erwiesen hatte!
Sie seufzte, raffte sich auf und wandte sich, um dem müde und geduldig wartenden Pferd den Sattelgurt zu lockern. Dabei trat sie auf etwas Grobes, Kantiges. Sie bückte sich und hob den mehr als handgroßen irdenen Scherben auf, begriff sofort, was ihr der Zufall in die Hand gespielt hatte. Es war eine große Scherbe aus der geräumigen Rundung der blauweiß getönten Kaffeekanne, die ein stolzes Stück ihrer Hauswirtschaft gewesen war. Die Kanne hatte zu den wenigen

Wertsachen gehört, die sie aus der alten Heimat nach Südwest mitgebracht hatte; sie war ihr zum Abschied von ihrer letzten Dienstherrschaft, den Crohna-Perditen aus der Gegend von Preußisch-Holland in Ostpreußen, geschenkt worden, und sie hatte das schöne, praktische Gefäß als eine Art Unterpfand dafür, daß ihr die alte Heimat nicht in Vergessenheit geriet, hoch in Ehren gehalten und nur mit Sorgfalt und Vorsicht benutzt, gesäubert und bewahrt.
Nun war die Kanne, wie alles andere auf Otjikarare, sinnlos zerklirrt und zertreten worden – wie ihr Wilhelm auch!
Die Scherbe in ihrer Hand brachte ihr wie nichts zuvor qualvoll zu Bewußtsein, wieviel für sie unwiederbringlich zerstört war. Im schon milder werdenden Abendlicht auf dem wüsten Platz, der einmal der Hof der vielversprechenden Farm Otjikarare gewesen war, fiel die ganze Schwere des Verlustes, der sie getroffen hatte, über Friederike Korthinrichs her, eine Bergeslast! Sie vermochte nicht an sich zu halten, wurde kaum gewahr, daß die Tränen ihren Augen entströmten, als würden sie nie mehr versiegen. –
Martha war tief betroffen, als sie die Mutter in so verzweifelter Verfassung vorfand. Sie war den übrigen Reitern und der Ochsenkarre auf ihrem Falben weit vorausgesprengt, hatte die Zeit nicht abwarten können, wieder den Grund und Boden von Otjikarare unter den Hufen des galoppierenden Pferdes widerhallen zu hören. Oh, Otjikarare, ihr Otjikarare! Sie war wieder dort, wo sie hingehörte, wo die Büsche, die Riviere, die Hügelhänge und die Felsen ihr gehörten und keinem anderen sonst. Gewiß, die Farm selbst, das Haus, die Schuppen und die bewegliche Habe, davon war nichts mehr vorzufinden, aber das einzig und allein Wichtige war noch da, hatte gar nicht angetastet werden können: das Land, die drei Omuramben, der Busch, die gute Weide, die beiden versteckten Wasserlöcher oben am Berg und vor allem auch – welch eine Gnade des Schicksals bei allem Unglück – die drei künstlichen Stauseen, die der Vater angelegt hatte. Die

Dämme zu zerstören, vor denen sich das Wasser in klarer Fülle gesammelt hatte, daran hatten die Herero trotz all ihrer Wut und Vernichtungslust nicht gedacht. Wasser, an dem Vieh den Durst stillen konnte, war den wandernden Viehzüchtern, den Herero, wie und wo auch immer heilig, selbst wenn es sich um Wasser handelte, das von den allzu kenntnisreichen Fremden erschlossen worden war.
Martha hatte in den bedrückenden Wochen des Wartens in Grootfontein beinahe jede Nacht, wenn der Schlaf nicht kommen wollte, mit Sorge die bange Frage bedacht, ob bei dem Überfall auf die Farm wohl die drei Staudämme mit zerstört worden waren wie alles andere, was den Stempel des weißen Mannes trug. Sie hatte sich damit getröstet, daß den Herero schwere körperliche Arbeit verhaßt war. Die Dämme zu durchstechen, damit die Stauseen leer liefen, das hätte schwere und anstrengende Graberei erfordert. Die Herero würden die Dämme wohl kaum angerührt haben!
Ohne Tränkwasser aber konnte auf Otjikarare kein neues Vieh eingestellt werden, das heißt, es wäre nichts zu verdienen gewesen, die erlittenen Verluste auszugleichen.
Wenn uns nur nicht die Dämme weggespült worden sind, dann werden wir den neuen Anfang schon schaffen! – Das war wie ein Gebet gewesen, nächtens, im kahlen Gasthaus-Zimmer in Grootfontein, wenn Martha an den Ort zurückdachte, an dem sie mit dem bewunderten und geliebten Vater, der Mutter, mit dem getreuen Hakane in der herrlichen Freiheit der flüsternden Steppen glücklich gewesen war.
Martha hatte also ihre Sorge nicht länger bezähmen können und war der Mutter, war Andries und Piet und der langsam voran knarrenden Ochsenkarre voraus geritten. Der Falbe hatte die Ungeduld der Reiterin gespürt, war, als sie ihm die Zügel freigab, in gestrecktem Galopp davongestoben und Martha hatte gedacht: Auch mein Pferd sehnt sich nach Otjikarare – wie könnte es anders sein!...

Ein Stein fiel ihr vom Herzen, als sie die Staudämme völlig unberührt vorfand, alle drei! Auch noch zu dem neuesten Stausee, dem abgelegensten ritt sie hinunter. Wie die zwei älteren, so glänzte auch dieser mit blankem, makellosem Spiegel in der Sonne, zeigte sich bis zum Überlauf gefüllt. Martha hätte jauchzen mögen vor Freude: soviel Wasser in der wasserarmen Steppe; damit war der Wiederanfang auf Otjikarare gesichert! Sie umritt den dritten See, verhielt auf der abgelegenen Seite, wo ein Sandstreifen zum flachen Ufer entlangstrich, um ihr Pferd trinken zu lassen. Der Falbe trat mit den Vorderbeinen ins Wasser und senkte den Kopf, soff in schlürfenden Zügen. Martha fand zum ersten Mal, seit sie den Stausee erreicht hatte, Zeit, sich genauer umzusehen. Kann das sein? Das konnte doch gar nicht sein! Sie haben doch damals all unser Vieh abgetrieben! Vor plötzlicher Erregung wollte ihr der Atem stocken. Im Nu war sie aus dem Sattel, so schnell und plötzlich, daß der Falbe erschrak und den Kopf hochriß mit triefendem Maul.
»Ruhig, Falber, ruhig! Alles in Ordnung! Trink nur weiter! Hast es verdient!«
Martha klopfte dem Pferd den schweißnassen Hals. Sie erkannte es nun genauer, beugte sich zu dem zertretenen Uferstreifen hinunter: Kein Zweifel war möglich, mit noch ganz scharfen Rändern und klarer Innenzeichnung der gespaltenen Hufe standen im feuchten Sand viele Spuren von Rindern. Sie waren noch ganz frisch, konnten nicht älter sein als einen Tag, nein, weniger: nicht älter als eine Nacht, die letzte Nacht! Denn die Fladen, welche die Tiere hier und da zwischen den Hufabdrücken hinterlassen hatten, waren zwar schon angetrocknet in den eben verflossenen Sonnenstunden, aber längst noch nicht zu den fahlbraunen, knochenharten Flachkuchen erstarrt, die auf ein Alter von Wochen oder Monaten schließen lassen.
Martha mochte beinahe ihren Augen nicht trauen; sie probierte mit vorsichtigem Finger und strich an den Rändern der

Hufabdrücke entlang. Der buschkundige Hakane – wo war Hakane abgeblieben? Ob er noch lebte? –, Hakane hatte Martha, seinem Schützling, solche Feinheiten gelehrt. Ja, die Ränder waren noch nicht verhärtet, gaben leichtem Druck ohne Widerstand nach. Die Abdrücke waren also noch keine vierundzwanzig Stunden alt. Das aber bedeutete: Rinder kamen an diesem dritten, dem der Farm am fernsten gelegenen Stausee regelmäßig zur Tränke. Am wahrscheinlichsten war, daß es sich dabei um Reste der Korthinrichsschen Herden handelte, die von den Herero in der Nacht des Überfalls entweder nicht entdeckt worden waren oder sich aufgeschreckt den fremden Treibern durch schnelle, heimliche Flucht in dichteren Busch entzogen hatten.
Nicht nur also war noch gutes, reichliches Wasser auf Otjikarare erhalten geblieben, sondern auch zumindest eine der drei früheren Herden. Der neue Anfang brauchte nicht erst gemacht zu werden; er war schon vorhanden!
Das muß die Mutter sofort erfahren!
Mit einem Satz war sie wieder im Sattel – gut, daß der Falbe die schnellen Sprünge und Bewegungen seiner Herrin schon seit Jahren gewohnt war und sich nicht mehr durch ihre kühnen Eskapaden aus der Ruhe bringen ließ.
Martha nahm den in der Ferne staubumwölkt heranzockelnden Ochsenkarren, die Packpferde, die Reiter Andries und Piet, nahm die Ruinen der Farm, ihren verluderten Hofplatz nicht wahr; es kam ihr nur auf die freudige Botschaft an, die sie der Mutter überbringen wollte, daß sie sich um den Neuanfang auf Otjikarare keine Sorgen zu machen brauchte.
Da war die Mutter, stand mitten im Hof und blickte auf einen Gegenstand hinunter, den sie in der Hand hielt –
und weinte, weinte herzzerbrechend. Marthas Freude sank in sich zusammen: was hatte die Mutter?
Martha glitt vom Pferd:
»Mutter, was ist passiert? Warum weinst du?«
Die Mutter wies ihr die Scherbe vor, schluchzend:

»Sieh dir das an, Martha! Meine schöne Kanne aus Deutschland! Alles haben sie verbrannt und zerbrochen, die widerlichen Neger. Wir hatten ihnen nichts getan. Unsern Vater haben sie umgebracht, Gott allein weiß, wie und wo! Gott soll sie strafen!«
Ein nüchterner, harter Ernst bemächtigte sich der Tochter, stieg plötzlich in ihr auf wie eine kühle Flut. Deutlicher noch als je zuvor fühlte sie sich auf sich selbst zurückgewiesen, auf sich allein! Sie allein stand für den Namen Korthinrichs und niemand sonst, auch nicht die Mutter, seit es den Vater nicht mehr gab! Die Mutter trauerte einer zerbrochenen Kaffeekanne nach; sie, die Tochter des Wilhelm Korthinrichs, war beinahe außer sich vor Genugtuun gewesen, daß der Neubeginn auf Otjikarare nicht so schwer werden würde, wie sie gefürchtet hatte. Hatten diese zwei Ebenen des Denkens und Empfindens überhaupt noch etwas miteinander gemein?
Martha vermochte nicht zu verhindern, daß sich ein leichter Widerwille in ihr regte angesichts der unbeherrschten Tränen der Mutter. Sie verbot sich diesen Widerwillen auf der Stelle. Mitleid hatte sie zu empfinden. Die Verwandlung fiel ihr nicht allzu schwer:
»Mutter, liebe Mutter, Kaffeekannen sind zu ersetzen, selbst solche aus Deutschland. Wir fangen von neuem an, jetzt erst ganz und gar auf afrikanisch. Südwest ist ein hartes Land. Vater hat das immer gewußt und es uns auch gesagt. Jetzt müssen wir es begreifen. Otjikarare ist noch da – und das schwöre ich dir und mir: unsere Farm wird größer und stärker wieder auferstehen, als sie schon gewesen ist. Hör' zu, was ich entdeckt habe: die drei Staudämme sind in Ordnung und voll von gutem Wasser. Und am dritten Damm, ganz unten bei den vier Kameldornen, habe ich Rinderspuren entdeckt; sie waren frisch und unverkennbar, nicht zu verwechseln mit den Trittsiegeln von Kudu oder Oryx. Irgendwo im Busch steckt ein Teil unserer früheren

Herde. Vielleicht ist sogar – so hoffe ich – einer von den Angus-Bullen dabei – oder sogar beide!«
Die Aufmerksamkeit der Mutter war erwacht. Die Herden und ihr Wohlergehen, das war der Mittelpunkt des Daseins gewesen, solange ihr Wilhelm noch lebte, die Tochter hatte recht: sie mußten es wieder werden. Die Mutter faßte sich, behielt aber die Scherbe in der Hand (sie würde sie reinigen und als Andenken aufbewahren); sie kramte ein Tuch aus der Ledertasche, die sie am Gürtel trug, und wischte sich das Gesicht ab:
»Wenn das nur stimmt, Marthchen! Ich kann es kaum glauben. Die Herero verstehen sich auf Vieh und wo es zu finden ist.«
»Das ist schon richtig, Mutter. Aber es war dunkel in der Nacht, als die Farm überfallen wurde. Der Feuerschein und das Getöse haben die hinterste Herde verschreckt; sie allein hatte genügend Zeit, im Busch zu verschwinden; ihre Spuren waren in der Nacht nicht zu erkennen. Außerdem hatten die Angreifer ein schlechtes Gewissen, fürchteten irgendwie Vergeltung und ließen sich nicht Zeit, bis zum Morgen zu warten. Eine große Menge Vieh war ihnen ohnehin in die Hände gefallen. Ich reite noch heute Abend mit Andries hinunter. Wir setzen uns an und warten ab, ob und wieviel Vieh sich an der Wasserstelle drei zur Tränke einfindet. Du kannst vielleicht mit Piet die zwei Zelte aufstellen, damit wir nicht unter freiem Himmel schlafen müssen. Bei Dunkelheit sind wir zum Essen wieder zurück.«
Die Mutter nickte. Was blieb ihr anders übrig, als einverstanden zu sein? Ihr Wilhelm war für immer abhanden geraten – wem anders kam nun das Kommando zu als der Tochter, die mit jedem Tag dem Vater ähnlicher zu werden schien?...
Die Zelte standen längst, als bei schon sinkender Nacht Martha und Andries wieder auf dem schon ein wenig von den übelsten Lumpen und Trümmern gereinigten Hofplatz auftauchten. Die Zugochsen und die von ihren Lasten und

Sätteln befreiten Pferde weideten dicht beim Lager. Das Gras stand üppig. Der Falbe und das Pferd des Andries waren so müde und matt nach dem langen Tage, daß sie mit hängenden Köpfen stehenblieben, wo sie standen, als Andries ihnen die Sättel und die Zäume abgeschnallt hatte. Piet hatte eine kleine Grube ausgehoben, in der sich das dünn aus der Röhre vom Berg herniederrinnende Wasser sammeln konnte. Die Ochsen und die übrigen Pferde hatten nach und nach daraus ihren Durst gelöscht. Martha redete ihrem Falben gut zu: »Komm, Falber! Da gibt's Wasser. Da wirst du wieder zu dir kommen. Dann wirst du auch Lust bekommen zu grasen. Das Futter ist gut und reichlich!«
Sie griff dem Pferd, das den Kopf ein wenig gehoben hatte, in die Mähne und an den Halfter und zerrte daran ein wenig. Das Tier begriff die gute Absicht und folgte dem Mädchen zum Wasser, wobei es zweimal stolperte.
»Paß auf, wo du hintrittst, Falber! Erfrisch' dich erst einmal!« Andries' Pferd folgte nach, unaufgefordert.
Danach erst fand sich Martha neben dem Feuer ein. Die Mutter rührte in einer dickflüssig über den Flammen brodelnden Suppe.
Martha ließ sich auf eine umgedrehte Kiste sinken. Sie war am Ende ihrer Kräfte. Die Mutter blickte fragend auf sie hinunter. Auch Andries und Piet waren bereits zu Stelle, hockten einen, zwei Schritte weiter im Hintergrund. Es würde den beiden nie gelingen, den Abstand zu den beiden Frauen, die nun »das Sagen« hatten, selbstverständlich zu überwinden.
Martha wartete darauf, von der Mutter gefragt zu werden, was sie unten bei der dritten Tränke erkundet hatte. Aber die Frage wurde nicht gestellt. Die Mutter dachte nur: Sie hat sich viel zu viel zugemutet an diesem Tag. Sie ist ja noch ein halbes Kind. Und ich kann ihr nicht einmal helfen. Sie ist an Wilhelms Stelle getreten. Viel mehr, als für sie Suppe zu kochen, kann ich nicht mehr für sie tun. Sie seufzte, griff

nach dem blechernen Napf, füllte ihn mit der kräftig duftenden Speise und reichte ihn der Tochter:
»Du mußt etwas essen, Kind!«
Martha nahm den Napf entgegen, stellte ihn dicht neben sich auf die Kiste. Die Wärme der Suppe war durch die Wand des Gefäßes gedrungen und machte den Napf zu heiß zum anfassen. Martha hob den Blick:
»Willst du denn gar nicht wissen, Mutter, was Andries und ich an der dritten Tränke gesehen haben?«
»Doch! Das will ich schon. Aber mir ist wichtiger, Kind, daß du dich nicht bis zum letzten verausgabst –«
Die Worte sollten fest und bestimmt klingen, doch kamen sie beinahe schuldbewußt heraus. Martha raffte sich auf. War der Mutter aller Mut abhanden geraten? Es gelang dem Mädchen, seine Stimme stolz und freudig tönen zu lassen:
»Verausgabt –? Ach, Mutter, wenn schon! Jetzt kommt es darauf an, Otjikarare wieder in Gang zu bringen. Und das wird uns gelingen. Die Herero haben damals nicht all unser Vieh abgetrieben. An die zweihundert Stück sind ihnen entgangen. Und einer von den schwarzen Zuchtbullen ist auch dabei. Wir sind nicht so arm geworden, wie ich gefürchtet habe. Für den Anfang ist gesorgt. Andries wird sich um das Vieh bemühen. Die Rinder sind inzwischen sehr wild geworden. Andries wird sich über Tag ständig in ihrer Nähe aufhalten, damit sie sich wieder an Reiter, an Menschen überhaupt gewöhnen. Du und Piet, denke ich, sollten inzwischen hier aufräumen, das Wasser vom Berg in Ordnung bringen, auch alles einsammeln, was sich vielleicht noch für späteren Gebrauch verwenden läßt. Auch solltet ihr die Grenzen abreiten und kontrollieren, ob es nirgendwo zweifelhaft ist, wo unser Besitz anfängt und wo er aufhört. Was Vater sich und uns hier aus der Steppe geschnitten hat, das darf uns nicht wieder verloren gehen. Wir müssen es erhalten – und mehr als das!«

Die Mutter hatte genau zugehört; sie spürte, daß die Tochter noch nicht alles gesagt hatte. Sie erwiderte leise: »Iß deine Suppe jetzt, Kind! Sie wird etwas abgekühlt sein. Du sagst uns, was wir tun sollen, gut! Und was hast du selber vor? Wie ich dich kenne, hast du das längst beschlossen.«
Martha zögerte ein paar Herzschläge lang. Durfte sie das überhaupt: einfach bestimmen, was zu geschehen hatte? Müßte nicht eigentlich die Mutter –? Aber die Mutter schien es ganz richtig zu finden, daß sie, die Tochter, nun die Führung übernahm. Also gut, ich habe sie ja schon übernommen. Die Mutter würde gar nicht ertragen –. Nein, das kann allein ich verrichten!
Marthas Stimme klang sonderbar heiser; doch war sie tapfer: »Mutter, ich habe mir unterwegs alles sehr genau überlegt. Mutter, sieh, Vater kann uns nicht mehr helfen. Wir müssen uns allein helfen. Einer von uns muß mit der Administration in Windhuk reden und feststellen lassen, daß Vater umgekommen ist. Wir haben Piet und Andries zu Zeugen, wie Vater entführt worden ist. Und der Leutnant von Horsberg kann auch einiges bezeugen. Und dann muß die Behörde in Windhuk erklären, daß jetzt du und in zweiter Linie ich Eigentümer von Otjikarare sind. Vater hat mir alle diese Sachen auseinandergesetzt, wenn wir allein im Busch unterwegs waren und dazu Zeit hatten. Und dann muß ich in Windhuk ausfindig machen, wieviel Geld wir auf der Bank haben. Alle unsere schriftlichen Unterlagen sind hier verbrannt. Alles, was ich weiß, weiß ich von Vater – und habe nichts vergessen. Und wenn unser Geld nicht reicht, dann muß uns die Bank oder die Regierung genug Geld borgen, damit wir wieder Vieh anschaffen können. Und ein Haus müssen wir uns auch bauen. Es wird sich viel Herero-Vieh verlaufen haben. Das ist vielleicht billig zu haben. Hier bei uns gibt es jetzt viel gute Weide. In ein, zwei Jahren wird uns hier so viel an Vieh fett, daß wir die Gelder zurückzahlen können, die wir wahscheinlich – zu unserem Geld hinzu –

aufnehmen müssen. Und dann brauchen wir Leute, Schwarze natürlich, die uns helfen. Es könnte sogar sein, daß sich die Bergdamara wieder anfinden und der kleine Kassima. Ohne schwarze Leute schaffen wir es nicht, Otjikarare wieder in Schwung zu bringen. Und das will ich, das will ich! Otjikarare muß wieder werden, was es war. Mehr als das, muß werden, was der Vater daraus machen wollte!«
Martha schwieg wie erschöpft, hatte die Sätze in immer steigender Erregung hervorgesprudelt. Die Mutter hatte sie nicht unterbrochen. Dies war ihres Wilhelm Kind, das so sprach und entschied, klar, schnell und überlegt, wie es dem Wesen des Vaters entsprach; er hatte stets gewußt und getan, was für seine Friedel am besten war.
Und jetzt wußte es die Tochter. Die Mutter blieb sich treu: »Nun iß endlich deine Suppe, Kind! Sie wird schon kalt geworden sein. Ja, was soll ich dir dazwischen reden. Du hast richtig überlegt, was getan werden muß. Aber wird man dich auf den Ämtern auch für voll nehmen? Du bist noch keine achtzehn Jahre alt. Sollte ich nicht mitkommen?«
»Nein, Mutter, hier ist noch so viel zu tun. Einer von uns muß hier bleiben. Laß mich nur reisen! Die da in Windhuk auf dem Amt und bei der Bank, die werden mir schon glauben müssen. Hab' nur keine Sorge. Das schaffe ich. Ich muß es schaffen!«
Und fügte, als käme es ihr erst im Nachhinein in den Sinn, hinzu:
»Du könntest mir vielleicht ein Schreiben mitgeben, daß ich berechtigt bin, in deinem und Vaters Namen zu sprechen. Ich werde ihnen das schon klarmachen!«
Die Brust der Mutter hob sich in einem langen Atemzug. Nein, sie brauchte es nicht mehr zu bezweifeln: Diese ihre Tochter würde es klarmachen, wem auch immer, daß sie ihres Vaters Tochter war und als einzige berechtigt, ihres Vaters Erbe anzutreten. Die Mutter erkannte, als wäre es ihr plötzlich offenbart: mein Wilhelm ist nicht mehr da; an seine

Stelle ist die Tochter getreten. Es sollte wohl so sein. Ein leiser Seufzer entrang sich ihren Lippen:
»Ja, Martha, du wirst sicherlich durchsetzen, was du willst. Wie Vater auch immer durchsetzte, was ihm notwendig erschien. Es ist gut, daß ich einen Schreibblock mitgebracht habe; er ist mir schon beim Auspacken in die Hände gefallen. Ich werde einen Brief an die Bank schreiben und einen an die Behörde. Die Leute in Windhuk werden begriffen haben, daß Krieg ist, und werden wissen, was alles kaputt gegangen ist, ganz gewiß nicht nur hier bei uns! Also reite nur, Kind, morgen oder übermorgen; auf einen Tag kommt es nicht an. Wir müssen uns genau überlegen, was du alles zu erledigen hast. Du kannst vielleicht schon von Otjiwarongo oder von Omaruru, sicherlich von Karibib aus die Bahn benutzen. An der Bahn wird jetzt wohl endlich energisch gebaut werden, schneller als bisher – es mußte erst Krieg geben! Und nun iß deine Suppe, Kind! Gib deinen Napf her. Ich schütte ihn in den Kochtopf zurück und gebe dir Warmes. Ach, sei nur vorsichtig und klug in Windhuk. Die Leute auf den Ämtern sind manchmal so unverständig...«
Martha reichte ihren Eßnapf der Mutter zurück, um ihn sich mit warmer Speise erneut füllen zu lassen. Sie fühlte sich plötzlich todmüde. Sie hatte den Kampf gewonnen. Sie war fortab die Farm. Die Mutter hatte sich ihr anheimgegeben. Das war entschieden – und ich, Vaters Tochter, werde nicht versagen. Klug werde ich schon vorgehen in Windhuk. Aber auch immer vorsichtig –? Das macht sich nicht in jedem Fall bezahlt!
Sie führte den ersten gefüllten Löffel zum Mund, hielt inne und pustete erst ein wenig darüber hin. Beinahe hätte sie sich den Mund verbrannt.

---

Zitternd vor Entschlossenheit, die Rechtstitel auf die Korthinrichssche Farm Otjikarare erneut feststellen zu lassen, obgleich es ihren Begründer nicht mehr gab, war Martha in Windhuk angekommen – schneller, als sie erwartet hatte. Wie die Mutter vorausgesagt hatte, war sie schon von Otjiwarongo aus auf der werdenden Minenbahn bis nach Karibib mitgenommen worden, wenn auch nur auf offener Lore. Das war nicht sehr komfortabel, aber man kam wesentlich schneller vorwärts als zu Pferde. Von Karibib nach Windhuk, der Hauptstadt der Kolonie Deutsch-Südwestafrika, konnte Martha schon die »Staatsbahn« benutzen, eine ziemlich wackelige Einrichtung mit nur sechzig Zentimeter Spurweite, die schon seit 1902 den Hafen Swakopmund mit Windhuk verband.

Das alleinreisende braungebrannte Mädchen mit dem schmalen Kopf und dem schlanken, offenbar zähen Leib fiel natürlich auf. Ein älterer Herr, der von Swakopmund heraufgereist kam und den langen Aufenthalt in Karibib dazu benutzte, sich auf dem Bahnsteig die Beine zu vertreten, nahm sich des jungen Mädchens an, das offenbar nicht recht wußte, wie und wo es einsteigen sollte. Es herrschte ein böser, gefährlicher Krieg im Land; die Menschen wurden durcheinander gewürfelt wie nie zuvor; viele Farmen waren in Flammen aufgegangen, viele Farmer und auch Leute aus den städtischen Siedlungen hatten ihr Leben eingebüßt, hatten nur den Vortrupp gebildet zu den vielen Soldaten, die kämpfend in ein frühes Grab gesunken waren. An zersprengten und zerrissenen Familien im Land bestand kein Mangel.

Martha fuhr zusammen, scheu und auch verschreckt von dem ihr ganz ungewohnten Gewimmel von Menschen, fast alles Männer, die Mehrzahl davon in Uniform, auf dem Bahnsteig in Karibib. Eine Männerstimme hatte sie angesprochen:

»Kann ich Ihnen vielleicht behilflich sein, mein junges Fräu-

lein? Sie wollen auch nach Windhuk wahrscheinlich – wie ich? Ich hoffe, Sie sind nicht allein unterwegs in diesen unruhigen Zeiten.«
Martha wandte sich dem Mann zu, der schon zweimal an ihr vorübergegangen, dessen Blicken sie ausgewichen war: wenn der hin- und herrangierende Zug mit der mächtig qualmenden und puffenden Lokomotive nur endlich wieder vorfahren würde, damit sie einsteigen könnte!
Der Mann – nein, es war wohl ein »Herr«, von dem sie angesprochen worden war, ein Herr etwa im Alter ihres Vaters, gekleidet in die schmucklose Uniform des kolonialen Zivildienstes, der Herr hatte gute Augen; sein dichtes, kurzgehaltenes Haar war schon grau gesprenkelt, ebenso wie sein Schnurrbart und sein kleiner gepflegter Spitzbart. Der Instinkt sagte Martha, daß sie diesem Mann trauen konnte. Auch war ihr die Uniform aus Grootfontein und Otjiwarongo her vertraut:
»Doch, ich bin allein unterwegs. Mein Vater ist von den Herero verschleppt worden und kommt nicht wieder. Meine Mutter ist auf der Farm geblieben, wo wir alles zerstört vorgefunden haben. Sie will dort aufräumen, während ich nach Windhuk will zur Bank und zur Administration, uns, Mutter und mir, die Farm erneut bestätigen zu lassen, nach unserem Geld zu sehen und vielleicht, denn es wird nicht reichen, weiteres Geld zu leihen, bei der Bank oder der Behörde, damit wir wiederaufbauen können. Vielleicht kann ich auch weiteres Land aufnehmen und Otjikarare vergrößern; wir haben noch keine unmittelbaren Nachbarn, denen wir in die Quere kommen könnten, wohl aber gute Weide und Wasser genug. Wir brauchen auch Leute. Die wir früher hatten, sind uns alle weggelaufen, als der Aufruhr losging. Ich müßte auch einen vernünftigen Menschen finden, der sich auf alles Handwerkliche versteht. Unsere beiden Burenjungens, die sind bei allem, was mit dem Vieh zusammenhängt, gut zu gebrauchen, aber auch nur einigermaßen

geschickte Handwerker sind sie nicht. Und Mutter und ich sind als Zimmerer, Maurer, Schmied auch nicht der Rede wert.«
Der ältere Herr hatte anfangs lächelnd, dann immer erstaunter zugehört: das junge Ding hat sich richtig in Feuer geredet – und, weiß Gott, man muß ihr glauben. Was dieser gräßliche Krieg den Menschen an Belastung abverlangt – manch einer erfährt erst jetzt, was er wirklich zu leisten imstande ist.
Martha hatte zum ersten Mal im Zusammenhang – auch vor sich selbst – vorgetragen, was ihr zu verrichten bevorsteht, was sie bis dahin ununterbrochen im Kopf hin- und hergewendet hatte, ohne es recht in Reih und Glied gebracht zu haben. Nun bot sich ihr ein fremder zwar, aber freundlicher Zuhörer an, der ebenso alt, wenn nicht älter als ihr Vater zu sein schien, befragte sie mit sicherlich ehrlich gemeinter Anteilnahme. Solche Aussprache hatte ihr gefehlt, sehr gefehlt, ohne daß sie es wußte! Die Mutter hatte nur an das Alltägliche denken können – »iß deine Suppe, Kind!« –, war ganz in ihren Kummer eingekapselt. Dieser vaterhafte Mann mit einem leisen, vorbehaltlosen Lächeln der Zustimmung um die Augen hatte Marthas Sorgen und Absichten aus ihr hervorgelockt; endlich hatte sie sich aussprechen können.
Der Mann in der khakifarbenen Litewka strich sich mit der Hand über Schnauz- und Spitzbart, um das heitere Wohlgefallen, das dies resolute, schöne Geschöpf in ihm erweckte, nicht allzu deutlich werden zu lassen, nahm unversehens so etwas wie eine »Hab-acht!«-Haltung an und stellte mit einer leichten, anerkennenden Forsche fest:
»Da haben Sie sich aber eine Menge vorgenommen, mein junges Fräulein! Meine Hochachtung! Sie werden es nicht ganz leicht haben. Aber es ist Krieg, und wir sind alle aufgerufen, uns ohne viele Bedenken unter die Arme zu greifen. Der Zufall will es, daß vielleicht gerade ich einiges für Sie tun kann. Ich darf mich Ihnen bekannt machen: Ich

bin der Oberamtmann Maier – Gottfried Maier, es gibt ja viele Maiers – und sitze in der Administration in Windhuk nicht weit vom Gouverneur. Ich war in Swakopmund. Der Nachschub für die kämpfende Truppe kommt immer wieder ins Stocken. Zwölf Schiffe warten auf der Reede, um entladen zu werden. Die Hafen-Einrichtungen reichen einfach nicht aus. Aber auf diesen fürchterlichen Aufstand des ganzen Herero-Volkes war niemand gefaßt. Nun geht die ganze Herero-Nation zum Teufel, entsetzlich! Wollen Sie mir nicht Ihren Namen sagen, mein Fräulein, und wo Sie herkommen und wie Sie Ihren Vater verloren haben?«

Martha fühlte sich bereits ganz vertraut mit diesem freundlichen Mann, den ihr der Himmel gesandt zu haben schien, so wollte es ihr vorkommen. Bereitwillig gab sie Bescheid: »Ich bin Martha Korthinrichs. Mein Vater hieß Wilhelm Korthinrichs. Wir sitzen auf Otjikarare. Das liegt nordöstlich vom Waterberg.«
»Korthinrichs –? Was Sie sagen! Den Namen vergißt man nicht. Ihr Vater war bei der ersten Schutztruppe, ganz von Anfang an. Ich bin zwei oder drei Jahre nach ihm eingetreten, habe von ihm gehört. Später, als meine Zeit abgelaufen war, bin ich in den Zivildienst übergegangen. Die Farmerei wäre nichts für mich gewesen. Ich bin ein Stadtmensch. Aber von Ihrem Vater habe ich ab und zu gehört und daß er damals die Rinderpest besser als irgendwer überstanden hat mit seinem Betrieb. So ungefähr weiß ich also Bescheid. Bei uns auf dem Gouvernement laufen ja die Nachrichten aus der ganzen Kolonie zusammen.
Aber da fährt endlich unser Zug wieder vor. Steigen Sie zu mir ins Abteil, Fräulein Korthinrichs! Da ist noch Platz. Sie müssen mir noch mehr erzählen von Ihren Eltern, Ihrer Farm und wie es Ihnen und den Ihren im Aufstand ergangen ist.«
Der Zug der »Staatsbahn« schnaufte heran und hielt schwerfällig mit einigem Geklirr und Gequietsch der Bremsen und

Kupplungen. Die »Staatsbahn« war ja vor der Hand nicht viel mehr als eine Feldbahn, bemühte sich aber nach Kräften. (Ohne sie wäre der Herero-Krieg vielleicht für die Deutschen verlorengegangen, hätte auf alle Fälle viel mehr Geld gekostet.)
Martha erschloß sich den Fragen des Herrn Oberamtmanns Maier unterwegs nach Windhuk mit wahrer Leidenschaft. Sie sah sich gezwungen, verständig und genau Rede und Antwort zu stehen, wurde sich dabei erst vollkommen über ihre Pläne und Aufgaben klar, nahm beinahe gierig in sich auf, was der erfahrene Beamte ihr an Rat und Hinweisen zu geben vermochte. Maier fragte schließlich:
»Wo werden Sie denn unterkommen, Fräulein Martha – so darf ich Sie doch wohl nennen? Die Hotels und Gasthäuser werden alle bis aufs letzte Bett belegt sein – bei den ungewöhnlichen Umständen, mit denen wir uns zur Zeit abzufinden haben.«
»Meine Mutter hat mir den Namen einer Familie Voigt mitgegeben. Herr Voigt ist vor Jahren ein Kamerad meines Vaters in der Schutztruppe gewesen und neben ihm bei der Naukluft verwundet worden. In späterer Zeit hat er mit ihm stets lockeren Kontakt gehalten. Aber ich weiß die Adresse von Voigts nicht genau. Sie war Mutter abhanden geraten; wahrscheinlich ist sie mit Otjikarare verbrannt.«
»Oh, Voigt – das ist ein guter Name – ein tüchtiger und erfolgreicher Kaufmann und ein erfahrener Farmer obendrein. Seine Farm ist auch verwüstet worden, aber seine Geschäfte in der Stadt sind in vollem Gange. Bei Voigts wären Sie gut aufgehoben, Fräulein Martha. Da können Sie ganz beruhigt sein. Und was ihre eigenen Anliegen betrifft, so stehe ich Ihnen gern zur Verfügung. Sie finden mich jederzeit im Tintenpalast – so nennen die bösen Windhuker das Gouvernements-Gebäude. Auch meine Frau würde sich freuen, Sie kennenzulernen.«
Martha strahlte den alternden, in der eigenen Ehe kinderlos

gebliebenen Mann aus großen dunklen Augen und vor Erregung und Tatendurst gerötetem Antlitz so freudig dankbar an, daß dem Oberamtmann Maier, Gottfried, sehr warm ums Herz wurde: solch eine Tochter müßte man haben! Ich werde dafür sorgen, daß sie bei ihrem ersten Rencontre mit der heutigen Wirklichkeit nicht an dummen Hindernissen scheitert.

---

Martha Korthinrichs saß dem Gouverneur der Kolonie, dem Major Theodor Leutwein, in seinem Amtszimmer an dem zwar großen, aber sehr simplen Schreibtisch gegenüber. Sie ahnte nicht einmal, daß die Mischung, die sie verkörperte, diese unlösliche Verbindung von Befangenheit und Stolz, von schon der Kindheit entwachsener Anmut und zielbewußtem Tatendrang, sie gerade für gereifte Männer so gut wie unwiderstehlich machte. Leutwein war dem Mädchen ganz zufällig begegnet; Martha hatte sich bei Oberamtmann Maier eingefunden, um einige Papiere entgegenzunehmen, in denen der Mutter und ihr der Besitz von Otjikarare nicht nur bestätigt, sondern auch das Vorkaufsrecht auf das nach Norden angrenzende Gebiet eingeräumt wurde. Außerdem war ihr ein Vorschuß auf die von Staats wegen zu erwartende Wiederaufbauhilfe bewilligt worden. Darüber hinaus hatte die Administration einen Brief an die Deutsche Bank in Windhuk ausgefertigt, in welchem der Bank bekräftigt wurde, daß an der Identität der Martha Korthinrichs nicht gezweifelt werden könnte, daß ihr Vater früher oder später von Amts wegen für tot erklärt werden würde und daß keine Bedenken bestünden, der Martha Korthinrichs die Verfügung über das Konto des Vaters einzuräumen.
Während Oberamtmann Maier dem Mädchen die Bedeutung der verschiedenen Schreiben erklärte, war der Gouverneur überraschend ins Zimmer des Oberamtsmanns Maier

geplatzt, um sich im Vorbeigehen eine eilige Auskunft über die Anwerbung von Leuten des Ovambo-Stammes aus dem Norden von Südwest zu holen. Dabei war er auf Martha Korthinrichs gestoßen, hatte sich sofort für ihr Schicksal und ihre Pläne interessiert und hatte sie und Maier in sein Amtszimmer gebeten, um Genaueres über die Vorgänge im Norden zu erfahren, für welche die Ereignisse auf Otjikarare sicherlich ein zutreffendes Beispiel darstellten.
Martha berichtete sehr bewegt und mit vielen Einzelheiten, was sich auf Otjikarare ereignet, in welchem Zustand sie und ihre Mutter die Farm wieder vorgefunden hätten, und erläuterte dann, in der Form zwar bescheiden und auch zögernd, in der Sache selbst aber sehr klar und bestimmt, wie sie sich's vorstellte, die Farm wieder in Betrieb zu nehmen, vor allem aber, sie nach den vom Vater übernommenen Plänen weiter auszubauen. Martha begriff sehr wohl, daß der Gouverneur gewiß wenig Zeit hatte, daß sie den Vorzug, von ihm selbst angehört zu werden, nicht über Gebühr ausnutzen durfte; sie faßte sich also kurz, wenn sie sich auch bemühte, nichts Wichtiges zu vergessen. Oberamtmann Meier, der etwas im Hintergrund hatte Platz nehmen dürfen, sagte sich befriedigt, daß sein Schützling offenbar auf seinen Vorgesetzten einen ausgezeichneten Eindruck machte. Martha schloß:
»Herr Maier und auch die Voigts, von denen ich gastfreundlich aufgenommen worden bin, haben mir geholfen, mit allen Schwierigkeiten fertig zu werden; ich bin ihnen sehr dankbar. Wir geben nicht nach. Otjikarare wird wieder das werden, was mein Vater schon daraus gemacht hatte, und ich denke, wir werden noch mehr daraus machen.«
Leutwein hatte das Mädchen an der anderen Seite seines Schreibtisches, während es, ein wenig ungeschickt manchmal, aber keineswegs unsicher und stets streng zur Sache, die Umstände auf Otjikarare erläuterte, unverwandt beobachtet. Martha hatte seinen Blicken standgehalten; sie hatte

nichts zu verbergen, beschönigte oder dramatisierte nichts, hatte sich zu beweisen – und sie bewies sich.
Der Gouverneur blickte auf seine Hände hinunter, die er auf der Tischplatte gefaltet hatte. Von seinem klaren, scharfgeschnittenen Gesicht mit den beiden skeptischen Falten von den Nasenflügeln zu den Mundwinkeln und dem an den Enden nach Kaiserart leicht aufgezwirbelten Schnurrbart war die heitere Liebenswürdigkeit, mit welcher er dem jungen, ungewöhnlichen Mädchen bis dahin zugehört hatte, vollkommen gewichen. Ein beinahe finsterer Ernst hatte sich darüber ausgebreitet. Martha, deren Augen auf dem Gesicht des obersten Beamten der Kolonie gebrannt hatten, nahm die Veränderung wahr und erschrak: hatte sie etwas falsch gemacht, war das Wohlwollen des Gouverneurs in Ablehnung umgeschlagen? Muteten ihr der Zufall oder das Schicksal nicht allzuviel zu, indem sie ihr, der kaum dem Kindesalter entwachsenen Tochter von Otjikarare, abverlangten, sich vor einem so mächtigen und zugleich überbeanspruchten Mann wie dem Gouverneur zu bewähren –?
Nichts von all dem! Doch war dem Mann hinter dem Schreibtisch – wozu ihm sonst wenig Zeit blieb – die ganze Last der Verantwortung bewußt geworden, die ihm auferlegt war: angesichts dieses in der Tat ungewöhnlichen Geschöpfes in seinem Amtszimmer – ungewöhnlich in seiner strengen, beinahe knabenhaften Anmut, noch ungewöhnlicher in der zielbewußten Energie, mit der sie sich dem Wiederaufbau ihrer Farm verschrieben hatte. Zwischendurch fuhr dem Gouverneur durch den Sinn: der gute Oberamtmann Maier – wie stets hat er auch in diesem Fall erfaßt, wem geholfen werden muß, weil ihm geholfen werden kann. Mag auch er, dieser treue Mitarbeiter, bei dieser Gelegenheit einmal unter der Hand erfahren, wie es in mir aussieht.
Leutwein hob den Kopf, durchbrach die lautlose Stille, die für einige unwägbare Sekunden im Raum gewaltet hatte:

»Ihr Vater, Fräulein Korthinrichs, war ein tüchtiger und erfolgreicher Farmer. Ich habe davon gehört. Nun ist er in diesem elenden Krieg verschollen und weilt wahrscheinlich nicht mehr unter den Lebenden. Ihr Otjikarare soll wieder in Betrieb genommen werden. Das ist mit aller Konsequenz anzustreben. Wir dürfen die Früchte der bisher von uns in diesem Land geleisteten Arbeit nicht verkommen lassen. Aber wird nicht in Zukunft gerade unter den jetzigen schwierigen Verhältnissen ihr Otjikarare von neuem einen erfahrenen Farmer brauchen, wie ihr Vater es gewesen ist?«...
Die Frage traf Martha mitten ins Herz. Sie hatte sie dunkel gefürchtet von dem Augenblick an, in dem sie sich entschlossen hatte, nach Windhuk zu reisen, um für die Mutter und für sich die Farm neu zu erkämpfen. Niemand hatte bisher in Windhuk daran gezweifelt, daß sie berechtigt und fähig dazu wäre. Erst jetzt, vor der höchsten Instanz in der Kolonie, begegnete sie dem Zweifel, dem – sie gab es sich zu – wohl berechtigten Zweifel. Alles, was Korthinrichs in ihr war, ihre Liebe zu diesem Land der Dornbusch-Steppen, der Wille, das Werk des geliebten Vaters nicht untergehen oder auch nur in andere Hände übergehen zu lassen, bäumte sich auf. Sie brauchte nicht nachzudenken. Für Martha gab es in diesem Augenblick auf Leutweins Fragen nur eine einzige Antwort. Sie warf den Kopf ein wenig zurück; ihre Augen waren weit aufgerissen; sie blitzten. Ihre Stimme klang lauter als zuvor:
»Der Farmer bin ich, Herr Gouverneur! Mein Vater hat keinen anderen Erben als mich. Also bin ich der Farmer!«
Wieder regte sich für viele Sekunden keiner der drei Menschen im Raum. Die Augen Marthas flammten in die des Gouverneurs. Es war unmöglich, dieser vor lauter Willen zur Selbstbehauptung geradezu bebenden Person nicht zu glauben. Der Gouverneur wandte den Blick ab und ließ ihn zu seinem Untergebenen hinübergleiten:
»Sie sind der Farmer. So wird es wohl sein. Und Herr

Oberamtmann Maier hat sicherlich alles veranlaßt, was von unserer Seite getan werden kann, Ihnen in den Sattel zu helfen...«
»So ist es, Herr Gouverneur!«
»Gut, ich bin davon überzeugt. Bleiben Ihnen noch Wünsche offen, Fräulein Korthinrichs?«
Martha fiel in den sachlichen Tonfall zurück, den Leutwein angeschlagen hatte:
»Wir werden nicht vorankommen, Herr Gouverneur, wenn wir keine schwarzen Arbeiter finden. Wir hatten zwei Bergdamara, einen jungen Ovambo und zwei außerordentlich brauchbare Herero, von denen der eine, namens Hakane, mir alles beigebracht hat, was die Herero vom Vieh und von den Lebensbedingungen in der Steppe wissen. Jetzt haben wir keine Leute. Und ich müßte auch einen tüchtigen Handwerker finden, der uns beim Hausbau hilft und auch sonst.«
Leutwein sprach mehr zu sich selbst als zu seinem jugendlichen Gegenüber – vielleicht aber wollte er auch seinem geschätzten Untergebenen, dem Oberamtmann Maier, einiges verraten:
»Das Problem der fehlenden Arbeiter wird uns noch viel zu schaffen machen. Ich war der Meinung, die Herero wären nach der Schlacht am Waterberg genug gestraft für die Greuel, die sie verübt haben. Man hätte sie nicht in der Omaheke samt Frauen, Kindern und Tausenden Stück Vieh verkommen lassen sollen! Aber Generalleutnant von Trotha, der militärische Oberkommandierende, war der Meinung, daß ein Exempel statuiert werden müßte. Die Herero hätten den Becher der Niederlage bis zur letzten bitteren Neige auszukosten. Ich bin zwar auch Soldat, aber als Gouverneur nur Zivilist, habe also jetzt dem militärischen Kommando zu gehorchen. Aber auch Soldaten sollten nicht vergessen, daß nach den Siegen weitergelebt werden muß, und zwar bei den Besiegten ebenso wie bei den Siegern; beide sind so gut wie

stets aufeinander angewiesen und bleiben es auch nach der blutigen Auseinandersetzung. Mein Nachfolger im zivilen Amt, Herr von Lindequist, wird es nicht leicht haben, Südwest wieder in Ordnung zu bringen. Das Militär ist dann längst wieder in die heimatlichen Garnisonen in Deutschland eingerückt und darf stolz sein auf seine Orden. Herr Maier, Sie behalten wohl besser für sich, was ich eben gesagt habe. Gerade Ihnen gegenüber wollte ich es einmal wenigstens angedeutet haben. Ihnen, mein tapferes Mädchen, pardon, ich meine, mein verehrter Farmer Korthinrichs, wünsche ich alles Gute. Herr Oberamtmann Maier, der ja auf seinem Posten verbleiben wird, wird Ihnen stets zur Verfügung stehen, wenn Ihnen die Administration behilflich sein kann. Sehr häufig werden Sie solches ohnehin nicht verlangen, vermute ich. Das ist wohl alles für jetzt, Herr Maier –?«
»Jawohl, Herr Gouverneur!«
Die drei Leute im Raum hatten sich erhoben. Leutwein reichte über den Tisch hinweg dem Mädchen seine Hand, und Martha erwiderte den Händedruck leidenschaftlich:
»Ich danke Ihnen, Herr Gouverneur, ganz ausdrücklich auch im Namen meiner Mutter – und meines Vaters«...
Noch einmal schwebte für den Bruchteil einer Minute ein Engel durchs Zimmer.
Leutwein nickte dem Mädchen wortlos zu, grüßte auch kurz zu dem Oberamtmann hinüber.
Die Tür fiel hinter den beiden Besuchern mit gedämpftem Laut ins Schloß.

---

Martha reiste nicht so einspännig nach Norden zurück, wie sie sich fast drei Wochen zuvor nach Windhuk auf den Weg gemacht hatte. Ein Mann von etwa fünfundvierzig Jahren – man konnte ihn für wesentlich älter halten – begleitete sie nach Otjikarare. Er hieß Albrecht Mechlin und stammte aus dem Mecklenburgischen. Martha hatte ihn bei den gastlichen Voigts kennengelernt, bei denen sie in Windhuk untergeschlüpft war und die ihr in der immerhin schon etwa fünftausend ständige Einwohner zählenden Stadt mit Rat und Tat und vielen Auskünften beigestanden hatten. Albrecht Mechlin war ein wortkarger, ein wenig vertrocknet wirkender Mann, der seine wahren Fähigkeiten erst entfaltete – und sie waren nicht gering und erstaunlich vielseitig –, wenn er ein Werkstück unter den Händen hatte, äußerst geschickten Händen, mochte er nun Eisen oder Holz zu bearbeiten haben. Sein erlernter Beruf war der des Schmiedes; aber viele Jahre in der Kolonie, wo nicht für jede praktische Aufgabe im Busch oder auf der Farm der passende Fachmann zu haben war, hatten ihn gelehrt, auch mit Holz als Zimmermann oder Tischler fertig zu werden.

Albrecht Mechlin war wie seinerzeit Wilhelm Korthinrichs als junger Soldat ins Land gekommen, um dem öden Drill und Gleichmaß in der Garnison Greifswald zu entgehen. Bei den verlustreichen Kämpfen um Hoornkrans hatte Mechlin sämtliche Zehen des rechten Fußes verloren und war seitdem gezwungen, ständig leicht zu hinken. Er wurde in Ehren aus der Schutztruppe entlassen und bezog seitdem eine – allerdings lächerlich kleine – Rente.

Wie so vielen anderen seines Schlages war ihm, während er unter v. François im Lande umherlag und anritt, das kaltheiße Südwest mit der glasklaren Luft seiner Hochlandsteppen und den grenzenlosen Weiten des Dornbuschs ans Herz gewachsen. Die Enge und Beschränktheit der alten Heimat – in vielerlei Hinsicht –, es gab sie nicht unter der starken afrikanischen Sonne. Hier war jeder nur das, was er wirklich wert war. Abzeichen, Titel, Ränge, Stände galten nicht viel. Wer etwas Vernünftiges gelernt hatte, der kam voran. Ein guter Handwerker war sehr gefragt.

Albrecht Mechlin blieb in Südwest und brauchte um Arbeit nie verlegen zu sein. Daß er auf dem rechten Fuß hinkte, tat seiner Geschicklichkeit keinen Abbruch. Schon dachte er daran, sich in Keetmanshoop selbständig zu machen, als ihn ein Schicksalsschlag unversehens aus der schon erfreulich vorgezeichneten Bahn warf – womit es ihm nicht anders erging als manchem anderen Mann seines Schlages, der sich dem »Sonnenland« anvertraut hatte.

Es gab zu wenig Weiblichkeit in Südwest – und das war auch nicht von heut auf morgen zu ändern, denn auf eigene Faust wagte sich ein unverheiratetes junges Mädchen kaum ins Land der wilden Hottentotten, der Löwen und Skorpione hinunter. Wenn die jungen Männer keine Farbige heiraten wollten – was die deutsche Administration zwar nicht gerade empfahl, aber auch nicht verwehrte –, dann stand ihnen, und auch das nur hier und da, ein Burenmädchen zur Wahl. Mechlin hatte nicht darauf gehört, was im Land als eine Art Regel herumerzählt wurde: daß nämlich Ehen zwischen Buren und Deutschen meistens schiefgingen.

Dem allzu fleißigen und wohl auch bis zum Geiz sparsamen Mechlin war das Burenmädchen, das er geheiratet hatte, nach wenigen Jahren einer ziemlich qualvoll durchzankten und kinderlos gebliebenen Ehe mit einem Nichtsnutz der gleichen Couleur in Richtung Kapstadt davongelaufen und nicht mehr aufzufinden gewesen. Die Entschwundene hatte ihrem Mann nichts weiter zurückgelassen als einen Berg von Schulden, die sie heimlich im Namen ihres Mannes gemacht hatte. Albrecht Mechlin hatte für die Verbindlichkeiten, die seine Frau eingegangen war, geradezustehen und entging dabei nur um Haaresbreite dem Bankrott. Er rettete zwar seinen guten Namen, aber die Mittel, die er angespart hatte, sich mit einer eigenen Werkstatt selbständig zu machen, wurden bis zum letzten Pfennig aufgezehrt.

Albrecht Mechlin war zwar ein zäher und unbeirrbar sachlicher Mann, aber sehr elastisch oder einfallsreich war er nicht. Seit ihm der einzige große Plan, den er in seinem Leben gefaßt hatte, in die Brüche gegangen war, hatte sich ihm die

Lust zu weiterer selbständiger Unternehmung verflüchtigt. Er arbeitete ohne rechte Richtung im Land umher, hielt es nirgendwo lange aus und rettete sich gerade noch nach Windhuk, als ihn der Herero-Aufstand auf einer Farm bei Gobabis überraschte. In dem großen Betrieb der Voigts fand er Arbeit, machte sich aber nicht sehr beliebt; dazu war er zu mürrisch, auch zu eigenbrötlerisch.

Martha war zufällig mit dem Mann bekannt geworden, hatte in einem der Schuppen um den großen Wirtschaftshof einen Schrank bewundert, der zerbrochen gewesen war und den Mechlin »wie auf neu« wieder hergerichtet hatte. Mechlin war unter dem Lob seiner jungen, schönen Besucherin aufgeblüht wie eine durstige Blüte unter warmem Regen. Die beiden waren ein wenig ins Gespräch gekommen, und Martha hatte ohne eine bewußte Absicht einen Seufzer hören lassen und von der Sorge gesprochen, die sich ihr ständig stärker in den Vordergrund drängte, seit die papierenen und geldlichen Schwierigkeiten mit Hilfe des hilfreichen Oberamtmanns Maier eine nach der andern zu beheben gewesen waren.

Halb im Selbstgespräch hatte Martha mehr geflüstert als deutlich ausgesprochen:

»Draußen bei uns auf der Farm am Waterberg, Herr Mechlin, wo wir jetzt wieder von vorn anfangen müssen, da wäre ein Mann wie Sie, dem alles so leicht von der Hand geht, gar nicht mit Geld zu bezahlen.«

Albrecht Mechlin hatte die verhaltene Bemerkung seiner jugendlichen Besucherin sehr wohl verstanden. Er fühlte sich zu dem »jungen Ding« merkwürdig hingezogen, seit sie gleich an ihrem ersten Tag in Windhuk in dem weitläufigen Voigtschen Anwesen gerade auf ihn gestoßen war, sich den Weg in Voigts Privatkontor zeigen zu lassen. Sehr bescheiden und scheu hatte sie ihn gefragt und zugleich auf eine leise herrische Art, die wohl anzeigte, daß es ihr mehr lag, zu befehlen als zu gehorchen; doch verbarg sich keine Schärfe

darin, kein Hochmut dahinter; solche freundlich bestimmte, wie selbstverständlich Widerspruch ausschließende Art war ihr offenbar angeboren.
Mechlin wandte sich dem Mädchen zu, war gar nicht mürrisch wie sonst, wenn ihn jemand bei der Arbeit störte:
»Ach, wissen Sie, Fräulein Korthinrichs, alle Welt würde das nicht kosten. Und ich kann mir denken, daß es für einen jungen Menschen wie Sie eine großartige Aufgabe sein muß, des Vaters Werk wieder herzurichten. Sehen Sie, wie es mir geht: Ich pussele hier so herum bei Voigt, bald dies, bald das. Für Voigt mag das wohl ganz vorteilhaft sein, aber für mich kann ich nicht viel Sinn und Verstand darin erblicken. Aber so ist das eben! Sie können ja auch schon ein Lied davon singen: Das Dasein ist nun mal kein Zuckerlecken.«
Sein üblicher Mißmut schien wieder von ihm Besitz ergriffen zu haben. Er hatte seinen Hobel wieder aufgenommen und begann, ein schon zugeschnittenes Brett – Fichtenholz aus Deutschland – fachgerecht zu glätten.
Martha faßte sich ein Herz. Ihre Stimme klang sehr hell, fast ein wenig nach Befehl:
»Herr Mechlin, ich glaube, es wäre zu unser beider Vorteil, wenn Sie zu uns nach Otjikarare kämen. Jemand wie Sie, der mehr oder weniger alles kann, was auf der Farm tagtäglich anfällt, der wäre bei uns willkommen. Kommen Sie mit nach Otjikarare! Dort brauchen Sie nicht nur herumzupusseln. Dort können Sie unser Haus und Hof wieder auf die Beine bringen, und weder meine Mutter noch ich werden Ihnen viel dazwischenreden. Und von uns aus brauchten Sie auch gar nicht wieder wegzugehen. Die Farm wird wachsen, und es gibt immer mehr Arbeit, als zu bewältigen ist. Ob und wann Sie wieder gehen wollen, das stünde ganz in Ihrem Belieben. Über Ihren Lohn könnten wir uns schnell einig werden. Dessen bin ich gewiß.«
Es ging ein Zauber von dem jungen Mädchen aus. Sie war so liebenswürdig – und bestimmt – und auf sehr geheime und

absichtslose Weise ein wenig auch verführerisch. Der ältliche Mann, dessen Herz wie dürres Land war, hatte im Grunde gar keine Chance, einem so lebensvollen Geschöpf zu widerstehen. Er rettete sich zunächst in die stachlige Schlechtgelauntheit, in die ihn sein unfreundliches Schicksal als unzulänglichen Schutzpanzer eingebunden hatte. Er fuhr nach kurzer Pause fort zu hobeln und murrte:
»Muß ich mir erst überlegen, Fräulein Korthinrichs. Kann auch hier den Voigts nicht einfach weglaufen.«
Martha hütete sich, weiter in den Mann zu dringen:
»Ganz gewiß muß das überlegt werden, Herr Mechlin. Aber mein Angebot steht!«
Sie hatte Mechlin freundlich zugenickt und war gegangen. Aber sie zweifelte so wenig daran, wie Mechlins Bescheid ausfallen würde, daß sie noch am gleichen Tag ihrem Gastgeber Voigt gestand, ihm einen tüchtigen Mitarbeiter abspenstig gemacht zu haben. Der lebens- und weltkundige Kaufmann Voigt lachte, als er begriff, wozu die ein bißchen verlegene, aber zugleich resolute junge Dame seine Zustimmung verlangte:
»Ja, so ist das hierzulande, Fräulein Martha: Jeder kommt und geht, wie er will. Sie haben keinen schlechten Mann angeheuert. Ich würde ihn behalten haben. Aber er kommt mit meinen übrigen Angestellten nicht zurecht; er ist unwirsch und brummig und macht sich Feinde. Auf die Dauer geht das schlecht. Bei Ihnen auf der Farm wird er mehr oder weniger – wenn Sie es geschickt mit ihm anfangen – sein eigener Herr sein. Das wird seine ewig schlechte Laune vielleicht besänftigen. Viel Glück also mit dem alten Griesgram, Fräulein Martha!«...
Als dann einen Tag später Mechlin bei Voigt vorsprach, um zu kündigen, erlebte er zu seiner Überraschung, beinahe Bestürzung, daß Voigt den Scheck für den Rest seiner noch nicht bezahlten Arbeitszeit schon bereit hatte, daß er schon entlassen war. Ein Zurück also war gar nicht mehr möglich.

Mechlin sagte sich: Sie hat es faustdick hinter den Ohren, die Martha Korthinrichs! Sie weiß, was sie will. Mir soll's recht sein. Ich werde was Vernünftiges zu tun kriegen!
Auf der umständlichen Rückreise nach Otjikarare machte Martha ihren neuen Helfer mit allen Einzelheiten des Betriebs auf der Farm vertraut, machte ihm vor allem klar, welche Fehler und Mängel das nun zerstörte Anwesen gehabt hätte und daß es ihre Absicht war, etwas Größeres und Festeres wiederaufzubauen. Es gelang ihr, den etwas umständlichen Mann derart in Fahrt zu bringen, daß er vorschlug, in Omaruru Station zu machen und bei Eriksson an Werkzeug und Baumaterial einzukaufen, so viel sich irgend vorauskalkulieren ließe. Das Dringendste müßte man gleich mit hinausnehmen, das übrige mit dem nächsten Ochsenwagen-Transport angeliefert werden. Martha durfte aufatmen: Mechlin war bereits ganz bei der Sache und plante den Aufbau mit, noch ehe er Otjikarare überhaupt zu Gesicht bekommen hatte. Also würde sich Martha um das kümmern können, was ihr ungleich wichtiger war als Haus und Hof: um die Wiederaufstockung der Herden, um gute Pferde, Arbeiskräfte, die Tränken im Busch, die alten, und mehr noch die neuen Grenzen – denn Martha träumte groß: Wenn sich der Umfang der Farm Otjikarare verdoppelte oder verdreifachte – sie hätte nichts dagegen. Die Papiere dafür hatte sie bereits in der Tasche – und die Herero brauchte sie nicht mehr um Erlaubnis zu fragen.
Denn die Herero, wie und was sie gewesen waren, die gab es nicht mehr!

---

»Wir bauen die Mauern aus Lehm. Später, wenn die Ziegeleien im Süden wieder arbeiten, bestellen wir Ziegel und verkleiden die Außenwände mit einer einen Stein starken Ziegelschicht. Wenn es erschwinglich ist, belegen wir die

Innenwände mit Holz. Und kein Dach aus Gras mehr obendrauf. Das brennt zu leicht! Bald wird die Minenbahn bis nach Otavi hinauf für Gütertransporte zu benutzen sein. Dann lassen wir uns Wellblechplatten kommen fürs Dach. Wellblech brennt nicht, wenn es auch die Hitze nicht abwehrt wie ein Grasdach. Aber wir bauen das Haus mit einem hohen Dachboden; der muß leer bleiben und Luft haben, schirmt dann die Wohnräume unter sich gegen die Sonnenstrahlen ab.«

So hatte Mechlin entschieden, und keine der beiden Frauen hatte daran gedacht, dem kundigen Handwerker zu widersprechen. Mechlin wollte die Farm – mit Hilfe der beiden »Burenbengels«, wie er Andries und Piet zu benennen pflegte – stolzer und geräumiger wiedererstehen lassen, als Martha und die Mutter aus eigenem zu planen gewagt hätten.

Dem Mädchen Martha war es sehr recht, daß sie sich um den Neubau des Farmhauses und der Trinkwasser-Anlage, der Werkstatt und der Geräteschuppen nicht zu kümmern brauchte. Martha war weit umher unterwegs, um Vieh zusammenzukaufen. Die Herero hatten längst nicht all ihr Vieh auf ihrem Rückzug nach Norden aus der Mitte des Landes und erst recht nicht auf die kopflose Flucht in die wasserlose Omaheke mitnehmen können. Allmählich waren die herrenlosen Viehbestände in der Steppe entdeckt und unter Aufsicht genommen worden – »Beutevieh«; nun aber solches der Deutschen! Früher hatten es sich in endlosen Fehden die Stämme untereinander abgejagt, die Nama den Herero oder umgekehrt. Martha versäumte keinen guten Kauf von »Beutevieh«, aber auch nicht von Vieh, das die Buren anboten im Norden, oder das anderswo auf deutschen Farmen versteigert wurde, wo die Schrecken des Aufstandes den Mut der Besitzer gebrochen hatten oder der zum Kriegsdienst verpflichtete Besitzer gefallen oder verschollen war, wie Wilhelm Korthinrichs verschollen war.

Es gelang Martha sogar, wieder einen zweiten Aberdeen-Angus-Bullen aufzutreiben. Das Tier hatte einem englischen Farmer gehört, dem aber der Aufstand die Lust an weiterer Farmerei in Südwest verdorben hatte. Es war ein schwieriges und keineswegs ungefährliches Stück Arbeit, das widerspenstige, verwilderte Tier aus der Gegend von Outjo das Ugab-Rivier hinauf nach Otjikarare zu überführen. Andries hatte ihr dabei geholfen, und nach einigen Zwischenfällen war der mächtige Stier bei seinen Kühen am ersten und zweiten Stausee eingetroffen, hatte seinen neuen Harem sofort akzeptiert und sich zu einer kaum noch zu erschütternden Sanftmut beruhigt.

In Friederike Korthinrichs erwachte allmählich wieder ein wenig Mut zum Leben. Es war einfach unmöglich, sich von Marthas unermüdlicher, schier leidenschaftlicher Hingabe an den Wiederaufbau der Farm nicht anstecken zu lassen. Mehr noch indessen als das Beispiel der Tochter bewirkte die neuerliche Anwesenheit eines Mannes in Haus und Hof, daß die Lebensgeister der Witwe des Wilhelm Korthinrichs sich wieder aufzurichten begannen. Albrecht Mechlin war mit einem Feuereifer, der ihn selbst manchmal erstaunte, an die Arbeit gegangen. Nein, keiner redete ihm hier dazwischen. Die Tochter war zumeist den Tag über und manchmal tagelang zu Pferde unterwegs und zeigte sich, wenn sie abends müde heimkehrte, stets mit allem zufrieden, was auf der Farm geschafft worden war. So war Mechlin ausschließlich auf die Frau des Hauses angewiesen, wenn er wissen wollte, ob dies oder jenes im neu erstehenden Anwesen so oder so eingerichtet werden sollte, denn schließlich mußte nach Mechlins Meinung die Frau das Sagen haben; er war ja nicht der Besitzer von Otjikarare.

Friederike Korthinrichs wurde also ständig beansprucht. Mechlin scheute sich auch keineswegs, sie um tätige Mithilfe zu ersuchen, wenn eine anstehende Arbeit von vier Händen und Armen leichter zu bewältigen war als von seinen zweien. Wie es immer geht, so ging es auch hier; Friederike wuchs in das neue Werk, dem sie sich nicht entziehen konnte, stets enger hinein, und es war der Mann, der sie dazu bewog oder sogar mit sanftem Zwang verpflichtete. Martha nahm mit Freuden wahr, daß die Mutter nach und nach aus ihrer lähmenden Trauer wieder erwachte. Und sie freute sich auch, daß sie sich in Mechlin nicht getäuscht hatte. Der ehemals mürrische Mann hatte seinen Mißmut einfach vergessen. Es war so viel zu verrichten Tag für Tag und von früh bis spät, daß zum Sinnieren und Brüten keine Zeit übrigblieb. Außerdem waren Mutter und Tochter, die ohne ihn – wie er im stillen mehr als einmal feststellte – »aufgeschmissen« gewesen wären, ihm nicht nur aufrichtig dankbar, sie bewunderten vielmehr seinen Fleiß und sein Geschick. Albrecht Mechlin war wieder wer – auf Otjikarare –, und dies Haus und diesen Hof wachsen und Form annehmen zu lassen, erfüllte den von seinem bisherigen Leben enttäuschten Mann mit so viel Befriedigung, wie er sie seit Jahren nicht erlebt hatte. Besonders anerkannt fühlte er sich, als Martha darauf bestand, dem werdenden Haus einen ursprünglich nicht geplanten Anbau hinzuzufügen, in dem für Mechlin ein geräumiges Zimmer eingerichtet werden sollte.

»Nein, Mechlin«, erklärte Martha, »das gibt's nicht, daß Sie uns wieder davonlaufen, wenn das Haus und die Schuppen stehen. Bei uns ist jemand wie Sie, der so gut mit Eisen und mit Holz umgehen kann, überhaupt nicht zu entbehren. Sie sollen sich auf Otjikarare heimisch fühlen!«

Das tat der vereinsamte Mann, der für seinen Mißmut keine Zeit mehr fand, schon längst. Allerdings beunruhigte ihn Marthas Gegenwart stets auf merkwürdige Weise. Martha führte auf Otjikarare das Kommando, daran war nicht zu zweifeln; es war ganz selbstverständlich; Martha brauchte es nie ausdrücklich herauszukehren. Auch die Mutter erkannte Marthas Lenkung an, wenn auch Martha den Wünschen der

Mutter stets nachkam; aber Wünsche äußerte die Mutter nur selten. Sie ging lieber, wenn ihr Zeit dazu blieb, dem unermüdlich tätigen Mechlin zur Hand. Ihr Leben lang war sie gewohnt gewesen, den Weisungen anderer zu folgen, zuerst denen ihrer Dienstherrschaft, dann denen ihres Mannes. Nun empfand sie es auf dunkle Weise als tröstlich, daß der ernsthaft tüchtige Mechlin sie ohne Scheu oder viel Rücksicht als seine Helferin beanspruchte – und auch jeden Tag wissen wollte, ob »die Frau« mit seiner Arbeit einverstanden wäre. Natürlich war sie einverstanden, schlug nur selten eine Änderung vor, etwa, daß der Herd in der Küche mit vier statt nur zwei Kochstellen eingerichtet wurde, oder daß doch Mechlin möglichst bald einen Kühlschrank bauen möge, damit sich das in der Steppe geschossene Fleisch und auch die Milch der zwei Milchkühe beim Haus länger frisch halten ließe.

Stets erfüllte Mechlin die Wünsche der Frau, so auch in diesem Fall, brannte Holzkohle in genügender Menge aus den Stämmen der zähen Kameldorne, füllte halbmeterstarke hohle Wände aus Rohrgeflecht mit der gleichmäßig zerkleinerten Holzkohle, das Ganze im Grundriß etwa zwei Meter im Quadrat. Die wie die Wände gestaltete dicke Decke des Ganzen war gegen den nur etwa einen Meter im Quadrat messenden hohlen Innenraum durch ein Blech abgeschlossen, trug aber über sich einen flachen viereckigen Behälter, den Mechlin ebenfalls aus Blech geformt hatte. Dieser Behälter war dort, wo er auf den drei dicken Holzkohlenwänden auflag, an seiner Unterseite also, mit vielen kleinen Löchern versehen. Über ein Rohr von der Wasserleitung zur Küche her wurde dieser Behälter stets gleichmäßig gefüllt gehalten, ließ aber seine Füllung in die Holzkohlenwände hinuntersickern. Je heißer draußen die Sonne auf die dauernd befeuchteten Wände schien, desto zuverlässiger verdunstete das abwärts sickernde Wasser, wodurch wie durch jede Verdunstung dem Innenraum, den eine schmale Tür nach vorn

abschloß, soviel Wärme entzogen wurde, daß es drinnen eiskalt wurde, und zwar um so kälter, je heißer draußen die Sonne auf den sinnreich erdachten schwärzlichen Klotz neben dem Hofeingang zum Haus herniederbrannte.
Auch Martha bewunderte die Einrichtung, die das Fleisch des Kudu, den Andries neulich geschossen hatte, gut dreimal so lange, als es früher der Fall gewesen war, davor schützte, anrüchig zu werden – und die Milch kam auch nach heißem Tage abends noch eiskalt aus dem leider höchst unschönen Kühlhäuschen – mit einem Stück Brot, im neuen Backofen im Hintergrund des Hofes gebacken –, eine wunderbare Erfrischung und ein nahrhafter Genuß. Der tüchtige Mechlin wurde von Martha für beides, Stein-Backofen und Kühlverschlag, weidlich gelobt – und strahlte! Ja, auch mit Martha kam er schicklich aus, wenn auch ganz anders als mit der Mutter, mit der sogar vertraulich zu reden er sich allmählich gewöhnt hatte. Martha gegenüber war stets ein gewisser Abstand einzuhalten. Sie war nun einmal »der Farmer«.
Denn dem Oberamtmann Maier hatte sich die Szene im Amtszimmer des Gouverneurs unvergeßlich eingeprägt. Martha hatte – ganz ohne Stolz, vielmehr im Ton, in welchem Tatsachen bestätigt werden – festgestellt: »Ich bin der Farmer.« Maier hatte seiner Frau später mit einer Mischung von Bewunderung und Erheiterung diesen Ausspruch berichtet, der für ein »so junges Ding« nicht gerade alltäglich war. Die Frau hatte bei ihren vielen Bekannten mit der Geschichte nicht hinter dem Berg gehalten. Wie in der Kolonie üblich, verbreitete sich auch diese Erzählung schnell landauf und landab – bildeten doch die im Land ansässigen Deutschen mehr oder weniger eine große Familie. Durch die Schrecken und Gefahren des Aufstands waren die Menschen weißer Hautfarbe noch viel enger zusammengeschweißt worden, als sie's zuvor schon gewesen waren – die wenigen tausend Fremden aus weit entfernten nördlichen Breiten, die

sich einem riesigen, menschenarmen, »dunklen« Erdteil anvertraut, ihn lieben gelernt hatten, wenn auch die schwarzen Einheimischen, die nicht zu entbehren waren, in ihrem Wesen schwer verständlich, ja unheimlich blieben und vielfach unberechenbar. Martha hatte selbst für ihren Spitznamen gesorgt, wurde und blieb »der Farmer Otjikarare«. Als sie viele Jahre später durch Zufall erfuhr, unter welchem Namen sie unverwechselbar umlief, war sie damit einverstanden.

Auf Otjikarare wurde geschafft und gearbeitet, daß es eine Lust war, wenn auch Tag für Tag der Schweiß von aller Stirnen tropfte. »Der Farmer« Martha hatte jedoch einzusehen, daß der Wiederaufbau des Betriebes, dazu noch im geplanten größeren Umfang, schließlich scheitern würde, wenn es nicht gelang, mindestens ebenso viele schwarze Helfer zu gewinnen wie früher auf der Farm tätig gewesen waren, möglichst aber noch ein halbes Dutzend von kräftigen Eingeborenen darüber hinaus. Martha, Andries, Piet und auch die älteren Farmgenossen mochten sich schier zerreißen, zwölf bis vierzehn Stunden am Tag und manchmal noch bis weit in die Nächte hinein, die Staudämme neu zu festigen, einen vierten zu entwerfen und zu beginnen in dem neu der Farm zugeschriebenen Gelände, die neuen Grenzen zu vermessen, abzustecken und unverrückbar zu kennzeichnen, nun schon zwei Herden von je etwa zweihundert Stück Vieh ständig unter Kontrolle zu halten, kranke oder verletzte Tiere auszusondern und zu pflegen (Verletzungen waren keineswegs selten im groben Gelände), weit umher zu reiten im Land um das Waterberg-Massiv, um mehr und mehr Vieh anzuschaffen und nach Otjikarare zu treiben, für Proviant- und Materialnachschub von der allmählich benutzbaren Otavi-Bahn herüber zu sorgen in mühseligen Ochsenwagen-Trecks. Dies und vieles andere, was die fünf weißen Menschen im grenzenlosen leeren Busch zwischen dem Waterberg und dem Omuramba Omatako

(was lustigerweise Popo-Trockenfluß bedeutet), pausenlos im Gange hielt, bis an den Rand der Erschöpfung – es würde nicht genügen.
Als Martha, der »Farmer«, schon am Verzweifeln war und sich eingestehen mußte: wenn ich nicht weitere Arbeitskräfte anheuern kann, laufen wir auf Sand – löste sich auch dieses Problem auf unerwartete Weise und innerhalb von vierzehn Tagen.

---

Als Martha eines Morgens – eines sehr kalten Morgens, denn man schrieb schon den Juli des Jahres 1905 – auf den Hof trat, hockten vor der Küchentür die beiden Bergdamara, die von Wilhelm Korthinrichs, dem ursprünglichen Farmer, der Einfachheit halber »Fritz« und »Franz« genannt worden waren. Die beiden, in schwer definierbare Lumpen offenbar europäischer Herkunft sehr unzulänglich gekleideten Männer mit den klobig wie aus schwarzem Holz geformten Gesichtern, verzogen die Mienen zu einem freundlich gemeinten Grinsen und erhoben sich:
»Wir wieder da, Fräulein. Herero alle weg. Herero haben uns nichts mehr zu sagen. Damara nicht mehr Diener von Herero. Wir wieder arbeiten und nehmen Lohn für uns, nicht für Herero. Fräulein kann uns bestimmt gebrauchen?«
Ja, in der Tat, das »Fräulein« konnte sie gebrauchen, wenn auch nur zu einfachster Arbeit und nicht einmal das ohne Aufsicht. Aber immerhin, es waren starke und, wenn man hinter ihnen her war, auch ganz brauchbare Helfer, die zum Beispiel den neuen Stausee ausschachten und den Damm im Groben aufschütten konnten. Damit wurden dann Andries und Piet für andere, mehr Umsicht erfordernde Aufgaben frei.
Ob sie vielleicht etwas von Kassima, dem kleinen Ovambo, gehört hätten, wollte Martha wissen, und wie die beiden die

leere Zwischenzeit überstanden hätten. Oh, Kassima, der wartet im Busch, gar nicht weit, traut sich nicht auf den Hof. Vielleicht ist Fräulein böse, daß er damals weggelaufen ist. Und in der Zwischenzeit, da hätten sie sich so durchgeschlagen im Land umher. Am Anfang wäre auf der Farm nach dem Brand doch noch so viel liegen geblieben, daß sich die drei, die sich nach dem Abzug der Brandschatzer zusammengefunden hatten, eine ganze Weile davon hätten durchbringen können. Manches Stück Vieh hätten die Räuber auch gar nicht mit abgetrieben. Was ihnen an Kühen oder Ochsen nicht wie Herero-Vieh ausgesehen hätte, weil es den ausländischen Zuchtstieren nachgeschlagen war, das hätten die Angreifer halbtot geschlagen in ihrem Haß und liegenlassen. Manch so ein Tier wäre noch lange am Leben geblieben. An Fleisch hätte es also nicht gemangelt.

Und dann wäre es ja zwei oder drei Tagemärsche weiter nach Südwesten zu der großen Schlacht der Deutschen gegen das zusammengedrängte Herero-Volk gekommen. Sie, die drei Leute von Otjikarare, wären ganz in der Nähe gewesen, hätten viel Geschieße und Geschrei gehört, sich aber wohlweislich versteckt gehalten. Nach gut zwei Tagen wäre alles vorbei gewesen. Was von dem Herero-Volk noch übriggeblieben war, hätte sich Hals über Kopf nach Nordosten auf die Flucht begeben, die Deutschen hinterher. Die Deutschen hätten auf dem Schlachtfeld noch eine eilige Nachlese gehalten, ihre Verwundeten geborgen, dazu sogar eine Anzahl von verletzt zurückgelassenen Herero – aber schon drei Tage nach der Schlacht wäre die ganze Gegend wie leergefegt gewesen, denn die deutschen Truppen hätten sich sofort dem geschlagenen Feind, dem mit all seiner Habe fliehenden Herero-Volk, an die Fersen geheftet, damit sich nicht nochmals Widerstand entwickelte.

Inzwischen war am Rand des Busches eine dritte dunkle Gestalt aufgetaucht. Das mußte Kassima sein, der Ovambo. Martha winkte ihn heran:

»Du willst auch wieder auf Otjikarare arbeiten, Kassima? Du hast lange nichts von dir hören lassen.«
»Ja, Fräulein, wir haben ganz gut gelebt. Erst da, wo deine Leute und die Herero gekämpft haben und dann in der alten Werft von Kambazembi. Da war überall noch viel zu holen, sogar ein paar Ziegen konnten wir einfangen. Die Herero waren alle fort. Ihre Knechte, die Bergdamara, hatten sie mitgenommen und die Frauen und Kinder. Die kommen alle nicht wieder. Die Herero waren dumm, flohen ins Sandveld. Da gibt es nichts zu essen und zu trinken. Auch die Frauen von Fritz und Franz kommen nicht wieder, die Kinder auch nicht. Und dann war da nichts mehr in dem früheren Dorf von Kambazembi. Wir dachten, auf Otjikarare gab es immer genug zu essen und sogar Lohn. Fräulein war auch wieder da und die Frau, und ein fremder Mann. Das sahen wir alles aus der Ferne. Und wir dachten, es wird genug Arbeit geben, auch für uns wie früher.«
Martha hatte sich keine Silbe des in gebrochenem Herero vorgetragenen Berichts entgehen lassen – mit allem, was dahinter zu vermuten war. Sie sah sich die drei verkommen wirkenden, schlecht genährten Kerle an. Welch ein armseliges Volk! Man mußte Mitleid mit ihnen haben. Sie würde die drei schon wieder in die Reihe bringen mit kräftigem Essen, ausreichender Bekleidung und strenger Ordnung. Aber sie wollte noch etwas wissen, was ihr sehr am Herzen lag, was sie oft bedrückte:
»Von Hakane und Kahitjene habt ihr wohl nichts gehört, oder von Paula, Hakanes Frau?«
Die drei schüttelten die Köpfe. Fritz, der beredtere von den beiden Damara, erklärte mit einem merkwürdig befriedigten Grinsen:
»Herero alle weg, kommen nicht wieder. Das ist gut. Damara waren Knechte von Herero und Herero hart zu Damara, viel böser zu Damara als zu Vieh. Jetzt vorbei. Herero aus, und Damara, die noch leben, brauchen nicht mehr schlechte

Herero zu gehorchen. Das ist gut. Die Deutschen haben es so gemacht. Bei den Deutschen besser als bei Herero, gibt Essen und Lohn!«...

So war es also: das Herero-Volk war seiner alten Macht beraubt, aber die Bergdamara waren von der Sklaverei unter den Herero befreit. Martha verlor sich für ein paar Augenblicke lang ins Nachdenken, vergaß die drei verstaubten Männer, die sie anstarrten und auf ihre Entscheidung warteten. Die Herero hatten geherrscht und die Damara geknechtet, soweit sie sie nicht totgeschlagen hatten. Jetzt waren die Herero vernichtet, und die Deutschen hatten sich durchgesetzt. Das gleiche Spiel also mit anderen Schauspielern –? Nein, nein, sie schüttelte den Gedanken ab. Wer für uns arbeitet, der bekommt seinen Lohn. Und wir haben erst zugeschlagen, nachdem man uns heimtückisch angefallen und umgebracht hat, meinen Vater zum Beispiel. Was brauche ich nachzudenken, dies ist unser Land, mein Grund und Boden, und wir machen etwas daraus, was die Einheimischen niemals zustande gebracht hätten. Sie faßte sich:

»Also gut, ihr könnt wieder hier arbeiten. Wartet hier. Ich bringe euch was zu essen. Für Quartier werden wir sorgen. Es ist ein neuer Baas im Haus. Dem habt ihr ebenso zu gehorchen wie mir. Wie die Löhne jetzt sind, danach werde ich mich bei nächster Gelegenheit erkundigen. Ihr werdet dann schaufeln gehen – bei dem neuen Staudamm.«

Sie wandte sich ins Haus, um Essen zu besorgen und die Mutter und Mechlin von dem Zuwachs an Arbeitskräften in Kenntnis zu setzen. Die Drei waren allerdings nur zu den einfachsten und eintönigsten Handarbeiten zu gebrauchen; aber gerade um die war es bisher am schlechtesten bestellt gewesen. Die Mutter meinte indessen:

»Wenn wir nur unsere drei Herero wieder hätten, den Hakane und seine Paula und den Kahitjene. Die hatten Verstand und Geschick. Mit denen konnte man etwas anfangen.«

Andries bemerkte dazu, als sich die fünf Weißen der Farm im großen Hauptraum des neuen Hauses wie üblich nach der ersten Arbeitsstunde zum Frühstück zusammenfanden und das Ereignis des Morgens besprachen:
»Als wir das letzte Mal in Otjiwarongo waren, um den Separator abzuholen und das Wellblech, wurde davon gesprochen, daß der neue Gouverneur, der Seitz, die Herero, die übriggeblieben sind, sammeln will, damit das Herero-Volk nicht ganz und gar verschwindet.«
Mechlin nahm den Faden auf:
»Wenn das richtig ist, sollte sich darunter manch einer finden, der sich zur Arbeit bei den Weißen herbeiläßt; gern haben sie das früher nicht getan. Aber jetzt wird ihnen wohl das Wasser bis zum Hals stehen, nachdem sie all ihr Vieh im Sandveld verloren haben. Ich könnte auf dem Hof einen vernünftigen Helfer wirklich gebrauchen, und draußen im Busch wird das wohl nicht anders sein. Man müßte eigens deswegen einmal nach Süden reisen.«
Mechlin blickte fragend zu Martha hinüber. Aber Martha ging auf die Anregung nicht ein. Durch ihr Hirn flatterte der Name Hakane. Sie mochte die Hoffnung, daß der alte Freund und Mentor wiederkehren würde, nicht aufgeben. Und falls er wieder auftauchte, würde er am besten geeignet sein, noch einige weitere Herero anzuheuern. Sie waren, wenn sie sich zur Arbeit bereitfanden, die verständigsten Helfer unter den Schwarzen des Landes.
Aber es war nicht Hakane, der als nächster aus den unergründlichen Tiefen der Dornbuschsteppe wieder auftauchte, sondern Keitsa, der Buschmann, der die beiden Frauen nach dem Überfall auf Otjikarare in Sicherheit gebracht hatte.
Vierzehn Tage, nachdem die zwei Damara und der Ovambo angeheuert worden waren, hatten sich Martha, Mechlin und die Mutter nach dem Abendbrot auf der neuen Veranda niedergelassen, von der man nun weiter als von irgendeinem anderen Platz ringsum in die wahrhaft unermeßliche Step-

penferne blicken konnte. Die drei wollten darüber reden, ob es einen Sinn hätte, weiteres Vieh anzuschaffen, wenn man keine Hirten hätte, es zu bewachen und zu versorgen.
Mitten ins Gespräch hinein rief die Mutter:
»Da kommt ein Schwarzer den Hang herauf, ein kleiner, knolliger Mann. Muß ein Buschmann sein. Oh, wirklich, ich irre mich nicht. Es ist unser Keitsa!«
Es war Keitsa. Er lachte über sein ganzes, breites Gesicht:
»Ich unten am Omuramba Omatako mit ganze Familie. Ich immer denken, wird Fräulein kommen zu Keitsa. Fräulein nicht kommen. Also Keitsa kommen zu Fräulein. Ob alles gut geht?«...
Martha rief:
»Oh, Keitsa, nein, wir haben dich nicht vergessen. Wie könnten wir dich vergessen! Aber hier war und ist so viel zu tun! Ich bin einfach noch nicht dazu gekommen, den weiten Ausflug zum Omuramba Omatako zu machen, um dich zu suchen. Nun hast du uns aufgesucht. Das ist großartig. Komm mit an unsern Tisch. Da ist ein Stuhl. Willst du etwas essen. Du bist sicherlich weit gewandert.«
Mechlin zog ein sehr erstauntes Gesicht: Einen so gut wie nackten Buschmann auf einen Stuhl und an den Tisch einzuladen, das ging gegen alle Ordnung. Aber er sagte nichts, da auch die Frau nichts einwandte, sondern mit freundlicher Miene beiseite rückte. Mechlin hatte seit langem begriffen, daß es sich empfahl, Martha nicht zu widersprechen.
Aber Keitsa wehrte lachend ab:
»Keitsa nicht sitzen auf Stuhl. Tut weh Beine. Keitsa sitzen auf Fußboden. Ist besser.«
Er ließ sich neben dem Aufgang zur Veranda auf den Dielen nieder.
»Essen ich immer. Essen von Frau sehr gut. Keitsa weiß von früher.«
Das ließ sich die Mutter nicht zweimal sagen und wandte sich

zur Küche, um dem kleinen, vertrockneten Buschmann, der sie ein Jahr zuvor nach Grootfontein in Sicherheit geleitet hatte, ein passendes Mahl zusammenzustellen.
Angeregt wollte Martha wissen (Mechlin hielt sich im Hintergrund, sagte nichts, hörte nur zu, sehr aufmerksam):
»Wie ist es dir ergangen, Keitsa, was machst du, was machen deine Leute?«
Wieder lachte der Buschmann. Auf beinahe kindliche Weise verklärten sich dabei seine Züge:
»Ach, für Buschmann-Leute, wo ich der Oberste bin, reiche Zeiten, sehr gute Zeiten! Herero alle weg, fast alle! In der Omaheke, wo Buschleute leben, Herero kommen um, verhungern, verdursten, wo Buschmann immer hat Essen und Wasser. Bleiben alle liegen am Wege, tot, zur Strafe, weil sie guten Baas von Otjikarare umgebracht. Buschleute sich freuen. Schlimme Herero alle weg, können Buschmann nicht mehr erschlagen und Frauen stehlen. Und Buschleute hinterher in die Omaheke. Ich auch führen deutsche Reiter. Große Beute für die Buschleute, wie noch nie. Vieh und Kleider, Waffen und Kalebassen, Werkzeug und so viele Häute und Felle! Für Buschmann zu viel. Deutsche Reiter nehmen keine Beute, vergessen aber manches, was für Buschmann gut ist, sehr gut! Das Beste aber ist: keine Herero mehr, die Männer umbringen und die Frauen mitnehmen und ihnen falsche Kinder machen. Herero weg! Jetzt Frieden im Land. Die Deutschen immer gut zu Buschleuten. Keitsa bleibt am Omuramba Omatako in Frieden wie in alter Zeit, ehe Herero kamen. Keitsa wird aufpassen, ob für Otjikarare Gefahr ist. Dann er warnen, wie damals. Wenn Fräulein nicht kommen nach Omatako, Keitsa wird kommen nach Otjikarare, einmal in trockne Zeit, einmal in nasse Zeit und sehen, ob Fräulein und Mutter gut geht.«
Martha hatte den kleinen Gesellen am Veranda-Pfosten unverwandt im Auge behalten und jedes Wort seines kümmerlichen Herero, in das er ab und zu wie aus Versehen ein

paar Schnalzlaute seiner eigenen Sprache mischte, unverwandt im Blick behalten. Schon sank die Dämmerung herein über der grenzenlosen Steppe, deren fernste Horizonte bereits in der von Osten heranwogenden Nacht verschwammen. Der Buschmann im Veranda-Eingang war nur noch ein schwarzer Schattenriß. Lediglich das Weiß seiner Augen war noch zu unterscheiden, als glimme es leise von innen her. Hatte nicht eben Afrika selbst zu ihr gesprochen aus der wie stets in den Tropen schnell einfallenden Nacht? Wenn irgendwer, dann durfte dieser kleine Mann mit den sonderbar rundlichen Muskeln unter der fahlschwarzen Haut den Namen Afrika für sich in Anspruch nehmen. Seine Vorfahren waren schon da seit uralten Zeiten, lange bevor die Nama kamen, noch länger, bevor die Wanderwellen der Neger, der Bantu, von Norden einbrachen und sie immer tiefer in die Kalahari, in die Omaheke und schließlich in die Namib und das Koakoveld abdrängten. Die Weißen erst, in Südwest also die Deutschen, hatten den Buschleuten gegen den Druck ihrer erbarmungslosen Feinde ein wenig Luft verschafft. Hat nicht mein Vater den Buschmann Keitsa auf die Farm gebracht, hierher, und wir haben ihn wider alles Erwarten gesund pflegen können? Jeder Herero hätte ein solches Nichts wie einen Buschmann am Wege verbluten lassen, hätte ihm höchstens vielleicht noch den Speer in die Seite gestochen, halb aus Verachtung und halb aus Langerweile.
Eine eigentümliche Befriedigung, fast eine Art von Glück hatte sachte Marthas Herz umfangen. Die Herero hatten Otjikarare ausbrennen wollen im Antlitz Afrikas. Aber Keitsa, allerältestes und urtümlichstes Afrika, Keitsa, der Buschmann, der hatte sie angenommen, die Ihren und ganz Otjikarare – und wohl wesentlich deshalb, weil ihr Vater, der geliebte verlorene Vater, an ihm, diesem armseligen »Nächsten« seine Menschlichkeit in die Tat umgesetzt hatte. Keitsa, der Buschmann, war bereit, sie und die Farm gegen alle

Gefahren des Buschs abzuschirmen. Was wollte sie mehr? Keitsas Augen und Ohren und Nase im Busch bemerkten hundertmal mehr als je die eines weißen Menschen.

»Ja, Keitsa«, flüsterte Martha nach einer kleinen Weile, »es ist ein großer Trost zu wissen, daß du und die Deinen nicht weit sind und die Augen offen halten. Und wenn wir euch irgendwie dienlich sein können, so werden wir das gern bewirken. Keitsa und die Seinen werden bei uns nie vergeblich anklopfen.«

»Ich weiß, Fräulein!« murmelte es aus dem Dunkel des Zugangs zur Veranda.

Die Mutter erschien mit einem Brett voll Brot und vielen Scheiben von gebratenem Buschbock, brachte auch eine brennende Kerze mit, die mit ihrem Schein aus der Nacht eine kleine Kammer herausschnitt; die Nacht blieb draußen. Die Mutter hatte nichts von dem mitbekommen, was Keitsa berichtet hatte. So fragte sie jetzt:

»Ich muß ständig daran denken, was aus unseren guten Leuten, aus Hakane und Paula, aus Kahitjene geworden ist. Keitsa weiß so viel von den Vorgängen im Land. Vielleicht weiß er auch etwas über den Verbleib von unseren drei Herero?«..

Keitsa hatte bereits, wie das Licht der Kerze offenbar werden ließ, mit Windeseile den größten Teil des Fleisches verschlungen, einen guten Liter Milch hinuntergeschüttet, das Brot würde den Beschluß machen. Sein Bäuchlein schwoll sichtbar an. Mit vollem Munde, vergnüglich kauend, gab er kaum verständlich zur Antwort, als wäre gar nichts anderes denkbar:

»Oh, Keitsa weiß viel, kommt weit umher. Keiner kann so weit und so lange laufen wie Buschmann. Keitsa hat spioniert um Kambazembis alte Werft. Nicht viele kamen wieder. Auch Hakane, sehr schwach und krank, ohne Paula. Auch Kahitjene verloren in Omaheke oder abgeschossen von den Reitern. Wer weiß! Hakane hat bestimmt Angst, nach Otjika-

rare wiederzukommen. Er auch Herero und vielleicht dabei, als Otjikarare verbrannt wurde.«
Der kleine Mann, den das Licht der Kerze voll beleuchtete, hatte sein Kaugeschäft nicht unterbrochen. Hakane – der war ihm nicht so wichtig. Die Herero bedeuteten nichts mehr, wenn man auch, wie es der Alltag in der Wildnis erforderte, ihr Wohin und Woher aus sicherem Abstand auszukundschaften hatte. Martha aber hatte dies erfaßt: Hakane lebte, war im alten Hauptdorf der Waterberg-Herero zu finden; es ging ihm schlecht. Er mußte für Otjikarare gerettet werden. Er hatte sie damals vor der Katastrophe gewarnt – vielleicht unter Gefahr für sein Leben.
Martha war plötzlich wieder »der Farmer Otjikarare« und bestimmte – Einwände waren nicht denkbar:
»Morgen früh reiten wir, Andries! Frühstück vor Sonnenaufgang! Nehmen drei gute Pferde, für mich den Falben. Vielleicht ist Hakane noch stark genug, sich auf dem Pferd zu halten. Sonst binden wir ihn fest. Für ihn die alte, braune Stute. Die läßt sich nicht aus der Ruhe bringen. Keitsa, du kannst im Schuppen schlafen oder auch hier auf der Veranda. Mutter bringt dir ein paar warme Pferdedecken. Und jetzt machen wir besser Schluß. Morgen müssen wir alle früh in Bewegung sein.«
Alles klar –!
So geschah es, daß auch Hakane wieder nach Otjikarare zurückfand, ein ausgemergelter, verstörter, halb zu Tode gehetzter Hakane. Es dauerte geraume Zeit, ehe Martha und die Mutter wieder einen halbwegs brauchbaren Menschen aus ihm gemacht hatten. Kahitjene und Paula, Hakanes Frau, hatten den Todesmarsch des Hererovolkes nicht überstanden; ebensowenig ihre Kinder.

---

Im fernen, fast um den halben Erdball entfernten Heimatland wie in der Kolonie selbst hatten die Menschen gehofft,

daß mit der Schlacht am Waterberg und dem anschließenden Untergang des Herero-Volkes in der Omaheke der blutige und kostspielige Krieg in Südwest sein Ende finden würde. Diese Hoffnung sollte sich als trügerisch erweisen.
Für die deutsche Regierung und für die Deutschen alle in Südwest bedeutete es eine besondere Gunst des Schicksals, daß die im Süden des Landes hausenden Nama-Stämme (von den Buren mit dem Namen »Hottentotten« belegt, was »Stotterer« bedeutet) sich erst erhoben, als die Herero keine Gefahr mehr für die Kolonie darstellten. Der bedeutendste Nama-Führer, Hendrik Witbooi, hatte 1894 mit dem Major Leutwein Frieden geschlossen und sich auch zehn Jahre lang daran gehalten, ja, als die Deutschen von den Herero 1904 überraschend angefallen und an die hundertfünfzig deutsche Farmer auf einen Schlag umgebracht wurden, die Deutschen dann anfangs große Mühe hatten, sich der überall gleichzeitig losschlagenden Herero zu erwehren, schickte Hendrik Witbooi eine größere Schar seiner Nama-Krieger seinem ehemaligen, aber dann zum geachteten Vertragsgenossen gewordenen Gegner Leutwein zu Hilfe gegen die Herero.
Als dann die Schutztruppe, um der nach Zehntausenden zählenden Herero-Streitmacht Herr zu werden, schließlich auf 15000 Mann verstärkt werden mußte, konnte ein so bedeutendes Aufgebot nicht von einem Major wie Theodor Leutwein befehligt werden. Er behielt zwar die Stellung eines zivilen Gouverneurs der Kolonie (in welcher Rolle ihn Martha Korthinrichs kennengelernt hatte, wobei sie sich unversehens selbst das freundliche Kennwort »der Farmer« beilegte), den militärischen Oberbefehl aber hatte Leutwein an den wesentlich ranghöheren, mit den Verstärkungen aus Deutschland beorderten Generalleutnant v. Trotha abtreten müssen. Auf verhängnisvolle Weise machte sich nun – wie an so vielen anderen Stellen auch – der Unterschied zwischen afrikanischem und europäischem, in diesem Falle

deutschem Denken und Begreifen geltend. Für den Nama Hendrik Witbooi war »das Deutsche Reich« nur ein nebelhafter Begriff; er war von dem großartigen Soldaten Leutwein bei der Naukluft entscheidend geschlagen worden, hatte sich ergeben und war großmütig eines Friedensvertrages gewürdigt worden, obgleich die Deutschen ihn und die Seinen ebensogut auch hätten erschlagen können (wie die Nama es umgekehrt an besiegten Feinden oft genug getan hatten). Als aber Hendrik Witbooi zuverlässig vernahm, daß sein zum »Freund« gewordener früherer Widersacher das Oberkommando über die gefürchtete Schutztruppe an einen ihm unbekannten Neuling namens v. Trotha hatte abgeben müssen, glaubte er, daß der mit Leutwein geschlossene Vertrag hinfällig geworden sei. Er schickte den Deutschen in aller Form eine Kriegserklärung, zu Händen des Hauptmanns v. Burgsdorf, Bezirksamtmann von Gibeon, einem Städtchen inmitten des Nama-Landes.

Die Deutschen begriffen natürlich nicht, daß Hendrik Witbooi sich lediglich Leutwein persönlich zum Frieden verpflichtet gefühlt hatte, nicht aber seinem Nachfolger. Man kam auf keine bessere Erklärung des plötzlichen Abfalls des Hendrik Witbooi als die, daß er sich in einem Anfall von Wahnsinn, von plötzlich aufbrodelndem religiösen Sendungsbewußtsein berufen glaubte, alle Weißen aus Afrika zu vertreiben.

Wie dem auch sei, den Deutschen blieb nichts anderes übrig, nun auch noch und abermals den Kampf gegen die Witbooi-Hottentotten aufzunehmen, nachdem der Krieg gegen die Herero noch kaum zum Abschluß gebracht war, mit mörderischen Verlusten auf deutscher, vernichtenden auf Herero-Seite. Es ergab sich, daß gegen die Nama keine große Entscheidungsschlacht – wie am Waterberg gegen die Herero – erzwungen werden konnte. Die Nama kämpften in kleinen Gruppen, verstreut über riesige, unwegsame, zum Teil auch kaum bekannte Gebiete im wüstenhaften Süden des Landes, wichen aus, griffen aus unerwarteten Richtungen an, waren nur schwer und wenn, dann nicht entscheidend, zu schlagen. Die Nama nötigten den deutschen Streitkräften einen erbitterten und für beide Seiten äußerst verlustreichen Buschkrieg auf, den man im Jahre des Heils 1984 Guerilla-Krieg nennen würde.

Hendrik Witbooi zwar starb kurz nach einem Angriff auf einen deutschen Nachschub-Transport am 29. Oktober 1905 an schwerer Verwundung. Auch sein Stamm verarmte danach in den endlosen Wirren, kam um, löste sich auf, verschwand. Sein Tod aber hatte nur dem Aufstieg anderer Nama-Anführer den Weg freigegeben; andere ungeschwächte Stämme griffen in die Kämpfe ein – Bandenkämpfe würde man heute sagen – und setzten fort, was Hendrik Witbooi begonnen hatte. Die Kämpfe spielten schließlich ins englische Kapland, aus Südwest- nach Südafrika hinüber. Engländer und Deutsche gemeinsam setzten sich schließlich durch. Erst 1908 war auch den Nama die Lust zu weiteren Kämpfen vergangen, die Kraft zu fortgesetztem Aufruhr gebrochen. Die Verluste der Nama waren aufs Ganze des Volkes gesehen, kaum geringer, als es die der Herero gewesen waren, verteilten sich lediglich über einen größeren Zeitraum. Doch auch die Deutschen hatten schwer bluten müssen. Die Mitte und der Norden des Südwester Landes war von 1905 an »beruhigt«, wie man so schön sagt. Im Süden waltete solche Ruhe erst überall und endgültig, seit Simon Copper mit seinen Khauas-Hottentotten 1908 geschlagen war...

Das griechische Sprichwort, daß »der Krieg der Vater aller Dinge« sei, bewährte sich in Südwest während dieser ersten Jahre des Jahrhunderts. Tausende von jungen Männern – mehr, als Südwest bis dahin weiße Einwohner gezählt hatte – waren ins Land gebracht und weit darin umhergeworfen worden. Sie hatten dem Befehl gehorcht und für und um das Sonnenland gefochten und ihre Haut zu Markte getragen, ohne sie in jedem Fall unbeschädigt zu erhalten. Viele von ihnen hatten das oftmals verwünschte Land in seiner Weite, Härte und Herrlichkeit trotz – oder gerade wegen – der ausgestandenen Entbehrungen lieben gelernt, so wie eine spröde Geliebte viel verführerischer zu wirken vermag als eine willfährigere.

Die kämpfende Truppe hatte so weit wie möglich aus dem Lande versorgt werden müssen, was vielen vieh-, land- und gartenwirtschaftlichen Betrieben und manch einem Handwerksmeister kräftig auf die Beine half. Der Straßen- und Bahnbau war mit viel Energie vorangetrieben worden und erforderte kundige Leute, die gewillt waren, im Land zu bleiben. Zu den Hauptorten der Kolonie rollten die in stets steigendem Umfang nötig werdenden Güter – und die reisenden Menschen – nicht mehr in langsamen, eintönig vor sich hin ächzenden Ochsenwagen, eingehüllt in Wolken von Staub und Schwärme von zudringlichen Fliegen, sondern auf stählernen Schienen. Windhuk mit seiner lang gedehnten Kaiserstraße, so breit angelegt, daß ursprünglich ein Wagen mit sechs Joch Ochsen davor mühelos darin wenden konnte, schmückte sich mit einem neuen, geräumigen »Tintenpalast« für die Administration auf dem Berg über der Stadt und davor in einem gepflegten Park mit dem Reiter-Denkmal für die vielen Soldaten der Schutztruppe, die für die Sicherheit der Kolonie und ihrer weißen Bewohner gefallen waren. (Es steht noch heute, im Jahre 1984. Wie lange noch?)

Für die schwarzen Kinder war die Schulpflicht eingeführt; auch eine höhere Schule stand ihnen schließlich zur Verfügung; für die weißen Kinder war Schulpflicht ohnehin selbstverständlich.

Die in den Aufständen zutage getretene Feindschaft der Eingeborenen gegenüber den Weißen, die ursprünglich im Lande willkommen gewesen und sich aufgrund von zwanglos geschlossenen, aber von beiden Seiten verschieden auf-

gefaßten Verträgen im Land eingerichtet hatten, der jahrelang wogende Kampf zwischen Schwarz und Weiß, hatte die Haltung der Deutschen Verwaltung den Eingeborenen gegenüber grundlegend verändert. Man hatte lange und blutig kämpfen müssen, wollte man nicht zulassen, daß weiße Menschen ohne zureichenden Grund gemeuchelt wurden. Jetzt hatte der Krieg, nach vier Jahren des Ringens nur zögernd verlöschend, der deutschen Seite den Sieg beschert. Die Stämme der Herero und der Nama hatten sich in den von ihrer Seite im Grunde ziemlich planlos und verzettelt geführten Kämpfen zu einem großen Teil selber aufgezehrt. Was ihr Stammes-Vermögen gewesen war, soweit von einem solchen noch gesprochen werden konnte, wurde von der deutschen Administration 1906 und 1907 eingezogen. 1905 schon, als die Herero sich nicht mehr ansprechbar zeigten, auch nach ihrer schweren Niederlage am Waterberg sich nicht ergeben, sondern die aussichtslose Flucht ins Sandveld vorgezogen hatten, wo sie dann zu drei Vierteln untergingen, 1905 bereits hatte die Regierung weitere Eheschließungen zwischen Schwarzen und Weißen verboten. Man wollte keine Halbblut-Bevölkerung entstehen lassen. Nach den Erfahrungen, die man bei den Aufständen gemacht hatte, blieb der Administration kaum eine andere Wahl, als den Eingeborenen grundsätzlich den Besitz und erst recht den Gebrauch von Feuerwaffen zu verbieten.
Schließlich ging man auch daran, die Schmalspurbahnen im Land auf Vollspur umzurüsten. 1911 war dieser Umbau, der die Leistungsfähigkeit der Schienenwege ebenso erhöhte wie ihre Sicherheit und Zuverlässigkeit, in der ganzen Kolonie abgeschlossen. Die beiden Häfen Swakopmund und Lüderitzbucht waren mit der Hauptstadt Windhuk und dem mineralreichen Norden des Landes, nach Tsumeb, Otavi und Grootfontein hinauf, zuverlässig verbunden; die Bahnen erschlossen zugleich die wichtigsten Farmgebiete des Landes.

Hatte Südwest anfangs nur Geld gekostet, im Kriege 1904/08 eine halbe Milliarde Mark (Goldmark!) verschlungen, so begann, nachdem das Kriegsgeschrei verhallt war, ein gleichmäßiger Aufschwung. Die geldbringenden Ausfuhren von 0,2 Millionen Mark im Jahre 1905 stiegen auf 70,3 Millionen im Jahre 1913. Die Geld beanspruchenden Einfuhren aber von 23,36 Millionen 1905 nur auf 43,42 Millionen 1913. Auch die Eingeborenen, die in der »weißen« Wirtschaft als Arbeitskräfte dringend gebraucht wurden, hatten sich erholt, verdienten und nahmen an Zahl schnell wieder zu. Dem Land Südwest schien ein ausgeglichenes Wachstum vorbestimmt zu sein.

---

Seitdem die Gefahr, von dem stolzen Herrenvolk der Herero aufgehoben und verjagt zu werden, mit dem Röcheln der Verdurstenden und dem Stöhnen der Verhungernden in den trostlosen Weiten des Sandvelds ganz und gar vergangen war, stieg des blutjungen »Farmers« Farm Otjikarare zu neuem Glanz empor wie ein Phönix aus der Asche. Niemand weit umher im Norden von Südwest hatte dem zuweilen noch sehr eckig wirkenden »jungen Ding« zugetraut – viele nannten Martha arrogant –, ja, kaum einer der sich allmählich mehrenden engeren und weiteren Nachbarn (»engeren«, das war immer noch mehr als fünfundzwanzig Kilometer entfernt!) hatte erwartet, daß des verschollenen und schließlich für tot erklärten Wilhelm Korthinrichs Tochter den zerstörten Besitz nicht nur wiederaufbauen, sondern in so wenigen Jahren außerordentlich erweitern, beinahe verdoppeln, und zu wirtschaftlichem Erfolg entwickeln würde. Leute, die »den Farmer« nicht genauer kannten, hielten Martha Korthinrichs mindestens für fünf, sogar für zehn Jahre älter als sie war.
Sie wußte sich in ihrer Rolle – wenn es ihr aus geschäftlichen

oder auch anderen Gründen darauf ankam – mit soviel Schwung und Selbstsicherheit in Szene zu setzen, daß sie stets schon zur Hälfte jedes Spiel mit Kaufleuten, Bankleuten, Regierungsleuten gewonnen hatte, ehe es überhaupt begann. Wenn die schlanke und zugleich kräftige Person vor dem Frachtkontor der Bahn ihren großen Falben zügelte – das Tier war nicht mehr jung, durchaus nicht mehr, aber noch ausdauernd und bei bester Gesundheit –, wenn die Reiterin mit einem kurzen Stoß die Steigbügel fortschüttelte, die schmalen Hüften im Sattel drehte und sich mit einem scheinbar federleichten Satz nach links zu Boden schnellte, dann lachte jedem Mann, und den älteren mehr noch als den jungen, wahrlich das Herz im Leibe. Der Leiterin von Otjikarare war damit, ohne daß darüber ein Wort zu verlieren war, ein Vorschuß an Vertrauen und gutem Willen gewährt, den Martha sich keineswegs scheute, ohne Bedenken in Anspruch zu nehmen.

Zudem hatte sie in allen schwierigen Fragen, die über die Alltags-Entscheidungen hinausgingen, stets die Mutter hinter sich. Es lag der Friederike Korthinrichs nicht, sich nach außen hin zur Geltung zu bringen. Seit ihres Mannes Tod war ein großer Bezirk ihres Lebens und Wesens verdorrt, war gähnend leer geworden. Im Temperament und in der Tatkraft der Tochter erkannte sie beinahe täglich den verlorenen Gatten wieder. Es fiel ihr leicht, die Tochter, dies Abbild ihres Vaters, gewähren zu lassen, ihr so gut wie ohne Vorbehalte die Führung des Betriebes zu überantworten. Aus dem Hintergrund achtzugeben, daß die Tochter in ihrer raschen Art den Bogen nicht überspannte, sich auf allzu gewagte Unternehmungen einließ, das blieb der Mutter unbenommen. Manchmal erhob sie Widerspruch, stets nur unter vier Augen, oder verwies die Tochter auf einen anderen Weg als den, welchen sie einschlagen wollte. Stets tat sie dies ruhig, aber auch bestimmt, wie sie es im Zusammenwirken mit ihrem Wilhelm oft genug getan hatte – und stets erlebte sie dann wie in endgültig, so schrecklich endgültig vergangener Zeit die Genugtuung, daß die Tochter ihrem Rat schließlich folgte, wie Wilhelm ihm gefolgt war – was nicht ausschloß, daß zuvor hinter verschlossener Tür eifrig und hart debattiert worden war. Die Tatsache, daß die Mutter offenbar von ganzem Herzen hinter der Aufgabe stand, die der Tochter so früh zugefallen war, sich ganz mit ihr einig zeigte, stärkte Marthas Rückgrat beträchtlich.

Und dann werkte ja noch der Albrecht Mechlin auf Otjikarare, der mit seinem Schicksal zerfallen gewesen war, ehe er sich von Martha hatte überreden lassen, sein großes handwerkliches Können auf der Korthinrichsschen Farm zu entfalten. Mechlin sah sich vor eine nach seinen Begriffen außerordentliche Herausforderung gestellt. Wollte er nicht von vornherein bekennen, sich überfordert zu fühlen, so hatte er dem Vertrauen, das die beiden Frauen in ihn setzten, der Achtung, die sie ihm deutlich entgegenbrachten, nach besten Kräften zu entsprechen. Mechlin war hinter seiner verdrossenen, sauertöpfischen Art eine durch und durch ehrliche Haut. Auf Otjikarare schien niemand zur Kenntnis zu nehmen, wenn er sich grantig gab. Die Frauen hatten regelmäßig nur zu loben, was er mit seinen geschickten Händen für Haus und Hof und auch sonst entstehen ließ. Sein Mißmut fand keine Nahrung mehr. Ohne es zu merken oder zu wollen, verwuchs er merkwürdig schnell mit Otjikarare und dem Wohl seiner Bewohner, unter denen ihm ein Part zugewiesen war, der von keinem anderen ausgefüllt werden konnte. Er verlernte, sich zu bemitleiden und seinen entgangenen Erfolgen im Beruflichen und Privaten weiter hinterherzutrauern.

Ja, der Martha mußte man beistehen und sie beraten, so gut man konnte, wann immer sie Rat erbat. Denn die Mutter war genau wie er vom Geschick hart angeschlagen worden und hatte die Fähigkeit, sich auf die laute Welt und ihre Ansprüche einzulassen, verloren, genau wie er. Der Friederike

Korthinrichs, dieser stillen, nüchtern klugen, aber von ihrer Trauer stets wie verschleierten Frau, mußte man helfen, mußte er, der Albrecht Mechlin, helfen. Und man half ihr am besten, indem man der Tochter half, mochte auch diese manchmal den Mund vornweg haben und auch ab und zu ein wenig herrisch auftreten.

Es wunderte und beirrte Mechlin, daß Martha sich gar nichts dabei zu denken schien, eigentlich jedermann auf Otjikarare zu kommandieren, nur den Hakane nicht. Hakane hatte offenbar bei Martha einen besonderen Stein im Brett. Zwar nahm sich der vollständig wieder zu Kräften gekommene hochgewachsene Schwarze niemand gegenüber etwas heraus, erwartete allerdings von den anderen Schwarzen Gehorsam, der ihm auch gewährt wurde. Er selbst aber nahm Aufträge oder Befehle nur von Martha entgegen. Sein jähes Verschwinden damals war die Warnung gewesen, die der Mutter und Tochter das Leben gerettet hatte, ganz gleich, ob es als solches beabsichtigt oder nur erzwungen worden war. Das erstere erschien Martha wahrscheinlicher zu sein. Aber noch etwas ganz anderes kam hinzu, sie Hakane gegenüber besonders nachsichtig zu stimmen.

Hakane war ein Herero; er hatte ihr seine Kenntnis des wilden Dornbuschlandes freigebig weitergereicht; er hatte zu den Waterberg-Herero gehört, denen der Vater im vergangenen Jahrhundert eine ganze weiträumige Landschaft für ein Butterbrot abgekauft hatte. Martha hatte längst gelernt, Werte und Gegenwerte in der richtigen Rangordnung zu sehen. Und dann war sein Stamm mit den anderen Herero-Stämmen in der lebensfeindlichen Ödnis der Omaheke bis auf zerfledderte Reste umgekommen, war von einer verschlammten oder schon ausgetrockneten Wasserstelle zur nächsten gehetzt worden, bis auch noch das allerletzte Fünkchen Widerstand in dem vergehenden Volk erloschen war. Nur wie durch ein Wunder hatte Hakane den Untergang der Herero überstanden.

Martha faßte es nie in Worte, das leise nur in ihrem tiefsten Innern bohrende Empfinden, ein manchmal für geraume Zeit nicht wahrgenommenes, doch immer von neuem verstohlen aufbrennendes Gefühl der Schuld, einer ganz unpersönlichen Schuld den Herero gegenüber. Hatte denn irgendeine Notwendigkeit bestanden, sich mitten im Hereroland niederzulassen? Hätte ihr Vater nicht dorthin zurückfahren können, woher er ins Land gekommen war? – Wären er und viele andere Männer nicht im Land Südwest geblieben, so gäbe es das Volk der Herero noch und zöge mit seinen Herden von Wasserstelle zu Wasserstelle!
Wann immer solche Fragen auftauchten, nicht gerade häufig, aber doch ab und zu, hatte Martha sich für eine Viertelstunde heftig zu wehren: Ihr Vater hatte den höchsten Preis bezahlt, sein Leben. Sie liebte dies Land, in dem sie groß geworden war, mit jeder Faser. Ließ sie es nicht zu einer Blüte, einem Nutzen gedeihen, von dem die Herero nie hätten träumen können? Das Schicksal hatte ihr, »dem Farmer«, dies Land, diese Farm in die Hand gegeben, und es war an ihr, sich dieser unverdienten Gunst würdig zu erweisen. Und darauf war all ihr Sinnen und Trachten gerichtet.
An Hakane versuchte sie gutzumachen, was den Herero auch durch sie, wenn auch nur ganz von fern, angetan worden war, und sie verstand sogar, es eines Tages Mechlin klarzumachen, als der sich aus, wie sie meinte, allzu unbedeutendem Anlaß bei ihr über ihren alten Freund beschwerte:
»Ach, Mechlin, die Herero gehören hierher, haben eigentlich viel ältere Rechte. Hakane ist uns unentbehrlich. Er hat uns sogar aus dem jammervollen Rest seiner Stammesgenossen eine Hilfe für Mutter in Küche und Haus und für die Vieharbeit die beiden anderen Herero vom Waterberg besorgt. Seitdem braucht Mutter sich nicht mehr zu zerreißen, und ich komme auch ab und zu zum Nachdenken. Hakane

ist für mich ein Teil von Otjikarare. Ohne ihn wäre ich nicht das, was ich bin. Wir müssen ihm erlauben, ein wenig eigenwillig zu sein.«
Mechlin glaubte, aus Marthas Worten herauszuhören, daß sie den Schwarzen nicht nur als einen treuen und klugen Knecht empfand, sondern daß sie in ihm einen älteren Bruder sah, einen afrikanischen – und ein schweres unverdientes Unglück hätte ihn getroffen, so daß man stets sanft und nachsichtig mit ihm umgehen müßte.
Der gute Mechlin war auch in diesem Fall grüblerisch hartnäckig in seinen Überlegungen. Marthas Antwort genügte ihm nicht. Und er brachte die Beziehung zwischen Martha und Hakane in einer der nicht allzu seltenen Stunden zur Sprache, in denen er mit Marthas Mutter zusammen an einem neuen großen Eßtisch für den Hauptraum der Farm arbeitete. Aber auch die Mutter, kam es ihm vor, schien ohne Bedenken Hakanes – und Marthas – Partei zu ergreifen. Die Mutter versuchte lediglich, dem braven Mann Mechlin zu erklären (die beiden schon nicht mehr ganz jungen Menschen, der von seinem früheren Leben enttäuschte Mann, die seit dem Tode ihres Mannes vereinsamte Frau, waren, wenn sie unter sich waren, zu einer Art von vorsichtiger Vertraulichkeit übergegangen, die beiden im stillen wohltat; sie gaben sich darüber keine Rechenschaft):
»Ach, Mechlin, man muß sich damit abfinden. Hakane wird in Marthas Herz wohl für alle Zeit einen bevorzugten Platz einnehmen. Er hat sie viele Male auf seinen Schultern aus dem Busch nach Haus getragen, wenn sie bei den Streifzügen mit ihm auf der Suche nach verlorenen Kälbern oder der Kontrolle der Wasserstellen müde geworden war, aber weiter hören wollte, was er ihr vom Busch zu erzählen hatte oder über die alten Geschichten seines Stammes; meistens dummes Zeug natürlich, aber für ein Kind die schönsten Märchen. Und dann: Hakane ist ein Herero. Die Herero haben fürchterlich büßen müssen. Martha will das wiedergutma-

chen an dem ältesten und besten Freund, den ihr Afrika beschert hat. Sie ist ja selbst mehr Afrikanerin als alles andere. Von Deutschland weiß sie nichts. Bei uns, die wir im alten Land aufgewachsen sind, liegt es ganz anders. Man muß das auf sich beruhen lassen, Mechlin. Es ist so, wie es ist. Vielleicht gehört Martha mehr ins Hereroland und in die Dornbuschsteppe als zu uns. Das wird nicht zu ändern sein. Und warum auch!«...
Damit mußte Mechlin sich zufrieden geben, bekam damit aber viel Stoff zum Nachdenken...
Martha ahnte nichts von diesen Auseinandersetzungen. Ihr Dasein, sonntags und alltags, stand unter einem alles beherrschenden Motto. Das hieß Otjikarare. Die Farm mit ihren großen Rinderherden, den Kühen, Kälbern, Färsen, Ochsen und den wenigen gewaltigen Zuchtstieren, die sich gewöhnlich nur würdevoll langsam bewegten, die aber mit unerhörter Wildheit angreifen konnten, wenn sie zornig wurden – und man wußte nie, aus wie nichtigem Anlaß das geschehen mochte! –, die stolze Farm Otjikarare, deren Grenzen abzureiten – im Schritt mit offenen, wachsamen Augen – zwei volle Tage erforderte, ihre stillen, langgestreckten Wasserlöcher – deren Spiegel blank blieb und ungetrübt die ganzen heißen Tage über –, zu denen erst gegen Abend die Rinder zogen in locker geordneten Scharen, daß der Staub wölkte. Erst wenn das Vieh wieder zu seinen jeweiligen Weideplätzen zurückgetrottet war, wagten sich auch die wilden Tiere ans Wasser, denen die Rinder ohnehin das Futter streitig machten; gegen Ende der Trockenzeiten wurde es manchmal knapp; die wilden Tauben fielen gewöhnlich zuerst ein in Geschwadern auf knatternden Flügeln; waren sie wieder fortgesegelt, stets wie auf ein strenges Kommando alle gemeinsam und stets wie auf jäher Flucht, dann stelzten einzelne Antilopen, einzelne Gazellen zur Tränke, sichernd, vorsichtig, auf dem Sprung jeden Augenblick, senkten die feuchten, schwarzen Muffel zum Naß, prunkten dabei ein

wenig mit ihren Gehörnen, schlürften und wandten sich in eiligem Trab wieder ab, gönnten sich keinen Aufenthalt, dann ganz zuletzt, wenn überhaupt, tauchten aus der lautlos und schnell einfallenden Dunkelheit die Fleischfresser am Wasser auf, ebenso lautlos wie die sich senkende Nacht, auf den weichen Lederballen der Pfoten, besser Tatzen, ein hochbeiniger Leopard mit nachlässigem Sprung, als hätte er keine starren Knochen im Leibe, sondern biegsame Stahlfedern statt dessen, ein Hyänen-Paar, dem wie allen Hyänen das Hinterteil zu knapp bemessen schien, ein kleiner Pulk von Schakalen, hündisch, halb furchtsam und halb frech – und ganz selten einmal ein aus den leeren Steppen weiter im Norden ins Farmgebiet verlaufener Löwe. Zwischendurch aber und ohne ordentliche Regel kleine Abteilungen von Straußen mit den hohen, stangenharten Läuferbeinen und den langen nackten Hälsen über den federumwippten übergroßen Vogelleibern.

Die Farm Otjikarare, so ruhte sie im unabsehbaren Meer der Gebüsche, sich schwingend und dehnend von den Hängen des Gebirges her – weit, weit konnte man von dorther blicken – bis hinunter in die tagsüber glutheißen, nachts bitterkalten Ödnisse des Sandvelds, in dem es kein zuverlässiges Wasser mehr gab. Die hohen Himmel über der nur scheinbar leblosen, in Wahrheit heimlich brodelnden Steppenwelt, von tiefer, strahlender Bläue am Tage, von tausendfachem Sterngeflitter durchfunkelt bei Nacht. Die mit Düften beladene, kristallklare Luft über der Weite, von sanften oder auch unbändigen Winden herrlich bewegt, selbst noch unter mittäglicher Sonne die Glut mildernd – es sei denn, eine der seltenen Windstillen hätte die abertausend Büsche zu reglosen Gebilden erstarren lassen, die aus gefärbtem Blech gefertigt schienen, das metallen scheppern würde, wenn man sie schüttelte; aber niemand hatte Kraft oder Übermut dazu, denn bei Windstille schien die in der ungebändigten Sonne glühende Welt jeden Augenblick fähig zu sein, sich in

ein Flammenmeer zu verwandeln, in einem jähen Feuersturm zu verlodern und in Asche zu sinken.
Otjikarare, Otjikarare, daß es reich und immer stolzer würde, das war die starke Melodie, die Marthas Tage durchtönte und für andere Klänge keinen Raum übrigließ.
Die Tage, ja, aber nicht auch alle Nächte!
War sie nicht leise angesprochen worden, damals, als im nachtdunklen Vorgarten eines gleichgültigen Gasthofs in der fremden, kleinen Stadt ein junger Reiter in bescheiden betreßter Uniform das noch kaum dem Kindesalter entwachsene Mädchen gefragt hatte, ob er ihr schreiben dürfte? Sie hatte die Frage bejaht, hatte gar keine andere Wahl gehabt. Im allerentlegensten Kästchen ihrer Erinnerung hatte sie die Frage bewahrt, kein Wort darüber verloren, zu niemand, auch nicht an die Mutter. Aber vergessen war sie nicht, mochten ihr auch die Umstände, von denen sie unablässig und eigentlich weit über die Kraft und Einsicht ihres Alters hinaus gefordert wurde, kaum je eine Stunde der Besinnung gestatten. Sie konnte den jungen Offizier nicht vergessen, weil er ihr tatsächlich, wenn auch nur in weiten, ganz unregelmäßigen Abständen kurze Briefe zu dem Ort hinüberflattern ließ, »von welchem aus man sehr weit sehen konnte«.
Stets waren die Briefe unmäßig lange unterwegs, ehe sie »den Farmer«, der doch trotz solcher nüchtern stolzen Kennmarke das Mädchen Martha in sich schloß, erreichten. Ein Wunder war das nicht. Martha wußte ja, daß jener Leutnant von Horsberg als aktiver Soldat in Kriegszeiten stets nur dort zu finden sein konnte, wo geritten, geschossen und – getötet wurde. Seltsam: der Gedanke, daß es auch ihn treffen könnte – nicht »es«, sondern ein tödliches Geschoß –, kam ihr nie. Es hatte damals im nächtlichen Vorgarten etwas angefangen – was eigentlich? –, und es war längst noch nicht am Ende. Wie konnte es vorzeitig, ohne Gestalt angenommen zu haben, abgebrochen werden!...

Kurts erster Brief – daß er mit dem Vornamen Kurt hieß, Kurt von Horsberg, hatte sie erst aus der Absender-Angabe erfahren – war für Martha ein erschütterndes Erlebnis gewesen. Was der Brief enthielt und was zwischen den Zeilen zu spüren war, das hatte wesentlich dazu beigetragen, Martha zu bewegen, den wieder aufgetauchten Hakane auf die Farm zurückzuholen und ihm ihre ganze Fürsorge angedeihen und ihn vielleicht spüren zu lassen, daß Martha und Otjikarare eine Schuld abtragen wollten.
Der Brief hatte folgendermaßen gelautet:

»In Windhuk, am 10. Okt. 1904
Sehr geehrtes Fräulein Martha!
Ich möchte wohl ›Liebes Fräulein Martha‹ schreiben, weiß aber nicht, ob ich das – schon? – darf. Wir haben ja nur ein paar Minuten in der Dunkelheit voreinander gestanden und nur ganz kurz allein miteinander gesprochen. Aber wenn ich an Sie denke und an das bittere Los, das Sie und die Ihren getroffen hat, dann denke ich ›Liebes Fräulein Martha‹, und das kann mir keiner verbieten, nicht einmal Sie.
Ich habe damals meinen Transport, Proviant und Munition, gerade noch rechtzeitig und ohne Zwischenfall dem Kommandeur meiner Formation abliefern können, gerade noch rechtzeitig, um mit meinen Leuten in der bald darauf in voller Stärke entbrennenden Entscheidungsschlacht in vorderster Linie eingesetzt zu werden. Die Herero hatten kaum noch eine reelle Chance; sie waren in fast geschlossenem, wenn auch sehr weitem Ring von unseren Kräften, die an Zahl wesentlich geringer waren als die ihren, eingeschlossen. Fast achtundvierzig Stunden lang haben meine Leute und ich kein Auge zugetan. Es gab Verwundete und Tote auf beiden Seiten, aber viel mehr auf seiten der Herero. Denn sie griffen immer wieder an, ungeordnet und ohne Schwerpunkte zu bilden; sie versuchten, den Umzingelungsring zu durchbrechen. Wir hatten nur den Befehl, den Ring dicht zu

halten, und wenn dies ohne große Verluste möglich wäre, zu verengen. Wir brauchten nur abzuwarten; die Angreifer hatten also viel schwerere Verluste als wir. Zweimal brachen sie des Nachts in meinem Abschnitt ein, hatten sich lautlos angeschlichen und stachen unsere Leute ab. Sie kamen nicht weit. Aber so hatten auch wir böse Ausfälle.
Es hatte sich in unseren Linien durchgesprochen, daß die Führung hoffte, die Herero, die ja mit all ihrer Habe, mit Frauen, Kindern und Vieh in der Falle saßen, würden ihre aussichtslose Lage erkennen und sich ergeben. Das taten sie nicht. Sie tasteten mit wilden Attacken den von unseren Truppen geschlossenen Ring so lange ab, bis sie schließlich im Nordosten eine breite Lücke entdeckten, die wir mit unseren verhältnismäßig schwachen Kräften nicht mehr oder noch nicht hatten dicht machen können.
Halb und halb unbemerkt von unseren nach zwei Tagen pausenlosen Fechtens überaus erschöpften Abteilungen, strömte das ganze Volk der Herero, soweit es die kampfesfähigen Männer nicht bereits verloren hatte, hinaus in die gähnende Leere des Sandvelds, die berüchtigte Omaheke.
Sie können sich wohl kaum vorstellen, liebes Fräulein Martha – nun habe ich doch ›liebes‹ geschrieben; ich lasse es so stehen –, welche entsetzliche Enttäuschung es für uns bedeutete, daß die Schlacht, die wir mit wirklich nur unzulänglichen Kräften bestanden hatten, nicht das Ende der seit Beginn des Jahres andauernden Kämpfe bedeuten sollte. Stattdessen kam der Befehl, dem fliehenden Feind auf den Fersen zu bleiben, ihm keine Ruhe zu gönnen, ihm die wenigen Wasserstellen zu verwehren, ihn ständig weiterzuhetzen, und, wenn er sich nicht ergeben wollte, mit Gewalt zu zerschlagen.
Sie haben sich nicht ergeben, liebe Martha. Sie verendeten lieber am Wegrand, Tausende, und zu Tausenden das Vieh, das bald diesen Namen nicht mehr verdiente; es waren nur

wandelnde Gerippe; sie waren so ausgemergelt, daß sie nicht einmal mehr verwesten; sie vertrockneten nur.
Ich will darüber nichts weiter schreiben; es war zu entsetzlich. Unsere Reiter wurden von einem dem Wahnsinn ähnlichen Zorn gepackt: Warum gaben die Herero nicht auf? Warum lieferten sie sinnlos ihr ganzes Volk ans Messer? Schluß mit diesem Irrsinn – und sie schossen ab, was ihnen vor die Flinte lief. Aber das Strafgericht, das über das Herero-Volk hereinbrach, ist letzten Endes nicht von uns, sondern von der Omaheke vollendet worden.
Ich danke Gott, Martha, wirklich, das meine ich ganz buchstäblich, daß ich den Untergang des Herero-Volkes nicht bis zum allerbittersten Ende mitzuerleben brauchte. Meine Abteilung wurde Mitte Oktober aus den zur Verfolgung eingeteilten Verbänden herausgezogen. Wir glaubten albernerweise, Ruhe verdient zu haben. Nichts davon! Im Süden des Landes hatten die Nama ein neues Feuer des Aufstands entfacht. Der Norden war freigekämpft und beruhigt – Friedhofsruhe, wenn man gesehen hat, was ich gesehen habe. Eine Atempause ist uns offenbar nicht vergönnt.
Ich liege nun hier mit meinen Leuten, längst nicht mehr allen, mit denen ich ausgezogen bin, in Windhuk, um neu ausgerüstet und mit anderen Abteilungen zu einer neuen schlagkräftigen Formation zusammengestellt zu werden. Wohin wir in einer Woche oder zehn Tagen geworfen werden, das weiß ich nicht. Ich weiß nur, daß neue Kämpfe bevorstehen. Und ich weiß auch, daß vorläufig für einen aktiven Soldaten wie mich nicht die geringste Aussicht besteht, einen Urlaub bewilligt zu bekommen, der ausreichen würde, nach Norden und Otjikarare zu reisen, um Sie wiederzusehen. Und, glauben Sie mir, liebe Martha, danach sehne ich mich. Mehr darf ich wohl nicht sagen.
Ich werde wieder schreiben. Es kann lange dauern, ehe ich wieder einen Brief wie diesen zustande bekomme. Falls Sie

mir antworten wollen – wie schön das wäre –, dann unter der auf dem Umschlag vermerkten Feldpost-Adresse.
Ich grüße Sie als der Ihnen noch viel zu wenig bekannte
                                        Kurt v. Horsberg
P. S. ich bin übrigens von meinem Kommandeur zum Eisernen Kreuz eingegeben worden, weiß nicht recht, wofür.
                                                D. O.«

Als Martha diesen Brief empfing – der monatliche Frachtfahrer hatte ihn mit der anderen Post von Omaruru mitgebracht – wäre sie vor lauter erschrockener und dann beglückter Aufregung am liebsten zur Mutter gelaufen und hätte ihr gezeigt, was da in ihre Hände gelangt war. Sie mochte es zunächst nicht glauben, daß er tatsächlich an sie geschrieben hatte, der junge, bei all seiner dienstlichen Selbstsicherheit etwas melancholisch wirkende Offizier, der sie und die Mutter damals in Grootfontein in Empfang genommen und sich später mit wenigen scheuen Worten im dunklen Vorgarten des kümmerlichen »Hotels« von ihr verabschiedet hatte. Sie hielt sich im letzten Augenblick zurück. Dies war allein ihre Angelegenheit; ihr Geheimnis mußte es bleiben. Jede Äußerung der Mutter, selbst eine zustimmende, hätte die Verschwiegenheit zerbrochen, zu der sie sich verpflichtet fühlte, als hätte sie solche heilig gelobt. Sie hatte den Brief in ihrer Rocktasche verschwinden lassen, ehe noch die Mutter, die auf dem Hof mit dem Frachtfahrer verhandelte, dazu gekommen war, die Post auseinanderzusortieren.
Sie war dann bald und allein ausgeritten, um die abgelegene Hürde zu kontrollieren – wie sie vorgab –, in welcher die nur wenigen Stück erkrankten oder verletzten Viehs abgesondert von den großen Herden gesund gepflegt wurden, Fritz, der Bergdamara, war zum Betreuer des »Kranken-Kraals«, wie er genannt wurde, ernannt worden, nachdem bei ihm eine Frau seines Stammes aufgetaucht war, die behauptete, Fritzens Frau zu sein; die Herero, denen sie früher zu

Diensten hatte stehen müssen, wären nicht wiedergekehrt; sie wäre nun frei wie alle Damara, dank der neuen Herren, der Deutschen.

Martha war nicht weit geritten – nur so weit, daß sie von der Farm her nicht mehr gesehen werden konnte. Der Brief mit dem merkwürdig fein und zierlich geschriebenen Absender »Kurt von Horsberg« auf der Kehrseite brannte ihr in der Tasche. Im Schatten eines alten Kameldorns hielt sie an, stieg ab und ließ den Falben grasen. Der lief nicht weit, hielt sich stets in Sichtweite seiner Reiterin, dem einzigen Menschen von jeher, den das Tier auf seinem Rücken duldete.

Vorsichtig, um den Umschlag ja nicht zu zerfetzen, öffnete Martha das Schreiben. Zum ersten Mal in ihrem Leben hatte ein Mann an sie einen Brief gerichtet, einen langen und, wie sie wohl begriff, inhaltsschweren Brief. Die feine, zierliche, fast gezierte Schrift des Briefes fiel ihr anfangs auf, aber das vergaß sie wieder; sie selber schrieb, wie der Vater geschrieben hatte, mit hohen, deutlichen Buchstaben ohne jeden verschönenden Schnörkel. Was kam es darauf an! Was in und zwischen den Zeilen stand, legte ihr eine Last auf die Seele, zerrte an ihrem Herzen. So sah es also in den Männern aus, die dazu bestimmt waren, zu schießen und zu töten. Der Vater war gemordet worden. Tausende andere umzubringen, darunter wohl kaum die schuldigen Mörder, machte ihn nicht wieder lebendig. Dieser Offizier hatte an sie geschrieben, wie er wohl an seine Vorgesetzten oder auch nur seine Kameraden nie geschrieben hätte; bei ihr, dem jungen Mädchen, einer Frau, hatte er sich ohne Rückhalt ausgesprochen, suchte – so war es, sie spürte es – ihr Verständnis oder sogar ihr Mitleid, ihr Mitleiden.

Eine unsichtbare Welle, hoch und warm, schien plötzlich die junge Frau unter dem Kameldorn lautlos zu umbrausen. Ihr war, als hätte ein Hilferuf sie von ferne erreicht. Ihr Herz schlug eiligeren Takt. Ach, um alles in der Welt, sie wollte, sie durfte nicht versagen. Begegnete ihr nun nicht das, worüber

die Lehrer auf der »besseren« Schule in Windhuk bei der Besprechung von Schillers »Don Carlos« manchmal in etwas gewundenen Andeutungen als »Liebe« geredet hatten – zum Gekicher mancher Mädchen? Martha hatte des Gekicher ebensowenig wichtig genommen wie das »dumme Gerede« des Lehrers. Was diesen Kurt v. Horsberg und sie, die Martha, nach diesem Brief miteinander verband, das stand auf einem ganz anderen Blatt, das hatte mit den papiernen Versen, die man von Seite x bis Seite y in der nächsten Woche zu lesen hatte, nicht das geringste zu tun. Oder doch? Anscheinend ist immer irgendwo Krieg –!
Aber darauf kam es nicht an! Was ihr da ein Mann geschrieben hatte, einer, der ritt und schoß und kämpfte, wie es der Vater sicherlich auch getan hatte und jetzt wieder tun würde, lebte er noch – wurde sie in diesem Brief nicht gebeten, es mitzutragen, es dem Manne erträglich zu machen, indem sie es mittrug? . . . Und schon wallte aus heißem Herzen die Bereitschaft auf, dem da draußen im Feld wenigstens in Gedanken und in Worten beizustehen und ihm deutlich zu machen, daß er sein hartes Los nicht allein zu tragen hatte. Sie würde ihm antworten, bald, mußte sich erst überlegen, was. Es würde nicht einfach sein. Aber nun wurde sie früh vom Schicksal gefordert – wie auch der vorzeitige Tod des Vaters sie gefordert hatte – und, ganz gewiß! sie wollte nicht versagen.
Erst Tage später brachte sie den Mut auf, sich nachts in ihrer Kammer, als Haus und Welt schon zuverlässig schliefen, beim Schein einer Kerze an den Tisch zu setzen und über ein leeres Briefblatt zu beugen. Sie meinte, die schwerste Prüfung ihres bisherigen Daseins bestehen zu müssen, aber sie hatte sie zu bestehen, und sie wich ihr nicht aus. Viel brauche ich ihm nicht zu schreiben. Das wird er gar nicht erwarten, aber merken muß er, daß und wie ich an ihn denke!
Qualvoll langsam verwandelten sich die wirbelnden Gedanken in geordnete Sätze, zögernd nur flossen sie aus der Feder

aufs Papier – in großen, eckigen Buchstaben, die doppelt so hoch aufragten als jene des Briefes, den sie beantworteten:

»Otjikarare, am 30. November 1904
Lieber Herr von Horsberg!
Ihr Brief aus Windhuk gelangte richtig in meine Hände; er war schon sechs Wochen alt, als er hier ankam. Jetzt sind Sie also längst irgendwo im Namaland unterwegs und müssen sich mit den Hottentotten herumschlagen, die doch einsehen sollten, daß es ihnen auf die Dauer nicht anders ergehen wird, als es dem Herero-Volk schon ergangen ist.
Es ist schrecklich: Warum sind die Schwarzen so unvernünftig, und warum zwingen sie uns, mit ihnen genauso zu verfahren, wie sie früher selber mit- und gegeneinander umgegangen sind? Es ist noch so viel Platz in diesem Land, und man könnte noch hundertmal mehr Wasser erschließen, wenn man die Regen nur nicht überall abfließen und versickern ließe.
Wir arbeiten jetzt hier mit aller Kraft und werden unseren Besitz wieder auferstehen lassen, größer und besser, als er war. Das habe ich mir fest vorgenommen, so daß mein Vater staunen sollte, wenn er ihn wiedersähe. Daß wir dies zustande bringen werden, lieber Herr von Horsberg, das haben wir Männern wie Ihnen zu verdanken, die uns hier im Norden freigekämpft haben und sich nun auch im Süden für uns in die Schanze schlagen müssen.
Ihre Kameraden und sonstigen Kampfgefährten kenne ich nicht, lieber Herr von Horsberg, aber Sie kenne ich, und nach Ihrem Brief meine ich, wir kennen und verstehen uns schon sehr lange. Wenn das denkbar wäre, würde ich neben Ihnen reiten und auch schießen, wenn es sein müßte, ohne zu zögern. Das kann ich. Und wir können ja nicht nachgeben. Aber ich muß hierbleiben und mich um meine Mutter und Otjikarare kümmern. Das ist *mein* Befehl!
Aber dies werden wir tun: Meine Mutter wird Sie jeden

Abend in unser Nachtgebet einschließen. Ich bin nicht so sehr fürs Beten. Aber jetzt werde ich auch jeden Abend darum bitten, daß Ihnen solche Schrecken wie in der Omaheke erspart bleiben und daß Sie, ohne Schaden zu nehmen, wieder heimkehren.
Schreiben Sie mir wieder, lieber Kurt v. Horsberg. Ich werde darauf warten, sehr sogar! Und will Ihnen dann auch antworten, so gut ich kann. Ich werde viel an Sie denken. Riskieren Sie nicht mehr, als unbedingt riskiert werden muß. Nur Toren riskieren überflüssig viel, sagte mein Vater oft, um es mir einzuprägen.

In Freundschaft Ihre<br>Martha Korthinrichs.

P. S. Ich meine, umsonst und ohne Grund wird man Ihnen wohl das Eiserne Kreuz nicht verliehen haben!

D. O.«

So, das hatte sie mit einigem Anstand zustande gebracht. Sollte sie den Brief ihrer Mutter zeigen, ob auch alles recht darin wäre? Beinahe hätte sie dieser ersten und noch halb kindhaften Regung nachgegeben. Aber hatte sie nicht gerade erfahren, daß die Leute sie, wenn auch meistens lächelnd, »den Farmer« nannten? Dann war sie auch selbständig genug, ihren ersten Brief an einen jungen Mann nach eigenem Gutdünken zu verfassen und abzusenden, und das ohne Verzug; denn wer weiß, wie lange auch dieser Brief wieder unterwegs sein würde, ehe er Kurt erreichte – in ihren geheimsten Gedanken war es schon »ihr Kurt«.

---

Es flog noch manch ein Brief zwischen den beiden jungen Leuten hin und her. Man kann allerdings schwerlich behaupten, daß sie »flogen«; sie stolperten vielmehr mühsam landauf und landab über tausend Kilometer lange, holprige

Wege, ehe sie den Adressaten oder die Adressatin erreichten. Aber verloren ging keiner von ihnen.
Die Abteilung v. Horsberg, durchweg junge aktive Soldaten, wurde offenbar nicht geschont; ihr wurden – soweit überhaupt – nur kurze Atempausen und nur zur Auffrischung gestattet; sie reichten nicht annähernd aus, um dem jungen Offizier, der inzwischen – und das war sehr früh – zum Premierleutnant befördert worden war, genug Zeit zu gewähren, eine umständliche Urlaubsreise in den immer noch einigermaßen entlegenen Norden des Landes anzutreten – es war Krieg!...
Bis weit in das Jahr 1908 hinein verkehrten der Sekonde-, dann Premierleutnant Kurt von Horsberg und »der Farmer« Martha Korthinrichs nur brieflich miteinander. An die vier, fünf Briefe im Jahr wanderten in beiden Richtungen zwischen ihnen hin und her. Die beiden jungen Leute wurden nicht abgelenkt voneinander. Martha war Tag für Tag, Jahr für Jahr in ihre Arbeit eingebunden, hatte manchem Zwischenfall und mancher Krise standzuhalten. Die Männer, mit denen sie von arbeits- oder geschäftswegen ab und zu unvermeidlich zusammentreffen mußte, standen alle schon in reiferen Jahren, die jüngeren waren Soldat. Martha erlaubte sich auch gar nicht, aufzublicken; sie fand keine Zeit dazu, denn die Hauptlast der Verwaltung von Otjikarare, die ständige, zäh betriebene Weiterentwicklung des Betriebes lag allein auf ihren Schultern.
Die Mutter hatte sich, wie es früher gewesen war, auf Haus und Hof beschränkt, war weder fähig noch bereit, eine wichtigere Rolle zu beanspruchen. Martha hatte Tag für Tag zu beweisen, daß sie bei ihrem Vater mit Erfolg in die Schule gegangen war. Jede Schwierigkeit, die auftauchte, wurde dem zu frühem Ernst heranreifenden Mädchen zu einer neuen Lehrmeisterin, manchmal einer sehr strengen. Der einzige, den Martha gern und ohne Scheu um Rat fragte, war Hakane. Der Schwarze, nach wie vor Marthas Verehrer und

ergebener Freund, verstand sich auf Rindvieh ganz vorzüglich, wenn auch nur nach Eingeborenen-Art. Was die Natur, das Wetter, die Gewächse und die wilden Tiere des Landes anbetraf, da konnte sich Martha keinen besseren Berater wünschen als den Herero Hakane.

Mechlin war auf der Farm längst unentbehrlich geworden. Aber in die Lenkung des allmählich groß sich entfaltenden Betriebes mischte er sich nicht ein. Er begriff sich als Vasall der Mutter, gehörte ins Haus und auf den Hof, nicht nach draußen ins Veld. Es war ja ständig vielerlei zu richten an Geräten, Gebäuden, an Wägen, Sätteln und Ochsenjochen. Mechlin wurde mit allem fertig, was handwerklich neu geschaffen oder wieder in Ordnung gebracht werden mußte. Aus gutem Instinkt vermied es Martha, dem Mann Befehle zu erteilen. Sie sowohl wie die Mutter äußerten nur Wünsche. Auch dies brauchte nur selten zu geschehen, denn Mechlin sah meistens selbst und meistens früher als die andern, was gebaut, geändert oder gerichtet werden mußte.

Zwischen Marthas Brauen bildeten sich mit der Zeit auf der glatten hohen Stirn eine senkrechte feine Falte. Die Farm verlangte von dem jungen Mädchen, Tag für Tag auf dem Posten zu sein. Längst stellte Martha nicht mehr das dar, was man sonst wohl unter einem »jungen Mädchen« versteht. Sie hatte »der Farmer« zu sein, ob sie es wollte oder nicht. Sie wollte es.

Doch das war nicht alles. Tief in ihrem Innern, auch von der Mutter nur geahnt, hegte und pflegte sie einen grünenden Garten. Die Briefe, die sie in weiten Abständen empfing, sie bildeten die Blumen, die sich darin entfalteten. Und auch ihre Antworten waren wie Blumen, die sie hinausschickte und die unterwegs nicht welken konnten. Dabei waren die Briefe nie sehr lang und enthielten zum größten Teil nur die Schilderung der Umstände und Erlebnisse, die seit dem vorangegangenen Brief des Berichtens wert zu sein schienen. Martha erzählte, daß und wie Otjikarare wuchs, und beschrieb ihre Erfolge und Rückschläge. Und Kurt v. Horsberg berichtete, wie mühsam und langwierig es war, sich mit einem listigen, kühnen und schwer zu fassenden Gegner zu schlagen, den Witbooi-Hottentotten, dann aber auch der »Roten Nation«, den Fransman-Hottentotten von Gochas und den lange friedlichen Veldschoendragers. Die in viele kleine Scharmützel sich aufsplitternde Kriegführung schien sich immer weiter nach Süden zu ziehen bis an die Grenzen zum Kapland, sogar hinüber ins Englische, in die so gut wie wegelose Leere der Kalahari. Martha erlebte aus der Ferne die grenzenlose Erschöpfung der Reiter mit, die in endlosen, vergeblichen Zügen ins Leere einen nie sich zu offener Schlacht stellenden Gegner verfolgten und die doch jeden Augenblick darauf gefaßt sein mußten, aus dem Hinterhalt von überlegenen Kräften mit wilder Wut angegriffen zu werden. Aufs Ganze gesehen setzten sich die deutschen Reiter allmählich durch; aber oft genug auch mußten sie blutige Verluste hinnehmen.

In jedem dieser Briefe von Norden nach Süden und von Süden nach Norden gab es ein paar Worte oder auch Sätze, die weit über die getreue Berichterstattung in eine ganz andere Richtung zielten. Ja, um dieser wenigen Hinweise willen wurden die Briefe, so lang sie auch sonst ausfallen mochten, eigentlich geschrieben. In diesen meist am Schluß der Briefe wie nebenbei und scheu angefügten Bemerkungen verrieten die beiden jungen Menschen verstohlen und wollten es dem andern verraten, daß ihr Empfinden im geheimen sich wandelte, zu immer größerer Tiefe vordrang, in die Breite sich dehnte und sich manchmal zu einer Höhe aufschwang, die beide in Wahrheit nicht recht glauben wollten, Martha nicht, da der Alltag sie zu ständiger Nüchternheit und Zielstrebigkeit zwang, was einem starken Grundzug ihrer Wesensart auch durchaus entsprach – und Kurt v. Horsberg nicht, weil das dürre, entnervende Geschäft eines im Grunde sinnlosen und gleichwohl die letzte Unze an

Kraft und Willen erfordernden Steppenkrieges auch noch den letzten Rest soldatischer Romantik, des »reiten, reiten durch den Tag durch die Nacht«, aus den Knochen vertrieb, die vor Erschöpfung und auch kaum noch zu unterdrückendem Grauen schmerzten.
Seinen Kameraden, Vorgesetzten, Untergebenen gegenüber durfte Kurt v. Horsberg solchen ihn verstörenden Stimmungen niemals Worte leihen, hatte sie sorgfältig zu unterdrücken. Allein in den Briefen an die ferne Freundin konnte er davon sprechen, daß ihn die sozusagen minderwertigen und glanzlosen Gefechte gegen einen ebenso zähen wie schwer zu fassenden Gegner bis an den Rand der Verzweiflung ermüdeten. An der »Brust der fernen Geliebten« – das war Martha längst geworden in seinen Träumen; und er scheute sich nicht mehr, sie so anzureden, als er und sie nach dem ersten Jahr ihrer luftigen Beziehung allmählich zum »Du« vorgestoßen waren, als sie nach dem zweiten sich nicht mehr verhehlten, daß ihre merkwürdig durstige und leise zitternde Sehnsucht, des andern Briefe zu empfangen und zu beantworten, den Namen »Liebe« verdiente –, ja, wenn man ironisch werden wollte, könnte man es so nennen: an der »Brust der fernen Geliebten« weinte er sich aus.
Und für sie, die junge Frau im unablässig drängenden, harten Alltag des Farmbetriebes, der zuweilen nur mit zähneknirschendem Willen zu bewältigen war, für Martha waren es gerade diese aus den Briefen des fernen Kämpfers auf sie eindringenden Bitten um Verständnis für die offenbar unerträglichen und schrecklicherweise vielleicht sinnlosen Spannungen, denen Kurt ausgesetzt war, gerade diese wie flehentlich vorgetragenen Klagen, daß er reiten mußte hierhin, dorthin, meist ins Leere, dann plötzlich sich zu wehren hatte auf Leben und Tod und zurückschlagen mit der gleichen Schonungslosigkeit, die den Gegner kennzeichnete, ihn möglichst darin noch übertreffend – die ihr die ständig wachsende Gewißheit schenkten, daß sie nicht nur arbeitete,

sorgte, plante, rechnete, sondern daß sie lebte, lebte! Und da es ein Mann war, der ihr dies vermittelte, ein richtiger Mann, der trotz aller Angst und allen Widerwillens, von dem er offenbar gewürgt wurde, ohne zu zaudern sein Leben einsetzte, so wußte sie schließlich, daß sie nicht nur lebte in und mit diesen Briefen, weit über ihren Alltag hinaus, so sehr sie diesen auch bejahen mochte, sondern, daß sie liebte! Und das bedeutete trotz aller Ungewißheit, aller Spannung, aller bohrenden Sorge auch Glück, ein manchmal den Atem eng machendes großes Glück; und die junge, zu hellem Bewußtsein ihrer selbst erwachende Frau gab sich diesem geheimen Glück nie verzettelter, ganz auf einen einzigen anderen Menschen gerichteten Leidenschaft rückhaltlos anheim.

Bis dann nach längerer Pause Anfang Juli des Jahres 1908 auf der Höhe der kalten Zeit in Otjikarare ein Brief an Martha Korthinrichs eintraf, dessen Umschlag eine andere Handschrift aufwies als die zierlichen, feinstrichigen Buchstaben, die der Empfängerin seit Jahr und Tag vertraut waren. Ein eisiger Schrecken fuhr Martha in die Glieder, als sie gewahr wurde, daß der Brief aus Warmbad kam. Warmbad – das lag ganz im Süden des Landes, war die erste stadtähnliche Siedlung, auf die der Reisende traf, wenn er aus dem Kapland über den Oranje-Strom nordwärts nach Südwest vorstoßen wollte.

Eine Krankenschwester schrieb aus Warmbad, teilte mit, daß sie es im Auftrag des Premierleutnants Kurt v. Horsberg täte, der bis auf weiteres zu schreiben nicht imstande wäre, aber dringend gebeten hätte, dem Fräulein Korthinrichs von seinem Zustand Nachricht zu geben. Er hätte eine Abteilung unter dem Kommando des Hauptmanns Friedrich von Erckert geführt, um die letzten Kampfgruppen der Nama, speziell der Simon-Kopper-Hottentotten, zu vernichten. Dies wäre zwar gelungen, aber in dem letzten entscheidenden Gefecht wäre nicht nur der Kommandeur, Hauptmann v. Erckert, gefallen – am 16. März 1908 –, sondern auch

Premierleutnant v. Horsberg durch einen Kopfschuß schwer verwundet worden. Er hätte jedoch abtransportiert werden können und hätte auch das Lazarett in Warmbad erreicht. Bei dem Transport im Ochsenwagen nach Warmbad aber wäre Herr von Horsberg auch noch wegen verdorbenen Wassers an Typhus erkrankt und »kämpfte nun um sein Leben«; sich in diesen Worten auszudrücken, hätte er der Briefschreiberin, der für seine Pflege verantwortlichen Krankenschwester, aufgetragen.

Es war also doch geschehen: Der üble Krieg gegen die Nama hatte in seinem letzten Akt nach dem fernen Geliebten gegriffen, der von Jahr zu Jahr widerwilliger und enttäuschter gekämpft, aber die einmal übernommene Pflicht erfüllt hatte; nur ihr, der Vertrauten, der Liebsten gegenüber hatte er in kaum noch verhüllten Wendungen sein Herz erleichtert. Wenn er nicht mehr selber schreiben konnte, dann mußte es schlecht um ihn bestellt sein.

In ihrer Not – sie mußte mit jemand sprechen! – offenbarte sich Martha ihrer Mutter. Friederike Korthinrichs war vom ewig weiter klappernden Alltag des Farmbetriebs, seinen nie ein Ende nehmenden Zwischenfällen und Sorgen, den Ansprüchen Mechlins, denen nicht auszuweichen war – und erst recht nicht denen der unablässig treibenden und weiterplanenden Tochter –, mit den Jahren grauer und glanzloser geworden. Sie hatte sich daran gewöhnt, daß Martha von jenem v. Horsberg in Abständen von jeweils Monaten Briefe empfing und auch beantwortete, ohne sie, die Mutter, jemals ins Vertrauen zu ziehen. Damit hatte sie sich eben abzufinden: Die Tochter war nach dem Tode des Vaters zu früher, allzu früher Selbständigkeit vorgestoßen, notgedrungen, denn sie, die Mutter, hätte, nachdem die Mitte ihres Lebens zerstört war, auf die Dauer den Wiederaufbau von Otjikarare nicht bewältigt, hätte aufgeben müssen, wäre wohl – sie leugnete es nicht ab – in die alte Heimat zurückgekehrt, nachdem ihr in der neuen die Flügel zerbrochen waren. Die

Mutter hatte also nicht beachtet oder nicht begriffen, wie eng und immer enger die Tochter sich in die Beziehung zu jenem jungen Offizier verstrickte, an den sie, die Mutter, sich nicht mehr besonders deutlich erinnern konnte.
Jetzt zum ersten Mal durfte sie also einen der Briefe lesen, die der Tochter ab und zu ins Haus geflattert waren. Die sonst so übertrieben sachliche, kühle und schnelle Tochter schien beinahe außer sich zu sein vor Sorge und Angst. Die Mutter erkannte, wie wenig sie von Martha wußte, wie die Tochter sich längst in ein eigenes Leben hineingelebt hatte, das von dem der Mutter weltenweit entfernt lag. Nun plötzlich suchte das Kind in seiner Not bei der Mutter Rat. Müde bin ich, dachte die Mutter. Dies Land hat mir meinen Wilhelm genommen. Dies Land hat mich ausgesogen mit dem Zwang, Otjikarare wieder in Schuß zu bringen und – nach Marthas Ideen – zur besten Farm im ganzen Norden zu machen; ich werde nichts davon haben, und Wilhelm kann sich nicht mehr daran freuen. Was soll ich Martha raten, dem Kinde, das mich nicht mehr braucht? Ich weiß es nicht –
Wenn es nach Martha gegangen wäre, hätte sie sich aufgemacht, die weit über tausend mühseligen Kilometer nach Warmbad hinter sich zu bringen, um bei dem Manne zu sein, den sie nur wenige Tage lang aus der Nähe erlebt, danach erst aus annähernd zwei Dutzend Briefe bis in seine entlegensten Hintergründe – wie sie vermeinte – kennen und schließlich – daran zweifelte sie nicht mehr und nannte es auch bei diesem Namen – lieben gelernt hatte.
Unerwartet erhob die Mutter Einspruch: »Du verstehst nichts von Krankenpflege, Martha! Ein Kopfschuß, das ist eine schlimme Sache, von der man nie weiß, was für Folgen sie hat. Und Typhus! Wahrscheinlich liegt Herr von Horsberg auf einer Isolier-Station und kann gar nicht besucht werden. Oder er ist vielleicht schon auf dem Wege der Besserung. Der Brief aus Warmbad ist fünf Wochen unterwegs gewesen, und ehe du im Süden ankommst, vergehen mindestens abermals

drei Wochen. Wie ständest du da, käme er dir dann vielleicht schon gesund entgegen! Oder, was auch denkbar ist, er hat einen neuen Befehl bekommen und ist irgendwohin unterwegs, und du könntest ihm nicht folgen!«...
Martha wurde sehr nachdenklich nach dieser Mahnung. Alles, was die Mutter gesagt hatte, war ja richtig. Und trotzdem: der Schreckschuß, den der Brief der Krankenschwester für sie bedeutete, hatte seine Wirkung getan. Die Briefschreiberei hatte ihren Weg genommen; sie war ans Ende ihres Sinns gelangt. Es war hohe Zeit, den schon so Vertrauten zu sehen, zu sprechen, auch zu berühren, anzurühren, zu umfangen sogar, um endlich gewiß zu werden, daß er nicht nur aus Worten auf weißem Papier bestand, sondern aus Fleisch und Blut.
Martha besaß nur geringes Talent dafür, sich Illusionen hinzugeben – über sich selbst oder über andere. Sie beobachtete und es wurde ihr heiß dabei, wie draußen im Veld der schwarze, sanfte Stier schmeichelnd um die junge Färse strich, die noch nicht gekalbt hatte, aber nun zum ersten Mal gedeckt sein wollte; wenn sie fern im Busch das Schnauben und Grunzen vernahm und die dumpfen Stöße hörte, mit denen die harten Schädel zweier kämpfender Kudu-Bullen aufeinanderprallten, daß die hohen gewundenen Gehörne prasselten – Martha brauchte sich im Busch nur vorsichtig in der Nähe der beiden wütenden Streiter, die alle sonstige Vorsicht völlig außer Acht ließen, umzusehen und fand bald das Streitobjekt, eine anmutige Kudu-Hindin, in aller Seelenruhe äsend und wartend, wer von den beiden um sie werbenden Freiern den andern aus dem Felde schlagen und sich danach mit ihr, der bereiten Jungfrau, zusammentun würde. Selbst der nicht mehr so junge Hakane hatte sich wieder ein Weib genommen, die Witwe seines in der Omaheke umgekommenen, jüngeren Bruders, und war seitdem auf merkwürdige, aber unverkennbar deutliche Weise frischer und heiterer geworden; auch Fritz und Franz, die

beiden Bergdamara, hatten ihre Weiber samt Kindern auf die Farm verpflanzt, nachdem sie nicht mehr unter der Botmäßigkeit der Herero standen, ihren alten Herrn seit Generationen, die nun entmachtet waren. Wahrlich, Martha war auf der Farm und im weitem Veld dem stärksten Trieb der Natur mit seinen tausend verschiedenen Gesichtern so nahe, mußte ihn vorauswissen, einberechnen und sogar lenken, als daß sie nicht längst begriffen hätte, daß kein Lebewesen, also auch sie selber nicht, sich so übermächtigem Gesetz zu entziehen fähig war.

Aber dann hatte die Mutter Einwände geltend gemacht – und den stärksten zuletzt, als Martha am Tage des Empfangs der schlimmen Nachricht schon so gut wie entschlossen gewesen war, den Geliebten in der Ferne zu suchen und in die eigene Obhut zu nehmen. Martha hatte eine schlechte Nacht hinter sich, war uneins mit sich selber, ob sie fahren sollte oder nicht. Am Frühstückstisch, Mechlin saß dabei, auch die beiden Jungburen wie jeden Morgen, ließ sich die Mutter plötzlich zwischen den gebratenen Eiern, dem gesottenen Wildfleisch, Brot und gesüßtem Kaffee mit ungewöhnlicher Bestimmtheit hören:

»Du bist jetzt auf der Farm keinesfalls zu entbehren, Martha. Das schlachtreife Jungvieh ist erst zur Hälfte ausgesondert. Das muß zu Ende gebracht werden. Und dann ist der Aufkäufer angemeldet und muß unbedingt abgewartet werden. Der ist ein gerissener Bursche, wenn es der gleiche ist wie beim letzten Mal. Dem muß man jede Mark einzeln aus der Nase ziehen. Du bist die einzige, Martha, die mit ihm fertig wird. Du kannst jetzt nicht für Wochen oder Monate abwesend sein. Die Farm geht vor.«

Stimmte das? Ging die Farm allem anderen vor? Standen Wohl und Erfolg von Otjikarare über den Wünschen und Sehnsüchten der eigenen einzelnen Existenz?

Natürlich! Es gab im Grunde keine Wahl.

Martha starrte auf den Rest von Fleisch auf ihrem Teller

hinunter, als blicke sie durch ihn hindurch. Niemand am Tisch sagte ein Wort, mochte sich rühren. Martha warf nach einer langen Minute den Kopf auf:
»Ja, den Aufkäufer darf ich nicht versäumen. Das ist richtig. Aber dann muß ich Herrn von Horsberg einladen, sich bei uns in der Stille von seiner Verwundung und seiner Krankheit zu erholen. Im Militär-Lazarett wird er das nicht können. Und nach Deutschland zieht ihn nichts zurück. Er hat keine Eltern mehr, und seinen beiden verheirateten Schwestern wird er nicht zur Last fallen wollen. Nein, er hat sich für Südwest geschlagen, zum Beispiel auch für uns, hat uns auch damals geholfen. Es ist nur recht und billig, daß wir ihn gesund pflegen. Ich schreibe ihm noch heute.«
Jeder am Tisch wußte sofort, daß kein Widerspruch denkbar war. Weshalb auch sollte widersprochen werden. Mechlin hatte in den vergangenen Monaten schon mehr als einmal verlauten lassen:
»Die armen Kerle da unten, beim Großen Fisch-Fluß und bei den Karas-Bergen –! Reiten und reiten sich die Hintern wund, werden abgeknallt und kriegen die dreckigen Hottentotten nicht in den Griff. Die weichen immer wieder aus und schlagen zurück. Sind nicht zu beneiden da unten, unsere Reiter. Ich möchte nicht an ihrer Stelle sein.« –
Es stand also fest: Der Premierleutnant Kurt von Horsberg würde seinen Erholungsurlaub auf Otjikarare verbringen. Man wußte dort, was man Soldaten wie ihm schuldig war, und unterwarf sich solcher Pflicht, wenn auch vielleicht nicht mit ausdrücklicher Begeisterung.
Martha aber setzte sich noch am gleichen Vormittag hin und schrieb folgenden Brief:

»Otjikarare, 10. Juli 1908
Mein lieber Kurt!
Deine Pflegerin schrieb mir aus Warmbad, daß du verwundet und krank bist. Das hat mich entsetzlich erschreckt und am

liebsten hätte ich hier gleich alles stehen und liegen lassen und hätte mich auf den Weg zu dir gemacht. Aber meine Mutter machte mir klar, daß der Brief von dir hierher und meine Reise von hier zu dir viele Wochen in Anspruch genommen hätte, und wahrscheinlich fände ich dich in Warmbad gar nicht mehr vor. Schwierig und ungewiß wäre das alles. Und außerdem, was leider stimmt, ich bin gerade jetzt hier auf der Farm nicht zu entbehren. Die Farm litte vielleicht oder sogar sicherlich finanziellen Schaden – und wir sind ja noch längst nicht aus den Schulden heraus, die wir haben machen müssen, Mutter und ich, um Otjikarare wieder in Gang zu bringen. Ehe ich also nicht zuverlässig erfahre, wie es dir weiter ergangen ist und ergeht, kann ich hier meinen Posten nicht verlassen. Ich hoffe, daß du dafür Verständnis haben wirst. Du bist ja Soldat und Offizier. Aber, lieber Kurt, wenn auch die Umstände und die Vernunft mir diesen Entschluß, jetzt nicht zu dir zu reisen, abnötigen, so bringe ich gerade jetzt umso leichter den Mut auf, dir zu sagen, daß ich auf dich warte. Solange du gesund warst, mochte es genügen, daß wir uns in Briefen unser Leben erklärten. Jetzt bist du wund – und ich möchte dich pflegen und selbst dafür sorgen, daß du wieder ganz zu Kräften kommst.

Deshalb lade ich dich ein, zu uns zu kommen, wo du den Krieg und die schrecklichen letzten Jahre vergessen kannst, und bei uns zu verweilen, bis du dich stark genug fühlst, deinen Dienst wieder aufzunehmen, falls dein gesundheitlicher Zustand dies erlaubt. Sei, bitte, überzeugt, daß ich diese Einladung auch im Namen meiner Mutter ausspreche – übrigens auch im Namen aller anderen Hausgenossen. Ich weiß ja seit langem, daß du in Deutschland niemand hast, bei dem du wirklich ohne Einschränkung willkommen wärst. Hier bei uns – oder soll ich sagen bei mir – hier bist du willkommen, jederzeit und solange du willst.

Mehr will ich heute nicht schreiben. Oh Gott, ich hoffe, daß

dein Zustand sich inzwischen gebessert hat! Diesen Brief schicke ich morgen mit einem besonderen Boten an die Bahn nach Komukanti, damit er so schnell wie möglich fortkommt. Oh, lieber Kurt, werde gesund! Ich warte auf dich!
Ich bin mehr denn je zuvor<br>Deine Martha Korthinrichs«

Und dann begann sie zu warten, in Ungeduld und Ungewißheit, wie sie es früher nie getan hatte. Sie zitterte innerlich, wie sie noch nie gezittert hatte. Den Vater hatte ihr das Land Südwest geraubt. Sollte ihr nun auch der erste und einzige Mensch genommen sein, den sie sich ganz allein erschrieben, erworben, erdient hatte?
Sie wurde unerträglich reizbar in dieser leer und zähe sich fortschleppenden Zeit. Die Leute in Haus und Hof hatten keinen leichten Stand. Piet und Andries blieben am liebsten draußen im Veld bei den Herden unter diesem oder jenem Vorwand. Mechlin schloß sich brummig ab in seiner Werkstatt. Die Mutter in dem einsamen Ehebett – sie hatte sich ein breites Doppelbett für das Schlafzimmer in dem neuen Farmhaus auf Otjikarare bauen lassen, als ob ihr Wilhelm noch lebte und wiederkommen würde – ach, sie weinte manchmal des Nachts, wußte sich keinen Rat, wie der ständig zunehmenden Unruhe der Tochter, die allmählich zur Qual wurde, zu steuern wäre.
Endlich, als schon die Regenzeit mit unmerklich zunehmender Schwüle in der sonst so federleichten trockenen Steppenluft sich anzukündigen begann, im November erst, traf der Brief ein, auf den »der« Farmer von Otjikarare, der hinter vorgeschützter Tüchtigkeit und Nüchternheit nichts weiter war als ein sehnsüchtiges Mädchen – sehnsüchtig danach, eine Frau zu werden –, auf den Martha bebend gewartet hatte. Sie zog sich damit ohne ein Wort, ohne die übrige Post eines Blickes zu würdigen, in ihr Zimmer zurück, verriegelte die Tür, schlitzte den Brief auf und las:

»Windhuk, 20ten Okt. 1908

Liebste Martha!

Ich habe dich lange warten lassen. Aber ich war, als ich deine Einladung empfing, noch nicht annähernd fähig, dir zu schreiben. Und ich wollte dir nicht von fremder Hand antworten lassen, wie ich's in Warmbad hatte tun müssen, um dir überhaupt von meinem Mißgeschick berichten zu können. Den Typhus bin ich los, bin aber sehr geschwächt davon. Auch meine Kopfwunde ist einigermaßen verheilt. Nichts weiter als eine markstückgroße Einbuchtung in der linken Stirnhälfte ist davon zurückgeblieben, allerdings auch häufig wiederkehrende Kopfschmerzen, die ganz plötzlich auftreten und so heftig sind, als wollten sie den Schädel sprengen. Auch verursachen sie, solange sie andauern, üble Sehstörungen, die sich schwer beschreiben lassen, was ich auch gar nicht versuchen will.

Solange diese entsetzliche Anfälligkeit anhält, wagen die Ärzte auch hier in Windhuk (wohin ich überführt wurde, seit ich transportfähig bin) keine Voraussagen, wann ich wieder Dienst tun kann, oder ob das überhaupt jemals wieder der Fall sein wird.

Dieser mein Zustand mußte sich erst – wenigstens vorläufig – geklärt haben, ehe ich dir schreiben wollte oder konnte. Jetzt aber bin ich zu einem Entschluß gekommen, und du, liebe Martha, bist die erste, der ich davon Mitteilung mache: Ich bin in aller Form um meinen Abschied aus der Armee eingekommen. Man wird höheren Ortes froh sein, ihn mir in allen Ehren zu gewähren, denn als Offizier bin ich bis auf weiteres keinesfalls mehr zu gebrauchen. Man wird mir eine kleine Pension und wegen der Verwundung eine Rente bewilligen, wahrscheinlich gemäß preußischer Sparsamkeit zum Sterben zuviel und zum Leben zu wenig.

Doch will ich dir die Wahrheit sagen: Selbst wenn ich keinen Pfennig an Pension erhalten würde, hätte ich trotzdem meine Entlassung aus dem Dienst mit der Waffe beantragt und notfalls erzwungen. Ich habe bis zum Schluß dieses elenden Feldzugs gegen die Schwarzen, Herero und Hottentotten, durchgehalten, meine Haut zu Markte getragen, bis ich angeschossen und todkrank war. Nun ist es genug! Wenn wir auch böse Verluste hinnehmen mußten, so war doch im Grunde von Anfang an klar, daß die Rebellen gegen uns auf die Dauer unterliegen mußten; mußten! Denn wenn wir nur wollten, wir hätten sie mit unserer notfalls weit überlegenen Zahl und besseren Bewaffnung, geordnetem Nachschub, der besseren Disziplin und Kriegskunst schließlich erdrückt. Nun kann man natürlich argumentieren, unsere Schuld wäre es nicht, daß die Eingeborenen es darauf angelegt hatten, uns wider alle bessere Einsicht bis aufs Messer zu bekriegen. Und sollten wir, das große Deutsche Reich, uns womöglich von einigen Horden halbnackter Wilder aus einem vielversprechenden Lande treiben lassen, das niemand gehörte, den man ernst zu nehmen hatte? Denn daß es den hundert- oder auch zweihunderttausend durch die Steppen vagabundierenden Schwarzen gehörte, konnte doch wohl in Wahrheit niemand behaupten. Zu allem Überfluß hatten wir auch noch ordentliche Verträge abgeschlossen. Aber die Schwarzen haben sich nicht daran gehalten, obwohl sie klar genug formuliert waren, wie wir glaubten. Die Schwarzen hatten uns sogar eingeladen, ins Land zu kommen, weil sie sich vom Handel mit uns Vorteile versprachen und auch damit rechneten, daß wir ihnen bei ihren Raub- und Kriegszügen untereinander Hilfe leisteten. Als sie sich in solchen Hoffnungen enttäuscht sahen, wollten sie uns wieder ausladen. Aber wir gingen nicht. Als Gäste waren wir gekommen. Schon nach kurzer Zeit warfen wir uns zu Herren des Landes auf und zögerten auch nicht, den Gastgebern deutlich zu machen, daß sie fortab zu parieren hätten. Ich weiß, Martha, ich weiß, die Engländer, Holländer, Portugiesen, Franzosen nehmen die Beherrschung und Nutzung von riesigen Gebieten auf diesem Erdenrund in Anspruch und verlangen

Gehorsam von vielen Millionen Menschen, die das Mißgeschick haben, sich nicht weißer Hautfarbe rühmen zu können. Also haben auch wir vor der Weltgeschichte das Recht, sind es sogar unserer Würde und Macht schuldig, ebenfalls Kolonien zu besitzen und tatkräftig zu nutzen. Was England seit Jahrhunderten recht ist, warum sollte das den Deutschen nicht billig sein!
Im Grunde haben wir überhaupt nicht danach gefragt, ob die Schwarzen von uns beglückt sein wollten. Selbst die guten Missionare haben nicht danach gefragt, sondern beriefen sich auf ihren himmlischen Auftrag.
Als dann die Schwarzen der mehr oder weniger ungebetenen Gäste überdrüssig wurden und uns schließlich, da wir nicht gingen, hinauswerfen wollten, riefen wir nach der Polizei. Aber die Polizei reichte nicht annähernd aus. Die dummen Neger erwiesen sich als tapfere, wenn auch grausame Kämpfer. Also mußten die Soldaten heran, Polizeidienst zu verrichten. Es war mir lange nicht klar, wozu auch ich da herangezogen wurde, ich, ein Horsberg aus alter Soldatenfamilie und wahrscheinlich der letzte.
Erst als ich schwer angeschlagen im Lazarett Zeit hatte, über die Zusammenhänge nachzudenken, kam in mir der Eindruck auf, mißbraucht worden zu sein. Ich bin kein Polizist, ich bin Soldat – und nur darauf wurde ich verpflichtet. Nichts gegen die Polizei! Kein ordentlicher Staat kann sie entbehren. Aber ich eigne mich nicht dafür.
Ach, liebe, Martha, da rede ich und rede und weiß durchaus nicht, ob es Sinn hat, was ich zuvor aufgeschrieben habe. Aber so hat es sich in meinem nicht mehr ganz heilen Schädel festgesetzt. Ich habe so viel Blut und Tod, Jammer, Elend und Schmutz erlebt, daß es mir für den Rest meines Daseins reicht. Ich habe auch nicht gekniffen, sondern gewartet, bis entweder der Zweck, das Land für die Deutschen sicher zu machen, erfüllt war, oder mich eine feindliche Kugel kampfunfähig machte. Dies zweite hat sich nun ereignet, und ich

darf den bunten Rock auszuziehen, ohne daß mir irgendwer, auch nicht meine Vorfahren, daraus einen Vorwurf machen können.
Ich sollte dies alles einfacher ausdrücken, Martha. Ich sollte sagen: Ich will nicht mehr! Ich will fortab keine Waffe mehr in die Hand nehmen (und ich brauche es ja auch nicht mehr, seitdem mir ein Hottentott den Schädel angeknallt hat).
Aber nebenbei ist mir noch etwas anderes geschehen – und dies wirst du, liebes Mädchen, wahrscheinlich viel besser verstehen als das, was ich dir im Vorstehenden versucht habe zu erklären. Ich bin durch dieses Land gezogen hin und her, auf und ab. Zuerst habe ich es gehaßt, war es mir urfremd. Aber dann hat es mich langsam eingefangen mit seinen hohen Himmeln, der duftenden Luft, dem flüsternden Meer des Dornbuschs. Ob die Schwarzen die spröde Schönheit dieses Steppenlandes mit den brennend heißen Tagen und den kühlen oder auch bitter kalten Nächten überhaupt empfinden, habe ich mich manchmal gefragt – und keine Antwort geben können. Ich jedoch empfand sie, empfinde sie umso eindringlicher, seit ich im Verlauf von fünf Jahren ständig stärker in diese der deutschen so weltenferne Welt einschwang; so möchte ich es nennen; habe sie ja durchritten von Norden nach Süden, von Osten nach Westen. Die darin wohnten, die Herero und die Nama, sind bis auf zersplitterte Reste ausgeschaltet. Sie können uns nicht mehr gefährlich werden.
Hier hat mich das Schicksal ohne mein Zutun hergeworfen, hier bin ich verändert worden, wie ich zu Hause nie verändert, nie so im tiefsten umgemodelt, auch hellsichtig geworden wäre. Dazu hast du, liebste Martha, ohne es wohl zu wollen, ganz wesentlich mit beigetragen.
Hier bin ich haarscharf gerade noch am Tode vorbeigeschrammt. Du hast mir im vergangenen Jahr einmal geschrieben, du wärst eigentlich gar keine Deutsche, du wärst eine Südwesterin, eine Afrikanerin. Das verstehe ich end-

lich: Seit ich mitgeholfen habe und beinahe daran gescheitert bin, dies einmalige Land für die Deutschen sicher bewohnbar zu machen, glaube ich, hierher zu gehören, genauso, wie du nach Otjikarare gehörst und dir dort die Mädchenjahre zerschuftest. Es zieht mich nichts ins Kaiserreich. Hier habe ich mir Wohnrecht erworben. Vielleicht finde ich hier erst meine eigentliche Aufgabe, nachdem ich nicht mehr Soldat bleiben kann – und will.

Ich bin mir sehr im Zweifel, ob du mit deinem klaren Verstand sehr logisch finden wirst, was ich dir in diesem längst zu lang gewordenen Brief, dem letzten seiner Art, auseinandergesetzt habe – versucht habe, auseinanderzusetzen. Wisch' das alles beiseite, wenn es dir nicht gefällt. Laß uns darüber sprechen. Ich nehme – mit aufrichtigem Dank im voraus! – deine und deiner Mutter Einladung, mich bei euch auf der Farm zu erholen, ich nehme sie an – bis ich wieder zu mir gekommen bin und weiß, was ich weiter anfangen kann. Das wird hoffentlich nicht über Gebühr lange auf sich warten lassen. Sollte das doch der Fall sein, so bitte ich dich, mir ohne Rücksicht zu bedeuten, daß ich nicht länger bei euch verweilen kann.

Ich warte auf deinen Bescheid.

Empfehle mich deiner Mutter.

Was wir uns zu sagen haben, das müssen wir der Stunde überlassen, in der wir uns nach so langer Zeit der Trennung endlich wiedersehen.

Dein Kurt v. Horsberg«

---

»Ich kann es immer noch nicht recht begreifen, Martha, daß du dies alles hier geschaffen hast, dies wohnliche, geräumige Haus, von dessen Veranda man so unendlich weit sehen kann – Otjikarare! Die großen Herden, die Staudämme und

die davor aufgelaufenen schönen Tränken für das Vieh und das Wild – und alles funktioniert wie am Schnürchen, soweit ich das beurteilen kann. So jung du bist, sechs Jahre jünger als ich! Bist gerade erst großjährig geworden – ein dummer Ausdruck, als wenn man das abzählen könnte! Bei einundzwanzig fängt das Erwachsensein an! Du hast schon mit siebzehn erwachsen sein müssen, und man kann es deinem Gesicht ablesen. Du bist eigentlich überhaupt nicht einzuordnen, Martha. Ich bewundere dich, Martha!«
Verhalten kam es aus dem Dunkel zurück – Kurt Horsberg saß wie Martha im tiefen Schatten des Vordachs der Veranda, kaum zu unterscheiden, und doch waren sich beide bewußt, daß der andere ganz nahe war, innerlich und äußerlich: »Das solltest du nicht tun, Kurt. Ich wurde ins Wasser geworfen und mußte schwimmen, schwamm um mein Leben und Mutters Leben; es war ja sonst keiner vorhanden, der es mir hätte abnehmen können. Aber allein hätte ich es nicht geschafft, die Mutter hat sich aufgerafft und mitgeholfen. Und dann kam Mechlin. Der ist unersetzlich; und das gilt auch für Hakane, der mir die anderen Schwarzen alle in der Reihe hält, viel besser, als ich selbst es könnte. Und Piet und Andries sind auch nicht zu vergessen. Seit sie die beiden Schwestern Cornelius, Antje und Mari, geheiratet haben, von ihrer Nachbar-Farm bei Grootfontein, und seit Mechlin sie nach und nach zurechtgestaucht hat, sind sie wirklich gut zu gebrauchen, bringen mir das Vieh zuverlässig zur Bahn, karren Proviant und Sonstiges und rechnen sogar ordentlich ab. Nein, ich allein hab's nicht bewirkt. Jeder hat das Seinige dazu beigetragen. Ich brauche jetzt nur noch darauf zu achten, daß alles zusammenstimmt und keiner aus dem Takt kommt. Du übersiehst auch, daß die entscheidende Leistung nicht von uns vollbracht wurde, schon gar nicht allein von mir. Mein Vater hat den Grund gelegt und das Beispiel gegeben. Wir brauchten sein Werk nur zu wiederholen und haben uns natürlich Mühe gegeben, zu verbessern und zu

vergrößern, was am Anfang nur in den Grundzügen vorgezeichnet werden konnte. – Ach, Kurt, um ganz ehrlich zu sein, seit du hier bei uns bist auf Otjikarare, bin ich es ein wenig leid geworden, der Farmer zu sein und nichts weiter zu denken als Farm und Vieh und Verkaufspreise. Es hat sich viel verändert«...

Die letzten Sätze hatte sie so leise gesprochen, daß Kurt genau hatte hinhören müssen, sie zu verstehen. Aber er hatte sie verstanden. Er ließ eine lange Minute verstreichen. Der Nachtwind hatte sich aufgemacht, und seine schon kühler fächelnden Wellen wogten von der Steppe her hügelan, füllten die dunkle Veranda mit sanftem Duft, einem Duft, der anders war, milder, wohltuender als jener, den der Busch in der Sonnenglut der Mittage und auch noch danach bis in den Abend hinein ausatmete. Die Sterne hatten sich durchgesetzt. Auch im Westen, der großen Veranda abgekehrt, war der letzte blasse Nachhall des vergangenen Tages schon vergangen. Dort lagerte schon ein blauschwarzes Weltenmeer: die Nacht! Die Sterne tanzten über dies Meer, funkelten, flimmerten ihre Regenbogenspiele und ließen ein allerzartestes silbernes Licht herniederrieseln, das keine Schatten warf, aber doch der vollkommenen Dunkelheit die Herrschaft streitig machte. Es war ein Licht, in welchem man den andern nicht einmal den Umrissen nach erkannte in der Tiefe der Veranda, in welchem aber doch der andere zu ahnen war gegen das Dunkel, als ein Lebendiges, leise Pochendes...

Ebenso leise, tastend, wie Martha ihre Worte beendet hatte, flatterte zögernd seine Gegenfrage aus den Schatten zu ihr hinüber:

»Was hat sich so verändert, Martha?«

Ach, Martha wußte es bereits, wenn auch noch nicht ganz deutlich: Wir werden uns ja zusammentun, früher oder später – wahrscheinlich früher – Kurt und ich; aber nicht er wird, sondern ich werde bestimmen müssen, wohin die

Reise geht und wie. Er paßt hier nicht hinein, er paßt wohl nirgendwo hinein; auch ins Militär hat er nicht gepaßt. Er ist ganz allein. Ich bleibe bei ihm. Sie sprach es also aus. Noch nie hatte sie ihren nüchternen Mut so unmittelbar beweisen müssen. Ihre Stimme klang ein wenig heiser:
»Für uns alle auf Otjikarare hat sich etwas verändert, am meisten für mich: Du bist da, Kurt. Du bist höflich und freundlich zu jedermann, machst keinen Unterschied zwischen Weiß und Schwarz. Du bleibst allen fremd. Mir aber nicht. Wir beide setzen fort, in Worten oder einfach im bloßen Beieinandersein wie jetzt, was wir in den Jahren zuvor in geschriebenen Sätzen getan haben, eine endlose Unterhaltung, beinahe ist es ein Streitgespräch über alles und jedes, aber an erster Stelle über Otjikarare, über Südwest, über die Herero, die Nama, unsere Administration und über den Krieg – und ob wir ihn nicht anders hätten führen können – oder müssen. Ich glaube, damit werden wir nie ans Ende kommen. Vielleicht ist das auch gar nicht nötig. Wie alle anderen hier, von meiner Mutter und Mechlin bis hinunter zu Fritzens Frau, der dummen Lise, bin ich, am allermeisten ich, gleichbedeutend mit Otjikarare. Dies aber liegt außerhalb deines Bereichs. Verändert bin ich, weil ich will, daß du dazugehörst, und ich mir fortgesetzt Mühe geben muß zu verhindern, daß es Mißverständnisse gibt, daß du dich an den Ecken und Kanten der anderen oder sie sich an deinen stoßen. Es ist nun einmal so, Kurt: Seit du hier bist, ist, für mich insbesondere, das Dasein verändert – und Otjikarare ist es auch.«
»Meinst du nicht, Martha, daß ich mich mit der Zeit einfügen könnte? Daß ich dir eine Hilfe sein könnte? Trotz der bösartigen Kopfschmerzen, die mir mindestens einen Tag in jeder Woche zur Hölle machen, bin ich doch noch nie so ruhig und zufrieden gewesen wie jetzt, auch wohl deshalb, weil ich sehe, daß der Feldzug wenigstens den Sinn gehabt hat, dich und die Farm sicher zu machen, in der toten Steppe diese

reiche Oase entstehen zu lassen. Und du bist niemals fern. Das ist das Wichtigste. Ich bin nicht mehr allein. Martha, du erkennst es vielleicht nicht an; aber auch du kannst sagen: Ich bin nicht mehr allein. Du bist nicht mehr allein, niemals mehr, Martha, wenn du willst. Es mag richtig sein, was du spürst: ich passe hier nicht her. Aber wo passe ich überhaupt hin mit meiner eingebeulten Stirn – und nach dem ekelhaften Typhus noch für lange oder für immer nur eine halbe Portion? Mit der Zeit, Martha, würde ich dir helfen können, wenn auch vielleicht nur dadurch, daß du nicht mehr allein zu stehen brauchst. Und das käme dann auch Otjikarare zugute. Darauf kommt es dir doch am meisten an...«

Sie war es also, diese späte Stunde in der sternklaren, kühlen Nacht über der schlafenden Steppe, die zur Stunde der Wahrheit geworden war. Beide hatten im Grunde schon lange geahnt, daß sie irgendwann sich ereignen würde. Nun hatte sie sich ereignet.

Martha erhob sich aus dem steifen hölzernen Lehnstuhl, den, wie die anderen Stühle auch, Mechlin für die Veranda gezimmert hatte, erhob sich mühe- und lautlos, wie sich ein schönes Tier der Wildnis nachts vom Lager erhebt, wenn es von einem fernen Hauch geweckt worden ist. Martha brauchte den Nachtgefährten nicht zu suchen. Die Sterne gaben Licht genug. Sie fand ihn im Dunkel, legte ihm den Arm um die Schulter, beugte sich, küßte seine Stirn zuerst, suchte den Mund; er bot sich gern.

Auch der Mann hatte sich erhoben. Kurt schloß Martha in seine Arme, sehr fest, sehr lange. So standen sie und fühlten sich, so nahe zum ersten Mal. Die unermeßliche Nacht, die weltenhohe Stille umhüllte die beiden Menschen wie ein weiter schützender Mantel. Es war alles entschieden.

---

Gegen Ende des Jahres 1909, als kurz vor Weihnachten aus bleiern schwülem Himmel die ersten Gewitter über die durstende Steppe hergefallen waren mit ganzen Salven von Blitzen und nicht enden wollender Kanonade von Donnern, führte »der« Farmer von Otjikarare einen neuen Namen. Er hieß nun Martha von Horsberg.

Das sprach sich schnell herum, und für einige Wochen redeten die Leute darüber. Aber bald wurde erkennbar, daß sich auf Otjikarare nichts Wesentliches gewandelt hatte. Ohne es recht zu merken, kehrte die Umwelt wieder zu der alten Bezeichnung »der« Farmer zurück. Es war kein neuer Herr auf Otjikarare angetreten. »Der« Farmer hatte sozusagen seinen Schützling geheiratet, damit das »eigentümliche Verhältnis« zwischen den beiden einen »normalen« Anstrich erhielt, aber der Farmer war natürlich das geblieben, was er gewesen war und was er sich durch seine Leistung verdient hatte.

Der Herr von Horsberg, nicht auf, sondern nur wohnhaft in Otjikarare, blieb merkwürdig schattenhaft für alle Außenstehenden. Fremde bekamen ihn selten zu Gesicht. Er sollte durch Krankheit und Verwundung schwer mitgenommen sein, wäre zu schwerer körperlicher Arbeit, wie Farm und Vieh sie erforderten, wohl nicht mehr zu gebrauchen. »Der« Farmer, diese stolze, vielleicht im herkömmlichen Sinne nicht eigentlich schöne, jedoch sehr eindrucksvolle Frau, hätte wahrlich einen ansehnlicheren Gatten finden können als diesen ehemaligen Offizier, der zwar ausgezeichnet und in allen Ehren aus der Armee entlassen war, aber schwerlich einer so »markanten Persönlichkeit« wie »dem« Farmer Genüge tun könnte. Er verstünde nichts von der Farmerei, und es wäre sicherlich das beste, wenn er die tüchtige Martha, geborene Korthinrichs, weiter wie bisher auf Otjikarare schalten und walten ließe und ihr nicht dazwischenrede – was ihm nach Lage der Dinge nun zuständе.

Na ja, Martha hätte ja auch ihre Mutter längst an die Wand

gespielt. Aber die hätte sicherlich nichts anderes gewollt, wäre gebrochen gewesen, seit die Herero den alten Korthinrichs entführt und umgebracht hätten, kein Mensch weiß, wo und wie – bis zum heutigen Tage. Und den mißlaunigen Isegrimm, den Mechlin, hätte »der« Farmer ja auch ganz schön gezähmt und zu einem einigermaßen umgänglichen, vor allen Dingen überaus brauchbaren Menschen gemacht. Und man hätte auch nie etwas davon gehört, daß Martha je mit ihren Leuten Ärger bekäme. Im Gegenteil, die wären offenbar samt und sonders bereit, für sie durchs Feuer zu gehen, die Schwarzen sowohl – das muß man schon sagen, so ein älterer Herero wie Marthas Hakane, besonnen und energisch, der ist auf einer großen Farm nicht »mit Gold aufzuwiegen«! –, als auch die beiden Buren, denen Martha von Farm wegen die Hochzeit ausgerichtet hat, die längst von ihr und der Mutter »auf deutsch« umgemodelt – und umgeschimpft – worden sind.

Alles schön und gut – aber daß sie dann, wohl reichlich voreilig, diesen Herrn von Horsberg geheiratet hat – na ja, nichts gegen einen verdienten Invaliden, aber es läßt sich doch nicht abstreiten, daß eine so tüchtige und auch hübsche Person wie »der« Farmer einen anderen, das heißt einigermaßen gleichwertigen Ehemann verdient hätte, der ihr einen großen Teil ihrer Verantwortung hätte abnehmen können. – So redeten die Leute im Norden der Kolonie bis nach Omaruru und Windhuk hinunter und bewiesen damit einmal mehr, daß nirgendwo unter der Sonne soviel geredet und geklatscht wurde, man sich so liebend gern anderer Leute Kopf zerbrach wie in den Kolonien, mochte über ihnen nun die englische, niederländische, französische oder auch deutsche Flagge (aber das ist weitaus am längsten vorbei!) geweht haben. Die Europäer zählten in den Kolonien stets nur nach wenigen Tausenden, bildeten in ihrer Gesamtheit nichts anderes als eine allerdings zumeist ungeheuer weiträumige Kleinstadt. Und wie in der Kleinstadt, wo

nicht allzu viel Aufregendes passiert, bildete das Wohl und, weitaus bevorzugter, das Wehe des mehr oder weniger lieben Nächsten das einzige Gesprächsthema, das sich nie erschöpfte.
Im Falle von Otjikarare und den von Horsbergs sah die Wirklichkeit jenseits des Geredes ganz anders aus, als vordergründig zu vermuten war.
Gewiß, Kurt v. Horsberg versuchte anfangs über viele Monate hinweg, sich in den Wirkungsbereich seiner Frau, des Farmers, einzuarbeiten. Aber er wurde immer wieder und schließlich allzu häufig im entscheidenden Augenblick zurückgeworfen und jäh außer Kurs gesetzt, wenn ihn im Abstand von sieben bis zehn Tagen jene rasenden Kopfschmerzen überfielen, stets verbunden mit bestürzenden Sehstörungen. Ihm blieb dann gar keine andere Wahl, als sich in ein verdunkeltes Zimmer zurückzuziehen, sich lang zu strecken, die brennende Stirn zu kühlen und – meist vergeblich – zu hoffen, daß der Anfall möglichst nicht viel länger als vierundzwanzig Stunden dauern möge. Kam er schließlich wieder zum Vorschein, blaß, überanstrengt und sterbensmüde, so war das, was er hatte verrichten wollen oder sollen, längst von Martha selbst oder anderen verrichtet; es war nicht aufzuschieben gewesen.
Zwar hatte Horsberg wieder angefangen zu reiten. Zu reiten war ihm von früh auf zur zweiten Natur geworden wie weniger bevorzugten Sterblichen das Gehen oder Laufen. Zudem hatte Martha ihrem Mann den Falben abgetreten, der schon ein wenig alt und steif wurde und längst nicht mehr zu Kapriolen neigte. Horsberg und der Falbe hatten auch schnell Freundschaft geschlossen. Martha hatte sich einen schnellen jungen Grauschimmel angebändigt, mit dem sie schneller vom Fleck kam, wenn auch sein Eigenwillen und Temperament mit Überraschungen durchaus nicht sparsam war, was seine Reiterin zwang, stets gut auf der Hut zu sein und für nicht voraussehbare Launen gerüstet. Dergleichen

aber wurde dem Farmer Martha ohnehin von der Farm und der Wildnis jederzeit abverlangt.

Horsberg hatte sich vorgestellt, daß auch er wie Piet oder Hakane hinter dem Vieh würde reiten und sich bei den Wasserstellen oder als Grenzreiter würde nützlich machen können. Aber er war nur Pferde gewohnt, und die halbwilden Rinder der Steppe reagieren anders auf den Menschen als Pferde, und am Zügel hat man sie auch nicht. Es war ganz einfach so, daß Horsberg den Staub, Gestank, den Schmutz, das Fliegengeschwirr, die mit Herden von Rindern stets einhergehen, schlechterdings nicht vertrug. Er versuchte viele Male, es als Rinderhirte den andern gleichzutun, jedesmal mit dem Ergebnis, daß die qualvollen Kopfschmerzen sich früher einstellten, als es sonst der Fall war. Martha sah sich das nicht lange an. Sie untersagte kurzerhand, daß er weiter versuchte, bei der Vieharbeit mitzuhelfen. Er erfuhr gar nicht mehr, wann er möglicherweise seine Hilfe hätte anbieten können.

Nach ein, spätestens anderthalb Jahren der Ehe hatte Horsberg es aufgegeben, sich in den Alltag, in die Praxis des großen Betriebes einzuschalten. Manchmal »ritt er Grenze«, aber auch das versickerte allmählich, denn allein wollte Martha ihn nicht reiten lassen; ritt er aber mit einem zweiten Mann, etwa Piet oder Andries, so fehlte der zu anderer Arbeit, und die Farm hatte keinen Gewinn von des Herrn von Horsberg »Hilfe«.

Martha spürte wohl, wie sehr sich Kurt Horsberg Mühe gab, zu begreifen, daß bei allem, was auf der Farm geschah – oder so gut wie bei allem – gerechnet werden mußte. Gewiß, man hätte auch auf Otjikarare einfach so vor sich hin werken können und hoffen, daß sich am Ende der Saison schon ein Überschuß ergeben würde, sozusagen von selbst. Aber wenn Martha eines von ihrem Vater, der ja von Bauern abstammte, gelernt, sehr früh schon eingeprägt bekommen hatte, dann war es dies, daß auf einem großen Hof – und die

Farm war ein sehr großer Hof mit an die tausend Stück Vieh – mit Verstand gewirtschaftet werden mußte, das heißt mit dem Ziel, Überschüsse, Gewinne zu erzielen. Denn wenn nicht dauernd daran gedacht wurde, dann kam die Farm auf den Hund und ging schließlich zu Grunde. Wilhelm Korthinrichs hatte rechnen können, seine Friederike konnte es auch, war sparsam von Haus aus – und Martha hatte dazu in dem weiten Land Südwest den großen Schwung gelernt, der den überdurchschnittlichen Erfolg verbürgt. Die Leute wußten schon, warum Martha von ihnen »der Farmer« genannt wurde: Otjikarare hatte sich zu einem musterhaften Betrieb entwickelt, war der erste große im Nordland gewesen – und war es geblieben.

Kurt von Horsberg indessen war auf der Kadetten-Anstalt zu Berlin-Lichterfelde der Tradition seiner Familie entsprechend von klein auf zum Soldaten, zum Offizier erzogen worden. Viel Liebe hatte er dabei nicht kennengelernt, nur strenge Zucht und Pflichten. Gehorsam, Fleiß, Ordnung und Mut waren die Leitsterne, nach denen er sich zu richten hatte.

Und er sehnte sich doch, ohne es je verraten zu dürfen, nach ein wenig Traum, leisem Lied und Wärme – auch nach fernem, fremdem Land, wo vielleicht »des Dienstes ewig gleichgestellte Uhr« nicht so laut und befehlshaberisch rasselte wie in den heimatlichen Garnisonen.

Er hatte gehofft, daß Südwest ihm schenken würde, was er bis dahin entbehrt hatte. Er wurde nicht enttäuscht, fand eine viel menschlichere und lockerere Kameradschaft, die auch die unteren Ränge bis zum einfachen Reiter hinunter einschloß. Das uferlose Reiten durch den schier unabsehbaren Busch, wo jeder, ob mit Tressen am Ärmel oder ohne, dem gleichen rätselhaften Schweigen, den gleichen Gefahren standzuhalten hatte, schuf ein Band enger Gemeinschaft, von Freundschaft beinahe, was es so in der alten Heimat nicht einmal in Annäherung gegeben hatte. Und das

Land war groß und still und unberührt; in Europa war solche Weite nicht einmal zu ahnen.

Dann war ihm ein junger, schöner Mensch begegnet, ein weibliches Wesen, wie er es bis dahin, in solcher Freiheit, Selbstbewußtheit und Kühnheit noch nie erlebt hatte.

Langsam hatten sich die beiden in vielen langen Briefen aneinander herangetastet. Ob sie sich auch miteinander verbunden hätten, wenn ihn nicht noch zu schlechter Letzt eine Hottentotten-Kugel aus der Bahn geworfen hätte, das muß dahingestellt bleiben.

Der Schuß aus der Rebellenbüchse in der Südwest-Kalahari hatte den ganzen Oberbau über dem Leben und Wesen des Premier-Leutnants Kurt von Horsberg mit brutaler Radikalität fortgesprengt. Übriggeblieben war der echte Kurt von Horsberg, ein freundlich weicher Mensch, der gern viel nachdachte, den Wolken hinterher blickte – und der sich nach ein wenig Zuspruch und Zärtlichkeit sehnte, was er beides stets entbehrt hatte.

Martha hatte sich auf dem anderen Ufer dem gleichen großen Strom genähert. Sie war als Kind von Vater und Mutter, auch von dem treuen Hakane mit Liebe und Zärtlichkeit überreich beschenkt worden. Der »Ort, von dem man weit sehen konnte«, hatte ihr eine herrliche Heimat geboten. Diese aber war mit dem Vater von heut' auf morgen vernichtet worden. Otjikarare aber war das Leben; es gab kein anderes, und man hatte ihm ohne Vorbehalte zu dienen. Das hatte sie getan und war darüber »der« Farmer geworden. Sie war damit einverstanden.

Doch hinter all der Tüchtigkeit und kühlen Bravour, mit welcher sie dem schicksalshaften Auftrag gerecht wurde, in die Fußstapfen des Vaters zu treten, hatte sich wie eine im ersten Morgenlicht aufgehende Blüte das junge Mädchen zur Frau entfaltet, der in wunderbarer Gesundheit zu sein, von Natur bestimmt war. Und die Briefe von und an den fernen Vertrauten waren der Tau gewesen, der ihr Herz genährt und stets von neuem erfrischt und sehnsüchtig erhalten hatte, mochte sie auch an hellem Tage nicht bereit gewesen sein, solches zuzugeben.

Der schwer geschädigte Mann, der ständiger Pflege und Obacht bedurfte, der nichts weiter gelernt hatte als das Soldatenhandwerk und an der ungeliebten Aufgabe gescheitert war – die blühende junge Frau, welcher, kaum der Kindheit entwachsen, die volle Leistung eines erwachsenen Mannes abverlangt worden war, sie hatten beide über Jahre hinweg das Gleiche entbehrt, suchten es beieinander als dem einzigen sich bietenden Partner, wurden zueinandergezogen und schließlich -gerissen...

und fanden beieinander, was sie bewußt oder unbewußt brennend entbehrt hatten, das allersüßeste und zugleich für ein volles Leben unersetzliche Gut: Zärtlichkeit, die der Liebe entspringt und sie in geheimnisvoller Wechselwirkung ins Unendlich steigert in tausendfachen Abwandlungen.

Was bedeutete es schon neben solcher in die verborgensten Tiefen der menschlichen Existenz hinabreichenden Empfindung, daß Kurt Horsberg nicht auf eigene Faust »Grenze reiten« konnte, daß Martha Horsberg sich von Zeit zu Zeit in eine Krankenschwester, eine sorgsame Pflegerin zu verwandeln hatte. Nichts! Die Zuneigung wurde eher dadurch gesteigert, daß sie sich von Zeit zu Zeit unter Belastungen zu bewähren hatte.

Die beiden sehr verschiedenartigen Menschen entsprachen einander, wuchsen erst in der Zweiheit zu einem vollen Ganzen heran und zusammen.

Wie von selbst ordneten sich mit der Zeit die Verhältnisse auf Otjikarare. Von Horsberg lernte es, sich auf Haus und Hof der Farm zu beschränken, dort aber seiner Frau einen Teil ihrer Arbeit abzunehmen, der ihr am wenigsten lag, also auch am ehesten vernachlässigt wurde – oft genug hatte es Schwierigkeiten, sogar ein paar Mal kostspielige Schäden deshalb gegeben: die Schreiberei, die mit wachsendem Umfang des Betriebes zwangsläufig wachsende Buchhaltung, die unerläßliche Kosten/Nutzen-Rechnung – wenn denn die letzten Schulden abgetragen, das Vermögen gemehrt werden sollten! In Geld hatte von Horsberg nie zu denken brauchen. Für den »standesgemäßen« Unterhalt des Offiziers sorgte die Familie, auf alle Fälle der »Oberste Kriegsherr«, die kaiserliche Regierung. Jetzt entdeckte Horsberg, wie befriedigend es sein konnte, Gewinne auszurechnen, Verluste frühzeitig zu entdecken, genau zu wissen, wann, wo und wie Kapital sich bildete oder Lücken überbrückt werden mußten. Mochte es in Horsbergs früherer Umwelt auch als unangemessen, ja unvornehm gegolten haben, in Mark und Pfennig zu rechnen, so begriff er jetzt im weiß getünchten Kontorstübchen der Farm mit seinem kahlen Aktenschrank und Regal, daß es einem zwar lautlosen, aber erregenden Abenteuer gleichkam, dem Auf und auch manchmal Ab des Betriebes Otjikarare dicht auf der Spur zu bleiben und Überraschungen, böse vor allem, im Entstehen abzufangen.

War oder wurde Martha glücklich? War dieses reichlich vorbelastete Wort überhaupt angemessen? Es war wunderbar und erfüllte die junge Frau, den Farmer, mit echter Befriedigung, daß Kurt sich schließlich auf eine Weise und an einer Stelle in das vielgestaltige Lebewesen Otjikarare einfügte, die ihm niemand streitig machen wollte oder konnte, nicht einmal sie selbst. Sie spürte, daß er nicht aufgesprungen war, um mitgefahren zu werden, daß ihm solches gegen den Strich, mehr, gegen die Ehre gegangen wäre, daß er von Anfang an hatte mitziehen wollen und nun auch den Strang gefunden hatte, an dem er mitziehen konnte –, dazu so gut und klug wie kein anderer. Und dies in der Tat, dies machte sie glücklich: er brauchte sich nicht als fünftes Rad am Wagen von Otjikarare zu fühlen. Auf die Dauer wäre ihm das unerträglich gewesen. Und wenn sie ihn pflegen mußte, so

konnte sie ihm als echten Trost zuflüstern – und als Medizin – einflößen:
»Sieh zu, Kurt, daß du bald wieder auf die Beine kommst. Ich muß genau wissen, wieviel ein fünfter Staudamm stauen müßte, damit wieviel Stück Vieh auch in schlechten Regenzeiten mit Sicherheit getränkt werden können. Damit würde wohl das Äußerste an Vieh erreicht sein, was Otjikarare in der gegenwärtigen Ausdehnung tragen könnte.«
Kurt hatte dann schneller mit seinen Attacken fertig zu werden, machte sich mit Feuereifer, Zirkel, Lineal und Rechenstift an die Arbeit. Weiß Gott, es gab wichtigere Beschäftigungen als den Kommiß, mochte der auch mit Tressen und Kokarden, womöglich gar mit Orden verziert sein!...
Und hinter all dem Alltag und der nie abreißenden Arbeit: die Nächte!
Die beiden hatten sich gesucht wie Verirrte im Nebel, hatten sich mit leisen Rufen erkannt, aufgespürt und gefunden, waren ineinander versunken, waren sich dankbar, überströmend, jeder dem andern, und dankbar dem Schicksal, das sie zueinander gelenkt hatte, langsam und zögernd zuerst und dann mit stets zwingender sich offenbarender Folgerichtigkeit. Sie dürsteten beide nach Zärtlichkeit und waren zugleich bereit, sie verschwenderisch zu verschenken. Waren oder wurden sie glücklich? Sie hätten diese Frage, die sie nicht stellten, kaum beantworten können. Aber sie wurden sich auf wunderbare Weise einig, liebten und lebten sich in sich hinein und waren endlich ohne Bedenken und ohne dunkle Reste befreit zu sich selber.
Die Nächte – nicht wie die Tage, die zwar auch ihnen, aber außerdem vielen anderen und noch mehr anderem gehörten – die Nächte gehörten ihnen ganz allein und ausschließlich. In ihnen nahmen sie sich sehnlich und lustvoll ohne Angst und Rückhalt in Besitz, als lebten sie auf einem fernen Stern, auf dem nur sie allein Heimatrecht besaßen.

Auf der Höhe der heißen Zeit 1910/11 wurde den Horsbergs das erste Kind geboren, eine Tochter. Martha, urgesund und kräftig, brachte ihren Erstling ohne allzu große Mühe zur Welt. In wenigen Stunden war das Kind da, rosig, wohlgestaltet und ließ sein Stimmchen erschallen, unwillig, als hätte es ihm im warmen Mutterleib besser gefallen als in der Außenluft. Die Mutter hatte Martha bei der Geburt helfen wollen, aber bald ihre Rolle an Kurt Horsberg abgegeben. Daß ihm ein Kind geboren wurde aus dem Leibe der Geliebten, daß es sicher ans Licht der Welt gelangte, das war seine Aufgabe in höherem Maße als die irgendeines anderen. Und er hatte sich so geschickt dabei angestellt, daß es beinahe ihm selbst unglaubhaft erschien.

Er und Martha begriffen erst Wochen später, daß Friederike Korthinrichs sich tief verletzt fühlte, weil nach ihrer Meinung der Schwiegersohn sie in einem ganz entscheidenden Augenblick von der Tochter verdrängt hatte. War er nicht überhaupt ein Eindringling und, wenn man genau hinsah, auf Otjikarare überflüssig? Doch der Tochter das Glück zu mißgönnen, lag Friederike fern. Dafür war viel zu offensichtlich, wie Martha blühte, strahlte, aus einem überzielbewußten, ja harten Mädchen zu einer trotz aller Sorgen leuchtenden Frau geworden war. Aber hätte nicht Kurt die älteren Rechte der Mutter anerkennen müssen?

Die Eltern brauchten nicht lange nach einem Namen für ihre Erstgeborene zu suchen. Sie wollten sie nach Kurts Mutter nennen und ihr das Kind damit widmen, war sie doch bei Kurts Geburt gestorben. Für Kurt war der schöne, alte Name der Mutter stets mit einem Hauch von sehnsüchtiger Verehrung und Trauer umschleiert gewesen; nun sollte er im Namen seines ersten Kindes fortleben. Das kleine, sich kräftig entwickelnde Wesen sollte also auf den Namen Floriane getauft werden.

Schon zehn Tage nach der Geburt hatte Martha wieder aufs Pferd steigen können. Einen Monat später war sie längst

stark genug, mit dem Kind im Arm nach Grootfontein zu reiten, begleitet von Kurt und Hakane – und von Mutter Korthinrichs und Albert Mechlin, denn die beiden – wer auch sonst! – waren dazu ausersehen, bei der Taufe der kleinen Floriane Pate zu stehen.
Martha schien das Talent zu besitzen, sich verdoppeln zu können. Sie saß wie je im Sattel und hatte die Zügel der Regierung von Otjikarare fest in der Hand. Zugleich aber brachte sie die Zeit auf, sich um ihr Kind zu kümmern – aber auch den Ehemann mit Lust und Liebe anzulernen, das zunächst noch sehr winzige Töchterlein zu warten, für das, zunächst wenigstens, der Name Floriane viel zu stolz und großartig zu sein schien. Martha nährte das Kind, und es gedieh dabei prächtig.
»Wenn du schon nährst und der Farm vorstehst, dann laß mich alles übrige versehen. Schließlich ist Florianchen unser gemeinsames Produkt.«
Dagegen vermochte »der« Farmer beim besten Willen nichts einzuwenden. Martha umhalste ihren Mann lachend:
»Fräulein Tochter kann sich nichts Besseres wünschen. Und mir ist es – unter uns gesagt – lieber, du nimmst dich der Kleinen an, als wenn Mutter sich darum bemüht. Die macht mir zu viele Geschichten, ist mir zu betulich und hat ständig irgendwelche Sorgen und Bedenken. Florianchen gehört in den Dornbusch und soll so ohne Umstände großgezogen werden, als wenn sie ein Tierlein wäre, das unter einer Schirmakazie am Omuramba Omatako geboren wurde.«
Die Eheleute sahen sich in die Augen dabei, erkannten, wie wenn ein lautloser Blitz des Nachts eine Landschaft plötzlich erhellt, wie tief und fest sie miteinander verbunden waren, fühlten sich einig, ließen ihre Herzen für eine ewige Minute lang von einer Welle des Glücks umspülen, des schönsten Glücks der Erdenkinder; dem, ein neues, warmes Leben hervorgebracht zu haben...
Was sie beide nicht bedachten, war, daß die Mutter, der

kleinen Floriane Großmutter, sich zurückgesetzt fühlen mußte. Nicht nur das: Friederike Korthinrichs war und blieb in den Anschauungen der alten Heimat befangen; sie hatten für sie auch in der Kolonie zu gelten. Dann aber war dem Ehemann nicht nur nicht erlaubt, Kindspflegerin zu spielen, er durfte dazu auch gar nicht fähig sein!
Hinzu kam, daß es der Friederike Korthinrichs im Grunde unbegreiflich blieb, wie Martha dazu gekommen war, einen Herrn von Adel zu heiraten, einen Offizier, den Vertreter eines Standes also, der ihrer Tochter Martha, wenn alles mit rechten Dingen zugegangen wäre, völlig unerreichbar geblieben sein müßte. Nach den Vorstellungen, die Friederike Korthinrichs aus der alten Heimat mitgebracht hatte, die ihr dort von ihrem »niederen Stande«, ihrer »einfachen Herkunft« vorgeschrieben waren, paßte Kurt von Horsberg nicht zu ihrer Tochter, der Enkelin von Bauern und Kätnern. Friederike Korthinrichs vermochte die Scheu und Befangenheit gegenüber ihrem Schwiegersohn nicht zu überwinden. Nun hatte Martha auch noch ihm und nicht ihr die kleine Floriane anvertraut! Wozu war sie überhaupt noch nütze auf Otjikarare –! Sie überlegte, traurig und auch ein wenig erbost, daß niemand sie mehr recht für voll nahm auf Otjikarare, weder die Tochter noch der Schwiegersohn, keiner wirklich zuhörte, wenn sie etwas zu sagen hatte, nicht einmal die jungen, dummen Frauen von Piet oder Andries. Nur einer war, der sich gern mit ihr unterhielt, auch auf ihr Urteil Wert legte, das war der stocknüchterne Albert Mechlin, dem der »Premierleutnant« und das »von« des Herrn v. Horsberg ebensoviel heimliches Unbehagen bereitete wie ihr.
Martha hätte es merken können, daß die Mutter im Kreis der kleinen Familie immer stiller wurde, sich sachte immer stärker verschloß. Sie merkte es nicht. Sie wurde von der zu voller Pracht und Leistung entfalteten Farm von früh bis spät in Atem gehalten. Was ihr an freier Zeit und Spannkraft

verblieb, das gehörte Mann und Kind – und beide machten sie glücklich. Und beinahe noch mehr als glücklich machte es sie, daß sich die Gesundheit ihres Mannes langsam, aber unverkennbar im Laufe der Monate und Jahre besserte. Die Zeiträume zwischen den Anfällen von qualvollen Kopfschmerzen verlängerten sich allmählich; die Anfälle selbst verliefen erträglicher, flachten sozusagen sachte ab. Als eines Abends spät, Hof und Haus waren schon zur Ruhe gegangen, die Eheleute nach ihrer Gewohnheit noch für eine halbe Stunde auf der umdunkelten Veranda saßen, als der vergangene Tag sich besonders reich und voll gerundet hatte, legte Kurt seine Hand auf Marthas Knie hinüber, preßte es leise mit zärtlichem Druck und flüsterte – vorher überlegt hatte er die Worte nicht; sie fielen ihm plötzlich zu aus dem Sternenhimmel:
»Eigentlich müßte ich schon längst wieder im verhängten Zimmer liegen und meinen Schädel festhalten, damit er nicht zerplatzt vor Schmerzen. Das ist nicht mehr, Martha. Dir verdanke ich's, Martha. Du hast mich geheilt – und die Stille, das einfache Leben, und daß du immer bei mir bist, von Anfang an zu mir gestanden hast und stehst, Martha, ohne Überdruß jemals und ohne Ungeduld, und dann unser Kind – und nur wir beiden Eltern sorgen dafür, keiner sonst –! Martha, Liebe, ich muß es einmal aussprechen, es ist mir nach wie vor ein Wunder, daß du mich liebst. Das Schicksal hat es trotz allem, was dagegen zu sprechen scheint, so gut mit mir gemeint, wie ich es weder erwartet noch erst recht nicht verdient habe. Ich liebe dich, Martha!« –
Alle beide hatten sich von jeher schwer getan, ihre Zuneigung in deutlichen Worten auszusprechen. Nun hatte Kurt, der mit Worten geschicktere, das Nichtauszusprechende doch ausgesprochen.
Martha rührte sich nicht, spürte nur auf ihrem Knie den leisen Druck seiner Hand – wie Feuer, ein sanftes Feuer.
Es dauerte geraume Zeit, ehe sie eine Antwort wagte. Sie

deckte seine Hand mit der ihren. Ihre Stimme schien ein wenig belegt:
»Seit wir uns damals im Vorgarten des Hotels in Grootfontein voneinander verabschiedeten, wußte ich, daß du mein Mann werden würdest. Dann habe ich dich nicht mehr losgelassen. Jetzt bist du mein Mann. Du wärst es auch genau so, wenn du für alle Zeit krank zurückgekommen wärst. Und ich bin deine Frau. So einfach ist das. Alles ist darin enthalten.«
Ein leiser, kühler Windhauch fächelte aus der unabsehbar dunkel ruhenden Steppe zu den beiden Menschen herauf, trug den herben Duft der nie gekränkten Wildnis mit sich, als wollte die Weite ihren Segen geben zu den Worten, die von den Sternen herniedergerieselt waren wie Tau.
Mit hellerem Klang fuhr Martha nach einer Weile fort:
»Wenn wir schon einmal damit beschäftigt sind, Lieber, uns feierliche Geständnisse in den Schoß zu legen, so will ich gleich noch ein weiteres dazutun. Dann brauche ich nicht noch einmal den sonst nötigen Anlauf zu nehmen. Kurt, ich bekomme wieder ein Kind.«

---

Während ihrer zweiten Schwangerschaft ging Martha viel vorsichtiger mit sich selber um, als sie es während der ersten getan hatte. Damals war es ihr selbstverständlich erschienen, daß sie das Kind ohne einen Zwischenfall austragen und zur Welt bringen würde. Sie war kerngesund und kräftig. Den Tieren im Busch half auch niemand bei den Geburten, und die Frauen der Schwarzen bekamen ihre Kinder beinahe ebenso leicht nach allem, was Martha gehört und auch gesehen hatte. Sie hatte sich auch gesagt: ich habe zu zeigen, was ich vermag. Kurt kann mir nicht helfen. Ich muß vielmehr aufpassen, daß er sich aus Sorge um mich nicht zu viel zumutet. Er leistet ohnehin das Äußerste, das ihm sein Zustand erlaubt: mein Kurt, er ist genau wie ich; gibt nicht nach; will beweisen, daß er nicht nur nicht überflüssig ist, sondern immer noch leisten kann, was außer ihm auf Otjikarare keiner sonst so zuverlässig verrichtet. Und ich habe zu bezeugen, daß ich Otjikarare bin, ich, der Farmer, daß ohne mich nichts geht, mit mir alles!

Marthas Ehe hatte nur gut drei Jahre Zeit gehabt, sich zu entfalten. Die letzten Reste der nicht ganz ausgegorenen Hektik, von der sie in ihren Anfangsjahren beherrscht worden war, als »der« Farmer sich zu bewähren gehabt hatte, jene heimlich ein wenig verkrampfte Entschlossenheit, dem wiederaufzubauenden Werk des Vaters gerecht zu werden, dies alles war von ihr abgefallen. Die Farm war wieder aufgebaut, breitete sich aus, brachte Gewinn, stand da, ergiebig und prächtig. An die zwei Dutzend Menschen lebten davon, lebten gut und sorglos, brauchten nichts zu entbehren. Sie selber hatte sich einem Mann verbunden, der großartig Stich gehalten, von dem sie schließlich das Kind empfangen hatte, durch das sie als Frau ebenso bestätigt wurde, wie Otjikarare sie als »den« Famrer bestätigte.

Dies alles brauchte nicht mehr bekräftigt zu werden. Kurt hatte sich nach und nach von den peinigenden Folgen des ekelhaften und sinnlosen Krieges gegen Herero und Nama befreit. Aufgefangen zu sein in den Armen der Frau und behütet – in ihren, Marthas, Armen und auch in der weiten, warmen Umarmung von Marthas Werk Otjikarare –, dann Vater geworden zu sein eines heiteren, munter gedeihenden Kindes und zu erleben, wie die schnelle Amazone, die er geheiratet hatte, sich in der Ehe zu einer, wie er meinte, überaus schönen Frau gewandelt hatte mit weicheren anmutigeren Umrissen – all dies und das Bewußtsein, sich eine unauffällige, aber wichtige Stellung in Marthas Reich erarbeitet zu haben, hatte sich als die gute Medizin erwiesen, den ehemaligen Soldaten von den geistigen und leiblichen Schäden zu heilen, die ihn in seinem verflossenen Dasein an den Rand des Todes gebracht hatten.

Endlich also durfte Martha die Zügel lockern, durfte »sich schonen«, um ihre zweite Schwangerschaft nicht zu gefährden. Sie drängte Kurt nicht, immer noch fürchtend, er könnte erneut seinen früheren, entsetzlich schmerzhaften Anfällen ausgeliefert werden. Aber Kurt brauchte nicht gedrängt zu werden. Es ergab sich von selbst, daß er, um Martha zu entlasten, von Woche zu Woche nachdrücklicher in die Lenkung des Farmbetriebes eingreifen mußte. Als Assistenten zog er dabei Piet und Andries mehr und mehr heran und mit gutem Erfolg, wobei ihm sehr zugute kam, daß er früher unkundige Rekruten zu Soldaten hatte ausbilden müssen. Auch hatte er ja diese manchmal unleidliche Prozedur ursprünglich am eigenen Leibe erlebt. Martha stellte schließlich fest:
»Bei dir funktionieren Piet und Andries besser als bei mir. Es ist ihnen im Grunde ständig gegen den Burenstrich gegangen, sich nach Weibervolk wie mir richten zu müssen. Du brauchst dich als Autorität nicht erst ausdrücklich zu beweisen. Du holst aus den beiden mehr heraus, als nach meiner bisherigen Überzeugung überhaupt in ihnen steckte. Es scheint doch einiges zu geben, das ein echter männlicher Farmer besser zuwege bringt als, na ja, der Farmer.«
Sie lachten sich an. Das Glück war wie ein feiner Nebel aus goldenem Gespinst. Es webte und wehte durchs Zimmer, um Hof und Haus, »von dem aus man weit sehen konnte«, weit, weit bis zum fernsten Rand der im Glast der Abendsonne verschwimmenden Steppe...
Anfang August 1912 gebar Martha ihr zweites Kind, einen Sohn. Die Eheleute brauchten nicht lange zu überlegen, welchen Namen das Neugeborene tragen sollte. Ihrer Tochter hatten sie den Namen der Großmutter väterlicherseits verliehen, der Sohn sollte also den Namen des Großvaters von der Mutter Seite her tragen. So geschah es. Als ein Wilhelm von Horsberg sandte der kleine Erdenbürger sein erstes Geschrei in die leichte Luft über der Hochsteppe,

stolperte ein knappes Jahr später seine ersten Schrittchen über die weite Veranda.
Entgegen allen unbestimmten Befürchtungen von Vater und Mutter hatte auch dieses Kind bei seinem Eintritt in die Menschenwelt der Gebärerin keine Schwierigkeiten bereitet. Martha meinte mit erleichtertem Lachen schon am zweiten Tage nach der Geburt:
»Kurt, weißt du, wenn bei mir die Kinder immer so leicht ans Licht purzeln – nach kurzen Wehen rosig und gesund –, dann könnten wir uns vornehmen, ein halbes Dutzend von der Sorte zu produzieren, damit die Horsbergs nicht alle werden. Hier in Südwest ist noch so viel Platz!«
Es war, als wollte der Becher des Glücks vor lauter heiterer Seligkeit überlaufen.
Kurt nickte vergnügt:
»Ich finde die Idee nicht schlecht, Liebste! Wenn's dir nicht zuviel wird, ich würde bestimmt ebenso wie du mit einem ganzen Haufen Blagen fertig, besonders wenn sie so ähnlich ausfallen wie du. Allerdings wäre es nur recht und billig, daß ich zum mindesten die Hälfte der Produktion übernähme, wozu ich trotz Beschwerden und Wehen und Schmerzengeschrei bereit wäre. Aber das ist nun einmal anders eingerichtet – seit Adam und Eva. Ich glaube, wir sollten den Umfang unserer weiteren Nachkommenschaft dem Schicksal überlassen. Ich meine, wir stehen in seiner Gunst und sollten sie nicht aufs Spiel setzen –!«
Entspannter floß in diesen Jahren das Leben auf Otjikarare dahin. Man war »über den Berg«. Die Schulden waren abgetragen, woran Kurt v. Horsberg nicht wenig mitgewirkt hatte. Zwar hatte er beim Militär die Regeln der Buchhaltung und Kalkulation nicht gelernt, wohl aber Genauigkeit, Ordnung, Sparsamkeit und Disziplin, die sich, wenn es darauf ankam, zu berechnender Kühnheit aufzuschwingen hatten. Diese Tugenden auf Otjikarare anzuwenden, war ihm anfangs nicht leicht von der Hand gegangen. Aber da er sich

nicht nur vor sich selbst, sondern vor der Geliebten zu beweisen hatte, war ihm die ursprünglich mühsame Übung zu einer Kunst geworden, die er im Rahmen der Notwendigkeiten von Otjikarare zuverlässig, schließlich meisterhaft beherrschte.

Er war es auch, dem es fast ausschließlich zufiel, zu lesen: die Zeitungen, die stets mit großer Verspätung eintrafen, die Veröffentlichungen der Administration, die sich mit Nachdruck um die Entwicklung der Südwester Farmwirtschaft kümmerte, und auch ab und an Bücher und Broschüren, in denen versucht wurde, die Belange und Ziele der Farmer wissenschaftlich zu unterbauen.

Kurt war es dann auch, der Martha darauf aufmerksam machte, daß der Gouverneur v. Lindequist das Karakul-Schaf in Südwest hatte heimisch werden lassen. Auf einigermaßen abenteuerliche Weise hatte v. Lindequist das eigentlich im nördlichen Pamir im russischen Turkestan heimische Schaf, das heißt eine kleine Herde von zwölf Tieren, nach Deutschland überführen lassen, wo sie sich auf dem Tierzucht-Versuchsgut der Universität Halle a. d. Saale zunächst erholen und anpassen konnten, um dann schließlich auf die Hochsteppen von Südwest verpflanzt zu werden.

Die kleine Herde war in Südwest vorzüglich gediehen und hatte sich schnell vermehren lassen.

»Du solltest das genau lesen, Martha. Die Zucht von Persianerschafen scheint Zukunft zu haben. 1907 hat Lindequist die Schafe über Halle an der Saale auf Südwest umgeschult und jetzt, fünf Jahre später, bringen einige Züchter aus dem Süden schon Persianerfellchen von ausgezeichneter Qualität auf den Markt. Du quälst dich bisher lediglich mit Rindern ab. Das geht ganz gut, aber es ist beschwerlich. Meinst du nicht, daß wir es mit der Zucht von Karakuls wenigstens eine Zeitlang probieren sollten? Hier oben ist es für die Schafe vielleicht ein wenig zu üppig, zu feucht, aber unten in der

Trockensteppe zum Omuramba Omatako hin, dort würden sich die Schafe vielleicht wohlfühlen.«
Martha fuhr nach Windhuk, um sich genauer zu erkundigen. Sie fing schnell Feuer. Sie ließ sich auf eine bekannte, sehr angesehene Farm bei Stampriet, unweit Mariental, einladen, wo man bereits eine Menge von Erfahrungen mit der Karakulzucht gesammelt hatte, verweilte dort für mehr als vier Wochen – und wußte danach: wenn ich es langsam und vorsichtig anfange, in kleinstem Maßstab zunächst, und von vornherein mit Rückschlägen rechne, dann kann uns nicht allzu viel passieren. Alles kommt darauf an, vom ersten Tage an, ein genaues Zuchtbuch zu führen, die brauchbaren Tiere zu pflegen und die weniger guten auszuscheiden, jedes Muttertier mit allen seinen Eigenschaften zu registrieren. Das ist eine Aufgabe, für Kurt wie geschaffen. Einen erstklassigen Zuchtbock, den müßten wir uns natürlich zulegen. Aber dafür werde ich sorgen, wenn auch eine Menge Geld dabei draufgehen wird.

---

Martha und Kurt v. Horsberg verwuchsen allmählich zu warmherziger und immer engerer Partnerschaft. Die Kinder gediehen, daß es eine Pracht war – ebenso wie die Farm. Martha hatte sich ein junges Mädchen aus der Familie Hakanes herangezogen, hatte es sorgfältig und geduldig geschult und mit den »weißen« Vorstellungen von Kinderpflege, Reinlichkeit und Ordnung vertraut gemacht. Die langgliedrige, verhalten stolze Person, im Hause auf den Namen Olga umgetauft – ihr Herero-Name war viel zu kompliziert –, hatte ihre Eltern und anderen Anverwandten in der Omaheke verloren – bis auf ihren Onkel Hakane, und der sah darauf, daß sie sich Mühe gab zu lernen, wie sie Martha und Kurt bei der Wartung der Kleinen zur Hand gehen konnte.

In all ihrem Glück und in der eifrigen Bemühung, Otjikarare stets tüchtiger und erfolgreicher zu bewirtschaften, wurden die Eheleute nicht gewahr, daß Marthas Mutter mehr und mehr aus dem Verband der engeren Familie ausscherte. Friederike Korthinrichs war von Natur ein stiller und bescheidener Mensch und hatte nie dazu geneigt, den Vordergrund zu beanspruchen. Seit dem Tode ihres Wilhelm kümmerte sie dahin, wie eine Pflanze, die nicht mehr genügend Licht empfängt. Kurt von Horsberg hatte sie, ohne es zu wissen oder zu wollen, nach und nach verdrängt – aus dem Wirkungskreis der Farm und aus der Verbundenheit mit Tochter und Enkeln. War sie nicht überflüssig in Südwest? –
Nur ganz von ferne drang der Lärm der großen Politik an die Ohren der Leute von Otjikarare. Sie saßen weit, weit von jedem Schuß. Sie hatten Wichtigeres zu tun, als die Winkelzüge der sogenannten Staatsmänner in London, Paris, Petersburg, Berlin zu verfolgen. In der Kolonie, ihrer Heimat, war es ruhig. Jeder Weg, jeder Pfad im entlegensten Busch war sicher und sorglos zu begehen. Es ging bergauf überall – und sie, die Leute von Otjikarare, wollten ihr Teil dazu beitragen, den Aufstieg kräftig zu fördern.
Zu Weihnachten 1913 war es so heiß auf Otjikarare, daß die Kerzen am Baum – keiner Tanne, sondern einem Steppenbusch – sich abwärtsbogen und ausgepustet werden mußten.
Und das Neue Jahr 1914 führte sich mit einem ungeheuren Gewitter ein, dem Sturzregen von solcher Wucht folgten, als hätten die Wassermassen keine Zeit gefunden, sich in Regentropfen aufzulösen.
In einer Nacht liefen die Stauseen von Otjikarare bis zum Rande voll. In dieser Nacht aber ertrank auch ein Drittel der Karakulschafe unten in der Steppe. Die Tiere hatten sich nicht rechtzeitig auf eine Bodenschwelle retten können.

# V

---

# Ein anderer Krieg

Es hatte sich mit der Zeit ergeben, daß der – vom großen Hof her gesehen – rechte Flügel des langgestreckten, eingeschossigen Haupthauses von Otjikarare, der nach Süden weisende also, zum mehr oder weniger alleinigen Revier der Eheleute v. Horsberg geworden war. Hier lag das gemeinsame Schlafzimmer, hier lag die »Kleiderkammer« für sie und die für ihn, auch das geräumige Bad (um dessentwillen Otjikarare von den Nachbarfarmen, die nach dem Untergang des Herero-Volkes in der weiteren Umgebung entstanden waren, mit Recht beneidet wurde). Am Ende des rechten Flügels dehnte sich quer über die ganze Giebelbreite des Hauses ein mit Akten, Korrespondenzen, Kontobüchern und zahlreichen Druckschriften, in vielen Regalen wohlgeordnet, das »Kontor« der Farm, gewissermaßen der Kommandostand des vielgestaltigen Unternehmens. Das »Kontor«, wie es allgemein genannt wurde, war vom Schlafzimmer her, vor allem aber durch eine besonders fest gefügte Tür auch vom Hof her zugänglich.
Im Kontor hatte Kurt von Horsberg, der Rechnungsführer von Otjikarare, seinen Arbeitsplatz an einem großen vierbeinigen Tisch, während sich der Herr des ganzen Betriebes,

»der« Farmer Martha von Horsberg, mit einem wesentlich kleineren Tisch begnügte, von dem jedoch durch ein breites Fenster der ganze Wirtschaftshof zu übersehen war, wovon Martha allerdings nicht allzu oft Gebrauch machte. Ihr Platz war draußen bei den Herden, im »Veld«, an den großen Viehtränken. Wenn sie indessen mit ihrem Manne Vertrauliches oder geschäftlich Schwieriges zu besprechen hatte, dann saß sie an ihrem kleinen, er an seinem großen Tisch. Durch das weit offen stehende, dem Hof abgewandte Fenster nach Osten schwoll die starke, herbe Luft der ungezähmten Steppe herein, die Grillen sangen in der trockenen Glut des nahenden Mittags, weit schweifte der Blick durchs Fenster in die schier grenzenlose Ferne. Hier beredeten die Eheleute in aller Ruhe, was zum Wohl der Farm entschieden werden mußte – was so gut wie stets gleichbedeutend war mit ihrem eigenen Wohl.

Die Mitte des langgestreckten Farmhauses wurde von dem sehr großzügig bemessenen Wohn-, zugleich Eßraum eingenommen. Hier versammelten sich zu den Mahlzeiten die weißen Bewohner der Farm, auch die nicht allzu seltenen Gäste. Am Tisch präsidierte immer noch Friederike Korthinrichs, Marthas Mutter, wie es sich gehörte. Ihr unterstand die Küche, die sich im linken Flügel, nach Norden also, an den Hauptraum anschloß – mit verschiedenen Vorratskammern, auch der Kleiderkammer der »alten Frau«, wie die Neger sie nannten, obgleich Friederike so sehr alt noch gar nicht war: 1914 zählte sie fünfundvierzig Jahre, die Witwe Korthinrichs, wurde aber allgemein für älter gehalten. Im weiten Nordland von Südwest wurde Friederike kaum noch mit Martha als ihrer Tochter in Verbindung gebracht. Es lächelte niemand mehr, wenn von Martha von Horsberg als »dem« Farmer gesprochen wurde. Man hatte gemeint, daß nach ihrer Heirat die Führung der Farm auf Kurt von Horsberg übergehen würde. Dies hatte sich als Irrtum erwiesen. Auch der Ehemann war nur ihr Vasall, wenn auch ihr vertrautester

und wichtigster. »Der« Farmer, das war sie, sie ganz allein. Auf dem linken Flügel lag weiter das große Schlafzimmer, das sich Friederike Korthinrichs beim Neu-Aufbau der Farm genau so eingerichtet hatte, wie es gewesen war, als ihr Wilhelm noch lebte, mit zwei nebeneinander stehenden Betten, zwei Kleiderschränken, zwei Kommoden und zwei Nachttischchen – hatte doch nie jemand erfahren, wie, wo und wann Wilhelm Korthinrichs umgekommen war. Vielleicht lebte er noch und kehrte eines Tages wieder – dann sollte er das eheliche Schlafzimmer so wiederfinden, als hätte seine Friederike ihn niemals verloren gegeben.
Am nördlichen Giebelende des Hauses mit einer Tür nur vom Hof her hatte Albrecht Mechlin sein geräumiges Zimmer. Dies war ursprünglich als Gastzimmer gedacht gewesen. Aber dann hatte es Mechlin von Anfang an bezogen, der Farmer hatte nicht daran denken können, den besonders in den ersten Jahres des Neuanfangs unersetzlichen Mann wieder auszuquartieren. Auch hatte Mechlin dafür gesorgt, daß seine Werkstatt im Abstand von nur zehn Schritten neben dem Nordende des Hauses errichtet wurde; dort zimmerte, schmiedete, schlosserte, tischlerte, schreinerte der ebenso wortkarge wie unermüdliche Mann, was der Aufbau und die Erweiterung des Farmbetriebes nur immer erforderte, zog sich allmählich mit sehr viel Genörgel und äußerst kargem Lob den Buren Piet Struys als immer brauchbareren Helfer heran, ließ sich wenig sagen, kam aber gewöhnlich allen Anweisungen des Farmers zuvor, da er sich rückhaltlos gleichsetzte mit der Farm, ihren Erfordernissen und ihren Wünschbarkeiten.
Für ihre Kinder Floriane und den kleinen Wilhelm hatten die Eheleute Horsberg ihr Schlafzimmer um zwei kleinere Räume auf die Veranda hinaus erweitert; sehr stabil brauchten die Wände nicht zu sein; man lebte ja in einem »Sonnenlande«. Mechlin hatte die hölzernen Wände in die Veranda eingezogen und zwei hübsche Zimmerchen entstehen las-

sen. Auch den Verandaraum vor seinem eigenen Quartier, ebenso wie den vor Friederikes großem Schlafzimmer hatte er durch zwei hölzerne Querwände übermannshoch von der übrigen Veranda vor dem Hauptraum abgetrennt, damit er sowohl wie die »alte Frau« sich ungeniert auf der breiten Veranda waschen konnten. (Badezimmer stellten damals – 1914 – einen noch nicht allzu weit verbreiteten Luxus dar, ohne daß sich etwa die Menschen damals weniger sauber hielten, schon gar nicht solche wie Friederike Korthinrichs oder der höchst penible und sorgfältige Mechlin. An mehr als ein Badezimmer im Haus – für das Farmer-Ehepaar – war nicht zu denken!)

Für die Gäste, Nachbarn, Händler, Beamte, Freunde und Bekannte, war abseits ein eigenes Häuschen mit zwei Doppelzimmern und einer unterteilten Veranda gebaut worden, von der aus die Besucher ebenso wie von der des Haupthauses vor dem großen Wohnraum feststellen und begreifen konnten, warum Otjikarare hieß, wie es hieß – falls ihnen die Herero-Sprache einigermaßen geläufig war.

Piet und Andries, die ihre Burenmädchen geheiratet hatten und mit ihnen eifrig Kinder zeugten, hatten sich mit Mechlins Hilfe abseits im Busch zwei eigene kleine Häuser gebaut, deren Inneres weder von Friederike noch von Martha je betreten wurde. Die Unordnung darin war den beiden Frauen aus dem Haupthaus allzu haarsträubend. »Wie in einem umgekippten Zigeunerwagen«, hatte Friederike nach dem ersten und einzigen Male festgestellt, als sie versucht hatte, der Mari Cluitt einen Besuch abzustatten. Nur, wenn die eine oder andere der jungen Frauen wieder einmal niederkam, was sich mit schöner Regelmäßigkeit jedes Jahr von neuem ereignete, nahm sich Friederike Korthinrichs, gebeten oder auch ungebeten, der Sache an, zog mit ihrem Küchenmädchen, Hakanes Frau, hinüber, veranstaltete ein gnadenloses Großreinemachen und hielt zum blassen Entsetzen der werdenden Mutter, des Vaters und der Sprößlinge beider die Sauberkeit und Ordnung aufrecht, bis die Mutter und das Neugeborene »aus dem Ärgsten heraus« waren. Piet und Andries hatten übrigens mit der Zeit gelernt, dergleichen zu schätzen; ihren jungen Frauen, Mari und Claartje, die gleiche Hochachtung einzuflößen, gelang ihnen jedoch nur unvollkommen...

So hatte es sich also mit der Zeit ergeben, daß die beiden Flügel des Haupthauses, getrennt voneinander durch den weiten Wohn- und Eßraum und die Querwände auf der Veranda an der langen Ostfront, ein unterschiedliches Leben entwickelten: rechts das ganz auf sich selbst bezogene Ehepaar Horsberg mit seinen Kindern und das »Kontor«, das ebenfalls nur den Horsbergs vorbehalten war; links das Reich Friederikes mit der großen Küche und den Vorräten mannigfacher Art, und das von ihm selbst in peinlichster, wenn auch dürrer Aufgeräumtheit gehaltene Quartier Albert Mechlins, von dem aus keine Tür ins Innere des Hauses führte, das auch auf der Veranda durch die hölzerne Bretterwand von Friederikes Veranda-Abteil abgetrennt war. Sehen konnten sich Mechlin und Friederike nicht, es sei denn, sie hätten außen um die hölzerne Sichtblende – mehr war es ja nicht – herumgeschaut, was aber keinem von beiden auch nur entfernt je in den Sinn kam. Aber sie konnten sich hören, vermochten miteinander zu sprechen, brauchten dazu nicht einmal die Stimme zu erheben. – Und daran gewöhnten sich die beiden verwitweten, vereinsamten Menschen im Laufe der Zeit – der Zeit, jener großen Verwandlerin und Verführerin.

Es wurde den beiden zur Gewohnheit, über die Trennwand hinweg die Ereignisse des Tages, die Sorgen und Nöte der Farm, auch die Erfolge und das Glück von Otjikarare zu erörtern, verhalten, mit gedämpften Stimmen, fast nur wie im Selbstgespräch und doch seltsam befriedigt, weil auf der anderen Seite jemand zuhörte, von dem man wußte, daß auch ihm Otjikarare am Herzen lag, wenn man auch mit der

Herrschaft auf Otjikarare nicht recht warm werden konnte, ausgeschlossen blieb, sonderbar fremd.

Zwar traf sich linker und rechter Flügel zu den Mahlzeiten, traf sich auch stets mit den gar nicht seltenen Gästen, beredete den Gang der Geschäfte. Das lief aber im allgemeinen nur darauf hinaus, die Wünsche, um nicht zu sagen Anordnungen, »des« Farmers entgegenzunehmen, die Kurt von Horsberg gewöhnlich zu erklären unternahm, um ihre zuweilen unüberhörbare Schärfe ein wenig zu mildern – womit er auch regelmäßig Erfolg hatte.

Der Friederike Korthinrichs indessen wollte es auch auf die Dauer nicht gelingen, ihre Scheu gegenüber ihrem Schwiegersohn, dem »Herrn von« und »Hauptmann der Reserve« zu überwinden. Zu lange hatte sie in jungen Jahren bei »vornehmen Leuten im Dienst« gestanden. Sie begriff natürlich nicht – wenn überhaupt irgendwer von den vier erwachsenen Menschen im Hause deutlich darüber nachdachte, Kurt von Horsberg vielleicht ausgenommen –, daß ihre steife, stets halb verlegene Zurückhaltung den Schwiegersohn unsicher machte, ihn ständig auf Martha allein verwies, ihm jede Vertrautheit oder gar schwiegersöhnliche Zärtlichkeit unmöglich machte. Die beiden fanden keine Brücke zueinander, obgleich sie sich im stillen nie etwas anderes als Gutes wünschten.

Ja, abends über die Bretterwand, wenn auf dem anderen Flügel längst Ruhe herrschte – denn Martha war stets vor Tau und Tag schon auf und im Sattel, erschien zum Frühstück um acht Uhr erst, wenn sie schon an allen Brennpunkten des Farmbetriebs nach dem Rechten gesehen hatte, wenn Kurt den Kindern Genüge getan und im Kontor bereitgelegt hatte, was am Vormittag besprochen und entschieden werden mußte – ja, abends über die Trennwand hinweg konnte Friederike mit Mechlin – so hatte es sich ganz allmählich und ohne Absicht entwickelt – ein wenig – und manchmal auch mehr – »klönen«, konnte ihre Bedenken, die am Eßtisch nicht laut werden durften, unbedenklich loswerden, konnte mit viel Sicherheit darauf rechnen, einen willigen und gleichgestimmten Zuhörer zu haben. Ein wenig rochen die manchmal sehr langatmigen Unterhaltungen leicht nach Klatsch. Aber Klatsch – sowohl in Mechlins wie in Friederikes alter Welt – gehört nun einmal zu den wenigen kostenlosen Vergnüglichkeiten des Daseins, das gerade auf dem flachen Lande nicht leicht ist, weder damals noch heute. Also klatschten die beiden Einspännigen auf Otjikarare über die Bretterwand hinweg und kamen sich vorsichtig näher, merkten sie doch, daß sich ihre Ansichten über Gott und die Welt meistenteils deckten – die Welt, die für sie im wesentlichen aus Otjikarare bestand mit den Horsbergs als Zentrum, ihnen selbst als Nebensternen vor dem weiteren Hintergrund der Kolonie Deutsch-Südwestafrika – und ganz fern am Rande Deutschland mit Europa, weit entlegenen Welten, von denen man ab und zu einiges, meistens Zusammenhangloses aus den Spalten der stets sehr verspätet eintreffenden Windhuker Zeitung erfuhr, einem ziemlich kläglichen Erzeugnis schlecht bezahlter und im Umkreis der kolonialen Gesellschaft nicht besonders angesehener Zeitungsmacher.

---

Es hatte reichlich geregnet in der warmen Jahreszeit 1913/14. Die Steppe blühte in verschwenderischer Pracht. Ganze Teppiche von abertausend Lilien – zarten Geschöpfen, wie in weißem Filigran gearbeitet mit darüber hingehauchten, hier und da haftengebliebenen Ahnungen von Rosa und Gold –, von ganzen, über den gelben Steppenboden gebreiteten Himmeln von Sternblumen, jede ein vollendetes Kunstwerk aus durchsichtig dünnem Porzellan, zierlich nickend mit unzähligen Schwestern im warmen Wind unter den hell begrünten Dornbüschen – die karge Südwester Steppe hatte

sich für wenige Wochen im Januar/Februar 1914 in ihren allerstolzesten Krönungsmantel gekleidet. Ein karges, hartes Land gewiß, aber, wenn die Regen reichlich fallen, ein Land von so hinreißender Schönheit, so leuchtendem Glanz, daß selbst sehr viel reichere und üppigere Länder dagegen verblassen...
Ein Sonntag Ende Februar war vergangen wie viele andere vor ihm. Man war eine Stunde später aufgestanden als sonst. Martha, der Farmer, allerdings hatte schon früh im Sattel gesessen, um sich am Hakane-Stausee davon zu überzeugen, daß am Tage zuvor Andries mit zwei Schwarzen den Überlauf ordentlich ausgebessert hatte; allzu gewaltsam ablaufende Regenfluten hatten die steinerne Rinne zu unterspülen gedroht. Aber Andries hatte, wie schon seit längerer Zeit zumeist, seine Aufgabe mit Geschick und Sorgfalt erfüllt.
Tagsüber hatte man sich vorwiegend persönlichen Anliegen gewidmet – wozu am Alltag gewöhnlich nicht viel Zeit verblieb. Alle die Menschen auf Otjikarare, auch die schwarzen Helfer weiter draußen in ihren Pontoks, am Berg im Busch, hatten sich matt gefühlt an diesem Tage. Eine dem Lande nicht entsprechende Schwüle lag in der Luft. Im hohen Himmel schwebte schleierfein ein weißlicher Dunst, ein zartes Gespinst nur, aber doch das sonstige tiefe Blau der Höhe verwischend.
»Es wird in der kommenden Nacht noch ein letztes Gewitter geben und noch einmal regnen, heftig regnen!« sagte Hakane, als er gegen Abend mit dem Farmer an einer der Viehtränken zusammentraf.
»Ja, es sieht so aus, Hakane. Aber ich denke, unsere Dämme werden halten.«
»Die halten, Frau! Keine Sorge!«
Er blickte Martha an aus dunklen, guten Augen. Er liebte die Herrin auf Otjikarare noch immer, wenn auch nun anders als damals, als er sie als ein zierliches, unermüdlich fragendes

Kind auf seinen Schultern durch den Busch getragen und ihr die Wunder und Geheimnisse der Steppe erklärt hatte. Längst war seine Liebe mit Respekt gemischt, viel Respekt. Eigentlich begriff er gar nicht, daß eine Frau zu so viel Macht und Ansehen gelangen konnte, wie Martha es erreicht hatte. Aber nie fand er auch nur den geringsten Grund, daran zu zweifeln, daß Martha ihn ebenso wie sich selbst für einen unersetzlichen Teil von Otjikarare zu halten schien. Diese nie in Worte gekleidete Überzeugung bildete den innersten Kern seines Daseins, aus dem er lebte...
»Hakane meint, es stünde uns in der kommenden Nacht noch ein großes Gewitter bevor«, hatte Martha während des Abendessens am großen Tisch im Hauptraum des Farmhauses festgestellt. Es hatte niemand darauf geantwortet. Die ungewöhnliche Schwüle des vergangenen Tages war allen eine Last gewesen; man fühlte sich abgespannt, obgleich am Sonntag auf Otjikarare nur das Notwendigste verrichtet wurde. Immerhin hatte der Wildschwein-Braten, den Friederike auf den Tisch gebracht hatte, allen sehr gemundet. Die flinken, scheuen Schweinchen der Steppe lieferten eine vorzügliche Kost. Auch den beiden Kindern hatte es geschmeckt. Kurt von Horsberg, hielt den noch nicht zweijährigen Wilhelm auf den Knien und fütterte ihn. Der kleine Bursche aß schon recht manierlich, wartete mit großen Augen auf jeden nächsten Bissen, fuchtelte nur ab und zu mit den Ärmchen, wenn es ihm nicht schnell genug ging, gab aber keinen Laut von sich. Die vierjährige Floriane thronte in hohem Stühlchen neben der Mutter und mußte sich die vorgeschnittenen Fleisch- und Brotbrocken mit dem Löffel und ihrem Schieberchen selbst in den Mund befördern, unter strenger Aufsicht der Mutter. Floriane war zu einem verständigen, aber zugleich auch immer heiteren Kind geworden, das sich mit dem Vater – das war nicht schwierig –, aber auch mit der wenig nachsichtigen Mutter vorzüglich verstand.

Es wurde nie viel gesprochen bei Tische. Man hatte sich im allgemeinen nur über den Ablauf der Tagesarbeit zu einigen. So auch an diesem Tage. Friederike Korthinrichs präsidierte am Kopfende des Tisches. Das war ihr niemals streitig gemacht worden. Es bedeutete nicht viel. Auch saß sie dort ihrem Reich, der Küche, am nächsten. Sie beteiligte sich nur selten an dem ohnehin spärlichen Gespräch bei Tisch.

An diesem Tage nahm Friederike den Faden auf, den die Tochter angesponnen hatte. Die anderen Erwachsenen am Tische merkten auf, denn solches kam nicht oft vor.

»Wenn mich das Rheuma in den Schultern so plagt wie heute, dann wird es ein mächtiges Gewitter geben kommende Nacht. Wolkenbruch und Wirbelsturm wie vor drei Jahren, als uns die Wagenremise davonflog. Wir sollten lieber aufbleiben nachher, damit wir schon in den Kleidern sind, wenn das Unwetter losbricht.«

Auch Mechlin ließ sich hören. Seine Stimme klang auch jetzt ein wenig mürrisch wie stets – und wie stets war er ohne ersichtlichen Grund bei weltschmerzlicher Stimmung:

»Ich wär' sowieso nicht schlafen gegangen. Wenn einem womöglich das Dach über dem Kopf davonfliegt und ein Sturzbach vom Berge kommt, dann hat man besser schon vorher die Stiefel an den Beinen!«

Gegen solche Weisheit war wenig einzuwenden; es erhob sich auch kein Widerspruch. Wer hätte nach so guter und reichlicher Mahlzeit und bei so ungewohnt lastender Luft die Kraft dazu aufgebracht! Es wäre an der Zeit gewesen, daß Friederike Korthinrichs vom Kopf des langen, nur zur Hälfte beanspruchten Tisches her die Tafel aufgehoben hätte. Sie tat es nicht, obgleich sonst an diesem Tisch keine Minute unnütz versessen wurde. Friederike saß ganz still in dem großen Stuhl, in dem früher ihr Wilhelm gesessen hatte (das Möbel hatte wie durch ein Wunder die Brandnacht zehn Jahre zuvor ohne allzu großen Schaden überstanden). Die alternde Frau sah vor sich hin, rührte sich nicht, schien die anderen am

Tisch vergessen zu haben. Ihre Starre übertrug sich auf die Tischgenossen. Nur der kleine Wilhelm auf seines Vaters Schoß schepperte ab und zu mit dem silbernen Löffel auf seinem blechernen Teller. Die sonderbare Spannung und zugleich Lähmung, von welcher die Erwachsenen unvermutet ergriffen worden waren, noch erreichte sie das winzige Männlein nicht. Florianchen aber begann plötzlich zu weinen, als würde sie von ungewisser Angst überfallen. Martha zog das Kind an sich; es barg sich in ihren Armen. Aber auch Martha wagte in dieser sonderbaren Minute nicht, in das Vorrecht ihrer Mutter, die Tafel aufzuheben, einzugreifen; es war wohl das einzige, was der »alten Frau« an Autorität in Haus und Hof verblieben war.
Der klägliche Laut, der Schluchzer aus der Kehle der kleinen Floriane löste den Bann, von dem die Frau am Kopf des Tisches so plötzlich befallen worden war. Friederike richtete sich auf, blickte um sich, als wäre sie aus einem Schlaf erwacht, schien sich nicht bewußt zu sein, daß sie lange geschwiegen hatte, und erklärte mit einer Bestimmtheit, die ihr schon lange nicht mehr zu Gebote gestanden hatte:
»Ja, was ich noch sagen wollte: Ich möchte noch heute mit euch dreien über eine Sache sprechen, die nicht auf die lange Bank geschoben werden sollte. Aber es ist besser, wenn die Kinder vorher zu Bett gebracht sind, damit wir ungestört sind. Wegen des Gewitters, das zu erwarten ist, müssen wir sowieso in den Kleidern bleiben. Wir treffen uns nachher zu vieren auf der Veranda.«
Sie erhob sich. Einwände –? An Einwände war nicht zu denken. Kaum je hatte sie einen solchen oder ähnlichen Wunsch geäußert. Und sie war und blieb Marthas Mutter und des Wilhelm Korthinrichs verwitwete Frau – und hatte mit ihm aus dem Nichts Otjikarare begründet...

---

Der Himmel hatte sich bezogen. Es war sehr dunkel auf der Veranda. Sie hatten ihre vier hölzernen Lehnstühle im Halbkreis vor die breite Öffnung in der Brüstung gezogen, von welcher, selten nur benutzt, die Freitreppe in die Steppe hinunterführte und in ihre locker geordneten Gebüsche. Zur kalten Zeit mit ihrer klaren, trockenen Luft war noch die allerletzte Schirmakazie am Himmelsrand winzig, aber scharf gezeichnet zu erkennen. In dieser Nacht aber, in der Friederike ihre drei Hausgenossen auf der Veranda versammelt hatte, war die Weite nichts als ein schwarzer, gestaltloser Abgrund. Die ferne Grenze, an welcher Erde und Himmel aneinanderstießen, war kaum auszumachen.

Es war noch nicht viel gesprochen worden. Am nächsten Tag wollte Kurt von Horsberg zur Bahn reiten, um Post abzuholen und ein Telegramm nach Windhuk durchzugeben wegen einer größeren Überweisung und einer Bestellung auf stählerne Fallen, die auch mit Löwen fertig werden konnten. Raubtiere waren von Norden und Nordosten auf das Gebiet der Farm vorgedrungen und hatten bereits ein paar Kälber geschlagen. Man konnte nicht überall auf sie ansitzen, um sie vors Gewehr zu bekommen. Dazu gab es nicht genügend schießkundige Leute auf der Farm. Es mußte versucht werden, die streunenden Räuber in Fallen zu fangen und unschädlich zu machen. – Danach war nichts von Bedeutung mehr zu besprechen gewesen. Man wartete, was Friederike wohl zu sagen haben mochte.

Es war sehr still. Kein Lüftchen regte sich. Die Nacht umhüllte die vier Menschen mit schwarzem Samt, wärmer als sonst im Hochland, stickig beinahe. Sie warteten darauf, daß die Frau sich endlich äußerte, warteten, jeder auf seine Art ungeduldig: Kurt von Horsberg, Martha, Albrecht Mechlin.

Sie merkten es alle, und es durchfuhr sie wie ein Schlag, daß die »alte Frau« sich plötzlich in den Griff bekam, sich aufrichtete in ihrem harten Sessel, sich hörbar räusperte und

dann mit einer Stimme, lauter als erforderlich, hervorstieß: »Ich will keine langen Geschichten machen, Kinder. Ich habe es mir lange und reiflich überlegt, aber nun habe ich mich entschlossen. Ich will nicht für immer bleiben in Südwest. Ich will wieder zurück nach Deutschland, nach Pommern oder Westpreußen, wo ich hingehöre. Seit mein Wilhelm mich im Stich und allein gelassen hat, meinte ich, ich müßte hier verweilen um Marthas willen. Aber Martha braucht mich nicht mehr. Und dann habe ich gemeint, ich müßte wegen der Enkel hier bleiben. Aber auch das ist nicht mehr nötig; es war von Anfang an nicht nötig. Ich möchte es einmal ganz deutlich aussprechen: Südwest ist ein fremdes Land für mich geblieben. Mit meinem Wilhelm hätte ich hier glücklich sein können. Dies Land hat ihn umgebracht. Wie könnte ich also hier auf die Dauer heimisch sein! Die Schwarzen haben ihn umgebracht – und dann haben wir die Herero umgebracht, obgleich wir das so gründlich gar nicht tun wollten, haben uns nur unserer Haut gewehrt. Aber seit jener Zeit sind sie mir unheimlich, sind so schwarz, und man weiß nie, was in den schwarzen Köpfen eigentlich vorgeht. Ich lese ja die wenigen Briefe, die von unseren Verwandten aus der Heimat kommen, immer wieder, und ich spüre daraus, daß die Leute daheim sich davor fürchten, ein Krieg könnte ausbrechen. Krieg ist schrecklich. Das weiß ich aus dem Herero-Krieg. Wenn wieder Krieg kommt, dann will ich nicht in diesem fremden Land sein. Dann will ich zu Hause sein. Ich gehe wieder nach Deutschland zurück – spätestens, wenn in der nächsten kalten Zeit das Reisen hier wieder leichter wird.«
Ihre Stimme war um so lauter und dringender geworden, je länger sie sprach. Jetzt schwieg sie wie erschöpft. Martha hatte sich nicht gerührt während des Ausbruchs – denn ein Ausbruch war es gewesen aus der tiefsten Tiefe der Seele ihrer Mutter. Wie wenig hatte sie sich um das Ergehen der Mutter, die auf der Farm zur »alten Frau« geworden war,

gekümmert, daß sie überhaupt nicht gespürt hatte, was sich im Gemüt der Mutter langsam vorbereitet hatte! Was sollte sie jetzt antworten? Sollte sie zulassen, daß die Mutter sang- und klanglos in die alte Heimat zurückkehrte, sie, ohne die – so viel hatte Martha längst begriffen – Otjikarare gar nicht entstanden wäre? Martha wußte nicht, was die Mutter jetzt von ihr, ihrem einzigen Kind, erwartete. Irgend etwas würde sie sagen müssen, aber was? Die zornige Ablehnung, die ihr am nächsten gelegen hätte, nein, die war in dieser Stunde fehl am Platze. Martha verharrte regungslos im Dunkel, schwieg.
Auch Kurt von Horsberg rührte kein Glied. Gedanken rieselten durch sein Hirn, ohne recht Form anzunehmen: Wieso bin ich überhaupt gegenwärtig –? Dies geht Martha allein an. Zu ihr gehöre ich allein und den Kindern, nicht zu Otjikarare. Zu der Farm nur ganz am Rande. Ich brauche mich nicht zu äußern. Dies muß zwischen Martha und ihrer Mutter ausgemacht werden. Ich darf nicht einmal den Anschein erwecken, daß ich mich einmische. – Er sagte kein Wort.
Doch Worte kamen plötzlich aus dem dunkelsten Hintergrund der Veranda. Kurt und Martha hatten so gut wie vergessen, daß die Mutter auch Mechlins Anwesenheit gewünscht hatte. Gehörte er denn dazu? Mechlins Stuhl hatte in der breiten Lücke der Öffnung zur Treppe nicht mehr genügend Platz gefunden. Die andern drei hatten sich unwillkürlich so gesetzt, daß sie in den nächtlichen Abgrund der Steppe hinausblicken konnten, ohne durch die Veranda-Brüstung behindert zu werden, wenn auch in dieser Wolkennacht nichts weiter zu erkennen war als wogende Schwärze. Mechlin hatte sich mit einem Platz hinter dem Stützpfeiler des Veranda-Daches begnügt; denn was war schon draußen zu sehen –! Nichts! Alles dunkel!
Mechlins Stimme knarrte noch ein wenig mehr als sonst. Aber er sprach sehr langsam und deutlich, wenn auch ohne jede auftrumpfende Betonung. Kurt Horsberg sagte sich

sofort im stillen: Das hat er lange auswendig gelernt! Mechlin verkündete:
»Ja und ich will das auch gleich sagen: Ich bleibe auch nicht hier. Ich gehe auch nach Deutschland zurück. Mein alter Onkel ist gestorben in meinem Heimatdorf in Pommern. Der hatte eine Schmiede und ein Geschäft für Eisenwaren und daneben eine kleine Gastwirtschaft. Bei ihm habe ich gelernt, nicht nur das Schmiedehandwerk, sondern auch noch manches andere. Jetzt schreibt mir die Tante, daß sie zu ihrer ältesten Tochter – es sind nur Töchter da – nach Kolberg ziehen will, und wenn ich den Betrieb haben wollte, den ich ja kenne, dann könnte ich ihn haben für nicht allzu viel Geld. Warum sollte fortab ein fremder Name über der Schmiede hängen! Ich habe Jahr für Jahr all das Geld gespart, das ich hier auf Otjikarare verdient habe. Es reicht nicht ganz, um ohne Schulden beim Onkel einzusteigen. Doch da ließe sich ein Ausweg sicherlich finden. Aber es versteht sich wohl von selbst, daß ich die ganze Geschichte nur übernehmen kann, wenn ich eine Frau habe. Und da habe ich mir gedacht –«
Er kam nicht weiter, denn Friederike Korthinrichs fiel ihm kurzerhand ins Wort:
»Nein, Albrecht, du hast dir gar nichts gedacht. Das hattest du dich gar nicht getraut. Aber ich habe mir gedacht: Der Albrecht Mechlin, das ist ein tüchtiger und treuer Mann. Der versteht seinen Kram und noch sehr viel mehr. Bei dem ist man gut aufgehoben. Und ich habe ihm also gesagt: Wir sind uns hier immer einig gewesen über die Bretterwand hinweg. Das werden wir auch weiter sein. Und das Essen, das ich gekocht habe, das hat dir immer geschmeckt. Wenn du gehst, dann gehe ich auch. Otjikarare läuft auch ohne mich, längst! Martha ist ja, wie mein Wilhelm war: macht immer alles allein, braucht niemand zu fragen, und immer stimmt es. Wozu ich hier noch gebraucht wurde, das kann jetzt auch von Paula verrichtet werden. Die kocht schon bald besser als ich und weiß auch, wie das Haus in Ordnung zu halten ist. Es

hat mich Mühe genug gekostet, ihr das alles einzuschärfen. Aber jetzt sitzt es. Und dann habe ich zu Albrecht gesagt: nein, mit Schulden fangen wir nicht an. Wir werden etwas daraus machen, aus dem Betrieb von deinem Onkel. Ich weiß gut genug, wie es auf dem Dorf bei uns zugeht. Mit Schulden anfangen, das wird nichts! Wenn wir heiraten, beide nicht mehr die jüngsten, dann muß das Hand und Fuß haben. Wenn ich von Otjikarare fortgehe, dann muß Martha mich auszahlen. Mein Wilhelm und ich, wir haben Otjikarare gemacht, damit Martha festen Boden unter die Füße bekommt. Wenn ich hier ausscheide, dann wird sie mich entschädigen. Das habe ich mir verdient. Und wenn es nach mir ginge – das will ich ganz deutlich aussprechen –, dann würden wir das ganze Otjikarare jetzt verkaufen. Wir bekämen dafür jetzt sehr viel Geld, so viel Geld, wie mein Wilhelm sich das nie hätte träumen lassen. Auch ihr, Martha und Kurt und die Kinder, ihr könntet ebenfalls nach Deutschland zurückkommen und euch dort ankaufen, vielleicht sogar in Mechlins Dorf oder in meiner Heimat in Westpreußen, in Preußisch-Wartenburg. Dann wäre dies fremde Land wenigstens zu etwas nutze gewesen, und man brauchte keinen Schwarzen mehr zu sehen, und man brauchte nicht immer zu erschrecken, wenn sie auf ihren nackten Sohlen ins Zimmer treten und man hat nichts gehört. Und mein Wilhelm wäre dann nicht umsonst gestorben. Wozu soll dies Land denn anders gut sein, als daß man hier genug verdient, um sich daheim ein besseres Leben zu sichern als man es zuvor gehabt hat? Wozu sonst, das mach mir einer klar!«

Noch nie in ihrem Leben hatte Friederike Korthinrichs so viel auf einmal geredet wie in dieser stockdunklen Steppennacht über dem weiten Urstrom-Tal des Omuramba Omatako. Aber hundertmal und mehr hatte sie diese Überlegungen in langen Nächten in ihrem Hirn hin- und hergewälzt. Nun hatte sie den Mut aufgebracht, die Schleuse zu öffnen, und

die Entschlüsse hatten sich in breitem Schwall den Weg ins Freie gesucht.
Wie ein Echo kam Mechlins Stimme aus dem Dunkel:
»In die Schwarzen ist eben kein Schick hineinzukriegen. Da kann man sich noch so große Mühe geben. Friederike hat recht: was man hier verdient, das ist für zuhause gut. Hier setzt man es immer wieder aufs Spiel. Aber von mir aus braucht sie kein Kapital nach Deutschland mitzunehmen. Wir werden auch so durchkommen. Dafür stehe ich gerade. Friederike und ich, wir bauen uns unser Otjikarare lieber in Deutschland. Dort gehören wir hin und nicht in dies Negerland. Ich habe der Tante schon geschrieben und für mich und Friederike zugesagt.«
Es war ein Unterton von Aufbegehren, ja Herausforderung in der Stimme des Mannes aufgetaucht; körperlos schien sie im Dunkel zu schweben, war aber doch ganz wirklich. Nein, er gehörte hier nicht her, nicht in diesen Kreis, dieser Mechlin, mochte er sich so verdient gemacht haben wie auch immer. Er entfachte in Martha den ärgerlichen Widerstand, den der Mutter Abschied nicht hatte heraufbeschwören können. Martha richtete sich so kräftig in ihrem Sessel hoch, daß man das Holz knacken hörte. Ihre Stimme klang genauso scharf, als wenn sie einen ihrer schwarzen Helfer tadelte, der sich nicht genau nach ihren Anweisungen gerichtet hatte:
»Es scheint, daß alles bereits entschieden ist, ohne daß wir vorher um Rat gefragt worden sind. Wahrscheinlich bin ich selber daran schuld oder wenigstens zum Teil. Aber das ändert nichts an der Sache. Mit Ihnen, Mechlin, habe ich mich wohl kaum auseinanderzusetzen. Sie waren mir ein wertvoller Helfer. Ich bedaure, daß Sie fortgehen. Halten kann ich Sie natürlich nicht. Mit dir, Mutter, liegen die Dinge anders. Als Vater nicht mehr da war, mußte ich hier die Dinge in die Hand nehmen. Der Schmerz und die Trauer um den Verlust unseres Vaters machten dich unfähig, um Otjikarare zu kämpfen. Ich mußte es tun, ich allein, obgleich ich

eigentlich noch zu dumm und zu jung dazu war. Ich hatte mehr Glück als Verstand und setzte mich durch. Und gewöhnte mich daran, hier die Zügel zu führen, allein. Und dann kam Kurt, und es kamen die Kinder. Ich hätte mir sagen sollen, Mutter, daß du noch gar nicht alt genug warst, auf ein eigenes Leben zu verzichten. Nun stellst du mich vor vollendete Tatsachen. Du willst zurück in deine alte Heimat und willst, daß ich dich auszahle. Gewiß, das muß geschehen, wenn du in Deutschland mit Mechlin noch einmal von vorn anfangen willst. Zwei so umsichtigen Leuten wie euch beiden wird das sicherlich gelingen. Handeln kann ich mit dir nicht. Bestimme du selbst den Betrag, der dir angemessen erscheint. Wir werden dir das Geld in bar auszahlen, bevor ihr das Land verlaßt, und wenn wir deswegen die Farm hoch belasten müßten. Das ist unsere Sache. Wir brauchen darüber nicht zu reden. – Anders ist es mit deinem Vorschlag, die Farm überhaupt im ganzen zu verkaufen und mit euch in die alte Heimat zurückzukehren. Begreifst du gar nicht, Mutter, daß es für mich gar keine ›alte Heimat‹ gibt. Ich habe nur dies hier als Heimat. Als kleines Kind kam ich hierher. Der Vater, Hakane, die Buren, die Damara haben mich in die Lehre genommen. In Windhuk auf der Schule sangen wir dann ›Deutschland über alles‹. Das war schön. Aber ich konnte mir nicht viel Greifbares darunter vorstellen. Und ich spreche ja auch deutsch, zweimal besser als Herero, dreimal besser als burisch und fünfmal als englisch. Aber nur hier auf Otjikarare bin ich zu Hause. Ich kenne nichts anderes. Hier will ich bleiben und auch irgendwann sterben. Südwest allein ist meine Heimat. Eine Deutsche bin ich auf dem Papier. Im Leben bin ich Afrikanerin, gehöre in die Dornbusch-Steppe am Waterberg. Hakane ist mir verwandter als alle Tanten und Onkels in Pommern oder Westpreußen. Meine Kinder habe ich hier geboren. Für sie haben Vater und du und dann ich Otjikarare zu dem gemacht, was es ist. Meine Kinder sollen genau so Afrikaner werden wie ich

selber – deutsche Afrikaner meinetwegen, so wie es Herero oder Ovambo oder Nama-Afrikaner gibt, aber vor allem Afrikaner!«
So klar hatte sie es auch vor sich selbst noch niemals ausgedrückt. Da nun die Mutter sich von ihr trennte, um ein neues, anderes Leben zu beginnen, hatte Martha sich scharf gegen die Welt der Mutter, die von der Mutter nie vollständig aufgegebene, absetzen müssen.
Und das ist ihr gelungen, sagte sich Kurt von Horsberg, der dem nächtlichen Streitgespräch tief im Dunkel schräg hinter seiner Frau, im Innersten erregt, aber ohne ein Wort gefolgt war. Ich liebe sie, liebe diesen starken Menschen, der mich aufgenommen und gesund gepflegt hat. Bei ihr bleibe ich. Sie ist meine Heimat. Otjikarare ist es nur, weil sie eins ist mit Otjikarare. Ihr gehöre ich zu, ihr allein, als wäre ich ihr Kind ebenso wie unser kleiner Wilhelm oder Floriane. Ich bleibe hier, wo sonst? Wenn sie nicht wäre, die Afrikanerin, wäre ich hier genauso halb oder ganz fremd geblieben wie Mutter oder Mechlin.
Schweigen hatte sich auf die Versammlung gesenkt nach Marthas Worten, lastete wie ein schwarzer Nebel über den vier schattenhaften Gestalten unter dem weit ausladenden Dach der Veranda. Und doch bebte im Dunkel die gleiche Spannung wie weit draußen über dem Abgrund der Einöde. Kurt v. Horsberg, der im Grunde noch von viel weiter her als Mechlin in diesen Umkreis einbezogen worden war, der aber auch als einziger von den Vieren in schmerzlicher Erfahrung gelernt hatte, von der eigenen Person abzusehen – er schließlich fand ein paar lösende Worte:
»Gewiß, Mutter, nenne deine Forderung! Wir werden sie gern erfüllen und ohne hinzusehen. Auch Mechlin soll so abgefunden werden, daß er unsere Dankbarkeit spürt, Dankbarkeit vor allem auch dafür, daß er uns mit Andries einen brauchbaren Nachfolger herangezogen hat. Andries wird ihn nicht ersetzen, aber versteht jetzt genug von

vielerlei Handwerk, um in jedem Notfall einspringen zu können. Ihr werdet wohl nicht beabsichtigen, hier zu heiraten, Mutter und Mechlin. Die Verhältnisse hier sind eingefahren, ihr werdet sie nicht stören wollen. Der Kapitän wird euch trauen auf dem Woermann-Dampfer während der langen Heimreise; oder vielleicht wollt ihr auch erst zu Hause euer gemeinsames Leben beginnen. Aber eins sollt ihr wissen, alle beide: Otjikarare bleibt immer für euch offen, solange wir hier noch etwas zu sagen haben. Wir werden euch auf dem laufenden halten über alles, was sich hier entwickelt. Und wir hoffen, daß auch ihr stets schreibt, wie ihr vorankommt. Denn ihr werdet vorankommen. Daran zweifle ich nicht. Unter allen Umständen müssen wir verhindern, daß Mißverständnisse oder Verärgerungen zwischen uns aufkommen. Wenn wir auch Afrikaner bleiben und ihr wieder in Deutschland heimisch werden wollt, so darf dies nicht dazu führen, daß Trennendes die Oberhand gewinnt. Das Menschliche verbindet uns ja doch, auch über die Meere hinweg. Das sollte bei einigem guten Willen auf beiden Seiten auch bestehen bleiben, meine ich.«

Und Martha, die sich wieder in der Gewalt hatte, fügte leise hinzu:

»Ja, das sollte so bleiben. Ich habe wohl manches versäumt dir gegenüber, Mutter. Aber in Zukunft wird das nicht mehr geschehen, nie mehr, Mutter. Ach, Mutter, liebe Mutter, ich wünsche dir alles Glück in der Welt!«

Noch leiser tönte es nach einer Weile aus der Finsternis zurück:

»Ja, mein Marthchen. Ich danke dir, Kind!«

Stille...

Wer sollte nun den Anstoß geben, den Abend zu beenden und zu Bett zu gehen? Es war nichts mehr zu sagen.

Mechlin schließlich, dem viel zu viele große Worte gesprochen worden waren, darunter solche, die er bei bestem

Willen nicht recht verstanden hatte, Mechlin also fragte laut ins Dunkel mit rauher Stimme:
»Irre ich mich, oder ist das schon Wetterleuchten, noch ganz fern, weit unter dem Horizont?«
Wetterleuchten über der fernen Omaheke, die den Stamm der Herero verschlungen hatte – aber daran dachte niemand mehr, nicht einmal die übriggebliebenen, weit verstreuten Herero selber.
Es war Wetterleuchten! Auch Martha und Kurt hatten die blassen Leuchterscheinungen im Osten wahrgenommen, aber noch nicht angesprochen. Kurt brachte den Alltag wieder zur Geltung:
»Wer weiß, ob wir hier überhaupt etwas abbekommen? – Das Wetter ist sehr weit weg.«
»Nach Mitternacht vielleicht. Aber vielleicht ist dann schon das Schlimmste vorbei. Ich glaube, wir können schlafen gehen.«
Martha hatte es festgestellt, sehr ruhig; eine andere Meinung kam nicht in Frage. Vier Schatten trennten sich voneinander, vorsichtig tappend. Keiner machte Licht. Keiner mochte dem anderen in die Augen sehen. Der Vorhang über einem langen Akt ihres Lebens war gefallen.
Sie erwachten alle von neuem, als zwei Stunden später der Regen aufs Veranda-Dach zu trommeln und die Gosse zu rauschen begann. Die Blitze und der Donner waren über dem fernen, sich mächtig füllenden Omuramba Omatako zurückgeblieben. Mechlin erwachte nicht, auch nicht die beiden kleinen Kinder Wilhelm und Floriane. Diese drei schliefen den Schlaf der Kinder und Gerechten, denen nicht einmal Blitz und Donner etwas anzuhaben vermögen.

---

Martha hatte es sich nicht nehmen lassen, die Mutter und Mechlin (die sich entschlossen hatten, erst in Deutschland zu heiraten) nach Swakopmund ans Schiff zu geleiten, das die beiden mit ihrem reichlichen Gepäck nach Hamburg tragen sollte. Die »Ussukuma« der Woermann-Linie war rechtzeitig von Lüderitzbucht her erschienen. Am 26. Juni waren mit der letzten Fracht das Gepäck und die Passagiere an Bord genommen; die Luken wurden dicht gemacht; der schwere Eisenleib des Schiffes wendete und setzte sich langsam in Bewegung.

Der Abstand zwischen der Landungsbrücke und dem schwarze Wolken aus dem Schornstein stoßenden Dampfer vergrößerte sich schnell. Schon konnte Martha die Gestalt der Mutter, die ihr vom Promenadendeck des Schiffes her zugewinkt hatte, in der dicht gedrängten Reihe anderer abschiednehmender Passagiere nicht mehr mit Sicherheit unterscheiden, erst recht nicht die Mechlins; aber nach dem hatte sie nur gesucht, weil die Mutter neben ihm gestanden hatte.

Nein, sie vermochte die Mutter nicht mehr zu erkennen. Was war denn das? Sie war sonst stolz darauf, daß sie die gedrechselten Hörner eines Kudu noch auf hundert, ja zweihundert Schritt Abstand über oder zwischen den Büschen nicht mit trockenen Ästen verwechselte. Sie wischte sich mit der Hand über die Augen; die Umrisse des Schiffes schienen auch undeutlich zu werden. Sie spürte es sogleich: ihre Finger waren naß geworden. Tränen also? Sie wurde unwillig und wandte sich zum Rückweg über den langen Steg aus schweren hölzernen Bohlen. Die Mutter war fort. Ob sie die Mutter jemals wiedersehen würde –? Das war vollkommen ungewiß.

Die Mutter ist fort, Ich bin allein in diesem Land, das meinen Vater verschlungen hat. – Sie wurde böse mit sich selbst: Was soll die Rührseligkeit, ich habe kein anderes Land, kenne kein anderes! Die Mutter ist in diesem Lande nur zu Gast gewesen, weil Vater sich hier sein eigenes Reich erkämpfen wollte. Ich bin hier nicht zu Gast. Für mich gibt es keine

sogenannte Heimat, in die ich notfalls wieder flüchten könnte. Dies hier ist mein Land.
Sie blickte nicht mehr zurück. Otjikarare im Norden hinter dem Waterberg – das bin ich jetzt ganz allein! Otjikarare, von wo aus man weit sehen kann, unendlich weit!...
Schluß jetzt mit Abschiedsschmerz und so weiter. Der Zug nach Windhuk fährt nachmittags um drei Uhr zehn. In Windhuk werde ich wahrscheinlich einen Tag länger bleiben müssen als vorgesehen. Ich schaffe nicht alles in vierundzwanzig Stunden, was ich mir vorgenommen habe. So bald kann ich nicht wieder nach Windhuk reisen; auf der Farm ist jetzt mehr als genug zu tun; Mechlin und die Mutter sind nicht mehr vorhanden; ich habe aufzupassen, daß Andries und Paula als Ersatz wirklich funktionieren...
Martha v. Horsberg, »der« Farmer, blieb nicht nur einen Tag, sie hatte zwei Tage länger in Windhuk zu bleiben, als sie ursprünglich beabsichtigt hatte. Am 29. Juni war über Funk von Europa her die Nachricht eingetroffen, daß am Tage zuvor der österreichische Thronfolger Erzherzog Franz-Ferdinand und seine Gemahlin während eines Staatsbesuches in Serbien von serbischen Nationalisten in der Stadt Sarajewo ermordet worden waren.
Auch da im fernen Windhuk auf dem Boden Afrikas war diese kaum glaubliche Kunde den Leuten schwer auf die Seele gefallen. Jedermann verlor zunächst die Lust, sich den Alltags-Geschäften zu widmen, als wäre nichts von Bedeutung geschehen. Windhuk in Südwestafrika, das war ein weit vorgeschobener – oder sollte man sagen: in der Luft hängender Außenposten des Deutschen Reiches; und Deutschland war mit Österreich-Ungarn verbündet! Konnte sich das österreichische Kaiserhaus eine so ungeheuerliche Herausforderung wie die Ermordung des Thronfolgers durch Agenten des kleinen zweitklassigen Serbien (so sah man es damals zunächst) gefallen lassen, ohne mit voller militärischer Wucht zurückzuschlagen –? Krieg also? Hinter

Serbien stand das Rußland des Zaren. Waren die Mörder des Thronfolgers Franz-Ferdinand nicht vielleicht von Rußland gedungene Provokateure? Sollte also ein Krieg gegen Serbien nicht Rußland zum Eingreifen zwingen? Warteten die Russen nicht auf solchen Zwang? Und mußte dann das Deutsche Kaiserreich an Österreichs Seite nicht ebenfalls seine Truppen aufmarschieren lassen?...
Viele Fragen – und niemand wußte sie zu beantworten. Kein Wunder, daß Martha mit ihren Geschäften und Besorgungen in Winhuk nicht so schnell und reibungslos fertig wurde wie sonst. Die Nachricht vom Attentat in Sarajewo war in der Hauptstadt der Kolonie wie ein Blitz eingeschlagen. Martha mußte begreifen – obgleich sie sich dagegen wehrte –, daß Europa, Österreich, Serbien, Deutschland nicht so weit von Südwest entfernt lagen, wie es die Landkarte glauben machen wollte. Der Oberamtmann Maier, der Martha ein guter Freund geblieben war, mahnte seinen einstigen Schützling eindringlich, die Ereignisse ja nicht leicht zu nehmen und sich durch den Ärger über die verzögerte Heimreise nicht die Einsicht verschütten zu lassen, daß man sich auch in der Kolonie unter Umständen auf Schlimmes gefaßt machen müßte. Seit Jahren schon schwebten internationale Spannungen in der Luft; jeder, der sich einigermaßen auf dem laufenden hielt, was die weltpolitische Lage anbetraf, hatte die Ahnung drohenden Unheils schon seit Monaten verspürt. Wollte das Verhängnis nun seinen Schreckensgang antreten?
Martha gestand sich ein, daß sie sich bis dahin über Vorgänge, die den Umkreis und die Belange von Otjikarare überschritten, nicht viele Gedanken gemacht hatte. Dergleichen gehörte ins Revier ihres Mannes. Aber auch, wenn Kurt mit ihr über die Weltlage gesprochen hatte – sie mußte es jetzt zugeben, sie hatte auch dann nur mit halbem Ohr zugehört. Nun war sie gerade am Tage des Attentats von Sarajewo in Windhuk eingetroffen – und es schien, daß keiner ihrer

Windhuker Bekannten und Geschäftsfreunde etwas anderes zu diskutieren bereit war als die Bluttat in der Stadt auf dem ohnehin ewig unruhigen Balkan. Daß die Mutter fortgefahren war, sicherlich für immer, das trat dagegen völlig in den Hintergrund.

Einigermaßen verwirrt fuhr sie schließlich nordwärts ab, nachdem sie ihre Besorgungen letzten Endes alle in der gewünschten Weise hatte erledigen können. Die Aufregung hatte sich etwas gelegt; der Alltag forderte sein Recht.

Kurt holte sie von der Station ab. Er hatte schon zwei Tage lang auf sie gewartet und war beunruhigt. Er war mit dem Zweispänner erschienen; sie würde viel Gepäck aus Windhuk mitbringen. So war es auch. Bis zu dem entlegenen winzigen Halteplatz Komukanti war die Botschaft von dem gewaltsamen Tod des Thronfolgerpaares noch nicht vorgedrungen.

»Weißt du schon, Kurt, was in Sarajewo in Serbien auf dem Balkan Schreckliches passiert ist?« fragte Martha, kaum daß Kurt sie auf dem kiesknirschenden Bahnsteig aus seinen Armen entlassen hatte.

Er wußte es nicht. Er erfuhr es – und wurde blaß. Martha nahm es mit Schrecken wahr. Mehr, als es das erregte Gerede in Windhuk vermocht hatte, bewies ihr dies Erblassen ihres sonst so ruhigen und überlegten Mannes, daß tatsächlich Gefahr im Verzug war, Gefahr auch für Südwest, für sie und die Ihren, für Otjikarare.

»Wir wollen jetzt nicht weiter darüber sprechen, Kurt, wir müssen uns um unsere Sachen kümmern vorn im Packwagen, sonst fährt uns der Zug ab.«

Erst als sie nach weiteren zwanzig Minuten die »Pad« nach Esere und weiter nach Otjikarare unter die Räder genommen, als der unendliche Busch weit um sie her die graugrünen Dickichte der Trockenzeit ins nicht Absehbare verschwimmen ließ, wenn man einmal vom Kamm einer Bodenwelle die Blicke schweifen lassen konnte, erst als die beiden

Braunen vor dem Wagen in den schnellen, fördernden Schritt langen Marsches – heimwärts! – gefallen waren kamen die beiden Eheleute auf die bestürzende Neuigkeit zurück, die Martha aus Windhuk mitgebracht hatte.
»Siehst du es auch so schlimm an, Kurt, wie der Oberamtmann Meier? Der schien mir nicht nur besorgt zu sein. Er kam mir beinahe verstört vor, redete auch gar nicht mehr so schwarz-weiß-rot daher, wie er es früher manchmal getan hat – wohl nur, um seiner amtlichen Stellung gerecht zu werden. Ich meine sogar, daß Meier sich fürchtete, richtig ängstigte vor dem, was geschehen könnte. Es machte mich beinahe im geheimen lachen. Solches paßte gar nicht zu ihm.«
Kurt von Horsberg ließ die Zügel lose in den Händen hängen, hatte die Pferde vergessen. Er sagte lange nichts. Dann, merkwürdig heiser:
»Oh, mein Gott, Martha, da ist nichts zum Lachen. Meier wird gedacht haben, was ich auch denke: es könnte Krieg geben, einen großen Krieg. Österreich gegen Serbien. Rußland mit Serbien gegen Österreich. Deutschland mit Österreich gegen Rußland. Und weder England noch Frankreich wären auf unserer Seite, nur Italien. Aber auf Italien ist kein Verlaß, weder politisch noch militärisch.«
»Aber mit Frankreich und England haben wir doch keinen Streit, und von Österreich könnten beide Länder gar nicht angegriffen werden.«
»Das ist richtig, Martha! Aber uns hat Frankreich die Niederlage im Siebziger-Krieg nicht vergessen, und daß das zweite Deutsche Kaiserreich in Versailles aus der Taufe gehoben wurde, und daß wir den Franzosen das deutsche Elsaß und Lothringen abgenommen haben. Und England giftet sich darüber, daß wir ihm Südwest und Deutsch-Ost, Kamerun und Togo und einiges andere anderswo auf der Welt vor der Nase weggenommen, daß wir eine große Kriegsflotte gebaut haben und unsere Handelsmarine der englischen auf allen

Meeren Konkurrenz macht. Ach, meine liebe Martha, unter den großen Nationen geht es ebenso zu wie unter einer Horde von wilden Kindern auf dem Dorf: Man beneidet sich, man gönnt dem andern nicht das besser belegte Butterbrot, man trumpft auf und schreit: ich bin stärker! Und hat sich im Nu bei den Haaren, und die andern mischen sich ein, obgleich bald keiner mehr weiß, worum es eigentlich geht. Es geht bloß noch darum, daß ich dem andern die Hucke voll haue, bloß weil er mir einmal ein Bein gestellt hat – bloß so, weil die Gelegenheit günstig ist.«

Martha brauchte einige Zeit, einen so übel schmeckenden Bissen trüber Binsenweisheit zu schlucken. Sie murrte endlich, und es klang, als wäre sie verärgert:

»Aber wir hier in Südwest haben doch mit den schrecklichen Geschehnissen in Serbien nichts zu tun. Was geht uns der Ärger in Europa überhaupt an?«

»Er geht uns wahrlich gar nichts an, Martha. Aber danach wird nicht gefragt. Über diesem Land weht die deutsche Flagge, und die Feinde Deutschlands sind auch die Feinde von Südwest.«

»Ach, male den Teufel nicht an die Wand, Kurt. Der Krieg gegen die Nama hier bei uns in Südwest ist erst vor sechs Jahren zu Ende gegangen. Dich haben sie dabei halb tot geschossen. Aber am Schluß, so hast du es mir dargestellt, haben die Engländer von Südafrika her und die Deutschen gemeinsam mit dem Nama-Spuk aufgeräumt. Vom britischen Südafrika allein aber könnte uns hier das Leben schwer gemacht werden. Außerdem haben wir die Schutztruppe!«

»Die Schutztruppe, ja, prächtige Soldaten, aber nur fünfzehnhundert Mann stark! Um mit den Herero und den Nama fertig zu werden, die keine Kanonen hatten und keine Maschinengewehre, haben wir schließlich fünfzehntausend – nicht fünfzehnhundert! – Mann gebraucht, und es hat an die vier Jahre gedauert. Südafrika aber könnte gegen uns

fünfzig- oder sechzigtausend Mann, lauter weiße Soldaten und vorzüglich bewaffnet und auch geführt, ins Feld stellen. Wenn die Briten in den Krieg eingriffen, ich meine gegen Südwest von Südafrika aus, es würde nicht einmal ein Jahr dauern und Südwest wäre britisch.«
»Herr im Himmel, Kurt, das ist Wahnsinn! Was haben wir anderes vor, als in Ruhe unsere Farm zu bewirtschaften, unsere Kinder zu anständigen Menschen zu erziehen. Daß wir die Herero zur Raison bringen mußten, das leuchtet mir ein; die Herero haben das erste Otjikarare zerstört und meinen Vater umgebracht. Das durften wir uns nicht bieten lassen. Aber der Erzherzog Franz-Ferdinand – ich wußte nicht einmal, daß es den gibt. Krieg – welch ein Irrsinn! In Europa und erst recht hier im südlichen Afrika. Womöglich mußt auch du wieder dabei sein, kaum daß du seit einem oder zwei Jahren wieder einigermaßen gesund bist.«
»Du sagst es, Martha! Ich bin Hauptmann der Reserve. Wenn der Gouverneur die Mobilmachung anordnet, müßte ich mich spätestens sieben Tage danach in Windhuk auf der Kommandantur der Schutztruppe melden.«
»Schreckliche Vorstellung, Kurt! Laß uns hoffen, daß dies alles ein böser Traum bleibt. Man hat ja manchmal solche verrückten Träume. Ich will das nicht weiter bereden. Daß Mutter jetzt womöglich auf dem Wege in einen Hexenkessel ist – gar nicht auszudenken! Lieber freue ich mich auf die Kinder! Wie ist es dir und den Kindern auf der Farm ergangen, seit ich weg war? Davon hast du mir noch gar nichts gesagt, Kurt.«
»Dazu kam ich gar nicht. Du brachtest die schlimmere Nachricht.«
Martha schreckte auf, wandte sich dem Mann zu, der die bummelnden Pferde wieder straffer an die Zügel genommen hatte; bummeln durften sie nicht.
»Schlimmere Nachricht –? Was meinst du, Kurt? Ist etwas Schlimmes geschehen?«

»Ja, es ist, und es wird dich betrüben: Du weißt, wir waren schon seit einiger Zeit beunruhigt wegen durchwandernder Löwen. Wir hatten die Spuren gesehen und haben auch Kälber verloren, obgleich vielleicht auch Hyänen die Räuber gewesen sind. Heute weiß ich, daß es immer derselbe Löwe, vielmehr eine Löwin, gewesen ist, die auf unserem Gebiet ihr Unwesen treibt. Wir waren ja bislang so gut wie frei von Raubzeug. Du, dazu Piet und Andries haben dafür gesorgt. Nun hat Hakane bei einem seiner Kontrollgänge – er glaubt ja, dich ersetzen zu müssen, wenn du nicht da bist – ein ganz junges Kalb gefunden, dem nur ein Fetzen Haut abgerissen war und das noch lebte. Die Löwin war anscheinend durch den plötzlich auftauchenden Hakane gestört worden. Hakane hätte wissen müssen, wie vorsichtig man im Busch zu sein hat. Aber er hätte an dich gedacht, hat er mir gesagt, und wie ungern du Kälber verlierst. Er hat sich das Kalb aufgeladen und wollte es zur Farm bringen, um das nicht tödlich verwundete Tier vielleicht noch zu retten. Die Mutterkuh, die er nicht ausmachen konnte, würde dem Kalb von allein zur Farm folgen. Die Löwin muß ganz in der Nähe im Busch gelegen haben. Als er mit dem Kalb über der Schulter sich auf den Rückweg zur Farm machen wollte, griff sie unversehens an, wollte sich die Beute nicht entführen lassen. Hakane ließ das verletzte Kalb fahren und wäre vielleicht sogar unbeschädigt davongekommen, wenn er nicht den Fehler begangen hätte, seinen Knopfkirri (Knopfkirri oder Knobkirri: Schlagstock oder Wurfstock mit schwerem Keulenknauf, eine gefährliche Waffe) zu ziehen, den er sich hinter den Hosengürtel gesteckt hatte, und den Kampf mit der Löwin aufzunehmen. Die Löwin hat Hakane sofort angenommen und ihn fürchterlich zugerichtet, hat ihm mit ein paar Tatzenschlägen die linke Schulter, Hüfte und den linken Oberschenkel bis auf die Gelenke aufgerissen. Er blieb bewußtlos liegen. Ich hatte ihm morgens gesagt, daß ich ihn am Nachmittag brauchen würde, er sollte also spätestens zum Mittagessen wieder auf der Farm sein. Als er nicht zur befohlenen Zeit da war, wurden wir unruhig. Andries und ich ritten die Wasserstellen ab und fanden ihn bald. Die Pferde hatten gescheut; es mußte ein Raubtier in der Nähe sein. Andries packte den immer noch bewußtlosen Hakane auf sein Pferd, stieg dahinter auf und zog ab zur Farm. Ich sicherte mir meinen Fuchs und machte mich auf die Suche. Ich brauchte nur der Schleifspur zu folgen, welche die Löwin mit dem vollends getöteten Kalb hinterlassen hatte. Das Raubtier muß sehr, sehr hungrig gewesen sein. Ich entdeckte es schon nach wenig mehr als hundert Schritten. Die Löwin lag neben dem schon aufgerissenen Kalb und tat sich an den Innereien gütlich; sie beachtete oder bemerkte mich bei ihrem Mahl gar nicht. Ich konnte sie auf dreißig Schritt Entfernung mit einem einzigen Schuß zur Strecke bringen und entdeckte dann, daß dem Tier an der rechten Vorderpranke die nackten Zehenknochen aus dem Fall standen. Die Löwin hatte irgendwo, wahrscheinlich bei den Buren weiter im Norden, in der Falle gesessen und sich losgerissen, dabei aber die Krallen und die Spitze der Pranke im Eisen gelassen. Die Wunde war geheilt und hart vernarbt. Das Tier hatte nicht mehr auf gewohnte Weise jagen können, hatte sich in die sonst gemiedenen bewohnten Gebiete verlocken lassen, wo Schafe oder Kälber auch noch von einem lahmen Löwen erbeutet werden können. Du wirst das Fell sehen, Martha, wenn wir zu Haus sind; am rechten Vorderfuß fehlt ein Stück des Fells; es ist in der Falle geblieben. Um Hakane haben wir uns bemüht, alle, vor allem Andries und auch seine Frau. Ich muß sagen, ich habe den beiden im stillen manches abgegeben; sie haben sich buchstäblich Tag und Nacht um Hakane gekümmert, obgleich sie doch sonst die Schwarzen nicht für voll nehmen. Aber dem einzelnen Menschen gegenüber, den sie kennen, da gilt das nicht, da gilt dann die Bibel, die ja bei Andries immer auf der Kommode liegt. Oh, Martha, wir haben uns große Mühe gegeben. Aber ich fürchte...«

Kurt von Horsberg war bei den letzten Worten leise geworden, zögerte und vollendete den Satz schließlich kaum hörbar:
»Ich fürchte, wir schaffen es nicht. Hakane wird sterben.«
Marthas Hand griff nach der Linken des Gatten hinüber, die in lockerer Spannung die gekreuzten ledernen Zügel regierte, umspannte das Handgelenk des Mannes hart:
»Fahr zu, Kurt, fahr zu! Hakane darf mir nicht sterben. Die Mutter ist uns fortgefahren. Hakane darf uns nicht auch noch verlassen, mein alter Hakane, nein!«
Beinahe hatte sie es geschrien. Kurt begriff: Hakane und Otjikarare, das ist für Martha beinahe ein und dasselbe. Auch die Mutter hatte dazu gehört, aber doch mehr am Rand. Hakane hatte Martha mit der Steppe vertraut gemacht, hatte sie, ohne es bewußt zu beabsichtigen, das weite Sonnenland kennen und lieben gelehrt. Hakane war Otjikarare, und Otjikarare war Marthas Leben. Das begriff Kurt von Horsberg und liebte sie dafür; so war sie, so mußte sie sein.
Er faßte die Zügel fester und trieb mit hartem Ruf die Pferde an. Die Tiere verstanden den Befehl sofort und fielen in Trab.

---

Martha nahm den Kampf um das schwindende Leben ihres alten Freundes und Lehrers mit einer Tatkraft und Unbedingtheit auf, als hinge ihr eigenes Leben davon ab. Als sie zu dem Todwunden ins Krankenzimmer getreten war, hatte der fast zum Skelett abgemagerte Mann ein wenig die schweren Lider über den dunklen Augen geöffnet, hatte sie erkannt; die Ahnung eines Lächelns war über sein verfallenes Gesicht gehuscht, und er hatte geflüstert:
»Marthchen!«...
Marthchen war sie für ihn noch immer, wenn auch inzwischen an die zwanzig Jahre vergangen waren, seit sie es

wirklich gewesen. Die zwei kleinen Silben erschütterten Martha bis ins Mark – und wenn sie es bis dahin noch nicht gewußt hatte, jetzt wußte sie es: er darf mir nicht sterben, dieser wunderbare Mensch, er muß mir am Leben bleiben!...
Er blieb am Leben. Martha hatte sich neben dem Krankenzimmer einquartiert. Sie fürchtete sich nicht vor dem unvermeidlichen Schmutz und Gestank, der von dem schwerverletzten Körper ausging, dessen Funktionen doch erhalten werden mußten. Alles andere hatte in den Hintergrund zu treten, so lange der Kampf um Hakanes Leben noch nicht gewonnen war, die Kinder, der Mann, die Farm und erst recht die Ereignisse draußen in der Welt.
Bis dann die unablässige Mühe, die Tag und Nacht aufgewandte Sorgfalt Frucht zu bringen begann. Es konnte nicht mehr bezweifelt werden: Die Wunden begannen sich zu schließen, wuchsen langsam von den Rändern her zu, die Entzündungen klangen ab, das Fieber ging zurück. Hakane vermochte schon ein paar Stunden hintereinander zu schlafen. Wenn Martha die Verbände erneuerte, so brauchte er nicht mehr die Zähne zusammenzubeißen, um des Stöhnens Herr zu werden. Klar schon blickten die dunklen Augen, mit denen er Martha, wenn sie im Zimmer war, unablässig verfolgte.
Es kam ein Tag, an dem er, seiner selbst wieder einigermaßen gewiß, ohne jede Vorbereitung oder erkennbaren Anlaß bekannte: »Frau, Martha, daß ich wieder auf die Beine komme, das hast du ganz allein gemacht. Frau, du hast mich zum zweiten Mal geboren. Frau, du bist meine Mutter. Frau, das ist ein Zauber!«
Martha blickte zu ihm hinüber; sie hatte sich an dem Tischchen mit den Salben, frischen Verbänden und Desinfektionsmitteln zu schaffen gemacht. Sie erkannte in dem während der Krankheit sehr gealterten Gesicht unter dem schon ergrauenden Haar eine so tiefe Ergebenheit, Dankbarkeit,

Treue, daß es sie erschütterte. Doch ging ihr die eigene Bewegtheit gegen den Strich. Emotionen solcher Art waren ihr unbehaglich. Beinahe ärgerlich wehrte sie ab:
»Hakane, was redest du da! Das ist alter Heidenkram. Ich denke, du bist getauft und solltest es besser wissen. Selbstverständlich mußte ich dich wieder zusammenflicken. Ich werde mir doch meinen besten schwarzen Helfer nicht wegsterben lassen! Reden wir nicht weiter darüber. Aber von morgen ab können Olga und Mari umschichtig die Wache bei dir übernehmen; auf die ist einigermaßen Verlaß. Ich muß mich allmählich wieder um die Farm kümmern.«
»Ja, Frau, ganz gewiß, Frau! Otjikarare gerät ins Stolpern, wenn du nicht aufpaßt.« – Ein beinahe verschmitztes, aber auch unendlich heiteres Lächeln verklärte das zerklüftete, dunkle Gesicht; er fuhr verhaltener fort, als müßte er ein Geheimnis verraten: »Ich weiß, was ich weiß, Frau. Ich bin getauft, das ist wahr. Aber was bei uns die alten Leute weitergeben von Geschlecht zu Geschlecht, das bleibt auch wahr. Du hast mich dem Tod abgelistet. Das ist Zauber. Du bist die Meisterin über den Zauber. Ich habe es von Anfang an gewußt, selbst als du noch ein kleines Mädchen warst. Wenn ich dich auf den Schultern nach Haus trug, weil deine kleinen Beine müde geworden waren, dann ging deine Kraft auf mich über, wenn du deine Hände über meiner Stirn falten mußtest, um dich festzuhalten. Oh, Frau, ich weiß, was ich weiß!«
»Na also!« erwiderte Martha so nüchtern wie nur möglich. »Wenn du schon wieder nach deiner verdrehten Herero-Manier fabelst, dann bist du wirklich auf dem besten Wege, gesund zu werden. Mach' nur so weiter! Ich habe jetzt anderes zu tun!«
In der Tat, das hatte sie! Die Farm mochte jenseits des Waterberges am andern Ende der Welt im hohen Norden des Südwester Dornbuschs gelegen sein – ein letzter Ausläufer der fürchterlichen Lawine, die im fernen Europa ins Rollen

geraten war, erreichte Otjikarare doch. Mit halbem Ohr nur hatte Martha vernommen, daß tatsächlich in Europa Krieg ausgebrochen war, ein großer Krieg! Martha hatte im Grunde nur die Kunde zur Kenntnis genommen, daß noch am 2. August das Reichs-Kolonial-Amt nach Windhuk telegrafiert hatte: »Schutzgebiete außer Kriegsgefahr, beruhigt Farmer.«

Und Martha, die in diesen Tagen nur eine einzige Aufgabe wahrhaft anerkannte, Hakane am Leben zu erhalten nämlich, hatte sich gern beruhigen lassen, hätte doch der Wortlaut des Telegramms auf sie persönlich gemünzt sein können. Erst fünf Tage später als den Gouverneur in Windhuk hatte der Inhalt des Telegramms auch die Leute von Otjikarare erreicht, zugleich allerdings mit der Nachricht, daß Deutschland am ersten August den Russen, am dritten den Franzosen den Krieg erklärt hatte; aber für Südwest mochte das nicht viel bedeuten, denn: das Reichs-Kolonial-Amt hatte ja versichert: »Schutzgebiete außer Gefahr!« Das Amt mußte es wissen – und Martha hatte sich der alles beherrschenden Aufgabe gewidmet, Hakane gesund zu pflegen, in einem letzten und endlich erfolgreichen Aufgebot all ihrer Kraft und Umsicht.

Es war ihr wirklich gelungen, Hakane »über den Berg zu bringen«. Es würden sicherlich noch Monate vergehen, ehe er wieder seine Glieder richtig gebrauchen konnte. Wahrscheinlich würde er für den Rest seines Lebens hinken müssen, und sein linker Arm würde vielleicht nicht mehr recht zu gebrauchen sein. Aber er war am Leben geblieben. Sie, »der Farmer«, der vom Reichs-Kolonial-Amt beruhigte, sie hatte ihm das Leben zum zweiten Mal geschenkt. Martha konnte ihr Nachtquartier wieder in das eheliche Schlafzimmer zurückverlegen. Hakane würde ihr und der Farm erhalten bleiben. Ihn wenigstens hatte sie für Otjikarare gerettet, wenn auch die Mutter verlorengegangen war. Aber Hakane war wichtiger! Martha spürte Scham bei diesem Gedanken,

aber seine Wahrheit abzustreiten – soweit es sich um Otjikarare handelte –, das vermochte Martha nicht.
Als sie endlich wieder, so erschöpft, als wäre sie ausgehöhlt, für Mann und Kinder ansprechbar wurde, als sie Kurt von der »ein bißchen verdrehten« Ansprache Hakanes berichtete, meinte ihr Mann, erläutern zu müssen:
»Ganz unrecht hat Hakane nicht, glaube ich, Martha. Er ist nicht so sehr durch deine Salben und Verbände geheilt worden, sondern durch deinen nackten Willen, ihn nicht umkommen zu lassen, nachdem er wegen eines deiner Kälber zu Schaden gekommen war. Selbst noch in seiner Bewußtlosigkeit wird er deinen Willen, deine ausschließlich auf ihn gerichtete, keine Bedenken kennende Fürsorge gespürt haben. Ohne dich wäre er längst begraben. Das stimmt schon, Martha!«
»Nun, vielleicht, Kurt! Er blieb am Leben, das ist die Hauptsache. Und ich bin jetzt so müde, daß ich vierundzwanzig Stunden hintereinander schlafen könnte. Es waren keine leichte Wochen, Kurt.«
»Ich weiß es. Lege dich nur schlafen. Ich werde deine Ruhe bewachen wie ein Zerberus. Ich werde Mari und Paula einweisen, deine Rolle am Krankenbett zu übernehmen. Und die Kinder werden sich vorläufig gedulden müssen.«
»Ja, Kurt. Ich danke dir. Und was ist mit dem Krieg? Weißt du etwas Neues?«
»Nichts! Ich glaube, wir können uns auf das Telegramm des Kolonialamts verlassen, daß wir hier in der Kolonie weit vom Schuß bleiben.«
Weit vom Schuß? Kurts Glaube hielt nicht Stich. Als Martha spät am nächsten Morgen aus langem, tiefem Schlaf erwacht war und ein Bad genommen hatte, fand sie bei der Rückkehr ins Schlafzimmer den Ehemann vor; Kurt hatte sich am Fußende ihres Bettes niedergelassen, hatte auf sie gewartet. Er blickte Martha mit großen, ernsten Augen entgegen, als

sie, in ein Badetuch gehüllt, wieder ins Schlafzimmer zurückkehrte. Er hielt einen zerknitterten Briefbogen in der Hand. Ein eisiger Schrecken durchfuhr die Frau. Sie griff mit der Hand nach ihrem Herzen. Das Badetuch entglitt ihr dabei und fiel. Sie achtete nicht darauf. Sie nahm das Papier entgegen, das er ihr wortlos reichte. Und während sie las, trank er noch einmal das Bild des makellosen Leibes in die innerste Schatzkammer seines Hirns, seines Herzens: wie schön sie war, wie vollkommen, ganz ohne Fehl, sie, Martha, seine Frau! Wie ein Blitz fuhr es ihm durch den Kopf: Ihr allein verdanke ich mein Leben, mein Glück, ihr allein, ich nicht viel anders als Hakane.
Sie hatte gelesen. Sie reichte ihm das Papier zurück. Er überflog den kurzen Text noch einmal, um seine Augen abzuwenden. Sie beugte sich zu Boden und schlug das Badetuch wieder um Schultern und Hüften – ohne Eile; er war ihr Mann.
Er las das Schreiben laut vor wie unter einem Zwang; es war in deutlicher Kanzleischrift, aber offenbar hastig zu Papier gebracht worden.

»Generalkommando der Schutztruppe  Windhuk
                am 7. Aug. 1914
An den Hauptmann der Reserve,
Herrn Kurt von Horsberg,    Otjikarare
              über Otjiwarongo
Gestellungsbefehl
Nachdem Groß-Britannien dem Deutschen Kaiserreich am 5. August d. J. den Krieg erklärt hat, also auch für das Schutzgebiet die Gefahr eines bewaffneten Überfalls vom britischen Südafrika her gegeben ist, hat der Gouverneur für den Bereich des Schutzgebiets am 6. August den Kriegszustand erklärt und am 7. August die allgemeine Mobilmachung auch der Reserve, der Landwehr und des Landsturms angeordnet.

Sie haben sich deshalb unverzüglich und auf schnellstem Wege in voller Ausrüstung – soweit vorhanden – auf obigem Generalkommando zu melden, um weiteren Einsatzbefehl entgegenzunehmen.
    gez. von Heydebreck, Kommandeur der Schutztruppe
                    i. a. Marske, Uffz.«

Kurt von Horsberg faltete das Papier langsam, wie nachdenklich, zusammen und ließ es in seiner Brusttasche verschwinden. Er hob den Kopf, blickte auf und geradewegs in die weit aufgerissenen Augen seiner Frau. Lange ließen sie ihre Augen ineinander ruhen, bewegungslos, hielten stumme Zwiesprache miteinander, so enge, wie selten zuvor. Fester nahm Martha das große weiße Badetuch vor ihrer Brust zusammen und ließ sich neben ihrem Mann auf den Bettrand nieder. Sie flüsterte:
»Heute reitest du noch nicht, Kurt. Das können sie nicht erwarten. Morgen erst! Eine Nacht ist noch unsere. Ich begleite dich morgen zur Bahn! Deine Sachen liegen ja wie immer in der Militär-Truhe bereit.«
Er legte den Arm um ihre Schulter und zog sie dichter an sich heran: »Gewiß, Martha! Wenn ich wenigstens glauben könnte, daß die ganze Geschichte einen Sinn hätte! Aber sie hat keinen Sinn. Selbst wenn wir kämpfen wie die Löwen – und wie ich Heydebreck, Franke und die andern kenne, werden sie das tun, ›viel Feind, viel Ehr‹, weißt du! – was soll für uns gegen solche und dazu noch eine viel besser ausgerüstete Übermacht mit gesichertem Nachschub anders zu erwarten sein als die Niederlage oder der Untergang! Ich gebe uns hier, wenn die Seewege nicht offen gehalten werden können – und wie soll uns das gelingen! –, allerhöchstens ein Jahr, ein Jahr hinhaltenden Rückzugs; dann ist es aus. Der Krieg wird in Europa entschieden, nicht hier. Unsere Aufgabe kann es nur sein, für einige Zeit Kräfte des Gegners zu binden. Ich mache mir keine Illusionen...«

Martha lehnte ihren Kopf an seine Schulter und drängte sich an ihn. So zärtlich zu sein, war ihr nur selten gegeben. Jetzt, da er ihr genommen wurde, um dorthin geschickt zu werden, von wo er zu ihr gekommen war, damals allem Anschein nach nur noch zu einem halben Leben fähig, dorthin, wo sich Männer auf Befehl tödliches Blei in den Leib jagen – jetzt spürte sie, daß sie diesen guten, treuen Mann, den sie sich errungen, den sie gesund gemacht hatte, daß sie Kurt von Horsberg liebte. Seine Kinder hatte sie empfangen, seine mehr als die ihren, denn ihr Sinn war ja stets vor allem anderen auf Otjikarare gerichtet. Wer sonst hätte Otjikarare versehen sollen! Sie war der Farmer, und Kurt hatte sich gern und mit viel Geduld und Verständnis um die Kinder gekümmert. Wenn er ihr jetzt genommen wurde, wie sollte sie allein die Farm, die Rechnungsbücher, die Kinder ... und Hakane noch auf lange arbeitsunfähig, nur mit Piet und Andries ... aber die beiden und ihre Frauen – es fiel Martha plötzlich mit Zentnerlast auf die Seele – die beiden waren ja keine Deutschen, waren Buren, also Südafrikaner, englische Untertanen, »Feinde« mit einemmal –? Gar nicht auszudenken, was das bedeuten mochte!

Sie warf den Kopf auf:

»Das geht nicht, Kurt! Man kann dich nicht einfach von heut auf morgen abrufen. Was soll aus mir, aus uns, aus Otjikarare werden? Du bist gesund, so lange du hier deine gleichmäßige Pflege und geregelte Tätigkeit hast. Für die Soldaterei reicht deine Kraft nicht aus. Es ist heller Wahnsinn, dich mir wegzunehmen!«

Kurt richtete sich auf, als müßte er sich von ihr befreien:

»Wird wohl so sein, Martha! Aber diese Einsicht nutzt uns nichts. Ich bin Hauptmann der Reserve und habe genauso zu parieren wie der letzte Landsturmmann, der kaum noch krauchen kann. Was Krieg bedeutet, habe ich bereits erfahren. Es hätte mir genügt. Mir bleibt keine Wahl, Martha. Morgen muß ich reiten. Morgen früh, nicht heute!«

Morgen früh, nicht schon heute! Dazwischen lag die Nacht, eine letzte Nacht. Am Tag davor war noch viel zu verrichten, zu ordnen. Zum Nachdenken kamen weder Mann noch Frau.
Und dann die Nacht des Abschieds. Es war, als ahnten sie beide, daß die gemeinsamen Jahre – nur sechs Jahre, die nur sehr langsam und zögernd zur Blüte gediehen waren – nur ein Zwischenspiel gewesen und schon vergangen waren.
Am Morgen danach ritten sie zusammen zur Bahn. Das dauerte viele Stunden. Rings um sie her flüsterte, wogte der unendliche Busch im harten Wind. Kühl umfloß die Luft ihre Stirnen, beinahe kalt. Die Pferde regten sich kräftig in der glasklaren, herbe duftenden Strömung. Sie sprachen nicht viel. Was war noch wichtig in diesen allerletzten Stunden? Nichts, außer der Tatsache, daß sie noch beieinander waren, daß ihre Knie sich zuweilen berührten, wenn die Pferde sich drängten.
»Mein Kurt, komm wieder!« rief sie ihm noch zum Abteilfenster hinauf, als der Zug schon anruckte. Sie ging ein paar Schritte neben dem anrollenden Wagen her, blieb dann stehen und hob die Hand zum Gruß. Tränen stürzten ihr übers Gesicht. So hatte er sie noch nie weinen sehen.

---

Er kam nicht wieder.
Als einziges flatterte Anfang September ein kurzer Brief nach Otjikarare, in welchem Horsberg merkwürdig knapp und nüchtern mitteilte, daß er nach seiner Ankunft in Windhuk sofort dazu befohlen worden wäre, die von weither anströmenden Reservisten, Farmer, Handwerker, Händler in Empfang zu nehmen, einzukleiden, auszurüsten und den aktiven Abteilungen der Schutztruppe zuzuteilen. Das Durcheinander wäre scheußlich, da Vorbereitungen für den Ernstfall

überhaupt nicht getroffen waren. Er hätte zwanzig Stunden am Tag in äußerster Anspannung tätig sein müssen und hätte dabei weder die Zeit noch die innere Ruhe gefunden, einen vernünftigen Brief zu schreiben. Jetzt endlich wäre einigermaßen Ordnung hergestellt; er wäre dem »Regiment« v. Rappard zugeteilt und würde sich nun sofort in den äußersten Süden der Kolonie auf den Weg machen müssen. Dort würde der erste Zusammenstoß mit den Streitkräften des Feindes erwartet. Der kurze, offenbar sehr hastig hingeworfene Brief – man sah es der Schrift an – schloß mit den Worten:

»Es wird sicherlich lange dauern, liebe Martha, ehe Dich aus dem Süden wieder ein Brief von mir erreicht. Ich gebe die Hoffnung nicht auf. Ich umarme Dich, Martha. Ich küsse in Gedanken Dich und die Kinder.

Dein Kurt«

Worauf er wohl hoffen mochte? fragte sich Martha. Auf die Heimkehr natürlich. Was sonst! Der Kopfschmerz, den er hier seit Monaten nicht mehr erlebt hat, der fürchterliche Kopfschmerz aus dem vorigen Krieg wird ihn wieder überfallen haben. Ich merke es seinen mageren Sätzen an und der fahrigen Handschrift. Hätten sie ihn nicht in Ruhe lassen können! In ihrer Nähe und Pflege war er gesund geblieben. Die Belastungen eines neuen Feldzuges würde er nicht überstehen, selbst wenn er den Kugeln entkommen sollte. Sie spürte es, knüllte das Blatt Papier zu einem Knäuel zusammen und warf es in eine Ecke; ein würgender, hilfloser Zorn hatte sie plötzlich übermannt.
Sie faßte sich schnell. Der Zorn half nicht weiter. Und es war ja sein Brief. Trotz der Schmerzen, die ihm den Kopf zu sprengen drohten, hatte er die Zeilen zu Papier gebracht. Sie bückte sich, sammelte den Bausch Papier wieder auf und glättete das zerdrückte Briefblatt. Sie merkte gar nicht, daß

sie das Papier schließlich nicht nur glättete, sondern gedankenabwesend streichelte, sehr sanft.
Langsam begannen ihre Gedanken wieder zu fließen: Du bist in Windhuk genauso durch die Mühle gedreht worden, Kurt, wie ich hier auf der Farm, wo ich alles allein machen muß. Die Kinder kommen längst zu kurz dabei. Wenn nur Hakane bald wieder arbeitsfähig würde! Die beiden Buren und ihre Frauen – hoffentlich halten die wenigstens aus! Sie seufzte, verschloß den Brief in ihrem Tisch und trat auf den Hof hinaus. Otjikarare verlangte sein Recht. Das hörte nie auf. Aber du fehlst mir, Kurt, du fehlst mir. Ich wollte es bisher nicht wahrhaben. Wie du mir fehlst!

---

Gegen Ende Oktober hielt Martha wiederum einen Brief in den Händen, zögerte, ihn zu öffnen. Ein verwischter Stempel auf der Rückseite des Umschlags verriet den Absender: »Kaiserliche Schutztruppe. Der Kommandeur.«
Was hatte ihr der Kommandeur mitzuteilen? Warum schrieb nicht Kurt selbst?
Was fragte sie noch! Ihr war das Urteil schon gesprochen. Es wurde ihr nun verkündet.
Sie strich sich eine Strähne ihres Haars aus der Stirn, griff nach dem Messerchen, das als Brieföffner auf Kurts Schreibtisch bereit lag, schlitzte den Umschlag auf, zog den Briefbogen heraus, entfaltete ihn und trat damit ans Fenster, als brauchte sie besonders viel Licht, die wenigen Zeilen des Schreibens ja nicht mißzuverstehen. Sie las:

»10. Oktober 1914
im Felde

Verehrte Gnädige Frau!
Es ist mir eine schmerzliche Pflicht, Ihnen mitteilen zu müssen, daß Ihr Gemahl, Hauptmann d. Res. Kurt v. Hors-

berg, am 26. Sept. in dem Gefecht bei Sandfontein gefallen ist. Er erlag einem Kopfschuß und hat nicht zu leiden brauchen. Mit ihm starb der Kommandeur seiner Formation, Major v. Rappard. Das Gefecht schloß mit einem klaren Sieg unserer Waffen. Hauptmann v. Horsberg hat sich während der Kämpfe durch besondere Tapferkeit ausgezeichnet. Ich habe ihn daher zum E. K. I. vorgeschlagen. Die Auszeichnung, verehrte Gnädige Frau, wird Ihnen direkt übersandt werden. Ihr Gemahl ist, wo er fiel, mit weiteren gefallenen Kameraden beerdigt worden.
Mit dem Ausdruck meiner aufrichtigen Trauer und Teilnahme verbleibe ich, verehrte Gnädige Frau,

Ihr sehr ergebener
v. Heydebreck
Oberstleutnant«

Martha stand und starrte zum Fenster hinaus. Der Briefbogen war ihr aus den Händen geglitten und war auf die abgewetzte Platte des Schreibtisches genau dort zu liegen gekommen, wo Kurt gewöhnlich das Kontobuch aufgeschlagen oder seine Notizen gemacht hatte. Es war, als hätte er die Todesnachricht selbst verfaßt und an seinem Arbeitsplatz niedergelegt, säuberlich und gerade ausgerichtet, wie es seine Art war.
Martha nahm es wahr; es weckte sie und verwirrte sie. Auf den harten Stuhl ließ sie sich niedersinken, auf dem er fast ein halbes Dutzend Jahre beinahe Tag für Tag gesessen und gearbeitet hatte, gearbeitet nach seinen besten Kräften für sie, die Kinder – für Otjikarare.
Für Otjikarare, ja!
In dieser Stunde fragte sich Martha zum ersten Mal ganz bewußt: Ist die Farm es wert, daß mein ganzes Sinnen und Trachten sich um sie dreht? Mutter hat sich diesem Zwang nicht länger unterwerfen wollen und ist fortgegangen, um wieder ihr eigenes Leben zu leben. Kurt hat sich ihm

unterworfen, weil ich ihm unterworfen war und weil er mich liebte; daß es so war, das weiß ich nun. Auch Vater hat mit seinem Leben gezahlt, für die Farm, für Südwest. Und Hakane, der für den Rest seines Lebens hinken wird, und sein linker Arm wird nicht mehr voll zu gebrauchen sein!...
Lohnt sich das alles?...
Sie warf nach einer Weile den Kopf auf: Eine Gewinn- und Verlustrechnung läßt sich da nicht aufmachen. Ich bin der Farmer. Ich bin Otjikarare. Meine Kinder sind hier geboren. Ihr Boden ist es und meiner. Wo sonst sollen sie hin, die Kinder, Kurts Kinder und meine? Sie haben keinen anderen Ort, dem sie zugehören, als diesen hier, genau wie ich! Otjikarare bleibt, wer und was auch sonst kommen und gehen mag.
Sie erhob sich: Die Arbeit geht weiter, an der Farm und für die Farm. Das ist das Wichtige. Wo Piet bleibt? Er müßte vom Wasser 4 schon zurück sein, um mir zu berichten. Morgen müssen wir damit anfangen, die Jährlings-Kälber auszusondern. Und ich muß kontrollieren, ob die letztgeborenen Karakul-Lämmer schon in die Zuchtkladde eingetragen sind. Kurt war darin ganz genau. Wie du mir fehlst, Kurt!
Nur einmal noch ließ sie sich von ihrem Schmerz übermannen: Sie hob den kleinen Wilhelm aus seinem Körbchen; er hatte ihr gesund und höchst vergnügt entgegengekräht. Hakanes Nichte Olga, das Kindermädchen, hatte daneben gestanden, ein breites Lächeln über dem guten schwarzen Gesicht. Auf Olga war Verlaß, Gott sei Dank!
»Wilhelm, mein Kleiner! Dein Vater lebt nicht mehr, wie mein Vater nicht mehr lebt, dessen Namen du trägst. Du wirst deinen Vater nie kennenlernen, Söhnchen. Wenn sie mir das Eiserne Kreuz erster Klasse schicken – was soll das? In dein Körbchen, Helmlein, will ich es hängen, damit du damit spielst. Was wäre sonst damit anzufangen!«
Sie drückte das Kind heftig an sich. Eine Träne löste sich aus ihrem Augenwinkel. Das Kind bemerkte es; sein Gesicht-

chen wurde ernst. Mit dem kleinen Zeigefinger tupfte es die Träne auf und verwischte sie auf der Wange der Mutter. Der kleine Mund des Kindes verzerrte sich jämmerlich. Das Elend der Mutter floß über in sein winziges Herz.
»Nicht weinen, mein Kleiner, nicht weinen! Mutter bleibt ja da!«
Sie streichelte das Köpfchen mit dem schon dunkelnden Haar.
»So, Olga, nimm mir Wilhelm wieder ab; setz' ihn ins Ställchen, damit er seinen Kummer vergißt. Und damit du es gleich weißt, der Baas ist tot, kommt nicht wieder. Krieg ist. Wir müssen allein fertig werden. Und paß auf, daß Floriane sich nicht wieder im Hof in den Sand setzt und darin wühlt. Der Hof ist nicht sauber.«
Olgas Gesicht war grau geworden unter der kaffeebraunen Haut. In ihren Augen stand Entsetzen:
»Oh, Frau, Frau, oh! Kein Vater mehr für die Kinder!«
»Aber eine Mutter!« murmelte Martha, während sie die Tür des Zimmers hinter sich ins Schloß fallen ließ.
Auch Hakane sollte gleich unterrichtet werden; er hätte eigentlich als erster Anspruch darauf gehabt. Er saß auf der Bettkante, dürr und kraftlos noch; aber die Augen blickten schon blank.
»Frau, lange dauert es nicht mehr, dann bin ich wieder im Gange. Dann werde ich wieder aufpassen, daß die Schwarzen nichts versäumen. Ich weiß ja, welche Arbeit immer an der Reihe ist.«
»Ja, Hakane, auf dich kann ich mich verlassen. Die Arbeit muß weitergehen wie immer, Hakane!«...
Sie ging auch weiter – viel Zeit, nachzudenken, blieb nicht übrig –, ging weiter Woche für Woche, Monat für Monat. Vieh wurde verkauft, schneller und günstiger als zuvor. Die kämpfende Truppe brauchte Proviant. Die Karakul-Fellchen allerdings waren nicht abzusetzen, mußten mit Sorgfalt gespannt, getrocknet, gesalzen, gestapelt werden; vielleicht

waren sie später zu Geld zu machen, wenn sie inzwischen nicht verdarben. Ewig konnte auch dieser Krieg nicht dauern.

Der Krieg würde ja nicht in Südwest, sondern auf den Schlachtfeldern in Europa entschieden werden. Von dort war nicht viel zu erfahren. Allerdings war das unter dem Kommando des Grafen Spee stehende ostasiatische Geschwader der deutschen Kriegsmarine Anfang Dezember 1914 bei den Falkland-Inseln von überlegenen britischen Seekräften vernichtet worden; Graf Spee war dabei den nassen Seemannstod gestorben. Von irgendwoher war das auch in Südwest bekannt geworden, obgleich schon seit August keine Funkverbindung mit Deutschland mehr bestand.

Nach Otjikarare gelangten solche Nachrichten mit großer Verspätung, aber sie kamen an. Für Martha war mit Kurts Tod der Krieg in Südwest ohnehin entschieden. Nun gab es kein Kriegsschiff-Geschwader mehr, das die Südwester Küste hätte abschirmen können. Hatte Kurt nicht von Anfang an gesagt, daß Südwest nicht zu halten sein würde? Es war auch nicht zu halten. In Otjikarare wurde bekannt, daß die Schutztruppe einen stets größer werdenden Teil des Schutzgebiets Südwest gegen die weit stärkere Truppenmacht aus dem britischen Südafrika aufgeben mußte und sich langsam nach Norden zurückzog. Zu größeren Kampfhandlungen war die Schutztruppe nicht mehr fähig, nachdem sie einmal – bei Sandfontein, wo Horsberg gefallen war – deutlich gesiegt, 250 Gefangene gemacht, den geschlagenen Gegner aber nicht mehr hatte verfolgen können.

Die Fronten – soweit man in diesem über weite, leere Entfernungen geführten Buschkrieg überhaupt von Fronten sprechen konnte – verlagerten sich Schritt für Schritt nach Norden – zur Nordgrenze des ehemaligen Herero-Landes. War nicht auch im Herero-Krieg die entscheidende Schlacht im Norden, am Waterberg, geschlagen worden? Bahnte sich

in diesem Krieg von Weißen gegen Weiße nicht etwas Ähnliches an? Denn weiter im Norden blieb den schon stark zusammengeschmolzenen deutschen Truppen kein Bewegungsraum mehr, gelangten sie doch dort in die menschenleeren Gebiete des Sandveldes und der Etoscha-Pfanne, in denen größere Einheiten nicht mehr zu versorgen waren.
Martha verrichtete ihr Tagewerk mit unveränderter Energie; es tat ihr nur gut – so meinte sie selbst –, wenn sie bis in die Nächte hinein zu arbeiten hatte, draußen im Busch, drinnen am Schreibtisch – an dem Platz, den Kurt mit so viel Sorgfalt verwaltet hatte. Es hat keinen Sinn, daß ich mich sorge! Wenn Otjikarare diesmal wieder vom Krieg verschlungen wird, wie es schon einmal geschehen ist – ich bin außerstande, etwas dagegen zu unternehmen. Ich habe lediglich weiterzumachen, so gut es geht. Geht es nicht gut, so will ich mir nichts vorzuwerfen haben. Wir liegen immerhin recht abseits. Vielleicht bleibt uns diesmal das Schlimmste erspart.

---

Am 19. Juni des Jahres 1915 zog von Südwesten her eine Abteilung der Schutztruppe unter dem Befehl des Hauptmanns v. Kleist – drei schwache Kompanien und vier Maschinengewehre – in deutlich erkennbarer Hast über das Gebiet von Otjikarare nach Nordosten. Martha fand keine Gelegenheit, mit dem Führer der Truppe zu sprechen; er war der Kolonne weit voraus, wollte wahrscheinlich die Auffangstellung, welcher er laut Befehl zustrebte, so früh wie möglich kennenlernen. Doch meldeten sich einige Nachzüglicher des »Regiments v. Kleist« (das in Wahrheit längst kein Regiment mehr war, sondern nur so genannt wurde, um dem Gegner vorzutäuschen, daß die deutsche Truppe der Zahl nach stärker war, als es der ziemlich jämmerlichen Wirklichkeit entsprach). Die Nachzügler hatten mit dem Gros der Kleistschen Abteilung nicht Schritt halten können, da ihre überanstrengten Pferde dem scharfen Tempo der Hauptmasse des »Regiments« nicht mehr gewachsen waren. Martha ließ die Pferde gern sich satt saufen und auch an Heu und einigen Rationen Hafer sattfressen, den sie eigentlich als »eiserne Ration« für ihre Reitpferde aufbewahrt hatte. Auch die Reiter, junge aufgeweckte Soldaten, schienen überaus erschöpft zu sein; es kostete Martha nicht allzuviel Mühe, die ohnehin von ihren Pferden abhängigen Männer zu überreden, sich und den Tieren auf der Farm für eine Nacht Ruhe zu gönnen. Die einzige Charge, die sich unter dem versprengten Haufen befand, ein Unteroffizier, ließ sich von Martha ein wenig ausfragen. Ja, das Regiment sollte die Gebirgsdurchgänge bei Asis und Guchab sichern, dazu die von diesen Orten auf Okomukanti, Esere, Osondema führenden Wege; außerdem sollte die Truppe zum Omuramba Ondongaura hinüber aufklären. Die Entscheidung, so der Unteroffizier Wenzel, der die Karte gut im Kopf zu haben und gewohnt zu sein schien, sich intelligente Gedanken zu machen, die Entscheidung würde wohl nicht von seiner Formation auszufechten sein, sondern viel weiter im Nordwesten fallen – bei Otavi und Otavifontein. Seine Truppe hätte schon seit Tagen keine Feindberührung gehabt. Aber von Westen wäre ganz schwach Kanonendonner zu vernehmen gewesen.

Martha hatte genug erfahren. Sie hätte dem Unteroffizier und den Leuten gern ein Nachtquartier auf der Farm bereitet. Aber die Soldaten zogen es vor, nachdem sie sich eilig gewaschen, nachdem sie gegessen und getrunken hatten, weit draußen im Busch zu kampieren – abseits der breiten Fährte ihrer Hauptabteilung, mit den eifrig kauenden Pferden ganz nahebei. Vor Tau und Tag wollten sie wieder unterwegs sein; dann würden die Pferde wieder marschieren. Martha sagte sich: sie sind in Wahrheit auf der Flucht, aber noch sind sie Soldaten und gehorchen, sie wollen so früh wie möglich wieder zu ihrer Einheit stoßen.

Sie sagte sich weiter: die Engländer werden den einzelnen deutschen Abteilungen sicherlich Patrouillen hinterherschicken, um den deutschen Aufmarsch zu beobachten. Die breite Spur der drei berittenen Kompanien können sie nicht verfehlen. Vielleicht bekomme ich also noch in diesen Tagen britischen Besuch. Gut nur, daß ich mit den Resten meines Hafers deutsche Pferde stärken konnte! Was jetzt noch übrig ist, das verstecke ich, damit ich für die eigenen Pferde ab und zu einen Leckerbissen bereit habe. – Also bei Otavi oder Otavifontein soll der Schlußakt dieses Krieges um Südwest stattfinden, nicht allzu weit von uns hier auf Otjikarare, aber doch weit genug, daß man höchstens Kanonendonner hören wird, wenn überhaupt etwas zu hören sein wird. Anders war es nicht, als vor zehn Jahren am Waterberg die Herero geschlagen wurden. Damals hatte ich mit Mutter nach Grootfontein fliehen müssen und war gar nicht hier. Diesmal habe ich den Vorzug, die Feinde persönlich empfangen zu dürfen. Darauf muß ich mich vorbereiten. Ich darf den Umkreis der Farm nicht verlassen. Die Engländer werden mir hoffentlich nicht wieder das Haus über dem Kopf anstecken.

Seit Martha den abgehetzten deutschen Reitern in verschwitzten Uniformen Quartier geboten und ihren vor Schwäche stolpernden Pferden ein wenig auf die Beine geholfen hatte, war sie in eine merkwürdige Lässigkeit, beinahe Gleichgültigkeit hinübergeglitten, zugleich aber auch zur Ruhe gekommen wie seit langem nicht mehr. Für sie war die Entscheidung bereits gefallen: Südwest ging verloren; Kurt hatte es richtig vorausgesagt.

Was kaum je vorkam, jetzt geschah es: Sie spürte nicht mehr den sonst unausweichlichen Zwang, sich um die hundert Einzelheiten des alltäglichen Farmbetriebs zu kümmern. Sie hatte sich auf der Veranda in einem Lehnstuhl niedergelassen, blickte in die Weite. Ihre Hände lagen im Schoß:

Wer weiß, was morgen sein wird? Ich weiß nur, daß vorbei ist, was gestern war. Ich muß nachdenken, endlich einmal in

Ruhe nachdenken. Wie allein ich bin, unbeschreiblich allein! Eigentlich müßte ich mich fürchten, ich, die einzige Deutsche auf Otjikarare – und die Kinder natürlich! Aber die sind noch winzig, zählen noch nicht.
Fürchte ich mich? Nein, ich spüre keine Furcht. Wie sollte ich –! Otjikarare ist meine Heimat. Deutsche – ich? Mutter war »deutsch« und Mechlin. Jetzt hört Südwest auf, deutsch zu sein; vielleicht für immer. Ich kenne es nur als Südwest, als Afrika. Von Deutschland weiß ich nur, was man mir in der Schule davon erzählt hat. Andries und Piet sind sowieso keine Deutschen, gehören längst zu Otjikarare wie ich. Und auch Hakane, der mir die Schwarzen in Ordnung hält. Gott sei Dank, daß er mir wieder gesundet! Solange er mir zur Seite steht, brauche ich von keinem Schwarzen etwas zu befürchten. Aufsässigkeit gegen Weiße, gegen mich, wird es auf Otjikarare nicht geben. Auch Hakane ist Otjikarare. Nein, warum sollte ich mich fürchten! Otjikarare ist um mich her. Das darf sich nicht ändern. Hier bin ich sicher – und die Kinder sind sicher. Ich bin allein – und nicht allein, denn ich bin dort allein, wo ich hingehöre!
Ein tiefer Seufzer löste sich aus ihrer Brust. Sie hätte nicht angeben können, wie lange ihre Gedanken auf Wanderschaft gewesen waren. Sie richtete sich auf aus dem allzu bequemen Stuhl. Habe ich womöglich geschlafen? Sie lächelte: das kann also auch mir passieren! Wenn ich mich wirklich fürchtete, wären mir wohl kaum die Augen zugefallen. Ich bin allein, so allein wie man nur sein kann – aber wie hieß das doch damals in der obersten Klasse? »Der Starke ist am mächtigsten allein!« – Von Schiller, glaube ich, möchte es aber nicht beschwören. Solche Schulweisheiten haben es in sich, stimmen sogar manchmal. Und auf großartigere Weise allein zu sein, als ich es hier bin, von wo aus man weit sehen kann, das gibt es nirgendwo!
Sie erhob sich aus dem Liegestuhl – sie mochte es nicht, wenn ihr die Glieder steif wurden – und trat an die Brüstung

der Veranda, um die Blicke ins Weite schweifen zu lassen, in die längst unendlich vertraut gewordene Weite, der man doch niemals überdrüssig wurde. Ihr wurde bewußt: Soweit ich's von hier aus übersehen kann, gehört alles Land zu Otjikarare, zu meinem Otjikarare! Was will ich mehr? Darüber hinaus: nichts!
Was war das da hinten – am Buschrand des zweiten, noch immer zu drei Vierteln gefüllten Stausees? Die trockene Jahreszeit, auf deren Höhe man sich gerade befand, hatte dem Wasservorrat noch nicht viel anhaben können. Bewegung in den Gebüschen, auch noch weiter hinten. Vieh konnte das nicht sein; das hielt sich um diese Tageszeit, spät am Vormittag, nicht so nah am Wasser; dort war die Weide dürftig und zertreten; es stand weiter weg im Busch, wo noch gutes, wenn auch längst trockenes Gras zu finden war. Wild konnte es erst recht nicht sein; das wagte sich erst nach dem Vieh, spät in der Abenddämmerung, ans Wasser.
Martha griff nach dem Fernglas, für das Kurt an der Verandawand noch von Mechlin eine kleine Konsole hatte bauen lassen, um es stets zur Hand zu haben.
Da waren sie also, fremde Reiter! Hielten sich vorsichtig in der Deckung hoher Büsche. Englische Soldaten, die sich vergewisserten, ob die Farm noch von deutschen Truppen besetzt wäre.
Martha war mit einem Schlage hellwach: Ich weiß natürlich nicht, ob sie schießwütig sind oder nicht. Sollten sie nervös sein, so knallen sie plötzlich los, wenn sich im Haus oder auf dem Hof etwas regt. Ich muß ihnen bedeuten, daß sie hier nur mit einer Handvoll Neger, Buren, Kinder und einer »armen, alleinstehenden Witwe« zu rechnen haben. Vielleicht werden sie dann zutraulich und lassen vernünftig mit sich reden. Auf meiner Farm wird nicht herumgeschossen!
Sie wandte sich ins Haus zurück, durchschritt eilig den Hauptraum und erreichte die Hofseite des Wohngebäudes, wo sie gegen Sicht vom Busch hangab gedeckt war. Ein guter

Zufall wollte es, daß sie gerade Piet erwischte, der aus der Werkzeugkammer trat:
»Piet, die Engländer sind da. Ich will ihnen entgegenreiten und ihnen Otjikarare freundschaftlich übergeben, damit kein Unheil angerichtet wird. Tu mir den Gefallen und sattle mir meinen alten Falben, aber mit dem Damensattel. Der Falbe macht mir unter dem Damensattel keine Dummheiten mehr. Im Damensattel mache ich bei den Engländern einen besseren Eindruck, als wenn ich im Herrensitz angetrabt komme. Und sage allen unseren Leuten Bescheid: sie sollen sich in den Häusern und Hütten halten, bis ich mit den Eroberern, den sogenannten, wieder da bin und die Erlaubnis gebe, sich wieder zu zeigen.«
Piet, erschrocken zunächst, schenkte ihr einen bewundernden Blick. So war sie, die Frau. Sie regierte! Er beeilte sich, dem Falben den Damensattel aufzuschnallen und führte das Pferd vor, ließ die Frau in seine verschränkten Hände treten und hob sie in den Sattel. Sie setzte sich zurecht. Das Kleid –?
Das Kleid war lang genug, wenn auch kein vorschriftsmäßiges Gewand für den Damensattel (den Martha sonst so gut wie nie benutzte, denn im Busch und hinter halbwildem Vieh her saß man darin nicht fest genug). Der alte Falbe trug Martha auch im Damensattel sicher, freute sich über die Abwechslung von dem langweiligen Gnadenbrot, das er genoß.
»Piet, sieh das Pferd und mich noch einmal genau an. Ist alles in Ordnung? Sehen wir korrekt aus?«
Piet trat zwei Schritte zurück. Schier mit Ehrfurcht in der Stimme:
»Ja, Frau! Alles in Ordnung! Aber, Vorsicht, Vorsicht! Sie bieten ein großes Ziel und haben keinen Schutz!«
Jetzt lachte Martha sogar zu dem klobigen Mann hinunter:
»Eben, Piet! Darauf kommt es mir an! Sie sollen sich mit ihrer Kriegsspielerei lächerlich vorkommen. Also trete ich auf, als ritte ich im Park spazieren. Keine Angst, Piet! Die da unten

im Busch liegen und uns belauern, werden genauso erschöpft und verschwitzt sein wie es die deutschen Reiter waren, die gestern vor Sonnenaufgang abzogen.«
Der Falbe setzte sich auf einen leisen Zügelnachlaß in Bewegung, brauchte nicht gelenkt werden, nahm den breit ausgetretenen Pfad hangab zu den Wasserstellen unter die Hufe. Das Tier ließ ein paar Male die Ohren spielen, behielt aber seinen ruhigen, weit ausholenden Schritt unbekümmert bei, obgleich sich Martha mehrmals in dem ungewohnten Sattel zurechtsetzen mußte.
– Hab' gar keinen rechten Schluß mit dem Pferd; das Knie dauernd angespannt um den hohen Sattelknauf zu halten, ist alles andere als bequem. Aber mein guter alter Falbe nimmt geduldig hin, was ich ihm zumute. Mache einen schönen, runden Hals, Falber, und einen schönen, runden Schwanz. Ich gebe mir auch Mühe. Wir müssen aussehen wie Englands Königin, wenn sie die Parade abnimmt. Wenn's uns auch schwerfällt!
Es wollte Martha nicht gelingen, die Situation ernst zu nehmen, in die das Schicksal sie entführt hatte.
Sehr aufrecht, in makelloser Haltung, ritt sie auf dem schönen, leicht gebauten, wenn auch schon etwas steifen Falben die zweite Wasserstelle, die sie einst als halbes Kind mit dem Namen Kahitjene geschmückt hatte, der Länge nach entlang. Ihren scharfen Augen entging es nicht, daß hinter dem Staudamm einige Schützen lagen, dicht an die schräge Böschung gedrückt, mit den am Boden aufgelegten Gewehren im Anschlag.
Auch der Falbe hatte die fremden Menschen hinter dem Staudamm schon auf hundert Schritt Entfernung wahrgenommen, zögerte, wollte stehenbleiben.
»Was soll das, Falber! Rühr' dich! Die tun uns nichts! Die werden gleich merken, wie albern sie sich anstellen!«
Marthas ruhige freundliche Stimme besänftigte das Pferd sofort; es schritt wieder aus, wenn auch in deutlich gespann-

terer Haltung, was das Gesamtbild von Roß und Reiterin noch sehr zu seinem Vorteil verbesserte.
»Gut so, Falber, gut so! Nur so weiter! Gleich wird irgend etwas geschehen. Wenn mich nur mein Englisch jetzt nicht im Stich läßt!«
Daß ihr dieser Stoßseufzer zu Recht entschlüpft war, sollte sich zwei Minuten später erweisen, als sich der Falbe dem Staudamm schon so weit genähert hatte, daß die Reiterin die Mündungen der auf sie gerichteten Gewehre erkennen konnte.
Abseits aus den dichten Gebüschen rechts des Staudamms löste sich plötzlich ein Reiter auf einem starken, hohen Pferd und trabte Martha in schlankem Trab entgegen. Martha hatte ihn bis dahin nicht bemerkt, erkannte jetzt aber, daß dort eine kleine Schar von Berittenen bereit stand.
Als wäre sie erschrocken, zügelte sie den Falben. Das Pferd schien zu begreifen, worauf es ankam, stand wie aus Erz gegossen, mit leicht erhobenem Kopf. Martha saß sehr aufrecht in ihrem Damensattel mit angewinkeltem Knie um den Satteldorn gespannt. Zwei-, dreimal zupfte sie an den Falten des Rocks; dann lag das Kleid über rechtem Knie und Fuß, wie es liegen mußte.
Der Reiter brachte sein Tier eine Pferdelänge vor Martha zum Stillstand. Die beiden Menschen musterten sich, zunächst ohne ein Wort. Martha stellte fest: das also ist eine englische Uniform, brauner in der Farbe als die deutsche; der Rock ist nicht bis zum Hals geschlossen, mit riesengroßen aufgesetzten Taschen! Der Mann trägt eine Schirmmütze, keinen breitrandigen Hut wie die Schutztruppe; ein Offizier ist es; die Abzeichen am Kragen sind aus Silber. Sein Pferd sieht abgetrieben aus; der Schweiß an Hals und Flanken, weißer Schweiß, ist gerade erst getrocknet.
Sie ahnte nicht, nein, Martha ahnte nicht, daß der kühle, völlig furchtlose Blick, mit dem sie den Engländer abschätzte, ihr steil erhobener Kopf auf schlankem Hals, ihre kerzen-

gerade Haltung, sie unbeschreiblich hochmütig erscheinen ließ, völlig als Herrin dieser außergewöhnlichen Umstände. Wie unter Zwang hob der so plötzlich aufgetauchte Reitersmann die Hand zum militärischen Gruß an den Mützenrand, beugte sich leicht vor, erklärte unnötig laut, doch durchaus respektvoll:
»Ich bitte um Vergebung, meine Dame, ich bin außerordentlich überrascht. Wir glaubten, diese taktisch sehr günstig gelegene Farm, die einem inzwischen gefallenen Herrn von Horsberg gehören oder gehört haben soll, von deutschem Militär besetzt und verteidigt zu finden. Stattdessen begegnet uns eine Dame, total unbewaffnet und im Damensattel. Ich darf mich vorstellen: Captain James Munro, South African Mounted Rifles.«
Der Mann mit dem verstaubten Gesicht – er mochte nur wenige Jahre älter sein als sie selber – verneigte sich leicht im Sattel. Martha atmete heimlich auf, ließ sich aber nichts merken: Der Mann hat Anstand; das ist mein Glück. Sie erhob ihre Stimme nicht:
»Ich bin Frau von Horsberg. Sie befinden sich mit ihren Leuten auf dem Boden meines Besitzes.«
Sie hielt mit ihren Augen die ihres Gegenübers fest, sehr kühl, ohne auch nur die geringste Spur von Liebenswürdigkeit, wurde der Rolle aufs vollkommenste gerecht, Herrin von Otjikarare zu sein, der ältesten und größten deutschen Farm im Norden des alten Herero-Landes. Die Wirkung blieb nicht aus:
»Ich bitte nochmals um Vergebung, daß wir hier eindringen müssen. Es ist Krieg. Die Schutztruppe hat uns schwer genug zu schaffen gemacht. Ich habe den Befehl, das Regiment von Kleist zu verfolgen und zu stellen. Das Regiment ist hier durchgezogen. Ich bedaure fragen zu müssen, wann das geschehen ist, in welcher Verfassung sich die deutsche Formation befunden hat und wohin sie unterwegs war.«
Martha zitterte innerlich. Sie begriff durchaus. Dieser fremde

Offizier hätte auch ganz anders auftreten können; es war Krieg, er hatte es bereits festgestellt; er hatte einen Haufen Bewaffneter hinter sich. Behielten die Regeln der Courtoisie auch im Krieg ihre Gültigkeit? Sie mußte die Rolle weiter spielen, die sie angenommen hatte. Sie erwiderte also so reserviert wie möglich:
»Daß die Truppe hier durchgezogen ist, brauche ich nicht zu bestätigen, Captain. Die Spuren, die sie hinterlassen hat, sind völlig unverkennbar. Weitere Fragen kann ich nicht beantworten. Sie werden verstehen, daß ich dem Feind keine Auskünfte erteilen kann.«
Sie blickte dem englischen Offizier fest in die Augen, zwang ihn, den Blick zu senken. Er verstummte zunächst, starrte vor sich auf die Mähne seines Pferdes, als wären dort die möglichen Antworten abzulesen. Martha spürte: Jetzt steht es auf des Messers Scheide, ob ich mit meiner Unverfrorenheit durchkomme oder nicht. Sie nahm wahr, daß der fremde Offizier die Achseln zuckte, unmerklich fast. Er hatte sich zu räuspern, ehe er weiter sprechen konnte; er setzte mit veränderter Stimme nochmals an:
»Dem Feind, Mrs. von Horsberg? Damit bin offenbar ich gemeint. Nun gut, ich achte Ihre Haltung. Unter anderen Umständen hätten wir vielleicht eine angenehmere Bekanntschaft schließen können. Für die Umstände, in denen wir uns jetzt befinden, bin ich nicht verantwortlich, sicherlich ebenso wenig wie Sie, Mrs. von Horsberg. Aber wie sie nun einmal liegen, muß ich Sie weiter bitten, mir und meinen Leuten für den Rest des Tages und die kommende Nacht auf der Farm Unterkunft zu gewähren. Ich brauche Wasser und Kraftfutter für die Pferde, Waschgelegenheit und ein warmes Essen für meine Leute und möglichst ein Dach über den Kopf für die Nacht. Die Nächte jetzt Ende Juni werden selbst hier im Norden bitter kalt.«
»Sehr freundlich von Ihnen, mich zu bitten, Captain. Ich habe jedoch nichts zu gewähren oder abzuschlagen. Es ist

Krieg, Sie bemerkten es bereits. Kraftfutter habe ich selbst nicht mehr. Im übrigen bleibt mir nichts übrig, als Ihren Weisungen zu entsprechen. Gestatten Sie, daß ich vorausreite, um das Nötige zu veranlassen. Für Ihre eigene Sicherheit und die Ihrer Leute kann ich mich natürlich nicht verbürgen – so etwa als wären sie meine Gäste. Gäste erscheinen bei uns gewöhnlich ohne scharf geladene Gewehre.«
Ohne eine Erwiderung abzuwarten – der Falbe unter ihr hatte am leisen Druck ihres Schenkels schon gemerkt, was kam –, warf sie ihr Pferd herum und sprengte im Galopp bergauf davon. Der Falbe wußte stets, was von ihm erwartet wurde, und verschaffte seiner Reiterin den gewünschten bravourösen Abgang – allerdings nur, bis dichterer Busch ihn den Blicken der Eindringlinge entzog. Dann fiel er wieder in seinen steifbeinigen Schritt, schwer atmend. Martha klopfte dem Tier anerkennend und dankbar den Hals:
»Vielen Dank, mein Alter! Das hast du großartig gemacht! Dir die Handvoll Hafer zu entziehen! Was dieser Captain sich so denkt!«
Das Tier warf den Kopf auf, murrte ein wenig leise aus tiefem Schlund, als hätte es seine Reiterin verstanden. Das war wohl auch der Fall. Martha vernahm den dumpfen Laut erleichtert und erheitert. Sie dachte weiter: Das ist zunächst gut abgegangen. Otjikarare hat offenbar das Glück, von einem Gentleman erobert zu werden.
Es machte ihr beinahe Spaß, in der nächsten Stunde auf der Farm zu erleben, wie reibungslos ihr Betrieb funktionierte, auch wenn er plötzlich unerwarteten Belastungen ausgesetzt wurde:
»Piet, Andries, Olga, Paula, Hakane, jetzt kommt es darauf an! Wir dürfen uns nicht lumpen lassen: Luzerne-Heu für die fremden Pferde. Die englische Patrouille – ich schätze an die dreißig Mann – bleibt hier über Nacht. Sie werden als erstes ihre Pferde tränken, am Wasser II. Sie kommen dann herauf. Die fremden Pferde weiden dann bergauf am Berg, getrennt

von den unseren. Olga, für den Offizier machst du Mechlins früheres Zimmer fertig. Die Unteroffiziere werden bei Piet und Andries untergebracht, die Soldaten auf die Schuppen verteilt und die Heuscheune. Paula, du kochst einen großen Kessel Suppe mit viel Fleisch, schneide die ganze letzte geräucherte Kudu-Keule dazu auf. Reis in die Suppe, viel Reis; davon haben wir noch genug, Gemüse und reichlich Gewürz. Claartje und Mari müssen dir ausnahmsweise helfen. Für den Offizier und mich wärmst du den Rest von dem Braten auf, den wir letzten Sonntag hatten; auch Reis dazu. Keiner redet ein Wort über die deutsche Einheit, die bei uns durchzog, oder die Nachzügler, die hier eine Nacht verblieben. Hakane, du sorgst dafür, daß unsere Schwarzen aus dem Weg bleiben. Ich will nicht, daß sie sich anbiedern oder ausgefragt werden. Am besten ist, die Schwarzen verschwinden im Busch, sonst werden sie zu Diensten herangezogen und bekommen womöglich Lust, sich auf die andere Seite zu schlagen. Das will ich nicht. Es wird jetzt vieles anders werden. Wir müssen zusammen bleiben.«
Hakane stützte sich schwer auf seinen Stock mit dem runden Knauf. Ohne Stock kam er leider nicht mehr aus. Seine Autorität jedoch in Busch und Hof von Otjikarare war ungebrochen. Er knurrte laut und vernehmbar:
»Von unseren Schwarzen springt keiner ab, Frau! Darum brauchst du dich nicht zu sorgen. Die Engländer, bah, das sind unsere Herren nicht. Wir gehören hierher nach Otjikarare, wo die Frau regiert. Fremden Leuten dienen wir nicht!«
Ein Lächeln huschte über Marthas Gesicht: Das war Hakane, ihr alter Hakane, vom besten! Solange er da war, mochte er auch hinken, brauchte sie von seiten ihrer schwarzen Helfer weder Mißgunst noch Verrat zu fürchten. Sie rief:
»Also los, Kinder, an die Arbeit! Die englische Truppe wird in spätestens einer halben Stunde aufkreuzen. Jeder gibt sich zurückhaltend, aber alles hat zu klappen.«

Sie saßen im großen Wohnraum allein zu Tisch. Olga bediente aufmerksam und lautlos, ganz unaufdringlich, erschien im Zimmer nur, wenn sie gebraucht wurde, und verschwand sofort wieder.
»Bitte, nehmen Sie dort Platz, Captain!« Sie bedeutete ihm den Platz an ihrer Rechten, während sie selbst wie üblich ihren Stuhl am Kopfende des Tisches einnahm. Der Offizier wartete, bis sie sich gesetzt hatte, bevor er sich selbst auf dem zugewiesenen Platz niederließ. Er war frisch gewaschen erschienen, offenbar auch rasiert. Martha hatte mit einem schnellen Blick festgestellt: sieht gut aus; braunes, leicht gewelltes Haar über einem langen Gesicht, sympathisches Pferdegesicht mit etwas zuviel an Zähnen, bewegt sich sicher, kommt aus guter Familie.
»Danke, Mrs. von Horsberg!«
Ehe noch weitere Worte gewechselt werden konnten, erschien aus der Küche Paula und servierte den beiden Leuten am Tisch von einem Tablett zwei Tassen einer Wild-Bouillon, deren würziger Geruch sich sofort verbreitete.
»Vielen Dank, Paula! Mit dem Hauptgang hast du noch Zeit. Die Bouillon ist sehr heiß. Seien Sie vorsichtig, Captain!«
Paula in lang bis zum Erdboden wallendem Herero-Gewand (den langen Röcken und hoch sitzenden Taillen der frühen Missionarsfrauen aus dem vorigen Jahrhundert nachempfunden), Paula nickte nicht einmal, hielt die Weisung der Frau für überflüssig. Die Bouillon muß ja heiß serviert werden – während man sie langsam löffelt, kann die Unterhaltung in Gang kommen. Die kluge Paula zog die Küchentür leise hinter sich wieder ins Schloß. Dieser Offizier sieht ganz anders aus als unser vergangener Herr. Aber ein Herr ist das auch, sagte sich Paula; und unsere Frau hat so großen Eindruck auf ihn gemacht, daß er sich selbst darüber wundert. Paula kannte sich aus im Haus Horsberg.
Martha versuchte, die verborgene Befangenheit zu lösen, die über ihr und dem ungebetenen Besucher waltete:

»Wir sind längst knapp an vielen guten Dingen, Captain. Unsere Verbindung nach Windhuk oder auch nur nach Omaruru ist schon seit längerer Zeit unterbrochen. Ich hoffe, daß Ihnen das bescheidene Mahl, das ich Ihnen vorsetzen kann, trotzdem einigermaßen mundet.«
Sie hob den kleinen Löffel, um die Brühe umzurühren. Der Offizier tat es ihr nach, bemühte sich um einen leichten Plauderton:
»Wir haben lange im Busch herumgelegen, immer in Spannung, denn Ihre Leute stießen immer wieder zu; man wußte nie wo. Wieder an einem gedeckten Tisch zu sitzen, dazu allein mit einer Dame, wahrlich, das ist so etwas wie ein Fest. Ich kann es nicht anders bezeichnen. Und es steht mir als Feind durchaus nicht zu. Darauf haben Sie mich selber hingewiesen, Frau von Horsberg!«
Das war so leicht und auch ehrlich herausgesagt, daß Martha nicht verhindern konnte, was zu verhindern sie sich eigentlich vorgenommen hatte: Ein liebenswürdiges Lächeln breitete sich auf ihren Zügen aus, machte sie so schön, wie sie in Wahrheit war, wenn die Härte ihrer Aufgabe sie nicht so gut wie ohne Pause in Anspruch genommen hätte:
»Feind waren Sie vorhin, Captain, als mich Ihre Leute über Kimme und Korn anvisierten und Sie den Eroberer spielen mußten. Aber so lange es in meiner Macht steht, soll es auf meinem Grund und Boden keine überflüssige Schießerei geben. Jetzt sitzen Sie an meinem Tisch, sind mein Gast, haben akzeptiert, daß von mir oder hier überhaupt keine unmittelbare Gefahr droht. Sie werden unter meinem Dach schlafen, können diesen abscheulichen Krieg für die nächsten zwölf Stunden vergessen und brauchen erst morgen früh wieder aufzubrechen, um sich weiter Ihrem – entschuldigen Sie – unerfreulichen Handwerk zu widmen.«
»Unerfreuliches Handwerk in der Tat, wenn man es mit der Möglichkeit vergleicht, hier zu Gast geladen zu werden und mit einer Dame plaudern zu können. Trotzdem wundere ich

mich. Wenn ich recht unterrichtet bin, war Herr von Horsberg früher aktiver Soldat, ist im Nama-Krieg schwer verwundet worden, hat sich aber im vergangenen August sofort wieder zur Truppe melden müssen und ist bei Sandfontein gefallen. Mein Beileid, Frau von Horsberg! Schon morgen kann mir übrigens genau das gleiche passieren. Aktive Soldaten sind eigentlich immer Kameraden, solange sauber gekämpft wird, ganz gleich, auf welcher Seite der Fronten sie sich in die Schanze zu schlagen haben. Sie werden sich wahrscheinlich wundern, wie gut ich über die Verhältnisse Bescheid weiß, natürlich nicht nur auf dieser Farm. Unser Spionage-Dienst funktioniert ausgezeichnet. Die Neger laufen wie üblich dem Erfolg nach und dem Stärkeren, in diesem Falle also uns. In den letzten Monaten erfahren wir geradezu übertrieben genau, welcher Art die Verhältnisse sind, in die wir bei unserem Vormarsch nach Norden vordringen.«
»Von meinen Negern, Captain, wird Ihnen keiner etwas verraten, was mich oder das Regiment von Kleist anbetrifft. Das kann Ihnen nur aus anderen Quellen zugeflossen sein«...
Martha lächelte nicht mehr. Sie schwiegen beide. Es war einfach nicht möglich, ein unbeschwertes Gespräch zu führen; die Umstände, wie sie waren, drängten sich stets von neuem ein. Zudem war Paula im Zimmer erschienen, um die Suppentassen abzuräumen, was beinahe lautlos und schnell vonstatten ging. Schon trug sie auf flacher Schüssel den Braten auf. Mit brauner Kruste und knusprig bot das große Stück Fleisch einen verlockenden Anblick. Eine Saucen-Schale und eine Schüssel mit dampfendem Reis folgten. Dem hungrigen Soldaten lachte das Herz! Wie sollte es anders sein. An diesem Tisch herrschte Frieden. An diesem Tisch saß er neben einer sehr bemerkenswerten, dazu schönen, reifen Frau. Sogar eine Flasche Rheinwein hatte Paula hereingetragen, sie war schon entkorkt; Paula

schenkte vorsichtig ein, der Gastgeberin zuerst. Martha kostete.
»Gut, Paula, du kannst einschenken!«
Paula gehorchte, stellte dann die Flasche ab – zur rechten Hand des Gastes – und zog sich lautlos zurück. Prächtig thronte vor den beiden Leuten am Tisch der Braten und duftete. Wahrlich, an diesem Tisch in dem hohen, weiten Raum über der grenzenlosen, schon sich in den Abend hinein abkühlenden Steppe war der Frieden ausgebrochen. Warum gab man es nicht zu? Martha tat es:
»Captain, ich weiß, es ist in England in guten Familien Sitte, daß der Hausherr den Braten aufschneidet. Wenn Sie gewollt hätten, hätten Sie auf meiner Farm den Sieger spielen können. Stattdessen haben Sie sich mir als freundlicher Gast empfohlen. Zum Dank bitte ich Sie, sich vollends wenigstens an diesem einzigen Abend zu Haus zu fühlen und den Braten anzuschneiden.«
Bereitwillig ging der Captain auf diese Tonart ein, griff nach der großen Bratengabel und dem scharfen, langen Messer:
»Mit Vergnügen, verehrte Gastgeberin! Das habe ich in der Tat gelernt, und als armseliger Feldsoldat muß man die Feste feiern, wie sie fallen. Lassen Sie mich Ihnen – auch als Dank – ein Kompliment machen: Ihr Englisch ist nicht gerade ›Königs-Englisch‹, aber es ist, sagen wir, außerordentlich plastisch. Ich habe noch nicht ein einziges Mal Mühe gehabt, rund herum zu verstehen, was Sie ausdrücken wollten. Im Gegenteil! Manches war höchst lustig und wirksam – um nach plastisch nicht auch noch drastisch zu sagen – ausgedrückt.«
Er legte nach vollbrachtem Werk das große Messer und die Gabel beiseite, lachte sie zum ersten Mal völlig unbefangen an – wenn er lacht, sieht er aus wie ein großer Junge, dachte Martha – und meinte mit gut gespielter Beflissenheit:
»Darf ich Ihnen dies schöne Stück auflegen? Es kommt mir besonders empfehlenswert vor.«

»Sie dürfen, Captain. Aber dann versehen Sie sich, bitte, ausführlich selbst. Einen so vorzüglichen Braten, wie meine Paula ihn zustande bringt, werden Sie seit langem nicht vorgesetzt bekommen haben und auch in näherer Zukunft nicht bekommen. Ich will ganz ehrlich sein, Captain: Es wäre mir lieber, dieser schöne Braten labte einen deutschen Offizier und keinen englischen. Aber die deutsche Truppe, die vor ein paar Tagen hier durchzog, war so in Hast, daß der Führer sich nicht einmal die Zeit nahm, mich auch nur zu begrüßen. Als Sie auftauchten mit Ihren Leuten, mußte mir vor allem daran gelegen sein, meine Farm und meine Leute vor Schaden zu bewahren. Dazu hatte ich an Ihren Anstand zu appellieren und an die gute Erziehung, die bei einem englischen Offizier wohl vorauszusetzen war. Ich trat also als Dame auf. Sie reagierten entsprechend. Wissen Sie, Captain, ich finde es einfach irrsinnig: Wir sitzen hier als gleichermaßen zivilisierte Leute zu Tisch, unterhalten uns höchst gesittet – und vielleicht schon morgen nehmen Sie andere Leute aufs Korn, die im allgemeinen genau so zivilisiert sind wie wir, und blasen ihnen das Lebenslicht aus – als ob es nicht andere Methoden gäbe, sich zu einigen, wenn man schon uneinig geworden ist – was ja manchmal schwer zu vermeiden ist. – Da Sie alles wissen über meine Farm hier, Captain, wird Ihnen vielleicht auch nicht unbekannt geblieben sein, daß ich hierzulande den Spitznamen ›der Farmer‹ trage, was wahrscheinlich anerkennend gemeint sein soll. Mir wäre trotzdem ›Farmerin‹ lieber. Männer schütten so gern das Kind mit dem Bade aus und wundern sich nachher, daß das dem Kind gar nicht bekommen ist.«

Sie schwieg, war plötzlich verwirrt. Wie kam sie dazu, vor diesem fremden Mann Einsichten auszusprechen, die sie in diesem Augenblick erstmals in Worte gekleidet hatte, ohne es eigentlich beabsichtigt zu haben. Aber nun saß an ihrem Tisch dieser fremde Mann mit sehnigen, beinahe hageren Händen und dem merkwürdig schmalen, langen Gesicht, der noch vor zwei Stunden die Farm hätte in Flammen aufgehen lassen oder auf sie hätte schießen lassen können, und blickte sie mit großen Augen an, hatte Messer und Gabel auf den Teller sinken lassen; er trug eine fremde Uniform zwar, aber er war zugleich seit langem der erste Mann, mit dem sie sozusagen »gebildet«, das heißt in anspruchsvollen Worten und Begriffen, hatte reden können in der selbstverständlichen Annahme, daß ihm eine Unterhaltung solcher Art keine Schwierigkeiten bereitete. Dies hatte sie, ohne sich darüber klar zu werden, entbehrt, seit Kurt Hals über Kopf eingezogen worden war. Ja, wie kam sie dazu, diesem fremden Mann ihr Herz auszuschütten? Sie begriff sich selber nicht. Sicherlich, weil die Spannung, die geheime Furcht, die das Auftauchen der feindlichen Soldatenschar in ihr erregt hatte, sich so unerwartet mühelos hatte lösen lassen, weil sie, mit einem »Feind« zwar, aber auch einem zivilisierten Menschen in Berührung gekommen war.

Für den Gast am Tisch war das Erstaunen darüber, welche Wendung das Gespräch genommen hatte, eher noch größer als für seine stolze Wirtin. Gewiß, er hatte sich berichten lassen – es gab genug willige Schwätzer und Späher im Land, schwarze und weiße, Buren, Engländer, auch einige Deutsche –, daß auf Otjikarare »der Farmer« säße, der weiblichen Geschlechts wäre; er hatte sich darunter ein teutonisches Mannweib vorgestellt. Die Dame, die ihm hoch zu Roß im Damensitz auf schönem Pferd begegnet war, furchtlos und durchaus Herrin der immerhin höchst ungewöhnlichen Situation, diese Dame hatte er mit »dem Farmer« überhaupt nicht in Verbindung gebracht, hatte die Geschichte – wohl nur der übliche koloniale Klatsch – ganz und gar vergessen. Jetzt aber hatte sich diese Frau von strenger, selbstsicherer Schönheit ohne Umschweife dazu bekannt, »der Farmer« zu sein – sonderbares Volk, diese Deutschen; übertreiben immer, nach oben oder nach unten. Aber, zum Teufel, man muß im Krieg Glück haben; und neben dieser Frau zu sitzen, die wenig gemein hatte mit den Damen der englischen Gesellschaft, das war schieres Kriegsglück.

Für eine oder zwei Minuten beschäftigten sich die beiden Leute am Tisch wieder mit ihrer Mahlzeit; halb geistesabwesend hatten sie Messer und Gabel wieder aufgenommen. Sie mußten beide ein wenig Zeit gewinnen. Die Reihe, das Wort wieder aufzunehmen, war an dem Gast:

»Was Sie da gesagt haben, verehrte Frau von Horsberg, sind das nicht reichlich ungewöhnliche Gedanken für die Frau eines deutschen kaiserlichen Offiziers? Verzeihen Sie mir, daß ich so unverblümt eine solche Frage stelle. Aber wir sind hier ganz unter uns. Es hört niemand zu. Wir können die Pflichten unserer jeweiligen Herkunft für die Stunde dieses angenehmen Abendessens vergessen.«

»Das meine ich auch, Captain. Mein Mann war sehr deutsch in seiner Art; ich bin das nicht in gleicher Weise. Ich bin südwest-afrikanisch, habe nie bewußt etwas anderes kennengelernt, bin afrikanisch auf deutsch mit Deutsch als Muttersprache; aber das nicht anders, als auch die Buren Afrikaner sind und Afrikaans sprechen und die Herero ebenso und Herero sprechen. Afrika ist ein – wie soll ich es ausdrücken – ein sehr drängender Kontinent, saugt alles Nichtafrikanische aus dem Menschen heraus und duldet eifersüchtig nur noch sich selbst, Afrika nämlich. Mein Mann, der nicht hier groß geworden ist, hat das ebenfalls stark empfunden. Natürlich hat er gegen die Herero und die Nama gefochten und den eigenen Stamm durchgesetzt, wie es die hiesigen Völker unter sich und gegen die Berg-Damara und die Buschmänner getan haben. Aber dann hat er so viel entsetzlichen Jammer zu Gesicht bekommen, in der Omaheke und da unten bei den Karas-Bergen und am Gaiab, ist selbst so lebensgefährlich verwundet worden, kam dann in meine Hände, daß auch er sich sagte: Es ist wichtiger, ein Mensch zu sein, als ein Weißer oder ein Deutscher – und wir aus dem alten, klugen Europa wären vor allen anderen

aufgerufen, vernünftig zu sein und auch den anderen ihr Recht zu lassen; so weit sich das Recht der anderen begreifen läßt, was nicht ganz einfach ist.«
Wie leicht ich das alles herausbringe, sagte sich Martha. Wir reden hier sozusagen zwischen den Fronten. Mir ist es recht.
Der Gast hatte zugehört, gierig beinahe. Niemand war hier Zeuge, und so konnte an die Oberfläche steigen, was sonst, mit den Steinen der Tradition und der angelernten Werte belastet, tief auf dem Grund des Gemüts verwahrt gehalten wurde. Er ahnte, daß dieser »Farmer« sonst nicht dazu neigte, sein Herz auf der Zunge zu tragen. Aber diese Stunde war nicht wie sonst, ganz gewiß auch für ihn.
Welch eine ungewöhnliche, einmalige Frau! Afrikanerin, sagt sie. Wenn dies das wahre Afrika ist, man könnte es lieben. Dummes Zeug, sie würde mich für verrückt halten. Aber morgen schon bin ich nicht mehr da, komme sicherlich nie wieder. Also muß ich die Stunde nützen, brauche mich nicht zu scheuen, genau so offen daherzureden wie sie:
»Aber Ihr Mann, Frau von Horsberg, hat dann keinen Augenblick lang gezögert – ich zweifle nicht daran –, wieder die Uniform anzuziehen. Und hat sich als Truppenoffizier gewiß dort aufgehalten, wo es von ihm erwartet wurde, in der vordersten Kampflinie, nehme ich an; sonst wäre er nicht gefallen. Er hat für Ihren Kaiser und das Reich gefochten, wie es ihm befohlen war.«
Martha beugte sich über ihren Teller. Sie war sehr ernst geworden. Ihre Stimme klang rauh, als sie antwortete:
»Ich bitte Sie, Captain, mich in dieser Hinsicht nicht weiter zu befragen. Es ist erst wenig mehr als ein halbes Jahr her, daß ich die Nachricht von meines Mannes Tod empfing, und ich bin damit noch längst nicht fertig. Andererseits: Ihnen gegenüber brauche ich die Rücksichten nicht zu nehmen, die ich einem deutschen Gast gegenüber nehmen müßte. Wir werden uns voraussichtlich nie wieder treffen; man kann also reden, als redete man in den Wind – und doch hört ein

anderer Mensch zu, bemüht sich sogar um Verständnis, bringt es vielleicht auch auf, obgleich er aus einer anderen Welt stammt – aber wahrscheinlich ist sie gar nicht so anders. Dem ganz Fremden, den man nur einmal im Leben zu Gesicht bekommt, offenbart man sich unbedenklicher als dem vertrauten Verwandten oder Bekannten. Kaiser und Reich, sagen Sie, Captain? Mein Vater hat in diesem Land sein Leben verloren und jetzt auch mein Mann. Für Kaiser und Reich? Getön ist das, nichts weiter. Ich kenne den Kaiser nicht, habe ihn nie gesehen. Und das Reich? Was ist das? Man hört das Wort, in der Schule und sonstwo und lernt, es beides ebenso feierlich auszusprechen, wie es die Vorsprecher aussprechen. Ich habe es natürlich auch nachgeredet, obgleich ich mich im Innern stets ein wenig geniert habe, weil ich nicht recht wußte, worum es sich eigentlich handelte. Ich kenne in Wahrheit nur dies: Mein Vater hat sich diese Farm aus dem Busch herausgeschnitten und hat mich hier eingepflanzt, so kann ich es wohl nennen. Er hat gemeint, damit keinem anderen Menschen etwas wegzunehmen, auch nicht den Herero. Außerdem hatte er auch dafür gefochten, bis das Land befriedet war. Vor uns haben die Herero wieder anderen Leuten das Land weggenommen. Meinem Vater und auch mir haben die Herero dann abermals unser Land streitig gemacht; ich mußte von vorn anfangen und habe vergrößert und verbessert – zusammen mit meinem Mann –, was mein Vater begonnen hat. Dies Stück Erde hier ist im Grunde alles, was ich wirklich kenne, dem ich zugehörig bin, und ich werde es festhalten für mich und meine Kinder, und müßte ich es mit Zähnen und Klauen verteidigen. Ob auf fernen Tafeln, für deren Beschriftung ich nicht zuständig bin, Kaiser und Reich geschrieben steht, ist mir im Grunde gleichgültig; das ist nichts weiter als Drapierung. Leider sind wir gezwungen, die Drapierung ernst zu nehmen, so ernst, daß es das Leben kosten kann, von Haus und Hof und Besitz gar nicht zu reden. Auch mein Mann hat

sie ernst genommen, er hatte keine andere Wahl; er hat mit seinem Leben dafür bezahlt. Ich kann das deswegen so schonungslos aussprechen, weil ich hier an meinem Tisch einem Mann gegenübersitze, dem vielleicht morgen schon die Gegenrechnung präsentiert wird und der dann mit seinem Leben dafür bezahlt!«
Die bitterböse Verzweiflung, von der Martha in den vergangenen Wochen und Monaten gewürgt worden war, gewürgt, weil sie nicht Gestalt annehmen durfte – nun war sie aus ihr hervorgebrochen; der fremde Mann an ihrem Tisch in fremder Uniform war das Opfer ihres hilflosen Zorns geworden – schuldlos wie die meisten Opfer. Aber dieser Captain James Munro, schottischer Herkunft also, war ein ziemlich standhafter Mann, hatte auch schon genügend Lebenserfahrung gesammelt, um zu begreifen, daß er nicht etwa beleidigt werden sollte, sondern daß er von einer im Innersten getroffenen Seele aufgefordert, herausgefordert wurde, ihr die bittere Wahrheit zu bestätigen. Schicklichkeiten, Rücksichtnahmen galten in dieser Stunde einer durchaus regelwidrigen Begegnung nichts, gar nichts mehr. Und außerdem, was ihm längst im Bewußtsein brannte: Welch eine Frau, welch ein Mensch! Diese Frau paßte in keine der Vorstellungen von Frauen, wie er sie bis dahin gewohnt war. Er würde diese ungewöhnliche Person – »der Farmer«, stimmt! Sie besaß einen schärferen Verstand als die meisten Männer, nichts war daran verboten! –, er würde sie kaum je wiedersehen, wenn auch sicherlich nicht vergessen. Gerade wollte er sich, auf sonderbare Weise verlegen, zu einer Antwort aufraffen, irgendeiner, als sich die Küchentür auftat, Paula ins Zimmer trat, um die Teller abzuräumen und den Nachtisch aufzutragen, saure, sahnereiche Milch in zwei kleinen Satten, dick mit Zucker bestreut, sehr kühl, ein Nachtisch, hatte Paula gemeint, wie er sich für Otjikarare schickte.
Statt einer Antwort hatte also der Gast festzustellen, daß der

Nachtisch ganz vorzüglich schmeckte und sehr erfrischend wäre.
»Ja, kühl, billig und gesund, Captain. Und ein eigenes Produkt!«
Marthas Stimmung war plötzlich umgeschlagen. Sie hatte sich eine Last von der Seele geredet.
»Wir waren viel zu ernst, Captain, haben zuviel über mich geredet. Ich würde mich freuen, auch etwas von Ihnen zu erfahren, wieso Sie zum Beispiel als Mann mit schottischem Namen unter die Berittene Südafrikanische Infanterie gekommen sind. Wir trinken nachher einen Kaffee auf der Veranda. Dann höre ich vielleicht ein wenig darüber, mit welcher Sorte von Feind ich das Vergnügen gehabt habe, diesen Abend zu verbringen.«
Sie blickte ihn an mit einem keineswegs unfreundlichen, wenn auch ironischen Lächeln; aber er meinte zu spüren, daß sich auch Trauer in dies Lächeln mischte, sehr viel Trauer – und fühlte sich stärker noch als zuvor von dieser Frau angezogen, die einfach war und offen wie ein Mädchen vom Land, stolz sein konnte und hochmütig wie eine Dame der Gesellschaft und die Klugheit und Unabhängigkeit merken ließ, die gründlichem, nüchternem Nachdenken entspringt.
Es fiel ihm gar nicht schwer, von seiner Vergangenheit zu berichten.
Ja, er wäre im hohen Schottland groß geworden, zwischen Mooren, Bergen und dem Meer. Den Titel und den Besitz der Familie hätte, wie in englischen Bereichen üblich, der älteste Bruder geerbt. Er, typischerweise als der »younger son«, hätte sehen müssen, wo er bliebe. Aber von den »younger sons« sei bekanntlich das Britische Weltreich aufgebaut worden. Der Vater hätte als Offizier der »Gordon Highlanders« im Burenkrieg gefochten und wäre bei Mafeking verwundet worden; er hätte ihm, seinem Jüngsten, viel von Afrika erzählt und den weiten Steppen seines Hochlands. So wäre in ihm, dem Knaben schon, die Sehnsucht nach Afrika wach

geworden. Zum Studieren hätte er keine Lust gehabt, wenn er auch stets mit Heißhunger gelesen hätte. Aber zum Leben brauchte er Weite und frische Luft. Um groß in britisch-überseeischen Bereichen in Geschäfte einzusteigen, hätte ihm das Geld gefehlt. Zu etwas Vermögen würde er erst kommen, wenn der Vater stürbe; aber der wäre noch sehr lebendig. Also hätte er, der Tradition seiner Familie entsprechend, zunächst bei den »Gordon Highlanders« angefangen und es dort bis zum Leutnant gebracht. Aber dann wären ihm Garnison und Gamaschendienst in England zu eng, zu stickig geworden, und er hätte mit Hilfe seines verständnisvollen Vaters eine Reise nach Südafrika unternommen. Am Kap hätte er sich sofort wie zu Haus gefühlt. Mehr durch schieren Zufall als daß er danach gesucht hätte, hätte sich ihm der Eintritt bei den »South African Mounted Rifles« angeboten, und er hätte sich nicht versagt, da er gleich im Rang eines Hauptmanns, als Captain, eingeschworen worden wäre. Die »Rifles« ließen sich zwar an Vornehmheit mit den »Gordon Highlanders« nicht entfernt vergleichen, die Rangunterschiede wären längst nicht so scharf ausgeprägt wie bei den traditionsreichen alten englischen Regimentern, aber sie wären gute Soldaten, und gerade der lockere Umgang unter den Offizieren und mit den Mannschaften hätte ihm sehr behagt. Und Afrika – und Afrika wäre noch viel großartiger mit seiner Weite, seiner starken Sonne, seinen hohen Himmeln, als er sich selbst in seinen Knabenträumen hätte vorstellen können. Aber schon ein Jahr später, als er in seiner Truppe kaum erst richtig warm geworden war, wäre dieses große Spektakel ausgebrochen, Deutschland hätte den Russen und Franzosen, England den Deutschen den Krieg erklärt. Die kleine Schutztruppe von Südwest hätte sich tapfer gewehrt, aber auf die Dauer gegen die enorme britische Übermacht keine Chance gehabt. Der englische General, Louis Botha, hätte Schritt für Schritt, sehr systematisch, die schwachen deutschen Streitkräfte nach

Norden hinaufgedrängt; nun ständen sie hier am Rande des Sandveldes und der Ödnisse um die Etoscha, wo es nicht mehr weiterginge, und es könnte sich nur noch um Tage, höchstens Wochen handeln, dann würden sich die deutschen Verbände, höchstens noch drei- bis viertausend Mann, die meisten davon ältere, abgehetzte Männer, den fünfzig- bis sechzigtausend englischen Soldaten ergeben müssen.

»Mir liegt natürlich daran, verehrte Frau von Horsberg, nicht noch in diesem allerletzten Akt den in diesem Falle höchst zweifelhaften Heldentod zu sterben, sondern unbeschädigt aus diesem, wie mir scheint, höchst überflüssigen Krieg hervorzugehen. Mein Bedarf an Krieg und Soldaterei ist einigermaßen gedeckt. Irgendwo in Afrika in den kolonialen Zivildienst überzutreten, das könnte mich vielleicht reizen. Am liebsten würde ich mich irgendwo auf gutes Grasland setzen und Pferde züchten. Das haben wir bei uns daheim auch getan, mit Leidenschaft sogar, wenn auch nicht mit viel Erfolg. Immerhin haben wir ganz gute Pferde für die Jagd und Polo auf den Markt gebracht. Doch das ist nichts als Zukunftsmusik. Sicher ist auf alle Fälle, daß der Krieg mir die Bekanntschaft mit einer ebenso klugen wie liebenswürdigen Feindin beschert hat, womit er sich bereits, was meine Person anbelangt, zumindest zwischendurch sehr gelohnt hat. Ich bedanke mich sehr herzlich und aufrichtig für dies vorzügliche Abendessen!«

Martha konnte sich nicht enthalten, dem Abend, der sich unvermeidlich seinem Ende näherte, noch einen Trumpf aufzusetzen:

»You were welcome, Captain. Was blieb mir anderes übrig. Was aber würden Sie sagen, wenn ich Sie und Ihre Leute nur in Sicherheit hätte wiegen wollen – und plötzlich wäre die Farm von deutschen Soldaten umzingelt? Sie würden überrascht sein und fänden keine Zeit mehr, sich zu wehren, würden die letzten Tage des Krieges in Gefangenschaft

verbringen müssen. Das wäre ein Abschluß, würdig des angenehmen Abends, den wir hinter uns haben.«
Er lachte sie an, ganz und gar jetzt wie ein großer Junge, aber ein solcher, der nicht auf den Kopf gefallen ist:
»Verehrte Gnädige Frau – wenn ich diesmal den deutschen Ausdruck gebrauchen darf –, als ich Sie hoch zu Roß auf die Gewehrläufe zureiten sah – Sie hatten sie natürlich bemerkt und schienen sich nicht im geringsten darum zu kümmern –, da dachte ich mir: eine überaus interessante, aber wahrscheinlich auch gefährliche Dame! Vorsicht! Ich habe es also vorgezogen, weit ins Gelände hinein Posten aufzustellen und einen berittenen Späher in großem Bogen um die Farm kreisen zu lassen. Wir würden also jedem Angreifer einen heißen Empfang bereiten.«
»Ich hätte es mir denken sollen, Captain Munro. Ich erkläre mich geschlagen. Jetzt müssen Sie noch einmal nach Ihren Leuten sehen, vermute ich. Beschließen wir also den Abend. Gern hätte ich Ihnen etwas zu trinken angeboten. Aber ich habe nichts dergleichen mehr im Haus, habe meinen ganz bescheidenen Vorrat ihren deutschen Vorgängern auf Otjikarare mitgegeben. Leben Sie wohl, Captain Munro!«
Er war noch nicht fertig:
»Ist das nun freundlich oder feindlich gemeint, Gnädige Frau?«
»Feindlich natürlich! Was dürfte es sonst sein!«
Sie drehte sich fort und zog die Tür zum großen Zimmer hinter sich ins Schloß. Mochte der Besucher sich über die Verandatreppe hinab, ums Haus herum den Weg zu seinem Quartier suchen.
Martha lag noch lange wach. Der Tag hatte der Farm allzu viele Erregungen aufgezwungen, »dem Farmer« insbesondere. Martha fragte sich nachträglich, ob sie sich richtig benommen hätte. Solche Zweifel kamen auf jeden Fall zu spät. War ein solcher Krieg in den Kolonien, wo die Weißen den Schwarzen nicht vor Augen führen sollten, daß auch sie

verhängnisvoll uneins untereinander waren, war er nicht Wahnsinn, schlimmer noch, war er nicht dumm? Gewiß, wir haben nicht deutsch, sondern englisch gesprochen; es ging ganz gut, und wenn mir ein englisches Wort fehlte, fiel mir das burische dafür ein, auf afrikaans. Aber selbst ohne das hätten wir uns, nein, haben wir uns durchaus verstanden. Wir sprachen hinter den Worten die gleiche Sprache. Darin täusche ich mich nicht. Mein Gott, welch ein Irrsinn, daß Kurt sein Leben in die Schanze schlagen mußte, nachdem ich ihn gerade erst wieder für ein einigermaßen gesundes Leben zurückgewonnen hatte. Wo, um alles in der Welt, bleibt der Gott, der solchen Irrsinn zuläßt?
Für eine halbe Stunde, fast bis zur Mitternacht, wurde sie von einem Weinkrampf geschüttelt. Er versiegte so plötzlich, wie er gekommen war. Jetzt erst war sie von der Last befreit, die der Verlust ihres Mannes ihr aufs Herz gebürdet hatte. Sie fiel danach in einen traumlosen, brunnentiefen Schlaf, aus dem sie erst viel später, als sie es sonst gewohnt war, erwachte.
Das Detachment »South African Mounted Rifles«, geführt von Captain James Munro, war schon in aller Herrgottsfrühe, ohne viel Unruhe zu verbreiten, abgerückt. Auf dem großen Tisch im Wohnzimmer, an dem Martha mit dem Fremden zu Abend gegessen hatte, fand die Frau des Hauses ein weißes Blatt Papier mit den Worten:

»Thanks once more, Mrs. v. Horsberg! I shall always remember the night of the 2nd of July 1915. Very sincerely,
                      your enemy
                      James Munro«

Martha nahm das Blatt auf, las die steilen, klaren Buchstaben und zerriß dann das Papier in viele kleine Fetzen. So hatte also eine neue Zeit begonnen. Sie empfand erst jetzt, daß von dem fremden Mann mit dem zwar lässigen, aber korrekten

Benehmen eine nicht zu erschütternde Sicherheit, eine Unbekümmertheit ausgegangen war, der sie gleiches nicht entgegenzusetzen gehabt hatte. Der englische Offizier schien den endgültigen Sieg seiner Sache für vollkommen selbstverständlich gehalten zu haben. Martha brauchte es nicht ausdrücklich in Worte fassen. Sie hatte begriffen: Das Schicksal der Schutztruppe war besiegelt. Nicht nur dies, sondern auch: Das Schicksal von Deutsch-Südwestafrika war besiegelt.
Sie wunderte sich, daß der Gedanke sie kaum schmerzte, sie stattdessen sogar heimlich erleichterte, war doch offenbar die Zeit der Spannungen und der Ungewißheit vorüber. Es kam jetzt darauf an – dies dachte sie sofort und sehr bestimmt –, die verläßliche Insel Otjikarare nicht vom Strom des noch nicht vorauszuberechnenden Geschehens überfluten zu lassen. Dafür wollte sie sorgen! Das war ihre Aufgabe allein und nichts anderes.
Ich bin »der Farmer« und werde es bleiben!

---

Der Krieg taumelte seinem Ende entgegen. Otjikarare wurde nicht mehr von ihm berührt. Die verschiedenen Abteilungen der deutschen wie der feindlichen Heeresmacht verloren sich in den grenzenlosen, leeren Weiten der Steppe. Das Gebiet von Otjikarare war zweimal eilig durchquert worden, danach waltete wieder der Gleichmut der Wildnis über dem unabsehbaren Land wie seit eh und je. Die Leute auf Otjikarare gingen ihrer Arbeit nach, doch kam es niemand in den Sinn, das Gebiet der Farm zu verlassen. Unbewußt drängte jeder zu dem großen Anwesen am Hang zurück. Dort war man sicher aufgehoben.
Am zweiten Tag nach dem Abzug der Truppe unter dem Captain Munro stand um die Mittagszeit nach dem Essen Martha auf der Veranda – ohne bestimmte Absicht; sie hatte

sich auch an diesem Tag eine Viertelstunde des Ausruhens verdient, nachdem sie noch Olga dabei geholfen hatte, die Kinder zu ihrem Nachmittagsschläfchen zu Bett zu bringen. Ehe Martha sich entschloß, für eine Weile im Lehnstuhl Platz zu nehmen, hielt sie plötzlich inne und lauschte. Von ganz weit her, von Nordosten irgendwo, war ein dunkles Rollen an ihr Ohr gedrungen, ganz verhalten nur. Sie konnte sich auch täuschen.
Nein, sie täuschte sich nicht: Da war es schon wieder, kaum vernehmbar, aber für scharfe Ohren nicht zu bezweifeln. Ein Gewitter, jenseits des Horizonts? Um diese Jahreszeit? Im Südwinter mit seinen glasklaren, kalten Nächten und den ebenso glasklaren, von harter Sonne durchstrahlten Tagen? Das ist undenkbar. Aber ich höre es doch ganz genau!
Und plötzlich wußte sie es: Kanonendonner ist es, weit, weit weg von Otjikarare! Gott sei Dank, weit weg!
Sie sind also aneinandergeraten, die Abteilung des v. Kleist, der keine Zeit hatte, mir »Guten Tag« zu sagen, und die Streitmacht der Engländer unter ich weiß nicht wem, für die Captain Munro so etwas wie ein Flankenschutz gewesen sein muß. (Martha hatte manches gelernt aus den Berichten vom Herero- und Nama-Krieg, wenn Kurt in vergangenen Jahren manchmal, nicht allzu häufig, ins Erzählen geraten war.)
Martha stand und lauschte. Immer von neuem murrte es kaum vernehmbar in weitester Ferne – wenn Martha schon gehofft hatte, daß sich die Stille der Steppe wieder durchgesetzt hätte.
Martha quälte sich mit dem Gedanken: Da war doch – wann? – vor vier Tagen nur, dieser nette Unteroffizier Wenzel, der sich mit seinen abgehetzten Leuten und Pferden bei uns ausgeruht hat für eine Nacht. Und vor zwei Tagen hat sich der Captain Munro mit seinen Reitern hier angefunden und ist genauso wie die Deutschen in aller Frühe weitergezogen. Auch Munro hat sich höflich und nett benommen, hielt seine

Leute in Ordnung; das hätte sich auch ganz anders, das heißt gewaltsamer, abspielen können!
Und jetzt liegen sie, die beiden, Wenzel und Munro, irgendwo im Busch umher und schießen aufeinander, leben vielleicht beide nicht mehr. Kaum auszudenken, dieser Widersinn! Gebe Gott – ich kann nicht anders, ich muß es beten! – gebe Gott, daß sie beide, der Deutsche und der Schotte, am Leben bleiben.
Martha kam nicht mehr zu ihren fünfzehn bis zwanzig Minuten Mittagsruhe. Sie stand an der Brüstung der Veranda, hatte die Hände um das Holz gekrampft und lauschte. Stand und stand, vergaß, was an diesem Nachmittag zu verrichten war, lauschte.
Nach einer knappen Stunde erst versiegten die matten Laute des fernen Gefechts. In der Gegend von Ghaub muß es sich abgespielt haben. Kanonendonner? Die deutsche Truppe, die hier bei mir in Eile durchmarschiert ist, führte keine Kanonen mit sich. Also werden es wohl englische Kanonen sein, die den Donner verursacht haben. Kanonen, die auf Wenzel und seine Leute, die v. Kleistsche Formation, gerichtet sind – und der von Kleist vermag nicht, auf gleiche donnernde Weise zu antworten. Aus also, aus!
Sie wandte sich ins Haus zurück, ging ins Kinderzimmer hinüber. Die Kinder waren erwacht. Olga hatte Florianchen schon angekleidet. Martha nahm die kleine Person auf die Arme und trat mit ihr auf die Veranda hinaus, hielt das Kind fest an sich gepreßt, spürte das dunkelhaarige Köpfchen, das sich an ihre Wange lehnte. Sie verhielt am Geländer, das die Veranda begrenzte, sah ins Land hinaus, aus dem nun kein dumpfes Grollen mehr heraufklang. Auch das Kind hatte sich aufgerichtet, selig, der Mutter, der geliebten – und auch ein wenig gefürchteten – so nahe zu sein; dies Glück wurde nicht häufig gewährt. Das Kind blickte die Mutter aus großen, ernsten Augen an, forschend, warum sie wohl, die sonst so sichere Mutter, heimlich erregt war, befragte die

Mutter mit den Augen, dringlich, doch ohne Furcht. Martha merkte es schließlich. Wie sie Kurt ähnlich sieht, mein Florianchen! Oder sieht sie mir ähnlich? So ist es! Mir sieht sie ähnlicher. Aber was kam es darauf an!
Sie flüsterte, als beantworte sie des Kindes stumme Frage: »Ja, mein Kind, die Unseren haben den Krieg verloren. Wir müssen zusehen, daß die Farm uns erhalten bleibt, wie auch immer. Für mich, für dich und Wilhelm und die andern alle, für Hakane und deine Olga!«
»Ja, Mutter, für Olga ganz bestimmt auch!«
»Gewiß, Janchen, für Olga auch!«
Martha dachte: die Kinder lieben ihre Olga. Daß Olgas Haut dunkel getönt ist, kümmert die Kleinen überhaupt nicht; sie spüren nur die Wärme, die von der Schwarzen ausstrahlt. Olga wird bald heiraten; es wird auch Zeit. Hoffentlich gelingt es mir, ihren Mann zu bewegen, bei uns in Dienst zu treten; ich könnte einen Herero mehr gut gebrauchen. Hakane braucht einen kräftigen Helfer.
Die Kanonen waren schon so gut wie vergessen. Mehr als jemals zuvor war nun Otjikarare allein wichtig. Hier dehnten sich, tief gesenkt und wohl verwahrt, die Wurzeln weit umher im nur scheinbar dürren braunen Steppenboden, die der Dornbüsche und die der Menschen.

---

An der Otavi-Bahn bei dem Kilometer 500 zwischen den Stationen Khorab und Otavi trafen sich am 9. Juli 1915 der »General-Oberkommandierende der Truppen der Union von Südafrika im Felde«, Louis Botha, der »Kaiserliche Gouverneur von Deutsch-Südwestafrika«, Dr. Theodor Seitz, und der »Kommandeur der Schutztruppe für Südwestafrika«, Oberstleutnant Franke, begleitet von verschiedenen weiteren Offizieren der südafrikanischen und der deutschen Streitkräfte. Die Deutschen hatten sich schweren Herzens entschließen müssen, ihre Niederlage anzuerkennen und sich zu ergeben. Der Krieg, der nicht ganz ein Jahr gedauert hatte, war von beiden Seiten erbittert, aber über die ganze weite Entfernung vom Oranje-Strom bis an den Rand der Etoscha und des Sandveldes mit militärischem Anstand geführt worden. Die kriegsrechtlichen Regeln des Völkerrechts waren nicht verletzt worden. Noch hatten sich Reste ritterlicher Vorstellungen in den Formen der Kriegsführung erhalten. Die Bedingungen, die der deutschen Schutztruppe – und damit dem ganzen Schutzgebiet – von der Südafrikanischen Union, das heißt von Engländern, auferlegt wurden, bezeugten dem besiegten, aber ehrenvoll unterlegenen Feind gegenüber ein beträchtliches Maß an Großmut:

Die aktiven Offiziere der Schutztruppe durften ihre Waffen behalten und durften an einem Platz ihrer Wahl in Südwest verbleiben, wenn sie sich auf ihr Ehrenwort verpflichteten, die Waffen nicht mehr gegen die Südafrikanische Union oder England zu erheben.

Alle anderen aktiven Angehörigen der Schutztruppe wurden im Schutzgebiet interniert, durften ebenfalls ihre Gewehre behalten, jedoch keine Munition.

Alle Reservisten, Landwehr- und Landsturmleute hatten ihre Waffen abzugeben (ihre Offiziere durften sie behalten), wurden entlassen und konnte ihre Zivilberufe wieder aufnehmen, nicht jedoch kaiserliche Beamte. Sie durften ihr Amt nicht wieder ausüben. Alle Reservisten etc. hatten eine Verpflichtung zu unterschreiben, daß sie keinen weiteren Militärdienst leisten würden.

Alle Offiziere, welche die Verpflichtung unterschrieben hatten, behielten ihre Dienstpferde. –

So lauteten die wesentlichen Bestimmungen, unter denen am 9. Juli 1915 die deutsche Schutztruppe in Südwest kapitulierte.

Die Farmer kehrten auf ihre Farmen, die Handwerker in ihre Werkstätten, die Kaufleute und Händler zu ihren Geschäften

zurück. Selbst die auf abgelegenen Posten stationierten deutschen Polizeibeamten sollten »zum Schutz von Leben und Eigentum von Nichtkombattanten«, also von Frauen, Kindern und alten Leuten, wie bisher bewaffnet auf ihren Posten verbleiben, bis sie allmählich durch Unionstruppen abgelöst wurden.
Lediglich in die nicht gerade zahlreichen Amtsstuben, von denen aus zuvor das Schutzgebiet verwaltet worden war, zogen südafrikanische, britische Beauftragte, Beamte, ein, die jedoch genau dort und auch nicht auf sehr viel andere Art fortfuhren, wo die kaiserlich-deutschen Beamten aufgehört hatten, nämlich auf königlich-britische Kolonialmanier, die, zumindest für die weißen »Untertanen«, eher leichter zu ertragen war, als es die frühere gewesen.
Otjikarare lag weit vom Schuß. Dort hörte und sah man nichts von den Ereignissen im Norden und Westen. Der ferne Kanonendonner war als einziges Zeichen dafür herübergedrungen, daß sich jenseits der Horizonte überhaupt irgend etwas von Bedeutung abgespielt hatte. Danach dann völlige Stille für viele Tage. Die Dornbuschweiten schwiegen wie von je.
Martha konnte ihre Unruhe nur noch schwer bezähmen. Halb geistesabwesend widmete sie sich den nie abreißenden Erfordernissen des Alltags. Am liebsten hätte sie sich selbst aufs Pferd gesetzt und den langen Ritt zur Bahn angetreten. Dort würde man Bescheid wissen. Doch wagte sie gerade in so ungewisser Zeit nicht, die Farm für zwei oder drei Tage alleinzulassen. Sie beredete sich mit Hakane – wie stets, wenn die Weite des Landes ihr Rätsel aufgab. Gut, meinte Hakane, ich habe schon daran gedacht, ich werde meinen Neffen Moses nach Komukanti schicken, das ist ein heller Bursche und ein zäher Läufer; er wird schon irgend etwas in Erfahrung bringen.
Moses kehrte schon am dritten Abend auf die Farm zurück, staub- und schweißbedeckt. Diesen Moses muß ich mir

etwas näher heranziehen, dachte Martha. Moses berichtete, der Krieg wäre aus, die Deutschen führen alle wieder nach Haus, die Engländer rückten ab, aber das Land wäre nicht mehr deutsch; auf allen Amtsstellen, so weit sie überhaupt wieder besetzt wären, würde englisch oder burisch, afrikaans, gesprochen, nicht mehr deutsch; aber sonst wäre wohl wieder alles beim alten.
Martha vernahm die Kunde, glaubte sie nicht recht. Für Moses mochte alles wieder »beim alten« sein – aber auch für sie, die Besitzerin von Otjikarare? Wahrscheinlich hatten die Sieger sich nur deshalb so großmütig erwiesen, weil der große, der eigentliche Krieg in Europa, der sich inzwischen, so mußte man es wohl nennen, zu einem wahren Weltkrieg ausgewachsen hatte, ja, der eigentliche Krieg noch nicht entschieden war. Was galt schon Südwest mit seinen fünfzehn- oder zwanzigtausend Deutschen? Vielleicht machte es sich später bezahlt, sich dort als Sieger großmütig gezeigt zu haben.
Müßige Überlegungen sind dies, sagte sich Martha. Ich habe für Otjikarare zu sorgen. Ich habe den Krieg nicht gewollt, Kurt hat ihn auch nicht gewollt. An wen ich meine Rinder verkaufe ist mir gleich, an Deutsche oder Südafrikaner oder die Briten, wenn sie nur vernünftige Preise bezahlen. Vielleicht bringe ich jetzt sogar die Karakul-Fellchen an den Mann. Besser werden sie nicht, wenn sie länger geschichtet liegen. Die ewige Kontrolle und Lüftung macht viel Arbeit.
Wenn ich bloß irgendwen als Ersatz für Mechlin auftreiben könnte. Nichts ist mehr sachgerecht repariert worden, seit Mechlin von Mutter unter den Arm genommen und nach Deutschland zurückspediert wurde. Die Farm kommt auf den Hund ohne einen Könner, der in so vielen Handwerks-Sätteln gerecht ist, wie Mechlin es war!
Wie es Mutter und Mechlin wohl in Deutschland ergangen sein mag?

Martha dachte nur selten darüber nach.
Sie neigte nicht dazu, Fragen nachzuhängen, die sich selbst mit viel Phantasie nicht beantworten ließen.

---

# VI

## Lange in der Schwebe

In der zweiten Hälfte des Jahres 1915 begriff die verwitwete Martha von Horsberg nach und nach, daß das Schicksal sie und ihren Besitz in diesen Kriegszeiten bei Licht besehen recht gnädig behandelt hatte. Andere Farmen im Süden und in der Mitte des Landes waren verwüstet, waren ausgeraubt worden. Die Männer waren vom ersten Tag des Krieges an zu den Fahnen gerufen worden, hatten Frau und Kinder allein auf entlegenen Farmen zurücklassen müssen; die Schwarzen aber, seit kein Mann mehr im Farmhaus regierte, wollten den Frauen nicht mehr gehorchen, wurden nachlässig, ja aufsässig; viele Farmbetriebe kamen dann schnell auf den Hund. Anderswo war den Farmen das Vieh abgetrieben oder zu lächerlichen Preisen abgenötigt worden. Leute, die gerade erst angefangen hatten, sich irgendwo im Busch selbständig zu machen, wurden von heut auf morgen aus der ohnehin mühseligen Arbeit des Aufbaus herausgerissen, hatten die Uniform anziehen müssen, waren in weiter Ferne gefallen, kamen nicht wieder, oder, was beinahe noch schlimmer war, kamen wieder, aber zerschossen, krank, als Krüppel, die das begonnene Werk nicht nur nicht fortsetzen konnten, sondern stattdessen ständiger Pflege bedurften.

Auf Otjikarare war kein einziges Stück Vieh verloren gegangen, alle Arbeit in der gewohnten Weise verrichtet worden. Zwischen dem großen Haus über dem Hang, den kleineren Häusern und den Hütten und Pontoks, in denen die Schwarzen hausten, wie sie es gewohnt waren – wie selbstverständlich hatten die ganze Kriegszeit über auf der großen Farm Frieden und Eintracht geherrscht. Daß auch hier der Vater der beiden kleinen Kinder Floriane und Wilhelm vom ersten Tage an einberufen und früh gefallen war, hatte sich im Farmbetrieb kaum bemerkbar gemacht, denn ohnehin war »der Farmer« auf Otjikarare von jeher weiblichen Geschlechts, und der Mann im Haus war nur sein Assistent gewesen.

Auch waren auf Otjikarare die beiden Buren Piet und Andries beide zu verständigen und treuen, wenn auch nicht übermäßig verantwortungsbewußten Männern (man mußte ihnen stets hinterher sein) herangewachsen; glücklicherweise waren die zwei vierschrötigen Burschen gar nicht erst auf die Idee verfallen, sich den burischen Freikorps anzuschließen.

Viele Buren hatten den Engländern nicht vergessen, daß sie um der Diamanten, des Goldes und Kupfers willen in den ursprünglich sehr bescheidenen burischen Bauern-Republiken Transvaal und Oranje-Freistaat ihrer politischen Freiheit und Selbständigkeit beraubt worden waren. Viele Buren hatten nicht gegen die Deutschen in Südwest kämpfen wollen, sich aber der Einberufung zur Active Citizen Force oder der Citizen Force Reserve (etwa der deutschen »Reserve« und »Landwehr« entsprechend, wörtlich genommen der »Aktiven Bürgerwehr« und »Bürgerwehr-Reserve«) schließlich gefügt. Soweit sich einige burische Freikorps den Deutschen im Südwester Süden zur Verfügung stellten, blieben sie ohne militärische Bedeutung, während doch auf englischer Seite unter Vorantritt des Buren Jan Smuts und des ja auch burischen Louis Botha die englandfreundlichen Buren sich zu energischen Vertretern der englischen Interessen aufschwangen, obgleich sowohl Smuts wie Botha im Burenkrieg zu Anfang des Jahrhunderts an der Spitze burischer Verbände erbittert gegen die Engländer gekämpft hatten. Wenn die Deutschen zu Beginn des Krieges 1914 gehofft hatten, daß sich die Buren »en masse« gegen England erheben und an die Seite der Deutschen treten würden, so sahen sie sich gründlich getäuscht; sie hatten den von Anfang an aussichtslosen Feldzug gegen die mehr als zehnfach überlegenen englisch/burischen Streitkräfte so gut wie allein auszufechten.

Piet und Andries auf Otjikarare hatten keine Sehnsucht nach kriegerischen Lorbeeren verspürt, waren froh gewesen, daß sie »von Amts wegen« nicht beansprucht wurden und hatten sich gesagt, daß es ihnen schwerlich irgendwo sonst besser gehen könnte als unter der zwar einigermaßen strengen, aber stets freundlich menschlichen, vor allen Dingen auch nahrhaften Herrschaft »des Farmers« auf Otjikarare. Auch hatten sie niemals auch nur einen Tag über den vereinbarten Termin hinaus auf ihren Lohn warten müssen, hatten sogar mit den Jahren als Bonus für brav geleistete Arbeit eine Mutterkuh – und noch eine und noch eine – geschenkt bekommen, die umsonst mit den Herden der Farm weiden durften, Kälber bekamen und schließlich so den Grundstock zu einer eigenen kleinen Herde legten. Nein, Piet und Andries dachten nicht daran, »dem Farmer« Martha von Horsberg je davonzulaufen; ihre Frauen gaben sich sogar Mühe, der Ordnung und Sauberkeit im »Großen Haus« nachzueifern...

Als schon im November 1915 der Vieh-Aufkäufer in Otjikarare auftauchte, der den Horsbergs im Auftrag seiner gut beleumundeten Handelsfirma in Omaruru seit Jahren die schlachtreifen Jungochsen und die gerühmten starken Zugochsen des Betriebs abgekauft hatte und dazu noch Preise bot, die Martha kaum glaubhaft zu sein schienen, durfte »der

Farmer« gewiß sein, daß zumindest bis auf weiteres für Otjikarare der Friede ausgebrochen wäre: die Farm war unversehrt über den Krieg gekommen – und es wurde weiter verdient.

»Erst hat uns die deutsche Verwaltung das Schlachtvieh abgekauft, so viel man nur anzubieten hatte«, meinte der Viehaufkäufer aus Omaruru gewichtig, »und jetzt können wir nicht genug nach Südafrika, heißt wohl nach England, liefern. In unserm Geschäft, Frau von Horsberg, muß man die Feste feiern, wie sie fallen!«

»Sicherlich haben Sie recht, Herr Paulsen. Ich wundere mich nur, daß die Sieger uns die Feste feiern lassen. Wer könnte sie jetzt hindern, uns das Vieh und sogar die Farmen wegzunehmen? Stattdessen machen wir weiter, als wäre nichts gewesen, mit den alten oder sogar verbesserten Gewinnspannen und den alten Sorgen. Wir reißen uns hier zum Beispiel schier auseinander, weil ich keinen Ersatz für meinen alten Mechlin finde – Sie kannten ihn ja. Und natürlich fehlt mir auch ein weißer Mensch im Haus, seit meine Mutter ihrem Heimweh nachgegeben hat und nach Deutschland zurückgefahren ist. Meine Herero Paula ist gewiß ein Goldstück, aber man muß ihr natürlich ständig sagen, was zu tun ist – und das macht auf die Dauer müde.«

»Kann ich mir denken, Frau von Horsberg. Die Leute fragen sich überhaupt, wie ›der Farmer‹ es schafft auf Otjikarare, nur mit Schwarzen und den zwei Buren. Nun, ich will die Augen offen halten. Auch die Deutschen, die am Anfang des Krieges aus Lüderitzbucht in die Union abtransportiert worden sind, und die Kriegsgefangenen kommen ja jetzt wieder. Die Schutztruppen-Leute sind auch zum allergrößten Teil entlassen; aber die haben nichts Eiligeres zu tun, als auf ihre Farmen oder zu ihren Geschäften zurückzukehren. Aber, da fällt mir ein, vielleicht habe sogar ich selbst etwas anzubieten: Ich habe eine Tochter, die Lotte, die hilft bis jetzt zu Haus meiner Frau, auch mir manchmal. Zu tun ist ja mehr als

genug, seit im Land nicht mehr Krieg geführt wird. Aber die Lotte muß unbedingt einmal aus dem Haus; sie möchte gern auf einer großen Farm arbeiten. Sie wird jetzt neunzehn. Wollen Sie sich das Mädchen einmal ansehen, Frau von Horsberg?«
Martha überlegte schnell: Wenn die Tochter dem Vater ähnelt, könnte ich sie wahrscheinlich gebrauchen. Paulsen ist ein etwas grober Mann. Aber bemüht und ehrlich habe ich ihn immer gefunden. Sie sagte:
»Das könnte ich tun, Herr Paulsen. Aber Sie sollten sie erst fragen, ob sie überhaupt so in die Einsamkeit verschlagen werden will wie hierher. Und dann müßte sie mir einen Brief schreiben und sich bewerben, damit ich eine Vorstellung davon bekomme, was für einen Menschen ich vor mir habe. Danach sehen wir weiter.«
Herr Paulsen hatte sich bedankt, hatte sein hochrädriges, leichtes Wägelchen bestiegen, den beiden kräftigen Braunen die Leinen leicht auf die Rücken geklatscht und war davongefahren, um noch am gleichen Abend die Farm Okorussu zu erreichen, wo seit einigen Jahren ein Herr Fritz Barske aus Burg bei Magdeburg versuchte, auf einen grünen Zweig zu kommen – wie Martha argwöhnte, nicht mit allzu viel Erfolg.
Es war spät geworden an eben diesem Tag. Martha hatte den Kindern gute Nacht gesagt. Haus und Hof lagen still. Abseits vor den Pontoks der schwarzen Farmhelfer waren die Kochfeuer schon am Verglühen. Die große Nacht der Steppe hatte ihre Herrschaft angetreten, sie würde nicht so kalt werden, wie jene Nacht, die Monate zuvor dem Tag gefolgt war, an dem ferner Kanonendonner die Luft leise beben gemacht hatte. Die warme, die feuchte Jahreszeit war schon im Kommen, aber noch wollten die ersehnten Wolken nicht von Osten herüberquellen und Regen ankündigen. Das Warten auf den Regen schien auch in diesem Jahr die Weißen und die Schwarzen zunächst auf die Folter spannen zu wollen.

Martha hatte die Kontobücher nach dem Abendbrot und dem Abschied von den Kindern auf den neuesten Stand gebracht. Die mit Paulsen abgeschlossenen Geschäfte würden sich gut rentieren. Sie war zufrieden. Wenn nur der Schreibkram nicht so viel Zeit und Genauigkeit erfordern würde! Wie erstklassig hatte Kurt die Buchführung bewältigt. Ihr lag das wenig, aber es durfte nicht vernachlässigt werden.

Sie trat auf die dunkle Veranda hinaus wie beinahe jeden Abend, um den Tag mit einem Blick über den schwarz ruhenden Ozean der Steppe zu beschließen, um sich zu vergewissern, daß die Sterne alle angesteckt waren. Sie waren es. Doch schien der Himmel von einem seiden-feinen Dunst überzogen zu sein. Schickten die Regen also doch schon ihre ersten Vorboten voraus?

Sie dachte daran, ein wie feines Gefühl für die Entwicklung des Wetters Kurt stets gehabt hatte. Sturm und Regen, Gewitter oder auch übermäßige Hitze hatte er so gut wie stets richtig vorausgesagt. Wenn ich Floriane oder Wilhelm auf die Arme nehme, dann fällt mir ein, daß sie keinen Vater mehr haben. Und manchmal, wenn ich nach Mitternacht aufwache, denke ich an Kurt und wie zärtlich er sein konnte, so demütig zärtlich, als wenn er ständig um Vergebung bäte, daß er hier bei mir lebte und könnte mir doch nicht viel helfen. Ich war es allein, die ihn hielt und nicht die Farm oder das Land. Er muß mich sehr lieb gehabt haben, mehr vielleicht , als ich ihn. Kann ich überhaupt jemand so lieb haben, das heißt noch stärker, als ich die Farm liebe, das Land, die Kinder, die auf diesem Boden geboren sind? Aber was zerbreche ich mir den Kopf! Keiner kann aus seiner Haut. Auch Kurt hat nicht herausgefunden. Er hätte wahrscheinlich seiner Einberufung nicht so widerspruchslos zu folgen brauchen, hätte sich auf seine Kopfverwundung oder darauf berufen können, daß er hier auf der Farm unabkömmlich wäre. Aber in seinem Allerinnersten ist er immer Offizier

geblieben und hat die Jahre bei mir als einen einzigen langen Genesungs-Urlaub empfunden. Der war dann am gleichen Tag zu Ende, an dem der Gestellungs-Befehl eintraf; er hat sich sofort auf den Weg gemacht, ahnte vielleicht, daß es nur eine Galgenfrist gewesen ist, die ihm neben mir hier im weiten Busch vergönnt war. Oh, Kurt, was denke ich für ungereimtes Zeug! Du hast dir solche Mühe gegeben, und die Kinder gediehen bei dir. Bei mir gedeihen sie nur, weil alles gedeiht, was auf Otjikarare heranwächst. Vergib mir, Kurt, wenn ich dich nicht so entbehre, wie ich dich wohl entbehren sollte! Viel häufiger frage ich mich: Wo und wie schaffe ich mir einen Ersatz für Mechlin? Für Mutter übrigens auch; sie hat so vieles in aller Stille und Unauffälligkeit verrichtet, um das sich nun keiner mehr kümmert.
Martha trat an den Kopf der Treppe, die von der Veranda vom Haus weg zum Busch hinunterführte. Dunkel und still dehnte sich die Einöde vor Marthas Augen fort ins Bodenlose, ein warmer Abgrund, wie angefüllt mit einem schwarzen, herbe duftenden Schaum. Mein Land rings umher! Oh, wunderbare, lautlose Nacht! Hier lebe ich, nur hier lebe ich! Ihr war, als wüchse ihr aus der Tiefe eine ungeheure Kraft zu. Hier bin ich, dies hier bin ich! Ich bin in meinem Eigentum. Dafür lohnt sich jeder Schmerz und jede Mühe. Dies ist Glück, ein hartes, ewig forderndes Glück. Aber ein anderes werde ich nie erfahren – und ich will auch kein anderes.
Sie seufzte und wandte sich langsam ins lichtlose Haus zurück. Eine sonderbare Scham regte sich in ihr: Bin ich es etwa zufrieden, allein zu sein?
Ehe sie einschlief, glitt ihr wie ein aufdringlicher Refrain der Satz durch den Kopf: Ich muß mir einen Ersatz für Mechlin suchen. Ich kann Hof und Haus und Farm nicht in Ordnung halten, wie sie gehalten werden müssen, ohne einen geschickten Alleskönner, wie Mechlin einer gewesen ist. Mutter hätte ihn nicht beschlagnahmen und mir nichts, dir nichts, entführen dürfen!

Es war, als hätte die Nacht, in welcher Martha mit sich selber abgerechnet hatte – ohne es vorgehabt zu haben –, den Mann herbeigezaubert, den sie sich so dringend wünschte – am nächsten Tag schon.
Martha war erst am Nachmittag von einem längeren Ausritt zurückgekehrt. Piet war beauftragt worden, an der Nordgrenze des Farmgebiets – sie lag ein paar Stunden scharfen Reitens entfernt – einen Kral für erkranktes Vieh einzuzäunen. Wasser dorthin konnte von der Tränke IV abgeleitet werden. Drei Schwarze, die geschicktesten – Hakane hatte sie bestimmt –, waren schon drei Tage zuvor hinausgeschickt worden, um aus dem Busch geeignete Stangen für einen Gitterzaun herauszuschlagen. Das mußte beaufsichtigt werden. Piet fand es manchmal schwierig, die theoretischen Anweisungen Marthas in die Wirklichkeit zu übersetzen.
Das Mittagessen war längst vorbei, als Martha wieder auf dem Farmhof anlangte. Aber Paula hatte der Frau einen Imbiß in der Küche bereitgestellt, bevor sie in ihre privaten Gefilde entschwunden war, um ihrem Hakane die Pontok-Wirtschaft zu führen, in der es nach Hakanes Wünschen oder Anordnungen ebenso zu »klappen« hatte wie im Haupthaus.
Martha ließ sich der Einfachheit halber gleich am Küchentisch nieder; sie hatte Hunger und Durst; waschen konnte sie sich hinterher.
Es ist heiß und staubig gewesen unterwegs. Wenn nur endlich die Regen kämen! Im Haus ist es still. Olga ist mit den Kindern bergauf im Busch unterwegs. Das ist vernünftig. Janchen muß sich austoben. Das geht im Busch besser als im Haus. Sonst schläft sie abends nicht ein.
So, das hat geschmeckt, wenn auch der Kaffee nicht mehr recht heiß war. Jetzt aber waschen! Am besten gleich unter die Dusche und dann in sauberes Unterzeug und in ein frisches Kleid! Ich habe mindestens noch zwei Stunden zu tun, die statistischen Angaben zusammenzustellen für die

neue Administration. Die scheint noch neugieriger zu sein als die alte. Man hätte hoffen können, für eine Weile in Ruhe gelassen zu werden. Aber nein! Die wollen ganz genau wissen, wieviel Areal genutzt wird, wieviele Mutterkühe man laufen hat, wieviele Kuhkälber, Schafe, Schweine und so weiter, und so weiter. Hoffentlich muß ich das nicht nur deshalb aufschreiben, damit die neuen Herren wissen, wieviel sie später beschlagnahmen können. Wer kommt denn da auf den Hof geritten?
Sie hatte den Hufschlag eines Pferdes vernommen, trat an das Küchenfenster zum Hof:
Den kenne ich doch! Woher kenne ich den Mann?
Ja, draußen hatte sich ein breitschultriger Mann von etwa dreißig Jahren aus dem Sattel eines hochbeinigen mageren Grauschimmels gleiten lassen. Er lockerte dem Tier den Sattelgurt, schnallte ihm den Halsriemen auf, streifte das Kopfgeschirr von den Ohren nach vorn, so daß Gebiß und Kandare aus dem Pferdemaul glitten, wobei der Stahl an den Zähnen klapperte, schob dann das Geschirr über den Pferdehals zurück und band es am Sattelknopf fest, damit es nicht wieder nach vorn rutschen konnte. Dann bekam das müde Tier einen Freundschafts-Klaps aufs Hinterviertel: »So, Schimmel, such dir was zu fressen. In den Hofecken wächst noch allerlei!«
Das Pferd tat, wie ihm geheißen. Offenbar war es seinem Herrn so ergeben wie ein braves Hündchen und lief nicht weit fort.
Martha hatte die kleine Szene vom Fenster aus beobachtet und Gefallen daran gefunden. Auch gefiel ihr, wie der Mann sich nun selber zurecht zupfte, sich übers Haar strich, die Jacke glatt zog, sich die Hosen abklopfte – staubig war es jetzt auf allen Wegen.
Der Mann sah sich um, ob sich niemand zeigte, den er hätte ansprechen können. Niemand! Der Fremde stand unschlüssig. Es war, als traue er sich einen weiteren Versuch, sich

Beachtung zu verschaffen, nicht zu. Auch war ja noch der Staub von dem zerdrückten, breitrandigen Filz zu klopfen; der Mann hatte ihn nach dem Absteigen zunächst über einen der drei Pfosten gehängt, die Besuchern zum Anbinden ihrer Pferde dienten.

Martha blickte immer noch angestrengt hinaus. Sicherlich war sie von draußen, wo das strahlende Licht des Nachmittags waltete, im dämmrigen Hintergrund der Küche nicht zu erkennen.

Den Mann habe ich schon einmal erlebt! Aber wo? Mit seinem alten Hut gibt er sich viel Mühe. Das zerdrückte Ding scheint ihm teuer zu sein. Das ist doch übrigens, natürlich, das ist ein ehemaliger Schutztruppenhut!

Und plötzlich wußte Martha, wer sich da auf ihrem Hof angefunden hatte: Im vergangenen Juni, oder war es schon Anfang Juli gewesen, die Nachzügler des sogenannten Regiments v. Kleist, der einzige darunter mit Tressen am Rock, der Unteroffizier namens Wenzel! Richtig, Wenzel! Der sich damals sehr um sein total erledigtes Roß gekümmert hatte. Wenn ich mich nicht irre, war es dieser selbe knochige Grauschimmel. Er hat das Tier also wieder zu Kräften gebracht. Das hätte ich damals nicht erwartet. Was will der bei mir, warum ist er hier?

Sie hatte die Küche schon verlassen, den großen Wohnraum durchschritten und trat auf die kleine hölzerne Terrasse hinaus, die zwei Stufen hoch den Hofeingang zum Haus bezeichnete.

Der Ankömmling schien erleichtert zu sein, daß endlich ein Mensch von seinem Erscheinen Notiz nahm. Er behielt den Hut in der Hand und schritt auf Martha zu, die zwei Stufen über dem Vorplatz stehen geblieben war und zu dem Besucher hinunterblickte.

»Guten Tag, Frau von Horsberg! Entschuldigen Sie, bitte, daß ich Ihnen unangemeldet ins Haus falle. Ich hoffe, daß Sie sich meiner vielleicht noch erinnern.«

»Doch, ich glaube, ich weiß, wen ich vor mir habe. Ihr Hut hat mich auf die richtige Fährte gebracht. Auch ritten Sie damals, unmittelbar vor dem Schlußakt des Krieges, den gleichen Grauschimmel, von dem ich allerdings nicht glaubte, daß er die Strapazen überstehen würde. Sie sind der Unteroffizier Wenzel, nicht wahr?«
»Anton Wenzel, ja, so ist mein Name. Ich stamme aus Hof im Fichtelgebirge, war mit anderen – ich bin Bauschlosser und Klempner – auf Montage in Lüderitzbucht. Ich kam gerade noch weg mit dem letzten Zug, bevor die Stadt in englische Hände fiel, gleich am Anfang – wurde dann gleich in Keetmanshoop eingezogen und war bis zum Schluß, bis zum letzten Schuß bei Ghaub dabei. Wenige Tage später war alles aus, und wir wurden nach Haus geschickt; ich wurde nicht interniert, da ich nicht zur aktiven Schutztruppe gehört hatte. Es gelang mir sogar, mir meinen geliebten Grauschimmel zu erhalten; er sollte ausgemustert und als völlig verbraucht und nicht verwendbar dem Abdecker ausgeliefert werden. Das konnte ich verhindern. Ich wußte, daß er wieder zu sich kommen würde, und habe mich mit ihm zusammen und zwei ebenfalls entlassenen Kameraden auf einer scheinbar nicht mehr bewohnten Farm bei Kalkfeld erholt. Aber dann kam der Besitzer mit Familie aus der Stadt zurück; er war mit seinen Schwarzen nicht mehr fertig geworden, hatte den Mut verloren und sich nach Omaruru in Sicherheit gebracht. Er konnte nur einen von uns behalten. Mir gefiel der Mann ohnehin nicht sehr. Es machte mich auch stutzig, daß seine schwarzen Arbeiter sich gegen ihn gewandt hatten, als die deutsche Verwaltung nach Norden weichen mußte. Aber wo sollte ich hin? Nur in Lüderitzbucht hatte ich einige Bekanntschaften geschlossen. Mir stand immer noch vor Augen, wie hilfreich wir damals in Otjikarare aufgenommen worden waren und wie tatkräftig Sie uns damals auf die Sprünge geholfen hatten. Ich dachte mir, auf so einer großen Farm, da kann ich mich bestimmt nützlich

machen. Ich hab's bis hierher geschafft, Frau von Horsberg. Da bin ich nun – und hoffentlich jagen Sie mich nicht vom Hof. Fürs Internierungslager bin ich mir offen gestanden zu schade. Ich muß was zu schaffen haben, sonst komme ich auf dumme Gedanken.«

Er schwieg, der gute Mann namens Anton Wenzel. Er hatte die lange Rede ohne Stocken heruntergebetet. Anscheinend hatte er lange geübt, wie und was er vortragen müßte, um seinen Fall darzustellen. Martha hatte ihn von oben her mit zusammengezogenen Brauen genau beobachtet, während er sprach. Er war ihren Augen nicht ausgewichen, hatte sein Sprüchlein ohne Umschweife aufgesagt. Dies war ein ehrlicher Mann, wahrscheinlich auch ein guter Mann, wie wohl der Grauschimmel bewies; der Schimmel hatte an dem Trog, durch den in dünnem Strahl das Wasser vom Berg ständig plätscherte, seinen Durst gelöscht und weidete nun das vergilbte Gras ab, das in den Winkeln des großen Farmhofs noch reichlich anstand. Das Pferd war seinem Reiter offenbar eng und vertrauensvoll verbunden. Und Martha, die mit Pferden groß geworden war und einen pferdeweisen Vater als Lehrer gehabt hatte, wußte sehr genau, daß Pferde sich nur selten eng an einzelne Menschen anschließen und nur dann, wenn sie sicher sind, nie von ihnen grob oder verständnislos behandelt zu werden.

»Das kommt mir natürlich etwas überraschend, Herr Wenzel! Sie noch einmal wiederzusehen, darauf war ich nicht vorbereitet. Kommen Sie erst einmal herein und erfrischen Sie sich. Es ist noch etwas da vom Mittagessen. Ich mache Ihnen auch noch eine Tasse Kaffee. Oder wollen Sie erst absatteln? In der Hauskoppel hinter der Remise, da drüben, steht besseres Futter an als hier auf dem Hof. Auch wird meine Paula bald wieder erscheinen, um das Abendbrot vorzubereiten. Dann können Sie sich richtig sattessen. Vorher und nachher haben wir Zeit, uns etwas eingehender zu unterhalten. Sie werden verstehen, daß ich noch Verschiede-

nes erfragen möchte. Wir leben hier sehr abgelegen und sind aufeinander angewiesen. Jeder muß sich in den andern schicken. Uneinigkeit darf nicht aufkommen.«
»Das kann ich mir gut vorstellen, Frau von Horsberg. Ich versorge also mein Pferd und melde mich dann im Haus.« – Als Martha drei Stunden später die kleine Lampe im Schlafzimmer löschte und im Dämmerdunkel noch einmal den Tag bedachte, drängten sich ihr die Flüsterworte auf die Lippen: »Man muß sich, was man braucht, nur lange und dringlich genug wünschen und den Sinn darauf richten. Dann bekommt man schließlich, was man nötig hat. Dieser Anton Wenzel aus Hof – habe keine Ahnung, wie es im Fichtelgebirge aussieht –, der kann also mit Eisen und Blech, mit Holz und Ziegeln umgehen. Ich glaube nicht, daß er zuviel versprochen hat. Papiere über erfolgreich abgelegte Gesellen-Prüfungen, die brauche ich hier nicht, ganz gewiß nicht! Es kommt mir darauf an, ob er geschickte Hände hat – und die hat dieser Anton Wenzel, oder ich müßte mich sehr täuschen. Er könnte sich als ein zweiter Albrecht Mechlin entpuppen, oder ein viel besserer. Ich fange ihn ja auf, mitten aus der leeren Luft; er wird sich anstrengen. Er ist freundlich und umgänglich, wie es Mechlin niemals gewesen ist, selbst wenn er sich Mühe gegeben hätte. Lieber Gott, wegen Otjikarare gib, daß ich mich nicht täusche – und daß es mir gelingt, diesen ordentlichen Mann und Handwerker auf der Farm zu halten!«
Mit diesem Stoßgebet schlief sie ein.

---

Schon acht Wochen später glaubte Martha, sich sagen zu müssen, daß es nicht allein die bunte, auch anspruchsvolle Fülle der auf Otjikarare wartenden Aufgaben war, die den ehemaligen Unteroffizier der zu einem Nichts vergangenen Schutztruppe an die Farm hinter dem Waterberg fesselte.

Es mochte so aussehen, als ob das Schicksal sich in diesen Wochen des neuen Jahres 1916 entschlossen hätte – Hitze und Schwüle walteten über dem üppig blühenden, grünenden Busch, und die Riviere »kamen ab«, mehr als einmal! –, Marthas Leutesorgen ohne viel Aufhebens zu beseitigen. Ein Wunder war das kaum, hatte doch das Ende des Krieges einige tausend Männer freigesetzt, die, soweit sie für eigene Rechnung arbeiteten, nach sinnvoller, vor allem ausreichend bezahlter Tätigkeit Ausschau hielten. Martha hätte außer Anton Wenzel noch drei weitere Männer anheuern können, die sich wahrscheinlich ebenso wie der ehemalige Unteroffizier geeignet hätten, die Stelle eines Hofmeisters – so muß man den Posten wohl benennen – auf Otjikarare einzunehmen. Wenzel hatte sich von seinem guten Instinkt leiten lassen, hatte sich der Farm erinnert, auf der er vor dem allerletzten Gefecht gespeist und getränkt worden war, hatte die Besitzerin von sich und seinen Fähigkeiten überzeugt und saß bereits fest im Sattel, als weitere Bewerber auftauchten.
Die Verhältnisse schaukelten sich schneller wieder ein in Südwest, als nach dem erbittert geführten einjährigen Buschkrieg zu erwarten gewesen war. Die Neger merkten bald, daß sich für sie die Umstände im Land kaum verändert, wenn nicht verschlechtert hatten. Die deutschen und anderen Farmer saßen wieder auf ihren Farmen, betrieben ihre Geschäfte wie zuvor. Wo Farmen infolge des Krieges zum Verkauf standen, wurden sie von Engländern oder Buren aus der Südafrikanischen Union erworben. Denn was deutsches Geld noch wert war oder in Zukunft sein würde, das wußte niemand vorauszusagen.
Aus der Verwaltung des Landes waren die Deutschen allerdings radikal ausgeschaltet worden. In den Ämtern saßen jetzt Südafrikaner, teils noch Soldaten, teils schon Zivilisten aus Kapstadt oder Pretoria. Und die Schwarzen entdeckten, daß sie von diesen Beamten durchaus keine nachsichtigere

Behandlung erwarten durften als vor dem Krieg von den Deutschen; eher war das Gegenteil richtig. (Als 1924 Samuel Maherero starb, der große Führer des Herero-Stammes – soweit dieser nach dem Hererokrieg noch vorhanden war – ließ er sich unter schwarz-weiß-roter Flagge begraben, nicht unter englischer. Für die Herero war Südwest deutsch geblieben.) Es hatte sich für die Schwarzen nicht bezahlt gemacht, hier und da den Engländern aus Südafrika Späherdienste geleistet oder gar die deutschen Farmen beraubt zu haben. Die alten Dienstverhältnisse hatten sich schnell wiederhergestellt, seit im Land nicht mehr deutsche, sondern englische Bezirksbeamte die Oberaufsicht führten. Auf Otjikarare hatte es ohnehin keine Schwierigkeiten gegeben; dafür hatte Hakane gesorgt; Martha brauchte diesem treuen Gefolgsmann nur einen leisen Wink zu geben, und er brachte im Handumdrehen jeden Schwarzen, der sich nicht in die auf Otjikarare geltende Ordnung fügte, wieder auf den Pfad der Tugend zurück.

Mechlin war also auf der Farm durch Wenzel ersetzt – mehr als ersetzt, wie es Martha bald deutlich wurde. Wenzel schien beweglicher, einfallsreicher zu sein, hatte mehr gelernt – und im Krieg viel hinzugelernt, was ihm nun im Alltag der Farm sehr zustatten kam –, ganz abgesehen davon, daß er ganz anders als der ewig griesgrämige Mechlin zumeist bei guter Laune war, mit den Negern auf freundlich ungezwungene Weise auskam, nicht nur seine Aufgaben erfüllte, sondern dem Farmer Martha mit manchem vorwärtsweisenden Einfall aushalf. Piet und Andries brauchten sich nun nur noch dem Vieh zu widmen. Das war gut so, denn das verstanden sie, und sie wußten ihre schwarzen Helfer gut im Gang zu halten.

Auch im Hause war endlich wieder ein zweites weißes weibliches Wesen eingekehrt und schien sich anzuschicken, in die Rolle der nach Deutschland zurückgewichenen Mutter Marthas hineinzuwachsen. Die Tochter Lotte des Viehhänd-

lers Paulsen war, wie Martha mit dem Mann verabredet hatte, auf Otjikarare eingetroffen, ein williges, wenn auch anfangs noch unbeholfenes Geschöpf, und hatte sich mit großem Eifer der Aufgabe angenommen, die schwarze Paula und auch Olga bei den Kindern zu entlasten – und mit der Zeit im wesentlichen zu ersetzen. Denn Paula und Olga hatten ja in der kleinen Eingeborenen-Siedlung der Farm ihre Ehemänner und ihre eigenen Kinder zu versorgen und durften – wie Martha meinte – nicht zu dem Glauben verführt werden, daß sie im Haupthaus auf die Dauer unentbehrlich wären. Für Martha verstand es sich von selbst, sie brauchte nicht darüber nachzudenken: Die weiße Welt und die schwarze Welt mochten sich berühren und sogar an manchen Stellen überschneiden; zur Deckung bringen ließen sie sich nie. Das durfte man als Mensch mit weißer Haut nie vergessen. Die Neger vergaßen es ohnehin nur ungern und nur selten.
Lotte Paulsen war ein zierliches, aber drahtiges Geschöpf mit braunem, leicht gewelltem Haar und großen braunen Augen. Sie hatte nichts Besonderes gelernt, aber sie besaß einen hellen Kopf und lernte schnell, was sich unter Marthas Anleitung und an Paulas Beispiel lernen ließ, hatte sie doch ihren Eltern in der Wirtschaft und in der Betreuung kleiner Geschwister von früh auf helfen müssen; auch schien bei den Paulsens zuweilen Schmalhans Küchenmeister gewesen zu sein, denn der Vater war offenbar inniger, als es ihm und der Familie bekömmlich war, dem Alkohol zugetan. Lotte Paulsen fühlte sich auf Otjikarare schon nach vier Wochen »wie im Paradies« und sagte es auch, strahlte dabei, daß die Küche um einiges heller wurde und lachte ihre »Frau von Horsberg« dabei an, daß Martha ihr Herz warm werden fühlte. Mit dieser Lotte hatte sie einen mindestens ebenso guten Griff getan wie mit dem geschickten Anton Wenzel. Obgleich Wenzel um etwas älter war als sie selber, Lotte nur um zehn Jahre jünger, fühlte sich Martha den beiden gegenüber, weil

sie die ungleich erfahrenere und die für alles verantwortliche Person war, so grundsätzlich überlegen, daß weder sie selbst noch die beiden anderen ihre Autorität auch nur im Traum bezweifelten.

Doch um so unvermeidlicher wurden Wenzel und Lotte, die beiden »Neuen« auf der Farm, aufeinander hingewiesen. Wenzel war schon einige Wochen auf der Farm tätig, als Lotte ihren Dienst – zunächst nur auf Probe – antrat, und Wenzel konnte dem aufmerksam lauschenden Mädchen mancherlei erklären, was die sachlichen und die menschlichen Umstände auf der Farm anbelangte. Wenzel hatte weder vor dem Krieg »auf Montage« in Lüderitzbucht noch während des Feldzugs Gelegenheit gehabt, mit Vertreterinnen des anderen Geschlechts in nähere Beziehung zu treten – und nun hatte er beinahe täglich auf dem Hof oder bei den Mahlzeiten dies blühende, blanke Mädchen vor Augen, auch stand niemand sonst zur Wahl – und wäre das selbst der Fall gewesen, diese Lotte mit der bräunlichen klaren Haut war nicht leicht zu übertreffen.

Martha merkte bald, daß ihr vorzüglicher neuer Haus- und Hofmeister Feuer gefangen hatte und daß Lotte, ein gewiß noch unbeschriebenes Blatt, so munter mit den Kindern oder am Kochherd trällerte, weil solches auch ihr nicht entgangen war und ebenso aufregend wie erquicklich empfunden wurde.

Martha nahm sich also bei passender Gelegenheit Lotte beiseite und redete ihr ins Gewissen:

»Lotte, der Anton Wenzel ist ein netter Kerl, das weiß ich auch. Aber er hat nichts hinter sich, zumindest nicht, so lange der Krieg dauert. Und ob danach viel Staat zu machen sein wird, das weiß kein Mensch. Also vergib dir nichts, Lotte, und paß auf dich auf. Oder ich schicke dich lieber gleich zu deinen Eltern zurück. Ich möchte mir nicht von deinem Vater sagen lassen, ich hätte besser auf dich acht geben sollen. Mache dir auch klar, Lotte, daß ich dich zur Not

hier auf der Farm entbehren könnte, aber den Anton Wenzel nur sehr ungern. Du bist noch nicht großjährig, Mädchen, und bis auf weiteres trage ich für dich die Verantwortung.«
Lotte hatte sich die kleine Mahnrede ernsthaft und gehorsam angehört, lachte dann aber ihre Dienstherrin mit so selig heiterer Miene an, daß Martha sofort begriff: diesem Kind passiert nichts; das ist außerdem kein Kind mehr, sondern ein fertiges Weiblein.
»Ach, Frau von Horsberg, Sie brauchen keine Angst zu haben. Der Anton, das ist bestimmt ein feiner Kerl, und er kann auch was. Aber so schnell oder so leicht, wie er sich das vielleicht denkt, geht das nicht. Ich glaube, er hat schon begriffen, daß in diesen Sachen ich zu bestimmen habe. Wenn er mich wirklich gern hat, dann wird er schon parieren. Wenn er nicht parieren will, dann weiß ich, daß er mich nicht richtig gern hat, und dann ist sowieso nichts zu machen. Nein, bitte, Frau von Horsberg, Sie brauchen sich nicht zu beunruhigen!«
In der Tat, Martha fühlte sich nach dieser vertraulichen kleinen Aussprache durchaus beruhigt, was Lotte Paulsen anbetraf – aber beruhigt war sie durchaus nicht, was sie selber anbetraf.
Was sich da in ihrer nächsten Nähe anbahnte, was sie in der Luft um die beiden – etwa am Abendbrottisch – zu spüren meinte, davon wurde Martha selbst im geheimen auf sonderbare, nicht als angenehm empfundene Weise beunruhigt.
Die beiden neuen Mitarbeiter hatten ihr manche Sorge und viel Arbeit abgenommen. Lotte gab sich auch mit Vergnügen, soweit ihr freie Zeit verblieb, mit den Kindern ab und hatte es schon nach kurzer Zeit verstanden, die Kleinen für sich zu begeistern. Martha fragte sich manchmal: meine schwarze Olga geht mit den Kindern mindestens ebenso liebevoll um wie die weiße Lotte, kümmert sich auch viel intensiver um alle ihre kleinen und großen Anliegen. Warum freuen sich die Kinder über eine halbe Stunde mit Lotte mehr

als über einen ganzen Tag mit der Olga? Nur weil Lotte die gleiche Hautfarbe hat wie sie selber? Kann ich mir nicht denken...
In der Nacht nach dem Tag, an welchem Martha geglaubt hatte, ihre jugendliche Mitarbeiterin zur Vorsicht mahnen zu müssen, hatte die Frau des Hauses sich erst spät zur Ruhe begeben. Zeitungen waren eingetroffen, englische natürlich, aus Kapstadt (deutsche gab es schon längst nicht mehr); sie waren an die vier Wochen alt. Aber man las sie doch bis zur letzten Zeile. Der Krieg in Europa schien noch immer weit von einer Entscheidung entfernt zu sein. Also hing auch das weitere Schicksal von Südwest nach wie vor in der Schwebe. Man mußte weitermachen wie bisher – und vorläufig ging das nicht schlecht.
Martha fand nicht in den Schlaf. Sie konnte von ihrem Kissen durch das weit offene Fenster in die Nacht hinausblicken, eine samtene, nicht ganz klare Nacht. Ganz in der Ferne war zuweilen ein blasses Zucken am oder hinter dem Horizont zu ahnen, der dann für winzige Bruchteile von Sekunden erkennbar wurde. Jetzt, im nächtlichen Schlafzimmer, kehrten ihre Gedanken noch einmal zu den kühnen Worten zurück, mit welchen die kleine, aber dem Kindesalter schon entwachsene Lotte die Frau des Hauses, sie, »den Farmer«, beruhigt hatte.
Der Wenzel also – hat sich fein bei mir herausgemacht, der Bursche, nachdem er erst einmal die militärische Vergangenheit in den Schrank gehängt hat; er ist richtig aufgeblüht bei mir. Hat sich in die kleine Lotte verliebt, mit Haut und Haar offenbar. Sie ist ja auch zum Verlieben, der kleine, zierliche Satan. Aber da sie noch unschuldig ist – was man so nennt –, wird sie nicht von einem Verlangen nach Dingen geplagt, die sie noch gar nicht kennt. Das ist ihr Schutz, und sie scheint nicht gesonnen zu sein, ihn aufzugeben, so lange sie noch nicht weiß, wohin die Reise geht.
Plötzlich gab eine Sperre nach in Marthas Hirn. Der Gedanke

rann weiter, war nicht mehr anzuhalten: aber ich, ich kenne die Dinge – und das Verlangen...
Ich bin allein.

---

Zu Beginn des Jahres 1916 näherten sich auf dem Südwester Hochland die Monate, in denen die Regen fallen – wenn sie fallen! –, ihrem Ende; die Schwüle war schon aus der Luft gewichen, die Blumenpracht verblüht und in den großen Rivieren wie dem des Swakop oder des Ugab verrieten nur noch ein paar Wasserlachen hier und da, daß sich in ihnen vor nicht allzu langer Zeit lehmgelbe Fluten meerwärts gewälzt und es quer durch die Wüste Namib sogar erreicht hatten. Die Nächte begannen in sterndurchflimmerter Klarheit kalt zu werden, das Gras der Steppe verdorrte schon zu goldgelbem oder auch fahlbraunem »Heu auf dem Halm«. Die Verhältnisse in Südwest hatten längst wieder wie vor dem Krieg in ihr altes Geleis zurückgefunden, und über den anscheinend höchst überflüssigerweise veranstalteten Südwester Krieg verlor niemand mehr gern ein Wort, hatte er doch lediglich bewirkt, daß über dem »Tintenpalast« in Windhuk statt der kaiserlichen Flagge des Deutschen Reichs nun der Union Jack der Engländer wehte und in den wenigen Amtsstuben weit umher im Land statt deutsch nun englisch oder burisch/afrikaans gesprochen wurde, im übrigen aber die Kinder weiter auf die deutsche Schule gingen und die Kranken im deutschen Krankenhaus behandelt wurden und die Toten des vergangenen Krieges – Ehre ihrem Andenken! – schon in die Geschichte eingegangen waren.
Als also allen Bewohnern des Landes bewußt geworden war, daß sich – vorbehaltlich des Kriegsausgangs im fernen Europa – am Südwester Alltag nicht allzu viel verändert hatte, war auch auf der großen Farm der Martha von Horsberg, Otjikarare, der weitere Fortschritt und Aufstieg nicht

aufzuhalten. Dies um so weniger, als die empfindlichen Lücken im Personal durch den Hinzutritt von Anton Wenzel und Lotte Paulsen sehr glücklich hatten aufgefüllt werden können. »Der Farmer« Martha war entlastet, brauchte sich nicht mehr um jede Kleinigkeit im Betrieb zu kümmern, fand vielmehr Zeit, mit Ruhe und Bedacht neue Pläne für die Entwicklung der Farm zu entwerfen und durchzurechnen. Die Kinder entwickelten sich wie die jungen Antilopen im wilden Busch, munter und kerngesund. Floriane zeigte schon früh, daß sie mit einer über ihr Alter hinausreichenden Verständigkeit und Einsicht begabt war, so daß man mit ihr reden und rechten konnte wie mit einer Erwachsenen, während der kleine Wilhelm manchmal einen Dickkopf aufsetzte, seinen Willen durchzusetzen unternahm, gutem Zureden unzugänglich blieb, so daß seiner Mutter oft genug die Hand zuckte, den kleinen Rebellen mit Gewalt zur Ordnung zu rufen. Doch mochte Martha auch im praktischen Leben dazu neigen, unvernünftigen Widerständen niemals nachzugeben – ihrem Söhnchen gegenüber blieb sie nachsichtig: er wird sich später hart genug zu bewähren haben; man darf ihm das Vertrauen in die eigene Kraft, sich durchzusetzen, nicht schwächen. Außerdem sah der kleine Kerl auf beinahe belustigende Weise seinem Vater ähnlich, den nun schon seit bald zwei Jahren die dürre, heiße Erde der Trockensteppe im Süden des Landes deckte. Der Vater – mußte sich Martha nur allzu häufig vor Augen halten – hat ein völlig anderes Temperament besessen, war nachsichtig, milde, skeptisch von Natur, ganz anders also geartet als der Sohn; aber äußerlich hat er mir mit dem kleinen Wilhelm sein Ebenbild hinterlassen.
Stets wanderten dann Marthas Gedanken weiter – auf einsamen, aber seit langem ausgetretenen Pfaden: habe ich ihn eigentlich geliebt, wie eine Frau ihren Mann lieben soll und wie wohl meine Mutter meinen Vater geliebt hat – oder habe ich ihn nur gebraucht, wie jedes weibliche Wesen normaler-

weise ein männliches braucht, um ein einigermaßen gerundetes Leben zu leben? Ich weiß es nicht. Ich komme damit nicht klar. Ich bin auch jetzt noch nicht darüber hinaus. Er fehlt mir. Am Tag nicht so sehr, wie in...
Selbst in Gedanken vollendete sie den Satz fast nie. Sie wußte nur: Ich bin allein – und muß mitansehen, wie Lotte und Wenzel sich jeden Tag ein wenig näherkommen, sie mochten es nun wollen oder nicht – und sie wollten es eigentlich nicht: der eine, weil er keine rechte Zukunft vor sich sah, die er anzubieten hatte, die andere, weil sie spürte, daß sie noch warten konnte, also wollte sie noch warten.
Auf wen habe ich zu warten? fragte sich Martha. Kurt ist tot. Ich bin allein, allein, allein.

---

In diesen Monaten, in denen sich Südwest ziemlich mühelos den Verhältnissen anpaßte, die durch die Niederlage der Schutztruppe und durch die gnädigen Bedingungen, unter denen sich die kleine Streitmacht hatte ergeben dürfen, geschaffen waren, hob sich auch der Vorhang über einem neuen Akt des Schicksals der Martha von Horsberg.
Als schon die kühl-warmen Tage der trockenen Zeit des Jahres 1916 über den weiten Steppen walteten, fuhr »dem Farmer« eines Nachmittags eine jener neumodischen Benzinkutschen auf den Hof, von denen Martha zwar gelegentlich gehört, mit denen sie aber noch keine persönliche Bekanntschaft gemacht hatte.
Der Fahrer ließ den Motor noch einmal kurz aufheulen und stellte ihn dann ab – mitten auf dem Farmhof. Der sonst sehr gemütliche und stets zum Wedeln bereite Bastardhund, der sich auf der Farm nach dem Kriege angefunden und Heimatrecht erworben hatte, gebärdete sich wie von einem Dämon besessen vor Wut und Furcht angesichts des fremdartigen Gefährts.

Martha hatte im Kontor über dem Karakul-Zuchtbuch gesessen, um sich endgültig darüber klarzuwerden, welche Mutterschafe in dieser Saison auszusondern sein würden, da die Fellchen der Lämmer, die sie bisher geboren hatten, der Qualität nach nicht den hohen Ansprüchen gerecht wurden, die Martha sich für ihre Herde zur Regel gemacht hatte. Diese Aussonderung bildete für den Farmer ein einigermaßen bitteres Geschäft. Aber wenn man in die vorderste Reihe der Karakul-Züchter vorrücken wollte, wie Martha es sich vorgenommen hatte, dann war sie nicht zu umgehen. Der Züchter beschnitt damit Jahr für Jahr von neuem den Zuwachs seiner Herde, aber er verbesserte ihren Wert und letzten Endes seinen Gewinn.
Martha wurde von ihrer – wie sie stets empfand – recht unerquicklichen Beschäftigung abgelenkt durch das wilde Spektakel, das sich auf dem Hof erhoben hatte. Sie schob den Stuhl zurück und trat ans Fenster.
Ein Automobil auf dem Hof von Otjikarare! Das hatte es in der Tat noch nicht gegeben. Kein Wunder, daß Basti, der grobschlächtige Hund, außer sich geraten war vor Aufregung. Ein Mann mit großer, dunkler Schutzbrille vor den Augen drehte sich vom Führersitz des offenen Automobils durch die niedrige Tür zu Boden, reckte sich ein wenig, als wollte er Steifheit aus seinen Gliedern vertreiben, schob sich die breite Brille mitsamt der Schirmmütze von Stirn und Kopf und blickte sich um. Auf der andern Seite des Autos schob sich ein zweiter Mann ins Freie, auch er mit großer Brille und Kappe, jedoch anders als der Fahrer des Wagens in eine Art Monteur-Anzug gekleidet. Der Fahrer, der dem wild bellenden Hund beruhigend zusprach, war »zivil« und durchaus nicht unelegant gekleidet – in Knickerbockers und Kniestrümpfen, mit Lederweste und dunkelgrauem Hemd, ein »Herr« offenbar.
Anders als es ihr seinerzeit mit Anton Wenzel ergangen war, erkannte Martha diesmal den unerwarteten Besucher auf der

Stelle: Captain James Munro war es. Gleich fiel ihr Rang und Namen des Mannes ein, mit dem sie wenige Abende vor dem letzten Gefecht des Südwester Feldzuges ein merkwürdig offenherziges Gespräch geführt hatte, von dem sie damals nach der Art eines Kavaliers behandelt und auf kluge Weise aus sich herausgelockt worden war. Die Erinnerung an den englischen Offizier mit dem schottischen Namen war in Marthas Hirn nicht verblaßt; doch war sie nie mit einem Wunsch oder auch nur Traum verknüpft worden, denn daß dieser Captain Munro je wieder in ihrem Umkreis auftauchen könnte, hatte Martha für außerhalb jeder Wahrscheinlichkeit liegend gehalten.
Plötzlich also stand dieser Mann – nicht mehr als Soldat, sondern als ein wohlgekleideter Bürger auf ihrem Hof, war aus dem allerersten Auto gestiegen, das je auf hohen Rädern den Weg nach Otjikarare gefunden hatte. Das war ein Ereignis!
Martha beeilte sich, auf den Hof zu gelangen. Das Zuchtbuch blieb aufgeschlagen liegen.
»Captain Munro! Ich bin wirklich überrascht. Aber seien Sie willkommen! Es sind auch bestimmt keine deutschen Reiter mehr in der Gegend. Und mit einem Auto. Das interessiert mich sehr!«
Freundlicher, als es sonst ihrer Art entsprach, hatte sie den Besucher begrüßt, merkte es und nahm sich an den Zügel. Das schmale, hohe Gesicht des Besuchers hellte sich auf: Martha war es, die den Anlaß zu diesem Besuch bildete – kein Zweifel! Sie spürte es, erkannte aber auch den eigentümlichen, sozusagen eingeborenen, wohl auch unbewußten Hochmut – um es nicht Arroganz zu nennen –, der auf dem Antlitz dieses Mannes angesiedelt schien, erkannte es viel deutlicher und ohne jeden Übergang, als sie es damals wahrgenommen hatte. Ja, sie nahm sich sofort zurück.
»Wie geht es Ihnen, Frau von Horsberg? Nein, fremde Reiter sind nicht mehr in der Gegend zu vermuten. Größere

Schwierigkeiten hat mir die Reise hierher bereitet. Bis Esere geht es schon zur Not, aber dann hier herüber – eine wahre Quälerei! Sie müssen die Straße verbessern, wenigstens die beiden Fahrspuren befestigen. Sie werden sich sicherlich auch bald ein Auto anschaffen. Das heißt, dies ist nicht mein eigenes Auto, sondern mein Dienstwagen, und den habe ich auch nur zur Verfügung, weil er am Ende des Feldzugs den Geist aufgegeben hatte und liegengeblieben war. Aber Charly und ich haben ihm den Geist wieder eingehaucht; die Behörde hat ihn mir dann bewilligt.«
Martha begriff die in diesen Worten angedeuteten Umstände nicht vollkommen; es war auch nicht sehr wichtig. Wichtig war, Abstand herzustellen:
»Ich wüßte nicht, was mir ein solches Automobil unter hiesigen Verhältnissen nützen sollte. Auf Pferde ist Verlaß, auf Pferde verstehe ich mich. Pferde haben bisher unseren Bedürfnissen im Busch vorzüglich entsprochen. Ich habe auch niemand, der mir einen solchen Knatterwagen pflegen und instandhalten könnte. Aber kommen Sie zunächst herein, Captain Munro, und berichten Sie, was Sie zu mir führt, ganz ohne militärischen Anstrich.«
»Gewiß, das werde ich gern tun, aber darf ich mich vorher waschen und umziehen. Auch mein Fahrer, Charly, wäre sicherlich dafür dankbar. Der Staub war entsetzlich. Aber immerhin sind wir in der Hälfte der Zeit von Komukanti hierher gelangt, die wir zu Pferde hätten vertrödeln müssen. Glauben Sie mir, Frau von Horsberg, es werden nicht viele Jahre vergehen und Sie werden ein Auto ebenfalls schätzen lernen.«
Martha ließ die Bemerkung auf sich beruhen, ging ins Haus voraus, um zu prüfen, ob das Gastzimmer bereit stand, wie es auf der Farm stets bereit zu stehen hatte. Der Fahrer Charly war in der zweiten Gästekammer hinter Wenzels Quartier unterzubringen. Paula und Lotte mußten in Bewegung gesetzt werden, um für den Abend ein etwas an-

spruchsvolleres Essen vorzubereiten – denn daß die Besucher über Nacht Quartier bekommen und als keineswegs unerwünschte Abwechslung ein wenig gefeiert werden würden, verstand sich nach den Umgangsregeln der Südwester Steppen von selbst.

Beim Abendbrot – fünf Leute am Tisch, Wenzel, Lotte, der überaus wortkarge Charly (wie er weiter hieß, hatte Munro zu verraten nicht für nötig gehalten), der Captain und Martha – hatte es nur ein sehr allgemeines Gespräch gegeben, das ausschließlich von Martha und Munro bestritten wurde. Munro berichtete, daß er gern von der Militär- in die Zivilverwaltung des den Engländern zugefallenen Gebiets Südwestafrika hinübergewechselt wäre, als sich ihm die Gelegenheit dazu geboten hätte. Wenn er sich nicht dank eines günstigen Zufalls den Posten in Grootfontein hätte aussuchen dürfen, wäre er allerdings der Versuchung, bis auf weiteres in Südwest vor Anker zu gehen, wohl nicht erlegen.

»Was hat Sie nach Grootfontein gezogen, Captain? Sie haben das Städtchen in der Schlußphase des Krieges genauer kennengelernt?«

»So ist es, aber das kleine Städtchen als solches hätte mir die Aussicht, hier zu bleiben, wohl kaum verlockend erscheinen lassen. Nein, es war der Norden, genauer der Norden der Mitte des Landes, der mir besonderen Eindruck gemacht hatte. Südwest wird ja immer schöner, je weiter man sich von Süden nach Norden bewegt, und hier hinter dem Waterberg zur Grenze des Sandvelds hinüber ist es am schönsten. Die Weite der Landschaft, der dichte Busch, der Reichtum an Wild und zugleich die Möglichkeiten, das Land zu nutzen, ohne sein ursprüngliches wildes Wesen anzutasten – ich hatte nicht erwartet, hier ein Land zu finden, das so sehr meinen geheimen romantischen Vorstellungen von großer Freiheit und Weite, unverdorbener, wilder Natur entspricht wie dieses hier. In Grootfontein den Posten des

Amtmanns besetzen zu können, das hielt ich für ein Geschenk des Himmels. Ich habe viel zu tun. Ich gebe mir Mühe. Ich glaube, ich komme ganz gut zurecht. Die großen Farmen meines Bezirks muß ich nach und nach kennenlernen. Diesmal war Otjikarare an der Reihe. Ich hatte gehofft, daß ich vielleicht hier nicht vergessen bin, und freue mich, daß die Hoffnung nicht getrogen hat.«
Munro hatte das im Plauderton auf liebenswürdige Weise vorgetragen. Martha entsann sich dieser Art von unverbindlich freundlicher Unterhaltung sehr genau. Man fühlte sich bewogen, etwas handfester zu antworten. um über die bloße Plauderei hinauszugelangen. Auch jetzt fühlte sie sich dazu versucht, widerstand jedoch der Versuchung. Sollte der Captain – er war es ja nicht mehr; oder war er es noch? – wirklich nur erschienen sein, um die Farm genauer kennenzulernen und im Rahmen seines neuen Amtes nach dem Rechten zu sehen – oder welche Absicht sonst hatte ihn hergeführt?
Natürlich sprach Munro englisch, als verstünde es sich ganz von selbst. Die Vorstellung, daß zwei Leute am Tisch, Lotte und Anton Wenzel, nur Bruchstücke seiner Rede begreifen konnten, wenn überhaupt etwas, schien den Besucher keinen Augenblick lang auch nur von ferne zu beunruhigen. Martha stellte es nicht zum ersten Mal fest: Leute, die englisch sprechen, scheinen allesamt vorauszusetzen, daß jedermann, mit dem sie zusammentreffen, des Englischen mächtig zu sein hat; ist er es nicht, so kann er nicht erwarten, für voll genommen zu werden.
Was Martha bis dahin nur sozusagen theoretisch zur Kenntnis genommen hatte, wurde ihr bei diesem Abendgespräch in der Praxis klar: An ihrem Tisch saß ein »Sieger«, zwar durchaus kein böswilliger, vielmehr ein wohlerzogener Mann, der aber doch erwartete, daß man sich seinen Vorstellungen und Wünschen unterwarf, der sich also zu Gast lud, der annahm, daß man sich allein in seiner Sprache unterhielt,

der auch auf leise Weise darauf verwies, daß er einfach befehlen konnte, wenn es ihm nicht mehr ins Konzept paßte, zu bitten. Vielleicht sogar, sagte sich Martha, war sich Munro gar nicht bewußt, würde erst recht nicht zugeben, daß er in der Haltung eines Siegers auftrat; in seiner bewußten Absicht lag es sicherlich nicht, sich an diesem freundlich gedeckten Tisch als Vertreter einer neuen Macht darzustellen.

Martha empfand mit schmerzlicher Deutlichkeit – empfand solches zum ersten Mal –, wie sich die Umstände seit dem ersten Besuch dieses englischen Offiziers bis zu diesem zweiten geändert hatten. Damals hatte er noch fürchten müssen, daß ihm der Aufenthalt auf der Farm jederzeit mit gefährlicher Gewalt streitig gemacht werden konnte. Das war vorbei! Jetzt gab es keine Macht mehr, von der er vertrieben werden konnte, wenn er sich nicht freiwillig dazu entschloß.

Martha war verwirrt, fühlte sich nicht recht wohl mit diesem selbstbewußten Gast im Haus, der nun wie einen Tribut entgegenzunehmen schien, was er damals als ein unverhofftes Geschenk empfunden hatte. Hatte sich schon zu Anfang des Besuchs ein unbestimmter Widerstand in ihr geregt, so wurde ihr dieser Widerstand während des Abendessens, das ganz und gar, als wäre gar nichts anderes denkbar, von dem Besucher beherrscht wurde, allmählich bewußt, wurde bejaht!

Martha hob die Tafel auf, so früh das erforderliche Mindestmaß an Gastlichkeit dies irgend gestattete. Wenzel, Lotte und Charly, der Gehilfe, Sekretär, Chauffeur des Captains oder was immer er darstellte, verschwanden so schnell wie möglich in ihre jeweiligen Bereiche oder zu ihren Aufgaben, als wäre ihnen an dem so gastlich versorgten Tisch nicht recht wohl gewesen. Der Captain machte keine Anstalten, sich zu empfehlen, obgleich sich Martha den Anschein gab, als müßte sie Lotte beim Abräumen helfen und noch eine Fülle von Anweisungen für den nächsten Tag erteilen.

Der Besucher war unaufgefordert auf die große Veranda hinausgetreten, als wollte er Marthas abendliche »Befehlsausgabe« nicht stören, hatte eine Weile an der Brüstung gestanden und zum fernen östlichen Horizont hinausgeblickt, über dem – nicht wie ein abwärts sich senkender, sondern aus der Tiefe sich hebender – Vorhang in weit geschwungenem Halbrund der Erdschatten aufstieg: die Nacht mit unendlicher Stille, durchblinkt von abertausend Sternen – die allerersten glimmten schon auf. Munro hatte sich schließlich einen Sessel vor die breite Öffnung der Treppe gezogen, wo die Brüstung den Blick ins Freie nicht behinderte, und sich niedergelassen, hatte sich eine Pfeife angezündet.

Martha hatte die Rolle des vielbeschäftigten Farmers, den sein Betrieb bis in die Dunkelheit hinein ständig in Atem hielt, gründlich ausgespielt. Doch hatte sich der Captain nicht bewegen lassen, den Abend für abgeschlossen zu halten und sich in sein ja recht angenehmes Gastzimmer zurückzuziehen. Schließlich blieb der leise verärgerten Martha nichts weiter übrig, als sich ebenfalls auf die schon umschattete Veranda zu verfügen, schien sich doch der Besucher entschlossen zu haben, auf die Frau des Hauses zu warten. Doch setzte sie sich nicht, sondern trat wortlos abseits an die Brüstung und blickte in die Nacht hinaus, die bereits über aller Welt die samtenen Schwingen ausbreitete. Munro erhob sich, klopfte am Treppenpfosten seine Pfeife aus, sprühte dabei einige rote Fünkchen zu Boden, und trat ebenfalls an die Brüstung, jedoch in einigem Abstand von der Frau des Hauses; er respektierte die spürbare Reserve seiner Gastgeberin.

Er begann sehr zögernd und verhalten, fast konnte man es verlegen nennen:

»Sie haben mich zwar anfangs willkommen geheißen, Mrs. von Horsberg, aber inzwischen hat sich mir der Eindruck verstärkt, daß ich hier nicht besonders gern gesehen

werde. Ich wüßte eigentlich nicht, womit ich das verdient habe.«
Martha fühlte einen dummen Zorn in sich aufsteigen, wußte, daß er dumm war, wurde deshalb nur zorniger. Es wurde Zeit, den Stier bei den Hörnern zu packen; sie wandte sich der schattenhaften Gestalt an der Brüstung zu:
»Beim ersten Mal kamen Sie unangemeldet, Captain Munro. Damals war Krieg, und der Zwang, unter dem Sie standen, war ohne weiteres einzusehen. Jetzt haben Ihre Leute gesiegt, es herrscht wieder Ruhe im Lande. Heute sind Sie wiederum unangemeldet gekommen, obgleich es keine deutsche Schutztruppe mehr zu bekriegen gibt. Ich gehöre nun einmal zu den Leuten, die diesen Krieg verloren haben, wenn ich auch nicht danach gefragt worden bin, ob ich dazu gehören will oder nicht. Schon mein Vater hat mich darüber belehrt, was Südafrika bedeutet, wie die Buren dort agiert haben, wie vor allen Dingen bis hoch nach Rhodesien hinauf England an sich gezogen hat, was ihm wertvoll erschien. Ich mache mir keine Illusionen, Captain Munro; in meiner Situation wäre das verhängnisvoll. Irgendwann wird der Augenblick kommen, in dem sich die Engländer die Rosinen aus dem Südwester Kuchen herausklauben und mit Beschlag belegen werden. Meine Farm, glaube ich ohne allzu viel Hochmut sagen zu können, wäre eine solche Rosine. Sie sind jetzt so etwas wie Bezirks-Kommissar, oder wie man es nennen soll, und den Interessen Ihrer Regierung verpflichtet. Was führt Sie also hierher? Wollen Sie abschätzen, wieviel Otjikarare wert ist, ob es sich lohnt, die Farm zu beschlagnahmen, weil mein Mann gegen Sie im Felde gestanden hat? Mir liegt daran, den wahren Grund zu erfahren, der Sie hierher geführt hat. Der Wahrheit sieht man am besten ins Gesicht!«
Martha hatte sich unversehens in eine Erregung hineingeredet, die zu beherrschen ihr schwerfiel. Die geheimen Sorgen, die im Untergrund leise rumorenden Ängste, von

denen sie seit dem Tode Kurts und mehr noch seit dem Untergang der Schutztruppe geplagt worden war, hatten plötzlich Gestalt angenommen und hatten ausgesprochen werden müssen, da ein Gegenüber aufgetaucht war, das man für solche Sorgen mitverantwortlich machen durfte.
Der Captain regte lange Zeit kein Glied, stand als schwarzer Schatten abseits von Martha an der Brüstung. Martha hatte ihn mit ihrer bösen Verdächtigung weit von sich fortgeschoben, als wollte sie eine Kluft aufreißen, die nicht zu überbrücken war.
Aber es war auch zu erkennen gewesen – wenn man nur das Ohr dafür besaß –, daß Martha von einer Art Urangst geschüttelt wurde, der Angst, den Boden unter den Füßen zu verlieren, einer Furcht, die offenbar zum ersten Mal in Worte gekleidet worden war. Munro spürte, daß ein einziges falsches Wort aus seinem Munde zerstören würde, was an freundlicher Empfindung seit der ersten Begegnung in dieser wahrlich außerordentlichen Frau zu seinen Gunsten lebendig geblieben war. Sie hatte sich doch im ersten Augenblick gefreut, ihn wiederzusehen, als er nach seiner zweiten Ankunft auf ihrem Hof vor ihr gestanden hatte; das hatte er gespürt; darin konnte er sich nicht getäuscht haben.
Sie hatten sich beide nicht gerührt. Die hohe Steppennacht hatte die Spannung, die in den beiden Menschen zitterte, mit keinem allerleisesten Laut durchbrochen, als hielte auch sie den Atem an.
Plötzlich war die Stimme des Mannes im Dunkel, fest und deutlich:
»Der Wahrheit sieht man am besten ins Gesicht, sagen Sie, Martha. Ich nenne Sie Martha, da Sie mich zwingen, ebenso persönlich zu werden, wie Sie es geworden sind. Die Wahrheit ist dies, Martha: Was meine Regierung mit dem Eigentum und Siedlungsrecht der Deutschen in diesem Lande vorhat, ist mir unbekannt. Darüber kann auch noch gar nichts entschieden sein, da noch völlig ungewiß ist, wie der

Krieg in Europa ausgeht; es ist nicht abzusehen, wie lange er noch dauert. Dies Land kann nicht länger von kaiserlich-deutschen Beamten verwaltet werden, seit wir es erobert haben; das versteht sich von selbst. Wir haben dem Lande jedoch, meine ich, sehr milde Übergabe-Bedingungen auferlegt. Und ich soll hierher gekommen sein, sagen Sie, um den Wert dieser Farm abzuschätzen – Martha, – entschuldigen Sie, aber das ist einfach absurd! Ich will nicht länger damit hinter dem Berge halten, was mich hierher geführt hat, was mir überhaupt Anlaß gewesen ist, den Posten in Grootfontein zu übernehmen, als sich mir die Gelegenheit bot: Ich wollte Sie wiedersehen, Martha! Ich wurde seit jenem Nachtgespräch am Ende des Krieges auf dieser Veranda von der Frage gepeinigt, ob ich mich nicht getäuscht hätte, ob es jemand wie Sie überhaupt geben könnte. Wenn es Sie aber gab, eine Frau mit soviel Verstand wie ein Mann oder auch mehr, mit dem Willen wie zwei Männer, und dabei Frau ganz und gar – was rede ich lange, Martha, diesem starken Magneten habe ich weder widerstehen wollen noch können. Deswegen allein bin ich hier. Ich habe dies nicht freiwillig ausgesprochen – Sie haben mich mit Ihrem massiven Verdacht dazu gezwungen.«...

War die Frau im Dunkel zu schwarzem Stein erstarrt? Eine unwägbare Minute lang mochte es so scheinen. Doch dann gab der Schatten Antwort mit beinahe schneidender Schärfe: »Und was erwarten Sie nach diesem rührenden Bekenntnis jetzt von mir, Captain? Sie James zu nennen, kommt mir nicht zu. Im Deutschen ist man mit den Vornamen nicht so freigebig wie im Englischen, womit ich mehr als einverstanden bin. Soll ich vor Entzücken in der Erde versinken, daß ein völlig waschechter Captain der siegreichen englischen Armee, zur Zeit District Commissioner – so heißt das wohl bei Ihnen – und für diese Farm zuständig, mir die Ehre erweist, im Auto vorzufahren eigens zu dem Zweck, mir mitzuteilen, daß er mich über den Durchschnitt hinaus sympathisch

findet? Vielen Dank für diese reizende Absicht. Aber ich bin bisher ohne britische Sympathie-Erklärungen ausgekommen und gedenke, von dieser Gewohnheit nicht abzuweichen. Sie vergessen im übrigen, daß mein Mann auf dieser, nicht auf Ihrer Seite der Front gefallen ist, und daß mein Vater einer der ersten hierzulande gewesen ist, der für eben die Sache gefochten und schließlich sein Leben verloren hat, die jetzt von Ihren Leuten mit riesiger Übermacht zunichte gemacht worden ist.«
Es bedurfte keines allzu großen Ahnungsvermögens, um zu begreifen, daß da eine Frau sprach, die bei aller äußeren Haltung im geheimen tief verunsichert, also gar nicht ansprechbar war auf solche Weise, wie es Munro mit einer gewissen Treuherzigkeit für möglich gehalten hatte. Er hatte sich nicht klargemacht – er gehörte ja zu den »Siegern« –, daß im Verborgenen schmerzhafte Wunden vielleicht noch immer bluteten.
Wie er es auch anfangen mochte, harmlos alltäglich oder ins Persönliche gewandt, es war falsch; er erreichte sie nicht, wie er sie erreichen wollte. Er konnte nicht gewinnen, an diesem Abend ganz gewiß nicht:
»Sie sind ungerecht, Martha. Sie übertreiben. Nichts hat mir ferner gelegen, als Sie irgendwie kränken zu wollen. Nach unserem Gespräch von damals meinte ich, daß Sie persönliches und allgemeines Schicksal auseinanderzuhalten verstehen. Es ist für mich natürlich nicht leicht, mich in Ihre Lage zu versetzen. Ich sehe, daß ich mir in dieser Hinsicht größere Mühe geben muß. Auf keinen Fall aber sollten Sie mir verargen, daß mir daran lag, Sie und Ihre Farm wiederzusehen. Dunkle Hintergedanken oder unerlaubte Absichten, ich meine von Ihnen nicht vorher erlaubte Absichten, hatte ich dabei nicht. Ich bitte Sie, mir das abzunehmen.«
»Gut, abgenommen, Captain! Es macht keinen großen Unterschied! Ich schlage vor, daß wir zu Bett gehen. Ich hatte

einen langen Tag. Frühstück wie immer um sieben. Sie werden wahrscheinlich schon zeitig Ihre Inspektions-Tour fortsetzen wollen. Gute Nacht, Captain!«
Sie hatte die Veranda verlassen, ehe er antworten konnte. Wenige Sekunden später fiel abseits zur Rechten im Haus eine Tür leise ins Schloß. Dann wieder Stille.
Der Mann blieb zurück im tiefen Schatten der Veranda, vor welcher die Steppennacht sich dehnte, schier grenzenlos, totenstill, sterndurchflimmert, nur durch ihren herben, nie ganz verschwebenden Duft verratend, daß sie trotz aller Reglosigkeit lebte . . .
Ja, ich habe mich offenbar gründlich verrechnet! Wie konnte ich erwarten, in ihren Augen etwas anderes darzustellen als einen Fremden, sogar einen feindlichen Fremden. Wenn ich es überlege: Eine andere Haltung als die, in der ich sie eben erlebt habe, hätte gar nicht zu ihr gepaßt. Aber welch eine Frau! Unter Tausenden nicht eine wie sie! – Wie sie da aus dem Hause trat, am vergangenen Nachmittag, um mich zu begrüßen. Sie ist noch schöner geworden, als sie war oder mir vorkam – ich hatte damals selbst einige Sorgen. Schöner geworden? Der Ausdruck trifft nicht völlig zu. Sie braucht gar nicht schön zu sein, um zu wirken. Womit wirkt sie denn? Weiß der Himmel, ich ahne es nicht. Aber sie wirkt. Auf mich wirkt sie. Und je abweisender sie sich gibt, desto stärker! Ich lasse mich nicht täuschen: mich abzuweisen, war ihr hier in der Dunkelheit Ehrensache. Aber ganz am Anfang hat sie sich verraten: Auch sie war erfreut, mich wiederzusehen. Ich hätte nicht gedacht, daß der Weg so lang sein würde, den ich noch zu gehen habe. Will ich ihn überhaupt gehen? Sie ist eine einmalige Frau. Gerade deshalb: Ob ich Erfolg haben werde, steht in den Sternen. Ich habe mich morgen zu verabschieden. Sie war deutlich genug. Aber nicht für immer, Martha, nicht für immer! Dies war nur der Anfang. Aber will ich auf dieser Veranda eigentlich die Nacht verbringen? Weiß der Teufel, es wird kalt hier auf der Höhe.

Hoffentlich finde ich in mein Zimmer, ohne Lärm zu machen und das Haus aufzuwecken.
Martha hatte schlecht geschlafen, war von merkwürdig verwischten, nicht sehr angenehmen Träumen beunruhigt worden, war dann gegen Morgen zu spät erwacht – was ihr nur sehr selten passierte. Im Nu war sie auf und kleidete sich an. Paula und Lotte schienen tatsächlich schon in der Küche zu rumoren. Martha meinte zu vernehmen, daß die beiden anscheinend munter miteinander schwatzten. In der Küche – das war der Umtauschplatz für die Nachrichten aus den schwarzen Bereichen der Farm in die weißen und umgekehrt. Dagegen gab es kein Mittel, und im Ernst wollte Martha diesen Austausch auch gar nicht verhindern; sie mußte wissen, was in dem halben Dutzend von Hütten und Pontoks weiter oben am Berg gespielt wurde.
Während Martha vor dem Spiegel eilig ihr Haar ordnete, fiel ihr plötzlich ein – und sie hielt mitten im Bürstenstrich inne: Ich hätte gestern abend nicht so grob zu sein brauchen. So unfreundlich hatte er es nicht von mir verdient. Es wär' eigentlich schade, wenn ich ihm Otjikarare verleidet hätte. Wer hat mir sonst schon seit Kurts Tod so angenehme Elogen gespendet? Niemand! Ist ja auch keiner da weit und breit, der dazu imstande wäre oder sich traute. Ich bin »der Farmer« und ein Mannweib, mit dem schlecht Kirschen essen ist. So wird man wohl über mich denken. Munro scheint keine Angst davor zu haben. Außerdem empfiehlt es sich auf alle Fälle, sich den allmächtigen Herrn District Commissioner nicht zum Feind zu machen. Ich werde mich etwas umgänglicher benehmen müssen.
Sie benahm sich umgänglicher, spielte beim Frühstück – die Anwesenheit der Hausgenossen erzwang es ohnehin – die aufmerksame Wirtin, als hätte es die nächtliche Auseinandersetzung auf der Veranda gar nicht gegeben, spielte sie so mühelos und vortrefflich, daß Munro sich abermals gestehen mußte: zu berechnen ist sie kaum; langweilig wird sie nie.

Charly, der Gehilfe, hatte als letztes der wenigen Worte, die überhaupt von ihm zu vernehmen gewesen waren, verlauten lassen:
»Der Wagen steht bereit, Sir. Das Gepäck ist verladen. Wir können jederzeit abfahren.«
Die Frau des Hauses äußerte sich nicht zu dieser Bemerkung, ermutigte den Gast nicht zu längerem Bleiben. Also hatte sich Munro zu verabschieden.
Martha konnte den Gast unmöglich reisen lassen, ohne den einfachen Regeln der Höflichkeit im Busch Genüge zu tun; sie hatte ihn an den Wagen zu geleiten, welcher Art das Gefährt auch immer sein mochte.
Noch außer Hörweite des schon bereit stehenden Fahrers Charly hielt Munro inne und wandte sich Martha zu, so daß sie ebenfalls stehenbleiben mußte:
»Frau Martha von Horsberg, ich habe leider den Eindruck, daß mein Plan, Ihnen einen Antrittsbesuch zu machen, wenig glorreich ins Wasser gefallen ist. Sollte ich mich verkehrt benommen haben, so bitte ich um Vergebung. Schreiben Sie solches meiner Ungeschicklichkeit zu und nicht etwa böser Absicht. Ich werde vielmehr die Interessen der Farm im Auge behalten, soweit ich sie von meinem Amtsstuhl aus erkennen kann. Eine Frage zum Schluß, verehrte gnädige Frau – so hätte ich Sie von Anfang an nennen sollen; es hätte uns Mißverständnisse erspart –, eine Frage und eine Bitte: Darf ich gelegentlich wiederkommen – dann nicht wieder unangemeldet und stets nur, wenn ein Anlaß vorliegt, der für Sie oder Otjikarare sachlich – ich betone sachlich – von Bedeutung ist? Ich bin nicht ermuntert worden, wiederzukommen. Damit haben Sie Ihrem Gewissen die schuldige Hochachtung erwiesen. In Zukunft könnten Sie die Sache harmloser nehmen, sich etwa sagen: Warum soll der zuständige Besatzungs-Beamte nicht ab und zu bei mir nach dem Rechten sehen? Vielleicht kommt sogar manchmal etwas Brauchbares dabei heraus.«

Ein um Zustimmung bittendes Lächeln hatte sich bei diesen Worten auf dem schmalen, ungewöhnlich lang geratenen Männergesicht ausgebreitet. Martha stellte plötzlich fest: jetzt sieht er aus wie ein großer Junge – und ganz gewiß nicht unleidlich. Ohne daß sie es wollte, tauchte auch auf ihrem Antlitz ein Lächeln auf, machte sie schön:
»Gewiß, Captain Munro, wenn Sie Ihr Weg hier vorbeiführt, dürfen Sie jederzeit auf Otjikarare Station machen. Wir unterhalten uns zwar meistens etwas deutlich, aber gewiß nicht langweilig. Unser Gastzimmer ist nur selten belegt und steht Ihnen, falls es Ihnen genügt, gern zur Verfügung.« –
Martha hatte versucht, ihrer Stimme einen kühl freundlichen Klang zu verleihen; das war ihr auch einigermaßen gelungen. Sie wollte den scheidenden Besucher zwar nicht ermutigen, aber auch nicht verletzen. Munro war sich darüber klar, daß sich Günstigeres zu dieser Stunde nicht erreichen ließ. Er dämpfte die Stimme:
»Ich darf also ›auf Wiedersehen‹ sagen, Frau von Horsberg, und sage es. Vielen Dank!«
Martha reichte ihre Hand zum Abschied, wie es deutscher Gewohnheit entsprach – nicht unbedingt englischer. Munro nahm ihre Hand und führte sie, ehe Martha sich's versah, an seine Lippen, womit er sich unerwartet in den Umkreis deutscher – nicht unbedingt englischer – Sitte begab. Martha wurde von dieser schnell vorüberhuschenden Geste, auf die sie nicht gefaßt gewesen war, an empfindlicher Stelle berührt. Ein Handkuß hatte zu Kurts Gewohnheiten liebenswürdiger Ritterlichkeit gehört, hatte seinem Wesen, seiner Herkunft und Erziehung auch durchaus entsprochen. Dieser ehemalige Offizier schottischen Geblüts schien andeuten zu wollen, daß ihm vertraut war, was auf dem europäischen Festland von einem wohlerzogenen Manne erwartet werden konnte.
Martha war verwirrt für einen Augenblick. Kurt hatte ihr manchmal unversehens die Hand geküßt, wenn ihm Worte

nicht genügt oder sich verweigert hatten. Sie ließ die Hand sinken und blickte dem Manne nach, der sich sonderbar eilig, als wollte er kein weiteres Wort von der Frau des Hauses hören, hinter dem Lenkrad des Automobils zurechtsetzte. Charly, wieder in seinem Monteur-Anzug, hatte inzwischen mit schwerer Kurbel den Motor angeworfen, wobei er mit ruckartigen, harten Bewegungen seine ganze Kraft einzusetzen hatte; Munro hatte dabei am Zündhebel hantiert. Das klobige Gefährt entließ ein paar laute Explosionen aus seinem Hinterende und ging dann, von Munro aufmerksam unterstützt, zu knattriger, dann ruhiger werdender Gangart über. Munro griff nach den Ganghebeln außerhalb der Karosse an seiner rechten Seite, schaltete hörbar, ließ langsam die Kupplung angreifen und setzte den Wagen vorsichtig in Bewegung – er fuhr!
Munro winkte noch einmal zurück, triumphierend gewissermaßen, daß er die schwierige Maschine in Fahrt gebracht hatte. Charly hatte sich beeilen müssen, aufs Trittbrett des anfahrenden Wagens zu springen; er hob sein Bein über die niedrige Tür, hielt sich irgendwo fest, hob das andere Bein nach und ließ sich in den Beifahrersitz fallen.
Ratternd, auch keineswegs ohne Würde, rollte das gewichtige Gefährt vom Hof, wirbelte eine Staubwolke hinter sich auf und verschwand hügelab. Die Staubwolke wurde vom eben aufkommenden Morgenwind seitwärts über den Büschen verweht.
Martha hatte den einigermaßen pompösen Abgang der Besucher aufmerksam in seinen einzelnen Phasen, aber mit gemischten Gefühlen verfolgt. Anton Wenzel war neben ihr aufgetaucht; auch er hatte von seiner Werkstatt her die Abreise Munros beobachtet. Martha hielt mit ihrem Urteil nicht hinter dem Berge:
»Ehe ich mich in eine solche Knatterkiste setze, Wenzel – nein, ich glaube, dazu könnte ich mich nicht entschließen. Wieviel schöner und natürlicher in diesem Land sind ein

paar gute Pferde aus anständiger Zucht, ganz gleich, ob sie geritten oder gefahren werden.«
Aber Wenzel gab zu bedenken:
»Wenn wir im vergangenen Feldzug mehr von diesen Benzinkutschen gehabt hätten – wir hatten nur drei oder vier; ich habe nie eine zu Gesicht gekriegt –, hätten wir uns besser wehren können, wären beweglicher gewesen. Die Südafrikaner verfügten über Kolonnen von Last- und Personenwagen, konnten ihren Nachschub und ihre Mannschaften viel schneller hin- und herbewegen als wir. Wenn sie mich fragen, Frau von Horsberg – stimmt schon, der Gegner hatte eine Übermacht von Soldaten zur Verfügung. Aber daß er uns schließlich zu Paaren trieb und zur Übergabe zwang, das haben die Engländer zur Hälfte ihren vielen Automobilen zu verdanken.«
Darauf wußte Martha nichts zu antworten. Sie meinte lediglich, zögernd und ein wenig hilflos:
»Vielleicht haben Sie recht, Wenzel! Vielleicht kommen wir auch noch aufs Auto, notgedrungen. Aber ich bleibe dabei: Pferde gefallen mir besser. Gehen wir an die Arbeit!«

---

Es dauerte immerhin acht Wochen, ehe Captain Munro sich wieder auf Otjikarare sehen ließ. In der Tat hatte er sich angemeldet – durch einen Brief und weit im voraus. Die Post funktionierte wieder, aber mit höchst unbestimmten Laufzeiten. Und ob von der Farm wirklich jede Woche ein Bote nach Komukanti kam, um dort nach Post zu fragen, das hing von dem Ausmaß an Arbeit ab, das auf Otjikarare jeweils zu bewältigen war. Doch hatte Martha Munros Voranmeldung rechtzeitig empfangen.
Er kam also wirklich wieder, obgleich er schlecht behandelt worden war! Martha hatte nachträglich nicht begriffen, warum sie den Mann, der sich ihr gegenüber keines benennba-

ren Mißgriffs schuldig gemacht hatte, wie einen nur widerwillig geduldeten feindlichen Fremden zum Opfer ihrer Unruhe und ihres Ärgers gemacht hatte. Munro war persönlich ebensowenig dafür verantwortlich zu machen, daß er Engländer war und zu den Siegern gehörte wie sie, daß sie zu den Leuten gehörte, die – zumindest einstweilen – den kürzeren gezogen hatten. Wer wo hinzugehörte, das war einfach Schicksal; von Schuld oder anders herum von Verdienst konnte dabei vernünftigerweise nicht die Rede sein.
Sie beschloß, als freundliche Gastgeberin aufzutreten. Und sie gestand sich ein: ich wäre traurig gewesen, wenn er nicht wiedergekommen wäre. Wie er da am Schluß auf dem Hof gestanden hat wie ein großer Junge und um die Erlaubnis gefragt hat, mich wiedersehen zu dürfen, als ob nicht ich, sondern er sich danebenbenommen hätte – das war doch sehr, nun ja, nett, um es dürftig auszudrücken.
Munro hatte sich bei diesem zweiten Besuch gehütet, ohne sachlichen Grund zu erscheinen. Er brachte Formulare, die unter Androhung von Strafen genau und wahrheitsgemäß auszufüllen waren. Die Sieger, besser, die vorläufigen Sieger (denn die Entscheidung war an den europäischen Fronten noch nicht gefallen) wollten sich offenbar ein genaues Bild davon machen, welche Werte an bewässertem Land, an Weiden mit erschlossenem Tränkwasser, an Vieh, Schafen und sonstigen Nutztieren, an Baulichkeiten jeder Art im Schutzgebiet vorhanden waren. Außerdem wollte die fremde Behörde – in diesem Fall vertreten durch den dazu abkommandierten Captain Munro – mit peinlicher Neugier in Erfahrung bringen, ob und wie hoch die Farmen verschuldet, ob und wie hoch sonstige Vermögenswerte verfügbar wären. Peinliche Fragen, in der Tat!
»Ich bin selbst zu Ihnen gekommen, Frau von Horsberg, um Ihnen die Formulare zu erklären und Ihnen beizustehen, sie auszufüllen. Ich bin da in einer peinlichen Lage, da ich mir vorstellen kann, wie unangenehm es sein muß, die privaten

Verhältnisse so offen darzulegen. Ich fühle mich sehr unglücklich in dieser meiner Rolle, habe aber Ordre zu parieren. Bei einigem Geschick, denke ich, werden sich Wege finden lassen, Tatbestände, die Sie nicht preisgeben wollen, so darzustellen, daß sie unkenntlich bleiben, ohne daß Sie – oder auch ich – strafbar werden.«
Sie hockten im Kontor einen ganzen Nachmittag lang – und die halbe Nacht danach und gaben sich Mühe, die Werte, welche die Farm Otjikarare verkörperte, so bescheiden wie möglich darzustellen. Weder Munro noch Martha wußten mit Sicherheit anzugeben, welche Absichten die neuen Herren im Lande mit den umständlichen Formularen verfolgten. Aber daß es sich auf alle Fälle empfahl, nichts Gutes davon zu erwarten, sich also für bedürftig und unbedeutend zu erklären, das war dem Manne ebenso klar wie der Frau. Martha vergaß vollkommen, daß der Helfer und Berater an der Schmalseite des Kontor-Schreibtisches ein Vertreter der Besatzungsmacht war und berufen gewesen wäre, die volle, recht eindrucksvolle Wahrheit über die Farm, über den Reichtum, den sie darstellte, aus ihr herauszufragen. Die Formulare bestätigten ihr die heimliche Sorge, von der sie seit der Niederlage der Schutztruppe gequält wurde.
Martha war ja in Afrika groß geworden, kannte aus eigener Erfahrung nichts anderes als den »dunklen« Kontinent; stets hatte sie gesehen und gehört, daß die Stämme der Schwarzen, wenn ihre endlosen Streitigkeiten wieder einmal zu einem – meist nur vorläufigen – Sieg der einen Partei über die andere geführt hatten, sich an dem Vieh, dem sonstigen Besitz, den Kindern und Frauen der Besiegten schadlos hielten. Warum sollten sich weiße Völker, wenn sie miteinander gehadert hatten, wesentlich anders verhalten? In diesem Fall erlebte sie das Glück, daß ein Vertreter der anderen Partei sich erbot, ihr zu helfen, die vermutlichen Absichten seiner eigenen Leute zu durchkreuzen. Sie fragte nicht danach, was den Mann dazu bewog. Sie spürte, daß er

sich ohne Vorbehalt auf ihre Seite gestellt hatte. Sie verhehlte nichts und nahm seinen Rat an.

Es mochte schon auf Mitternacht gehen, als endlich die Papiere alle ausgefüllt und von Martha unterschrieben waren. Martha faßte die Kopien in einer Mappe zusammen und verschloß die dünne Akte im mittleren Schubkasten ihres Schreibtisches, worin alle wichtigen Dokumente der Farm verwahrt waren. Die Formulare selbst ordnete sie, faltete sie einmal und schob sie in den Umschlag zurück, in welchem Munro sie mitgebracht hatte. Sie reichte den Umschlag zu Munro hinüber:

»Nehmen Sie die Sachen gleich wieder an sich, Captain. Ich weiß nicht, wie ich Ihnen danken soll. Ohne Sie wäre ich mit der Geschichte nicht so schnell fertig geworden. Zudem hege ich den Verdacht, daß Sie Ihre amtlichen Pflichten in den vergangenen Stunden nicht besonders ernst genommen haben.«

Der Captain lehnte sich in seinen Stuhl zurück, strich sich mit der flachen Hand übers Gesicht, um ein Lächeln zu verbergen:

»Amtlich zu sein, dazu halte ich mich nur verpflichtet, wenn ich in meiner ziemlich trübseligen Amtsstube in Grootfontein sitze. Schon als Briefbote hierher war ich nicht mehr amtlich. Formulare zu befördern liegt völlig außerhalb der Dienstobliegenheiten eines District Commissioner. Und seit ich hier eingetroffen bin, mußte ich mich wohl – ich hoffe, daß das so aufgefaßt wird – als ein Freund des Hauses verhalten, nachdem ich als Gast aufgenommen wurde. Außerdem, verehrte Frau von Horsberg, wer von uns glaubt denn im Ernst daran, daß der verhängnisvolle Zwist zwischen unseren jeweiligen Regierungen unsere privaten Beziehungen in irgendeiner wesentlichen Weise zu beeinträchtigen braucht. Ich sah oder sehe Sie als eine Frau allein, eine überaus tüchtige und tatkräftige Frau – wie ich weiß, nachdem ich Ihre wirtschaftliche Lage in den letzten Stunden

kennengelernt habe. Ich bin überzeugt, daß ich schon aus bloßem Anstand oder sagen wir Nächstenliebe aufgerufen war, Ihnen bei dieser scheußlichen Schreibarbeit beizustehen. England wird auch dann nicht zugrunde gehen, wenn die Formulare zum Status von Otjikarare mit – sagen wir – Vorsicht ausgefüllt werden. Ich bin aus England weggegangen nach Übersee, weil man mir daheim zu borniert war, zu insular sozusagen. Hier unter anderer Sonne bin ich so normal menschlich wie möglich; die Amtlichkeit kann mir gestohlen bleiben, besonders, wenn sie sich in die Beziehung zu einer nach diesem Nachmittag noch aufrichtiger als zuvor bewunderten und, wie mir scheint, sehr einmaligen weiblichen Person eindrängen will.«
Er lachte sie an, vorbei an der brav vor sich hinbrennenden Petroleum-Lampe auf dem Tisch, mit kaum verhohlenem Übermut – und wieder schoß es Martha, wie schon einmal, durch den Kopf: Wie ein großer Junge sieht er jetzt aus. Sie konnte ein Lächeln als Antwort auf das seine kaum unterdrücken. Eine Stimme in ihr flüsterte: gib nicht nach, gib nicht gleich nach, gib am besten überhaupt nicht nach!
Sie erhob sich und streckte sich ein wenig nach der langen Sitzerei:
»Ich glaube, wir haben uns ein paar Atemzüge frische Luft verdient. Außerdem, die Formulare haben mich hungrig gemacht, durstig auch. Ihnen wird es ebenso gehen. Gehen Sie auf die Veranda hinaus. Es ist hell genug. Der Mond ist schon hoch. Ich richte uns schnell in der Küche einen kleinen Imbiß.«
Er spürte wohl, daß sie sich ihm entzog, wenn auch möglichst sanft, gab nach:
»Großartig! Ich warte auf der Veranda und stelle Tischchen und Stühle bereit.«
Die silberne Scheibe des Mondes in beinahe schon vollendetem Kreisrund hing über der ruhenden Steppe. Die flachen Wallungen der – von fernher gesehen – ineinander verflie-

ßenden Gebüsche schienen auf unerklärliche Weise mit einem zarten Lack überzogen zu sein; sie glänzten sanft in die Höhe hinauf. Der Horizont begrenzte den Himmel, wo die silbern durchrieselte Glocke dem Erdreich aufsaß, mit haarfeinem Strich.
Sie hatten gegessen und getrunken, getrunken das Bier der Windhuker Brauerei, die längst das Braugeschäft wieder aufgenommen hatte. Martha hatte gerade vor wenigen Tagen ein paar Kästen des guten Stoffes von Komukanti mitbringen lassen. Ein Licht hatte zu dem kleinen Nachtmahl nicht angesteckt zu werden brauchen. Der Mond schien so hell in die weit nach Osten offene Veranda hinein, daß man hätte lesen können, wenn man gewollt hätte. Die beiden wollten es nicht, lehnten gesättigt und zufrieden in ihren Stühlen. Der Captain nahm die Unterhaltung auf:
»Wegen solcher Nächte allein schon ist dieses Land liebenswert. Ich verstehe, daß Sie sich ihm so eng verbunden fühlen, Frau von Horsberg. Frau von Horsberg – wie umständlich! Darf ich nicht doch lieber ›Martha‹ zu Ihnen sagen?«
»Ich kenne kein anderes Land, habe auch kein Verlangen, irgendwo anders zu leben als hier. Aber was ›Martha‹ anbetrifft – ich wäre dankbar, wenn wir bei ›Captain Munro‹ und ›Frau von Horsberg‹ blieben. Ich fühle mich sicherer dabei.«
Der Mann schwieg eine Weile, dann:
»Sicherer –? Es liegt mir fern, Sie unsicher machen zu wollen. Aber wenn es mir auch fernliegt, fühlen Sie sich trotzdem unsicher?«
Auch Martha schwieg eine kleine Weile, ehe sie leise erwiderte:
»Vielleicht, Captain! Und eben das geht mir gegen den Strich – was etwas primitv ausgedrückt, aber zutreffend ist. Bleiben wir, bitte, bei Captain und Mrs. Sie haben mir am Nachmittag von den fürchterlichen Schlachten an der Front in Frankreich erzählt, an der Somme und bei Verdun. Dort bringen

sich also Ihre und unsere Soldaten in Scharen um. Können wir dann hier so tun, als wären wir Nachbarskinder, die sich schon lange kennen und sich nicht unsympathisch sind? Meinen Sie nicht auch, Captain, daß das, vorsichtig ausgedrückt, so etwas wie stilwidrig wäre? Sie haben mir heute abend großartig geholfen, weil Ihnen die Wißbegierde Ihrer vorgesetzten Behörde oder Kommandantur unanständig erscheint – ist sie auch und deshalb muß sie mattgesetzt werden. Im umgekehrten Fall hätte ich wahrscheinlich ebenso gehandelt. Wir sind nun einmal in diese unsere Haut hineingeboren und befinden uns deswegen zur Zeit in feindlichen Lagern. Und leider können wir aus dieser Haut nicht heraus, Captain.«
»Aber immerhin sagen Sie ›leider‹, Martha, pardon, Frau von Horsberg!«
Martha wurde sehr ernst, ob sie wollte oder nicht: Kurts Antlitz war vor ihr aufgetaucht und der verzweifelte Ausdruck, mit welchem er Abschied genommen hatte; jetzt lag er irgendwo in ein vergessenes Grab gescharrt, tausend Kilometer weiter im Süden, Kopfschuß – aus einem englischen Gewehr.
Sie flüsterte nur, als sie Antwort gab. Doch in der großen Stille der makellosen Mondnacht verstand Munro jede leise Silbe, auch hörte er mit allen Fasern zu:
»Ich bitte Sie inständig, Captain, es bei diesem ›leider‹ bewenden zu lassen. Zu mehr bin ich nicht fähig. Sollte Ihnen das nicht genug sein, so ersuche ich Sie, Otjikarare in Zukunft zu meiden – mit Formularen oder ohne! Wenn es Ihnen aber genug ist, sollen Sie auf Otjikarare jederzeit willkommen sein – ich will die volle Wahrheit sagen: werden Sie mir willkommen sein. Was die weitere Zukunft bringt, weiß sowieso kein Mensch!«
Munro hatte sich in einigen Dutzend von Sekunden zu entscheiden. Sie war, wie sie war. Er hatte sie entweder genau so hinzunehmen oder hatte sie ganz und gar aufzu-

geben. Aber im Grunde stand es ihm gar nicht mehr frei zu wählen:
»Weiß kein Mensch, Martha, Frau von Horsberg, das ist beim besten Willen nicht zu bestreiten. Also gut, ich begnüge mich mit dem ›leider‹, begnüge mich bis auf weiteres. Geben Sie mir ein Zeichen, wenn sich die Umstände nach Ihrer Meinung geändert haben sollten. Hoffentlich wird mir die Zeit nicht lang.«
Das hätte er zuletzt nicht sagen sollen. Martha wurde beinahe unwillig:
»Ob sie Ihnen lang wird und wie lang sie Ihnen wird, Captain Munro, das ist nicht meine Sache.«...
So schloß der Abend doch wieder mit einem Mißklang. Das hatten beide nicht gewollt. Man war vielleicht zu müde. Man ging lieber zu Bett. Mitternacht war schon vorüber. Und allein, im stillen Zimmer, durch dessen Fenster der Mond ein schräges, bleiches Viereck auf die Dielen legte, durfte man traurig sein – und auch ein wenig verärgert, daß man sich – wahrscheinlich oder hoffentlich – irgendwie mißverstanden hatte.

---

Captain Munro kam wieder, schließlich in regelmäßigen Abständen, auf alle Fälle jeden Monat einmal übers Wochenende – und manchmal zwischendurch noch für eine Stunde oder zwei, wenn sein Weg ihn in der Nähe vorüberführte. Natürlich blieb das den Nachbarn im Nordland nicht verborgen. Wo Schwarze mit Weißen in so enger Gemeinschaft leben, wie das auf Otjikarare – und auch anderswo – der Fall war, kann kein wesentlicher Vorgang geheim gehalten werden. Natürlich also fingen »die Leute« an zu munkeln, was wiederum »dem« Farmer und dem Captain nicht verborgen blieb. Doch zuckten beide lediglich die Achseln. Mochten die Leute reden. Dagegen ist kein Kraut gewachsen.

Martha gewöhnte sich daran, ihre Sorgen und Pläne mit Munro zu besprechen. Die Formulare hatten ihn ohnehin über die Lage auf der Farm – und vor allem über das, was mit List und Tücke auf seinen Rat verschwiegen worden war – in weitem Umfang aufgeklärt. Der Captain hatte auch weiterhin einige Dutzend Male Gelegenheit gehabt, die Anliegen der Farm gegenüber der Besatzungs-Behörde – vertreten durch ihn selbst! – nachdrücklich wahrzunehmen. Martha hatte in den Jahren 1916/17/18 gut verdient. Gutes Schlachtvieh wurde nach wie vor gebraucht, aber auch gesunde Zugochsen waren immer noch gefragt, ebenso Pferde, für deren Zucht Munro sich besonders einsetzte – und wovon er offenbar viel verstand. Auch was Martha in den von Jahr zu Jahr erweiterten, künstlich bewässerten Gärten anpflanzte, Luzerne für den Versuch einer Straußenzucht, Mais für die ebenfalls begonnene und Erfolg versprechende Schweinemast, dann auch Gemüse, Obst, sogar Tabak für die Neger – Martha hatte stets Erfolg, folgte den gelegentlichen Hinweisen Munros und wußte die großen Überschüsse der Farm gewinnbringend abzusetzen. Im Kriege wurden gute Preise bezahlt – und den Zugochsen auf den weiten Wegen ins Kapland hinunter, nach Transvaal hinüber, war es nicht anzumerken, ob sie auf deutschen, burischen oder englischen Farmen groß geworden waren. Martha sah sich sogar in die Lage versetzt, den letzten Teil des Darlehens zurückzuzahlen, das sie aufgenommen hatte, um ihre Mutter für die Rückreise nach Deutschland und den Neuanfang in der alten Heimat auszustatten, wie die Mutter es für angemessen gehalten hatte...
Martha gewöhnte sich daran, die Kriegslage in Europa mit englischen Augen zu sehen. Ihre deutschen Nachbarn, die deutschen Kaufleute, mit denen sie zu tun hatte – was sich auf nur geschäftliche Begegnungen beschränkte –, hofften noch immer, daß das deutsche Kaiserreich sich in dem ungleichen Ringen auf dem französichen, russischen, balka-

nischen, italienischen und türkischen Kriegsschauplatz behaupten, daß es vielleicht sogar, was in Rußland schon errungen schien, als Sieger aus dem mörderischen Kampf hervorgehen würde. Die deutschen Kolonien allerdings waren eine nach der anderen vom Feinde besetzt worden. Nur in Deutsch-Ostafrika hielt eine vorwiegend aus schwarzen Soldaten bestehende Truppe unter Paul von Lettow-Vorbeck den Widerstand gegen vielfache Übermacht aufrecht und fesselte – bis zum Kriegsende unbesiegt! – eine bedeutende feindliche Streitmacht.

Die Deutschen in Südwest hatten nach der Niederlage der Schutztruppe gar keine andere Wahl, als ihre Nachrichten über den Verlauf des Krieges in Europa aus englischen Quellen zu beziehen, da jede Verbindung mit dem Heimatland abgeschnitten war. Doch mochten die deutschen Südwester den englischen Vorstellungen von der Kriegs- und Weltlage nicht trauen. Man gab die Hoffnung nicht auf, gerade auch deshalb, weil die englisch/südafrikanische Besatzungsmacht die deutschen Einrichtungen, die Schulen, Krankenhäuser, den Postdienst, Handel und Wandel überhaupt, weiter funktionieren ließ; lediglich die Verwaltung im engeren Sinne, jedoch ohne wesentliche Abänderungen in ihrem Aufbau, wurde von englischen oder südafrikanischen Beamten oder Militärs ausgeübt. Es schien sich im Lande bis auf den Schnitt der Uniformen der – wenig zahlreichen – Soldaten nicht allzu viel geändert zu haben. Sogar das »Amtsblatt des durch die Unionstruppen besetzten Gebietes Süd-West-Afrika« – wie es umständlich genannt wurde – erschien regelmäßig auch in deutschsprachiger Ausgabe.

Martha allerdings gab sich den falschen Hoffnungen nicht hin, die unter den Südwester Deutschen beinahe die Regel waren – es war einfach Ehrensache, den Glauben an den deutschen Sieg nicht sinken zu lassen – nein, Martha hatte sich schon früh zu der Überzeugung durchgerungen, daß Deutschland den Krieg nicht siegreich bestehen konnte. Es

entsprach ihrer Natur, nüchtern zu rechnen, sich durch angenehme Hoffnungen die Vernunft nicht trüben zu lassen. Außerdem wurde sie von Munro immer wieder darauf hingewiesen, daß die Übermacht, die angetreten war, das deutsche und das österreichische Kaiserreich zu überwältigen, weltüber trotz aller schweren Kämpfe auf vielen Schauplätzen, selbst auf der hohen See, nicht abnahm, sondern sich ständig vergrößerte. Im April 1917 waren die Vereinigten Staaten von Nordamerika in den Krieg gegen Deutschland eingetreten. Munro brachte die Kunde davon nach Otjikarare mit und gab sie als erstes preis, kaum daß er Martha begrüßt hatte. Martha schien die Bedeutung dieser Nachricht nicht sofort zu erkennen; es hatten schon so viele Staaten außer den ursprünglichen Gegnern Serbien, Rußland, Frankreich, England dem deutschen Reich den Krieg erklärt, Japan, Italien, Portugal, Rumänien, daß es, meinte Martha, auf einen mehr oder weniger nicht ankäme. Aber Munro hatte widersprochen:
»Du irrst dich, Martha. Du kannst es mir glauben, mit dem Eintritt Amerikas ist der Krieg entschieden. Die Reserven Amerikas an Material, auch an Menschen, sind so groß, daß das eingezingelte und schon durch drei Jahre Krieg abgenutzte Deutschland auf die Dauer keine Chance hat. Es wird eine Weile dauern, ehe die USA ihr Gewicht auch an den Fronten zur Wirkung bringen. Aber ich schätze, in einem Jahr oder wenig mehr ist der Krieg zu Ende, das heißt, die Deutschen und ihre wenigen Bundesgenossen, die Österreicher, Türken und Bulgaren, müssen um Waffenstillstand bitten, wenn sie nicht bis nach Berlin überrannt werden wollen.«
Sie standen sich auf dem Farmhof gegenüber, der Captain in englischem Khaki – ohne Rangabzeichen, denn er war ja nun ein Glied der zivilen Verwaltung – und »der« Farmer in einer durch vieles Waschen ausgefahlten, am Hals offenen Bluse und einem noch farbloseren Baumwollrock über Knie-

strümpfen und sehr stabilen Schuhen – und blickten sich in die Augen. Dem »Farmer« brannte eine Schicksalsfrage auf der Seele. Martha sprach sie aus, langsam und leise:
»Und was, Captain, wird dann aus Südwest?«
Wenn ich jetzt etwas Falsches sage, fuhr es Munro durch den Kopf, zerstöre ich alles, was bisher zwischen uns gewachsen ist. Er überlegte einige Sekunden lang, begann vorsichtig: »Ich vermute, daß sich nicht viel ändern wird. In dem Waffenstillstandsvertrag, der am 9. Juli 1915 zwischen dem letzten deutschen Gouverneur, Dr. Seitz, und dem südafrikanischen General Botha abgeschlossen worden ist – Sie wissen es ja, Frau von Horsberg –, werden die deutschen Farmer und Gewerbetreibenden in ihrem Besitz und ihren Geschäften bestätigt; allein die leitenden Beamten wurden durch englisch/südafrikanische ersetzt. Im übrigen lebt die Kolonie weiter wie zuvor. Sie werden sich also lediglich damit abzufinden haben, daß der frühere deutsche Bezirksamtmann nicht nach Grootfontein zurückkehrt, vielmehr ich oder jemand meines Schlages dort den District-Commissioner spielt. Wäre das sehr schlimm?«...
Martha mußte lächeln, so wie er lächelte:
»Nein, Captain, es wäre zu ertragen. Ich habe es früher schon einmal bekannt: Mit dem Wort ›Deutschland‹ verbinde ich kaum eine deutliche Vorstellung. Südwest ist das Land, in das ich von klein auf hineingehöre, allgemein gesagt. Nach Otjikarare gehöre ich im besondern. Mit dem Herrn Bezirksamtmann hatten wir in der Vergangenheit nicht viel zu tun – und der Herr District Commissioner erscheint nur deshalb so viel häufiger bei uns, weil er Spaß daran hat, für meine Schwarzen ab und zu ›Fleisch zu schießen‹, eine Kudu- oder eine Eland-Antilope, und um den Farmer, eine hilflose Witwe, mit den neuesten Schreckensnachrichten zu versehen. Doch, im Ernst, Captain, es bleibt also vorläufig alles Weitere in der Schwebe. Wenn sich dieser Zustand, so wie er sich jetzt anläßt, schließlich

verfestigen sollte – ich hätte nicht viel dagegen einzuwenden.« –
Es war schon wahr: die Leute in Südwest merkten nicht viel von dem furchtbar blutigen Krieg, der sich in Europa träge und ohne Entscheidung hinschleppte; sie konnten sich keine Vorstellung davon machen; ihr Alltag war längst in etwa den gleichen Rhythmus eingeschwungen, der ihnen aus den Jahren vor dem Kriege vertraut war – nur war eben die Schutztruppe mit den großen, rechtsseitig aufgeklappten Filzhüten und der schwarz-weiß-roten Kokarde daran von einer anderen Truppe, die im allgemeinen Tropenhelme bevorzugte, abgelöst worden.
Ganz sachte hatte das untergründig stets gespannte Verhältnis zwischen Martha von Horsberg und dem halbzivilen Hauptmann Munro eine andere Färbung angenommen. Wenn Munro manchmal ein paar Tag länger ausblieb, als Martha erwartet hatte, fing sie an, Ausschau zu halten, ob nicht am Nachmittag doch noch die Staubwolke in der Ferne sichtbar wurde, mit der sich der Motorwagen stets ankündigte, das große Auto, dessen hartnäckige, wenn auch manchmal mit allerlei Tücken aufwartende Kraft Martha mit der Zeit bewundern gelernt hatte. Und natürlich hatten sich die beiden nicht fortgesetzt nur über die Farmgeschäfte, den fernen Krieg, die noch fernere Weltpolitik unterhalten; sie waren längst in die privaten Bereiche vorgedrungen und waren mit dem Woher und Wohin, mit der Vergangenheit des andern und den Vorstellungen von der Zukunft vertraut geworden. Allerdings wäre Martha nie darauf verfallen, den treuen Besucher danach zu fragen, in welchen Formen sich sein Leben abspielte, wenn er nicht auf Otjikarare zu Gast war, sondern in Grootfontein oder unterwegs seine ›amtlichen‹ Aufgaben zu erfüllen hatte. Um so freimütiger aber schüttete sie alle ihre Otjikarare-Sorgen vor Munro aus und gewöhnte sich daran, seine nicht immer fachmännischen, aber stets von gesundem Menschenverstand diktierten Rat-

schläge zu beachten – nicht nur von gesundem Menschenverstand, das blieb ihr mit der Zeit nicht verborgen, sondern auch diktiert von Wohlwollen und echter Anteilnahme an Marthas höchst persönlichem Schicksal.
Trotzdem blieb eine unbenennbare Barriere zwischen den beiden bestehen, gleichsam eine starre gläserne Wand, die zwar nicht zu sehen war, sie aber doch voneinander trennte, so eng sie sich auch dieser Glaswand nähern mochten.
Es waren ja auch noch Marthas Kinder im Hause, Floriane und Wilhelm. Sie gediehen prächtig und verstanden sich vorzüglich mit dem stets ein bißchen aufregenden »Onkel James«. Munro hatte Freude an den beiden quicklebendigen, aufgeweckten Geschöpfen, eine Freude, die er nie bei sich erwartet hätte. Aber die Kinder trugen den Namen von Horsberg; auch Martha trug diesen Namen; mit ihm war der vor dem Feind gefallene deutsche Offizier immer noch im Hause gegenwärtig. Die Kinder machten es Martha unmöglich, über den langen Schatten zu springen, den Kurt in ihrem Dasein hinterlassen hatte, mochte es auch nur ein Schatten sein...
Es blieb noch alles in der Schwebe. Wenn auch der Große Krieg sehr fern sich abspielte, auch gar nicht vorzustellen war, so hing doch sein Kanonendonner ganz leise, jedoch unüberhörbar ständig in der Luft. Sein Ausgang würde nicht nur alle sachlichen, sondern auch alle menschlichen Entscheidungen mitbestimmen und vielleicht in eine noch gar nicht zu ahnende Richtung lenken.

---

Am 15. November 1918 – die Luft über dem weiten Land hatte bereits ihre gläserne Klarheit eingebüßt; Martha rechnete mit den ersten Regen – erschien, ganz außer der Reihe eigentlich und noch nicht wieder erwartet, Munro spät abends auf der Farm. Martha hatte noch im Kontor über

einigen Abrechnungen gesessen und war erstaunt auf den Hof getreten, als sie den vertrauten Motor aufbrummen und dann verstummen hörte. Munro war aus dem Führersitz gesprungen. Martha rief ihm schon von weitem zu:
»So spät noch, Captain? Ist etwas Besonderes geschehen?«
Munro wischte sich die Autohaube von der Stirn, aufatmend; der Abend hatte noch keine Kühlung gebracht.
»Ja, allerdings! Ich habe es anfangs nicht glauben wollen und abgewartet, bis es nochmals bestätigt wurde. Aber dann habe ich mich sofort auf den Weg gemacht, Ihnen die Nachricht herauszubringen: also, der Krieg ist aus. Die Deutschen haben am 11. November um Waffenstillstand gebeten. Das heißt, Deutschland gibt den Krieg verloren. Die Alliierten, voran Großbritannien und die USA, haben ihn gewonnen. Ich glaubte, das müßte ich Ihnen sogleich bekannt machen.«
Martha stand eine Weile wie gelähmt. Es war also wirklich geschehen, was zwar schon seit längerer Zeit vorauszusehen gewesen, aber eben noch nicht Wirklichkeit geworden war. Es fiel ihr schwer, zum Reden anzusetzen; sie sprach heiser, als es ihr endlich gelang:
»Ich muß Ihnen danken, Captain, daß Sie eigens herausgekommen sind, mir das Ende des Krieges mitzuteilen. Südwest wird also, das ist wohl schon jetzt sicher, nicht wieder deutsch werden, sondern südafrikanisch oder englisch oder sonst etwas anderes. Ich wollte nur, daß uns Leute wie Sie erhalten bleiben, dann werden wir in Südwest auch unter den neuen Umständen vernünftig weiterexistieren können. Kommen Sie herein und machen Sie sich frisch. Ich richte inzwischen ein Abendbrot für Sie und Charly. Charly kennt ja sein übliches Quartier.«
»Yes, madam!« kam Charlys tiefe Stimme aus der Dunkelheit.
Aber nachher beim Abendessen und danach wußte Munro

der Kunde, die er mitgebracht hatte, nichts weiter hinzuzufügen als immer nur dies: »Für Südwest wird sich nicht viel Neues ergeben, denn der vor drei Jahren zwischen General Botha und Dr. Seitz geschlossene Vertrag legt bereits eindeutig fest, wie das Schutzgebiet zu verwalten ist, und hat sich unter den gegebenen Umständen zur Zufriedenheit aller Beteiligten bewährt.«

Sie saßen lange beieinander an diesem Abend, konnten sich nicht entschließen, es für diesen Tag genug sein zu lassen, obgleich beide sich merkwürdig erschöpft, aber zugleich auch erregt fühlten. Der dunstige Himmel, in dem nur ein paar wenige Sterne wie dürftige Funken eines verlöschenden Feuers glimmten, kündigte bereits den Beginn der heißen Zeit an und die sich langsam ballenden Gewitter. Schwüle lag in der sonderbar trägen Luft. Ahnungen schwebten gestaltlos in den Schatten. Ahnungen wovon? – Sie spürten beide, daß eine Grenze erreicht war. Man hätte sie ansprechen müssen, benennen, diese Scheidelinie zwischen dem gewohnten Gestern und dem noch ungewissen Morgen. Den Mut dazu hätten sie wohl aufgebracht; doch fehlten die Worte, wenngleich sie bis in die Nähe der Mitternacht darauf warteten, ob der andere sie wagte.

Schon fünf Stunden später nach nur wenig erholsamem Schlaf hatten Munro und der unverwüstliche Charly wieder abzureisen. Es war noch dunkel. Die sonderbar lastende Luft war inzwischen um nichts frischer geworden. Munro mußte in diesen Tagen des Übergangs so schnell wie möglich auf seinen Posten zurückkehren. Daß er überhaupt gekommen war, Martha die wichtige Nachricht zu überbringen – Martha war sich darüber klar: das war ein Freundschaftsdienst, den sie gar nicht hätte erwarten dürfen.

Sie war natürlich früh aufgestanden, um den Gästen ein wenig Proviant für den beschwerlichen Weg mitzugeben und – das erst recht! – sich noch einmal von Munro zu verabschieden.

Die beiden standen sich auf dem dunklen Hof gegenüber, wo sich sonst noch nichts regte. Doch hatte Charly mit einigen gewaltsamen Drehungen bereits den Motor angeworfen und ließ ihn warm laufen. Auch brannten schon die Scheinwerfer; um so dunkler war es außerhalb des Bereichs der Lichtkegel. Charly saß hinter dem Lenkrad; nach seiner Meinung hatte der Captain an solchem Morgen eines voraussichtlich arbeitsreichen Tages mit seinen Kräften sparsam umzugehen. Und in der Nacht, ins Frühlicht hinein, hatte man höllisch aufzupassen; manchmal hatten sich Strauße in den flachen glatten Mulden der Wagenspuren niedergelassen oder auch ein Riedbock für die Nacht; und es empfahl sich nicht, in sie hineinzufahren, weder für die verschlafenen Tiere noch für das Auto.
Martha reichte dem Captain ihre Hand; er nahm sie in die seine, griff nicht fehl, trotz der Dunkelheit. Sie flüsterte, nur eben so laut, daß er es über dem dunklen Summen des Motors verstehen konnte:
»Es war sehr freundlich von Ihnen, Captain, daß Sie mir die Nachricht vom Ende des Krieges herausbrachten. Ich bin Ihnen dankbar dafür. Werden Sie mich weiter auf dem laufenden halten?
»Das werde ich tun, seien Sie unbesorgt!«
Er drückte ihre Hand; sie erwiderte den Druck, wenn auch nur mit Maßen; dann entzog sie ihm die Hand:
»Also vielleicht auf bald, Captain! Es wird sich jetzt wohl einiges ändern. Ich verlasse mich auf Ihren Rat. Fahren Sie vorsichtig!«

---

Dann stürzte doch – wie es dem kaiserlichen Deutschland in Europa schon ergangen war – auch für das ehemals deutsche Südwestafrika der Himmel ein.
Munro war ganz unerwartet aufgetaucht, hatte zum ersten

Mal, soweit Martha sich erinnern konnte, ihr Angebot, sich zunächst frisch zu machen und umzuziehen, abgelehnt, hatte sie vielmehr gleich auf die Veranda gebeten: er hätte ihr etwas wenig Erfreuliches mitzuteilen.

Er saß ihr gegenüber, staubig und verschwitzt, drehte seine Autokappe zwischen den Knien, war sich offenbar gar nicht der Tatsache bewußt, daß sein Haar völlig durcheinander geraten war. Martha hatte noch nie erlebt, daß der Scheitel rechts in seinem braunen Haar kaum noch zu erkennen war. Martha wußte plötzlich: er will mir etwas beichten, fühlt sich schuldig, schämt sich, ist losgeprescht, es mir zu sagen und findet jetzt nicht die richtigen Worte.

Doch, er fand sie, wenn auch nur mühsam:

»Martha, es ist etwas Schreckliches passiert. Ich begreife selbst noch nicht in vollem Umfang, was es in der Praxis bedeuten wird, habe aber doch über meine amtlichen Kanäle genug gehört, um mir vorstellen zu können, was auf uns zukommt.«

Er hielt inne, als wüßte er zunächst nicht recht weiter. Martha war es nicht entgangen, daß er die Wendung »auf uns zukommt« gebraucht hatte, »auf uns«, nicht »auf Sie«. Schon zitterte sie innerlich. Er räusperte sich und setzte von neuem an:

»Es steht bereits fest, daß in dem Friedensdiktat, das den Deutschen auferlegt werden wird, der am 9. Juli 1915 hier in und für Südwest bei Otavi geschlossene Waffenstillstands-Vertrag aufgehoben wird. Die Deutschen können sich auf die seinerzeit für Südwest ausgehandelten Bedingungen nicht mehr berufen, sie werden für null und nichtig erklärt. Was mit Südwest zu geschehen hat, wird in Europa erneut und unabhängig von den früheren Abmachungen festgesetzt. Vorgesehen ist vor allem, daß einige Tausend Deutsche, wohl beinahe die Hälfte der im Land beschäftigten oder ansässigen deutschen Staatsbürger, das Land verlassen müssen, in erster Linie Beamte und Militärs, aber auch viele weitere

Privatleute, die eine besonders antibritische Rolle gespielt haben. Wer das im einzelnen sein wird, steht noch nicht fest. Aber die Liste wird nicht mehr lange auf sich warten lassen. Oh, Martha, das hätte nicht geschehen dürfen! Einmal geschlossene Verträge müssen ihre Gültigkeit behalten.«
Martha blickte auf ihre Hände hinunter, überlegte lange Zeit und erwiderte tonlos:
»Müssen sie, wirklich? Aber sie behalten sie nicht. Wenn mit solcher Erbitterung gekämpft worden ist wie während der letzten Jahre in Europa und unter so großen Opfern, dann geht der Anstand in die Brüche. Man wird den Deutschen alles mögliche vorhalten: daß sie Südwest mit fragwürdigen Verträgen erworben haben, daß sie sich von den Eingeborenen nicht wieder hinauswerfen ließen, nachdem sie erst einmal im Land Fuß gefaßt hatten, daß sie stattdessen den Spieß umdrehten und die vernichteten, die sie vernichten wollten, wobei dann die Stämme der Herero und der Nama, als sie nicht klein beigeben wollten, fürchterliche Verluste erlitten und viele schwarze Mütter weinen mußten – falls sie überhaupt am Leben geblieben waren. Und dann haben wir dies im Grunde armselige, menschenleere Land mit etwa einem einzigen Menschen auf den Quadratkilometer und trotz seiner unabänderlich wiederkehrenden Dürrezeiten erstaunlich entwickelt und haben bewiesen, daß es Frucht und Gewinn zu bringen imstande ist. Nun wird man die Tüchtigsten und Wichtigsten hinaussetzen, und nicht etwa die Herero oder Nama an ihre Stelle setzen – die den Platz auch gar nicht ausfüllen könnten –, sondern englische oder burische Leute, die nicht mehr, sondern eher weniger das Recht haben, hier zu sein als die Deutschen. Genauso haben es früher die Nama mit den Herero oder diese mit jenen gemacht, wenn sie gesiegt hatten. Wo ist eigentlich ein Unterschied zwischen dem Benehmen der weißen, sogenannten zivilisierten Machthaber und dem der früheren schwarzen? Ich sehe keinen. Wir haben wenigstens aus dem

Land etwas gemacht, was die Schwarzen nie hätten daraus machen können. Die Buren und Engländer, die sich jetzt anstelle der ausgewiesenen Deutschen im Land etablieren werden, brauchen nur eben fortzufahren, wo wir gezwungenermaßen haben aufhören müssen. Daß es den Schwarzen dabei besser gehen wird als unter den Deutschen, möchte ich sehr bezweifeln. Mein Hakane und meine anderen Herero werden es mit Sicherheit nicht erwarten. Sagen Sie, Captain...«

Martha stockte und wandte sich dem Mann voll zu, blickte mit großen Augen zu ihm hinüber. Munro saß da, müde, zusammengesunken, grau, wie ein Verurteilter; er hob den Kopf und begegnete ihrem Blick:

»Sagen Sie, Captain, glauben Sie, daß auch ich gezwungen sein werde, mit meinen Kindern das Land zu verlassen, daß mir Ihre Leute Otjikarare wegnehmen werden?«

Munro schüttelte langsam den Kopf mit dem Blick eines gepeinigten Tiers:

»Diese Frage vermag ich nicht zu beantworten, Martha. Ich weiß nicht, weiß es wirklich nicht, wer da wann, wie und wo ausgewiesen oder enteignet wird. Ich bin diesmal Hals über Kopf hergekommen, um Sie darauf vorzubereiten, daß Sie und Otjikarare vielleicht betroffen sein werden. Otjikarare liegt mitten im Gebiet der Nordherero; Ihr Vater hat den Grund und Boden damals für ein Butterbrot erworben; zuvor war er Soldat. Inzwischen ist die Farm zu einem überaus wertvollen Besitz entwickelt worden. In ein so schön gemachtes Bett legt sich gern ein anderer. Auf dem Papier war dann Ihr Mann, Kurt von Horsberg, Besitzer der Farm. Er war deutscher Offizier und hat gegen England Waffen getragen, obwohl er kaum hätte dazu gezwungen werden können, nachdem er als Invalide aus der deutschen Armee ausgeschieden war. Sie haben nie den Versuch gemacht, sich mit den Besatzungsbehörden besonders gut zu stellen, sie Ihrer Ergebenheit zu versichern. Ich habe Sie zwar häufig

besucht, wozu Sie mich aber nie besonders aufgefordert haben. Das könnte eher mir zum Nachteil, als Ihnen zum Vorteil angerechnet werden. Sie wissen wahrscheinlich auch, Martha, daß Sie selbst unter den Deutschen nicht allzu viele Freunde haben. Dazu waren Sie zu erfolgreich, zu – wie soll ich's nennen? – zu selbstherrlich, und waren obendrein ›der Farmer‹, was sich ohnehin für eine Frau nicht schickt.«
Die lange, stockend vorgetragene Rede hatta Martha Zeit geschenkt, sich wieder in die Hand zu bekommen. Sie hatte kaum gemerkt, daß sie, als könnte es gar nicht anders sein, mit »Martha« angeredet worden war. Darauf kam es jetzt nicht mehr an. Sie sagte, und ihre Stimme hatte fast wieder alltäglichen Klang angenommen:
»Nun weiß ich also Bescheid. Ich bin Ihnen sehr verbunden, daß Sie mir reinen Wein eingeschenkt haben. Aber endgültig ist offenbar noch nichts entschieden. Mir bleibt nichts übrig, als zunächst weiter zu werken wie bisher. Sollte der Blitz bei mir einschlagen, so werde ich mich zu verhalten wissen, wie man sich zu verhalten hat, wenn der Blitz einschlägt. Ich bin dann, dank Ihnen, Captain, nicht mehr ganz unvorbereitet. Und jetzt werden Sie sich, Captain, trotz des bevorstehenden Weltuntergangs waschen und umziehen wollen. Ich werde unterdessen dafür sorgen, daß Ihnen ein besonders vorzügliches Abendmahl angerichtet wird. – Damit Sie Otjikarare in guter Erinnerung behalten, wenigstens was die dort übliche Kochkunst anbelangt. Und dies festliche Abendmahl soll auch der Dank – im voraus – dafür sein, daß Sie mir sicherlich die Entscheidung über mein und der Farm Schicksal wiederum persönlich und sozusagen brühwarm hierher überbringen werden.«
Er blickte sie an, als wäre er beschenkt worden:
»Das werde ich sicherlich tun, Martha!«

Und dann vergingen doch noch mehrere Monate, ehe Genaueres über die praktischen Auswirkungen des Diktats von Versailles bekannt wurde, soweit es sich auf die deutschen Kolonien, darunter Südwestafrika, bezog. Der »Vertrag« wurde am 28. Juni 1919 unterzeichnet. Ein Vertrag war er nicht, denn Vertreter Deutschlands hatten an den Verhandlungen nicht teilgenommen.

Martha von Horsberg und jedermann sonst auf der Farm Otjikarare versahen, was verrichtet werden mußte, in diesen Monaten der Ungewißheit mit besonderer Sorgfalt, als könnte dadurch der drohende Untergang aufgehalten werden.

Ja, Martha vergaß sogar für ganze Tage, halbe Wochen, daß ihr nur noch »auf Abruf« zu wirken bestimmt war. Der neu angelegte Kanal vom Stauwasser III zu einer Rodung unterhalb bewährte sich großartig; die dort frisch angepflanzten Bohnen und Erbsen gediehen auf dem noch nie beanspruchten Boden, daß es eine wahre Pracht war. Florianchen war nicht mehr zu bändigen gewesen; sie wollte reiten lernen. Martha hatte sie schließlich auf ihren alten, uralt gewordenen Falben gesetzt, eine wahre Seele von Pferd, hatte dem Kinde nicht viel zu sagen brauchen – Floriane war ein Naturtalent, was den Umgang mit Pferden anbetraf, wie Martha selber eines gewesen war. Und was dem Kind noch fehlte, das lernte sie willig, geduldig und zugleich gespannt von dem Falben – und von Hakane, der sich der Tochter mit gleicher Liebe, aber auch Bestimmtheit annahm, wie er sich in seinen jüngeren Jahren, als sein Kopf noch nicht ergraut war, der Mutter Martha angenommen hatte. Hakane war der einzige unter den Schwarzen, den Martha wegen der drohenden Zukunft ins Vertrauen gezogen hatte. Der große magere Mann hatte die Hände zusammengeschlagen und gerufen:

»Oh, Frau, oh Marthchen, das darf nicht geschehen! Wenn du von hier vertrieben wirst, dann ist Otjikarare tot. Und was wird dann aus uns?«

Martha hatte trübe geantwortet:
»Was aus euch wird, Hakane? Wie soll ich das wissen. Aber ihr bleibt wenigstens hier und werdet schließlich nicht umkommen. Doch was wird aus mir und den Kindern? Was ist der Farmer ohne Farm?«
Darauf hatte Hakane keine Antwort parat gehabt. Aber über sein gutes, wie aus dunklem Holz geschnitztes Gesicht war plötzlich eine so tiefe, hilflose Trauer gebreitet, daß Martha sich abwenden mußte, um überraschender Tränen Herr zu werden. Sie beschloß danach, ärgerlich über sich selbst, nicht zum zweiten Mal weich zu werden, wurde es auch nicht mehr.
Munro machte seine Besuche in den von früher gewohnten Abständen. Man war freundlich miteinander, redete über das Wetter, die Arbeit und die spärlichen, meist belanglosen Nachrichten. Munro wanderte auch hinaus, um für die Schwarzen »Fleisch zu schießen« und so Martha zu entlasten. Anton Wenzel hatte keinen Spaß an der Jagd und blieb am liebsten bei seinem Leisten, das heißt, bei seiner Hofmeisterei.
Nur noch förmlicher als sonst gingen Munro und Martha miteinander um, aber auch freundlicher, als wollten sich beide besonders sorgfältig hüten, einen Mißklang zwischen sich aufkommen zu lassen: Beide spürten, wenn auch sehr verborgen, daß sie sich näher kamen in dieser schwebenden Zeit, als sie es je gewesen waren.
Bis dann der Tag kam, ein dürrer, heißer Tag am Ende der Trockenzeit. Als Munro auf den Hof rollte, aus dem Auto sprang und Martha ihn schnurstracks über den Hof ihrem Kontor zustreben sah, wußte sie sofort, daß die Würfel gefallen waren – hatte er sich doch erst drei Tage zuvor nach einem Wochenende von ihr verabschiedet. Sie öffnete ihm die Kontortür weit: »Kommen Sie herein, Captain, und nehmen Sie Platz. Sie bringen nichts Gutes. Reden Sie nur! Ich kann mir denken, was mir bevorsteht.«

Sie saßen sich an Marthas abgewetztem Kontor-Schreibtisch gegenüber. Munro hockte krumm auf seinem Stuhl, ein grauer, verstaubter Unglücksvogel. Seine sonstige lässige, sichere, stets auf ganz leise Weise arrogant wirkende Haltung war vollständig abhanden geraten. Martha nahm es wahr; es regte sich etwas wie Mitleid in ihr. Sie selbst hatte das, was offenbar von ihr nicht beeinflußt werden konnte, bereits überwunden. Gegen das Hochwasser von den Bergen, gegen den Blitz, der vom Himmel fällt, ist kein Kraut gewachsen. Man zuckt die Achseln und nimmt die Schläge hin, so gut es geht, und muß klaren Kopf behalten.
Munro begann heiser und zögernd:
»Ich komme nicht von Grootfontein. Ich war im Süden bei meiner vorgesetzten Dienststelle wegen einer Sache, die ich nicht allein entscheiden wollte. Ich traf dort einen früheren Kameraden, der genau Bescheid wußte. Er hat mir auf meine Bitte unter dem Siegel der Verschwiegenheit die Liste der Leute aus unserem Landesteil gezeigt, die nach den Anweisungen aus Kapstadt als ›nicht mehr tragbar‹, wie es heißt, Südwest verlassen müssen. Eine Entschädigung für das im Land verbleibende Eigentum dieser Leute ist nicht vorgesehen – was nur eine Umschreibung dafür ist, daß ihr Eigentum enteignet wird. Martha von Horsberg und Otjikarare stehen auf dieser Liste. Ich bin gar nicht erst wieder zu meinem Standquartier zurückgefahren, sondern gleich zu Ihnen gekommen, Martha, um zu beraten, ob und was man unternehmen könnte, um den Wahnsinn abzuwenden. Zwar war die Liste, die ich gesehen habe, noch nicht offiziell. Es war auch nicht zu erfahren, wann die entsprechenden Anweisungen den Betroffenen zugestellt werden würden. Aber, wie mir gesagt wurde, an der Sache selbst wäre nichts mehr zu ändern.«
Martha hatte, während ihr Gegenüber sprach, eine merkwürdige Kälte in sich aufsteigen gefühlt. Sie empfand weder Schrecken noch Trauer noch Zorn. Ihr Lebensfaden also

sollte durchtrennt, Otjikarare ihr genommen werden. Der Grund und Boden, in dem sie – und die Kinder – mit ihrer ganzen Existenz gewurzelt hatten, war ins Gleiten geraten, wurde ihr unter den Füßen fortgezogen. Sie raffte sich auf, fragte mit rauher Stimme:
»Wann?«
Nur dies eine Wort. Munro verstand sofort:
»Der genaue Zeitpunkt steht nicht fest. Doch wurde mir anvertraut, daß die Schiffe schon beordert sind, welche die etwa sechstausend Menschen in Swakopmund an Bord nehmen und abtransportieren sollen.«
»Abtransportieren« – wie eine Herde Vieh –: das Wort hatte Marthas Betäubung durchdrungen wie ein greller Lichtstrahl. Ihr Wille, das Unheil, auch wenn es nicht aufzuhalten war, nicht widerstandslos über sich ergehen zu lassen, sprang plötzlich wieder auf, schnellte auf wie eine Feder, die sich von einer Last befreit:
»Ehe die Ausweisung amtlich wird, muß ich so viel wie möglich bares Kapital zusammenscharren, Anleihen aufnehmen, Vieh verkaufen. Ich will nicht so arm aus diesem Land hinausgehen, wie meine Eltern hereingekommen sind. Dazu haben sie und ich zu viel gearbeitet und unser Leben eingesetzt. Falls ich selbst kein Geld aus dem Land herausbekomme, Captain, wären Sie bereit, mein Geld sozusagen in Verwahrung zu nehmen und mir wieder zur Verfügung zu stellen, wenn die Umstände es erlauben?«
Munro blickte auf seine Hände hinunter. Er schien verwirrt und unschlüssig. Aber er war es nicht. Er suchte nur nach Worten. Er hob den Blick und sah der Frau ins gebräunte Antlitz; es war keine Furcht darin zu lesen, nur Entschlossenheit und kluger Ernst. Es fuhr ihm durch den Kopf: So schön war sie noch nie. Wie ich sie liebe! Wie lange schon liebe ich sie!
Er blickte sie an, ließ seine Augen in den ihren brennen mit einem Ernst, dessen Martha sofort innewurde. Hatte er sie

jemals so schonungslos angeschaut? Seine Augen hielten sie fest:

»Gewiß, Martha, darüber ließe sich reden. Bösartige Maßnahmen einer Behörde lassen sich immer umgehen, wenn man ebenso bösartig zu denken versteht wie die Offiziellen. Und Sie verstehen das bestimmt – und ich wahrscheinlich auch, wenn ich mir etwas Mühe gebe und den Mut dazu aufbringe. Indessen, Martha, scheint es mir einen viel besseren Ausweg zu geben. Ich habe in den drei Jahren, die wir uns nun schon kennen, begriffen, daß Sie von Otjikarare nicht zu trennen sind. Man könnte sagen: Sie sind Otjikarare! Und ich habe durch Sie an mir selber erlebt, daß einem dieser Platz, von dem aus man weit sehen kann, schließlich sozusagen unter die Haut geht. Sie selber haben mir, Martha, von Zeit zu Zeit das Gewehr in die Hand gedrückt und gesagt: Captain, wenn Sie Lust hätten, uns etwas für den Kochtopf zu schießen, meinen Schwarzen wird das Fleisch knapp. Und dann bin ich losgezogen und war allein, aber mit Ihrem Segen, manchmal sehr weit in Ihrer Steppe umher unterwegs, ehe mir ein Springbock oder ein Schwein oder sogar ein großer Kudu vor die Büchse liefen, manchmal auch nur ein paar Perlhühner. Ich erfuhr an mir selber, daß man von diesem Land nicht loskommt, wenn man sich ihm erst einmal anheimgegeben hat. Martha, die Vorstellung, hier nicht mehr herkommen zu dürfen, erfüllt mich mit dem gleichen Widerwillen, der auch Sie erfüllen muß. Dabei gibt es wirklich ein Mittel, einen Ausweg, den von den siegreichen Alliierten verordneten Gewaltakt zu unterlaufen. Martha, Ihre Haltung hat es mir bisher stets verwehrt, sozusagen ganz privat und persönlich zu werden, und Sie werden mir nicht vorwerfen können, daß ich Ihre Wünsche nicht respektiert hätte. Jetzt scheint mir der Augenblick gekommen zu sein, in dem ich den Mund aufmachen muß, damit Sie nicht unglücklich werden. Martha, Sie müssen mich heiraten, mich, einen Engländer. Das würde alle Ihre – unsere –

Schwierigkeiten lösen. Martha, und Sie dürfen mich heiraten, denn ich liebe Sie, liebe Sie schon seit langem. Wenn Sie es sich erlaubt hätten, hätten Sie es schon seit langem merken müssen. Vielleicht haben Sie es auch gemerkt, wollten sich aber nicht beeinflussen lassen. Martha, wir heiraten! Ich sehe keine andere Möglichkeit, Ihnen und den Kindern – und ich bekenne, auch mir! – Otjikarare zu erhalten!«
Er schwieg, schien ganz außer Atem geraten zu sein.
Martha saß stumm und starr, aber in ihrem Hirn überstürzten sich die Gedanken.
Natürlich, daß Captain Munro sie liebte und also für sie einstand, wann und wie immer sie ihn darum gebeten hatte, sie hatte es längst als beinahe schon selbstverständlich hingenommen, ohne allerdings jemals die Dinge bei dem Namen zu nennen, der ihnen zukam. Aber war es wirklich eine Lösung, was Munro vorschlug? Mit den Verhaltensregeln des britischen Militärs, der britischen Beamtenschaft war sie alles andere als vertraut. Sie zweifelte:
»Es sagt sich leicht, Captain, heiraten. Warum nicht? Ich habe, um bei der Wahrheit zu bleiben, die Vorstellung, daß wir uns heiraten, in mancher vergangenen Nacht erwogen und fand schließlich keinen rechten Grund mehr, mich dagegen zu wehren. Aber zwischen uns stand das Bedenken, daß der Sieger die Besiegte nicht heiraten dürfte, so lange noch Krieg zwischen den beiden Lagern geführt wurde. Ich war meinem gefallenen Mann Treue schuldig. Jetzt kommen Sie und wollen seinen Kindern und mir den Besitz retten, weil Sie selbst auch engagiert sind. Das ist doch ein leicht durchschaubares Spiel. Ihre Vorgesetzten werden die Erlaubnis dazu, auf die Sie wahrscheinlich nicht verzichten können, niemals gewähren...«
Munro legte beide Vorderarme auf den Schreibtisch und blickte Martha über den Tisch hinweg beinahe zornig an, als wollte er sie herausfordern:

»Glauben Sie, Martha, das hätte ich nicht alles längst bedacht? Auf der langen Fahrt zu Ihnen hatte ich Zeit genug dazu. Und hundert Mal davor habe ich alles Für und Wider überlegt. Man hat mir bisher nichts vorzuwerfen. Ich war ein guter Soldat und Offizier, bin ausgezeichnet worden. Man war froh, daß ich mich dann für Verwaltungsaufgaben meldete; es gab nicht viele geeignete Leute. Jetzt wird man mir schwerlich verbieten können, zu heiraten, wen ich heiraten will. Versucht man es doch, so werde ich aus dem Staatsdienst, militärischem wie zivilem, ausscheiden, ohne ihm eine Träne nachzuweinen. Wenn Sie mich, Martha, indem Sie mich heiraten, nominell zum Herrn von Otjikarare machen – nominell, mehr werde ich nie verlangen! –, dann ist die Farm nicht zu beschlagnahmen. Ich käme auch nicht als armer Schlucker hierher. Der auf mich entfallende Anteil an dem ererbten Vermögen von meiner Mutter Seite her steht bei meinem ältesten Bruder in Schottland und kann mit einer Frist von einem halben Jahr jederzeit von mir abgerufen werden. Ich werde oder würde hier auf Otjikarare in die Wirtschaft nicht eingreifen. Sie bleiben ›der Farmer‹. Ich würde allerdings gern zur Verfügung stehen, sollten Sie meinen, ich könnte Ihnen mit Rat oder Tat dienlich sein. Darüber hinaus würde ich gern gute Reitpferde züchten. Soweit ich weiß, gibt es das in Südwest noch nicht; es müßte sich rentieren, wenn man es darauf anlegt, nur wirklich erstklassige Tiere hervorzubringen. Im übrigen haben Sie mich in den vergangenen Jahren als einen einigermaßen umgänglichen und mit Maßen intelligenten Zeitgenossen kennengelernt, mit dem auch eine so selbstbewußte Person wie Sie zurechtkommen wird. Und, glauben Sie mir, Martha, ich hätte den festen Willen, nicht nur Sie glücklich zu machen, soweit ich dazu imstande bin, sondern auch diesen großartigen Besitz Otjikarare für Sie und Ihre Kinder zu mehren.«
Die Kinder –! Sie mußten mit bedacht werden. Er hatte sie

offenbar nicht vergessen. Sie tastete sich vorsichtig einen Schritt weiter:
»Die Kinder, sagen Sie, Captain...« Sie zögerte, sah nicht auf, fuhr fort, leise, undeutlich: »Ich möchte nicht, Captain, daß meine Kinder, die ja auch Kurts Kinder sind, geschmälert werden, irgendwie und irgendwann.«
Er antwortete sofort, nüchtern, aber mit verstecktem Lächeln:
»Sie hätten das nicht zu betonen brauchen, Martha. Ich kann, glaube ich, nachempfinden, was Sie da bewegt. Mir liegt nichts an eigenen Kindern. Mir liegt nur an Ihnen! Ich bin lange genug mit meinen stolzen fünfunddreißig Jahren in der Welt umhergewesen, in Schottland, in England, im Britischen Weltreich, in Südafrika und jetzt hier, um nach und nach – und sehr ketzerisch, worüber ich mir klar bin – zu der Überzeugung gekommen zu sein, daß man als potentieller Vater eigentlich gar nicht verantworten kann, Kinder in die Welt zu setzen, das heißt, sie einer, wie mir scheint, wenig Gutes versprechenden Zeit und Zukunft auszuliefern, ohne daß man sie vorher um ihre Erlaubnis hätte fragen können. Sehen Sie, Martha – wir haben schon manchmal darüber gesprochen und inzwischen ist vieles klarer zu erkennen –, vor dem Krieg konnten die Farbigen auf dieser geduldigen Erde der Meinung sein, daß die weiße Welt ein geschlossener Block wäre von solcher Kraft und Überlegenheit, daß es aussichtslos wäre, sich ihm nicht zu fügen. Jetzt erleben zum Beispiel die Schwarzen, daß die Weißen unter sich auch nichts Besseres zu tun wissen, als es die Schwarzen unter sich seit tausend Jahren oder mehr in gleicher Weise getan haben: sich Wasser- und Weiderechte streitig zu machen, sich zu bekriegen, totzuschlagen, sich zu knechten und sich aus ihrem Besitztum zu verjagen, einem Besitztum allerdings, das oft genug zuvor von anderen besessen worden war. Wir haben in diesem vergangenen Krieg sogar unsere jeweiligen farbigen Hilfsvölker gegen den weißen

Gegner kämpfen lassen, sogar auf europäischem Boden. Jetzt werfen wir die Deutschen mit einem Federstrich aus ihren überseeischen Schutzgebieten hinaus, reden von deutscher Kolonialschuld und ähnlichem faulen Zauber, obgleich die Kolonien der anderen, der Engländer, Franzosen, Belgier, Holländer und so fort, mit den gleichen Methoden und zum Teil noch viel fragwürdigeren erworben worden sind, als sie die Deutschen in ihren Kolonien angewandt haben. Die Schwarzen werden sich früher oder später sagen: Wenn die Engländer den Deutschen Südwest abnehmen, Deutsch-Ost, Kamerun und Togo, mit Gewalt und ohne auch nur einen Schein des Rechts, warum sollen dann wir an den Engländern und den andern Kolonialherren nicht das Gleiche praktizieren können? Nach meiner Überzeugung bedeutet dieser Friedensschluß in Versailles das Ende der europäischen Vorherrschaft, man kann auch sagen das Ende der Vorherrschaft des Weißen Mannes in der Welt. Es wird noch Jahre oder Jahrzehnte dauern, bis die praktischen Folgen sichtbar werden. Ich hoffe, daß ich vorher alt geworden bin und nicht mehr vorhanden. Bis dahin aber möchte ich außerhalb des verrückten und verzankten Europa in einem reinen Land irgendeine sinnvolle Arbeit leisten; das ist schließlich das einzige, was das Leben überhaupt erst lebenswert macht. Hier auf Otjikarare habe ich in den vergangenen mehr als drei Jahren einen hinreißend schönen und ganz ursprünglichen Platz kennengelernt, der mir nicht wie so viele andere in allen Kolonien mit europäischer Schuld belastet zu sein scheint, wo man also ohne Gewissensbisse leben könnte. Denn Ihr Vater, Martha, hat die Herero um Erlaubnis gefragt, ob er hier siedeln dürfte. Die Herero nahmen seine nach ihren Vorstellungen großzügige Bezahlung an, obwohl sie ihm wiederum nach ihren Vorstellungen einen Placken von für sie wert-, nämlich wasserloser Einöde angedreht hatten; sie nützten die scheinbare Unkenntnis Ihres Vaters ohne Bedenken aus. Als Ihr Vater dann mit ziemlich einfachen Mitteln Wasser erschloß, in die Riviere Staudämme einbaute, so daß auch in der Trockenzeit Vieh getränkt werden konnte, wurden die gleichen Herero, die in vielen hundert Jahren auf den gleichen einfachen Gedanken nicht verfallen waren, neidisch und böse, schlossen sich dem großen Aufstand an und brachten Ihren Vater um, hätten auch Sie und Ihre Mutter umgebracht, wenn sie Ihrer habhaft geworden wären. Die Deutschen wollten sich nicht alle totschlagen lassen, sehr verständlicherweise, wehrten sich im Gegenzug und richteten den Herero-Stamm zugrunde. Den gnadenlosen Schlußstrich setzte die wasserlose Omaheke.

Sie haben dann, Martha, hier abermals aus dem Nichts ein kleines Königreich geschaffen, wiederum, so weit ich erkennen kann, ohne jemand zu berauben oder auch nur zu benachteiligen. Und die wunderbaren Weiten der Steppe wurden nicht nur in ihrem Duft und ihrer einsamen Würde erhalten, sondern sogar über sich selbst hinaus verbessert und erhöht. Die klugen Schwarzen haben das begriffen. Ein Mann wie Ihr Hakane, Martha – den ich sehr schätze übrigens –, ginge für Sie durchs Feuer; auch er ist längst ein Teil von Otjikarare. Er hält Ihnen alle Ihre Schwarzen treu bei der Stange; sie alle sind auf ›die Frau‹ eingeschworen, so wie Wenzel, Piet, Andries, Lotte auf ›den Farmer‹ eingeschworen sind. Dies ist ein großes, kraftvolles Lebewesen, dies Otjikarare, und ›der Farmer‹ ist sein Hirn und sein Herz. Es wäre zum Tode verurteilt, raubte man ihm dies Herz. Ich sehe keine andere Möglichkeit, dies zu verhindern, als daß ›der Farmer‹ sich als Schutz und Schirm gegen die blindwütigen Sieger einen solchen ›Sieger‹ ins Haus nimmt. Ich würde diese Rolle gern übernehmen, Martha. Ich würde mir große Mühe geben, Sie und die Farm nicht zu enttäuschen. Also sage ich es noch einmal: Heiraten Sie mich, Martha! Und zwar bald! Damit wir schon verheiratet sind, wenn die Ausweisungen offiziell bekannt gemacht werden. Eine auszuweisende Frau von Horsberg darf es dann gar nicht mehr geben. Jemand, den es nicht mehr gibt, kann man auch nicht ausweisen.«

Während der langen, langen Rede hatte Martha Zeit gefunden, ihre Gedanken zu sammeln und den ruhig, beinahe wie unbeteiligt dozierenden Mann auf der anderen Seite des Schreibtisches mit scharfen Augen zu beobachten. Die Einsicht kam ihr: Ein Deutscher hätte wohl kaum so nüchtern vom Heiraten geredet wie dieser Engländer – nein, er betonte es oft genug, er war kein Engländer, sondern ein Schotte. Martha konnte schnell denken: ihn zu heiraten, das wäre in der Tat wohl die einzige zuverlässige Art, der Verbannung zu entgehen. Otjikarare aufgeben –? Das kann ich mir nicht einmal im Traum vorstellen. Lieber sterben! Oder heiraten? Mit diesem James Munro verheiratet zu sein, der da an der anderen Schreibtischseite so gescheit daherredet? Er ist mir nie unsympathisch gewesen. Was würde Kurt dazu sagen? Ich weiß genau, was er sagen würde: Heirate ihn, Martha, würde er sagen, Munro ist kein übler Gefährte und auf seine Weise dir ergeben. – Und ich wäre dann nicht mehr so allein wie in den vergangenen Jahren – des Nachts, um ganz ehrlich zu sein. Auch Kurt ist eigentlich erst bei mir – oder soll ich sagen: auf Otjikarare? – ganz zu sich selbst gekommen, und eine Zeitlang wenigstens glücklich gewesen. James Munro meldet sich jetzt für die gleiche oder doch eine sehr ähnliche Rolle. Ich und die Farm und die Kinder – wir würden dabei nicht schlechter fahren als beim ersten Mal. Und er hat natürlich recht: wenn überhaupt, dann gleich!

Es wurde Martha nicht bewußt, daß sie lange schwieg, nachdem Munro seine vielleicht allzu umständliche Werbung vorgetragen hatte.

Martha war sich auch nicht bewußt, daß sie die Augen geschlossen hatte, daß sie ihr Antlitz dem Mann darbot, unverhüllt, die leicht zusammengezogenen Brauen unter der

hohen Stirn, die schmale Nase, an der die Nüstern vor innerer Spannung leise bebten, den fest gepreßten Mund, das fast ein wenig zu kantig geratene Kinn über dem schlanken, noch immer mädchenhaften Hals – welch wunderbar überzeugendes, strenges und doch schönes Antlitz! Munro sog den Anblick in sich ein. Er würde ihn nie vergessen!
Sie schlug die Augen auf. Ihr Blick traf unmittelbar in den seinen. Er hatte sie also die ganze Zeit über angesehen. Nun gut, warum sollte er nicht! Sie mußte sich ein wenig räuspern, sagte dann mit klarer Stimme – und doch auch wiederum sanft:
»Wann heiraten wir also, James?«

# VII

## Noch viel länger in der Schwebe und das Ende

Nachdem James Munro im Jahre 1919 die damalige Besitzerin der Farm, die früh verwitwete Frau Martha von Horsberg, zur Überraschung, auch Entrüstung, mancher Leute in der Kolonie, dem späteren Mandatsgebiet, geheiratet hatte, war zumindest nach außen hin James Munro als der eigentliche Repräsentant von Otjikarare aufgetreten. Munro wurde immer noch »Captain« genannt, obgleich er seinen Abschied vom Militärdienst genommen hatte; er blieb »der Captain«. Otjikarare blieb zwar dem Wesen nach, wenigstens zunächst, eine deutsche Farm, wurde aber dem Namen nach oder formal eine englische/südafrikanische Besitzung – so ähnlich wie das ganze Schutzgebiet. Südwest als deutsche Kolonie war von der Landkarte Afrikas verschwunden und würde nie wieder auftauchen.

Die Vorgesetzten Munros hatten schwerwiegende Bedenken geltend gemacht, als Munro, noch ehe der Krieg richtig beendet, noch ehe das Schicksal des Schutzgebiets endgültig besiegelt war, die Frau des Deutschen, im Krieg gefallenen Offiziers v. Horsberg, Tochter eines simplen »non-commissioned officer« der früheren deutschen Schutztruppe, ehelichte, sozusagen von heut' auf morgen, ohne große Vorankündigung. Munro hatte es dann vorgezogen, allen Vorwürfen und Einsprüchen die Spitze abzubrechen, indem er von sich aus »die erforderlichen Konsequenzen« zog und den bunten Rock, der damals schon nicht mehr bunt war, an den Nagel hängte.

»Er muß blödsinnig in diese reichlich hochnäsige Landfrau aus dem hintersten Busch verliebt gewesen sein. Aber hochnäsig und eigenwillig war er ja auch selber, dieser langschädlige Schotte. Und außerdem hat er sich in ein gut gepolstertes Nest gesetzt.« So oder ähnlich ging das Gerede um im Kasino der englisch/südafrikanischen Offiziere der »South African Mounted Rifles« zu Windhuk – aber auch nicht viel anders unter den deutschen Farmern und Kaufleuten des Landes, soweit sie überhaupt davon Notiz nahmen, daß sich die Frau von Horsberg auf Otjikarare in eine Mrs. James Munro verwandelt hatte.

Der Betroffenen selbst blieb der Klatsch natürlich nicht verborgen; sie hatte auch nichts anderes erwartet. War Martha früher schon nicht besonders umgänglich gewesen, hatte einem allzu lebhaften Verkehr mit Nachbarn oder entfernten Bekannten über das Geschäftliche hinaus nie viel Geschmack abgewinnen können, so zog sie sich nun erst recht auf ihren engeren Lebenskreis zurück – und der war ja, mit dem »Platz, von dem man weit sehen konnte«, als Mittelpunkt, wahrlich groß genug.

Dies fiel ihr um so leichter, als sie nun zu ihrer tiefen Verwunderung, schließlich aber auch einer anfangs nicht recht geglaubten Beglückung erlebte, um wie viel leichter, ja spielend mit dem Dasein und seinen alltäglichen Sorgen und Schwierigkeiten fertigzuwerden ist, wenn man einen einfallsreichen, stets unverdrossenen Gefährten an der Seite weiß.

James sowohl wie Martha waren mit einem großen Vorrat an klarer Vernunft, gesundem Menschenverstand und überdurchschnittlicher Tatkraft ausgestattet. Gedämpft und ihrer möglichen Schärfe beraubt wurden diese tragenden Eigenschaften durch eine nie ganz auszuschaltende, gewissermaßen grundsätzliche Skepsis Menschen, Dingen und Entwicklungen gegenüber. So wurden sich die beiden Munro, Martha und James, als sich ihre Ehe längst bewährt hatte, ganz offen über die Motive klar, die sie bewogen hatten, die Ehe miteinander einzugehen:

»Wenn mir Otjikarare genommen worden wäre, James, wären mir Sinn und Ziel meines Daseins verlorengegangen. In der Panik, die mich erfaßte, als mit Otjikarare meine und der Kinder Existenz unmittelbar in Frage gestellt wurde und ein gewisser Captain James Munro sich mir als der einzige Ausweg anbot – um dieser, wie ich es empfand, tödlichen Gefahr zu entgehen, habe ich damals mein Jawort gegeben.

Unsympathisch warst du mir ja von Anfang an nicht, und als ich vor die Wahl gestellt wurde: entweder Otjikarare mit James Munro oder ohne James Munro kein Otjikarare mehr, entschied ich mich kalt lächelnd für Otjikarare und den dafür offenbar unentbehrlichen James Munro.«

Wieder einmal saßen sie bei diesem Gespräch an einem Sonntagabend, nachdem sie noch eine gute Stunde lang im Kontor notiert und gerechnet hatten, auf der schon im Abendschatten ruhenden Veranda. Wie sie darauf gekommen waren, sich über die Vorgeschichte ihrer Ehe zu unterhalten, hätten sie beide hinterher nicht anzugeben gewußt. Vielleicht hatte eine Frage, die der nun schon elfjährige Sohn Marthas, Wilhelm, ganz plötzlich, wie Kinder es manchmal tun, am Abendbrot-Tisch gestellt hatte, untergründig den Anlaß zu dem offenherzigen Bekenntnis geliefert. Der intelligente, aber zuweilen unleidlich eigenwillige kleine Wilhelm hatte, nachdem er lange stumm vor sich hingeblickt hatte, auf einmal wissen wollen:

»Warum heiße ich eigentlich von Horsberg und Floriane auch? Unsere Mutter und unser Vater aber heißen Munro? Es

wär' doch viel einfacher, wenn wir alle den gleichen Namen tragen würden.«
Floriane hatte die Mutter der Antwort enthoben und den um zwei Jahre jüngeren Bruder belehrt:
»Daß du das gar nicht begreifen willst, Helm! Ich hab's dir schon zweimal erklärt: Als wir beide geboren wurden, hieß Mutter auch von Horsberg wie unser Vater. Aber dann ist unser Vater aus dem Krieg nicht wiedergekommen. Damit wir nicht ohne Vater sind, was für Kinder nicht gut ist, hat Mutter für uns einen neuen Vater geheiratet. Der wollte natürlich, daß Mutter seinen Namen annimmt, so wie unser erster Vater es auch gemacht hat. Das ist nun einmal so und deshalb heißt sie jetzt wie unser Vater Munro.«
Aber Wilhelm war mit der Sache immer noch nicht fertig; er erwiderte – es klang ein wenig störrisch, was bei ihm nicht ungewöhnlich war:
»Wenn Vater unser zweiter Vater werden wollte, dann wär' es doch richtiger gewesen, er hätte den Namen von unserem ersten angenommen, anstatt daß Mutter den seinen annehmen mußte. Nun ist Mutter gar nicht mehr unsere richtige Mutter mit unserem richtigen Namen und er nicht unser richtiger Vater.«
Er versank wieder in sein Brüten. Die Eltern wußten, daß es sich nicht empfahl, den zweiflerischen Knaben zurechtzuweisen, und gingen nicht weiter auf seine Probleme ein. Das konnten sie getrost der klugen, zwar stets selbstgewissen, deshalb aber auch friedfertigen Schwester überlassen. Floriane war die einzige, der sich der einigermaßen schwierige Wilhelm nie widersetzte.
Die Eltern waren am späten Abend nach diesem Kindergespräch bei Tisch auf sich selbst zu sprechen gekommen. Martha hatte sich veranlaßt gesehen, mit der Unverblümtheit, die ihr zu Gebote stand, wenn es sich um wesentliche Dinge handelte, die Wahrheit zu sagen – mit der heiteren Ironie, die ihr nach der zweiten Heirat zur zweiten Natur

geworden war. James, der Schotte, besaß viel Verständnis dafür, daß man die Umwelt, vor allem sich selbst, nicht sehr ernst nehmen mochte. Er liebte Marthas unbestechliche Ehrlichkeit, wie er alles an dieser einmaligen Frau liebte. Wie ein Blitz war ihm die Erkenntnis ihres furchtlosen, ja kühnen Charakters schon beim ersten Mal in die Seele gefahren und hatte gezündet. Auf einem falben Pferd hatte sie in makelloser Haltung wie ein schönes Standbild gesessen und in die Mündungen der Gewehre gesehen, als wäre sie kugelfest. Mitten im weiten Busch am Rand eines blitzenden Wassers – und war ihrer Überlegenheit auch in schwierigster Situation offenbar völlig sicher gewesen. Er hatte diesen allerersten, nun schon sehr fernen Tag nicht vergessen können. Er war von dieser Frau, die so völlig anders war als die Frauen, die er aus englischem Umkreis kannte, schon seit der allerersten Begegnung wie magisch angezogen worden.

Seit Munro in den Jahren danach Martha von Horsberg näher und umfänglicher begreifen lernte, war er stets stärker von den Einflüssen, die von ihr ausgingen, erfaßt worden, vor allem von jenen Eigenschaften, die landläufig als männliche Wesenszüge angesehen werden, aber nicht als solche angesehen werden sollten, es sei denn, man hielte alte Vorurteile und Mißverständnisse für wahr und wirklich, was sie nicht sind. Im Grunde seines Wesens war James Munro dem ersten Mann Marthas, Kurt von Horsberg, nicht unähnlich: Auch er suchte die Wärme und Kraft der großen Mutter, die er in seinem Leben bis dahin entbehrt hatte. Um solche weibliche Nähe, die ein männliches Dasein erst rundet, zu gewinnen, war Munro bereit gewesen, durch Jahre hindurch zu dienen und zu werben, bis ihm schließlich die äußeren Umstände den ersehnten Preis in die Hand spielten.

In jener Nacht auf der Veranda des Farmhauses, unter welcher wie in abertausend Nächten zuvor die dunkle Wildnis dem Schlummer anheimgegeben war, hatte sich Martha in einem Anfall von Geständnissucht versucht gefunden, die

Beweggründe anzusprechen, die sie bewogen hatten, Munro zu heiraten, als ihr die Farm und damit der Boden unter den Füßen entzogen werden sollte.
Munro hatte Marthas leichthin vorgetragenes Geständnis mit offenem Ohr auch für die Nebentöne, die es verharmlosen sollten, aufgenommen. Er ließ eine Minute verstreichen, ehe er die Gegenfrage stellte, ruhig und sachlich:
»Du hast mir nur bestätigt, meine liebe, kalt lächelnde Martha, worüber ich mir ohnehin keine Illusionen gemacht habe. Aber das ist Vergangenheit. Wichtig ist allein, wie es heute um dich bestellt ist. Bin ich immer noch der leider nicht entbehrliche Nothelfer? Wenn du schon Erklärungen abgibst, die für mich etwas peinlich sind, so solltest du mir auch diese Frage ebenso wahrheitsbeflissen beantworten.«
Ja, in der Tat, unversehens war eine Stunde der Wahrheit angebrochen. Martha spürte es in jeder Faser und war mutig und ehrlich genug, das Bekenntnis abzulegen, das von ihr erwartet wurde und das ihrem Zustand entsprach. Sie saßen auf der gepolsterten Bank vor der breiten Öffnung zur Verandatreppe. Sie lehnte sich an den Mann an ihrer Seite, zog ihn sachte ein wenig näher heran in einer zärtlichen Bewegung, wie sie selten von ihr gewagt wurde, und flüsterte:
»Jetzt, James? Die Sache ist sehr einfach. Du hast mich im Laufe der Zeit gelehrt, dich zu lieben. Du warst ein guter Lehrmeister. Und nun liebe ich dich, James! Und es ist wunderbar, dich zu lieben und von dir geliebt zu werden. Ich danke dir für deine Liebe!«
So große Worte hatte sie noch nie gesprochen. Es würde auch nie wieder geschehen. Sie wußten es beide.
Munro hatte genau wie Martha nur sehr geringes Talent in die Wiege gelegt bekommen, elegisch oder sentimental zu werden. Selbst in diesem nie wieder so oder ähnlich zu erwartendem Augenblick erregte die unbeabsichtigte Feierlichkeit seinen Widerstand. Er nahm den Kopf seiner Frau in

beide Hände und küßte sie auf den Mund, erklärte dann munter:
»Nichts zu danken, Liebe! Wer da wem zu danken hätte, ließe sich nicht einmal mit einer Goldwaage feststellen. Aber erstens haben wir keine, und zweitens: wozu auch!«
Sehr viel leiser fügte er hinzu:
»Was reden wir da! Gehen wir lieber zu Bett, Liebste! Können ja auf der Stelle ausprobieren, wer wen lieber hat und wer sich am meisten Mühe damit gibt.«
Die Nacht, die vor ihrem weit offenen Fenster hing, man meinte, man könnte sie fühlen, diesen schwarzblauen schweren Samt, so milde und kühl. Kein Laut, kein noch so leiser Hauch eines Windes!
In den tiefen Schatten des Zimmers aber blühte das Leben.

---

Munro hielt sein Versprechen: Die Leitung der Farm und ihrer Geschäfte blieb weiter wie bisher Martha überlassen. Jedoch gewöhnte sich Martha daran, wichtigere Entschlüsse nicht zu fassen, ohne vorher James' Meinung erkundet zu haben. James hatte seinen Lieblingstraum wahr gemacht, hatte im Norden des Farmgebiets ein großes Areal unberührten Buschs, Regierungsland, hinzukaufen können und durch eine Tiefbohrung Wasser erschlossen. Er hatte das Kapital eingesetzt, das ihm von seiner Familie nicht verweigert worden war, hatte englisches Vollblut aus südafrikanischer Zucht und arabische Stuten, diese unverwüstlichen, überaus lebhaften Tiere, miteinander gekreuzt. Die kerngesunden, im Busch aufgewachsenen und früh von James selbst und seinem Herero-Helfer trainierten Nachkommen wurden bald rühmlich bekannt unter den Liebhabern edler Pferde in Südwest und auch in Südafrika, gewannen Rennen und Preise in Windhuk, Kapstadt und Durban – und machten Munros etwas ausgefallene Unternehmung schon in den

dreißiger Jahren gut bezahlt – zu einer Zeit, als die vom Hitlerismus weltweit ausgehende Unruhe sich auch in Südwest bemerkbar machte, denn die dort längst wieder oder immer noch in Wirtschaft und Landwirtschaft eine wichtige Rolle spielenden Deutschen stellten mit Genugtuung fest – besonders nach der Olympiade in Berlin –, daß Deutschland und die Deutschen wieder »etwas darstellten in der Welt«. Vom abgelegenen Südwest aus waren die dunklen, die abstoßenden Züge des »Dritten Reiches« schwerlich wahrzunehmen.
Martha geriet nicht in die Gefahr, den neudeutschen, sich in Südwest recht forsch und aufdringlich gebärdenden Einflüssen nachzugeben. Das schwärmerisch-nationalistische, vielfach herausfordernde Auftreten der nicht wenigen NS-Südwester, die aufs Ganze gesehen trotz des Lärms, den sie gelegentlich veranstalteten, eine Minderheit blieben, war Martha, die eine Mrs. Munro geworden war, nicht nur peinlich, sondern sogar widerlich. Mehr und mehr bekehrte sie sich gerade in den dreißiger Jahren zur Haltung ihres Mannes, der als ein in der Wolle gefärbter Schotte jeder Spielart von Außen- und Machtpolitik mit einer geradezu unterkühlten Skepsis gegenüber stand, nicht nur der englischen; die sich gern moralisch vermummende amerikanische nahm er keineswegs aus. Martha lernte viel von ihrem schottischen Ehegefährten, lernte vor allem, daß man sich den Blick in die Welt offenhalten muß. Denn auch ihr entlegenes, erfolgreich blühendes, ja, wenn es sein mußte, sich selbst genügendes kleines Königreich Otjikarare war einbezogen in das zähe, klebrige Netz der internationalen Beziehungen und mochte verurteilt sein, die Folgen von Entwicklungen zu ertragen, für die es durchaus nicht verantwortlich gemacht werden konnte. An Munros Pferdezucht nahm Martha nur aus der Ferne Anteil, so sehr natürlich auch sie, eine erfahrene Reiterin, an den in manchen Exemplaren hinreißend schönen Tieren Freude hatte. Doch waren

Pferde für Martha, »den Farmer«, gewissermaßen Werkzeuge, nein, Arbeitsgefährten, von denen harte und beständige Leistung verlangt wurde. Die nervösen, empfindlichen Renner, die James züchtete, versagten im Busch und in der heißen Steppe, ließen sich viel zu leicht irritieren, ermüdeten auch allzu schnell. Sie selber ritt weiter die unverwüstlichen Nachkommen ihrer unvergessenen falben Stute und des Fuchshengstes, den einst ihr Vater geritten hatte. Zwar hatte die kleine Pferdeherde, die von jeher zu Otjikarare gehörte, noch anderes, sorgsam ausgewähltes Blut aufgenommen, doch waren die guten Eigenschaften ihrer Ahnen erhalten geblieben: Zähigkeit, Sanftmut, Willigkeit.
Martha lernte die geduldige Zuchtarbeit ihres Ehegefährten um so mehr schätzen, als sich im Laufe der dreißiger Jahre herausstellte, daß sie – nachdem sie anfangs nur Kosten verursacht hatte – zu dem Gesamtgewinn von Otjikarare nicht unwesentlich und in ständig steigendem Maße beitrug.

Ja, Otjikarare blühte, blieb unbehelligt von den bösen oder dummen Händeln der fernen Außenwelt, trieb immer festere Wurzeln in den braunen Steppenboden hinter dem Waterberg. Die Eheleute, denen der Besitz der großen Farm als Lebensaufgabe gestellt war, ergänzten sich vorzüglich, verstanden sich auf eine heiter skeptische Art, indem sie die Eigenheiten, Fehler, Eckigkeiten des Partners lächelnd hinnahmen und möglichst glätteten; sie stützten und trugen sich, wo das eigene Wissen und der eigene Mut zu versagen drohten – mit einem Wort: sie liebten sich, und auch die Ehe blühte auf und mit Otjikarare.
Indessen blieb auch den Munros Kummer nicht erspart. Er kam wie in unzähligen anderen Ehen von den Kindern her. James Munro hatte dafür gesorgt, daß seine Verbindung mit Martha kinderlos blieb. Kinder zweier Väter im gleichen Hause, das war dem stets zweiflerisch abwägenden Mann nicht empfehlenswert erschienen, und er hatte sich danach

gerichtet – ohne daß die Geliebte viel davon gewahr wurde. Auch liebte er seine kühle, stolze Martha viel zu vorbehaltlos, als daß er ihre schon vorhandenen Kinder nicht mitgliebt hätte – und sie waren ja auch liebenswert.

Während Floriane, die ältere, die ihr nie verweigerte freundliche Zuneigung des Stiefvaters beinahe leidenschaftlich gern annahm und zärtlich erwiderte, schien Marthas Sohn Wilhelm von James Munro nicht aufzuschließen zu sein. Munro mochte sich soviel Mühe geben, wie er wollte, sich als guten Kameraden oder klugen Lehrer anbieten, Wilhelm war aus seiner Reserviertheit gegenüber dem zweiten Mann der Mutter nicht herauszulocken, nahm auch keine Weisungen von ihm an, wenn sie nicht von der Mutter ausdrücklich bestätigt wurden. Munro gab es schließlich nach jahrelangen fruchtlosen Versuchen auf, um die Sympathie dieses Kindes zu werben.

Als Wilhelm größer wurde, verwandelte sich seine Abneigung gegenüber Munro in Feindschaft, eine offenbar grundlose, nicht weiter ableitbare, aber deshalb nur um so bitterere Feindschaft, die ihn schließlich auch der Mutter zu entfremden drohte, mußte sich doch Martha sagen – gerecht, wie sie zu denken sich bemühte –, daß James für den so unerfreulichen Zustand, der schon ein paar Mal zu wildem Aufruhr des Sohnes geführt hatte, durchaus nicht verantwortlich zu machen war, sondern die Schuld – wenn man von solcher reden wollte – allein bei dem Sohn gesucht werden mußte.

James war der Meinung gewesen, daß die Kinder zwar zunächst die deutsche Schule in Windhuk besuchen, dann aber in ein englischsprachiges Internat nach Kapstadt gegeben werden sollten. Denn mit Englisch, so meinte er, kämen die Kinder überall durch, mit Deutsch, dieser schweren Sprache, aber nicht. Munro hatte sich Mühe gegeben, deutsch zu lernen, war damit aber nicht sehr weit gediehen. Floriane versuchte mit unermüdlichem Eifer, dem geliebten Stiefvater die vertrackten Unterschiede zwischen »der«,

»die« und »das« beizubringen, versuchte es mit größerem Eifer, als mit dem er das schlanke Kind auf seine Fehler im Englischen aufmerksam machte; dazu fand er die etwas gewaltsame, aber stets sehr farbige und auf Deutlichkeit bedachte Ausdrucksweise Florianes im Englischen viel zu lustig und drollig. – Mit Wilhelm war in dieser Hinsicht nichts anzufangen. Der ständig in Marthas Sohn bohrende Widerstand gegen den nach seiner Meinung höchst überflüssigen Mann seiner Mutter offenbarte sich auch darin, daß er sich dem Englischen hartnäckig verweigerte, während ihm das burische Afrikaans, wie es in den Familien von Piet und Andries gesprochen wurde, oder das Herero des Hakane und der anderen schwarzen Farmleute überhaupt keine Schwierigkeiten bereitete.

Dem Knaben Wilhelm also war es gar nicht schwer gefallen, Otjikarare zu verlassen und die Farm mit der deutschen Schule und dem Internat in Windhuk zu vertauschen. Wilhelm wandte sich auch langsam von der Mutter ab, da er sich eingestehen mußte, daß die Mutter nicht gewillt war, an seiner Seite gegen Munro Partei zu ergreifen.

Floriane dagegen wollte sich jedesmal, wenn sie nach den Ferien Abschied nehmen mußte, in Tränen auflösen – und es war dann schwer zu entscheiden, ob ihr der Abschied von der Mutter oder der vom Stiefvater den größeren Kummer bereitete.

Um die Mitte der zwanziger Jahre war die Frage akut geworden, wann und wie die Kinder in Kapstadt in einem guten englisch-sprachigen Internat zu weiterer Ausbildung untergebracht werden sollten. Damit sie sich in der großen Stadt nicht vereinsamt zu fühlen brauchten, wollte Martha die beiden gemeinsam dorthin versetzen, obgleich sie im Alter um zwei Jahre voneinander getrennt waren. Doch daraus wurde nichts.

Floriane zwar hatte keine Einwände erhoben, als es darum ging, Windhuk mit Capetown zu vertauschen:

»Wenn ich schon nicht auf Otjikarare bleiben kann und weiter zur Schule gehen muß, dann kann das auch in Kapstadt geschehen. In Windhuk lernt man nicht viel Englisch, nur vier Stunden in der Woche. Und wenn ich dann aus Kapstadt wiederkomme, dann sieh dich vor, Pa Jamie, ich verbessere dir alle deine schottischen Redensarten im Englischen und ganz ohne Gnade!«...
Sie drohte dabei dem Stiefvater mit erhobenem schlanken Zeigefinger und lachte ihn und die Mutter so strahlend an, daß beiden das Herz aufging. Martha sagte sich: ein bezauberndes Geschöpf habe ich da in die Welt gesetzt! Schade, daß ihr Vater sie nicht erlebt, er hätte seine Freude an ihr. Nun kommt James in den Genuß, sie aufblühen zu sehen, »Pa Jamie«, wie sie sagt; ihr Vater bleibt ihr immer »Vater«, auch wenn sie englisch spricht. Für Floriane muß ich meinem Schöpfer dankbar sein; sie ist Kurts und mein Kind – ohne unsere Fehler, Gott sei Dank! soweit ich sehe. Und James ist ihr ein großartiger Ersatzvater. Schöneres kann ich mir gar nicht wünschen! Und James, ihr »Pa Jamie«, kann es auch nicht!
Mit Wilhelm aber war nichts anzufangen. Er erklärte mit einer wütenden Wildheit, die an seiner Entschlossenheit keinen Zweifel aufkommen ließ:
»Ich gehe nicht nach Kapstadt. Ich bleibe in Windhuk auf der deutschen Schule bis zum Abschluß. Am Englischen liegt mir nichts – und afrikaans kann ich sowieso!«
Martha wollte anfangs der Weigerung des Sohnes nicht nachgeben, folgte aber schließlich dem Rat ihres Mannes, nichts mit Gewalt durchzusetzen:
»Du würdest ihn dir ganz entfremden, Martha. Das darf nicht eintreten. Wenn ich schon seine Sympathie nicht gewinnen kann, so muß ich um so mehr dafür eintreten, daß wenigstens du sie dir erhältst. Also gib ihm nach! Die deutsche Schule in Windhuk ist eine wirklich gute Schule.«
Martha gab schließlich seufzend nach:

»Das ist wohl richtig. Aber was soll später werden? Er müßte früher oder später hier die Erbschaft seines Großvaters antreten und die Farm übernehmen. Ich glaube nicht, daß ich mich täusche, James dear: so lange wir beide hier regieren, wird Wilhelm nicht zu bewegen sein, die Arbeit auf Otjikarare zu erlernen; und sie muß ja erst erlernt werden, wenn man mit ihren vielen Eigenheiten und Schwierigkeiten fertig werden will. Ich kann mich schließlich wegen meines starrköpfigen Söhnchens nicht von dir trennen, James« –
Sie lächelte ihn an bei diesen Worten, traurig und zärtlich – mit einer Liebe, die sich nur selten in Worten äußerte. James Munro nahm wahr, was über das Antlitz der Frau huschte, die er liebte. Ihm wurde sehr warm ums Herz:
»Danke, Martha! Es ist gut, das von dir zu hören. Ich glaube, dein Sohn hat einen ebenso harten Schädel wie du ihn in nur wenig erwachsenem Alter auch hast haben müssen, um Otjikarare zu halten. Er wird seinen Weg gehen. Er hat einen starken Willen und ist intelligent. Es braucht ja nicht unbedingt Otjikarare zu sein, wenn es um seine Zukunft geht. Vielleicht hat er ganz andere Vorstellungen von seiner Zukunft, wenn er überhaupt schon solche hat; er wird ja erst vierzehn. Außerdem, Martha, warum bringst du nur ihn mit Otjikarare in Verbindung? Du hast Otjikarare zu dem gemacht, was es ist, du, eine Frau, ›der Farmer‹! Könnte nicht Floriane deine Rolle hier ebenso gut weiter spielen wie Wilhelm –? Oder sogar besser? Denn Floriane brauchte nicht erst überzeugt zu werden, daß es ihr und unser Leben erleichtert, wenn wir alle zusammenarbeiten. Floriane ist mindestens so intelligent wie Wilhelm und nicht weniger tatkräftig. Sie versteht auch besser mit den Schwarzen umzugehen als Wilhelm. Wilhelm ist immer ungeduldig und manchmal barsch mit ihnen, Floriane nie. Dein alter Hakane geht für sie durchs Feuer – und ihm nach die anderen Herero. Und selbst die Ovambo lassen sich von ihr etwas sagen und folgen gern. Das will viel heißen!« ...

Munro hatte recht: Es wollte viel heißen! Langsam hatte sich das Amboland im Norden jenseits der Etoscha-Pfanne aufgetan und schickte seine jungen Burschen nach Süden, damit sie sich auf neumodische Weise, beim Weißen Mann nämlich, das Kaufgeld für eine Ehefrau verdienten. Es gab einfach nicht mehr genügend Herero für die Arbeit auf den Farmen, in der Stadt, auf den Minen. Die Herero verachteten die Ovambo, hielten sie für dumm und feige, meinten, die Burschen aus dem hohen Norden hätten so weit im Süden nichts zu suchen; sie mußten aber zugeben, daß sie für die Arbeit schließlich nicht mehr zu entbehren waren. Hakane hörte nicht auf, Martha vor den Ovambo zu warnen, sie wären unzuverlässig, hätten keine Ehre im Leib, sie wären nicht viel besser als die Damara, die so lange die Sklaven der Herero gewesen waren, bis die Deutschen sie unverständlicherweise von dieser Knechtschaft befreit hätten, obgleich sie zu nichts anderem zu gebrauchen gewesen wären als eben zur Knechtschaft. Und mit den Ovambo stünde es nicht viel anders. – Hakane war natürlich nicht zu belehren; er war nun zwischen sechzig und fünfundsechzig Jahre alt – er kannte sein genaues Alter nicht – und zeigte nicht die geringste Bereitschaft, seine Meinung von der Minderwertigkeit der Ovambo zu ändern.
»Der Neue, Frau, den wir vorige Woche bekommen haben, der ist so dumm, daß er nicht einmal das Tor zur Pferdekoppel aufmachen konnte, wo doch nur der hölzerne Riegel, groß wie ein Unterarm, zurückzuschieben ist. Stand davor und wußte nicht, wie er hineinkommen sollte, um den Pferden etwas in die Krippe zu schütten. Er ist über das hohe Tor hinweggeklettert und hat sich bald dabei umgebracht. So dumm sind die!«
»Nun ja, Hakane«, hatte Martha geantwortet, »sehr schlau sind sie nicht und alles ist ihnen neu auf solcher Farm. Aber ich finde, sie lernen ziemlich schnell.«
Der alte Hakane hatte nur den ergrauten Kopf geschüttelt

und gemurrt: »Trauen kann man ihnen nicht, Frau. Wenn es nach mir ginge, würde man sie alle wieder in ihr Amboland zurückspedieren. Was wollen die hier im Hereroland! Die haben hier nichts zu suchen!«

Für ihn war Otjikarare noch immer Hereroland, war für die Herero wertloses Land ohne Wasser gewesen und deshalb an den Vater der »Frau« sozusagen ausgeliehen worden. Die Weißen hatten dafür bezahlt und boten jetzt ihm und seinen untergebenen Herero nach verlorenem Krieg Unterschlupf und nicht schlecht bezahlte Arbeit, zeigten sich auch sonst freundschaftlich, was er mit ebenso treuer Freundschaft vergalt. Das hatte also alles seine gute Ordnung. Aber diese dummen Ovambos aus dem Norden hatten südlich der Etoscha-Pfanne und des breiten Streifens wüstenhaften, menschenleeren Landes, in dem die Pfanne lag, nichts zu suchen; die Weißen taten nicht gut daran, sie dort zu dulden und sich mit ihnen einzulassen...

Die Bemerkung Munros, daß Floriane sich vielleicht ebensogut – oder vielleicht besser! – dazu eignete und auch das Recht besaß, Marthas Werk auf Otjikarare fortzusetzen, hatte sich in Marthas Bewußtsein unversehens festgehakt und sich dort mit der Zeit verwurzelt. Munro hatte recht: Wenn Wilhelm fortfuhr, den zweiten Mann Marthas so entschieden und grundlos abzulehnen, wie er es tat, dann trennte er sich damit auch von Otjikarare und gab den Platz, den Martha ihm zugedacht hatte, für die Schwester frei, der es eine Freude sein würde, mit dem Stiefvater zusammenzuarbeiten. Daß etwa Munro dem Sohn Wilhelm weichen mußte auf Otjikarare, darauf kam Martha auch nicht für einen Augenblick. Munro gehörte zu ihr und sie zu ihm; sie waren Mann und Frau, konnten einander längst nicht mehr entbehren. Das war ein Gesetz geworden, dem sich alle anderen Beziehungen unterzuordnen hatten.

Als also Wilhelm nach zwar nicht gerade glanzvoll, aber doch sehr befriedigend bestandenem Abschlußexamen mit der

Schule in Windhuk fertig geworden war und gar nicht von der Aussicht begeistert schien, wieder nach Otjikarare zurückkehren zu können, sondern sehr bestimmt den Wunsch äußerte, nach Deutschland zu gehen, um auf der in allen ehemals deutschsprachigen Kolonien rühmlich bekannten »Kolonialschule« von Witzenhausen an der Werra Tropenlandwirtschaft zu studieren, erregte er bei seiner Mutter keinen ernsthaften Widerspruch; auf Munro hätte er ohnehin nicht gehört.

In den drei Monaten, die Wilhelm nach der Zusage aus Witzenhausen auf der Farm noch Ferien machen konnte, bevor ihn das Schiff nach Europa entführte, genoß der angehende Student der Tropenlandwirtschaft die Freiheit und Weite auf Otjikarare in vollen Zügen, ritt, jagte, besuchte Nachbarn und alte Freunde, fand auch endlich Zugang zu dem treuen Vasallen und Berater seiner Mutter, zu Hakane, und bemühte sich auch – das war zu merken – um ein zwar distanziertes, aber höfliches und sogar gelegentlich kameradschaftliches Verhältnis zu dem Mann seiner Mutter.

Jedoch, als er endlich Abschied genommen und sich wohlversorgt und ausgestattet auf den Weg gemacht hatte, das Schiff zu besteigen, das ihn nach Hamburg tragen sollte, löste sich auf Otjikarare eine schwer zu benennende Spannung, die nicht nur die Weißen, sondern auch die mit der Farm fester verbundenen Schwarzen in Atem gehalten hatte. Der Sohn war fortgegangen; es blieb alles beim alten; das war, wie es sein sollte. Auch Martha fühlte sich sonderbar erleichtert; sie war dem Sohn dankbar, daß er nicht auf sogenannten Rechten bestand, sondern entschlossen schien, seinen eigenen Weg zu gehen, einen Weg jedoch, der ihn nicht auf die Dauer der afrikanischen Erde entfremden würde. Meine Kinder sollen Afrikaner bleiben, aus freiem Entschluß und mit Leidenschaft, gleich ihrem Vater und ihrer Mutter. Wilhelm war fort, kehrte vielleicht nicht mehr nach Otjikarare zurück. Aber enttäuscht hatte er seine Mutter nicht.

Ganz anders kehrte Floriane ein halbes Jahr später wieder auf Otjikarare ein. Die Heimkehr wurde zu einem Freudenfest nicht nur für die Eltern, sondern für das gesamte Volk auf Otjikarare. Floriane hatte die englische Schule mit Glanz und Gloria hinter sich gebracht und hatte dann noch im Kapland auf einer Spezialschule hinzugelernt, was man für die Führung einer Farm im Buschland nach südafrikanischen Vorstellungen nötig hatte; dies hatte nicht in jeder Hinsicht mit dem übereingestimmt, was auf Otjikarare für selbstverständlich gehalten wurde, besonders dort nicht, wo es sich um das menschliche Verhältnis von Weiß zu Schwarz handelte. Aber Floriane war klug und selbstsicher genug gewesen, zwar anzuhören, was ihr gepredigt wurde, es aber sogleich wieder zu vergessen, denn bei ihr zu Haus auf Otjikarare wußte man ganz sicherlich besser, was von den Schwarzen und ihrer seelischen und geistigen Verfassung zu halten war, als es die Lehrer an der superklugen Schule wußten. Floriane brauchte sich nur ihren alten, hochgeschätzten Freund Hakane vorzustellen, um sich der großartigen menschlichen Qualitäten eines Schwarzen, in diesem Fall eines Herero, bewußt zu werden.

Sofort ordnete sich Floriane ein in den Alllag auf Otjikarare. Martha empfand mit Genugtuung, wenn auch nicht ohne eine leise Trauer, wie der Tochter manche Arbeit spielend leicht von der Hand ging, die ihr, der Älteren, schon einige Beschwer bereitete. Und James Munro stellte stets von neuem fest, daß es geradezu ein Vergnügen und ein Vorzug war, mit Floriane an der Seite durch den Busch zu reiten und nach seinen wunderbaren Pferden zu sehen. Er konnte sich nicht genug tun, seiner Martha abends unter vier Augen das Loblied Florianes zu singen: wieviel »Pferdeverstand« sie bewies, wie sicher sie auch im flachsten englischen Sattel saß – eigentlich brauchte sie gar keinen! –, wie willig auch die

nervösesten Pferde unter ihrer leichten Hand das letzte hergaben; allerdings ließ sie sich nie einfallen, von den Tieren das letzte zu verlangen, ja, solches wäre sogar das Beste an ihr: Wie schonend sie stets und überall mit den Pferden umging! James lockte Martha regelmäßig ein Lächeln ab, wenn er davon berichtete, wie ruhig und verständig Floriane auch noch mit seinen schwierigsten Rössern umzugehen wußte, bei denen auch er selbst sich oft genug nur erregt und gewaltsam durchzusetzen versucht hatte.
Floriane hatte sich noch nicht einmal ein Jahr lang in einen immer weiteren Kreis von Pflichten auf Otjikarare eingelebt. Eines Nachts, nachdem die drei lange im Kontor gemeinsam über den Kontobüchern gesessen hatten und Florianes schnelles Köpfchen sich bei verschiedenen Kalkulationen bewährt hatte, als James mit Martha im ehelichen Schlafzimmer angekommen war und beide sich für die Nachtruhe rüsteten, hielt er plötzlich inne und vergaß, sich nach der Dusche weiter den Oberkörper abzutrocknen. Eine kleine Weile starrte er wie abwesend vor sich hin, um schließlich, als wäre ihm eine Erleuchtung gekommen, in die Worte auszubrechen, unnötig laut:
»Eins steht fest, Martha: Was hier auf oder bei Otjikarare mir gehört, von mir eingebracht ist oder von mir noch dazu erworben wird, das soll später ausschließlich Floriane übertragen sein, niemand sonst. In bessere Hände kann ich es gar nicht geben!«
So, das Ergebnis seiner Gedankenarbeit war verkündet; er konnte daran denken, sich weiter abzutrocknen. Martha hatte den unvermuteten und auch, wie sie meinte, durch nichts herausgeforderten Entschluß einigermaßen überrascht zur Kenntnis genommen. Sie ließ eine kleine Zeit verstreichen, als hätte sie nicht recht verstanden, lächelte dann ein Frauenlächeln und meinte zustimmend:
»Kein richtiger Vater könnte in seine richtige Tochter vernarrter sein, als du es in Floriane bist. Manchmal denke ich, sie

könnte unser beider Kind sein. Wenn ich euch so einig sehe! Aber es bleibt bei unserer alten Abmachung: Du bist und bleibst vollkommen frei, über das Deine zu verfügen. Wir wissen ja beide, daß Sympathien nicht immer beständig sind; sie können auch vergehen.«

James blickte zu seiner Frau hinüber. Martha hatte sich schon gelegt. Ihr Kopf lag im Kissen, von dunklem Haar umrahmt. Welch wunderbar schönes Antlitz einer reifen Frau, die lange und schwer hatte arbeiten und kämpfen müssen, nun aber sicher in sich selber ruhte. James nahm das schöne Bild in sich auf. Auf seine sachliche, beinahe erheiternd nüchterne Weise stellte er fest:

»Floriane würde ich überall bemerkenswert reizend finden. Da sie aber deine Tochter ist, finde ich sie doppelt reizend. Ich kann mit meinem Schicksal sehr zufrieden sein. Ich habe dich, Martha, annähernd fünfundvierzig Jahre alt, und ich darf deine Tochter, halb so alt, auf meinen Pferden beritten machen, habe die reife Frucht in meiner Hand und den hübschen Ableger zum Anschauen. Es hat sich gelohnt, um dich ein paar Jahre gedient zu haben, Martha!«

Martha wandte ihm ihr Antlitz zu, lächelte tiefer, blickte ihn aus großen Augen an; ein Wunsch brannte darin. Sie flüsterte:

»Willst du nicht endlich das Licht löschen, Lieber!«

---

An einem Sonnabendabend saß Martha mit Floriane und mit James auf der Veranda über der herbstlich duftenden, der Nacht entgegendämmernden Steppe. Eine Viertelstunde zuvor war Piet mit dem kleinen Laster auf den Hof gerasselt und hatte mit vielen anderen Dingen, die von Omaruru und Windhuk her bestellt worden waren, auch die wöchentliche Post von der Bahn mitgebracht. Martha hatte alle anderen Briefschaften ungeöffnet liegen lassen, hatte sich den einzi-

gen Umschlag herausgefischt, der eine deutsche Postmarke trug; sie hatte die Handschrift darauf sofort erkannt, Wilhelms eckige, steile, sehr deutliche Schreibart. Sie wartete, bis sie mit Mann und Tochter allein war. James trank sein übliches Gläschen Portwein, seine »night cap«, wie er es nannte. Floriane nippte noch an einer nachzüglerischen Tasse Tee. Die Farm war schon zur Ruhe gegangen.
»Ich werde den Brief vorlesen, solange es noch hell genug dazu ist. Ich habe schon darauf gewartet. Wilhelm muß ja jetzt wohl sein Examen hinter sich gebracht haben.«
Sie schlitzte den Brief mit einem Obstmesser auf, setzte sich so zurecht, daß das letzte Licht auf das Geschriebene fiel und begann vorzulesen:

Witzenhausen/Werra. Am 30. März 1936
Liebe Mutter!
Vorweg die Nachricht, die dich sicherlich erfreuen wird, daß ich mein Abschluß-Examen gut bestanden habe. Meine schriftliche Klausur-Arbeit über die günstigsten Voraussetzungen für den profitablen Anbau von Sisal hat sogar die bestmögliche Note bekommen. Im Mündlichen war ich nicht ganz so gut, aber bei weitem noch gut genug, um durchzukommen, without a hitch, wie man so sagt. Auch im Englischen, wie du siehst, bin ich nicht mehr so verbockt wie früher. In wenigen Tagen wird mir auch die entsprechende Urkunde ausgehändigt werden. Dann darf ich mir also ›Diplomierter Tropenlandwirt‹ auf die Visitenkarte drucken lassen. Ich bin heilfroh, das wirst du verstehen, daß die grausige Paukerei endlich vorüber und daß das Geld, das dich mein Studium gekostet hat, nicht zum Fenster hinausgeworfen ist. Ich danke dir, liebe Mutter, daß du mich so weit gebracht hast. Aber nun wird es allmählich Zeit, daß ich für mich selber sorge. Was ich mir darüber denke, das möchte ich in diesem Brief mit dir besprechen:
Ich meine, es gibt drei Möglichkeiten: Erstens könnte ich in

Deutschland bleiben; zweitens könnte ich nach Otjikarare zurückkehren, und drittens könnte ich mir mit meinem neugebackenen Diplom anderswo in den Tropen eine Stellung suchen. Was Punkt eins anlangt: Es liegt wohl daran, daß ich nicht in diesem engen Land, wo einer auf dem andern sitzt, groß geworden bin – aber mir vorzustellen, daß ich hier bleiben soll, wo alle drei oder vier Kilometer ein neues Dorf oder eine Stadt auftaucht und die Leute hohe Zäune um ihre winzigen Grundstücke aufrichten, damit ihnen keiner in den Gemüsegarten sieht, nein, Mutter, ein bißchen habe ich in diesem Land ständig unter Platzangst gelitten und sie nur deshalb im Zaum halten können, weil ich mir sagte: Mann, du gehörst hier nicht her, aber du hast die Chance, hier zu lernen, was dir anderswo nicht so konzentriert und erstklassig geboten wird, also halte deine Zeit aus, setz dich auf den Hosenboden; sammle in deinen Reisesack, was immer zu ergattern ist – und wenn es drin ist, dann wirst du hier wieder verschwinden. Und nun ist dieser heiß ersehnte Augenblick gekommen.

Etwas anderes kommt hinzu, und ich habe dir schon mehr als einmal darüber kurz berichtet, liebe Mutter. Über Adolf Hitler und das Dritte Reich wird ja in Südwest und in Südafrika viel gefabelt; du hast mir davon geschrieben. Längst nicht alle, aber doch eine starke Minderheit meiner Mitstudenten hat sich von dem ewigen nationalen Getöse anstecken lassen und macht eifrig mit. Die Mehrheit hält den Mund, begnügt sich mit einem Lippenbekenntnis, kümmert sich um ihr Studium, das an jeden hohe Ansprüche stellt, und hofft insgeheim auf eine Anstellung im Ausland, in den Tropen irgendwo, möglichst weit weg von Europa. Auf dieser wohl ziemlich einmaligen Schule für tropische Landwirtschaft studiert eine beträchtliche Zahl von Ausländern, und die Deutschen, die sich hier auf den Beruf vorbereiten, träumen natürlich alle davon, nach dem Examen etwa in Holländisch-Indien oder in Brasilien, natürlich auch in Afrika, ihre hier erworbenen Kenntnisse an den Mann zu bringen. Ich befinde mich also in einer Kumpanei von jungen Männern, die aus Deutschland fortstreben. Dementsprechend bleibt das anderswo überlaute Heil-Hitler-Getön hier einigermaßen in Grenzen und wird mehr pflichtgemäß veranstaltet. Auch gibt es ja viele fremdländische Studenten auf dieser Kolonialschule, von denen die sonst allgemein geforderte und notfalls erzwungene Begeisterung nicht verlangt werden kann. Auch ich galt als Ausländer, widersprach in dieser Hinsicht niemals und blieb eigentlich im großen und ganzen unbehelligt, habe auch immer darauf bestanden, daß ich so schnell wie möglich mit dem Studium fertig werden müßte.

Was ich hier, selbst in diesem kleinen hübschen Städtchen an der schnell fließenden Werra überhaupt nicht begreifen konnte, war der mit großer Lautstärke gepredigte Haß auf die Juden. Wir haben ja eine Anzahl von jüdischen Leuten auch in Südwest, und sie werden genauso zu den Deutschen gerechnet wie jeder andere Südwester Deutsche. Auch unter meinen Windhuker Schulkameraden gab es Deutsche ›mosaischer Religion‹, wie es in der Klassenliste hieß.

Ich weiß noch genau, liebe Mutter, daß ich dich einmal während der großen Ferien in Otjikarare gefragt habe, was es mit den Juden auf sich hat. Ich hatte dir erzählt, daß ich bei einem jüdischen Mitschüler zum Geburtstag eingeladen gewesen wäre und dabei einiges gesehen hätte, was ich nicht verstand. Du sagtest mir dann, ich sollte nicht auf das dumme Geschwätz hören, das hier und da über die Juden umginge; nach deiner Erfahrung wären sie ebenso deutsch wie andere Deutsche auch und manchmal sogar noch deutscher, und sie wären weder schlechter noch besser als andere Leute, wie das unter allen Menschen der Fall wäre. Man müßte sich die guten zum Umgang heraussuchen und die andern meiden – genauso wie bei den sonstigen Deutschen. Das hat mir stets eingeleuchtet, liebe Mutter. In Südwest leben ja so viele Leute beieinander und müssen miteinander auskommen und tun es auch: mehr als ein Dutzend verschiedener Negerstämme, Hottentotten, Bastards, Buschleute, Engländer, Schotten, Buren, Deutsche, Portugiesen, und die Deutschen kommen aus Bayern, Sachsen, Schlesien und sonstwoher, und auch einige jüdische Deutsche. In Südwest verstand es sich von selbst, daß es immer auf den einzelnen Menschen ankommt und nur darauf, wie er sich verhält und benimmt, und nicht darauf, ob er schwarz oder weiß, gelb oder braun, katholisch, reformiert oder jüdisch ist – und ich habe mir hier von einigen Verrückten nicht einreden lassen, daß eine solche Auffassung nicht stimmen sollte.

Alles in allem, liebe Mutter: Deutschland ist ein schönes, reiches Land, in dem es viele kluge, gute und tüchtige Leute gibt, aber auch viele verbohrte und vernagelte und verschleimte. Vor allen Dingen aber ist es mir zu eng, viel zu eng. Ich will hier nicht auf die Dauer bleiben, so dankbar ich auch für all das bin, was ich hier gelernt habe.

Zum zweiten könnte ich nach Otjikarare zurückkehren, wenn ich hier nicht bleiben will. Aber dort würde mir das, was ich hier – und ich muß sagen mit Vergnügen – gelernt habe, nicht viel nutzen. Denn für Otjikarare bin ich hier eigentlich auf der falschen Hochschule gewesen. Hier geht es ganz vorwiegend um Tropen-Landwirtschaft, aber nicht um Tropen- oder Subtropen-Viehwirtschaft. Ich weiß jetzt genau, wie man nach dem heutigen Stand der Wissenschaft und praktischen Erfahrung Kaffee anbaut oder Sisal oder Kakao, aber von Rinderzucht war nicht viel die Rede.

Hinzu kommt, liebe Mutter, daß du und dein Mann noch auf viele Jahre hinaus mit Otjikarare spielend fertig werden könnt. Ich wüßte gar nicht, wo und wie ich mich einschalten sollte. Und ich brenne darauf, nach so vielen Jahren Schulbank endlich etwas Wirkliches, Greifbares, Schwieriges zu verrichten. Und außerdem steht euch bald Floriane zur Seite. Die versteht sich gut mit James Munro und kann, vor allen Dingen dir, liebe Mutter, eine viel bessere Hilfe sein in Haus und Hof, als ich es sein könnte.

Wozu hätte ich also all das großartige Zeug gelernt, das mir hier in Witzenhausen serviert worden ist, wenn ich nun nicht versuchen sollte, es anzuwenden. Ich werde mir also drittens: eine Stellung suchen, wo ich an Tropen-Landwirtschaft praktizieren darf, was ich hier gelernt habe. Und ich habe das auch bereits getan. Seit zwei Jahren bin ich hier mit zwei Kommilitonen gut Freund geworden, die beide deutschsprachige Eltern haben wie ich und aus dem portugiesischen Angola hierher geschickt worden sind, um die höheren Weihen im Kaffee- und Sisal-Anbau zu erwerben. Es ist für dich, liebe Mutter, sicherlich nichts Neues, daß es auf dem angenehm hoch gelegenen Benguela-Plateau im südlichen Angola eine ganze Reihe von großen deutschen Plantagen gibt, auf denen Kaffee und besonders Sisal produziert wird. Ich hatte die erwähnten beiden Kommilitonen schon vor längerer Zeit gebeten, bei ihren Vätern anzufragen, ob sie mir nicht zu einer ersten Anstellung auf einer Sisal-Plantage verhelfen könnten; für Sisal interessiere ich mich besonders.

Zu meinem eigenen Erstaunen bekam ich in beiden Fällen positive Antworten, so daß ich um die Qual der Wahl nicht herumgekommen bin. Wochenlang habe ich mit meinen Studienkameraden hin und her geredet, für welche der beiden Stellungen ich mich entscheiden sollte. Meine Wahl ist schließlich auf eine große Sisal-Plantage etwa fünfzig Kilometer südlich von Nova Lisboa gefallen. Nach allem, was mir erzählt worden ist, muß das auch landschaftlich eine sehr schöne Gegend sein, mit guten Böden und brauchbaren Arbeitskräften, vor allem zuverlässig beregnet. Es handelt sich wohl um ein im Charakter von unserem Land um den Waterberg nicht allzu verschiedenes Gebiet, das aber im ganzen, verglichen mit unserer Gegend, klimatisch bevorzugt ist.

Hinzu kommt, daß ich zusammen mit einem der beiden hier gewonnenen Freunde (der andere wird erst nächstes Jahr mit dem Studium fertig) nach Lobito in Südangola reisen kann. Pedro Kleinschmitts Vater holt uns in Lobito vom Schiff ab und bringt uns zunächst auf seine Farm, die auch südlich von Nova Lisboa zu finden ist. Dort will ich bei meines Freundes Eltern, die mich sehr herzlich eingeladen haben, mit Pedro zusammen ein wenig Ferien machen, wozu wir, wie seine Eltern meinen, nach so gut bestandenem Examen auch allen Grund haben. Ich bin damit absolut einverstanden, denn bei den Kleinschmitts, die übrigens schon Portugiesen geworden sind, kann ich mich schon mit dem Stil vertraut machen, in dem man auf einer Plantage im südlichen Angola lebt. Am 1. Juni muß ich bei Senhor Kraneck antreten (und habe, ich gestehe es, einige Manschetten davor, weil ich nicht weiß, ob mir meine Schulkenntnisse in der Praxis viel nützen werden). Meine Adresse dort lautet: Plantação Kraneck, via Vila Robert Williams, Huambo, Angola. Hoffentlich bleibt es dabei. Ich habe drei Monate Probezeit, und wenn ich in diesen drei Monaten Herrn Kraneck zufriedenstelle, kann ich mit einem festen Anstellungsvertrag auf zunächst zwei Jahre rechnen. Briefe von euch zu mir werden etwa vierzehn Tage bis drei Wochen unterwegs sein.

Es tut mir natürlich sehr leid, liebe Mutter, daß ich dich jetzt nicht wiedersehen kann. Aber ich bin überzeugt, du wirst verstehen, die günstige Gelegenheit, gleich in eine aussichtsreiche Anstellung zu rutschen, konnte ich mir nicht entgehen lassen. Wir müssen mit dem Wiedersehen warten, bis ich vielleicht in ein oder zwei Jahren Anspruch auf einen längeren Urlaub erdient habe. Mit einem einigermaßen zuverlässigen Auto sollte man nicht mehr als drei oder vier Tage von Nova Lisboa nach Otavi und Otjikarare unterwegs sein, in direkter Fahrt über Quipungo, Vila Pereira d'Eça in Angola, Ondangua und Namutoni in Südwest. Wir sind also gar nicht so weit voneinander entfernt – und vielleicht macht

es sogar dir Spaß, mich gelegentlich zu besuchen. James Munro kennt sich ja mit dem Autofahren auf Sandpisten gut aus.
Ich grüße euch alle und ganz Otjikarare herzlich. Dich umarme ich, liebe Mutter.

       Dein Sohn Wilhelm«

Martha Munro ließ das letzte Blatt des langen Briefes sinken. Sie hatte zuletzt nur stockend vorlesen können, denn die Dunkelheit war ständig dichter geworden, so daß die Schriftzüge Wilhelms von Horsberg nur noch schwer zu entziffern gewesen waren. Oder hatten die Stockungen in Marthas Vorlesung einen anderen Grund gehabt? Weder Munro noch Floriane wagten, sich danach zu erkundigen.
Das war etwas viel auf einmal, für den bislang nicht besonders schreibeifrigen Wilhelm sogar sehr viel. Die drei Menschen auf der umdunkelten Veranda schwiegen eine geraume Zeit, mußten das, was sie vernommen hatten, erst einmal in sich einsinken lassen. Martha räusperte sich schließlich, sonderbar ausführlich, verfügte dann aber wieder über eine klare Stimme. Scheinbar ganz gelassen stellte sie fest:
»Der Junge hat sein Schicksal in die eigenen Hände genommen, früh genug, aber nicht so früh wie ich damals. Was dürfte ich also dagegen einwenden? Nichts! Im Gegenteil, ich muß ihm Mut machen. Aber es steht wohl endgültig fest, daß er für mich und Otjikarare verloren ist. Auf dem Benguela-Plateau soll es sehr schön sein, wie ich mehrfach gehört habe; man lebt dort sozusagen in einem wärmeren, feuchteren, üppigeren Südwest. Er wird dort heimisch werden – ist dort wieder in seinem geliebten Afrika und in einem schöneren Südwest.«
James Munro kam der Sache von anderer Richtung her bei:
»Er sollte sich nicht auf Sisal spezialisieren, lieber auf Kaffee. Kaffee werden die Leute zu trinken fortfahren. Dem Sisal werden die Kunstfasern über kurz oder lang Konkurrenz

machen. Die Nachfrage nach Sisal wird entsprechend zurückgehen. Auf Sisal spezialisierte Plantagen werden keine Gewinne mehr machen. Du solltest Wilhelm beizeiten darauf hinweisen, Martha. Vielleicht bieten sich ihm in Angola noch andere Möglichkeiten als nur der Sisal bei Herrn Kraneck.«
»Ich werde ihm darüber schreiben, James, wenn er bei den Kranecks warm geworden ist. Vielleicht kommt er ja auch selber drauf. Er scheint sich, nach seinen Bemerkungen über das hitlerische Deutschland, daran gewöhnt zu haben, die Augen aufzumachen und sich ein selbständiges Urteil zu bilden.«
Floriane hatte lange keinen Laut von sich gegeben. Jetzt regte sie sich endlich in ihrem tiefen hölzernen Sessel, lehnte sich im Dunkeln zu ihrer Mutter hinüber, griff nach ihrer Hand:
»Mutter, ich bin nicht so weit weg gewesen von hier wie Wilhelm. Kapstadt, Pretoria – das sind auch die Hauptstädte von Südwest. Ich gehöre zu Otjikarare. Du hast unsere Farm lange Zeit so gut wie allein regieren müssen. Ich könnte das auch, wenn es sein müßte. Aber es braucht ja nicht zu sein. Ihr beide seid noch lange da und könnt mir auf die Finger sehen – wogegen ich übrigens gar nichts einzuwenden hätte!«
Martha begriff sehr wohl, daß sie getröstet werden sollte. Sie war es. Ihre Neigung zu freundlicher Ironie war schon wieder erwacht:
»Sieh dich nur vor, Florianchen, daß man dir nicht den Spitznamen ›Junior-Farmer‹ anhängt. Mit solchem Etikett bekommt man nur schwer einen Mann. Mich darfst du nicht als Beispiel nehmen. Ich habe nur mehr Glück als Verstand entwickelt.«
Sie lachten, die drei auf der Veranda über der schweigenden Steppe, und waren sich einig. Das Gespräch lenkte in alltäglichere Bahnen ein.

Es stellte sich im Laufe der folgenden Jahre heraus, daß die drei Menschen auf der nächtlichen Veranda von Otjikarare im April 1936 die richtigen Vorahnungen gehabt hatten. Wilhelm von Horsberg fand keine Zeit und Gelegenheit, Otjikarare wiederzusehen. Zwei Jahre lang betätigte er sich im Sisal, folgte aber dann nicht der Aufforderung, sich für weitere fünf Jahre an die Pflanzung Kraneck zu binden. Es bot sich ihm eine Gelegenheit, in den Kaffee hinüberzuwechseln: zu einem Deutsch-Portugiesen namens Carlo Feilfeld. Die Farm lag bei Cuma, unweit der westlichen Grenze der Provinz Huambo, und produzierte große Mengen vorzüglichen Robusta-Kaffees. Wilhelm von Horsberg stürzte sich mit Feuereifer in die neue Arbeit. Schon nach einem weiteren Jahr war er so weit, seinen kränkelnden Brotherrn in beträchtlichem Umfang vertreten zu können. Der alte Feilfeld war der »Kaffee-Pionier« in der Landschaft Cuma gewesen, hatte wie so viele andere Afrika-Pioniere an anderer Stelle auch bis zu völliger Erschöpfung gearbeitet, hatte seine Kräfte frühzeitig verbraucht. Seiner Ehe war kein Sohn entsprossen, nur eine Tochter, die auf den schönen Namen Brizida/Brigitta hörte. Feilfeld hatte sich den jungen Mitarbeiter von Kraneck, den Wilhelm von Horsberg, sehr genau angesehen, ehe er ihn engagierte – in der stillen Hoffnung, daß seine Brigitta endlich einmal Feuer fangen würde.
Des alten Feilfeld Rechnung ging besser auf, als er erwartet hatte: Wilhelm fing viel eher Feuer als die herbe, spröde Brizida. So ähnlich könnte in ihren jüngeren Jahren meine Mutter ausgesehen haben, sagte sich Wilhelm manchmal – was gleichzeitig bedeutete, daß er bereit war, um dies schmale, kühle dunkelhaarige Mädchen zu werben – wenn es sein mußte, jahrelang. Nach weiteren drei Jahren gab sie seiner vorsichtigen, zurückhaltenden, aber nie nachlassenden Werbung nach. Als das erst einmal zur Freude ihres Vaters geschehen war, blühte sie wunderbar auf, als wäre ein

ganz neuer Mensch entstanden. Der alte Feilfeld konnte sich sagen, daß sein letztes großes Experiment unerwartet und vollkommen gelungen war: Die mächtige, vorzügliche Gewinne abwerfende Plantage, die er aus dem leeren Busch herausgeschnitten und zum Tragen gebracht hatte, würde seinem Blut erhalten bleiben.

Martha und James Munro und Wilhelms Schwester Floriane hatten sich gemeinsam in einem neuen, kräftigen Ford-Lastwagen von Otjikarare aus nordwärts auf den Weg gemacht, um Wilhelm bei der Hochzeit beizustehen – und auch, um dem Schwiegervater Feilfeld klarzumachen, daß er seine Tochter keineswegs einem Habenichts, sondern einem Erben gleich ihm erfolgreicher Pioniere anvertraut hatte. Martha legte großen Wert darauf, wenn auch mehr unbewußt als bewußt, daß dieser Tatbestand dem alten Feilfeld nicht vorenthalten blieb. Wilhelm von Horsberg war der Enkel jenes Schutztruppen-Reiters Wilhelm Korthinrichs, der zwar von Südwest verschlungen worden war, aber für seine Tochter schließlich doch das wilde, herrenlose Steppenland in ein Königreich verwandelt hatte. Der Bräutigam und junge Ehemann wußte die Unterstützung durch die Mutter durchaus zu schätzen, erkannte auch an, versöhnlich wie er angesichts seiner strahlend schönen jungen Frau gestimmt war, daß James Munro sich verständig im Hintergrund hielt und lediglich – wie soll man es nennen? – als Vasall der Mutter auftrat, nicht etwa als der Herr von Otjikarare, der er dem Gesetz nach ja war.

Auf der Plantage Feilfeld war viel zu viel zu tun, als daß Wilhelm und seine Brigitta an eine Hochzeitsreise hätten denken können. Wohin sollten sie auch reisen? In der Welt draußen, auf den Meeren tobte ein die ganze Erde in seine Wirbel ziehender Krieg – der Zweite Weltkrieg. Deutschland besaß in Afrika keine Kolonien mehr. Also blieb das Afrika südlich der Sahara vom Krieg verschont. Portugal war einer der wenigen Staaten, der sich – anders als im Ersten Welt-

krieg – den großen Schlachten ferngehalten hatte. Südwest, Mandatsgebiet, vom Völkerbund den Südafrikanern zur Verwaltung anvertraut, lag ebenfalls weit vom Schuß – und konnte wie Angola unverdrossen produzieren. Da anderswo mit verbissener Wut zerstört wurde, was nur immer zu zerstören war, damit auch die Ernährung knapp wurde, brauchten die wenigen vom Krieg nicht unmittelbar betroffenen Länder sich um den Absatz ihrer Produkte, insbesondere soweit diese gegessen und getrunken werden konnten, keine Sorgen zu machen. Es wurde gut verdient im und am Krieg, in Südwest nicht minder als in Angola. Und bis in ihre abgelegenen übersonnten Weiten drang der Kanonendonner und das fürchterliche Krachen der aus dem Himmel regnenden Bomben nicht.
Ganz ohne Unruhe ging es jedoch auch hier nicht ab. Die englische Regierung übte jeden möglichen Druck auf die Portugiesen aus, deutschen Besitz in Angola zu enteignen. Die Portugiesen empfanden das als durchaus unerfreulich und legten, um sich Luft zu verschaffen, den Deutschen in Angola nahe, Portugiesen zu werden. Leuten mit portugiesischem Paß konnten selbst die wildesten englischen Konsuln nichts am Zeug flicken. Auch Wilhelm von Horsberg wurde Portugiese und hatte nicht einmal von seinem Schwiegervater dazu gedrängt werden müssen.
Südwest war Mandatsgebiet des Völkerbundes, war damit wenigstens auf dem Papier allem Streit enthoben. Zwar versuchte eine lautstarke, aber an Zahl schwache Minderheit unter den Südwester Deutschen – nicht die besten und angesehensten –, den Krieg Adolf Hitlers auch im stillen Sonnenland Südwest zu führen, wenigstens mit dem Munde. Aber die Mandatsmacht Südafrika sah darauf, daß das Geschrei gedämpft blieb. Zwar hatten die Deutschen in Südwest ihre deutsche Staatsangehörigkeit behalten können, wenn sie wollten; wer ihrer überdrüssig geworden war, weil ihm das Hakenkreuz, unter dem sie nun segelte, nicht

gefiel, der konnte auch Südafrikaner werden – und viele wurden es.
Martha Munro wurde von diesen Zweifelsfragen nicht berührt, denn die Ehe hatte ihr die britische Staatsangehörigkeit eingetragen. Munro hatte sie nie aufgegeben; er war in Großbritannien geboren.
Als Martha mit Mann und Tochter wieder südwärts fuhr, nachdem die Hochzeit verrauscht war, die für Martha den Verlust ihres Sohnes besiegelt hatte, als sie vom angolanischen Namacunde aus die Grenze überschritten hatten und sich, wie es der strengen Vorschrift entsprach, auf dem ersten südafrikanischen Polizeiposten im Amboland, Ondangua, wieder zurückmeldeten, berichtete ihnen der geschäftsführende Sergeant als neueste Neuigkeit, daß die Hitlersche Wehrmacht mit starken Kräften in die Sowjetunion eingefallen wäre. Dazu bemerkte der Sergeant, dem die Namen Otjikarare, Munro und Horsberg durchaus ein Begriff waren (noch immer kannte im menschenarmen Südwest unter den Weißen jeder jeden, der nur von einiger Bedeutung war):
»Die Deutschen sind ja gewiß gute Soldaten. Aber mit dem riesigen Rußland hätten sie es nicht auch noch aufzunehmen brauchen. Und wenn jetzt noch die Amerikaner eingreifen – und das werden sie wohl wie im Ersten Weltkrieg, Roosevelt ist wahrlich kein Freund der Deutschen –, ich weiß nicht...
Meine Großeltern sind auch noch in Deutschland geboren und als kleine Kinder mit meinen Urgroßeltern in die Weingebiete im Kapland eingewandert, aus der Pfalz, gelernte Winzer – mein Großvater hatte immer ein Sprichwort parat; eins davon weiß ich noch auf deutsch: Viele Hunde sind des Hasen Tod. Und dieser dumme Hitler legt sich mit einem Hund nach dem andern an. Ich kann mir nicht denken, daß das am Ende gut geht.«
Martha oder Munro hatten nicht viel darauf gesagt; aber als sie vor der riedgedeckten Rundhütte des Polizeipostens in

dem Ovambo-Dorf Ondangua wieder auf ihren standhaften Ford-Lastwagen geklettert und die bald tief sandige, bald steinhart getrocknete »Pad« nach der Feste Namutoni unter die Räder genommen hatten, verstand sich Munro zu der sarkastischen Bemerkung:
»Viele Hunde sind des Hasen Tod, wie der wackere Mann aus dem Kapland gemeint hat – das stimmt nicht in diesem Fall. Eher wäre richtig: Viele Hasen sind des Hundes Tod. Aber auch das trifft nicht gerade den Nagel auf den Kopf. Doch abgesehen von Sprichwörtern: die Polizei hat wie immer recht. Es wäre ein Wunder, wenn der größenwahnsinnige Gefreite aus dem Ersten Weltkrieg diesen Krieg gewönne, nachdem er sich nun zu allen übrigen Gegnern auch noch die Russen auflädt. Aber Wunder, soweit meine Kenntnisse und Erfahrungen reichen, passieren nur höchst selten, man kann sagen, nie!«
Die beiden Frauen gaben keine Antwort. Eine Meile verging auf der holprigen, staubigen Fahrt, eine weitere, noch eine. Floriane nahm nach langem Schweigen das Wort:
»Ich bin in Südwest geboren, Wilhelm ist es auch. Wilhelm hat Deutschland wenigstens gesehen. Ich nicht. Mutter ist seit ihrer frühen Kindheit auch nicht mehr dortgewesen. Wir drei sind Colonials, wie die Engländer sagen – und das ist nichts besonders Feines. Mutter ist inzwischen zu einem britischen Paß gekommen, Wilhelm zu einem portugiesischen. Nur ich bin noch Südwester, was eigentlich gar nichts ist, und im übrigen Deutsche, nicht Fisch und nicht Fleisch sozusagen. Ich fühle mich nicht sehr wohl dabei – wenn ich überhaupt darüber nachdenke.«
James Munro nahm eine Hand vom Steuer und legte sie Floriane aufs Knie – sie saß zwischen ihm und der Mutter auf der breiten Vorderbank des Ford:
»Ich habe schon mehr als einmal darüber nachgedacht, Floriane. Du fühlst nicht ohne Grund, daß du ein bißchen in die Gefahr gerätst, dich zwischen alle Stühle zu setzen. Ich

meine, das sollte geändert werden. Wenn deine Mutter einverstanden ist, werde ich mich deiner Sache annehmen.«
Martha beschloß das kurze, aber von allen drei als merkwürdig schicksalsträchtig empfundene Gespräch mit den Worten:
»Was sollte ich dagegen haben, James! Eine vernünftige Südwester Staatsbürgerschaft, wie sie für uns allein passend wäre, gibt es nicht. Es müßte ja auch, wenn man es ganz genau nimmt, die Otjikarare-Staatsbürgerschaft sein. Die gibt es aber erst recht nicht. Sieh zu, was du tun kannst, James. Allerdings wird man einer Person, die Floriane von Horsberg heißt, kaum glauben, aus waschechter englischer, schottischer oder sonst einer respektablen Familie zu stammen.«
Munro fügte hinzu – ohne sich weiter zu erklären:
»I shall see to that too!«...
Die streng duftenden Mopane-Büsche glitten an dem gleichmäßig vor sich hinrollenden Gefährt vorüber in unendlicher Folge. Anders zeigte sich hier der Busch als am vertrauten Waterberg und am Omuramba Onaongaura. Nach einigen Stunden Fahrt blinkte von rechts her die helle Fläche der Etoscha-Pfanne zwischen den locker stehenden Büschen und niedrigen Bäumen auf. Elefanten-Kot zuweilen zwischen den beiden Fahrspuren, riesige dunkelbraune Ballen, manche noch ganz frisch. Sonst kein Zeichen von Leben weit und breit. Doch! In der Ferne zog eine Herde Zebras langsam quer über eine Seitenbucht der um diese Jahreszeit längst wasserlosen, zu grauem, staubigem Zement eingetrockneten Pfanne. Dann gegen Abend die hohen, weiß gestrichenen Mauern und Zinnen der Feste Namutoni. Sie hatten das Amboland endgültig hinter sich. Sie fuhren noch weit in den Abend hinein. Beim Löwen-Hartmann von Tsumeb blieben sie über Nacht. Die Heimat Südwest hatte sie wieder.

# VIII

---

## Der Ring, der sich nicht schließt

Nach der ungesunden Konjunktur während und wegen des Zweiten Weltkrieges, der in Deutschland, Frankreich, Belgien, Holland, Rußland Gebirge von Ruinen, in Südwest aber keine einzige geborstene Mauer hinterlassen hatte, erlebte das arme reiche Sonnenland hinter der Wüste Namib wirtschaftlich schwierige Zeiten, in denen manch ein Farmer oder sonstiger Unternehmer zugrunde ging, das heißt, den Bankrott erklären mußte. Allzu gern hatte man sich ans leichte Geldverdienen während der Kriegsjahre gewöhnt und keine Vorsorge für schlechte Zeiten getroffen.

Wilhelm von Horsberg auf der Plantação Feilfeld im südlichen Angola unweit Cuma an der Benguela-Bahn durchlebte einige Jahre finanzieller Enge. Doch hatte er in den Zeiten reichlicher Einnahmen nach dem Tode des Schwiegervaters auf eigene Faust begonnen, statt der üblichen Coffea robusta die wertvollere, aber auch empfindlichere Coffea arabica in seiner Landschaft heimisch zu machen. Das war ihm gelungen. Als die Zeiten schwierig wurden, war er gerade so weit, die ersten Ernten der wesentlich besser bezahlten Coffea arabica anbieten zu können. Er konnte schließlich der Mutter

berichten, daß die Gewinne der Feilfeldschen Pflanzung wieder deutlich am Steigen wären.
Auf Otjikarare hatten die gefährlichen Jahre nach dem Kriege keinen wesentlichen Rückschlag bewirkt. Martha und James und mit ihnen Floriane hatten die Sparsamkeit, an die sie von jeher gewöhnt gewesen waren, weiter walten lassen und hatten sich in den guten Jahren so üppige Polster angelegt, daß sie auch ein ganzes Dutzend magerer Jahre überstanden hätten. Ja, auf den Rat von James waren die Munros – auch Floriane hieß nun Munro – in aller Vorsicht und Stille noch einen Schritt weiter gegangen. James war im Laufe der Jahre, nachdem er dem heimatlichen Hochland von Braemar, westlich Aberdeen in Schottland, wohl oder übel hatte abschwören müssen, zu einem jener in der ganzen englisch-redenden Welt zu findenden Schotten geworden, die im Grunde, nachdem sie einmal den Highlands Valet gesagt haben, nirgendwo mehr zu Hause sind und deshalb überall ihre Zähigkeit und ihre erstaunlichen Gaben zur Wirkung bringen können. James Munro war klug und nachdenklich genug, sich dieses seines geistigen Zustands bewußt geworden zu sein. Mehr als einmal hatte er mit Martha, wenn er zuweilen, wie es sich ergab, mit ihr allein war, darüber gesprochen – so auch am Vorabend von Marthas fünfundsechzigstem Geburtstag im Jahre 1953. Wie alle solche Gespräche hatte auch dies auf der vom sinkenden Abend eingehüllten Veranda von Otjikarare stattgefunden. James faßte das, was er ausdrücken wollte, schließlich folgendermaßen zusammen:
»Im Grunde, Martha, haben mir in meinem Dasein alle Länder gleich gut und gleich schlecht gefallen. Ich war zufrieden mit meiner sozusagen irgendwie frei schwebenden Existenz. Die einzige richtige Heimat, die ich habe, bist du, Martha. Wo du bist, Martha, da ist Heimat. Eine ganz einfache Sache! Bei dir liegen die Dinge anders. Du bist hier groß geworden, eingewachsen, bist nie gezwungen gewe-

sen, dich irgendwoanders einzugewöhnen, hast Otjikarare zu dem gemacht, was es ist, und hast mich mit dir schließlich auch daran gebunden. Und das ist gut ausgegangen. Die wilden Ereignisse draußen in der übrigen Welt haben uns hier so gut wie ungeschoren gelassen. Erinnerst du dich? Wir haben vor zwei oder drei Wochen schon einmal darüber gesprochen im Anschluß an den großen Artikel in der ›Financial Times‹; Floriane war dabei. Wir sitzen hier, reden halb englisch, halb deutsch, afrikaans und herero und neuerdings auch ovambo durcheinander, wundern uns gar nicht darüber, wie glatt und mühelos die Tage ablaufen, rechnen mit Gewinn, wenn auch nicht immer gleich hohem, würden auch Verluste ertragen, freuen uns, daß Wilhelm über seine Schwierigkeiten hinweggekommen ist, haben selber keine, die über den sozusagen einkalkulierten Alltagsärger hinausreichen – und tun so, Martha, als müßte das alles so sein, als wäre es garantiert. – Aber davon kann in Wahrheit keine Rede sein. Wir waren uns schon neulich darüber einig, daß der vergangene Krieg vieles auf den Kopf gestellt hat, was für die Ewigkeit geschaffen schien. Aber nichts ist für die Ewigkeit geschaffen. Und wir hier in Südwest sollten uns darüber klar sein, daß wir in der leeren Luft hängen. Mandatsgebiet des Völkerbundes? Bah! Den gibt's nicht mehr. Statt dessen haben die Leute mit den großen Mäulern die ›United Nations‹ zusammengebastelt. Die Südafrikaner behaupten, daß Südwest ihnen nun als Mandatsgebiet der ›Vereinten Nationen‹ gewissermaßen vererbt worden ist vom sanft entschlafenen Völkerbund. Aber das ist eine zweifelhafte Angelegenheit, und keiner weiß so recht, was rechtens ist. Der Krieg hat nicht nur die Landkarte Europas vollkommen verändert, nein, glaube mir, Martha, bevor dieses Jahrhundert zu Ende geht, wird sich die ganze Welt ein völlig anderes Kleid geschneidert haben, wahrscheinlich schon früher. Die Holländer sind ihr Holländisch-Indien, Java, Sumatra und so weiter, bereits los. Die Italiener haben ihre Kolonien verloren. Das British Empire büßt sein Herzstück ein, Indien. Die hemdsärmeligen Amerikaner, aus unzufriedenen und unterprivilegierten Europäern hervorgegangen, wollen die ganze Welt mit ihrer lauthalsigen Demokratie beglücken, nachdem sie die Indianer, die Neger, die Mexikaner und immer wieder neue Wellen armseliger Einwanderer aus Europa teils aufgearbeitet, teils ausgenutzt haben und reich geworden sind. Dabei ist sehr die Frage, ob die in England erfundene, in Amerika vergröberte, in der französischen Revolution ad absurdum getriebene Freiheit, Gleichheit, Brüderlichkeit anderswo überhaupt funktioniert. Sie funktioniert ja nicht einmal in Europa besonders erstklassig. Und die Russen haben die europäischen Phantasien erst recht auf die Spitze getrieben, haben aber dabei nichts weiter erreicht, als daß die früher herrschende Klasse durch eine neue herrschende Klasse ersetzt wurde, das Proletariat, wie es heißt, genauer die Partei, noch genauer die Funktionäre der Partei und am genauesten eine ganz kleine Gruppe von Oberfunktionären, die sich gegenseitig belauern und sich an den Kragen gehen, wenn sich die Gelegenheit bietet. Mit diesem System wollen die Russen die ganze Welt ebenso beglücken wie die Amerikaner mit Demokratie. Und um dieses Glück zu erreichen, bewaffnen sich beide bis an die Zähne und bedrohen sich mit Atombomben nach dem alten Kinderreim: haust du mir eine, hau ich dir auch eine, haust du mir keine, hau ich dir auch keine. – Was sollen wir kleinen, harmlosen Leute angesichts solchen trostlosen Zustands der Welt in unserem komischen Südwest nun anfangen; wir sind kein ordentlicher Staat und nicht einmal eine richtige Provinz eines ordentlichen Staates, wir sind auch keine Kolonie mehr, wir sind, was auch immer das bedeuten mag, Mandatsgebiet eines sogenannten Völkerbundes, der sich aber sang- und klanglos in blauen Dunst aufgelöst hat. Was sollen also wir armen Opfer dieser verrückten Zeiten daraus für praktische Folgerungen ziehen? Etwas Genaues über die Zukunft läßt sich nicht aussagen. Wir leben hier, als wäre Otjikarare für die Ewigkeit garantiert. Das ist es aber nicht, Martha, und ganz Südwest ist es nicht. Mir fällt es leicht, diesen Gedanken zu denken; er versteht sich für mich beinahe von selbst. Für dich gilt das Gegenteil. Und nun stelle ich ganz sachlich fest, was du hoffentlich auch weißt: ich liebe dich, Martha, und ich liebe Floriane, als wenn sie meine leibliche Tochter wäre. Also habe ich darüber nachzudenken, ob euch etwas Böses zustoßen könnte, was eure Existenz gefährden würde. Der langen Rede kurzer Sinn, liebe Martha: Wir sollten versuchen, soviel hier auf relativ anständige Weise verdientes Geld hinauszubringen, als sich eben ermöglichen läßt, wenn wir unser Betriebskapital nicht schmälern wollen. Wohin aber? An einen Ort natürlich, wo man damit rechnen kann, daß dort, solange Floriane lebt, Zustände herrschen, mit denen man nach unseren Begriffen einigermaßen einverstanden sein kann. Europa? Gewiß nicht! Dort wird ewig gezankt, weil die Leute viel zu eng sitzen und sich bedrängen. Am besten, man geht in ein Land, das Kolonie gewesen ist, sich frei gemacht hat von britischer oder sonstiger Bevormundung, wo die ursprünglichen Eingeborenen anders als hier in Afrika entweder erdrückt, majorisiert oder auch einfach ausgerottet worden sind wie stellenweise in Amerika oder Australien, wo also noch reichlich Platz vorhanden ist, wo das Land und die Zukunft noch nicht weggegeben sind. Natürlich müßte dort Englisch gesprochen werden, denn wenn auch das Britische Weltreich zur Zeit von der Bühne abtritt, so hinterläßt es doch Englisch als Weltsprache, kein schlechtes Geschenk, scheint mir. Ich denke, als Zufluchtshafen für das, was wir im Leben verdient haben – und notfalls auch für uns – empfiehlt sich in erster Linie Kanada. Dort geht es gesittet zu. Unberechenbare Eingeborene wie hier die Herero und Ovambo, die Nama oder Damara, gibt es dort nicht mehr, und es ist Platz vorhanden. Dorthin sollten wir unser freies

Geld legen. Dort bleiben wir im Bereich unserer britischen Reisepässe. Das ist viel wert. Martha, meine liebe Frau, überlege dir, was ich viel zu ausführlich gepredigt habe. Und schiebe den Entschluß nicht auf die lange Bank!«...
Martha hätte den Entschluß wohl doch auf die lange Bank geschoben, denn die Vorstellung, die Früchte der Arbeit auf Otjikarare anderswo zur Aussaat zu bringen als in Otjikarare, ging ihr im Grunde ganz und gar gegen den Strich. Doch drängte Floriane unablässig, und schließlich gab Martha nach. James setzte sich mit der Royal Bank of Canada in Toronto in Verbindung, und bald danach wurde ein Vermögens-Konto »James & Martha Munro« sachgemäß von der großen, zuverlässigen Bank verwaltet. Auch Wilhelm folgte dem Rat des Stiefvaters und legte überschüssiges Geld nach Kanada.
Martha Munro blieb im geheimen mit solcher Neuordnung der Vermögensverhältnisse nicht einverstanden. Ihre Welt hieß Otjikarare; sie wurde alt; sie konnte und wollte nicht mehr umdenken. Doch was war schließlich Geld? Ein bloßes Wort, ein paar Zahlen in Kontobüchern, ein vager Begriff. Wirklichkeit war allein die weite Steppe, waren die stillen, langgestreckten Stauseen hinter den längst zu einem Teil der Landschaft gewordenen Dämmen, war die überhelle Sonne der trockenen, waren die schwarzwolkigen, urgewaltsamen Gewitter der nassen Jahreszeiten, war allein der Martha mit tausend Fasern ins Herz gewachsene »Ort, von dem man weit sehen konnte«. Mochten also James und Floriane mit den freien Geldern tun, was sie für ratsam hielten. Und obendrein mochte es richtig sein, mehr als nur ein Eisen im Feuer zu haben.
Wirklich echte Sorge bereitete es Martha, daß Floriane sich nicht entschließen konnte, einen vernünftigen Mann zu heiraten. Floriane pflegte, wenn einmal im engsten Kreise darauf die Rede kam, lachend zu erklären:
»Ach, Pa Jamie, was brauche ich zu heiraten. Ich bin mit

Otjikarare verheiratet. Und damit habe ich alle Hände voll zu tun, fühle mich auch ganz wohl dabei. Solange wir drei beisammen sind, vermisse ich nichts. Aller guten Dinge sind drei, heißt es ja. Aller guten Leute vielleicht auch. Ein vierter wäre vielleicht nur störend!«
Es mochte sein, daß sie recht hatte. Martha hatte die Siebzig überschritten und James die Fünfundsiebzig. Da kann man grundlegenden Veränderungen der Lebensumstände keinen großen Spaß mehr abgewinnen.
Aber gerade solche Veränderungen zeichneten sich seit dem Ende der fünfziger Jahre und dann – wie zu einer Sturmflut anwachsend – überall in Afrika ab. Wenn auch Südwest nach wie vor verschont zu bleiben schien, auf Otjikarare weiter gewirtschaftet wurde unter Florianes im allgemeinen sanfter, aber stets bereiter Fuchtel, so war doch mit Händen zu greifen, daß die Zeit der Kolonien in Afrika sich dem Ende näherte – nicht so sehr, weil etwa in den bisherigen Kolonien sich eigenständige Kräfte rührten, deren Fähigkeit zur Selbstregierung außer Zweifel gestanden hätte, sondern weil die europäischen Staaten, deren Kraft im großen Krieg gegen die im Größenwahn aufbegehrenden Mittelmächte verbraucht war, den Glauben daran verloren hatten, daß sie zur Herrschaft über die »farbige« Welt berufen wären. In gleichem Maße, in dem dieser Herrschaftswille matt und müde und vom eigenen Gewissen in Frage gestellt wurde, verstärkte sich die Bereitschaft der bisher Beherrschten zum Aufstand. In allen ehemaligen Kolonien hatten die ehemaligen Kolonialherren, wenn auch nur in geringer Zahl, sich aus den Eingeborenen Helfer herangezogen, hatten in den Schulen der Missionare, aber auch auf Lehranstalten der Mutterländer eine dünne Schicht ganz oder halb europäisch gebildeter Eingeborener entstehen lassen, die mit europäischem Wissen auch europäische Ansprüche kennengelernt hatten. James Munro, mit dem unerschütterlichen Skeptizismus, der ihn auszeichnete, pflegte sein Urteil folgender-

maßen, wahrscheinlich übertreibend, aber doch mit einem Körnchen Wahrheit gewürzt, zusammenzufassen:
»Die dunklen Herren vom ehemals belgischen Kongo oder aus dem ehemals deutschen, dann englischen Tanganyika oder Tanzania – wenn sie mit dem Diplom heimkommen, das man ihnen in Europa angehängt hat, um sie endlich wieder loszuwerden, wenn sie dann drei Telefone auf dem Schreibtisch stehen haben, drei Vorzimmer vor der Tür und ein großes Auto mit Chauffeur vor dem Tor, dann muß ja wohl das Regieren ein Kinderspiel sein und natürlich ist auch gut was dabei zu verdienen.«
Es konnte kein Zweifel daran bestehen: dem James Munro wurde langsam unheimlich zumute, als sich die Uhuru, um den tanganyikischen Schlachtruf zu gebrauchen, die »Freiheit«, die Befreiung von der kolonialen Beherrschung aus dem nördlichen und dem tropischen Afrika immer weiter nach Süden voranschob.
»Jetzt läßt sich Otjikarare vielleicht noch einigermaßen günstig verkaufen, Martha, Floriane. Mit dem, was wir schon drüben haben, brauchen wir uns für unsere alten Tage keine Sorgen zu machen. Weg von hier, ehe die Dämme brechen wie im Belgischen Kongo! Was warten wir noch!«
Aber Martha blieb ungerührt: »Dies ist mein Otjikarare! Wir haben es niemand weggenommen. Es ist unser Werk. Ich bleibe. Solange wie wir bleiben, wird Otjikarare bleiben, was es war. Floriane ist an meiner Stelle ›der Farmer‹ geworden und soll nicht enteignet werden.«
Es war nicht mit ihr zu reden. Und auch Floriane stimmte dem immer noch geliebten Stiefvater zwar zu, halbherzig nur, aber der Mutter Wille blieb doch oberstes Gesetz auf der Farm. Auch James Munro gab schließlich nach, sagte sich: ich hab's ja bereits bestätigt. Ich bin nur dort zu Hause, wo sie ist, meine Martha. Alt sind wir beide, haben unser Leben gelebt, ein gutes Leben! Daß wir uns auf unsere alten Tage entzweien – um alles in der Welt, das wäre Wahnsinn! Und

ich bin ihm ja genau wie Martha verfallen, dem »Ort, von dem man weit sehen kann.«...

Gewiß, der alte Schotte hatte nachgegeben und hatte sich nach den Wünschen der Frau gerichtet, die er sein Leben lang geliebt hatte und bis zu seinem Ende unwandelbar lieben würde, seiner Martha, die nach außen hin sich so streng und selbstbewußt zu geben wußte, kühle Befehle erteilend, die nicht zu befolgen undenkbar war – und die im Geheimen und ganz Privaten so warm sein konnte und fähig zu einer wilden Zärtlichkeit, die einen Mann so fest zu fesseln vermochte wie ein feines, aber unzerreißbares Band. Gewiß, James Munro, der mit fortschreitendem Alter immer schottischer geworden war, sich sein kleines Arbeits- und sein Schlafzimmer mit den seltsam finsteren Farben dunkelgrün und schwarz des Munroschen Tartans ausstaffiert hatte, Munro hatte zwar dem Instinkt, der ihn zur Flucht aus dem zerbröckelnden Afrika (alten kolonialen Stils) nach Kanada zwingen wollte, nicht nachgegeben, um an Marthas Seite zu bleiben. Doch rechnete er nach wie vor bedachtsam genug, um sich zu sagen, daß seiner Zucht schneller Pferde keine große Zukunft mehr zuzumessen war. Er glaubte nicht einmal daran, daß selbst die starrköpfigen, zähen Buren des nun zur Republik gewordenen Südafrika sich der steigenden schwarzen Flut auf die Dauer würden erwehren können, obgleich sie Südafrika mit gleichem, wenn nicht besserem und früherem Recht als ihre angestammte Heimat ansehen durften als zum Beispiel die Zulu oder die Swazi. Also hatte Munro seine Pferde nach und nach und sogar noch mit leidlichem Gewinn verkauft, den Erlös nach Kanada überwiesen und das Steppenland, das ihm als Weide und Auslauf für die Pferde gedient hatte, den Viehweiden von Otjikarare, die ja unmittelbar benachbart lagen, zugeschlagen.

Allerdings hatte Munro, wie es den meisten Pferdenarren unter solchen Umständen zu gehen pflegt, sich nicht vollständig von seinen Tieren trennen können. Einen ohnehin für den Verkauf schon zu alten Zuchthengst, den Munro viel geritten hatte und mit dem er sich kameradschaftlich befreundet wähnte, hatte er bei der Auflösung seines Gestüts nicht abgegeben. Denn noch hielt Munro sich nicht für zu alt oder zu steif, um nicht gelegentlich einmal auszureiten und so den Hengst wissen zu lassen, daß auch das Gnadenbrot, das er genoß, nicht ganz umsonst zu haben war.

Dabei geschah, was Martha schon einige Male warnend zu bedenken gegeben, Munro aber stets lächelnd abgewehrt hatte: Munro kam zur verabredeten Zeit nicht wieder, erschien nicht zum Abendessen, zu dem sich die drei Munros als der schönsten und friedlichsten Stunde am ganzen Tag wie zu einer angenehmen rituellen Handlung mit großer Treue pünktlich zu versammeln pflegten. Schon nach fünfzehn Minuten vergeblichen Wartens entschied Martha:

»Es ist ihm etwas passiert. Wir müssen ihn suchen!«

Floriane versuchte, die Mutter zurückzuhalten, aber Martha war so erregt, daß sie darauf bestand, selbst in den Sattel zu steigen, um nach James zu fahnden. Schon lange war Martha nicht mehr geritten, aber jetzt wollte sie dabei sein, wenn James gefunden werden mußte. In der Tat brauchte Martha nicht daran zu zweifeln, daß sie sich den starken, ruhigen Pferden, wie die große Viehfarm Otjikarare sie erforderte, ohne Bedenken anvertrauen konnte.

Sie fanden James und seinen Hengst gar nicht weit von seinem Sattelplatz. Nach wenigen Minuten ergab sich klar, was sich abgespielt hatte: James mochte das Tier zu einem sanften Galopp in die Steppe hinaus ermuntert haben, hatte sich aber nicht an den ausgetretenen Weg gehalten, der zum Sattelplatz führte, vielleicht, um den dort anstehenden mehlfeinen Staub zu vermeiden. In der unberührten Steppe war der Hengst, den James vielleicht angefeuert und der deshalb die sonst in der Steppe angebrachte Vorsicht außer acht gelassen hatte, mit dem rechten Vorderbein in den Bau eines Steppenmarders eingebrochen, hatte sich überschla-

gen und seinen Reiter in hohem Bogen aus dem Sattel geschleudert. Das Pferd hatte sich das rechte Vorderknie gebrochen – die geborstenen Knochen stachen aus dem Fell –, James Munro das Genick. Er lag da mit unnatürlich abgewinkeltem Hals. Sein blutloses Antlitz zeigte einen merkwürdig ergreifenden friedlichen Anblick, so, als hätte er in seinen letzten Augenblicken gedacht: da ende ich wenigstens, wie es sich für einen Munro gehört.
Martha kniete neben dem Leichnam und suchte in den vertrauten Zügen, ob sie ihr nicht noch eine letzte Nachricht zu geben hätten. Keine Nachricht war von ihnen abzulesen, es sei denn diese: endlich Ruhe, endlich Stille, endlich Frieden! Martha brachte sich mühselig wieder auf die Beine. Hinter ihr fiel ein Schuß. Sie blickte sich nicht um. Der Hengst war durch eine Kugel von seiner Qual erlöst worden. Martha spürte, daß Floriane und die Männer, die sie für die Suche mitgenommen hatte, sich leise hinter ihr versammelt hatten. Sie wendete sich halb zu Floriane zurück, ohne die Augen vom Gesicht des Toten zu lösen:
»Mein James, Floriane –! Ich bin wieder allein. Er ist einen Tod gestorben, der ihm gemäß ist, schnell und sauber und vom Rücken seines liebsten Pferdes. Das ist ein Trost!«
Floriane gab keine Antwort; sie glaubte zu ahnen, daß die Mutter den ihr genommenen Mann nie so tief unumwunden geliebt hatte wie in diesen Minuten seines Abschieds für immer.
Martha verfügte, daß James Munro auf dem kleinen Friedhof, der am Berg über dem Farmhof im Lauf der langen Zeit schon entstanden war, begraben wurde. Und zwar wurde Munros Grab neben dem des schon vor vielen Jahren dahingegangenen Hakane ausgehoben, den Martha auch in der Steppe gesucht und tot aufgefunden hatte. Wahrscheinlich war er an einem Schlangenbiß gestorben; zwei kleine, bläulich gefärbte Einstiche am Unterschenkel schienen es anzuzeigen. Er war schon alt und steif gewesen, Hakane, und

hatte wohl nicht mehr schnell genug reagieren können, als das aus dem Schlaf gestörte Reptil zustieß. Und gegen das Gift der Schwarzen Mamba ist kein Kraut gewachsen.
Die beiden Treuesten der Treuen, James und mein alter Hakane – sollen sie nebeneinander schlafen; sie werden sich beide geehrt fühlen. Und vor dem Jüngsten Gericht brauchen sie beide nicht groß Angst zu haben.

---

Nachdem James sie allein gelassen, verengte sich mehr und mehr der Umkreis, der die Dinge enthielt, an denen Martha noch lebendigen Anteil nahm. Es regte die alte Dame kaum noch auf, daß und wie endlos über das politische Schicksal von Südwest verhandelt wurde, wie Südafrika seine Interessen und seine Ideologie im Auge behielt, wie die mehr oder weniger zahnlosen United Nations sich einmischten, wie die Weißen in Südwest sich nicht einig werden konnten, wie sie sich schließlich in der alten deutschen »Turnhalle« zusammenfanden und wieder auseinanderfielen, wie sich die Herero an die Seite des deutschen Elements herantasteten, um doch wieder enttäuscht zu werden, wie die alten »vordeutschen« Rivalitäten und Vorurteile unter dem halben Dutzend oder mehr der farbigen Völkerschaften von Südwest sich wieder regten, wie europäische Mächte und die USA in dem zähen Südwester Brei mitzurühren begannen, wie das in der Tat stärkste Volk von Südwest, die Ovambo, nicht ganz die Hälfte der Einwohnerschaft, immer unverschämter die Alleinherrschaft über alle anderen Gruppen beanspruchte und schließlich diesem Anspruch durch die terroristische, von Sambia und Angola her operierende SWAPO Geltung zu erzwingen suchte, zum Meuchelmord an Weißen überging und, als die Weißen zurückschlugen, unter dem eigenen Volk im Amboland jeden mit dem Tode bedrohten und auch umbrachten, der sich den Befehlen der SWAPO widersetzte

– nein, Martha Munro hatte schon so viel Auf und Ab, Hin und Her im Lande erlebt – und Otjikarare hatte trotzdem dabei floriert und war eigentlich immer noch stärker und reicher geworden, was lohnte es sich jetzt, überhaupt zur Kenntnis zu nehmen, was in Windhuk oder in Pretoria oder in – dummes Zeug! – New York geredet, beschlossen und wieder aufgehoben wurde. Es kam allein auf Otjikarare an! Dort gab es jetzt Manfred, und der junge, intelligente und arbeitswütige Bursche hatte sie schließlich den Tod des Gatten verwinden lassen. Manfred mußte eingearbeitet werden, Manfred mußte lernen, worauf es ankam, Manfred würde Herr auf Otjikarare werden – und viel Zeit war nicht zu verlieren: Manfred von Horsberg, des Sohnes Wilhelm, Plantage Feilfeld bei Cuma, Angola, Provinz Huambo, jüngster von drei Söhnen.

Martha hatte sich von James nicht ins Konzept reden lassen, nein, die Nachfolge auf Otjikarare mußte gesichert werden. Floriane war vor lauter Arbeit nicht zum Heiraten gekommen und hoch in den Sechzig – sie war nicht so zäh wie ihre Mutter Martha. Die ging immer noch aufrecht, mager und sehnig, mit hart geschnittenem, ledernem Gesicht und schlohweißem Haar, das im Nacken zu einem festen, großen Knoten kunstlos gedreht war. Und wen sie anblitzte aus dunklen, riesigen Augen, der vergaß jeden Widerspruch und war froh, ungeschoren davonzukommen.

Der junge Manfred von Horsberg hatte seiner Großmutter Martha Munro noch einmal neue Lust am Leben eingehaucht. Leben, das war gleichbedeutend mit Otjikarare! Manfred kam frisch von der Kolonialschule in Witzenhausen, die auch sein Vater besucht hatte. Manfred hatte einen ganzen Sack voll von klugen und auch dummen Ideen anzubieten, Ideen dafür, was alles auf Otjikarare an Neuem und Zukunftsträchtigem anzustellen wäre. Floriane kam da nicht mehr mit, wohl aber Martha, die, eisenhart, »wie Kameldornholz«, mit Mut, aber auch mit Vorsicht dem Enkel

Manfred den Nacken steifte, ihn antrieb, wenn er nach ihrer Meinung auf dem richtigen Wege war, ihn bremste, wenn er sich allzu stark von der eifrig erworbenen Schulweisheit anstatt der praktischen Erfahrung der Großmutter leiten ließ. Es ging wieder um die Farm! In dem vor Tatendrang berstenden Enkel erkannte Martha sich selbst wieder. Sie lebte, lebte immer noch, und wie sie lebte!
An einem Sonntagabend verkündete Martha – wo anders als auf der umschatteten Veranda von Otjikarare:
»Kinder, ich habe beschlossen, neunzig Jahre alt zu werden. Und zu meinem neunzigsten werden wir ein großes Fest ausrichten. Wilhelm muß natürlich kommen und Brigitta und ihre drei Söhne, das heißt Manfred ist ja schon hier, der zweite bringt die Eltern her, Georg, und der dritte, Kurt – so hieß dein Großvater, Manfred – wird sich hoffentlich aus Kanada ebenfalls hier einfinden zu dem großen Tag. Und bei dieser Gelegenheit, Manfred, was du ja schon weißt, wird dir dann Otjikarare auch offiziell überschrieben – mit der Auflage, für mich und deine Tante Floriane bis an unser Ende angemessen zu sorgen. Auch darüber habe ich mich ja mit deinem Vater und dir bereits geeinigt. Das bestätigen wir uns dann noch ein bißchen – feierlich, weißt du! Und mein alter Notar Gottschalk aus Windhuk ist natürlich mit von der Partie, und alle unsere Freunde und Nachbarn. Es soll ein großes Fest werden, mein neunzigster Geburtstag! Und wenn es vorüber ist, so habe ich beschlossen, ziehe ich mich endgültig aufs Altenteil zurück. Ich habe euch sowieso schon viel zu lange vor der Nase herumgesessen. Floriane ist nie recht zum Zuge gekommen. Aber nun ist Manfred da. Den kannst du nun ebenso herumjagen, Floriane, wie ich dich Zeit meines Lebens herumgejagt habe!«
Sie hatte es lachend gesagt, die alte Dame mit dem scharf geschnittenen, nur von wenigen Falten durchfurchten Gesicht. Aber die beiden jüngeren Menschen hörten heraus, was die große Mutter herausgehört haben wollte, nämlich,

daß sie sich bewußt war, unnachsichtig regiert zu haben, daß sie nur ein Gesetz gekannt hatte – es trug den Namen Otjikarare –, daß sie nun um Vergebung bat und um Verständnis, denn für sie, »den« Farmer, hätte dies Gesetz ebenso uneingeschränkt gegolten, wie sie es andern auferlegt hatte. Ihre beiden Nachkommen begriffen, daß die Mutter und Großmutter ein Geständnis abgelegt hatte. Sie wehrten ab. Floriane hob die Hand und strich sich über ihr Haar, das beinahe schon ebenso weiß war wie das der Mutter; es schimmerte als leiser Silberfleck im Dunkeln:
»Ich habe mich nie herumgejagt gefühlt, Mutter. Es war und ist ja unsere Farm. Und ich werde auch Manfred nicht herumjagen. Eher, glaube ich, muß man ihn bremsen. Sonst stellt er uns mit der Zeit ganz Otjikarare auf den Kopf!«
Manfred von Horsberg besaß nur geringes Talent für feierliche Augenblicke. Mit unbekümmert lauter Stimme – man merkte, daß sein Mund lachte – verkündete er:
»Ach, erstens, Großmutter, glaube ich dir nicht, daß du jemals aufs Altenteil abtreten wirst. Das liegt dir überhaupt nicht. Du bist nun einmal zum Kommandieren geboren. Das muß so sein, und jeder merkt das, der mit dir zu tun hat. Und zweitens: zum Herumjagen gehören immer zwei, einer, der jagt, und einer, der sich jagen läßt. Keiner von beiden ist vorhanden. Ich verstehe mich mit Tante Floriane ausgezeichnet. Bis jetzt haben wir keinen Ärger miteinander gehabt. Und drittens ziehen wir alle an einem und dem selben Strang, und wie der heißt, das wissen wir ja!«
– Die drei gingen nach diesem Abend schlafen mit dem glücklichen Gefühl, daß es sich lohnte zu leben, zu leben in eine arbeits- und aussichtsreiche Zukunft hinein, zu leben und jeden Tag mit vertrauten Aufgaben erfüllt zu wissen, und – im Falle Marthas – gelebt zu haben ein wunderbar reiches Leben voller Farbe, Sinn und Form. Ja, in der Tat, drei glückliche Menschen waren es, zufriedene, gern einander bedenkende, die an jenem Abend schlafen gingen.

Der Schluß ist schnell erzählt.
Es kam nicht zu dem großen Fest, das Martha Munro, verwitwete v. Horsberg, geborene Korthinrichs, zur Feier ihres neunzigsten Geburtstages mit soviel Vorfreude geplant hatte. Der Ring, den Martha mit diesem Fest großartig hatte schließen wollen, schloß sich nicht.
Schon weit im voraus waren all die Leute, die Martha, der Farmer, sich als ihre Gäste bei ihrem Abschied vom Regiment auf Otjikarare erwählt hatte, eingeladen worden, damit jeder sich die Tage gegen Ende August – wenn die trockene, die kalte Zeit voll im Schwange ist und es sich am besten reisen läßt – für den Besuch auf Otjikarare freihalten konnte.
Wilhelm von Horsberg wollte natürlich erscheinen mit seiner Frau Brigitta und seinem Sohn und Nachfolger Georg auf der »Plantage Feilfeld«.
Sie kamen auch, die drei, kamen allerdings viel zu früh, kamen auch auf andere Weise, als Martha erhofft hatte. Böse Gerüchte waren ihnen vorausgegangen. In Angola sollten heftige Aufstände ausgebrochen sein, die von den Portugiesen, einer verarmten Nation, offenbar nicht wieder unter Kontrolle gebracht werden konnten. Das Beispiel anderer afrikanischer Kolonien hatte auch in Angola Schule gemacht. Die Schwarzen glaubten, genug von den Weißen gelernt zu haben, sich à l'Europe oder à l'Amérique auch selbst regieren zu können. Den weißen Farmern blieb nichts anderes übrig, als ihre Sachen zu packen, alles stehen und liegen zu lassen und zu versuchen, die Küste zu erreichen oder die Grenze eines benachbarten Landes, in welchem die weiße Verwaltung noch funktionierte – wenn sie nicht ihr Leben riskieren wollten, denn die Aufständischen gaben kein Pardon, verwüsteten und verbrannten die schutzlosen Plantagen und schlugen tot, wer sich widersetzte, gleich ob er mit schwarzer oder weißer Hautfarbe gesegnet war.
Die vielen deutschstämmigen Sisal- und Kaffeepflanzer des Benguela-Plateaus drängten nach Süden, nach Südwest,

hinunter. Dort wurde immer noch deutsch gesprochen, dort sorgten die Südafrikaner einigermaßen für Ordnung und Sicherheit, dort konnten die deutschen Landwirte aus den angolanischen Provinzen Huambo und Huila auf Verständnis und Aufnahme rechnen, auch wenn sie als enterbte Flüchtlinge aufkreuzten.

Auch Wilhelm v. Horsberg mit Frau und Sohn hatte Hals über Kopf die schöne, florierende Plantação Feilfeld zurücklassen und mit anderen Vertriebenen die rettende Straße nach Süden unter die Räder nehmen müssen. Es verstand sich für ihn von selbst, daß Otjikarare zum Ziel seiner Flucht wurde – zunächst, denn der Schrecken war ihm eiskalt in die Glieder gefahren: So im Handumdrehen, so von heut' auf morgen war ihm sein ganzes Lebenswerk aus der Hand geschlagen worden. Wenn er sich wenigstens hätte sagen können, daß andere auf der guten Grundlage, die er gelegt hatte, weiterbauen würden – nein, sie machten tabula rasa, schlugen die Kaffeebäumchen um, verbrannten die Aufbereitungsanlagen, zerschlugen und zerstörten die luftigen Häuser, in denen die Kinder aufgewachsen, in denen man nicht immer glücklich, aber auch nicht immer unglücklich gewesen war – ganz gewiß nicht!

Auf Otjikarare kamen die Flüchtlinge zum ersten Mal zur Ruhe, fanden Zeit, ihre Entschlüsse zu ordnen. Wilhelm und sein Sohn Georg waren sich schon unterwegs darüber klar geworden:

»Angola und unser schönes Benguela-Plateau ist zum Teufel gegangen, ganz Afrika geht zum Teufel. Gott sei Dank, daß wir dem Rat von James Munro und Mutters Rat gefolgt sind und Geld nach Kanada gelegt haben – und daß unser Kurt schon drüben ist und Rinder züchtet, andere, als hier, Hereford nämlich, und daß er gut vorankommt da in British Columbia im Chilcotin-Gebiet – wo das auch liegen und wie es da auch aussehen mag! Dort sind die Sommer heiß und trocken und die Winter kalt und schneereich. Damit werden

wir schon fertig werden. Kurt macht sich allem Anschein nach ganz gut; wir gehen bei ihm aufs Altenteil. Georg kann mit unserem geretteten Kapital bei ihm einsteigen.
In Kanada scheint es ebensoviel Platz zu geben wie in Afrika – oder noch mehr –, aber keine außer Rand und Band geratene MPLA oder FNLA oder UPA oder SWAPO oder was die Brüder sich sonst für Buchstaben um den Hals hängen. Soweit ich sehe, haben sie nur ein einziges Ziel, zu zerstören, was die Weißen aufgebaut haben; das nennen sie Freiheit. Sie begreifen gar nicht, daß sie damit ihre eigene Existenz in Frage stellen, denn in ihre alte jämmerliche Primitivität zurückzukehren, das wollen sie alle nicht. Ich glaube, die wenigen, die in Europa oder Amerika gelernt haben, was Geldverdienen bedeutet, die werden ihre noch nicht so fortgeschrittenen Landsleute ausnehmen, wie wir Weißen es nicht in unseren bösesten Exemplaren praktizierten. Und außerdem werden sich die Stämme gleich wieder an die Gurgel fahren, wie sie's seit Jahrhunderten oder gar Jahrtausenden mit großem Eifer getan haben. Nein, nach dem, was wir haben erleben müssen, ist mein Bedarf an Afrika gedeckt. Ich weiß genau, wenn sie alles verwirtschaftet haben, was von uns noch zurückgeblieben ist, dann werden sie kommen und von den Leuten, die sie eben erst vertrieben haben, fordern, daß ihnen mit viel Geld geholfen wird, denn warum sollen bloß die Weißen Auto fahren und Bankkonten besitzen; den Schwarzen steht das ebenso gut zu Gesicht!«
So war es! Wilhelm Horsberg war voll von Zorn. Es hatte ihm nicht behagt, kampflos zu weichen. Aber es war ihm nichts anderes übrig geblieben, wenn er nicht Selbstmord begehen wollte. Ja, er brannte vor Zorn, und seinem Sohn Georg, dem zweiten, ging es ebenso. Auf die Portugiesen war kein Verlaß gewesen, schwach und müde, wie sie waren, und arm! Aber die Leute aus dem kommunistischen Lager, die wären sofort auf dem Plan erschienen und hätten dem wirren Aufruhr

unter ihrer Fahne Richtung und so etwas wie ein Programm gegeben, hätten sich auch nicht gescheut, dem alten Geld, das im Lande angelegt und schnell verwirtschaftet worden war, weiteres hinterherzuwerfen. Den Portugiesen hätte keiner geholfen; die schon enteigneten Kolonialnationen wie die Engländer, Holländer, Franzosen und erst recht die Deutschen hätten sich nur in weisen demokratiebeflissenen Trostreden ergangen.

»Nein, Mutter!« Wilhelm Horsberg schrie es wütend in die abendliche Veranda über der sachte in die Nacht sinkenden Steppe: »Nein, Mutter, auch eure Südafrikaner hier in Südwest werden es nicht ändern können. Afrika fällt wieder in seinen Urzustand zurück, vielleicht hier und da mit vordergründig aufgepappten Kulissen. Die Südafrikaner, das heißt die Buren, die sind nicht klug und wendig genug, die im Grunde sinn- und nutzlose Bewegung aufzufangen, von der nur eine hauchdünne Schicht von Negern profitieren wird, jene, die in Europa oder Amerika gelernt haben, wie oder wozu man profitiert. Eure SWAPO hier geht eifrig in Angola in die Schule; im Amboland wagt schon kein Ovambo mehr, seine Stimme gegen die SWAPO zu erheben. Auch hier im Süden, in den weißen Farmbezirken, haben die SWAPO-Leute schon vielfach zugeschlagen, wie ihr hier, Mutter, wahrscheinlich besser wißt als wir. Ihr tut hier so, als ginge euch das alles nichts an, Mutter; Floriane und Manfred tun es dir natürlich nach. Etwas anderes käme ja auch kaum für sie in Frage. Aber es geht euch an, laßt euch das gesagt sein! Ich hab's erlebt an mir selber, hab's mit meinen eigenen Augen gesehen, was kommt und was sich für uns bereits vollzogen hat. Ich kann euch nur den einen Rat geben: Verkauft, solange hier noch etwas zu verkaufen ist. Private Käufer werdet ihr wohl kaum noch finden. Aber die Südafrikaner müssen natürlich glauben machen, daß sie Herr der Lage sind und bleiben werden. Die Verwaltung wird euch für die wunderbar geordnete und geleitete Farm Otjikarare einen

mageren Preis bieten und hinterher mindestens zehn Burenfarmen daraus machen. Nehmt, was immer man euch bietet, und kommt mit uns nach Kanada. Alles andere ist Unsinn und – aufs lange Rennen gesehen – wahrscheinlich Selbstmord!«
Martha hätte nie für möglich gehalten, daß ihr Sohn so bestimmt, ja zornig mit ihr, der Mutter, reden würde. Und er wischte einfach über sie hinweg, war seiner Sache so sicher, daß er sich berechtigt fühlte, im Befehlston zu sprechen. »Ich hab's am eigenen Leibe erlebt«, hatte er gesagt, gebrüllt beinahe. Sollte ich, »der Farmer«, zum ersten Mal in meinem Leben unrecht haben, was Otjikarare anbetrifft? Ist denn Otjikarare nicht der ewige Ankergrund, auf dem man vor allen Stürmen sicher ist...
So lag die alte Martha Korthinrichs – denn das war sie im Grunde stets geblieben – des Nachts wach in ihrem Bett, nach dem Abend, an dem der Sohn Wilhelm mit kaum verhaltener Wut klargemacht hatte, daß Afrika letzten Endes für ihn eine Sackgasse gewesen war, aus der ihn und die Seinen nur noch die Flucht retten konnte.
Ich bin alt, flüsterte Martha sich zu. Sie lag wie aufgebahrt in ihrem harten Bett, blickte mit seitwärts gewandtem Haupt durchs weit offene Fenster in die sternüberfunkelte Steppe. Ich bin uralt. Aber ich lebe noch. Warum noch immer ich? Hat doch Afrika uns alle verschlungen, meinen Vater zuerst und dann Kurt, der mir die guten Kinder geschenkt hat, und dann James, der an nichts geglaubt hat, nicht an England, nicht an Europa oder Amerika und gar nicht an Afrika, nur an mich. Und der dafür gesorgt hat, daß uns jetzt ein Sicherheitsnetz aufgespannt ist in Kanada – wo ist das überhaupt –, am andern Ende der Welt, meiner Welt, nein, noch weit dahinter. Aber wenn sie alle dahin gehen wollen – denn Floriane hat Angst bekommen, und Manfred will sich nicht vollständig von seinen Eltern trennen? Soll ich ganz allein bleiben auf meinem Otjikarare? Das schaffe ich nicht

mehr; dazu bin ich zu mürbe, zu alt! Ich bin ja bloß noch ein Gespenst aus der Vergangenheit. Ach, wenn man auf Wunsch sterben könnte! Es wäre das Einfachste! –
Aber man stirbt nicht auf Wunsch. Sie merkten es alle auf Otjikarare: Seit Wilhelm und die Seinen als Flüchtlinge auf der Farm erschienen waren, seit Wilhelm sein und seiner Pflanzung Schicksal unmißverständlich klargemacht hatte, war die große Mutter, die es bis dahin noch nicht gewesen war, beinahe von einem Tag zum andern alt geworden, uralt, war mit einmal so alt, wie es ihren Jahren entsprach.
Martha redete kaum noch mit den Kindern und Enkeln, soweit es sich nicht um alltägliche oder ganz persönliche Anlässe handelte. Nun war sie wirklich alt geworden nach ihrem eigenen Willen – und es wurde nicht einmal bemerkt, daß keiner mehr glaubte, ihre Zustimmung einholen zu müssen, ob und wie die Farm an den Mann zu bringen wäre. Dem Wilhelm von Horsberg, seiner Frau und dem Sohn Georg, brannte der Boden unter den Füßen. Sie wußten, was die afrikanische »Freiheit« in der Praxis bedeutet: den Untergang jener, welche die Vorstellung von Freiheit den Farbigen überhaupt erst vermittelt hatten – denn vorher hatten sie nichts davon gewußt, nicht einmal geahnt.
Wilhelm von Horsberg nahm das erste beste Angebot an, das ihm von der halbstaatlichen Agrarbank gemacht wurde. Er hatte richtig kalkuliert: Die Farm sollte aufgeteilt und an ein Dutzend burischer Bauern aus dem Oranje-Freistaat unter Hergabe langfristiger, niedrig verzinslicher Darlehen veräußert werden.
Die ganze Affäre hatte nur etwa drei Monate beansprucht. Keiner hatte Zeit gefunden, nach rechts oder links zu blicken. Allzu viel war zu erledigen, war aufzulösen gewesen. Martha Munro war lautlos ins Abseits geglitten, hatte nicht mehr teilgenommen, war auch nicht mehr gefragt worden. Als schon der Tag feststand, an dem die sechs Munro/Horsberg von Windhuk nach Johannesburg fliegen wollten,

um dort in die Maschine der Lufthansa umzusteigen und schließlich mit einigen Aufenthalten in Frankfurt und Toronto (»um Großmutter nicht über Gebühr zu ermüden!«) schließlich Vancouver in British Columbia, Kanada, zu erreichen, wo Kurt die ganze Gesellschaft in Empfang nehmen würde, bat Großmutter, die bis dahin kaum Anteil an den Vorbereitungen genommen hatten, den Sohn Wilhelm um die Gunst, von ihm noch einmal zu allen bemerkenswerten Orten von Otjikarare gefahren zu werden.
Ganz unmöglich war es, diesem höchst begreiflichen Wunsch der alten Mutter nicht zu entsprechen. Allerdings konnte sich Wilhelm von Horsberg eines unguten Gefühls nicht erwehren. Drei Tage zuvor war eine Patrouille des südafrikanischen Militärs auf Otjikarare über Nacht geblieben und hatte angedeutet, daß Kommandos der SWAPO von Norden eingesickert, Polizei oder Militär aber der Terroristen noch nicht habhaft geworden wären. Es empfehle sich also, die Augen offen zu halten und nachts Wachen aufzustellen. Es hatte auch die Leute auf Otjikarare nicht gerade sehr zuversichtlich gestimmt, daß drei der Ovambo-Arbeiter der Farm in den vergangenen zwei Tagen nicht zur Arbeit erschienen und, wie sich bald herausstellte, ohne Erklärung abhanden geraten waren. Die verdächtigen Vorgänge waren der alten Mutter keineswegs verheimlicht worden. Aber Martha hatte sie in einem Anflug ihrer früheren Autorität mit einer knappen Handbewegung beiseite gekehrt:
»Dummes Gewäsch! Ihr fürchtet euch doch nicht etwa vor Ovambos!«
Floriane und Brigitta blieben im Hause auf der Farm. Wilhelm, Georg und Manfred nahmen den offenen Jeep, von dem man nach allen Seiten gut Ausschau halten konnte und der sich mit seinem Vierrad-Antrieb beinahe jedem Gelände anvertrauen durfte. Auf Wilhelms Geheiß hatten die drei Männer Gewehre mitgenommen, geladen und gesichert. Wilhelm hatte sich hinter das Steuer geschoben, die beiden

Söhne hockten hinten. Die alte Mutter war in den Sitz neben dem Fahrer geklettert, hatte nicht einmal fremder Hilfe dazu bedurft.

Als sie sich dem Damm näherten, der die dritte Wasserstelle aufstaute, geschah es: Aus dem dichten Busch nebenbei fielen Schüsse. Sie galten dem Fahrer ohne Zweifel als erstem. Getroffen wurde nicht er, sondern der Beifahrer, die alte Mutter.

Die Männer warfen sich sofort aus dem Jeep zur Erde und erwiderten das Feuer – mit besserem Erfolg als die Angreifer, wie zwei schrille Schmerzensschreie verrieten.

Dann war alles vorüber. Die vorsichtige Nachsuche ergab, daß auch die Angreifer im Auto herangekommen waren und sich schleunigst wieder aus dem Staube gemacht hatten. Zwei Tote hatten sie zurückgelassen; in ihren Taschen fanden sich Ausweise der SWAPO. Soviel Organisation also gab es schon bei den Kerlen!

Martha Korthinrichs saß zusammengesunken mit leicht abgebogenem Schädel im Beifahrersitz des Jeep. Das Geschoß hatte sie in die linke Schläfe getroffen und sofort getötet.

Manfred schrie:

»Wir müssen die Kerle verfolgen und zur Strecke bringen!«

Aber Georg schrie dagegen:

»Unmöglich! Sieh dorthin!«

Über dem Busch im Südwesten stieg eine Wolke schwarzen Rauchs hoch:

»Das Haus brennt! Die beiden Frauen allein!«

Sie rasten bergan. Manfred mußte die Tote von hinten festhalten, damit sie nicht aus dem offenen Sitz hinausgeschleudert wurde bei der jagenden Fahrt.

Der Überfall war gut geplant worden. Die Angreifer mußten genau unterrichtet gewesen sein und hatten jede Bewegung der Bewohner beobachtet, ehe sie zuschlugen.

Die Frauen waren jedoch im letzten Augenblick von Julius gewarnt worden, dem Herero, der Helfer und Mitarbeiter von James Munro gewesen und danach allmählich in die Stellung hineingewachsen war, die zuvor sein Onkel Hakane innegehabt hatte.

Die beiden Frauen und Julius hatten den Angreifern einen heißen Empfang bereitet und drei von ihnen getötet. Aber sie hatten nicht verhindern können, daß die hölzerne Veranda mit einigen benzingetränkten Lappen in Brand gesetzt wurde. Das Feuer hatte schnell auf das ganze Haus übergegriffen. Die Angreifer waren geflohen, als sich der Jeep mit den Männern den Berg herauf näherte. Die Männer waren also nicht bei der Wasserstelle getötet worden, wie es wohl geplant gewesen war. Die SWAPO-Leute hatten zu schlecht, die Weißen zu gut geschossen. Der Angriff war nur zur Hälfte gelungen.

Aber Martha Korthinrichs war tot, war vergangen mit ihrer Farm Otjikarare, die es so, wie sie gewesen war, nie mehr geben würde.

Die Kinder und Enkel und die treuen Herero begruben Martha Korthinrichs neben James Munro und Hakane. Aber danach zogen sie das halbe Dutzend schon verwitternder Kreuze aus der Erde und steckten damit ein Feuer an. Julius setzte sich auf Wilhelms Geheiß auf den Trecker und ebnete mit dem Grubber den ganzen Friedhof samt den Grabhügeln ein, so daß er von der anschließenden, mager begrasten Steppe nach den ersten Regen der nächsten warmen Zeit nicht mehr zu unterscheiden sein würde. Die Toten sollten in ihrer Ruhe von niemand mehr gestört werden.

Als sie, die Munro und die Horsberg, wenige Tage später abfuhren – die Farm war nach dem Überfall zu einem vorläufigen Standlager des Militärs geworden –, blickte sich keiner mehr nach Otjikarare um.

Die Farm war zerstört. Otjikarare würde in Zukunft wieder nur sein, was es schon seit ewigen Zeiten gewesen war: ein Ort, von dem man unendlich weit in die schweigende Steppe hinausblicken konnte – bis fast an den äußersten Rand der

wasserlosen Omaheke, die drei Vierteljahrhunderte zuvor dem Volk der Herero zum Verhängnis geworden war.
Der Ring hatte sich nicht geschlossen. Die meisten Ringe schließen sich nicht.
Doch immerhin: Martha Korthinrichs ruhte in der Erde, wurde ein Teil der Erde, die sie ein langes Leben lang über alles geliebt hatte.

---

Die nur zur Hälfte besetzte Maschine der South African Airways hatte mühelos vom Windhuker Flugplatz abgehoben, schraubte sich in einem weiten Kreisbogen in die Höhe, um von den Bergen frei zu kommen und nahm Kurs nach Südosten.
Manfred von Horsberg hatte einen Fensterplatz in der ersten Sitzreihe erwischt. Ihm von der ganzen Familie, die mit ihm an Bord der Maschine gestiegen war, ging der Abschied von Südwestafrika am nächsten. Er hatte die uralte, strenge Großmutter, »den Farmer«, nicht nur verehrt; er hatte sie lieben gelernt. Ihre Strenge hatte er nie gespürt, nur stets die Wärme und Güte, womit sie ihm ohne Rückhalt die Erfahrung ihres langen Lebens weiterzugeben sich bemühte – noch ehe das Alter sie plötzlich anfiel, als die Flüchtlinge aus Angola die alte Frau darüber belehrten, daß ihre afrikanische Existenz auf Sand gebaut gewesen wäre, daß nun das Werk – im Grunde spurlos – verschlungen wurde, das ihr Vater Wilhelm Korthinrichs mit vielleicht vorwitziger Kühnheit vor rund neunzig Jahren begonnen hatte. Die Liebe zu den weiten Busch- und Baumsteppen im Norden des Herero-Landes jenseits des Waterberg-Massivs, die alle Taten und Worte der Großmutter Manfreds wie eine nie verstummende Grundmelodie durchdrang, sie war auch auf den Enkel übergesprungen; und Manfred war im tiefsten mit der Vorstellung einig geworden, daß Otjikarare, der »Platz, von dem

man weit sehen konnte«, einmal sein Eigentum, seine Aufgabe, seine Zukunft sein würde.
Das war vorbei! Er flog fort mit den Seinen allen. Nie würde er wiederkommen!
Er blickte aus dem Fenster der schnell sich in große Höhen hinaufschwingenden Maschine. Winzig klein nur noch erschienen die Straßen und Gebäude der »Hauptstadt« Windhuk, Häuserchen und Blöckchen aus einer Spielzeugschachtel. Doch der »Tintenpalast« war noch deutlich zu erkennen, der Bahnhof, das große Hotel an der Kaiserstraße – und sogar das Denkmal des Schutztruppenreiters aus der alten, vergessenen, der kaiserlichen Zeit, das Pünktchen dort in der grünen Parkfläche, das mußte der eherne Reiter sein –!
Vorbei, vorbei! Schutztruppenreiter – und einer der allerersten – ist auch mein Urgroßvater gewesen. Die Herero haben ihn umgebracht. Mein Vater, vor allem aber dann die Großmutter haben mir davon erzählt. Die Erinnerung darf nicht untergehen; meinen eigenen Kindern will ich sie weitergeben.
Vorbei, vorbei! Die Sippe Korthinrichs/von Horsberg/Munro hatte aufgegeben, hatte die Fesseln der Liebe, die sie mit dem weiten Sonnenland Südwest drei Generationen hindurch verbunden hatten, durchtrennt und abgeschüttelt – um der Gefahr zu entgehen, daß das Land sie, deren einzige und wahre Heimat Südwest gewesen war, mit brutaler Gewalt abschüttelte. Denn Afrika wollte offenbar wieder werden, was es bis vor etwa hundert Jahren tausend Jahre lang und mehr gewesen war, ein Kontinent ewig blutig hin und wider wogender Stammesfehden, grausamer, aberwitziger Despoten, verheerender Kriegs- und Eroberungszüge, schrecklicher Seuchen und erbarmungsloser Hungersnöte. Hundert Jahre reichten nicht aus, Zustände herzuzaubern, die sich mit denen des Abendlandes vergleichen ließen. Waren doch auch im Abendland zwei oder gar drei Jahrtausende erforderlich gewesen, um das Dasein einiger-

maßen erträglich zu machen – und wie fragwürdig und gefährdet ist auch dort noch immer oder jetzt erst recht die menschliche Existenz!
Die letzte Ahnung von Windhuk war hinter der Maschine verschwunden. Das Flugzeug hatte seine Reisehöhe erreicht. Manfred von Horsberg starrte noch immer aus dem Fenster in die Tiefe, umflattert von blassen Gedanken, von Trauer, von Sehnsucht zurück in das Land, das ihm bestimmt gewesen war und nun zu einem unweigerlich verwehenden Traum werden würde, werden mußte, wenn er sein Leben weiter bestehen wollte.
Unter ihm, nicht mehr in Einzelheiten erkennbar, aber noch einmal mit allen Sinnen gespürt, geschmeckt, mit allen Fasern erlebt, der grenzenlose Busch, die flüsternden Einöden der Dornbusch-Steppe, Heimat der großen Antilopen und – immer noch hier und da – der Löwen, Elefanten und Leoparden.
Manfred schloß die Augen. Er meinte, die Wellen, die Wogen süßer Düfte zu spüren, welche die Steppe ausatmet, wenn die ersten Regen in den dürren Gefilden Abermillionen von Blumen hervorzaubern. –
Ich kriege doch nicht etwa das heulende Elend, ich, Manfred von Horsberg, Enkel »des Farmers«, Urenkel des Reiters Korthinrichs!
Nein, ich nicht! Es gibt noch andere Kontinente außer Afrika!

---

# Nachwort,
# das nicht unbedingt gelesen
# zu werden braucht

Vielleicht macht ein Leser dieses Buches den Versuch, um größerer Genauigkeit willen die Farm Otjikarare auf einer Farmkarte von Südwest, heute meist Namibia genannt, zu suchen und möglichst zu finden. Das wäre vergeblich. Otjikarare gab es, wie in diesem Buch geschildert, nicht. Ebenso sind die handelnden Personen dieses Romans – eben eines Romans! – erfunden. Ich kann jedoch versichern, daß keine Szene, kein Ereignis, keine Person und keine Landschaft in diesem Buche geschildert wird, für die mir nicht die erlebte Wirklichkeit zahlreiche Modelle oder Modell-Situationen geboten hat. Selbst »der Farmer« ist keine bloße Erfindung. Ich war sogar viele Jahre mit ihm befreundet. Allerdings lag sein oder richtiger ihr Otjikarare nicht am Waterberg.
Mir kam es nicht darauf an, die Problematik des Kolonialismus vom Farbigen her, in Afrika vom Neger her, zu sehen und den Versuch zu machen, sie an einem erdachten Beispiel darzustellen, obgleich ich dazu einiges hätte sagen können, bin ich doch vor dem letzten Weltkrieg sogar »ehrenhalber« in den Stamm der Ukuanjama-Ovambo aufgenommen worden und habe noch an den allerletzten un-

verfälschten Mannbarkeits- und Fraubarkeits-Riten teilgenommen.
Mir lag daran, den klassischen Fall eines Typus von Europäern darzustellen, den die Engländer abschätzig die »colonials« nennen, die »Kolonialen«, Leute, die in den Kolonien geboren sind oder so früh dorthin verpflanzt wurden, daß sie ihre europäischen Mutterländer gar nicht mehr kannten, die stattdessen die Kolonie selbst für ihre wahre Heimat ansahen. Sie gaben sich der neuen Heimat oft mit einer Eindringlichkeit hin, neben der die im Mutterland übliche Heimatliebe verblaßt.
Man kann über die Leistung dieser Kolonialen und die Folgen ihres Wirkens sehr verschiedener Meinung sein. Über eines jedoch läßt sich nicht streiten: sie waren es, die den Grund dafür legten, daß es heute in den Vereinten Nationen eine große Mehrheit von jungen Staaten gibt, die sich – wenigstens dem Namen und der erklärten Absicht nach – im Rahmen eines Rechtssystems bewegen, das vom westlichen Europa und seinem Ableger Nordamerika erdacht wurde, sei dies nun in privatwirtschaftlich-demokratischer oder in staatswirtschaftlich-autoritärer Ausprägung. Einer der deutlichsten Beweise dafür, daß es sich so verhält, ist in der Tatsache zu sehen, daß z. B. in Afrika die jungen Staaten die zum Teil völlig willkürlich und unsinnig von den früheren europäischen Kolonialherren gezogenen Landes- oder Provinzgrenzen ohne jede vernünftige Korrektur in die heutige Unabhängigkeit übernahmen. Sie wurden vorgeprägt, diese Grenzen und Staaten, durch die Kolonialen, durch die weißen unternehmerischen Menschen, die als Farmer, Kaufleute, Gewerbetreibende, auch als Soldaten oder Beamte, hinausgezogen waren, um das andere Land zu ihrem Land zu machen.
Ich bekenne weiter, daß ich kein Fachmann für tropische Land- oder Viehwirtschaft bin und auch nicht in Witzenhausen studiert habe. Ich habe meine Kenntnisse in dieser

Hinsicht am Wege aufgelesen, wie es gerade kam auf meinen insgesamt mehrere Jahre umfassenden Reisen im Afrika südlich der Sahara, ganz besonders in dem sehr von mir geliebten Südwest, wo ich mit den Schicksalen vieler alter und junger Pioniere eng und freundschaftlich vertraut geworden bin. Auf die Darstellung solchen Schicksals, des Schicksals von Menschen europäischer Herkunft, Willens- und Charakter-Prägung, kam es mir an, die Schilderung von vielfach bewundernswerten Menschen, die, ob sie es nun wollten oder nicht, die farbige, besonders die afrikanische Welt wesentlich verändert haben.
Wobei es offen bleiben muß, ob das gut war oder schlecht. Es war so – mehr hat die Geschichte darüber nicht auszusagen, und es läßt sich nicht wieder rückgängig machen.
Ja, so ist es. Und mit den Geschichten verhält es sich dabei ebenso wie mit der Geschichte!

A. E. Johann